CLAIR

Der Duft von bitteren Orangen

Claire Hajaj

DER DUFT VON
BITTEREN ORANGEN

ROMAN

Aus dem Englischen übersetzt
von Karin Dufner

blanvalet

Die Originalausgabe erschien 2014 unter dem Titel
»Ishmael's Oranges« bei Oneworld Publications, London.

Der Roman erschien bereits 2015 unter dem Titel
»Ismaels Orangen« bei Blanvalet.

MIX
Papier aus verantwor-
tungsvollen Quellen
FSC® C014496
www.fsc.org

Verlagsgruppe Random House FSC® N001967

5. Auflage
Copyright der Originalausgabe © 2014 by Claire Hajaj
Copyright der deutschsprachigen Ausgabe © 2015 by Blanvalet
in der Verlagsgruppe Random House GmbH,
Neumarkterstr. 28, 81673 München
Redaktion: Rainer Schöttle
Umschlaggestaltung: © www.buerosued.de
Umschlagabbildungen: © Arcangel Images/Des Panteva; Getty Images/Jaime Monfort;
www.buerosued.de
ED Herstellung: wag
Satz: Uhl + Massopust, Aalen
Druck und Bindung: GGP Media GmbH, Pößneck
Printed in Germany
ISBN 978-3-7341-0046-8

www.blanvalet.de

Für meine Familie, die am Anfang der Reise stand –
in Bewunderung und Liebe

Geliebte Sophie,

ich erwarte nicht, dass Du mir verzeihst oder Verständnis für mich hast. Du warst von Anfang an das ausgleichende Element. Die Friedensstifterin.

Allerdings kann ich es inzwischen absolut nachvollziehen, nun, da ich hier bin und es sehe, Sophie. Ja, ich sehe es mit eigenen Augen, nachdem ich es mir so viele Jahre lang nur ausgemalt hatte. Es ist wirklich genau wie auf dem Bild. Weiß. So weiß wie ein Knochen. Hinter dem Tor wachsen Bäume, und der Staub überall schimmert wie Gold.

Eigentlich sollte ich diesen Ort ja hassen. Aber es ist so wunderschön, wie es hier draußen so ganz allein steht. Wie in den Amateurfilmen, die wir als Kinder in der Wüste gedreht haben. Weißt du noch? Bilder ohne Ton. Wir alle haben gelacht und gewinkt, er hat die Kamera bedient und uns angefeuert. Das waren die einzigen Momente, in denen wir nicht Theater gespielt haben, in denen wir tatsächlich beinahe eine Familie waren.

Soll ich dir sagen, was am meisten wehtut? Die vielen Gutenachtgeschichten, die Mum uns vorgelesen hat – Du weißt schon, die mit »Es war einmal« und »Wenn sie nicht gestorben sind, dann leben sie noch heute«. Erinnerst Du Dich, wie viel Freude wir daran hatten? Aber es war alles nur Lüge. Geschichten haben weder Anfang noch Ende. Sie gehen einfach immer weiter. Du, ich, sie, die vielen Menschen vor uns, sie tanzen alle zu derselben beschissenen Melodie. Und ich bin müde, so saumüde. Und trotzdem kann ich mir nicht vorstellen, wie das jemals aufhören soll.

Das Schlimmste ist, dass wir vielleicht wirklich die Möglichkeit gehabt hätten, in diesem Haus glücklich zu werden. Wäre das nicht der größte Witz der Welt? Wenn der alte Sturkopf letztlich doch damit recht gehabt hätte, dass es unser wahres Zuhause hätte sein können? Unsere schönsten Erinnerungen hängen an der Wand. Mein erster Auftritt. Du und ich, Hand in Hand am Strand. Mum im Hochzeitskleid. Sogar ein Bild von ihm, beim Fußballspielen genau hier, barfuß im Staub, und ringsherum das Meer. All die Dinge, die ich an ihm hätte lieben können und die ich weiter geliebt habe, selbst nachdem er mich weggeworfen hat.

Ich wünschte, ich könnte es besser erklären, Sophie. Ich würde so gern einen Weg finden, es verständlich auszudrücken, damit Du auch ohne Worte verstehst, was ich meine. So wie früher. Du wirst es sicher versuchen, weil Du mich liebst. Aber manchmal genügt das eben nicht, oder?

Weißt du was? Ich habe da so einen Traum. Ich träume, dass wir uns eines Tages alle hier versammeln werden. Die beiden Sippen, ihre und seine. Wäre das nicht ein wundervolles Ende? Wir könnten den kleinen Pfad entlanggehen, bis wir

am Meer sind. Ich höre es auf der anderen Seite des Hügels,
kann es aber nicht sehen. Es spricht mit mir. Ich schwöre,
dass es mir mit hundert Stimmen etwas zuraunt. Bestimmt
könnte es erzählen, was in Wahrheit hier passiert ist – wenn
ihm nur jemand zuhören würde. Doch keiner tut es. Wir alle
taumeln blind durch die Welt. Wir schauen einfach durch
einander hindurch wie Fremde. Selbst durch die Menschen,
mit denen wir unter einem Dach leben.

Vergiss nicht, dass ich Dich immer lieben werde.

Marc
Jaffa, Dezember 1988

Noch während er die letzten Worte schrieb, war ihm klar, dass zu vieles unausgesprochen geblieben war. Doch die Zeit wurde knapp – die Momente flossen ineinander, ein unglaubliches Gefühl, so als würde er hinuntergezogen auf den Meeresgrund. Inzwischen trieb er mit der Flut und wurde von einem strahlenden, schillernden Meer und der Wärme des weißen Steins unter seiner Hand in Richtung seines Ziels getragen, als er über die hohe Mauer schlüpfte. Bebende Äste voller Blätter und Schatten halfen ihm hinunter in den stillen Garten.

Endlich berührten seine Füße den Boden. Und da sah er es – eingeschnitzt in den Baumstamm. Ungelenke Kinderbuchstaben, eingegraben in die Rinde. Er fuhr mit den Fingern die schwachen Schnörkel nach. *Salim.* Der Bogen des *m* war nur halb geschlossen, verschluckt vom nachwachsenden Holz. Kurz empfand er Verwirrung; die längst vergessene Inschrift wurde zu einem Gesicht, und ein Augenpaar stellte eine Frage, auf die er keine Antwort hatte. Er legte eine Hand darüber, um es nicht anschauen zu müssen. Dann griff er mit der anderen Hand zum Messer und schnitzte darunter seinen eigenen Namenszug ein.

Die Glasscheibe in der Küchentür bestand aus Wasser; sie teilte sich, als er die Hand hindurchstreckte, und er spürte nichts. Und dann, endlich, sah er, wie sich das Haus für ihn öffnete und ihn willkommen hieß.

Als er mit seiner leeren Tasche in die Küche zurückkehrte, hörte er, wie sie sich am Tor zusammenfanden, ein hoher beharrlicher Ton wie vom Summen einer Biene. Jetzt wurde es Zeit, und einen Moment pochte die Angst. Dann jedoch hielt er sich wieder vor Augen, dass seine Arbeit getan war, er war bereit. Und zwischen ihm und den Stimmen erhoben sich die raunenden Bäume, lag das Gewicht der Erde unter einem schützenden Gewirr aus Ästen.

Er konnte sie hören, wenn er die Augen schloss. Ein gedämpfter Chor aus Stimmen schwebte durch die Baumkronen wie Luftblasen aus der Vergangenheit, freigesetzt von demselben Wind, der das Laub verwehte und den Geruch von Orangen ins Haus trug.

Gelächter hallte durch die Bäume. Oder etwas Ähnliches – die hellen, hohen Rufe spielender Jungen. Und irgendwo hinter ihm, weit weg hinter geschlossenen Türen, sang vielleicht eine Frau.

Plötzlich wurde er von dem Drang ergriffen, diesen Stimmen zu antworten, aufzustehen, die Türen aufzureißen und erkannt zu werden. Doch dann, in diesem Augenblick, kam das Licht herangebraust. Es raste mit voller Wucht vorwärts, durch die Tür und über ihn hinweg, bis ins Innere des Hauses. Es erfüllte ihn dabei mit Frieden und riss alles mit sich wie die brandende Flut.

Das Leben jedes Menschen schließt die Leben aller anderen mit ein. Eine Geschichte ist nichts weiter als ein Bruchstück einer anderen Geschichte.

Stephen Vizinczey

1

Reisen

Ein »Abwesender« ist ein palästinensischer Staatsbürger, der seinen Wohnort vor dem 1. September 1948 verlassen hat, um an einem Ort zu leben… der zum Einflussbereich von Mächten gehört, die die Gründung des Staates Israel verhindern wollen… Alle Eigentumsrechte eines Abwesenden an Grundbesitz gehen automatisch in den Besitz des Custodian Council for Absentee Property über.

Aus dem israelischen Gesetz
über das Eigentum Abwesender von 1950

Die Juden sind ohne Zweifel kein liebenswertes Volk. Ich selber kann sie nicht leiden. Aber das ist doch kein Grund für ein Pogrom.

Neville Chamberlain, Briefe, 1938

1948

»*Yalla**, Salim, los! Die Juden werden dich holen, Bauernjunge! Sie schmeißen dich raus und verhauen dir den knochigen Hintern wie einem Esel.«

Zwei Jungen standen einander auf der Staubstraße zwischen Jaffas Orangenhainen und dem Meer gegenüber.

Der eine war älter, kräftig gebaut und schwarzhaarig. An Kinn, Armen und Bauch wabbelten Fettwülste wie an einem schlachtreifen Lamm. In einigen Jahren würden sie sich in die respekteinflößende Leibesfülle eines *A'yan* verwandeln – eines wohlhabenden Mannes, der im Kaffeehaus herumsaß, in einer weißen Villa wohnte und eine teure Ehefrau hatte. Doch bis jetzt brachte die Körpermasse nur den Vorteil der kräftemäßigen Überlegenheit. Ansonsten musste sich ihr Besitzer eben schwitzend durch die warme Frühlingsluft quälen.

Der Jüngere der beiden hatte sich dem sich allmählich verdunkelnden Wasser zugewandt. Er hatte einen Fußball in der Hand und trug geschnürte schwarze Schulschuhe und ordentliche braune Shorts. Das weiße Hemd war manierlich in den Hosenbund gesteckt und bis zum Kinn zugeknöpft; sein schmales, blasses Gesicht sei wie ein offenes Buch, pflegten die Frères zu scherzen, eine leere Seite, auf die jeder schreiben konnte.

---

* Für Erläuterungen zu den einzelnen Fremdwörtern und Redewendungen siehe Glossar am Ende des Romans.

»Nenn mich nicht *Fellah*«, erwiderte er zögernd und drehte den Fußball zwischen den Händen hin und her. Es war nicht ratsam, sich mit Masen anzulegen, der mit seinen knapp zehn Jahren schon ordentlich hinlangen konnte. »Ich bin kein Bauer.«

»Warum nicht? Du wohnst auf einer Farm, und dein Vater lässt dich Obst pflücken wie die *Fellahin*.«

Salim lag eine zornige Antwort auf der Zunge, doch er schluckte sie, plötzlich verunsichert, hinunter. Hatte er letzte Woche nicht selbst darum gebettelt, mit zu den Orangenhainen zu dürfen? Die Erntezeit neigte sich dem Ende zu, und die Arbeiter seines Vaters hatten das Obst auf der Farm der Familie gepflückt – fünfzehn ganze *Dunums*, fünfzehntausend Quadratmeter gutes Orangenland. Er hatte es sich zum Geburtstag gewünscht, bei der Ernte mithelfen zu können: Er war jetzt sieben, und eines Tages würde er sich die Haine mit Hassan und Rafan teilen. *Lass mich mitkommen*, hatte er gebeten. Aber sein Vater hatte Nein gesagt, und Salim hatte zu seiner Schande geweint.

»Mein Vater gibt *Fellahin* Arbeit, deiner steckt sie ins Gefängnis«, wechselte er die Strategie. Masens Vater war einer der obersten Richter von Jaffa, ein *Kadi*. Hassan sagte, dass er vor Geld stank. »Wenn die Juden kommen und in eurem Haus wohnen, kann dein Vater ihnen helfen, uns alle einzusperren.«

Masen grinste. »Keine Angst«, sagte er. »Wenn du mich nett bittest, kümmere ich mich um dich und deine hübsche Mama. Aber Hassan, dieser Blödmann, kann schauen, wo er bleibt.«

Er nahm Salim den Fußball weg und schlug den Weg zum Meer ein. Der kleine Junge folgte ihm, ohne nachzudenken, und schritt, die Arme seitlich herabbaumelnd, in den Sonnenuntergang hinein.

»Die Juden kommen sowieso nicht. Nicht, solange die Briten hier sind«, verkündete Salim, dem plötzlich einfiel, was Frère Philippe ihm heute Morgen in St. Joseph gesagt hatte. In der Pause war es zu einer Rauferei zwischen zwei Jungen gekommen: Der eine hatte den Vater des anderen als Verräter bezeichnet, weil er seine *Dunums* an die Juden verkauft hatte. Daraufhin hatte der andere zurückgebrüllt, zumindest sei er nicht wie ein Feigling aus seinem Haus geflohen. Die beiden schlugen sogar noch aufeinander ein, als sie an den Ohren gepackt und abgeführt wurden. Salim hatte dagestanden wie erstarrt, während Masen sie lachend angefeuert hatte. Danach hatte Frère Philippe ihm sanft die Wange getätschelt. »Keine Angst, *Habibi*« – mein Freund –, sagte er, während im Hintergrund das Schnalzen der Peitsche ertönte, als die beiden Raufbolde ihre Tracht Prügel bezogen. »Dieses ganze Gerede von den Juden und Armeen … Es sind nicht alle wild darauf zu kämpfen, nicht, solange die Briten hier sind und Gott über seine Schäflein wacht.«

»Gott hilft denen, die sich selbst helfen«, entgegnete ein anderer Frère mit finsterer Miene.

»Wollen wir es hoffen …«, meinte ein anderer. »Denn auf die Briten würde ich mich nicht verlassen.«

»Du bist ja so ein Esel, Salim«, höhnte Masen und holte ihn damit in die Gegenwart zurück. »Den Briten ist es egal, ob wir leben oder sterben. Sie wollen dieses Land zerteilen wie eine Orange und den Juden das größte Stück geben. Aber bei Gott, wir werden bereit sein. Sollen sie die *Najjada* nur herausfordern. Ich kann es kaum erwarten, einen Juden abzuknallen.«

Salim konnte es sich nicht vorstellen, auf einen Menschen zu schießen. Er hatte einmal miterlebt, wie ein britischer Polizist einen kranken Hund – einen Streuner – erschossen hatte.

Das traurige Geräusch der in den Körper eindringenden Kugel hatte dafür gesorgt, dass Salim in die Knie gegangen war und sich übergeben musste. Und dann war noch die Sache letzten Monat gewesen – das Blut, das über die Pflastersteine auf seine Schuhe gelaufen war –, doch daran wollte er lieber gar nicht denken.

»Du darfst ja gar nicht zur *Najjada*«, verkündete er, steckte die Hände in die Hosentaschen und straffte die Schultern. »Du bist nämlich noch ein Junge. Mama sagt, die nehmen nur Männer.« Pfadfinder mit Gewehren hatte sie die Soldaten bei der Parade letzte Woche genannt, doch Salim hatte sich auf die Zehenspitzen gestellt und hinter Hassans Rücken hervorgespäht, um zu sehen, wie die jungen Männer auf dem Clock Tower Square strammstanden. Sie hatten lange Gewehre und trugen schneidige graue Uniformen. Er kannte einen von ihnen. Masens Clique nannte ihn Katzenarsch, weil er einen dunkelbraunen Pickel mitten auf dem Kinn hatte. Sie hatten ihn deshalb gehänselt, bis ihm die Tränen kamen. Doch an jenem Tag hatten seine Augen stolz geleuchtet. Hassan wäre auch gerne beigetreten, aber Mohammad Nimir al-Hawari nahm keine Jungen unter fünfzehn auf.

»Deine Mama hat eben den Verstand einer Frau«, höhnte Masen. »Al-Hawari ist ein Freund meines Vaters. Außerdem würde ich es dir sowieso nicht sagen, wenn ich mich freiwillig melde. Kleine Esel wie du dürfen da nicht mitmachen.«

»Ich bin kein Esel«, flüsterte Salim, als Masen vorauslief. Manchmal, in seinen kühnsten Träumen, malte Salim sich aus, dass er Masen zu Boden stieß und ihn trat wie einen fetten Fußball. Doch Masen war mit seinen riesigen Fäusten und seinem grausamen Spott sogar noch angsteinflößender als die Juden. *Hoffentlich kriegen die Juden Masen, wenn sie kommen.*

Und die Juden würden kommen. Das tuschelten die Frères in der Schule einander zu. Die Landbevölkerung floh vor den herannahenden feindlichen Kämpfern, sodass es in Jaffa von Flüchtlingen mit ihren schmutzigen Säcken und ihren quengelnden Kindern nur so wimmelte. Salims Vater hatte sich beim Bürgermeister über sie beschwert, doch seine Mutter ließ Lebensmittelpakete an die Frauen mit Kleinkindern verteilen. Salim begriff nicht, warum diese Leute lieber in Jaffas Moscheen und Kirchen schliefen anstatt bei sich zu Hause.

Doch heute, im strahlenden Sonnenschein und in einer Luft, die nach Meerwasser und Orangen duftete, brauchte man keine Angst zu haben. Die beiden Jungen jagten einander den Pfad entlang, rannten durchs Gestrüpp und riefen in die warme Meeresbrise hinein. Als der Ball aufs Wasser zuflog, lief Salim atemlos und aufgeregt voraus und schnappte ihn sich, bevor die Wellen ihn verschlucken konnten. Er wirbelte herum, um seinen Triumph zu feiern, stellte aber plötzlich fest, dass er allein war. Seine Wangen röteten sich, als er Masen entdeckte, der oben auf der Böschung stand und zu ihm hinuntergrinste.

»Immer wieder fällst du darauf rein«, sagte er lachend. Salim senkte den Kopf, um das peinliche Erröten zu verbergen. *Warum lässt du dich dauernd von ihm austricksen, Idiot?*, schienen die Steine auf dem Boden ihm zuzuflüstern.

»Komm, *Fellah*«, meinte Masen und wies auf Salims schmutzige Knie und sein verschwitztes Gesicht. »Ich habe Hunger. Lass uns in den Souk gehen.«

Von Al-Ajami gab es zwei Wege zu den Souks am Clock Tower Square von Jaffa.

Die Route von Salims Haus aus führte schnurstracks durch das stille Landesinnere, vorbei an von der Sonne ausgebleichten weißen Strandvillen, aus deren ummauerten Gärten pracht-volle Kaskaden roter Bougainvilleen und der intensive Geruch von Orangen quollen. Danach bog man links in die alte Al-Ajami Street ein, wo neue Automobile an Eseln vorbeisaus-ten, die schwer mit Granatäpfeln und Zitronen beladen waren. Die Tür von Abulafias Bäckerei stand immer offen, selbst in den kühlen Wintermonaten. Hunderte von Malen hatte Salim schon dort gewartet, seine Sinne überflutet vom Duft nach Ge-bäck und Wolken von Zimt und Piment. Seine Mutter liebte *Manakisch*, mit Thymian und Sesam bestreute Brotfladen. Er hatte sich von ihr mit kleinen Stücken davon füttern lassen, während sie durch Jaffas Altstadt mit ihren Kaffeehäusern ge-schlendert waren, aus denen der gelbliche Rauch der Wasser-pfeifen wehte.

Der *andere* Weg zum Clock Tower Square gehörte den Jun-gen von Jaffa. Ihn zu nehmen bedeutete sozusagen eine Mut-probe. Sobald ein Junge gehen konnte, wurde er herausge-fordert, ihn auszuprobieren, was hieß, die wilden Strände zu überqueren, glitschige Felsen zu überwinden und sich dann, Schritt für Schritt, unter der alten Hafenmauer entlangzutas-ten.

Heute brannte die Sonne auf den gewaltigen Halbmond des Mittelmeers herunter; golden schimmernd, hob sich das Was-ser vom schwarzen Land ab wie ein Ohrring von der Gesichts-haut eines Afrikaners. Salim und Masen sprangen über Tümpel und spritzten die Jungen nass, die dort mit nackten Armen ver-suchten, Krebse zu fangen. Sie kletterten über schartige Felsen, bis der aus weißem, vom Meerwasser fleckigem Stein beste-hende Hafen von Jaffa in Sicht kam.

»Der Hafen von Jaffa ist so alt wie das Meer«, hatte Frère Philippe ihnen beigebracht. »Er war schon vor den Arabern und den Juden da. Gott selbst hat Noahs Sohn Japhet in uralten Zeiten hierhergeführt. Hier ruhen die Gebeine von zweiundzwanzig Armeen. Die Heiden von Theben haben die Jungfrauen, die sie opfern wollten, genau dort angekettet.« Als er mit einer runzeligen Hand in Richtung Meer deutete, folgten ihm ein Dutzend Augenpaare. »Da draußen auf den Felsen, die wir Andromeda nennen, und dann haben sie darauf gewartet, dass ein Meeresungeheuer sie verschlingt. Der Kreuzfahrerkönig Richard Löwenherz hütete hier im Hafen das Krankenlager und flehte Salah Al-Din um Frieden an. Der gottlose Kaiser Napoleon campierte am Leuchtturm, während die Pest seine Armee dahinraffte und seine tapferen Gefangenen sich gegen ihn erhoben. Der hat seine Lektion gelernt, das kann ich euch sagen, *mes enfants*: Jaffa ist ein Ort, den Gott liebt, und alle sind verflucht, die ihm Schaden zufügen wollen.«

Zu seiner Schande musste Salim gestehen, dass er den englischen König verehrte, während die meisten Jungen Napoleon oder Salah Al-Din, dem Bewahrer des Glaubens, den Vorzug gaben. Als er sich nun vorsichtig unter der vergilbten Hafenmauer hindurchtastete, stellte er sich Richard vor. Vielleicht hatte er ja das Gleiche erlebt wie er jetzt: das muffige Schwappen des seichten Wassers und den blutigen Geruch der *Feluccas*, die den Fang des Tages an Land brachten. Nur die großen Dampfer am Horizont wiesen darauf hin, dass seitdem viele Jahrhunderte vergangen waren.

Bis er sich zum Hafen hinaufgezogen hatte, hatte Masen bereits eine herumliegende Orange gefunden. Er warf das weiße Häutchen auf den Boden, gelber Saft rann ihm übers Kinn. »Da drüben ist es«, verkündete er und zeigte mit einem pummeligen Finger nach Norden. »Dort sind sie.« Auf der anderen Seite der Bucht ragten die funkelnden Wolkenkratzer von

Tel Aviv in den Himmel und erstreckten sich, so weit das Auge reichte, die geschwungene Küste entlang.

Meistens nahm Salim Tel Aviv kaum zur Kenntnis. Nur die ganz alten Leute, die Großmütter und Großväter seiner Freunde, sprachen manchmal noch von einer Zeit, als Jaffa von Wanderdünen umgeben und Tel Aviv nur ein paar Muscheln in einer Sandverwehung gewesen war. Für Salim hatte es die Stadt schon immer gegeben. Genauso wie die Briten. Auch die waren schon immer hier, die *Commissioners* und *Commanders*, diese steifen Männer mit den rosigen Gesichtern. Die Jungen nannten sie *Schwee schwees*; so klang das Geräusch, das Schweine von sich gaben. Allerdings mochten sie die Garnison in Jaffa. Ein Gefreiter, der Jonno hieß, schenkte Masen und Hassan manchmal Zigaretten. Er hatte Salim versprochen, dass er auch welche haben könne, sobald er acht sei.

In letzter Zeit hatte Salim den Eindruck gehabt, dass er Tel Aviv häufiger zu Gesicht bekam als einen Briten. *Die britische Herrschaft über die Mutter Palästina endet nächsten Monat,* sagten die Frères. *Und dann wird ein neues Land namens Israel aus ihrem Schoß hervorbrechen und sie für immer zerreißen.* Salim hatte Masens Vater es in einfachere Worte kleiden hören: »Wenn ihr das nächste Mal einen Briten seht, wird er an Deck eines Schiffes stehen und euch zum Abschied zuwinken.«

»Es ist spät«, stellte Masen stirnrunzelnd fest, als der Ruf zum Abendgebet ertönte. »Wenn du nicht so rumtrödeln würdest, wären wir schon längst da.«

»Lass uns besser nicht hingehen«, erwiderte Salim rasch. Die Furcht, die beim Herumklettern unter der Mauer in ihm aufgestiegen war, schwappte nun wie eine bittere Welle über ihn hinweg. Im Abendlicht sahen seine Füße rot aus, so rot wie das Blut auf den Steinen und das Geräusch der Schreie.

Aber Masen lachte nur. »Hosenscheißer! Baby!«, höhnte er. Er wischte sich den Mund ab, packte Salim am Arm und zog ihn in die schmalen Gassen von Jaffa, während die Worte des Muezzins die Stadt einhüllten, ein atonaler Klagelaut, der sich an allen Mauern brach.

Sie erreichten den Clock Tower Square, als die Melodien verhallten. Salim keuchte, und der Arm tat ihm weh. Masen ließ ihn los, und er blieb einen Moment stehen, um wieder zu Atem zu kommen und sein wild klopfendes Herz zu beruhigen. Unwillkürlich wanderte sein Blick die schroffen Kanten des Turms hinauf. *Sultan Abd Al-Hamid II.* stand auf einer Plakette an der Mauer. Sie hatten in der Schule gelernt, dass dem großen ottomanischen Kaiser das Geld – und vielleicht auch die Geduld – ausgegangen war, worauf er Jaffas Honoratioren aufgefordert hatte, den Turm doch selbst zu bezahlen. Bis heute gab es in Jaffa kaum einen reichen Mann – ganz gleich, ob Moslem, Christ oder Jude –, der nicht für sich in Anspruch nahm, an den Kosten beteiligt gewesen zu sein.

Doch damit war es nun vorbei. Auf der anderen Seite des Platzes klaffte die Ruine des New Scray Government House, ein Trümmerberg, wie eine offene Wunde. Die Explosion hatte das Gebäude auseinandergerissen, sodass es nun als zahnlose Mundhöhle über den Platz ragte.

Salim kletterte über den Schutt. Masen beobachtete einen in eine *Kufiya* gehüllten Mann, der Steine aus dem Haufen zog.

»Ich wette, da liegen noch Leichen drunter.« Masen wies auf die dunkelroten Flecken. »Oder vielleicht Arme und Beine und so. Wenn mein Vater zum Bürgermeister gewählt worden wäre und nicht Heikal, dieser Idiot, hätte er das alles schon längst wegräumen lassen. Riech nur, wie es stinkt. Aber vielleicht fällt es dir ja gar nicht mehr auf, weil Hassan immer so mieft.«

Salim spürte, wie sich ihm der Magen umdrehte. Die Bomben seien in einem Laster voller Orangen versteckt gewesen, hieß es. Der Fahrer habe zwar wie ein Araber ausgesehen, aber in Wirklichkeit zur Irgun gehört, zu den gefährlichsten Juden von allen.

Sie hatten den Knall auf dem Weg zum Klassenzimmer gehört und danach die Schreie. Hassan war sofort losgerannt, sein Tornister tanzte auf seinem Rücken. Voller Angst, zurückgelassen zu werden, hatte Salim sich an seine Fersen geheftet. Er hatte nach Hassans Tornister gegriffen, bis sein Bruder vor ihm in einer dicken gelben Wolke verschwunden war. Im nächsten Moment hatte die Wolke sich auch über ihn gelegt, und der Staub hatte ihm den Atem geraubt, während unter seinen Füßen Glasscherben und Schutt knirschten, sodass er stolperte und der Länge nach zu Boden fiel. Trotz des Klingelns in seinen Ohren hatte er Sirenen gehört. Jemand schrie immer wieder *Omar! Omar!* Er war wie in einem dunklen Brunnen gefangen, in dem er ertrank. Als er Hassans Namen rufen wollte, war sein Mund voller Staub. Etwas Großes und Weiches lag neben seinen Beinen und sonderte pulsierende Flüssigkeit ab, bis sich seine Leinenschuhe in der allmählich wieder zum Vorschein kommenden Sonne rot verfärbten. Wie erstarrt hatte er dagelegen, während sich die Farbe immer mehr um ihn herum ausbreitete. Bis plötzlich Hassan über ihm erschien. Sein Gesicht war mit grauem Staub verschmiert, seine Augen waren geweitet wie bei einem geschlagenen Pferd. Er zerrte Salim an seinem schmutzigen Hemd hoch und schleppte ihn nach Hause.

Am nächsten Tag weinten Jaffas Mütter, während britische Soldaten die Ruinen durchkämmten. Wie gelähmt hatte er zugesehen, wie Masen den Fetzen eines Hemdes unter einem

Mauerstein hervorgezogen hatte. Der Stoff war weiß und mit schwarzem Blut und braunem Morast verkrustet. Der Geruch war abscheulich, und er wurde ihn nicht mehr los, selbst als die Polizisten sie davonjagten.

Salim zupfte Masen am Hemd. »Können wir jetzt bitte gehen? Ich finde es scheußlich hier.« Masen schob Salims Hand zwar weg, wandte sich aber trotzdem ab. *Sie werden Geister*, hatte Masen ihm erklärt, als die Leichen abtransportiert wurden. *Die Toten kommen ohne Rache nicht zur Ruhe.*

Sie machten sich auf den Weg zum Souk El Attarin, um Süßigkeiten zu kaufen. Die Berge von Pistazien, Zitronen, Rosen und Gold rochen so gut wie immer, aber Salim hatte einen trockenen Mund. Normalerweise mussten sich die Jungen durch eine Menschenmenge kämpfen, um an die Leckereien heranzukommen. Allerdings nicht heute. Der Souk war beinahe menschenleer. Der alte Ladenbesitzer sah sie aus hungrigen Augen an, als sie ihm ihr Taschengeld übergaben.

»Hallo, Salim!«

Erschrocken blickte Salim sich um. So kurz vor der Ausgangssperre hätten sie eigentlich nicht mehr auf der Straße sein dürfen.

»Mist!«, rief Masen aus. »Das ist der *Yehuda*-Scheißer.«

»Hallo, Elia«, erwiderte Salim. »Wie läuft's denn so?« Er ließ den Blick in alle Richtungen schweifen, erleichtert, dass niemand auf dem Platz war. Es war nicht gut, sich mit einem Juden sehen zu lassen, nicht einmal mit einem, der schon immer hier in der Stadt wohnte.

Elia war älter als Masen, hellhäutig wie Salim und hatte magere Arme. »*Ya'ni*«, antwortete er und zuckte mit den schmalen Schultern – das arabische Allerweltswort, das die Grauzone zwischen Gut und Schlecht umfasste. »Ich wollte zu meinem

Vater«, fügte er hinzu und wies in Richtung des Souk Balasbeh, des Kleidermarkts. »Inzwischen schließen wir früher. Er möchte nicht, dass ich alleine nach Hause gehe. Wegen der vielen Schwierigkeiten.«

»Wer macht denn diese Schwierigkeiten?«, entgegnete Masen. »Doch wohl dein Vater und seine Kumpane.«

»Er gehört nicht zu denen, Masen«, protestierte Salim. Undeutlich erinnerte er sich an die Zeit, als sie noch Freunde hatten sein dürfen. Isak Yashuv, Elias Vater, war beinahe Araber. Man konnte ihn mit seiner dunklen irakischen Haut und den scharfen Augen, die über die Kohlen seiner den ganzen Tag blubbernden Wasserpfeife spähten, kaum von einem Palästinenser unterscheiden. Doch Elias Mutter stammte nicht aus Palästina und war mit den weißen Juden gekommen.

Dieser Punkt war ausführlich und hitzig in Salims Familie debattiert worden, als man einen Schlussstrich unter die Freundschaft zwischen Elia und Salim gezogen hatte.

»Ein Jude ist kein Palästinenser, und ein Jude ist auch kein Araber«, hatte Abu Hassan gebrüllt und mit der Faust auf den Tisch geschlagen. »Das sind alles Schweinekerle, die nur hergekommen sind, um uns auszurauben. Willst du mich zum Gespött machen?«

»Herrgott, beruhige dich«, entgegnete seine Mutter kühl. Ihre hohe Stirn war so glatt wie Glas. »Isaks Familie hat schon im Souk Balasbeh Knöpfe angenäht, als du noch gar nicht geboren warst. Und wenn du schon von seiner ausländischen Frau sprichst – was ist denn mit mir? Hast du mich nicht auch in dieses gottverlassene Land verschleppt wie eine Kuh auf einem Karren?«

Salim wusste, dass seine Mutter und die blasse Lili Yashuv auch eine seltsame Freundschaft verband; wenn sie schöne

Kleider in Isaks Laden kauften, unterhielt sich Lili in stockendem Arabisch mit starkem Akzent mit ihr. Und Salims Mutter lächelte dann, wie sie es nur selten tat, selbst bei den Frauen anderer *A'yan*.

Heute wirkte Elia noch bedrückter als sonst. Seine Familie gehörte zu den wenigen, die sich weiterhin an ihr Zuhause in Jaffa klammerten. Alle anderen waren nach Tel Aviv gezogen. Der Laden auf dem Kleidermarkt machte sie zu einer Zielscheibe, doch Isak weigerte sich aufzugeben. »Ich lasse mich von diesem Wahnsinn nicht kleinkriegen«, beharrte er und ging hartnäckig jeden Tag zur Arbeit, obwohl die Geschäfte immer schlechter liefen.

»Meine Familie möchte keinen Ärger«, wandte sich Elia an Masen. »Wir wollen einfach nur unsere Arbeit machen. Allerdings haben wir die Schwierigkeiten nicht nur der Irgun zu verdanken.« Er wies mit dem Kopf nach Süden, wo sich die Hauptquartiere der *Najjada* und der Arabischen Befreiungsarmee befanden.

»Hör zu, Elia, ich begleite dich jetzt zu deinem Vater«, schlug Salim rasch vor. In Masens Miene malte sich nämlich ein Ausdruck, den er nur allzu gut kannte: sein Schlägergesicht. »Wir müssen vor der Ausgangssperre zu Hause sein.«

»Viel Spaß, ihr *Yehudim*.« Masens Tonfall triefte vor Verachtung. »Noch einen schönen Spaziergang. Wir sehen uns, wenn die arabischen Armeen kommen.« Er trat auf Elia zu und beugte sich dicht zu dessen Ohr vor. »Wir sind viele Tausende, Jude. Wart's ab.« Mit diesen Worten wandte er ihnen den Rücken zu und lief über den Platz.

»Du brauchst nicht mitzukommen, Salim«, meinte Elia. Der Himmel verdunkelte sich. Die Nacht brachte schiefergraue Wolken.

»Ich muss ja nicht den ganzen Weg mitkommen. Nur ein Stückchen. Geht es deiner Mama gut?«

»Ja, aber sie hat inzwischen Angst. Sie und Papa streiten oft.«

»Meine Eltern auch.« Salim stieß die Schuhspitze gegen den Boden. »Hat sie Angst, dass die arabischen Armeen kommen könnten, um uns zu retten?« Inzwischen war im Radio und in den Freitagspredigten von nichts anderem mehr die Rede.

Da Elia nicht antwortete, setzten sie ihren Weg schweigend fort. Salim hatte ein wenig Mitleid mit ihm. Würde er sich an Elias Stelle nicht auch vor den gewaltigen arabischen Armeen fürchten? Er malte sich unzählige Reihen von Männern aus, die Fahnen und Gewehre schwenkten wie die Beduinen in den alten Geschichten.

»Dann kannst du zu uns kommen«, sagte er, von Gefühlen überwältigt. »Mama wird dich verstecken. Wir erzählen einfach niemandem, dass du Jude bist. Bei uns bist du sicher.«

Als Elia plötzlich den Kopf hob, erschrak Salim über seinen Gesichtsausdruck. »*Ya*, Salim, ich glaube nicht, dass wir so weiterleben können wie bisher«, meinte er zögernd. »Mama sagt, deine Leute hassen die Juden und werden das Land nicht zur Ruhe kommen lassen. Also werden wir einander bekämpfen, ganz gleich, was auch geschieht.« Wieder zuckte er die Achseln. »Nur Gott weiß, wer siegen wird.«

»Die Araber werden siegen«, erwiderte Salim mit Nachdruck. Er hatte zwar nicht viel für seinen Vater, Abu Masen oder die anderen beleibten Männer übrig, die bei ihm zu Hause aus und ein gingen, doch seine Welt drehte sich um den Geruch ihrer Zigaretten und ihre leisen Gespräche. Für ihn war es unvorstellbar, dass sie einmal nicht mehr die Macht haben könnten, in Ruhe das Universum zu ordnen.

»Wenn du das glaubst, bist du auch nicht besser als Masen«, entgegnete Elia und blieb neben ihm stehen. »Warum bist du nicht mit dem da mitgegangen? Er wird dir beibringen, wie du meine Familie erschießen und unseren Laden verwüsten kannst wie seine Terroristenfreunde.«

Salim konnte sich ein Lachen nicht verkneifen. Die Vorstellung, wie der fette Masen schreiend mit einer Pistole herumfuchtelte, war einfach zu komisch. Allerdings schien seine Reaktion Elia gekränkt zu haben. Seine mageren Schultern zogen sich in den Körper zurück; er wirkte jetzt wie ein sprungbereiter Schachtelteufel. »*Yalla*, dann hau halt ab!«, brüllte er. Sein Arm schoss, halb Schlag, halb Schubser, nach vorne, traf Salim an der Brust und drückte ihn an die Steinmauer.

Es fühlte sich an wie damals der Bienenstich – zuerst war alles taub, dann kam ein Schmerz, der immer stärker wurde, sodass Salim am liebsten losgeschrien hätte. Heiße Tränen traten ihm in die Augen.

»*Du* solltest abhauen!«, brüllte er zurück und ballte die Fäuste. »Verschwinde. Das hier ist Palästina, wo Araber wohnen. Geh doch zurück, wo du hergekommen bist.«

»Ich komme aus Jaffa.« Elia klang, als sei er den Tränen nah. »Aber Masen, dieser Schwachkopf, will uns eine Bombe ins Fenster schmeißen. Was sollen wir denn tun?«

Salim erinnerte sich an den Terroranschlag auf dem Clock Tower Square, an die blutigen Gesteinsbrocken und an die schrillen Schreie, die wie Rauch durch die Luft waberten. An jenem Abend hatte Bürgermeister Heikal im Radio gesprochen und die Juden als Kindermörder und wilde Bären bezeichnet. Masen und seine Bande hatten Rache geschworen. An diesem Tag wäre es in ganz Jaffa der Ketzerei gleichgekommen, die Juden nicht für Teufel zu halten.

Dennoch war Salim überzeugt, dass sich auch die Welt der Juden in Gut und Böse aufteilte. Die Bösen lebten in Tel Aviv und auf den großen Landgütern, auf die ein Araber keinen Fuß setzte. Es hieß, sie hätten Familien aus ihren Häusern vertrieben, seien in Haifa, Jerusalem und in arabische Dörfer einmarschiert und hätten Hunderte von Menschen getötet, während die Briten tatenlos zusahen. Salim war noch nie einem dieser Albtraum-Juden begegnet. Doch nachts beim Einschlafen umringten ihn ihre dunklen gesichtslosen Gestalten.

Aber Elias Familie sah doch aus wie die meisten Einwohner von Jaffa. Sie arbeiteten und lebten genau wie seine Familie. Wie also konnten sie dann Feinde sein?

Als er das Elia erklären wollte, fand er nicht die richtigen Worte. Dafür war er viel zu verwirrt. Stattdessen stand er einfach da, senkte den Blick und scharrte mit dem Fuß im Kies. Bis zu den Toren von El-Balasbeh war es noch ein Stück, und es war kurz vor Ladenschluss. Elia seufzte, ein Geräusch, das wie ein *Und*? klang. Doch falls es sich dabei um eine Einladung handelte, dann verstand Salim sie nicht.

»Ich muss nach Hause«, sagte Salim schließlich. Vielleicht konnten sie ja am nächsten Tag alles klären. Elia nickte.

»Gut, Salim«, erwiderte er. »*Ma salam* – geh in Frieden.«

Als Elia sich entfernte, fühlte sich Salims Magen schwer an – so als stießen dort die Sorgen wie Kieselsteinchen aneinander. Ihm blieb nichts anderes übrig, als vorbei an der Ruine auf dem Platz und durch die Straßen mit den geschlossenen Läden, nach Hause zu laufen, wo er in Sicherheit war.

Die Villa der Al-Ismaelis wurde allgemein nur *Beit Al-Shamouti*, Orangenhaus, genannt. Durch die Gitterstäbe des eisernen Tors war eine dichte Front von Bäumen zu sehen, die *Sha-*

mouti-Orangen trugen. Im Frühling schwollen die Knospen an ihren Zweigen. Und im Sommer verwandelten sich die kleinen zitronengelben Knollen in das kugelrunde Gold von Jaffa. Wenn die Orangen zu Saft gepresst oder aufgeschnitten und mit Zucker und Rosenwasser besprengt wurden, lag eine bittere Süße in der Luft. Am anderen Ende von Jaffa wurden die Früchte in Papier gewickelt, in Dampfschiffe verladen und in Länder gebracht, von denen Salim nur träumen konnte.

Die Nachbarn tuschelten, dass sich der wulstlippige Said Al-Ismaeli – von seinen Freunden Abu Hassan genannt – ohne seine fünfzehn *Dunums* großen Orangenhaine südlich der Stadt wohl kaum mehr als einen Schuppen in seinem Garten hätte leisten können. Das war der andere Grund für den Spitznamen des Hauses.

Auf dem Nachhauseweg durch die dämmrigen Straßen dachte Salim über Elia und Masen nach. Früher waren sie alle Freunde gewesen. Doch im letzten Jahr hatte sich alles verändert.

Frère Philippe hatte versucht, es ihnen in der Schule zu erklären. Palästina sollte zwischen den Juden und den Arabern aufgeteilt werden. Die Juden würden die nördliche Küste, Galiläa und die Wüste im Süden bekommen. Die Palästinenser das fruchtbare Westufer des Jordan, die grünen Hügel an der Grenze zum Libanon und den Hafen Gaza im Süden. Jerusalem sollte der ganzen Welt gehören. Da Jaffa im palästinensischen Teil lag, hatten die Juden dem Gesetz nach keinen Zugriff darauf. Salim hatte seinen Lehrer verdattert angestarrt. Wer waren denn diese Leute, die einfach die Häuser anderer Menschen umverteilten?

Beim bloßen Gedanken, jemand könnte ihm seine Bäume wegnehmen, begann seine Haut zu prickeln. *Fellah!* Wie konnte Masen es wagen, ihn einen Bauern zu nennen? Bauern waren arm und schmutzig und hatten schwielige Hände und schlechte Zähne. Sie arbeiteten zwar auf den Feldern, aber sie gehörten ihnen nicht. *Ich bin der Sohn eines Landbesitzers. Ich habe das Recht, die Ernte einzubringen.*

Als er letzte Woche in den Hainen gewesen war, hatte er keine Frucht berühren dürfen. Salim sei zu jung, hatte Abu Hassan gesagt – was *zu ungehorsam* bedeutete. Die Ernte ist eine Arbeit für Männer, nicht für Kinder, hatte er verkündet.

Hassan hingegen durfte immer mit. Abu Hassan hatte seine Freude daran, wie ein richtiger Herr, ein *Effendi,* den ältesten Sohn durch die Baumreihen zu führen. »Als ob er der Erbe einer großen Sache wäre, nicht nur von ein paar Hektar Staub«, hatte seine Mutter gesagt. Salim war ein zu komplizierter Fall für einen Mann, der Geld, Müßiggang und Kaffee – in dieser Reihenfolge – liebte und den *Filastin,* die in Jaffa erscheinende Zeitung, nur kaufte, um ihn zusammengefaltet auf den Wohnzimmertisch zu legen.

Deshalb hatte Masens Seitenhieb auch so wehgetan. »Mein Vater ist ein kluger und wichtiger Mann, der die Zusammenhänge durchschaut«, hatte er damit sagen wollen. »Dein Vater mag ein wenig Geld haben, aber er hat den Verstand eines *Fellah.* Und deshalb wird deine Familie im Regen stehen, falls es zu Kämpfen kommt.«

Salim drehte den Knauf des rückwärtigen Tors und schlüpfte in den Garten. Die Bäume wirkten in der Dämmerung schläfrig, die Luft zwischen ihnen war noch von der Sonne erwärmt.

Es machte ihm Spaß, sie zu zählen, während er den Weg hinauf zur Veranda ging. Jeder Baum hatte eine Geschichte: Der schiefe hier hatte bei einem berüchtigten Wintersturm seine Zweige verloren, stand nun wie ein Bettler am Tor und streckte Gästen klagend einen Arm entgegen. Der dort drüben war ein Rabauke, der seine Äste in die Kronen seiner Nachbarn zwängte, während seine Wurzeln wie Meeresungeheuer aus dem Boden quollen.

Und dann waren da noch die drei kleinsten Bäume, gepflanzt für die Söhne: erst der für Hassan, dann der für Salim und im letzten Jahr auch einer für Rafan.

Hassans Baum hatte für sein Alter eine ansehnliche Größe erreicht. Er war hoch genug, um sich darunterzustellen, und hatte dicke Wurzeln. Da er rasch gewachsen war, hatte Hassan schon mit fünf Jahren die ersten Früchte ernten können. Salim konnte sich an kein Jahr ohne das Ritual erinnern, bei dem er den geflochtenen Korb für seinen älteren Bruder gehalten und den bitteren Duft der frisch gepflückten Orangen geschnuppert hatte.

Salims Baum trug nun seit einem Jahr Früchte. Allerdings hatte sein Vater sie ihn noch nicht ernten lassen, um ihm eine Lektion in Gehorsamkeit zu erteilen. Die Besitzer von Orangenplantagen pflanzen Bäume, wenn ihre Söhne geboren werden, sagten die *Fellahin*. Doch süß werden die Früchte erst, wenn aus den Jungen Männer geworden sind.

Vielleicht bist du ja deshalb so klein, dachte er traurig und streichelte die Rinde. Der Baum war nur drei Jahre jünger als der von Hassan, aber erst knapp halb so groß. Außerdem neigte sich der Baum nach Westen, dem Sonnenuntergang entgegen. Seine Zweige griffen nach der Mauer, als wollten sie darüberklettern, um zu fliehen.

Dass Salims Baum nicht wachsen wollte, war in der Familie häufig das Thema von Frotzeleien. Besonders Hassan hatte seine Freude daran. »Hoffentlich werden deine Eier mal größer als deine Orangen, Salim«, hänselte er. »Vielleicht verwandelst du dich sonst noch in eine Frau.« Seine Mutter gab dem schlechten Boden die Schuld. Am Tor war er steinig, und außerdem fehlte die Morgensonne. Aber sie verspottete ihn nie dafür, dass er ihn liebte. Er berührte die frische Kerbe, die erst diese Woche hinzugekommen war, und erinnerte sich daran, wie sie bei Kerzenschein zusammen in den Garten geschlichen waren, um durch einen Ritz am Baum seine Körpergröße am siebten Geburtstag zu markieren und im Schein der Sterne Süßigkeiten zu essen.

Als er ankam, saß seine Mutter auf der Veranda und gab Rafan die Brust. Der Himmel hinter ihr verdunkelte sich, und die blauen Schatten ließen ihr Haar schwarz wirken. Sie hatte den Kopf über das Baby gebeugt. Die Meeresbrise verschluckte ihr leises Lied.

Nur Al-Ismaeli war eine atemberaubende Frau. Das erkannte selbst Salim am Getuschel der anderen Jungen und der ehrfürchtigen Haltung der Frères, wenn sie ihn und Hassan zur Schule brachte. Es war ihre distanzierte Art – so still und melancholisch wie eine Statue und gleichzeitig so herablassend wie die an den Felsen gebundene Andromeda. Ihre helle Gesichtsfarbe und ihre olivgrünen Augen waren das Erbe einer adeligen libanesischen Familie, die, in finanzielle Schwierigkeiten geraten, die Jungfräulichkeit ihrer fünfzehnjährigen Tochter für den Gegenwert zweier neuer Autos und einer Pension für ihren Vater an Said Al-Ismaeli verkauft hatte.

Inzwischen, fünfzehn Jahre später und mit drei Kindern, die alle hier geboren waren und aufwuchsen, lebte sie noch immer wie eine Fremde in Palästina. Doch für Salim war sie die Quelle aller Wunder und der Liebe. Er war immer ihr Lieblingskind gewesen – bis das neue Baby kam.

Auf einmal unbeschreiblich müde, stützte er das Kinn auf

ihre Schulter. Sie wandte den Kopf, um ihre Stirn an seine zu lehnen. Kurz schloss er die Augen.

»Wo warst du, *Ya'Eni*?«, fragte sie. Salim war das einzige ihrer Kinder, das sie je mit diesem Kosenamen bedachte, dem Segen einer Mutter, der »Du bist mir wertvoller als meine Augen« bedeutete. Sie drückte das in dem altmodischen förmlichen Arabisch der Imame und Sänger aus – in Worten, die Distanz schufen und sie als *Ausländerin* brandmarkten. Doch für Salim klangen sie erhaben und weckten Tagträume von Rittern und Königinnen.

»Unterwegs mit Masen, Mama.«

Sie lachte, als Rafan auf ihrem Schoß leise schnaubte. »Ich begreife nicht, was du an diesem Schweinesohn findest.« Salim spürte, wie ihm ein schlechtes Gewissen den Rücken hinaufkroch.

»Ich mag ihn auch nicht. Aber sonst ist ja niemand mehr hier«, rechtfertigte er sich. Das stimmte – viele Menschen hatten Jaffa verlassen und gesagt, sie würden zurückkommen, wenn die »Schwierigkeiten« ausgestanden seien. Salim zögerte und fügte dann hinzu: »Er hat *Baba* einen Bauern genannt.«

»*Aya*, dann ist er vielleicht klüger, als ich dachte.« Sie hob den Kopf ins Dämmerlicht und musterte ihn forschend mit aufmerksamen Augen. »Hat es dir etwas ausgemacht?« Salim ließ den Kopf hängen und wagte nicht zu antworten.

»*Habibi*, mein Liebling«, sagte sie, und er bemerkte, dass ihr Tonfall leicht belustigt war. »Er ist traurig, weil ein Moskito ihn gestochen hat. Es gibt hier so viele, überall schwirren sie herum. Doch wenn der Morgen kommt, *Ya'Eni*, was geschieht dann mit den Moskitos?« Sie öffnete die leere Hand, und Salim malte sich aus, wie winzige Schatten in der Luft verpufften. »Eines Tages werden die Masens dieser Welt genauso unwichtig für dich sein wie das hier. Du wirst ein größerer Mann sein als sie.«

Ebenso schnell ließ sie die Hand wieder sinken und blickte zum Horizont, wo sich ein fahler Dämmerschein über dem Meer ausbreitete.

»Wenn du wissen willst, was für ein großer Mann Masen einmal werden wird, geh nur rein«, fuhr sie in wegwerfendem Ton fort. »Abu Masen ist da und spricht mit deinem Vater über den Lauf der Welt.«

In der Küche war es dunkel. Das Abendessen stand schon fertig und abgedeckt auf dem Tisch; ein warmer Duft nach Reis, Lamm, Sesampaste und kleinen Päckchen aus gedämpften Kohlblättern. Gleich hinter der Küchentür begann Abu Hassans Reich, ausgestattet mit ausladenden Ledersesseln rings um einen mit Schildpattlack überzogenen Couchtisch.

Durch die Tür konnte Salim das leise, vorwurfsvolle Brummeln seines Vaters und Abu Masens geschliffene Antworten hören. Als er das Wort *Juden* aufschnappte, schob er die Tür einen Spalt weit auf, um besser lauschen zu können.

»Das kannst du sehen, wie du willst, mein Freund«, sagte Abu Masen. »Aber die Männer, die jetzt gehen, verhalten sich vernünftig. Nimm nur Heikal und Al-Hawari! Heikal ist Jaffas Stadtoberhaupt, und Al-Hawari ist der ranghöchste Soldat. Und sind sie hier? Nein. Sie warten in Beirut und Kairo ab, wie sich die Lage entwickelt. Sie wissen, dass die Briten uns fallen gelassen haben wie eine heiße Kartoffel. Die Juden haben Haifa und Jerusalem eingenommen, ohne dass die *Inglisi* auch nur einen einzigen Schuss abgegeben hätten. Bald werden sie hier sein. Und dann wird genau das Gleiche passieren wie in Deir Yassin.«

Deir Yassin. Bei diesen Worten überlief es Salim eiskalt. Er hatte Fotos von dem Dorf gesehen, nachdem die Irgun dort gewesen war. Es hieß, die Juden hätten ganze Familien an die Wand gestellt und sie mit Kugeln vollgepumpt.

»Die Juden sind Feiglinge.« Abu Hassan hatte eine heisere Bassstimme. »Haifa und Deir Yassin konnten sich nicht verteidigen. Wir hier haben die Arabische Befreiungsarmee mit mehr als zweitausend Mann.«

»Von den paar Figuren werden sie sich nicht stören lassen. Sie haben die *Americani* auf ihrer Seite. Und die Vereinten Nationen. Außerdem besitzen sie Gewehre und Artillerie aus Europa. In drei Wochen wird über Palästina das Todesurteil gesprochen. Sobald die Briten fort sind, werden die Juden ihre Flagge hissen und sie auch verteidigen. Oder glaubst du, Ben-Gurion wartet ab, bis wir seine Konvois und Kibbuze überfallen? Darauf, dass die Ägypter und Jordanier in seinem neuen Israel einmarschieren, in unseren Städten Posten beziehen und dann nach Jerusalem vorrücken, um ihn zu vernichten? Nein, das werden die Juden nicht riskieren, darauf gehe ich jede Wette ein. Sie werden zuerst angreifen und alles an sich reißen, was sie kriegen können. Haifa ist verloren. Wir sind die Nächsten. Erinnerst du dich an den Vorfall auf dem Clock Tower Square? Unser Schicksal kümmert die nicht. Vielleicht sollten wir uns aus dem Staub machen, bis unsere Freunde über die Grenze kommen, um uns zu helfen.«

Aus dem Staub machen?, dachte Salim, während sein Vater erwiderte: »Warum sollte ich wegen der *Yehudim* mein eigenes Haus verlassen? Sollen die arabischen Armeen doch ringsherum kämpfen.«

Im nächsten Moment stieß Salim einen Schreckensschrei aus, denn eine Hand legte sich über seine Augen und eine zweite über seinen Mund.

Das Kichern hinter ihm verriet ihm, dass es Hassan war. Er wurde kräftig in die Wange gekniffen. »Was soll das, *ya* Salimo? Lauschst du schon wieder an Türen? Soll ich es *Baba* erzählen, oder gibst du mir Schweigegeld?«

Panisch drehte Salim sich um und versuchte, sich aus Hassans Griff zu befreien. Ein rudernder Arm traf Hassan an der Wange. Der Junge hörte auf zu lachen und fing stattdessen zu schreien an: »*Baba, Baba*!«

Das Gespräch verstummte. Schritte näherten sich, und dann wurde die Tür aufgerissen. Da Hassan ihn noch immer fest im Schwitzkasten hielt, konnte Salim nur die runden Wangen und die eingesunkenen Augen seines Vaters über dem weißen Hemd und dem Halstuch sehen, die ihn finster betrachteten.

»Er hat mich gehauen, *Baba*«, keuchte Hassan. »Er hat an der Tür gelauscht, und als ich ihn daran hindern wollte, hat er mich gehauen.«

Die Unverfrorenheit verschlug Salim den Atem, und die Worte sprudelten aus ihm hervor, ehe er sie zurückdrängen konnte. »Du Lügner!«, brüllte er. »Du verlogener Sohn eines Schweins!«

Als Hassans Augen sich vor Schreck weiteten, wurde Salim klar, was er gerade gesagt hatte. Im nächsten Moment sauste Abu Hassans beringte Hand durch die Luft auf ihn zu und ohrfeigte ihn so heftig, dass er sich auf die Lippe biss. Speichel und Blut mischten sich mit den Tränen, die ihm über die Wange liefen.

Er blickte zu seinem Vater hinauf und sah die vorgeschobene Unterlippe. Dieselbe starrsinnige Unterlippe, über die letzte Woche das Nein zur Ernte, das Nein zum Orangenbaum und das Nein zum Vorschlag seiner Mutter gekommen waren, für ihn eine Geburtstagsfeier zu veranstalten, wie sie bei den britischen Kindern stattfand. Und er hörte sich selbst sagen: »Hoffentlich kommen die Juden und schmeißen dich raus.« Dann rannte er schluchzend die Treppe hinauf in sein Zimmer und knallte die Tür zu.

Allmählich beruhigte er sich, und die Geräusche jenseits seiner Tür waren wieder zu hören. Das Abendessen, das ohne ihn eingenommen wurde. Die Stimmen seiner Mutter und seines Vaters, erhoben zum allabendlichen Streit. Heute ging es um die Perlenkette, die Rafan zerrissen hatte und deren Reparatur laut *Baba* zu teuer geworden wäre. »Glaubst du, du hättest einen reichen Mann geheiratet?«, polterte er in seinem heiseren Bass. »Genügt es dir denn nicht, dass ich von diesen Libanesen ausgeplündert worden bin, als ich dich zur Frau genommen habe? Willst du das Werk für sie vollenden?« Und dann: »Wenn du herumlaufen willst wie eine Beiruter Hure, geh doch dorthin zurück. Ich werde dich nicht daran hindern.« Worauf ihre kalte Antwort folgte: »In Beirut führen sogar die Huren ein besseres Leben als ich.« Salim zog sich das Kissen über den Kopf.

Nach dem Essen öffnete sich quietschend die Tür, und er hörte leise Schritte. Eine Stimme flüsterte: »Hey, Salim, *Baba* sagt, du musst ohne Abendessen ins Bett, aber ich habe dir einen Teller gebracht.« Es war ein zerknirschter Hassan. Salim drehte sich zu ihm um, antwortete jedoch nicht.

»Mein Gott, es war doch nur ein Scherz, Salim. Du nimmst immer alles so ernst, du Dummerchen. Aber warum musst du den Alten immer wieder ärgern? Du weißt doch, wie er ist.« Verlegen streckte er die Hand aus und zauste Salim das Haar.

Nachdem Hassan fort war, versuchte Salim, das Essen nicht zu beachten. Aber ihm knurrte so sehr der Magen, dass er schließlich den Teller zu sich heranzog, alles in sich hinein-stopfte und wütend hinunterschlang.

Die Gedanken in seinem Kopf verknoteten sich wie Schlangen. Es war alles so entsetzlich ungerecht. Hassans stolzer Tag bei der Ernte, die Geburt von Rafan, der nun die Zeit und die Arme seiner Mutter beanspruchte. Und er, Salim, war weder ein Mann, den man achtete, noch ein Kleinkind, das mit Liebe überschüttet wurde. Als Nächstes fielen ihm wieder Abu Masens Worte ein und glitten ihm, kalt wie Eis und nach Furcht schmeckend, die heiße Kehle hinab. Warum würden die Juden demnächst hierherkommen? Warum würden sie ihr Zuhause verlassen müssen? *Es wird genau das Gleiche passieren wie in Deir Yassin.* Die Berichte über das Massaker hatten sich wie ein Lauffeuer in Palästina verbreitet – fünfzig Tote, einhundert, zweihundert. Der Reis in seinem Mund war so körnig wie Staub, und er hörte Frauen schreien – *Omar! Omar!*

Er schob den Teller weg, legte sich wieder hin und zog sich die Decke über den Kopf. Noch eine Stunde war vergangen, als er wieder das Klicken des Türknaufs hörte. Diesmal spürte Salim eine kühle Hand, die sich ihm auf die Stirn legte, und der beruhigende Duft des Parfüms seiner Mutter stieg ihm in die Nase. Er lag so reglos da wie möglich, voller Angst, er könnte wollen, dass sie wieder ging, wenn er nur ein Wort sagte.

Lange herrschte Schweigen. Doch schließlich konnte er sich nicht mehr beherrschen. »Es ist nicht meine Schuld, Mama«, flüsterte er. »*Baba* hasst mich.«

»Hass?« Ihr Gesicht wirkte in der Dunkelheit wie eine weiße Wand. »Du weißt noch gar nicht, was Hass ist, *Ya'Eni.*«

»Warum darf Hassan wieder in die Orangenhaine und ich nicht? Es ist so ungerecht.«

»Was ist im Leben schon gerecht?«, erwiderte sie mit leiser

Stimme. »Nicht einmal Gott ist gerecht. Es gibt zwar dumme Menschen, die etwas anderes behaupten, aber du wirst es noch lernen, Salim. Wenn ein Mann etwas will, muss er seinen eigenen Weg finden.«

»Ich will die Ernte einbringen«, verkündete er und setzte sich auf. »Ich habe ein Recht darauf. Ich bin jetzt an der Reihe.«

Sie lachte leise auf. »Also willst du auch ein *Fellah* sein, mein kluger Junge?« Das Wort beschämte ihn genauso wie aus Masens Mund.

»Ich bin kein *Fellah*«, protestierte er heftig. »Aber die Bäume gehören mir genauso wie Hassan. Und jetzt bin ich sieben. Ich bin an der Reihe. Das haben du und *Baba* mir versprochen.«

Als sie sein Kinn mit der Hand umfasste, waren ihre Finger so glatt wie Marmor. »Nun, *Effendi*, da gibt es etwas, wofür wir Gott danken können. Er hat dir eine kluge Mutter geschenkt – *wallah*, genauso klug wie ihr Sohn. Jedenfalls zu klug für deinen *Baba*. Wir haben heute Abend miteinander geredet, nachdem die Shisha ihn ein wenig beruhigt hatte. Komm morgen früh nach unten, und küss ihm die Hand. Dann kriegst du deine Ernte. Das ist dein Geburtstagsgeschenk, *Ya'Eni*.«

Er umklammerte den Rand des Kissens. Die plötzliche Freude überkam ihn so heftig, dass sie ihm den Atem verschlug wie eine kalte Welle am Strand. Er schlang ihr die Arme um den Hals, und die Worte *Mama, Mama* stiegen ihm in der Kehle auf. Doch er schluckte sie hinunter, nur für den Fall, dass sie ihn hätten zum Weinen bringen können wie ein Baby.

Sie drückte ihn an sich. »Keine Angst, *Ya'Eni*«, sagte sie leise, und ihr Atem streifte warm sein Haar. Aber im nächsten Moment veränderte sich etwas – sie machte sich los und schob ihn zurück aufs Bett. »*Bukra, Inschallah*«, fügte sie hinzu und drehte sich zur Tür um. Morgen, wenn Gott will.

»Morgen«, erwiderte er und spürte wieder das vertraute Ziehen in der Brust.

Als sie sich über ihn beugte, um ihn auf die Wange zu küssen, fiel ihm in letzter Minute noch etwas Schreckliches ein.

»Mama«, sagte er drängend. »Wie ist das mit den Juden? Werden sie hierherkommen?«

Sie blieb auf der Schwelle stehen. Das Licht auf dem Flur tauchte sie in einen sanften Schein. »Wie kommst du darauf?«

»Abu Masen hat darüber geredet. Und Masen auch und die Frères. Wird es werden wie in Deir Yassin? Warum haben sie das gemacht?«

Als sie schwieg, befürchtete er schon, sie verärgert zu haben. Doch schließlich antwortete sie, ein Wort nach dem anderen, als müsse sie jedes einzelne aus einem Brunnen nach oben holen.

»Alle hier sind Träumer, Salim«, sagte sie. »Die Juden träumen von einer Heimat, die Araber davon, dass alles so bleiben soll, wie es ist. Dein Vater träumt vom Reichtum. Sogar ich träume.« Seufzend wandte sie sich ab. »Und wenn die Träume wichtiger werden als das Leben, ist man bereit, alles zu tun, damit sie in Erfüllung gehen.«

Er lag reglos da, das Kissen noch immer fest umklammert, die Brust noch leicht vom Glück. Wenn sie von Träumen sprach, konnte er nur an die Bäume im Garten denken.

Sie wandte sich zum Gehen, doch er spürte, dass sie zögerte. Ihre Hand berührte sein Gesicht.

»Salim, wenn dich jemand einen Bauern nennt, streite es nicht ab«, meinte sie. »Die *Fellahin* sind die einzigen aufrichtigen Männer in Palästina. Sie sind es, die dieses Land wirklich besitzen – nicht die Juden oder die *A'yan*. Sie haben es mit ihrem Schweiß und ihren Händen bearbeitet. Sie hätten es gerettet, wenn sie gekonnt hätten. Doch sie wurden betrogen. Verstehst du das?«

Salim nickte, fest entschlossen, sie nicht zu enttäuschen. In Wahrheit jedoch waren ihre Worte so verwirrend wie ein Lied, sorgten dafür, dass er sich ratlos und erschöpft fühlte, und schlugen ihn dennoch in ihren Bann.

Sie nahm die Hand von seiner Wange. »Schlaf jetzt«, sagte sie. Doch nachdem sie fort war, lag Salim noch lange wach, bis der Tag schließlich im Brunnen der Müdigkeit versank und ihm die Augen zufielen.

*

»Jeder Jude kann eine Geschichte erzählen, die sein Leben in einen Zusammenhang mit der Staatsgründung stellt«, pflegte Rebecca immer zu sagen. »Wo genau er gewesen ist, als Israel geboren wurde. Und du, Judit, bist die Geschichte deiner Mutter.«

»Ich will aber keine Kriegsgeschichte sein.«

»Du bist deine eigene Geschichte, *Mamele*. Die nur dir allein gehört. Daran, was du für andere Menschen bist, kannst du nichts ändern.«

»Ich habe Tage gebraucht, bis sie endlich kam«, erzählte Dora jedes Mal, wenn sie sich an der *Schul* in der Ryhope Road wieder um das Thema Palästinakrieg zankten wie Hunde um einen Knochen. Ihr Finger bebte in der Luft, als wollte sie ein Symphonieorchester ihres persönlichen Leids dirigieren. »Sie kam sehr spät, weil ich mir solche Sorgen machte, denn ihr Onkel war in der Armee, wisst ihr, in Jaffa und in Haifa. Tag und Nacht hörten wir BBC, weil all die *Meschungóim*, diese verdammten Araber, gedroht hatten, uns ins Meer zu werfen.«

Es hatte sich folgendermaßen abgespielt: Gerade hatten sie ihr Bekleidungsgeschäft *Gold's Fashion* geschlossen und waren auf der Heimfahrt, als Dora die erste Schmerzwelle spürte, die sie traf wie der Tritt eines Pferdes. Sie packte Jack am Arm, der das Lenkrad hielt. »Halt an, du Idiot, es ist so weit!«

Eine halbe Stunde später taumelten sie ins Sunderland Royal Hospital, wo Dora in der Akte des Gynäkologen als *D. Gold, ältere Primigravida – Risikogeburt* vermerkt wurde. Die Hebamme vergewisserte sich, dass der diensthabende Arzt nüchtern war, wechselte den Kittel und richtete sich darauf ein, die Patientin zu beruhigen.

Doch es war alles vergebens. Doras Wehen wurden schwächer, und die Fruchtblase wollte einfach nicht platzen, sosehr der Arzt auch bohrte und stocherte. Nach zwei Tagen im grellen Schein der Krankenhausbeleuchtung wurde endlich entschieden, das Baby zu holen.

Jack bezeichnete Judiths Geburt als »das Wunder des sicheren Autofahrens«. Dora hingegen schob es auf das Wirken einer höheren Macht und nahm es gewissermaßen als Zeichen, dass mit der Geburt ihrer Tochter um Haaresbreite eine Katastrophe verhindert worden war. Das war der Preis, den sie bezahlt hatte, um als Normalbürgerin die gewaltige Bühne des jüdischen Leids betreten zu dürfen: achtundvierzig Stunden Wehen, bis sie nur noch »Herrgott noch mal, jetzt holt es endlich raus!« geschrien hatte. Blut und Wunden hätten für ein ganzes Schlachtfeld genügt, und zu guter Letzt wurde ein winziges, geschwächtes Mädchen geboren, das nach Luft rang, während der neue Staat Israel gerade den ersten Atemzug tat.

Judith bezog ein Zimmer, in dem bereits Gertie lebte, ein zartes Geschöpf von sechzehn Jahren. »Nicht deine leibliche Schwester«, erklärte Großmutter Rebecca einmal, »aber trotzdem ein Kind Gottes.« Ihre ersten Erinnerungen handelten von Gertie, die nachts neben ihr lag und weinte. Die Melodie dieses Weinens durchzog ihre Kindheit wie ein hellblauer Fluss, schlich sich in ihre Träume und füllte sie mit Trauer. Dann, eines Tages, fand sie ein Foto unter Gerties Kissen: eine andere Familie – zwei steif posierende Mädchen mit einem kleinen Jungen im Arm. *Gertrude, Esther und Daniel Kraus, Wien 1939*, hieß es auf der Rückseite.

In Judiths Geburtsurkunde, von Jack mit zitternder Hand ausgefüllt, stand *Judit Rebecca Gold*. Dora hatte auf *Judit* bestanden. Es war der Name ihrer Mutter gewesen, die schon zu Anfang des Kriegs in Budapest gestorben war und immer noch leidenschaftlich betrauert wurde. Doras Jugend hatte von Judits gewimmelt, sodass sie nie auf den Gedanken gekommen war, wie dieser Name außerhalb der eingeschworenen jüdischen Gemeinde von Sunderland wirken würde; in einem durchschnittlichen englischen Klassenzimmer, wo Charlottes und Victorias saßen. Sie wäre entsetzt gewesen, wenn sie je von dem verräterischen Akt erfahren hätte, in dem ihre Tochter kurz nach ihrem fünften Geburtstag heimlich ein »h« an ihren Namen angehängt hatte.

»Es klingt komisch, *Bubbe*«, hatte Judith auf dem Heimweg vom Kindergarten zu Rebecca gesagt und den Blondschopf hängen lassen. »Die anderen lachen mich aus. Warum kann ich keinen anderen Namen haben? Fragst du Mummy für mich?«

»Oh, *Mamele*«, erwiderte Rebecca, und ihre sommersprossige Hand tätschelte ein Patschhändchen. »Eines Tages, wenn du älter bist, kannst du dir selbst einen Namen aussuchen, so wie Papa es getan hat und ich auch. Doch solange wir klein sind, haben wir die Namen, die unsere Eltern uns gegeben haben. Es sind unsere Babynamen, die zeigen, dass unsere

Mamas und Papas uns lieben und immer in ihren Herzen bewahren.«

»Aber warum ausgerechnet so ein komischer Name? Dein Name ist doch auch nicht komisch. Und der von Tony genauso wenig.« Anthony, ihr wohlhabender Cousin, wurde sehr beneidet und war häufig Gesprächsthema im Hause Gold.

»Deine Mama hat dich nach *ihrer* Mama benannt, weil sie dich so liebt, wie ihre Mama sie geliebt hat. Wir bewahren das Andenken an geliebte Menschen, indem wir sie in unseren Kindern am Leben erhalten. Deshalb hat dein Papa dir auch meinen Namen gegeben, damit du dich an mich erinnern und ein kleines Stück von mir am Leben erhalten kannst, wenn ich einmal nicht mehr bin.«

Erschaudernd zog Judith die warme Hand ihrer Großmutter an ihre Wange. Im Kindergarten war letzte Woche ein Wellensittich gestorben. Unter Tränen hatte sie zugesehen, wie die Kindergärtnerin den winzigen bunten Körper aufhob, dessen rote Beinchen sich auf dem schmutzigen Käfigboden schon in verwelkte kleine Stängel verwandelt hatten.

»Stirb nicht, *Bubbe*«, sagte sie sehr ernst. »Ich will, dass du hier bist.« Ein Leben ohne die sanfte Stimme ihrer Großmutter, ohne ihr warmes rotes Haar und ihren weichen Schoß zum Draufsitzen war für sie unvorstellbar.

Rebecca war genauso ein Teil von ihr wie ihr Name. Rebecca war das Kreischen der Möwen über der Ryhope Road, die Luft, so blitzblank geschrubbt wie die Küchenspüle, das entfernte Knarzen von den Reedereien. Sie war das sandige Plätschern des Meeres am Roker Beach, das Dröhnen und Knirschen am Hafen – die Geräusche, die sie als den Herzschlag des Nordens bezeichnete. Manchmal, wenn einer der großen Tanker den Wear hinaufkam und das Wasser zu

Schaum aufpeitschte, ging Rebecca mit ihr zum Ufer. Dann hob sie Judith in die Geborgenheit ihrer Arme, sodass sie dem Jubel der Menschenmenge lauschen und dem gewaltigen Koloss aus schimmerndem Stahl mit ihrem Taschentuch zuwinken konnte.

Manchmal fragte sich Judith, warum ihre Familie verglichen mit den anderen jüdischen Sippen, die sich samstags in der *Schul* einfanden, so ungewöhnlich klein war. Selbst wenn alle zusammen waren, fühlte es sich nie an, als hätte sie Verwandtschaft, nicht einmal während der Familienausflüge zum Roker Beach. Dora saß, die Sonnenbrille auf der Nase, reglos in ihrem Liegestuhl, während Jack sich mit der *Sunderland Echo and Shipping Gazette* Kühlung zufächelte. Gertie verharrte, voll bekleidet, unter dem Sonnenschirm, und Judith saß allein mit Sandeimer und Schaufel da und wollte unbedingt ins Wasser, fürchtete sich aber vor den Wellen.

Rebecca erklärte es ihr so:

»Du kommst aus einer Familie von *Menschn*«, sagte sie und benützte das jiddische Wort, das eine ehrenwerte und aufrichtige Person bezeichnet. Ihr Finger fuhr den Davidstern nach, den sie immer um den Hals trug – ein Hochzeitsgeschenk. »Allerdings trifft das nicht auf alle zu, *Mamele*. Dein Opa und ich – Gott schenke seiner Seele Frieden – haben drei wundervolle Söhne. Sie haben alle etwas aus ihrem Leben gemacht. Dein Onkel Max kämpft, um unsere Heimat in Israel zu verteidigen. Dein Onkel Alex gibt einen Teil des vielen Geldes, das er verdient, armen und kranken Menschen. Und Jacob, dein Papa, nun, er und deine Mama dachten, dass sie keine Kinder bekommen könnten. Also haben sie Gertrude aufgenommen, als sie noch ein kleines Mädchen war wie du, und sie so vor dem Lager gerettet. Und außerdem sorgen sie jetzt im Alter für mich. Deshalb hat Gott ihnen dich als Belohnung geschickt. Und er hat allen meinen Söhnen eine Aufgabe zugeteilt, was wichtiger ist, als eine große Familie zu haben. Also sei nicht traurig. Es ist *Mizwa*, ein Segen für uns.«

Ihr Cousin Tony sah die Dinge anders.

»Dad findet, dass Max eine Schraube locker hat«, verkündete er, den Mund voller Eiscreme, als er das nächste Mal aus London zu Besuch war. »Dass er spinnt, weil er in der Wüste lebt, Melonen anpflanzt und auf die Eingeborenen schießt. Der heilige Max von Zion, so nennen wir ihn. Und was meinen Dad angeht, muss Oma sich vermutlich einreden, dass er eine Art jüdischer Robin Hood ist, der von den Reichen nimmt, um es den *Schmocks* zu geben.« Grinsend zauste er Judith das hellblonde Haar. »Offen gestanden halte ich deinen Dad für den einzig Normalen in der Familie. Also, Kopf hoch, *Bubele,* mein Liebes. Deine Chancen, auch normal zu werden, stehen demnach recht gut.«

Kriegskinder sollten nicht zu normalen Menschen heranwachsen, hatte Judith damals gedacht. Sie mussten Helden werden, *Menschn*. So endete für Dora die Geschichte, die Sunderland-Version der ruhmreichen Staatsgründung Israels und der Geburt von Judit Gold. Der heilige Max kehrte von den Kämpfen zurück, nachdem die Angehörigen der *Jischúw*, der jüdischen Bevölkerung Palästinas, in Sicherheit gebracht, die fünf ausländischen arabischen Armeen aufgerieben und die meisten einheimischen Araber mit ihnen verschwunden waren. »Er hat mir erzählt, dass Ben-Gurion in dem Moment, genau in dem Moment, als sie geboren wurde, die Flagge gehisst hat.« Max hatte Dora als Geschenk zu Judits Geburt ein schmutzig blaues Stück Stoff mit einem sechszackigen Stern darauf mitgebracht. »Die hat Max am Tag der Unterschrift getragen, und sie hat ihn von Jaffa nach Jerusalem begleitet«, sagte sie. »Etwas, das Judit an all die Opfer erinnern soll, die unsere Generation gebracht hat.« Nur, dass Judith Max' Stern nur einmal im Leben gesehen hatte, ein zerschlissenes Viereck, versteckt in Doras Schminkkoffer wie ein alter *Schmatter*, ein Fetzen. »Dein Bruder mag mit den Rechtschaffenen am Tisch sitzen«, hatte sie ihre Mutter einmal zu Jack sagen hören. »Aber reich wird man davon nicht.«

Judith berührte vorsichtig den Stoff, als könnte er sie verletzen. Er war an den Ecken eingerissen und roch seltsam, ein heißer roter Geruch wie von Staub. Er hatte nichts mit der himmelblauen Flagge gemein, die sie aus dem Fernsehen kannte; diese hier war verwundet und so grau wie der Wear bei Flut. Und die Flecken darauf waren so dunkel wie Blut.

*

Salim wurde vom Knall einer Explosion geweckt.

Es war ein tiefes, ohrenbetäubendes *Bumm*, das ihn aus dem Tiefschlaf riss wie ein lautes Klopfen an der Tür. Salim setzte sich verwirrt auf. Sein Zimmer war dunkel, und er hatte noch das Parfüm seiner Mutter in der Nase.

Draußen wich der nachtschwarze Himmel der Morgendämmerung. Hassans Bett war ungemacht und leer. In der Stille konnte er seinen eigenen Atem hören.

Und dann geschah es wieder, ein gewaltiger Knall, der die Wände erschütterte und Staub von der Decke rieseln ließ.

Entsetzt fuhr er hoch. *Was ist da los? Wo sind die anderen? Haben sie mich zurückgelassen?* Er umklammerte seine Bettdecke, und Tränen traten ihm in die Augen.

Die offene Zimmertür wirkte plötzlich bedrohlich, ein

schwarzes Loch, das ins Nirgendwo führte. Erneut war eine Explosion zu hören. Diesmal sprang er unwillkürlich auf.

Als er die Treppe hinuntereilte, warf ihn der nächste Knall beinahe um. Die Eingangstür stand offen, und ein fahles Licht strömte ins Haus.

Und da sah er sie – seine Mutter, seinen Vater und Hassan, wie sie draußen im Orangengarten standen. Sie waren noch im Nachthemd, und Hassan war barfuß. Rafan schrie in den Armen seiner Mutter. Sein Gesicht ragte, rot wie ein Bluterguss, über ihre Schulter.

Der Morgenhimmel über ihnen wurde von weißen Blitzen, grell wie bei einem Gewitter, erschüttert. Jeder Knall schickte leuchtende Nadeln durch die Blätter der Orangenbäume. Dichte Rauchwolken wehten auf das Meer hinaus.

»Was ist da los?«, fragte er erschrocken. Er hatte Asche im Mund. Selbst Hassan wirkte verängstigt und klammerte sich an die Hand seines Vaters wie ein kleines Kind.

»Mörserraketen«, erwiderte Abu Hassan, ohne den Blick zu senken. Seinen Worten folgte ein hohes Pfeifen, bevor die nächste Explosion den Boden zum Beben brachte. »Sie wollen uns mit Bomben vertreiben und dann die abschlachten, die noch übrig sind.«

Salim betrachtete seine Mutter. Sie stand stocksteif da und starrte in Richtung Meer. Hinter ihnen kündigte ein milchiger Lichthauch den kurz bevorstehenden Sonnenaufgang an.

Das Donnern der Mörserraketen war noch ein Stück entfernt. Sie schlugen östlich und nördlich von hier ein, unweit des Clock Tower Square und des Stadtzentrums, wo die Krankenhäuser standen, das Al-Hambra-Kino mit seinen roten Sesseln, die Mahmoudiya-Moschee und die Kirchen St. Peter und St. George. Doch zwischen den Einschlägen hörte Salim noch andere Geräusche ganz in der Nähe: Schreie und Sirenen, aufgeregtes Hundegebell und das Quietschen von Reifen.

Im nächsten Moment klopfte jemand laut ans Tor. Die ganze Familie Al-Ismaeli machte einen Satz. In ihrem Schrecken tat seine Mutter etwas noch nie Dagewesenes: Sie packte Abu Hassan am Arm und klammerte sich an ihn. »Geht rein«, zischte sie Hassan und Salim zu. Doch die beiden standen reglos da wie das Kaninchen vor der Schlange.

»Abu Hassan!«, rief eine drängende Stimme durch das Metallgitter. »Mach um Himmels willen auf.«

Salim erkannte die Stimme sofort; seine Mutter auch. »Das ist Isak Yashuv«, sagte sie zu Abu Hassan. »Schnell, lass ihn rein.«

In Jaffa schloss kaum jemand sein Tor ab, nicht einmal in diesen gefährlichen Zeiten. Doch in jener Nacht hatte Abu Hassan sich dazu entschlossen, zum ersten Mal seit Jahren den rostigen Riegel vorzuschieben. Er knirschte und wackelte, als er ihn mit zitternden Händen zurückzog. Die Familie drängte sich ängstlich zusammen.

Isak Yashuvs Augen waren vor Hast geweitet. Hinter ihm stand sein verbeulter alter Austin mit laufendem Motor. In der offenen Tür war Lili zu sehen. Ihr hellbraunes Haar war mit einem gelben geblümten Kopftuch bedeckt. Auf dem Rücksitz hatte sich Elia zwischen Haufen von Taschen und Kleidungsstücken gezwängt. Kurz sah er Salim an und wandte dann verstört den Blick ab.

Unterdessen redete Isak rasch auf Salims Eltern ein. »Das ist die Irgun, Abu Hassan. Sie werden heute oder morgen Jaffa einnehmen. Ich habe Angst, dass sie auch durch unser Viertel kommen werden. Deshalb bringe ich meine Familie weg.« Isak wohnte in Manshiyya, an der kaum auszumachenden Grenze

zwischen Jaffa und Tel Aviv. »Du solltest die Türen abschließen und keine Kämpfer ins Haus lassen. Wenn du dich aus den
Kämpfen raushältst, wird die Irgun dich nicht behelligen.«

»Und wo wollt ihr hin?«, fragte seine Mutter und trat neben
ihren Mann.

Isak sah sie seltsam entschuldigend an. »Nach Tel Aviv«, erwiderte er. »Der Traum, den wir gelebt haben, ist jetzt vorbei.
Entweder kriegt uns die Irgun bei ihrem Angriff, oder die Araber werden sich an uns rächen.«

Abu Hassan wandte den Kopf hin und her, als könnten die
Orangenbäume ihm die Antwort geben. Während er noch
zögerte, erwiderte Salims Mutter abweisend: »Wir laufen nicht
davon. Das hier ist unser Haus. Außerdem gibt es hier Soldaten. Die sollen uns beschützen.«

Isak hob die Hände. »Verlass dich nicht auf Soldaten, Umm
Hassan. Tausende von ihnen sind bereits zu den Häfen aufgebrochen, um sich einzuschiffen. Auch arabische Kämpfer sind
dabei. Ich dachte schon, Jaffa sei bereits leer und ihr wärt allein
hier. Doch wenn niemand bleibt, wer wird Jaffa dann zurück-
fordern, nachdem dieser Wahnsinn vorbei ist?« Ihm versagte
die Stimme, und er schüttelte den Kopf. Zu seiner Überraschung sah Salim, dass Isaks Wangen feucht waren.

Inzwischen war Lili näher gekommen und berührte Isak
leicht am Arm. »Mach ihnen keine Angst, Isak«, sagte sie in
ihrem gebrochenen Arabisch. Und zu Salims Mutter meinte
sie: »Bleibt, wenn ihr euer Zuhause behalten wollt. Geht in den
Keller und bleibt. Ich weiß, was ihr glaubt, aber diese Menschen sind keine Ungeheuer. Sie wollen nur ...« Sie vollführte
eine Handbewegung, verstummte dann und senkte den Kopf.
Salim starrte sie an. Was meinte sie damit? Was wollten diese
Juden? Sie hatten hier nichts zu suchen. Das alles gehörte ihm.

Lili zerrte Isak am Ärmel und redete auf Hebräisch auf ihn ein. Er wies mit dem Kopf auf das Auto und auf Elia.

»Wir müssen jetzt fort«, sagte er. »Gott schütze dich und deine Familie, Abu Hassan. Ich hoffe …« Allerdings ging sein Wunsch in der nächsten ohrenbetäubenden Explosion unter.

Mit einem letzten Blick auf Salim schob er seine Frau zum Auto. Elia sah ihn an, als der Motor ansprang und der Austin sich rasch in Richtung Küstenstraße entfernte.

Salims Mutter wandte sich an Abu Hassan. »Wir gehen nirgendwohin«, verkündete sie. »Lili hat recht. Wer weiß, was aus diesem Haus wird, wenn wir es zurücklassen. Die Briten führen doch noch das Kommando, oder? Ruf Michael Issa an!« Der Christ galt als einer der Helden im Führungskader der Arabischen Befreiungsarmee. »Geh zu den Briten. Sag ihnen, sie sollen etwas unternehmen!« Zornig ballte sie die Fäuste. Den glucksenden Rafan hatte sie unter den Arm geklemmt. Der Himmel hinter ihnen blinkte und erbebte weiter.

Als sie wieder im Haus waren, graute der lange, sich dahinschleppende Sonntagmorgen – und allmählich hörte das Donnern der Artillerie auf. Dumpfes Schweigen entstand. Keine Moschee rief morgens und mittags zum Gebet. Als die Hitze des Tages anbrach, erhoben sich auch der Lärm von Autohupen, Motorengeräusche und ängstliches Stimmengewirr. Salim glaubte, dass der Radau vom Hafen kam. Isak Yashuv hatte recht gehabt. Ganz Jaffa war auf der Flucht.

Salim saß mit seiner Mutter und seinen Brüdern in der Küche und hörte Radio. Michael Issa sprach. Er sagte, Hunderte von Arabern im Stadtzentrum und am Hafen seien dem Beschuss zum Opfer gefallen. Die Juden rückten vom Norden her vor und quollen aus den stählernen Gedärmen von Tel

Aviv. Die Menschen flohen. Der Norden von Jaffa war inzwischen beinahe menschenleer. Er flehte die Bevölkerung an, die Ruhe zu bewahren und in ihren Häusern zu bleiben. Er würde Jaffa bis zu seinem letzten Blutstropfen verteidigen.

Als die nachmittägliche Hitze für Salim unerträglich wurde, ging er im Garten hin und her. Ein gelber Dunst lag in der Luft, und er hatte den Eindruck, dass die Bäume selbst erbebten. Ihre Blätter erschauderten in der reglosen Luft. Konnten Bäume Furcht empfinden? Er fuhr mit der Hand über die Rinde seines Baums und betastete die Kerbe, die seine Körpergröße markierte. »Keine Angst«, flüsterte er, die Lippen ans Holz gelehnt. »Bald ist es vorbei. Wachs einfach weiter bis zur nächsten Ernte.« Und so stand er in dem ungewissen Nachmittag und wiederholte immer wieder dieselben Worte: *Keine Angst. Keine Angst.*

Nach einer unruhigen Nacht zog sein Vater seinen besten braunen Wollanzug aus Jerusalem an, um den britischen Police Commissioner aufzusuchen und ihn um Hilfe anzuflehen. Sein Bauch wölbte sich unter dem Hosenbund, und er hatte dunkle Schweißflecken unter den Achseln. Salim stand an der Tür, als er aus der Küche und zum Hintertor hinausging. Draußen wartete Abu Masens neues Auto. Sein Motor surrte leise wie eine Libelle über einem Teich. Masen saß hinten. Er trug seine Pfadfinderuniform. Sein Gesicht hob sich blass von der bis oben zugeknöpften Uniformjacke ab. Als er sich umdrehte, stellte Salim fest, dass seine Augen rot und verschwollen waren. Doch sobald er Salims Blick bemerkte, formte er die Hand zur Pistole und zielte durch das Fenster auf ihn. Salim sah, wie seine Hand zurückzuckte, als der Wagen mit aufheulendem Motor durch die stillen Straßen davonfuhr.

Am Abend kehrte Abu Hassan mit guten Nachrichten zurück. »Die Briten haben den Juden ein Ultimatum gestellt«, verkündete er. »Wenn sie sich nicht zurückziehen, werden die *Inglisi* diese Ratten aus ihren Löchern bomben.«

Salim atmete auf. Hassan, der neben ihm saß, klatschte in die Hände und rief: »*Alhamdulillah*« – Gott sei Dank!

»Darauf würde ich mich nicht verlassen«, erwiderte seine Mutter zweifelnd. »Die Briten haben uns schon so viel versprochen. In drei Wochen ziehen sie ab. Weshalb sollten sie das Leben weiterer Soldaten riskieren? Da ist es doch besser zuzuschauen, wie wir uns gegenseitig umbringen.«

Doch diesmal konnten nicht einmal die Worte seiner Mutter Salims Erleichterung einen Dämpfer aufsetzen. Sie waren vom Rande des Abgrunds gerettet worden. Es war wie letzten Sommer, als ein kleines Mädchen am Hafen ausgerutscht und ins Wasser gefallen war. Ihre Mutter hatte geschrien. Alle waren zum Rand des dunklen Wassers gelaufen, doch im nächsten Moment kam plötzlich aus dem Nichts eine Welle und spülte das Kind zurück an Land.

In dieser Nacht schliefen sie zwar alle, aber am nächsten Morgen kehrte die Angst zurück. Seit dem Granatenbeschuss waren fast drei Tage vergangen. Drei Tage ohne Wasser und Strom. Im Haus stank es nach Schweiß und den Gerüchen aus der Toilette. Die Luft war dicht verqualmt.

Wo waren die Briten? Die Straßen blieben leer. In den gelegentlichen Nachrichtenmeldungen hieß es, dass im Osten und am Rand von Manshiyya weiter gekämpft wurde. Dörfer in der näheren Umgebung von Jaffa sowie die äußersten Vororte waren erobert worden. Wo war die Arabische Befreiungsarmee? Sie fühlten sich von aller Welt verlassen.

Am Nachmittag wies Salims Mutter Hassan an, die Lebensmittelvorräte aus dem Gartenschuppen zu holen. »Wir müssen sie verstecken«, sagte sie. »Wer weiß, wie lange das noch so weitergehen wird.«

Er half seinem Bruder, die Jutesäcke mit Mehl ins Haus zu schleppen. Sie sahen aus wie die Taschen der Flüchtlinge oder die Säcke, mit denen die *Fellahin* Obst zum Markt brachten. Nun waren sie das Einzige, was noch zwischen ihm und einem knurrenden Magen stand. *Jetzt bist du auch nur ein dummer Fellah, du Esel.*

Als es Abend wurde, stellten sich Salim die Nackenhaare auf. Im Norden war wieder Geschützfeuer zu hören. Er hastete durch das Dämmerlicht in das Zimmer seiner Eltern. Seine Mutter packte mit zitternden Händen einen Koffer.

»Was machst du da, Mama?«, fragte er, während die Angst ihm fast die Kehle zuschnürte.

»Ich lasse nicht zu, dass sie uns die Habe wegnehmen, falls sie herkommen«, antwortete sie, ohne aufzublicken. »Du musst dich auch fertigmachen. Pack ein paar Anziehsachen in eine Tasche, und bring sie mir. Und gib Hassan Bescheid.« Ihre Stimme klang zwar ruhig, doch ihre Hände huschten bebend über ihre Kleider und Schmuckstücke.

Salim rannte los und stolperte panisch die Treppe hinunter. Sein Herz zerrte in ihm wie ein verzweifeltes Tier. *Raus, raus*, drängte es. *Lauf davon! Versteck dich!* Er versuchte, sich zu beruhigen. Seine Mutter brauchte ihn jetzt, er musste ein Mann sein.

Langsam ging er zum Kaminsims, der voller sorgfältig arrangierter Familienbilder stand. Großeltern, die er nie kennengelernt hatte, und ein trauriges vergilbtes Foto, das ein junges Mädchen bei seiner Hochzeit darstellte. Seine Augen suchten verzweifelt nach einem ganz bestimmten Foto.

Und da war es: die kleine rechteckige Aufnahme eines Babys

mit weit aufgerissenen Augen, das an einem Baum lehnte. Zufrieden und gleichzeitig verwirrt betrachtete das Baby etwas, das hinter der Kamera vor sich ging. Im Hintergrund erhob sich, geisterhaft und blumenumrankt, die weiße Villa der Al-Ismaelis.

Das Foto war vor einem Jahr bei Rafans Baumpflanz-Zeremonie im Garten entstanden. Das Baby, sein Baum und die kleine im Boden steckende Schaufel sollte den Beginn zweier neuer Leben markieren. Nur dass Rafans Baum noch zu klein gewesen war, um ihn dagegenzulehnen, weshalb sie den von Salim genommen hatten.

»Sei doch nicht kindisch«, hatte Hassan gesagt, als Salim sich über diese Ungerechtigkeit beklagt hatte. »Es ist ja nur ein Foto und kann dir egal sein.« Aber er hatte immer so getan, als sei er selbst das Baby auf diesem Bild gewesen, hier an seinem rechtmäßigen Platz.

Als er den Stamm seines Baums auf dem Foto betrachtete, kehrte sein Mut zurück. Er nahm es vom Kaminsims und lief in sein Zimmer. Dort packte er einen Pyjama, zwei Unterhosen und ein Hemd zum Wechseln in seinen Tornister und legte das Foto dazwischen. Dann ging er hinaus, um auf das zu warten, was nun kommen würde.

In jener letzten Nacht hielt Salim Wache im Garten unter seinem Baum. Er hatte ein Taschenmesser dabei. Zweimal versuchte seine Mutter, ihn ins Haus zu holen, aber er weigerte sich. Schließlich brachte sie ihm eine Decke.

Er lehnte sich mit seinem Tornister an den Stamm. In Jaffa brannte nirgendwo Licht. Noch nie hatte er eine so stockfinstere Nacht gesehen. Der Himmel jenseits der dunklen, bebenden Blätter war mit strahlenden, stecknadelkopfgroßen Sternen übersät. Als er die Augen schloss, verschwammen sie zu einem funkelnden Strom.

Er stand auf, als dunstig der Morgen graute. Die Welt war noch in Stille gehüllt, unbewohnt bis auf die Vögel und Hunde. Im ersten Moment fragte er sich, ob er noch schlief – ob er womöglich in seinem eigenen Bett aufwachen würde, während das Licht zum Fenster hereinschien.

Und dann bemerkte er sie – die dunklen Wolken, die über dem Hafen in die Luft stiegen. Ein beißender Brandgeruch kroch über die schlafenden Häuser. Die Schüsse und Rufe klangen näher als zuvor – ein schrilles Konzert aus Johlen und Kreischen. Es krampfte ihm den Magen zusammen. Das hintere Tor klapperte, und als er sich rasch umdrehte, sah er seinen Vater ins Haus hasten. Kurz darauf kam seine Mutter nach draußen gelaufen. Ihre Miene war finster. Sie packte ihn am Arm und zog ihn ins Haus.

»Die Juden sind da«, sagte sie mit belegter Stimme. »Manshiyya ist gefallen, und sie haben inzwischen das Meer erreicht. Als Nächstes kommen sie hierher. Die Briten haben uns im Stich gelassen. Beeil dich, es ist Zeit. Dein Vater meint, wir müssen jetzt weg.«

Als Salim aufblickte, schleppte sein Vater zwei große Koffer die Treppe hinunter. Hassan folgte ihm mit einer Reisetasche aus ihrem Zimmer. Seinem Bruder rannen die Tränen über die Wangen, ein Anblick, der auch Salim zum Weinen brachte.

»Ich will nicht gehen«, schluchzte er und fühlte sich so hilflos wie ein Blatt im Sturm. »Wir wohnen hier. Ich will bleiben.«

»Sei nicht kindisch«, schimpfte sein Vater. Sein rundes Gesicht war mit Schweißperlen bedeckt, und seine Kleider stanken nach Angst. »Jaffa ist verloren, die Juden kommen. Hast du Deir Yassin vergessen? Wenn wir bleiben, werden wir alle sterben.« In diesem Moment war das Salim ziemlich gleichgültig.

»Wir fahren zu deiner Schwester«, sprach Abu Hassan weiter, während er das schwere Gepäck nach draußen zum Auto zerrte. Damit meinte er seine erwachsene Tochter aus seiner ersten Ehe mit einer längst verstorbenen Frau. Sie hatten Nadia und ihren Mann Tareq einmal in den Hügeln von Nazareth besucht, süßen Tee getrunken und Datteln gegessen.

Im Hintergrund hörte Salim das Grammofon seiner Mutter – eine Frau, die ein trauriges Liebeslied sang. *Sie können mich nicht zwingen wegzugehen.* Diese Worte pochten in ihm, noch lauter als das Klagelied und auch lauter als das Donnern, das vom Hafen heranwehte. Er rannte hinaus auf die Veranda, ohne auf Hassans »Hey, Salim!« und Rafans Schreien zu achten.

Er konnte nicht weg. Sie verstanden das nicht. Die Luft war dunstig, und die Bäume ließen müde die Blätter hängen, als er auf sie zulief.

Das Taschenmesser lag schwer in seiner Tasche. Er hatte es schon vor Wochen aus Hassans Schrank stibitzt. Nun holte er es heraus, bohrte es in die nachgiebige Rinde und schnitzte, Buchstabe für Buchstabe, das Wort hinein. *Wenn jemand herkommt, wird er wissen, dass du mein Baum bist.* Seine Hand zitterte, und die Einschnitte waren nicht sehr tief. Noch ehe er fertig war, spürte er, wie die Hand seiner Mutter sich um seinen Arm schloss.

»Komm, Salim, mach es nicht noch schlimmer«, keuchte sie und zog ihn wieder ins Haus. »Dein Vater hat so entschieden. Wir wollen zu Gott beten, dass es nicht zu lange dauert.«

In den kommenden Jahren sollte Salim immer wieder versuchen, diese letzten Minuten im Orangenhaus Revue passieren zu lassen. Erinnerungsfetzen tanzten davon wie Funken aus einem Feuer. Der wehende gelbe Vorhang in seinem Zimmer, als er seine Socken anzog. Das matte Schimmern des Spiegels seiner Mutter, als sie den letzten Schmuck zusammensuchte. Der plötzliche Frühlingswind, der in den Orangenbäumen raunte, als sie ihn auf den Rücksitz verfrachteten. Das Quietschen des Tors, als der Riegel zugeschoben wurde. Und dann, schließlich, das Zufallen der Autotür. Dieses letzte Geräusch hatte sein Herz erbeben lassen, als sie sich in rascher Geschwindigkeit vom Tor entfernten und ihn wegbrachten.

1956

»Streck dich, Kind. Streck die Arme aus! Herrje, Judith. Leg dich ein bisschen ins Zeug, Mädchen! Wie willst du es je zu etwas bringen, wenn du nicht darum kämpfst, verdammt?«

Während ihres achten Lebensjahrs tauchte Judith jeden Donnerstagnachmittag im Becken des Wearside Swimming Club unter, um sich vor den Vorbereitungen für die Dreihundertjahrfeier zu Ehren der jüdischen Bevölkerung Großbritanniens zu drücken. Mr. Hicks, der Trainer, scherte sich nicht darum, dass der Premierminister höchstpersönlich, sogar der Duke of Edinburgh und außerdem »alle einflussreichen Juden« anwesend sein würden. Unterdessen bebte Dora vor Empörung: Immerhin gehörte Alex Gold zu den Organisatoren der Veranstaltung – und seine Verwandtschaft hatte keine Einladungen erhalten!

Judith wusste, dass sie nicht reich waren, weil Dora mindestens einmal täglich darauf herumritt. Onkel Alex bezeichnete sie als »diesen reichen *Pishaker* in London«, und sie schien fest entschlossen, Jack und Judith dafür zu bestrafen, dass sie sie um ihren rechtmäßigen Platz in der Gesellschaft betrogen hatten.

Jack gab dem Krieg die Schuld. In den Dreißigern war *Gold's Fashion* ein florierendes Geschäft gewesen. Doch als die Bomben auf die Werften von Sunderland fielen und eine Trümmerwüste zurückließen, war die Hälfte der Kundschaft weggezogen. »Wenn man die Kosten für die Kleider deiner Mutter und die Wucherzinsen von der Bank abzieht, würde nicht mal Moses mehr einen Topf zum Reinpinkeln finden«, hörte Judith ihn schimpfen, wenn er die Buchführung erledigte.

»Er schämt sich für dich«, herrschte Dora Jack am Tag vor Judiths achtem Geburtstag an. »Wir sind nur die arme Verwandtschaft aus dem Norden, während dein Bruder am Regent's Park den großen Mann spielt.«

»Mach dich nicht lächerlich«, erwiderte Jack und wich in Richtung Tür zurück. »In Großbritannien gibt es vierhunderttausend Juden. Wir können ja schlecht alle mit dem Premierminister zu Abend essen. Also beruhige dich, und organisiere ein Abendessen hier in der *Schul*, wenn du unbedingt möchtest. Ich muss noch mal kurz in den Laden. Gertie hat Schwierigkeiten mit den Büchern. Tschüss, Schatz.« Er küsste Judith auf den Scheitel und war verschwunden.

Dora stöckelte auf blauen Pumps an Judith vorbei in die Küche und fing an, vom zornigen Geklapper von Porzellan auf Holz begleitet, den Tisch zu decken. Judith folgte ihr leise.

»Jetzt siehst du mal, aus was für einer Familie dein Vater kommt.« Ihre Mutter reckte wütend das Kinn. »Die wissen ja nicht mal, dass sie Juden sind. Heißen zwar Gold, aber haben ein Herz aus Kohle. Nach allem, was wir durchgemacht haben, sollten wir Juden zusammenhalten. Aber das gilt nicht für diese reichen Leute, oh nein. Da heißt es immer nur ›ich, ich, ich‹, und wir anderen können sie mal im Mondschein besuchen. Nimm sie dir bloß nicht zum Vorbild, junges Fräulein.« Sie drohte Judiths Spiegelbild im Wasserhahn mit dem Finger. »Es ist kein *Naches*, ein undankbares Kind großzuziehen.«

Judith nickte ernst. Die Vorstellung, dass Menschen zusammenhielten, löste Unbehagen in ihr aus. Das jüdische Volk als klebrige Masse, zusammengehalten von Leim wie das graue Pappmaschee in der Schule.

Abends im Bett malte sie sich aus, wie sie alle in ihren besten Sachen vor dem Gebäude standen, wo Onkel Alex' wichtige Feier stattfand. Doch als sie einschlief, verwandelte sich diese aus irgendeinem Grund in eine Hochzeit. Hunderte von Füßen wirbelten bei der *Hora,* dem traditionellen Kreistanz, durch den Raum, sodass Judith sich wegen des gewaltigen Lärms die Ohren zuhalten musste. Aber Dora riss ihr die Hände weg und rief: »Komm, wir warten alle auf dich, Madam!« Allerdings stimmte etwas nicht. Sie konnte sich nicht bewegen, und als sie an sich hinunterblickte, stellte sie fest, dass ihre Füße in nassen Papierfetzen versanken, die an ihr kleben blieben und sie an Ort und Stelle fixierten.

Den jüdischen Mädchen an der Hillview Junior School machte es offenbar nichts aus, zusammenhalten zu müssen; weder Judith noch ihre Schulkameradinnen wussten, wie es war, nichtjüdische Freundinnen zu haben. In zweiten Schuljahr jedoch wurden die Mädchen im Klassenzimmer nicht mehr nach Religionszugehörigkeit, sondern einfach nach dem Alphabet zusammengesetzt. Und so fand Judith sich neben einem fremden Mädchen namens Kathleen wieder, das einen schwarzen Lockenschopf und große Abstände zwischen den Zähnen hatte und unter dem Schulrock eine rosafarbene Strumpfhose trug.

Als sich der *Schul*-Club (wie Tony die Clique nannte) in der Pause in seine übliche Ecke zurückzog, bat Kathleen Judith einfach, ihr die Schaukeln und die Toiletten zu zeigen. Während sie in der kühlen Morgensonne über den Pausenhof schlenderten, spürte Judith, wie Kathleens magere Hand sich in ihre schob. Dabei redete sie vergnügt und mit einem leichten Lispeln weiter.

»Du bist überhaupt nicht wie *die*«, verkündete sie, verjagte einen Jungen von der Schaukel und lüpfte ihren Rock, um selbst darauf Platz zu nehmen. »Die sind genauso wie an meiner alten Schule – sie bleiben immer unter sich, du weißt schon. Aber du bist nett.«

Judith errötete und zuckte die Achseln. »So schlimm sind sie gar nicht«, erwiderte sie zögernd. Als sie sich nervös umsah, stellte sie fest, dass die kleine Gruppe, die sie so gut kannte – Minnie, Blanche, Ethel und Rachel –, sie fassungslos anstarrte.

Kathleen stieß sich vom Boden ab und schwang die Beine hinauf in den marmorierten Himmel. Judith setzte sich neben sie und folgte ihrem Beispiel. Ein etwas flaues Pendelgefühl breitete sich in ihrem Magen aus, als der Wind ihr um die Ohren pfiff.

»Warum spielst du dann mit mir und nicht mit denen?«, erkundigte sich die Fremde, während sie aneinander vorbeirasten.

Judith hatte keine Ahnung, was sie darauf antworten sollte. Sie hatte nichts gegen ihre alten Schulkameradinnen, mochte sie aber auch nicht besonders. »Einfach so«, erwiderte sie schließlich. Als sie sich ausmalte, was Dora dazu sagen würde, wurde sie von einem berauschend wunderbaren Trotz ergriffen. »Ich mag dich. Warum sollte ich dich auch nicht mögen?«

Kichernd sprang Kathleen von der Schaukel. »Du bist eine Rebellin«, jubelte sie. »Mama sagt, Rebellen sind die besten Menschen.« Sie fing an, um Judith herumzutanzen und die Arme zu schwenken. »Ich finde es *klasse*!«, rief sie aus. »Es ist so romantisch. Wie in einem Lied.« Und dann begann sie, so lange »Tutti frutti, oh Judy« zu singen, bis die beiden Mädchen, Tränen lachend, an der Mauer lehnten. Von diesem Tag an wurde aus Judith Judy, und sie und Kathleen waren unzertrennlich.

Kathleen war im Schwimmverein. »Mum sagt, das ist das Einzige, was ich kann.« Das Schwimmbad Wearside lag auf ihrem Heimweg, und Judith beobachtete begeistert, wie die Mädchen durch das Becken pflügten und sich ihre weißen Badehauben von dem leuchtenden Blau abhoben, das sie an das Meer auf Onkel Max' Postkarten erinnerte. Im Wasser gibt es keine Juden. So oder ähnlich drückte Mr. Hicks es aus, als Kath Judith drängte, ihn zu fragen, welche Bedingungen man erfüllen müsse, um der Mannschaft beizutreten. »Man braucht nur kräftige Beine und eine Portion altmodischen Mumm, mein Kind«, meinte er.

Ab diesem Moment veränderte sich Judiths Leben. Es wurde zu einem Wirbel aus Luftblasen im Wasser, dem beglückenden Gefühl des ersten Atemzugs nach dem Auftauchen und einem kühlenden Druck auf den Ohren, der Doras Gezänk ausblendete. Judiths schwächliche Ärmchen wurden rasch kräftiger. Jeden Donnerstag nach dem Training begleitete sie Kathleen nach Hause und hörte mit ihr auf dem Plattenspieler ihrer Mutter Pat Boone und Little Richard.

Bei Kathleen zu Hause roch es nach Bratwürsten und Pommes. Ihre Mutter trug bunte enge Hosen, die über den Knöcheln endeten, und dazu gestreifte Oberteile, in denen sie aussah wie eine Puppe. Sie hatte die gleichen schwarzen Locken wie Kathleen, rauchte, lachte wie ein junges Mädchen und erlaubte Judith, sie Molly zu nennen. Als Judith sich einmal nach Kathleens Vater erkundigte, erntete sie von Kath nur ein Achselzucken und ein »Gut, dass wir ihn los sind« von Molly. Sie hatten viel Spaß zusammen, und sie liebte Mollys immer wiederkehrende Bemerkungen, man solle sich seine eigenen Regeln machen und sein eigenes Leben leben. Judith war noch zu jung, um zu bemerken, dass Kathleen Schwierigkeiten beim Lesen hatte, dass Molly manchmal weinte und zu viel trank und dass Kaths bunte Kleider beim genaueren Hinsehen Flecken aufwiesen.

Am letzten Freitagnachmittag in den Sommerferien klopfte Kath an Judiths Wohnungstür. Als sie von oben in ihrem Zimmer Gerties Stimme und Kaths hohes Stimmchen hörte, hastete sie nach unten. »Sei vorsichtig, Judit«, raunte Gertie. Sie hatte noch immer einen deutschen Akzent, der die nordenglischen Vokale weicher klingen ließ. Judith zwängte sich an ihrer Schwester vorbei und verdrehte die Augen. Kath zog kichernd die Schultern hoch in ihre schwarzen Locken.

»Ey, weißt du was?«, begann sie, nachdem Gertie fort war. »Ich gehe ins Wearside schwimmen. Mum ist mit irgendeinem Typen unterwegs. Sie hat sicher nichts dagegen. Kommst du mit?«

Unwillkürlich sah Judith sich um. Gertie und Rebecca waren in der Küche, und der säuerliche Geruch von *gefiltem Fisch* wehte durch den Flur. »Ich kann nicht«, erwiderte sie voller Enttäuschung. »Es ist Sabbat.«

Kath zuckte die Achseln. »Judy-Rudy, du bist keine Rebellin.« Doch die Worte wurden von einem breiten sommersprossigen Grinsen begleitet. »Wir fahren am Sonntag nach Roker Beach. Der letzte Ausflug in diesem Sommer! Mum sagt, du kannst mitkommen.«

Beim Sabbatgebet am Abend konnte Judith kaum still sitzen. Während Doras Gesang hatte sie immer noch das »Lass dich nicht unterkriegen!« in den Ohren, das Kath gerufen hatte, bevor sie die Straße entlang davongehüpft war.

Am Tisch rührte sie lustlos in ihrer Suppe herum und sah zu, wie die unregelmäßig geformten Klößchen an die Oberfläche stiegen. Vorhin hatte sie beobachten können, wie Rebecca sie aus Matzenmehl und Ei knetete und mit äußerster Vorsicht in den Topf gleiten ließ, bis sich säuerlicher Weizengeruch in der Küche ausbreitete. Nun jedoch umschwammen sie, schwer, trist und klumpig, ihren Löffel. Beim bloßen Gedanken, eines davon in den Mund zu stecken, drehte sich ihr der Magen um.

Mit geschickten Fingern fischte sie eines heraus und schob es unter ihre Suppenschale. Gertie war mit ihrer eigenen Suppe beschäftigt, und Dora erzählte Jack gerade von einer Frau in der *Schul*, die einen *Goj* aus London *schtupte*.

Judith nahm das nächste Klößchen und ließ es verschwinden. Gerade angelte sie nach dem dritten, als Rebecca plötzlich fragte: »*Mamele*, was machst du denn da mit den *Kneidlach*?«

Doras Kopf fuhr hoch, und ihre Knopfaugen erspähten sofort die verräterischen Klößchen, die unter dem Tellerrand hervorlugten. »Was soll denn das, junges Fräulein?«, fragte sie. »Versteckst du schon wieder dein Essen?«

»Ich kriege davon Bauchweh«, beteuerte Judith. Dora zog die Augenbrauen hoch, und Jack deutete mit dem Löffel auf sie.

»Und dabei hat sich Oma heute so viel Arbeit für uns gemacht, Schatz«, erwiderte er. »Weißt du denn nicht, wie viele Kinder auf der Welt hungern müssen?«

»Ich habe keine Ahnung, was in letzter Zeit mit ihr los ist«, fügte Dora hinzu. Sie presste die Lippen zusammen. Der Kerzenschein spiegelte sich in ihren Ohrringen. »Ich habe noch nie von einem Mädchen gehört, das nicht isst, was seine Eltern auf den Tisch stellen. Als Gertie zu uns kam, Madam, war

sie gerade mal so alt wie du – und sie hat Hunger gelitten.«
Sie wies mit dem Finger auf Gerties rundliche Gestalt. »Sie hat
im Getto gehungert, wie Millionen anderer Juden auch. Während der *Schoah* sind fast genauso viele an Hunger gestorben
wie in den Lagern. Wer nicht isst, obwohl Nahrung im Überfluss vorhanden ist, versündigt sich an ihrem Andenken. Richtig, Gertie?«

»Es ist Gottes Wille, dass wir am Sabbat essen«, wandte sich
Gertie mit ernster Miene an Judith und knuffte sie am Ellbogen. »Das ist ein heiliges Gebot.« Judith zog den Arm weg.

»Hör auf, mir ständig etwas von Gott zu erzählen«, protestierte sie bedrückt. »Das ist nicht normal.« Gertie verzog erstaunt und gekränkt das Gesicht, während Dora die Hände
rang.

»Normal?«, wiederholte sie, und ihr Tonfall triefte von
Sarkasmus. »Normal? Was ist normal an einem Mädchen,
das seinen Eltern Widerworte gibt? Was ist normal daran,
seine Traditionen zu missachten? Also?« Judith starrte auf
den Tisch und versuchte sich vorzustellen, sie sei im Wasser.
Doras Stimme klang weit entfernt, wie ein von den Wellen gedämpftes Lied.

»Wenn du keinen Hunger hast, gehst du am besten in dein
Zimmer.« Dora fing an, sich *Kneidlach* in den Mund zu stopfen, und nickte Rebecca übertrieben dankbar zu. »Los, raus mit
dir! Sonst bekomme *ich* nämlich Magenschmerzen.«

Als Judith vom Tisch aufstand, waren ihre Beine so wackelig, als hingen Bleigewichte daran. Während sie langsam aus
der Küche trottete, spürte sie, wie Rebeccas Finger weich und
tröstend ihren Arm streiften.

Oben auf ihrem Bett spürte sie den Hunger, ein aufregend
leeres Gefühl. Aus der Küche wehte leises Stimmengewirr hi-

nauf. *Sie reden über mich.* Diese Vorstellung löste in ihr gleichzeitig schlechtes Gewissen und klammheimliche Freude aus.

Sie schwang die Beine über die Bettkante, öffnete ihre Schultasche und holte ein rotes Notizbuch und einen abgekauten Stift heraus. Sie riss eine Seite heraus, malte ein kleines Herz an den oberen Rand und schrieb:

Liebe Kath, ich bin ohne Essen ins Bett geschickt worden. Jetzt bin ich eine richtige Rebellin! Hoffentlich habt ihr am Wochenende Spaß in Roker. Wir sehen uns in der Schule. Alles Liebe, Judy.

Sie faltete den Zettel zusammen und schrieb *Kath* vorne drauf. Ob sie Gertie wohl überreden konnte, am Sonntag auf ihrem üblichen Weg zum Hebräischkurs bei Kaths Haus vorbeizugehen?

Eine Woche nach der *Kneidlach*-Krise, wie Tony sie nannte, kam Max über *Jom Kippur* von seinem Kibbuz in Israel nach Hause. »An diesem Tag büßen wir für alle unsere Sünden«, sagte der Rebbe im Thoraunterricht zu Judith. Er betonte, dass man von Sonnenaufgang bis Sonnenuntergang weder essen noch trinken dürfe. Auch Lederschuhe, Waschen, Eincremen, Parfüms und eheliche Beziehungen seien verboten. Die beiden letzten Regeln verwirrten Judith. Sie hatte Dora noch keinen Tag ohne Parfüm erlebt. Und was die *Beziehungen* betraf, verstand sie erst einige Jahre später, was in Jacks und Doras Einzelbetten angeblich vor sich ging, und ärgerte sich, weil man sie so lange getäuscht hatte.

Es war sehr warm für September, und Jack klagte schon den ganzen Monat darüber, dass er auf der Herbstware sitzen bliebe. Als eines Nachts wieder einmal Doras Geschimpfe über ihren Mann durch die Dielenbretter drang, kroch Judith zu Gertie ins Bett. »Warum musstest du auch im August noch mehr Mäntel bestellen?«, zeterte Dora. Jacks Antwort bestand aus einem beschämten Murmeln. »Hassen die beiden einander?«, flüsterte Judith Gertie zu und kuschelte sich in ihre blassen, weichen Arme. »Nein«, raunte Gertie zurück. »Aber sie haben hart gearbeitet, um es so weit zu bringen, und fürchten nun, es könnte wieder bergab gehen.« Judith ertappte sich bei der Frage, ob Gertie wohl manchmal gern in ihre Heimat zurückgekehrt wäre – anstatt so zu tun, als wäre Judith eine Esther oder ein Daniel aus Wien und keine falsche Schwester, die sie zurückwies.

Es war Tradition, dass Judith an *Jom Kippur* nicht zur Schule musste, obwohl sie noch zu jung zum Fasten war. »Dein Bäuchlein ist viel zu klein, um so lange leer zu bleiben«, erwiderte Rebecca freundlich, als sie sich erkundigte, warum sie den ganzen Tag lang zu Hause herumsitzen musste. »Unsere Gesetze stellen die körperliche Unversehrtheit des Menschen vor alle religiösen Gebote. Das heißt, dass deine Gesundheit das Wichtigste ist, *Mamele*, aber du kannst trotzdem nachdenken und beten wie wir anderen auch.«

An *Jom Kippur* gingen Dora, Jack und Gertie in die Synagoge. Rebecca, die ein schwaches Herz hatte, blieb bei Judith zu Hause, um das Festessen vorzubereiten. Es sollte *Challah*, eine Art Hefezopf, geben, gehacktes Ei und süße Aufläufe, die *Kugel* hießen. Da Judith nicht ins Wearside-Bad konnte, ging Kath wieder ohne sie.

Bei Sonnenuntergang zündete Onkel Max die Kerzen an, die er eigens aus dem Kibbuz mitgebracht hatte, küsste und segnete seine Mutter und umarmte Jack und Dora. Er schüttete Onkel Alex, der vom Regent's Park gekommen war, die Hand. Cousin Tony war von der Universität angereist. Als die Sonne am Horizont versank, trötete er in die gewölbten Hände, eine Parodie auf die *Schofar*, und zwinkerte Judith dabei zu.

Judith fand es schön, wenn die ganze Familie sich versammelte. Ihre beiden Onkel verbreiteten eine Stimmung von Abenteuer und Dramatik. Alex war eine elegantere Version ihres Vaters mit maßgeschneiderten Anzügen, einem Ring am kleinen Finger und einem samtigen Londoner Akzent. Wenn er sprach, musste Judith an einen Schoko-Milchshake denken, der in ein kaltes Glas floss. Onkel Max hingegen war sonnengebräunt und durchtrainiert und erinnerte eher an einen Filmschauspieler. Rebecca strahlte vor Stolz und Glück, als sie ihre drei Söhne gemeinsam am Tisch versammelt sah; sie saß da, hielt Max' Hand und wischte lautlose Tränen weg.

»Na, Max«, meinte Alex und nahm sich ein Stück Kuchen. »Wie läuft es so mit den Melonen von Zion?«

»Komm und schau es dir selbst an«, erwiderte Max mit dem Anflug eines Lächelns. »Spende deine Arbeitskraft, nicht dein Geld.«

Alex versetzte Judith grinsend einen Rippenstoß. »Dein Onkel Max hält mich für einen der Geldverleiher im Tempel«, sagte er. »Er begreift einfach nicht, dass Israel schon vor Jahrzehnten in den Sümpfen versunken wäre, wenn nicht Halsabschneider wie ich solche ehrenwerten Idealisten wie ihn durchfüttern würden.« Rebecca schnalzte tadelnd mit der Zunge und wedelte mit der Hand. »Jetzt mach mal halblang«, erwiderte Jack.

»Nein, nein, nein«, protestierte Max, beugte sich vor und riss die strahlend blauen Augen auf. »Sag nur, was du auf dem Herzen hast, Alex.« Dann jedoch wandte er sich an Judith und Tony. »Onkel Alex weiß genau, dass wir nach dem Krieg überhaupt nichts im Kibbuz hatten, nicht einmal Wasser. Ich kann mich nicht erinnern, dass jemand angerufen und mir Werkzeug oder Wasserleitungen angeboten hätte. Wir mussten alles mit bloßen Händen bauen.«

»Es hat dir offenbar nicht geschadet«, stellte Jack nickend fest. Alex lachte. Max sprach weiter.

»Damals war ich jünger als unser Tony hier und dachte, ich wüsste, was harte Arbeit bedeutet. Ein schwerer Irrtum.« Er lächelte Judith wehmütig an und schüttelte den Kopf. »Nach der ersten Woche hatte ich solche Wasserblasen an den Händen, dass ich beim Essen den Löffel nicht halten konnte. Sie mussten mich füttern wie ein Baby. Und dann waren da auch noch die Araber, die uns bei Dunkelheit mit Granaten beschossen haben. Also hör nicht auf deinen Onkel, Judith. Dein Papa weiß, worum es geht. Für Geld kann man nicht alles kriegen. Und die Juden haben sich damit ganz sicher keine Heimat kaufen können.«

»Herrje«, unterbrach Alex. »Warum muss jedes jüdische Tischgespräch irgendwann bei Israel oder der *Schoah* landen? Haben wir denn keine anderen Themen?«

Max zeigte mit der Gabel auf Judith. »Schau dir die Kinder hier an. Sie müssen erfahren, dass Israel nicht einfach wie durch Zauberhand entstanden ist. Auch dort haben Juden ihr Leben geopfert, um das Land für uns alle zu einem sicheren Zufluchtsort zu machen.«

Rebecca streichelte Max' Gesicht. »Ich weiß, mein Schatz.«

Alex trank einen Schluck Wein. »Du nimmst das alles viel zu ernst, Max.«

»Weil es eine ernste Angelegenheit ist. Jeden Tag muss ich die Verantwortung für dreihundert Menschen, Dutzende von Hektar Land, über hundert Kühe und Schafe und unzählige landwirtschaftliche Maschinen tragen. Außerdem für eine Quelle, die jedes Jahr nachgebessert und abgepumpt werden muss.«

»Kein Wunder, dass du so alt aussiehst.«

»Alex, zehn Jahre lang habe ich dich um Geld gebeten. Übrigens Papas Geld, das für uns alle bestimmt war. Warum bin ich dir nicht wichtig genug, dass du mir ein paar Pennys davon abgibst? Kann ein Mann nicht wohlhabend und trotzdem ein *Mensch* sein?«

Alex verdrehte die Augen.

»Jack, erinnert du dich? *Gold's Fashion* sollte nach Papas Tod unsere gemeinsame Investition werden, um der Familie ein wenig Sicherheit zu bieten. Aber unser kleiner Bruder hatte andere Vorstellungen. Er wollte keine Opfer bringen, nein, er hat alles in diese tolle Universität gesteckt, in die schicken Anzüge, die wir uns nicht leisten konnten, und in einen Golders-Green-Akzent. Muss ich meine eigene Familie um ein wenig Geld anbetteln? Ich frage euch: Sollte Israel es nötig haben, bei Juden betteln zu gehen?«

Alex' Miene verfinsterte sich, und Judith sah, dass er unter dem Tisch die Faust ballte.

»Möchtest du, dass ich dir für deine Opfer danke? Max Golds persönliches Opfer, das daraus bestanden hat, seine Mutter und seine Familie zurückzulassen, sich der sozialistisch-kollektiven Landwirtschaft zu widmen und auf Araber zu schießen? Juden wie ich haben schon genug für Israel bezahlt. Wer, glaubst du, hat denn deine Maschinen und deine kostbaren Kühe gekauft? Die Sowjets waren es ganz bestimmt nicht.«

»Aber auch nicht die Banker.«

»Ach, wirklich? Wer dann, Moses? Papa hat alles verloren, weil er vor einem Krieg geflohen ist, Max. Er wollte nie, dass sein Geld in einen anderen fließt. – Sicher!«, höhnte er, als Jack ihn unterbrechen wollte. »Hohe Mauern und Stacheldraht sind keine Sicherheit, sondern ein Belagerungszustand.«

»Und wessen Schuld ist das?«, gab Max zurück. Inzwischen war er unter seiner Sonnenbräune erbleicht. »Wir haben es auf deine Methode versucht. Wir wollten mit den Arabern zusammenleben, aber das sind Wilde. Keine Bildung, keine Kultur – und sie hassen uns. Seit fünfzig Jahren schon schießen sie auf uns und bombardieren uns und versuchen, uns von unserem Land zu vertreiben. Sie nennen uns Ungeheuer! Und die Teilung, die hätte Frieden bedeutet. Nun, sie haben sich geweigert, auch nur darüber zu verhandeln. Lieber wollen sie uns ausrotten!« Als er seinen Stuhl zurückschob, zuckte Judith wegen des Quietschens zusammen.

»Die Araber waren nicht die Einzigen, die geschossen und Bomben geworfen haben«, wandte Alex ruhig ein. »Was ist mit der Irgun? Was ist mit dem Mann von der UNO, den sie in die Luft gesprengt haben – Bernadotte? Und, was noch wichtiger ist, was ist mit uns anderen, die keine Lust haben, hinter Stacheldraht zu leben? Tut mir leid, dir das sagen zu müssen, Max, aber Israel hat keinem einzigen Juden mehr Sicherheit gebracht. Zu viele Menschen hassen uns dafür, ganz gleich, ob sie nun recht haben oder nicht. An der Universität schieben sie antisemitische Broschüren unter Tonys Tür durch!« Max warf Tony einen Blick zu, den dieser ruhig erwiderte. »Wie stellst du dir das vor? Dass wir alle unsere Sachen packen, und ›nächstes Jahr nach Jerusalem ziehen‹?« Er hob sein Glas wie beim *Passah*-Gebet. »Nein. Danke, dass du uns einen Gefallen tun willst, aber ich bleibe lieber in London und bezahle meine Steuern, während du in der Wüste Brunnen gräbst, um das Leben für mich sicherer zu machen.«

Aus irgendeinem Grund schaute Judith zu Rebecca hinüber, die still auf der anderen Seite von Max saß – Rebecca, der sanfte Strom, der sie alle trug.

Das Gesicht ihrer Großmutter war ein wenig zur Seite gewandt, zum Kaminsims, wo ihrer aller Leben in staubigen Rahmen aufgereiht waren. Judith kannte die Fotos auswendig, auch wenn sie auf Nachfrage nie genau sagen konnte, wen sie darstellten. Rebecca blickte ins Leere, »meilenweit entfernt«, wie sie selbst es ausgedrückt hätte. Im Dämmerschein der Kerzen sah sie aus wie in ihre eigene Trauer versunken. Die Schatten schienen ihren Körper hinaufzukriechen, um Besitz von ihr zu ergreifen. Etwas in Judiths Kehle krampfte sich zusammen, und sie streckte die Hand aus. »*Bubbe*«, rief sie. Alex' Kopf fuhr hoch. »Mama, ist alles in Ordnung?«, fragte er. Als Jack sich vorbeugte und sie an der Schulter berührte, kehrte sie jäh aus den Gefilden zurück, in die ihre Gedanken abgeschweift waren, und schlug verwirrt die Hand vor die Augen.

»Mama, entschuldige das Geschrei«, sagte Jack. »Möchtest du dich hinlegen?« Max pustete langsam Luft aus. Alex lehnte sich zurück, und Dora griff, an Jack vorbei, nach Rebeccas Hand.

»Alles in Ordnung, Liebes«, meinte Rebecca, obwohl nicht ganz klar war, mit wem sie sprach. »Keine Sorge, eure Mama wird eben alt.« Als sie einen nach dem anderen ansah, waren ihre Augen noch tränennass und ein wenig glasig. »Esst, Kinder, esst«, fügte sie ein wenig atemlos hinzu. »Es ist ein Segen, dass wir zusammen sind, ganz gleich, wo das auch sein mag. So viele Familien haben einander verloren.«

Sie schüttelte den Kopf und aß weiter. Alex und Max griffen nach ihrem Besteck und fingen an, über ein Ding zu reden, das Suezkanal hieß. Judith erinnerte sich dunkel, dass es sich dabei um eine Wasserstraße wie den Wear handelte, die vor Kurzem von einem Araber namens Nasser gestohlen worden war. Alle drei Brüder waren sich einig, dass das ein Schurkenstreich war, der noch schlimme Folgen haben würde.

Als Judith nach dem Essen in ihrem dunklen Zimmer einschlief, dachte sie an Melonen, die in der Wüste wuchsen und platzten. Hunderte von kleinen Menschen kamen aus ihnen herausgelaufen und flohen vor riesigen Stiefeln, die sie zertrampeln wollten, während Judith »Hier rüber! Hier rüber!« rief und bittere Tränen vergoss.

Ende September befürwortete Mr. Hicks Judiths Bewerbung für die Juniorenmannschaft. »Bei dir ist noch nicht alle Hoffnung verloren«, meinte er zu ihr. Später, in der Umkleide, fragte sie sich, warum sie sich nicht richtig darüber freute.

»Kath?«, sagte sie, während sie sich abtrockneten und ihre Schwimmbrillen tropfend auf der Bank lagen.

»Ja, Judy-Rudy?«

»Was hältst du denn von uns?«

»Von uns beiden?«

»Nein.« Judith spürte, wie sie errötete. »Du weißt schon. Von uns. Von Juden.«

Kath richtete sich auf und dachte mit der gebührenden Gründlichkeit über das Thema nach.

»Keine Ahnung. Warum? Was hältst du denn von ihnen?«

»Weiß ich auch nicht.« Zwischen Max, Dora, Alex und Rebecca bestand nicht die geringste Ähnlichkeit. Sie erinnerten eher an Außerirdische vom Mars als an Mitglieder derselben Familie.

Kath frottierte ihr Haar, bis es vom Kopf abstand wie Draht.

»Meine Mum sagt, dass viele Leute die Juden nicht mögen«, erklärte sie und zog ihre feuchte Strumpfhose an. »Sie sind zu reich und bestimmen alles.«

»Wir sind nicht reich«, widersprach Judith. »Ich kenne überhaupt niemanden, der reich ist, außer meinem Onkel Alex.«

Kath zuckte grinsend die Achseln. »Dann bist du ja in Ordnung.« Judith nickte zweifelnd. Wie konnte Kathleen das feststellen? Sie konnte es ja selbst nicht.

In den nächsten Wochen kam Judith stets pünktlich um sechs nach Hause, um sich im neuen Fernseher die Nachrichten anzusehen. Sie verlor das Interesse an *Crackerjack* und an den Platten von Kathleens Mutter.

Am 29. Oktober fielen im Sinai die ersten Bomben. Judith hörte zu, wie der Nachrichtensprecher der BBC erläuterte, Großbritannien und Frankreich unterstützten Israel dabei, Ägypten für die Sperrung des Suezkanals zu bestrafen. Israelische Soldaten winkten fröhlich in die Kamera, bevor sie in die Kampfflugzeuge stiegen. Das Bild wechselte von den explodierenden Bomben zu johlenden Menschenmassen in London, die Transparente mit israelfeindlichen Parolen schwenkten und antisemitische Parolen brüllten.

Alle waren mit Weihnachtsvorbereitungen beschäftigt, und Kathleen fuhr nach Irland. Im Hause Gold zündeten Judith und Gertie auf dem siebenarmigen Leuchter die Kerzen für das jüdische Lichterfest *Chanukka* an.

Als Judith an den früh einsetzenden Winterabenden in die Flammen der *Menora* blickte, hörte sie wieder die Explosionen und Schreie. Das brennende Streichholz verharrte über dem Kerzendocht, bis eine strahlende Flamme emporschoss. Sie dachte an Onkel Max' Stern, der, ohne zu leuchten, in Doras Schrank lag. Und sie fragte sich, wie das Leben wohl wäre, wenn alle in diesem Augenblick genau das Gleiche getan hätten – und wenn niemand mehr das Gefühl hätte haben müssen, sich von seinen Mitmenschen zu unterscheiden.

*

Der Tag des Verrats brach mit einem heiteren blauen Himmel an. Mitten im Hochsommer von Nazareth.

Es war ein Schultag. Die Glocke läutete zur Mittagspause. Dutzende von Büchern klappten zu, Taschen wurden geschultert, und Schuhe polterten über den staubigen Betonboden. Ein aufgeregtes Gewirr jugendlicher Stimmen strömte hinaus in die stickig heiße Innenstadt – weg von Mathe, Englisch und Hebräisch und hin zum anstrengenden Fußmarsch den steilen Hügel hinauf.

Er gehörte zu den wenigen Jungen, die allein nach Hause gingen. Einem kürzlichen Wachstumsschub hatte er zu verdanken, dass hohe Wangenknochen, hellere Haut und magere Ärmchen nun das ihre dazu beitrugen, die Quälerei, knapp fünfzehn zu sein, komplett zu machen.

In der gleißenden Hitze nahm das sonst sandgelbe Nazareth eine grellweiße Färbung an, die Salim in den Augen schmerzte, als er die gewundene Straße hinaufmarschierte. Er kam an vielen Reihen von Verkaufsständen vorbei, wo Kinder Seife, Autoersatzteile und schlecht verarbeitete Kleidungsstücke feilboten.

Offen gestanden hatten die Al-Ismaelis Glück im Unglück gehabt. Wie alle anderen waren auch sie nach Nazareth gekommen, auf der Flucht vor der *Nakba*, der großen Katastrophe. Tausende waren gleichzeitig mit ihnen eingetroffen, *Fellahin* und *A'yan*, zusammengerückt in gemeinsamem Leid.

Inzwischen, acht Jahre später, hatte Salim ein Bett in der Wohnung seiner Halbschwester und einen israelischen Pass. Sie lebten von Tareqs Gehalt und dem Schmuck seiner Mutter. Doch am wichtigsten war, dass sie noch die Grundbuchurkunde für die Orangenplantage in Jaffa besaßen. Denn diese Kinder hier hatten gar nichts. Ihre Väter hatten das Land nur bearbeitet, und nun war dieses Land verloren, sodass sie in

Autowerkstätten oder mit dem Verkauf von Tomaten auf dem Markt das nackte Überleben sichern mussten.

In dem Wohnblock angekommen, wo seine Familie abwartete, dass die Zeit verging, stieg Salim langsam die Treppe hinauf und zählte die Stockwerke. Das Treppenhaus war zwar breit, aber schmutzig und von den muffigen Gerüchen des Alltagslebens erfüllt – Wäsche, Küchendünste, Schweiß und die Kanalisation, die irgendwo unter dem Gebäude verlief.

Seine Halbschwester Nadia beugte sich gerade aus dem Küchenfenster, um die Wäsche auf den schmalen Balkon zu hängen. »Hallo«, begrüßte sie ihn. »Wie war es in der Schule?«

Kurz darauf kehrte sie in die Küche zurück und wischte sich die Hände ab. Ihr braunes Gesicht war rund wie das von Abu Hassan, allerdings ohne seine Pausbacken. Sie hatte mehr Falten, als bei einer Fünfundzwanzigjährigen zu vermuten gewesen wäre – wie bei so vielen arabischen Frauen, die mehr Glück im Leben verdient gehabt hätten, als vom Schicksal vorgesehen.

»Wunderbar«, erwiderte er und lächelte sie an. »Sind sie heute alle unterwegs und lassen dich in Ruhe?«

»Oh, ja, heute ist eine Menge los«, antwortete sie atemlos. »Ach, herrje, du hast sicher Durst. Ich hole dir ein Glas Wasser.« Und schon war sie davon und hastete durch die Küche wie eine Maus zwischen Getreidesäcken.

Die Wohnung von Tareq und Nadia Al-Ghanem war das absolute Spiegelbild ihrer Bewohner – ordentlich, sauber und bürgerlich. Eine gemütliche Wohnung, die allerdings aus allen Nähten platzte, weil nun fünf Menschen mehr als vorgesehen darin lebten. Die peinliche Tatsache, dass Nadia noch immer kinderlos war – eine Totgeburt, zwei Fehlgeburten –, wurde inzwischen als Glücksfall gesehen. Wo sonst hätte die Familie wohnen sollen, wenn auch noch ihre Kinder im Haus gewesen wären?

Nadia kehrte mit dem Wasserglas zurück und setzte sich neben Salim. Er stellte fest, dass ihre Hände nervös auf ihrem Schoß hin und her zappelten.

»Was ist?«, fragte er. »Hast du irgendwo einen Liebhaber versteckt?« Anders als erwartet, erntete er dafür keinen Nackenstüber. Dass sie nicht reagierte, war für ihn ein Warnsignal.

»Hör zu, Salim«, meinte sie und hielt inne. Ihre Hand berührte ihn am Arm. »Bitte, Salim, versprich mir, dass du jetzt nicht rumspinnst.« Das Wort – *majnun* – war das Lieblingswort seines Vaters, wenn er sich abfällig über jemanden äußern wollte. Dass Nadia es nun benutzte, war ein Hinweis auf ein Problem, das mit Abu Hassan zu tun haben musste.

Hinter ihnen öffnete sich mit einem Klicken die Tür. Salim drehte sich um und sah Rafan aus dem Schlafzimmer kommen. Sein Gesichtchen war blass und schläfrig, die grünen Augen – die seiner Mutter – waren halb unter den Lidern verborgen.

»Was machst du denn zu Hause?«, frage Salim und breitete die Arme aus.

»Ich war so krank, dass Mama mir erlaubt hat, nicht in die Schule zu gehen.« Rafan näherte sich langsam und ließ den Finger über die Stuhllehnen gleiten. Als er Salim erreicht hatte, kuschelte er den mageren Körper an die Seite seines Bruders und blickte ihm ins Gesicht.

»Hat Nadia es dir erzählt?«, fragte er und tippte mit den Fingern auf Salims Arm. »*Baba* fährt zurück nach Jaffa, um das Haus zu verkaufen.«

»Was?« Salim erstarrte. Panik durchströmte ihn wie Eiswasser. »Das ist unmöglich. *Baba* würde so etwas nie im Leben tun.« Er wandte sich zu Nadia um, die hilflos die Hände ausstreckte. Dann versetzte sie Rafan halb liebevoll, halb im Tadel eine Kopfnuss.

»Rafan, du bist eine Landplage«, sagte sie. »Was weißt du denn schon, du Äffchen?« Dann meinte sie zu Salim: »*Habibi*, reg dich nicht auf. Es ist noch nichts entschieden. Dein Vater ist mit Tareq in der Kanzlei und redet mit Abu Masen.« Tareq war Fachanwalt für Familienrecht und verdiente seinen Lebensunterhalt damit, die Scherbenhaufen arabischer Existenzen zusammenzukehren.

»Aber er darf nicht verkaufen«, protestierte Salim und fühlte sich wieder wie ein bettelnder Siebenjähriger. »Jetzt, da das ganze Geld futsch ist, haben wir sonst nichts mehr.«

»Genau das ist es ja, Salim. Das Geld ist futsch. Deine Eltern wollen, dass du von etwas leben kannst, nicht nur von Träumen.« Nadias Blick war mitfühlend, doch sie hatte im Leben gelernt, dass Anteilnahme weder den Magen füllte noch einen nachts warm hielt.

»Wo ist Mama?«, fragte Salim. Sie würde so etwas niemals zulassen.

»Sie ist bei Al-Jamila, um sich die Haare schneiden zu lassen«, erwiderte Rafan. »Aber sie weiß Bescheid. Sie hat es mir erzählt.« Salim starrte seinen Bruder ungläubig an. Rafan war erst acht, noch ein Baby. Welches Recht hatte er, ihre Geheimnisse zu teilen?

Nadia nahm Salims Hand. »Ich weiß, wie viel dir dieses Haus bedeutet, *Habibi*, glaub mir«, sagte sie tröstend. »Aber bitte zermürb dich nicht. Bald sind sie wieder zu Hause. Dann reden wir darüber.«

Er nickte, machte sich los, schulterte seine Schultasche und verschwand in dem kleinen Schlafzimmer.

Es war heiß und stickig, kein Lüftchen regte sich. Er legte sich auf seine Matratze unter dem Fenster.

Die Jungen hatten ein Zimmer geteilt, bis Hassan vor zwei Jahren nach England gegangen war, um bei Tareqs Verwandten zu leben. Sein Bett stand noch da, wie er es verlassen hatte. Die Decke war mit kleinen schwarzen Fußbällen gemustert. Rafans Matratze lag auf dem Boden daneben und erfüllte den Raum mit einem säuerlichen Gestank. Anfangs hatte der kleine Junge zu Hassan ins Bett schlüpfen wollen, doch der hatte sich gesträubt. »Der pinkelt jede Nacht, verdammt«, hatte er geschimpft. »Außer pissen und heulen kann der nichts.« Also war Rafan in der Dunkelheit zu Salim auf die Matratze gekrochen, wenn seine eigene zu nass oder Schauplatz quälender Träume geworden war. Manchmal wachte Salim ebenfalls durchweicht und nach Urin riechend auf, doch er brachte es nicht über sich, seinen Bruder in seiner Bedürftigkeit zurückzuweisen.

Etwas, um davon zu leben, nicht nur Träume. Die hatten leicht reden. Denn was war das Leben noch wert, wenn alle Träume zu Staub zerfielen?

Nach einer Weile drehte sich ein Schlüssel in der Wohnungstür, und Rafans schrille Stimme erklang: »Mama, Mama!«

Salim schwang sich aus dem Bett, schlich zur Tür und öffnete sie einen Spalt weit. Seine Mutter ging an ihm vorbei. Ihr kupferrotes Haar schimmerte im Sonnenlicht, als sie sich vorbeugte, um Rafan in die Arme zu nehmen. Sie sah frisch und sogar glücklich aus – parfümiert und frisiert und in einem hellroten Kleid mit eingestickten Blümchen am Saum.

Er öffnete die Tür. »Hallo, Mama«, sagte er. Sie drehte sich um; Rafan hatte die Arme um ihre Beine geschlungen.

»Salim, *Habibi*. Wie war es heute in der Schule?« Lächelnd streckte sie die Hand nach ihm aus. Dieser Unsinn mit dem Haus war doch ganz sicher nicht wahr.

»Nicht schlecht. Die finden, dass ich mich gut mache.«

»Das sollten sie auch. Schließlich bist du ein kluger Junge. Wenn ich nur die Hälfte deines Verstandes hätte, wäre ich heute eine reiche Frau.«

Salim zuckte die Achseln, um seine Freude zu verbergen. Nadia, die in der Küchentür stand, kam näher und legte die Hand auf Salims Schulter.

»Er ist wirklich ein sehr kluger junger Mann«, sagte sie, beinahe rechtfertigend, was ihn ärgerte. Manchmal verhielt sich Nadia, als vertraue sie seiner Mutter nicht.

»Mama«, begann Salim, als seine Mutter sich anschickte, in ihr Schlafzimmer zu gehen. »Das Haus... unser Haus in Jaffa...«

»Was soll damit sein?«

»Verkaufen wir es wirklich?« Es gefiel ihm nicht, dass seine Stimme so hoch klang. Die Miene seiner Mutter wirkte, als hätte sie einen Rollladen hinuntergelassen.

»Es ist komplizierter, als du glaubst, Salim«, erwiderte sie – doch das Geräusch der Tür unterbrach sie mitten im Satz. Abu Hassan und Tareq waren zurück.

Nadia eilte herbei, um ihren Mann zu küssen und ihrem durchgeschwitzten Vater in seinen Lehnsessel zu helfen. Mit einem Blick auf Salim sagte sie: »Ich denke, die Jungen wollen unbedingt wissen, was passiert ist, *Baba*. Kannst du es uns erzählen?« Salim wurde klar, dass sie die Frage selbst stellte, um ihm Schwierigkeiten zu ersparen.

Abu Hassan schüttelte den Kopf. »Diese *Yehudim* verkomplizieren alles«, entgegnete er. »Erst ist es mein Haus, dann ist es doch nicht mein Haus. Zum Teufel mit diesen neuen Geset-zen! Oh, mein Gott, mit welchem Recht können die behaupten, dass es nicht mein Haus ist?«

Er griff nach den gesalzenen Sonnenblumenkernen und fing an, sie in sich hineinzustopfen. Salim hatte ihn noch nie so hilf-los erlebt. Er erinnerte sich an den längst vergangenen Tag in Jaffa, als Masen sich über ihre Väter lustig gemacht hatte. Geld oder nicht, er konnte die Augen nicht länger davor verschlie-ßen, dass sein Vater zappelte wie eine Flunder im Netz.

»*Baba*, warum möchtest du das Haus denn verkaufen?«, er-kundigte sich Salim mit bemüht ruhiger Stimme. »Wir haben doch immer gesagt, dass wir eines Tages zurückgehen, oder?« Er hatte es sich wieder und wieder ausgemalt – das Elend der letzten acht Jahre, ausgelöscht vom Umdrehen des Schlüssels im Schloss.

Seine Mutter antwortete an seiner statt. »Es geht nicht darum, was wir möchten oder nicht, Salim«, erklärte sie. »Wir müssen an unsere Zukunft denken. Wer soll denn deine Schul-uniform bezahlen? Oder die Universität, von der du dauernd redest?«

Salim blickte zwischen Tareq und Abu Hassan hin und her. Sein Herz raste noch immer, seine Finger fühlten sich taub an.

»Vielleicht sollten wir Salim morgen mitnehmen«, schlug Tareq Abu Hassan vor.

»Was passiert denn morgen?«, wollte Salim wissen.

»Morgen fahren wir nach Tel Aviv aufs Amt«, erwiderte Tareq und stellte den Aktenkoffer auf den Couchtisch. »Offen-bar gibt es Unstimmigkeiten wegen des Hauses. Wir haben den ganzen Tag am Telefon verbracht und mit Abu Masen und den israelischen Behörden gesprochen.«

Er zwinkerte Salim zu und wies mit dem Kopf auf die Küche.

»Komm, wir helfen deiner Schwester, *Habibi*. Dann erzähle ich dir alles.«

Wie Nadia stets zu sagen pflegte, war die Küche gerade groß genug, dass eine Person einer Katze nicht auf den Schwanz trat. Während Nadia sich auf dem Balkon weiter an der Wäsche zu schaffen machte, bereitete Tareq eine Kanne dicken, schwarzen türkischen Kaffee zu, gab vier Teelöffel Zucker dazu und rührte um. Salim wartete ungeduldig ab. Schließlich seufzte Tareq.

»Gut, es sieht folgendermaßen aus: Nach dem Krieg haben die Israelis beschlossen, alles Land für sich zu beanspruchen, das von den Arabern zurückgelassen wurde. Also haben sie ein Gesetz verabschiedet, in dem steht, dass die Menschen, die geflohen sind ... nun, dass sie nicht das Recht haben wiederzukommen. Der Staat hat ihre Häuser beschlagnahmt und sie mit etwas Geld abgefunden, um sagen zu können, alles sei mit rechten Dingen zugegangen. Hast du das verstanden?«

Salim nickte, weil er unbedingt zeigen wollte, dass er ihm folgen konnte.

»Um zu verhindern, dass die Juden deinem Vater gemäß dieser Gesetze das Haus wegnehmen, ist sein Freund Abu Masen dort eingezogen und hat sich als sein Cousin ausgegeben. Und jetzt möchte dein Vater verkaufen« – seine Stimme wurde sanft –, »um das Geld in deine Ausbildung und deine Zukunft zu investieren. Doch offenbar gibt es da einige Probleme. Deshalb treffen wir uns morgen im Rathaus mit Abu Masen, um gemeinsam mit ihm mit den Israelis zu sprechen. Dann sehen wir weiter.«

Als es Abend wurde, breitete sich eine seltsame Stimmung in der Wohnung aus, so als braue sich in der Ferne ein Gewitter zusammen. Nachdem das Abendessen abgeräumt war, machten es sich die Männer vor dem Radio bequem und lauschten der Tirade des ägyptischen Generals Nasser zum Thema Suezkanal. Rafan legte, fasziniert von den blechernen Geräuschen, das Ohr an den Apparat. Nadia saß in ihrem Zimmer und flickte Kleider.

Salim blieb mit seinen brodelnden Gedanken allein. Er wollte unbedingt mit seiner Mutter sprechen. Da Rafan beschäftigt war, würde sie zur Abwechslung einmal allein sein.

Er traf sie auf dem Balkon sitzend an. Als er auf sie zulief, wandte sie den Kopf ab, und er blieb, plötzlich beklommen, stehen. *Weint sie?* Falten zeichneten sich auf ihren hervortretenden Wangen ab, und ihre Augen lagen im Schatten. Sie hatte ein Stück Papier in der Hand, gelb mit schwarzem Aufdruck. Salim nahm an, dass es sich um ein Telegramm handelte. Bei seinem Anblick deckte sie es mit der Hand ab, damit er den Namen des Absenders nicht lesen konnte.

»Was ist das?«, fragte er.

»Nichts.« Sie drehte sich in Richtung Norden. »Ein Brief von einem alten Freund.«

»Aus dem Libanon?«, erkundigte er sich halb im Scherz. Im Norden wurden die Hügel, die die Grenze zum Libanon bildeten, von roten und schwarzen Schluchten durchschnitten.

Sie erstarrte. »Warum fragst du mich das, *Ya'Eni*?«

»Nur so«, antwortete er überrascht. »Weil du manchmal sagst, dass du deine Heimat vermisst. Wahrscheinlich genauso wie Jaffa, stimmt's?«

Salim stellte fest, dass sie ihn ansah. Ihre fragende Miene war schwer zu deuten. »Stimmt«, erwiderte sie schließlich zögernd. »Ich war so jung.« Sie lachte höhnisch auf. »Ein naives junges Mädchen. Mein Vater nannte mich immer das Juwel seines Hauses. Ich war so stolz, weil ich etwas Besonderes war, und dachte, er meinte, meine Zukunft würde strahlend werden wie ein Juwel. Doch in Wahrheit war ich für ihn ein Wertgegenstand und nur als Geschenk vorgesehen. Für den Meistbietenden.« Ihre Augen waren beinahe schwarz, als sie an ihm vorbei zum leeren Horizont blickten. »Und nun schau, was aus uns geworden ist.« Sie streckte die Hand aus, wandte die Handfläche abwehrend der untergehenden Sonne zu und ließ sie dann wieder sinken. »Niemand versteht es«, sagte sie leise. »Hoffentlich verstehst du es eines Tages, Salim. Warum die Dinge sich so entwickeln mussten.«

»Welche Dinge, Mama?« Von Liebe zu ihr durchströmt, drückte er sie fest an sich. Als sich ihre Arme um ihn schlossen, verflogen alle seine Zweifel. Er war absolut zufrieden.

»Warum ist *Baba* nie nach Jaffa zurückgekehrt?«, fragte er nach einer Weile.

»Er war dort – einmal«, erwiderte sie. »Während des zweiten Waffenstillstands hat er Abu Masen besucht und ihm eine Kopie der Grundbuchurkunde für das Haus gegeben. Er war drei Tage fort.« Plötzlich lachte sie auf. »Euch Jungs ist es gar nicht aufgefallen. Und danach« – seufzend wies sie auf den sich verdunkelnden Himmel – »lebten wir alle in diesem Israel und verstanden die Welt nicht mehr. Das Leben ging weiter – du warst in der Schule, Hassan hat uns verlassen und ist nach England gezogen … Um all diese Dinge zu regeln, wäre ein tatkräftiger Mann nötig gewesen. Und dein Vater ist kein tatkräftiger Mann.«

»Aber *du* willst doch zurück, oder, Mama? Es ist doch auch *dein* Zuhause, noch mehr als der Libanon.«

Wieder lachte sie auf.

»Ach, Salim, du weißt es doch besser. Zu Hause ist man nicht dort, wo man am längsten gelebt hat; es ist ein Gefühl da drin.« Sie tippte ihm auf die Brust. »Ein Gefühl, dass man an einen

Ort gehört und dass dieser Ort die Heimat ist. Aber ich verrate dir ein Geheimnis, *Habibi*. Manche Leute haben das Gefühl, nirgendwo hinzugehören. Ganz gleich, wo sie auch sind, sie sind immer unglücklich.« Ihre Stimme zitterte. »So ziehen sie von Ort zu Ort und versuchen, Frieden zu finden. Doch stattdessen landen sie immer wieder am Ausgangspunkt. Das ist der schlimmste Fluch auf dieser Welt.« Sie holte Luft, wischte sich die Stirn ab und umfasste Salims Kinn mit den Händen. »Ich bete darum, dass er dich niemals ereilen wird, mein kluger Sohn.«

»Aber wir wissen, wo unser Zuhause ist«, entgegnete er beunruhigt. »Wir waren glücklich dort. Du auch.«

»Waren wir das?« Sie zuckte die Achseln. »Selbst in Jaffa waren du und ich unruhig.«

Mit einer plötzlichen, heftigen Bewegung stand sie auf; ihr Körper drehte sich wie eine Kompassnadel zum sich verdunkelnden Himmel.

»Lass deinen Vater nur von Palästina träumen«, sagte sie. »Er ist derjenige, der wirklich weiß, wo er hingehört – zu all den anderen müßigen *A'yan*, die den ganzen Tag Nüsse essen und Kaffee trinken. Ihre Zeit ist endgültig vorbei. Deshalb will er ja verkaufen. Doch du, Salim, bist für Größeres geschaffen. Vergiss das nie.«

»Ja, Mama«, erwiderte er leise. Er blickte ihr nach, als sie in der dunklen Küche verschwand. Ihre hoch aufgerichtete Gestalt, das Telegramm fest in einer schlanken Faust. Und plötzlich musste er an eine *Felucca* denken, die er einmal auf dem Meer hatte treiben gesehen. Sie hatte sich aus ihrer Verankerung gelöst, und das weiße Segel, hoch und kerzengerade, hob sich vor der untergehenden Sonne ab.

Später saß Salim in seinem Zimmer und versuchte, sich auf seine Mathematik-Hausaufgaben zu konzentrieren. Er war gut im Addieren. Die Zahlen beruhigten ihn, waren sie doch Beweise für ein Universum, wo Richtig und Falsch klaren und verlässlichen Regeln und grundlegenden Gesetzen unterworfen waren.

Heute jedoch verschwammen sie ihm vor den Augen. Welche Rolle spielte es, ob eins plus eins zwei ergab? Für die Israelis galten nur ihre eigenen Gesetze. Sie konnten einfach behaupten, eins plus eins sei zehn. Oder: *Was dir gehört hat, gehört jetzt mir.*

Er schob die Bücher beiseite und griff unter sein Kissen. Die harten Kanten des Bilderrahmens stießen, kühl und beruhigend, an seine Finger. Seit acht Jahren lag das Bild nun schon dort und vermischte sich nachts mit seinen Träumen.

Nun fuhren seine Finger den bleichen Baum unter dem Glas nach, ein dunkler Streifen vor gespenstisch weißen Mauern. Seit sie gegangen waren, so sicher, dass sie triumphierend zurückkehren würden, war eine Lebenszeit verstrichen.

Wenn er die Augen schloss, konnte er die Schrecken jenes Tages noch immer spüren. Jaffas vertraute Straßen hatten sich in ein abgeriegeltes Labyrinth verwandelt, das drohte, sie für immer gefangen zu halten und sie mit den anderen ins tosende Meer zu treiben. Das Auto der Al-Ismaelis war ziellos kreuz und quer gefahren und hatte unzählige Male gewendet, bis sie endlich den Weg in die ruhigen Hügel und Nadias wartende Arme gefunden hatten.

Seitdem hatten sie die Hoffnung nicht aufgegeben. Als sie Major Heikal im Radio sagen hörten, Jaffa sei gefallen, hatte er es nicht glauben können. *Heikal ist ein Idiot*, hatte er gerufen, genauso wie Masen an jenem Tag auf dem Platz. Selbst als er erfahren hatte, die Juden hätten alle Araber zusammengetrieben und in Al-Ajami hinter Stacheldraht gesperrt, hatte er darauf vertraut, dass Abu Masen ihr Zuhause beschützen würde.

Als die Sommersonne herunterbrannte und der Geruch nach getrocknetem Schweiß alle Ecken erfüllte, hatte er allmählich begriffen, dass die *Najjada*, die Arabische Befreiungsarmee und die fünf Nationen, die versprochen hatten, sie zu retten, allesamt gescheitert waren. Und als die jüdische Armee in ihren grünen Hemden schließlich in Nazareth einmarschiert war, war Salim auf den Balkon geklettert. *Los, schmeißt uns raus!*, hatte er geschrien. *Schickt uns zurück!* Aber dann hatte Tareq ihnen mitgeteilt, der nachsichtige jüdische Kommandant habe sich geweigert, sie zu verjagen – und Salim hatte vor Enttäuschung geweint.

Der schlimmste Moment war seiner Erinnerung nach gewesen, als Hassan irgendetwas nachgeplappert hatte, man müsse – als Rache für Jaffa, den Clock Tower Square und Deir Yassin – alle Juden ins Meer jagen. Tareq hatte den Kopf geschüttelt und gesagt: »Mit solchem Gerede provoziert man nur weitere Deir Yassins. Vielleicht ist es jetzt Zeit für Frieden, bevor wir das letzte bisschen auch noch verlieren.« Daraufhin hatte Abu Hassan mit der Faust auf den Tisch geschlagen, dass alle zusammengezuckt waren. »*Abadan!*«, hatte er gebrüllt. Niemals!

Seine Stimme war in Salims Herz gedrungen wie ein Speer. In diesem Moment hatte er gerade sein Foto betrachtet und sich den Tag der Rückkehr ausgemalt. *Abadan!* Niemals! Nun, nach all den Jahren des Wartens, hallte ihm das Wort wieder in den Ohren.

Er hatte es in seinen Träumen gehört und es in der neuen Welt gesehen, die ihn nun umgab. Der Davidstern flatterte in ihren Straßen und an den Schulen. Er konnte es nicht fassen.

Er legte die Hand auf das verblasste Foto und flüsterte seinen Schwur: *Ich werde zurückkehren. Es ist nicht zu spät. Ich komme zu dir zurück, und dann werden wir ernten.*

Das große Tel-Aviv-Abenteuer, wie Nadia es nannte, sollte an einem hellen und glühend heißen Donnerstag stattfinden. Salim hatte einen Tag schulfrei. Tareq hatte ihm eine schicke Hose und ein sauberes weißes Hemd geliehen.

In der dunklen Tiefgarage zwängten sich Salim, Abu Hassan und Tareq in den alt gedienten, treuen Austin. Die Grundbuchurkunden für das Orangenhaus und die Plantage waren sicher in Tareqs Aktenkoffer verstaut. Die beiden Frauen und Rafan kamen nach unten, um ihnen Glück zu wünschen. Zum ersten Mal im Leben fühlte Salim sich wie ein Mann.

Er steckte den Kopf aus dem Heckfenster und lächelte seine Mutter an. Sie war heute so unscheinbar gekleidet – ein langes schwarzes Kleid und klobige schwarze Schuhe, so überhaupt nicht ihr Stil. Nach Salims Überzeugung sollte das ausdrücken, dass sie sie vermissen würde. Sie würde den Tag allein in der Wohnung verbringen. Heute war Nadia an der Reihe, auf dem Markt einen Kaffee zu trinken und ein Schwätzchen zu halten.

Er wünschte, sie würden alle zusammen irgendwo hinfahren, ein ausgelassener und lustiger Ausflug wie damals zu den Jahrmärkten in der Wüste Nabi Ruben. Vielleicht würden solche Unternehmungen ja wieder auf dem Programm stehen, wenn die Probleme in Tel Aviv abgehakt waren.

»Tschüss, Mama!«, rief er. »Wir kommen mit guten Nachrichten zurück, versprochen!«

Sie ging neben dem Auto in die Knie. »Das weiß ich, *Ya'Eni*«, erwiderte sie. »Du bist ja plötzlich ein richtiger Mann geworden.« Kurz berührte sie seine Wange. »Pass gut auf ihn auf, Tareq«, sagte sie.

»Wird gemacht!«, antwortete Tareq gut gelaunt und beugte sich vom Fahrersitz nach hinten, um Salim auf die Schulter zu klopfen. Rafan drängelte sich an seiner Mutter vorbei, um Salim seinen zahnlückigen Mund auf die Wange zu pressen. Als sie losfuhren, sah Salim den kleinen Jungen winken. Die eine Hälfte seines Gesichts lächelte, die andere war im Schatten verborgen. Und dann verschwanden sie alle langsam in der dunklen Garage.

Die Fahrt von Nazareth nach Tel Aviv war eine Reise von der alten Welt in die neue. Am Rande des Hügellandes in Galiläa standen ehrwürdige arabische Städtchen und Dörfer gefährlich nahe am gebrochenen Rückgrat des Landes. Auf dem Weg nach Südwesten und bergab gingen die dunkelgrünen, felsigen Abhänge in das gelbe, wellige Land der Jesreelebene über.

In der Schule hatten sie die jahrhundertelange türkische Herrschaft durchgenommen, die Zeit, als die Ebene von Esdrealon noch die große Kornkammer Palästinas gewesen war. Doch das war, bevor die libanesische Familie Sursuk alles an den Jüdischen Nationalfonds verkauft hatte. Von Beirut aus hatten sie ihre Hände ausgestreckt, hatte Nadia ihm eines Abends erzählt, als sie bedrückt herumsaßen, und beinahe siebenhundert *Fellahin* von ihren Farmen vertrieben. Die Juden hatten die Bauern für ihre Unannehmlichkeiten entschädigt – ein paar jämmerliche Silberlinge, um ihr Gewissen zu beruhigen. Deshalb seien sie ja geflohen, die *Fellahin*, hatte sie gesagt, und nach Haifa, Jaffa und Nazareth geströmt, mit nichts als ihrem Namen und einer Handvoll Münzen. Die Felder, leer bis auf Vögel und Mäuse, wurden dann den Juden übergeben.

Am Ende der Jesreelebene stieg Salim allmählich Meeresluft

in die Nase. Vor ihm erstreckte sich die gewaltige Ebene an der Küste – eine unwirtliche und kahle Gegend, wo Araber und Juden früher Seite an Seite gearbeitet, Sümpfe trockengelegt und riesige Plantagen angelegt hatten, die sich von Jaffa nach Acre erstreckten. Doch dann seien die Zionisten gekommen, hatte Nadia gesagt. Und bald hätten keine Araber mehr in den Kolonien gearbeitet, die in der Ebene wie die Pilze aus dem Boden schossen. Nadia hatte ihm erzählt, es seien die *A'yan*, also Männer wie sein Vater, gewesen, die die fruchtbaren Flächen *Dunum* um *Dunum* an die Juden verkauft und verpachtete Farmen und Weiden in Nahrung für den jüdischen Traum verwandelt hätten. »Sie haben zugelassen, dass das Land uns entglitt«, meinte sie. »Und es entglitt uns immer weiter, bis nur noch Steine und Verbitterung übrig waren.«

Dort, wo die Ebenen von Sharon und Philistäa aneinandergrenzten, stand Tel Aviv. Schon eine knappe Stunde nach ihrem Aufbruch aus Nazareth sah Salim, wie sich die Stadt aus dem Dunst erhob. Die Sonne spiegelte sich grell in ihren rasiermesserscharfen Kanten und glatten, fensterlosen Fassaden.

Es war gleißend hell, und als sie in die Stadt kamen, herrschte dichter Verkehr; Abgase waberten durch die Luft. Da sie nur noch im Schritttempo vorankamen, befürchtete Salim schon, sie könnten zu spät zu ihrem Zwölf-Uhr-Termin kommen. Tareq klopfte nervös aufs Lenkrad, während rings um sie herum ein Hupkonzert ertönte. »*Inschallah*, mit Gottes Hilfe schaffen wir es«, sagte er.

Salim drückte sich die Nase an der Fensterscheibe platt, sein eigener Atem streifte warm seine Wangen. Die Straßen waren breit und wimmelten von teuer aussehenden Autos. Rings um sie herum erhob sich eine Welt aus steilen Winkeln, Glas und Lichtblitzen.

Als Tareq gegenüber vom Rathaus parkte, war es schon fünf vor zwölf. Salim sprang aus dem Auto und hielt Abu Hassan die Tür auf.

Das Gebäude war ein altes ehemaliges Hotel, das neben seinen neuen Nachbarn traurig und verfallen wirkte. Vor der Tür standen die Motorräder dicht an dicht, und die Menschen drängten sich an ihnen vorbei. Salim und Tareq mussten sich mit den Ellbogen einen Weg bahnen und zogen Abu Hassan hinter sich her, bis sie in der kühlen Vorhalle waren.

Tareq sah sich nach Abu Masen um. »Wir sind pünktlich«, verkündete er kopfschüttelnd. »Wo also ist er, bei Gott?« Im nächsten Moment schnappte er erschrocken nach Luft.

Am Empfang stand eine hochgewachsene Gestalt, die es in Sachen Schäbigkeit beinahe mit dem Gebäude aufnehmen konnte. Als der Mann die Al-Ismaelis die Treppe hinaufkommen sah, lief er ihnen entgegen und begrüßte sie auf Arabisch: »*Ahlan wa sahlan*, Abu Hassan« – Du bist mir so willkommen wie meine Familie. Salim traute seinen Augen nicht. Es war Isak Yashuv.

Auch Abu Hassan schien wie vom Donner gerührt. Benommen schüttelte er Isak die Hand und stammelte die übliche Antwort: »*Ahlan*.« – Hallo.

Dann wandte sich Isak an Salim. »Wie läuft es so, Salim? Wie geht es deiner Mama? Ich soll dir Grüße von Elia ausrichten. Er vermisst dich.« Salim nickte und zwang sich zu einem Lächeln. Es war gleichzeitig wunderbar und schmerzlich, ihn wiederzusehen. Und was wollte er überhaupt hier?

»Verzeiht, dass ich uneingeladen hereinplatze«, fuhr Isak fort und breitete die Hände in Richtung Abu Hassan und Tareq aus. »Ich arbeite inzwischen als … Vermittler, könnte man sagen, zwischen der Stadtverwaltung und den Arabern in Jaffa.

Wahrscheinlich deshalb, weil ich Arabisch spreche. Und, offen gestanden« – er senkte verlegen den Kopf – »bin ich inzwischen nicht mehr zu viel zu gebrauchen. Meine Augen sind zum Nähen zu schlecht geworden. Jedenfalls habe ich eure Namen auf der Liste gesehen und wollte euch fragen, ob ich euch helfen kann. Ich kenne den Mann, bei dem ihr den Termin habt – er ist kein schlechter Mensch, aber jung.«

Er blickte zwischen Abu Hassan und Tareq hin und her. Seine dunklen Augen waren aufmerksam wie immer, aber inzwischen ein wenig milchig. Mit seinem staubigen und zerfurchten Gesicht machte Isak auf Salim den Eindruck eines *Fellah*, wie er im Buche stand.

Abu Hassan zuckte die Achseln. »Wir freuen uns über deine Hilfe, Abu Elia«, erwiderte er. »Mein Schwiegersohn hier« – er wies auf Tareq – »ist Anwalt und sagt, er würde sich mit *euren* Gesetzen auskennen.« Die Betonung war nicht zu überhören, doch Isak zuckte nicht mit der Wimper.

»Hilfe wäre wundervoll.« Tareqs Antwort kam rasch und entschlossen. »Vielen Dank für Ihre Unterstützung.«

»Also gut«, meinte Isak. »Dann gehen wir mal rauf. Ich zeige euch den Weg.«

Auf dem Schild an der Tür des Büros stand: *Stelle für Vermögenssachen, Stadtverwaltung Tel Aviv*. Drinnen saß ein junger Mann an einem vollgestapelten Schreibtisch. Er hatte eine Nickelbrille auf der Nase, blaue Augen und Schweißperlen an seinem zurückweichenden Haaransatz.

»Kommen Sie doch herein«, sagte er auf Hebräisch. »Sie sind pünktlich, das ist ja schon einmal ein guter Anfang.« Inzwischen war Hebräisch in der Schule Pflichtfach, weshalb Salim die Sprache einigermaßen fließend beherrschte. Allerdings hatte er Abu Hassan noch kein einziges Wort Hebräisch sprechen gehört. Im Moment war die fremde Sprache ein Nachteil. Geschäftliche Verhandlungen auf Hebräisch waren in etwa so, als wollte man eine Algebraaufgabe lösen, während man dabei auf einem Baumstamm balancierte.

Isak bedeutete Abu Hassan, vor dem Schreibtisch Platz zu nehmen, während Tareq und Salim dahinter stehen blieben. »Said Al-Ismaeli, das ist Mr. Gideon Livnor«, verkündete er.

Mr. Livnor hielt Abu Hassan die Hand hin. Es dauerte einen Moment, bis der alte Mann sie ergriff und dann rasch wieder losließ.

»Vielen Dank«, erwiderte Livnor forsch. »Schön, dass Sie hier sind, Mr. Al-Ismaeli. Ich hoffe, dass wir die Angelegenheit heute klären können. Mir liegen einige Dokumente vor.« Er wies auf eine Aktenmappe auf dem Tisch. »Und wie ich annehme, haben Sie mir auch etwas mitgebracht? Den Grundbucheintrag für das Anwesen?«

Tareq übersetzte rasch für Abu Hassan, der »Ja, ja« antwortete und dem Mann die Papiere aus Tareqs Aktenkoffer hinhielt. Livnor nahm sie, studierte sie und polierte hin und wieder seine beschlagene Brille. Dann klappte er den Ordner auf, und Salim stellte fest, dass er ihre Papiere mit einem anderen Stapel Unterlagen darin verglich. Im ersten Moment war er verwirrt, bis er verstand, dass es sich offenbar um die Dokumente handelte, die Abu Masen all die Jahre für sie aufbewahrt hatte.

Schließlich seufzte Livnor auf und nahm die Brille wieder ab. Salim wünschte, er würde die Finger davon lassen, denn die Brille war so schmierig und beschlagen, dass sie nichts Gutes zu verheißen schien.

»Ich möchte sichergehen, dass ich alles richtig verstanden habe«, sagte er. »Mr. Al-Ismaeli, Sie behaupten, Eigentümer dieser beiden Grundstücke in Jaffa zu sein – eines Hauses im Bezirk Al-Ajami und einer fünfzehn *Dunums* großen Zitrusplantage am Stadtrand, richtig? Und nun möchten Sie dieses Land an den Staat verkaufen?« Abu Hassan starrte ihn nur an, doch Tareq antwortete auf Hebräisch: »Richtig.«

Livnor schaute zwischen den beiden hin und her und wandte sich dann wieder den Papieren zu.

»Nun, da gibt es zwei Probleme, Mr. Al-Ismaeli. Erstens beweisen unsere Aufzeichnungen, dass Sie Ihren Besitz hier in Jaffa im Mai 1948 zurückgelassen haben. Seitdem steht das Haus leer, und Ihre übrigen *Dunums* sind ungenutzt. Und das macht Sie gemäß der Gesetze unseres Landes zu einem ›anwesenden Abwesenden‹.« Die Wörter *Nifkadim nohahim* klangen auf Hebräisch fast komisch, wie ein Kinderreim zum Kästchenhüpfen.

»Ich bin nicht gegangen«, unterbrach Abu Hassan. »Meine Familie war die ganze Zeit hier.«

»Vielleicht haben Sie nicht das Land verlassen, aber Ihre Plantage«, entgegnete Livnor. »Als anwesender Abwesender fällt Ihr Land unter die Obhut der Vermögensverwaltung. Unsere Unterlagen zeigen, dass Ihre Orangenhaine am Stadtrand von Jaffa bereits in Besitz genommen wurden, Mr. Al-Ismaeli.« Sein Tonfall war flach und ausdruckslos, und Salim ertappte sich bei der Frage, wie vielen Menschen er diese Hiobsbotschaft wohl schon überbracht hatte und ob er später, nachts im Bett, deswegen Tränen vergoss.

»Dieses Vorgehen ist moralisch, juristisch und auch nach sonstigen Kriterien falsch«, wandte Tareq mit vor Zorn belegter Stimme ein.

»So steht es im Gesetz. Viele Menschen haben ihr Zuhause verlassen. Hunderte von Dörfern und Farmen stehen leer. Sie hätten Generationen lang verfallen können. Nun werden sie zum Wohl der Bürger Israels einem Nutzen zugeführt.«

»Haben Sie auch die von Juden verlassenen Häuser beschlagnahmt?«, fragte Salim mit zitternder Stimme. Tareq warf ihm einen warnenden Blick zu, doch Livnor ignorierte ihn einfach.

»Der Staat wird Ihnen die Entschädigungssumme zahlen, auf die Sie ein Anrecht haben«, fuhr er, den Blick auf Abu Hassan gerichtet, fort. »Laut Steuerunterlagen« – er förderte ein weiteres Blatt Papier zutage – »wurde Ihre Orangenplantage im Jahr 1948 auf vierhundertfünfzig israelische Pfund geschätzt. Leider« – er sah Tareq an – »weisen unsere Unterlagen auch eine beträchtliche Steuerschuld an die Mandatsregierung aus, die immer noch offen ist. Unter Einberechnung dieser Summe« – er kritzelte etwas auf den Block vor sich – »können Sie dreihundert Pfund Entschädigung für Ihr aufgegebenes Land beanspruchen.«

Er riss das Blatt aus dem Block und reichte es Abu Hassan. Salim war schwindelig vor Entsetzen. Von Wohlstand und Unabhängigkeit auf dreihundert Pfund zurückgestutzt! Er musste sich an der Stuhllehne seines Vaters festhalten.

»Das muss ein Scherz sein«, protestierte Tareq. »Selbst wenn dieses Land Ihnen gehören würde, was übrigens nicht der Fall ist, wäre der Marktwert heute um einiges höher als vierhundertfünfzig Pfund. Ich verstehe nicht, woher Sie diese Zahlen haben.«

Livnor bewegte Schultern und Hände, eine Mischung aus Achselzucken und dem Hinweis, dass die Sache hiermit für ihn erledigt war. »Ich bedaure, aber so steht es im Gesetz. Wenn Sie den Betrag anfechten wollen, steht Ihnen das frei. Sie können das Geld natürlich auch nehmen und Ihrer Familie Schwierigkeiten ersparen.«

Abu Hassan hielt wortlos das Blatt Papier in der Hand und starrte ins Leere. Er schwieg so lange, dass Tareq schließlich sanft »*Baba?*« sagte.

Das Wort schien ihn aus seiner Benommenheit zu reißen. Abu Hassans Kopf fuhr hoch. »Was ist mit dem Haus?«, fragte er.

Livnor betrachtete wieder, diesmal nachdenklicher, seine Papiere und nahm zwei identisch aussehende Urkunden aus der Akte.

»Ich sehe das hier heute zum ersten Mal, Mr. Al-Ismaeli«, meinte er und schwenkte das vergilbte Dokument, das Abu Hassan ihm gerade gegeben hatte. »Darin steht, dass Sie der Besitzer des Hauses im Bezirk Al-Ajami sind. Allerdings habe ich hier noch ein zweites Dokument, das schon vor vielen Jahren, also vor meiner Zeit, hier hinterlegt wurde.« Er wies auf seine Akte. »Und diesem entnehme ich, dass Sie das Haus lediglich gemietet hatten. Laut der Urkunde hier heißt der rechtmäßige Besitzer Hamza Abu Masen Al-Khalili.«

Abu Hassan richtete sich kerzengerade auf. Salim schnappte nach Luft.

Livnor nahm wieder die Brille ab, beugte sich über den Tisch und suchte Blickkontakt zu Abu Hassan. »Tut mir leid«, meinte er mit einem Anflug von Anteilnahme. »Das Haus gehört Ihnen nicht mehr.«

Isak nahm Livnor das Papier aus der Hand.

»Mr. Livnor, ich habe keine Ahnung, was das für Papiere sind«, sagte er. »Aber ich kann Ihnen versichern, dass Abu Hassan hier der rechtmäßige Eigentümer des Hauses war. Ich kenne die Familie schon seit vielen Jahren.« Seine Stimme zitterte besorgt. »Ich kann mich persönlich für ihn verbürgen.«

Abu Hassan streckte die Hand in einer seltsam flehenden Geste über den Schreibtisch. »Ich habe vor dem Ende des Krieges Kopien meiner Grundbucheintragungen an Abu Masen übergeben«, sagte er. »Es muss ein Irrtum passiert sein. Das Haus gehört mir. Meine Familie hat es gebaut. Es muss ein Irrtum sein«, wiederholte er. Er schlug die Hand vor die Stirn und wiegte im grellen Licht der Neonröhre den Kopf hin und her.

»Diese Urkunde ist ungültig«, stellte Tareq fest. »Sie wurde entweder gefälscht oder manipuliert. Das müssen Ihre Mitarbeiter doch bemerkt haben. Man kann ja nicht einmal die Namen richtig lesen. Außerdem wusste die ganze Stadt, dass das Haus Abu Hassan gehört.«

Livnor schüttelte den Kopf. »Wie ich schon sagte, war das vor meiner Zeit.« Er klopfte auf den Schreibtisch. »Nach dem Krieg herrschte ein ziemliches Durcheinander. Die Araber machten in Jaffa noch immer Schwierigkeiten. Vielleicht wurde nicht so gründlich kontrolliert, wie es nötig gewesen wäre.«

Salim spürte, dass sein Atem stoßweise ging. Er wünschte sich, sein Vater möge protestieren. Doch Abu Hassan ließ schicksalsergeben die Arme hängen. Sein Blick schien auf Livnors Papier gerichtet; nur ein plötzliches Aufbäumen seiner Brust zeigte das Aufwallen von Gefühlen in ihm.

Livnor lehnte sich zurück und wischte sich den Schweiß von der Stirn wie ein Arzt, der seinem Patienten gerade eröffnet hat, dass er an einer tödlichen Krankheit leidet. »Tut mir leid«, sagte er wieder. »Da kann man nichts machen.«

»Und was hat das zu bedeuten?«, fragte Salim. Ihm war schwindelig, und er hatte ein trockenes Gefühl im Mund. »Was heißt das jetzt für uns?«

»Es heißt«, erwiderte Livnor, »dass das Haus bereits an den Staat verkauft wurde. Von Mr. Al-Khalili. Der Kaufpreis wurde ausgezahlt.« Er nahm die Brille ab und sprach Abu Hassan direkt an. »Sie müssen sich an ihn halten. Denn uns sind nun die Hände gebunden.«

Salim erinnerte sich nicht mehr daran, wie er die Treppe hinuntergekommen war. Nun war die Vorhalle grau und bedrückend und die Luft draußen schneidend und feindselig. Von Abu Masen fehlte jede Spur. Abu Hassan ging zur nächsten Telefonzelle und ließ die anderen schweigend im Schatten des Rathauses stehen.

Tareq hatte sich kerzengerade aufgerichtet und legte Salim die Hand auf die Schulter. Isak sprach zögernd und schaute dabei zu Boden.

»Ich bin zwar kein Anwalt«, sagte er, »aber irgendetwas muss da faul sein. Die Urkunde, die Livnor da hatte, war gefälscht. Wahrscheinlich wollte der Staat einfach nur so schnell wie möglich an das Haus ran.«

Zehn Minuten später kehrte Abu Hassan zurück und meldete, sie würden sich in einem Café an der Strandpromenade mit Abu Masen treffen. Salim fragte nicht, warum sie sich nicht in Jaffa trafen. Plötzlich wollte er nicht mehr dorthin. Jaffa hatte ihn verraten.

Die Strandpromenade von Tel Aviv sah aus, als würde sie mit voller Kraft von den Scheinwerfern der westlichen Moderne beleuchtet. Männer und Frauen flanierten lachend Arm in Arm, rannten über den Strand, spielten Ball oder sonnten sich mit ineinander verschlungenen Armen und Beinen. Salim, der sie vom Schutz einer Sonnenmarkise aus beobachtete, wurde von widerstreitenden Gefühlen ergriffen – es waren Geschöpfe aus einer anderen Welt; die Mittagssonne schimmerte auf ihrer Haut.

In der Ferne erhob sich Jaffa an der Küste wie eine schartige Reihe gelber Zähne. Er horchte in sich hinein, ob er noch eine Spur von Sehnsucht empfand, spürte aber nichts. *Das ist nicht Jaffa.* Es war eine andere Stadt, ein zertrampelter, schmutziger Ort, wo alle Gärten verdorrt und alle Orangenbäume gefällt waren.

Nun war der schlimmste vorstellbare Fall eingetreten, und dennoch fühlte er sich leichter, so wie ein Vogel, der in der Luft schwebte. Fast sah er seine verschiedenen Wege in die Zukunft vor sich. Sie spalteten sich wie zwei Luftblasen, die darauf warteten, voneinander befreit zu werden. Hier war Palästina, ein zerbrochener Karren. Das Leben ein Joch auf den Schultern von Männern wie seinem Vater. Und dann waren da andere Träume, eine Welt, die er noch nicht klar vor Augen hatte.

»Scheint Spaß zu machen, was?«, riss Isaks Stimme ihn aus seinen Gedanken. »Manchmal gehe ich sonntags mit Lili an den Strand. Sie sonnt sich gerne.« Lächelnd schüttelte er den Kopf. »Tel Aviv ist ständig in Bewegung, während sich in Jaffa fast nichts verändert hat. Lili sagt, für uns Araber steht die Zeit still, ganz gleich, welcher Religion wir angehören.«

Bevor Salim antworten konnte, hörte er die Stimme eines Jungen auf Arabisch rufen: »Salim!« Als er sich umdrehte, sah er einen jungen Mann auf sich zukommen – hellhäutiger als Isak, mit ernster Miene und Lili Yashuvs langer Nase.

Trotz seiner Stimmung breitete sich ein Lächeln auf Salims Gesicht aus, und er schüttelte die Hand, die Elia ihm hinhielt.

»Dad hat mir erzählt, dass du mitkommst. Ich habe meinen Ohren nicht getraut«, sagte Elia atemlos. »Ich bin aus der Schule weg und den ganzen Weg gerannt. Wie geht es dir? Zieht ihr wieder nach Jaffa?«

Die Frage schnitt Salim bis ins Herz und holte ihn jäh in die Gegenwart zurück. Er ließ Elias Hand los und bemerkte plötzlich, wie rosig dessen Haut war. So wie die der kalten Juden aus dem Osten. »Vielleicht«, erwiderte er und wandte sich ab. Er spürte, dass Elia hinter ihm verharrte, fühlte seinen Schmerz und überlegte dennoch, wie er ihn am besten verletzen konnte. Er erinnerte sich an ihren Abschied auf dem Souk. *Elia hat recht behalten. Es kann nie wieder so werden, wie es einmal war.*

Elia räusperte sich und wollte etwas antworten. Doch Abu Hassan bedachte ihn mit einem tadelnden Blick und meinte auf Arabisch: »Genug, Jungen.« Abu Masen näherte sich ihrem Tisch. Masen folgte ihm. Der pummelige Junge war völlig hinter einem Wall aus massiven Muskeln und einem engen modischen Anzug verschwunden. Nur die dichte schwarze Haarkrause, die ihm bis in den Nacken reichte, hatte sich nicht verändert.

Als sie den Tisch erreicht hatten, hob Masen den Kopf. Bei Salims Anblick fuhr er mit einem eindeutig schuldbewussten Ausdruck zusammen.

»*Ya*, Salim«, verkündete er – eine nichtssagende Begrüßung, die lediglich seine Gegenwart zur Kenntnis nahm. »Wie ich sehe, treibst du dich noch immer mit dem *Yehuda* herum.« Sein Tonfall rief Erinnerungen wach, die Salim erschaudern ließen. Doch er stellte fest, dass der ältere Junge rasch die Augen senkte.

Inzwischen hatte Abu Masen sich am Tisch niedergelassen und Kaffee bestellt. Salim wartete ungeduldig darauf, dass jemand das Gespräch eröffnete und Abu Masen seine Verfehlungen an den Kopf warf. Doch so wurden solche Dinge unter Arabern nicht gehandhabt. Man musste zuerst Kaffee trinken und Höflichkeitsfloskeln austauschen, bevor man auf den Punkt kommen konnte.

Endlich streckte Abu Masen die Arme über den Kopf. »Na, wie war es heute im Rathaus?«, fragte er.

»Ich dachte, Sie wollten sich dort mit uns treffen«, entgegnete Tareq mit kalter Stimme.

»Es sieht doch ganz danach aus, als hätten Sie fähige Unterstützung gehabt.« Abu Masen schenkte Isak ein leutseliges Lächeln. »Ich wäre nur das fünfte Rad am Wagen gewesen.«

Salims Vater spielte an seiner Kaffeetasse herum und ließ die dicke, süße Flüssigkeit immer hin und her kreisen. »Warum hast du mein Haus verkauft, Hamza?«, erkundigte er sich, ohne vom Tisch aufzublicken und in einem heiseren Flüstern. »Welches Recht hattest du dazu?«

Abu Masens Gesicht rötete sich, und er beugte sich vor. »Habe ich dich richtig verstanden, *Said*?« Er betonte Abu Hassans Vornamen, eine Geste der Respektlosigkeit. »Fühlst du dich etwa betrogen?«

»Du hast mich betrogen«, antwortete Abu Hassan. »Du hast den Juden etwas vorgelogen und behauptet, das Haus gehöre dir. Du hast es ihnen verkauft.« Seine Stimme zitterte, doch er konnte Abu Masen noch immer nicht in die Augen schauen. *Er fürchtet sich vor ihm*, dachte Salim. Abu Hassans Großspurigkeit war für seine Familie reserviert.

Abu Masen lachte kurz und bellend auf. »Dich betrogen?«, schnaubte er. »Du solltest mir auf Knien danken, Abu Hassan. Die Juden hätten dir das Haus unter der Nase weggeschnappt und dir gar nichts dafür gegeben. Du kannst ja kaum ein Dokument lesen – hast du das deinem Jungen hier je verraten? Wie hättest du dich gegen sie zur Wehr setzen sollen? Also habe ich dich aus lauter Nächstenliebe gerettet. Ich habe den ganzen Ärger auf mich genommen und das Haus für den Preis verkauft, den sie bezahlen wollten. Offen gestanden war es ein guter Preis.«

Salim spürte, wie Wut in ihm aufstieg. »Diese Entscheidung lag bei unserer Familie, nicht bei Ihnen«, rief er aus.

Abu Masen drehte sich um und lächelte ihm zu. »Ah, der kluge Salim! Vielleicht gibt es da einige Dinge, die du über deine Familie wissen solltest. Sie hat noch nie im Leben ein Geschäft abgeschlossen. Alles, was dein Vater besaß, hat er geerbt. Du glaubst, dass du jetzt ein Mann bist? Ich sehe hier nichts weiter als ein Großmaul mit kleiner Geldbörse.« Als Salim aufsprang, hielt Tareq ihn mit fester Hand zurück.

»Doch keine Sorge, Abu Hassan«, fuhr Abu Masen fort. »Ich habe dir dein Geld mitgebracht. Es ist zwar nicht sehr viel, aber mehr war nicht zu bekommen. An deiner Stelle würde ich es nehmen. Bring es zu deiner wunderschönen Frau, und kauf ihr etwas, um sie aufzuheitern.«

Er schob ein Päckchen Geldscheine über den Tisch. Für Salim sah es schmuddelig und armselig aus – genau wie ihre Träume vom Nach-Hause-Kommen. Er hielt den Atem an.

Abu Hassan schwieg einen Moment. Dann streckte er ruckartig die Hand nach dem Umschlag aus, als sei dieser glühend heiß, und nahm ihn schließlich mit gesenktem Kopf entgegen. Salim krampfte es das Herz zusammen. Er konnte es nicht mit ansehen, dass sein Vater so gnadenlos gedemütigt wurde. Wie ein Bettler ohne Kleider.

»*Yalla*«, sagte Abu Masen und erhob sich. »Bis bald. Beim nächsten Mal besuchst du mich auf einen Kaffee in Jaffa. Meine Empfehlung an Umm Hassan. Eine schöne Frau ist doch alles Glück, was ein Mann braucht, nicht wahr?« Mit diesen Worten wandte er sich ab und schlenderte davon.

»*Yalla, ya Masen*«, rief er über die Schulter gewandt, und Salim stellte fest, dass sein alter Freund bei diesem Befehl zusammenzuckte.

Masen hielt einen Moment inne und drehte sich zu den Al-Ismaelis um, die dasaßen wie die begossenen Pudel. Salim sah seine Hand, die fleischige Handfläche ausgestreckt, auf sich zukommen. Zuerst dachte er, der Junge von damals sei noch vorhanden und wolle sich für das Vorgefallene entschuldigen.

Doch die Hand wanderte weiter aufwärts, und als Masen mit dem Finger seine Stirn berührte, erkannte Salim den Gruß sofort. Es war die Demutsgeste, die ein Arbeiter seinem Herrn entbietet, die Dankbarkeit nach der Übergabe des Lohns. Und als sich ein, inzwischen selbstbewussteres, Lächeln auf Masens Gesicht ausbreitete, wusste Salim, dass die Hänseleien aus der Kindheit schließlich wahr geworden waren. Nun war er der *Fellah* mit der bittenden Hand, der gerade von seinem Herrn den letzten Lohn erhalten hatte.

Auf der langen Heimfahrt ruhten der Umschlag mit seinem kläglichen Inhalt und die inzwischen nutzlos gewordenen Grundbuchurkunden in Tareqs Aktenkoffer. Tareq versuchte, gegen die Erschöpfung anzureden, und tat sein Bestes, um das hartnäckige Schweigen im Auto zu bekämpfen, indem er Lösungen, Strategien, Prozesse und mögliche Klagen vorschlug.

Abu Hassan brummte und nickte zustimmend. Doch Salim wusste, dass das alles nur Theater war. Sein Vater hatte sich mit seinem Schicksal abgefunden. Die Welt würde sich weiterdrehen, und Salim würde sich einen neuen Platz darin suchen müssen.

Als sie in die kleine, dunkle Garage einbogen, hatte Salim das übermächtige Bedürfnis, seine Mutter zu sehen und ihre tröstende Hand auf der Stirn zu spüren. Er hastete das dunkle Treppenhaus hinauf und durch die nach Schweiß riechenden Staubwolken in die Wohnung. »Mama, wir sind zu Hause!«, rief er, als er hereingestürmt kam.

Nadia eilte aus der Küche herbei. Sie hielt einen feuchten Lappen fest, der seltsam aus ihrer Hand hing. »Hallo«, stieß er hervor. »Wo ist Mama?« Sie antwortete nicht. Er konnte nicht sagen, warum ihm plötzlich klar wurde, dass das Ding in ihrer Hand gar kein Putzlappen, sondern ein nasses Taschentuch war. Auch mit ihrem Körper und ihrem Gesicht schien etwas nicht zu stimmen. Ihre Augen waren gerötet, ihre Wangen verschwollen. Als sie die Hände nach ihm ausstreckte, wich er, auf einmal verängstigt, zurück.

Er drehte sich um und lief »Mama! Mama!« rufend in das Schlafzimmer seiner Mutter. Der Raum war dunkel, der Vorhang geschlossen. Doch selbst im Dämmerlicht konnte Salim die klaffenden Lücken in den offenen leeren Schränken erkennen, wo bis jetzt ihre Kleider gehangen hatten.

Er drängte sich an Nadias ausgestreckten Händen vorbei und stürzte in sein und Rafans Zimmer. Die kleine Kiste mit Rafans Sachen war fort. Auch die Decke, die sie so viele Jahre lang gewärmt hatte, war verschwunden, ebenso wie Salims alte Reisetasche aus Jaffa.

Die Beine gaben nach, und er fiel auf Rafans stinkende Matratze. Übelkeit stieg ihm in der Kehle auf. *Nun verstehe ich dich, Mama*. Sie hatte gewusst, wie es ausgehen würde und dass das Scheitern von vornherein feststand. Nach all den Jahren, in denen sie so getan hatte, als gehöre sie zu ihnen, hatte sie schließlich die Segel gestrichen.

1959

Als Dora eines Nachmittags aus der *Schul* kam, rief sie ihren Mann und ihre Töchter zusammen.

»Bald findet Judits Bat-Mizwa statt!«, verkündete sie triumphierend und kniff Judith mit einer manikürten Hand ins Kinn. »Ich habe mit dem Rebbe gesprochen, und er ist absolut einverstanden. Die Tochter von Hymie und Martha hatte ihre in der letzten Woche, und es soll dieses Jahr noch mindestens drei weitere geben.«

Gertie klatschte in die Hände.

»Gut, meinetwegen«, sagte Jack. »Wenn du meinst, warum nicht? Schließlich hat sie noch ein Jahr, um sich vorzubereiten.«

Judith stand starr vor Schreck da. Ihr elfter Geburtstag war zu ihrer großen Erleichterung nahezu unbemerkt gekommen und gegangen. Die Vorstellung, in Gegenwart von Dutzenden – vielleicht sogar Hunderten – von Doras und deren kippatragenden Ehemännern aus der Thora vorlesen zu müssen, ließ ihr einen ängstlichen Schauder den Rücken hinunterlaufen.

»Aber, Mummy, alle werden mich anschauen«, protestierte sie. »Ich kann nicht vor so vielen Leuten lesen.«

»Natürlich werden alle dich anschauen«, erwiderte Dora leichthin. »Und warum auch nicht? Schließlich bist du eine kluge junge Dame. Denk nur daran, wie stolz deine *Bubbe* sein wird! Und deine Schwester auch, die nie diese Chance hatte.«

Sie rauschte davon in Richtung Küche. »Wir kümmern uns später um die Einzelheiten, Jack«, rief sie fröhlich. »Keine große Sache, nicht so eine pompöse Veranstaltung, wie dein Bruder sie für Tony veranstaltet hat. Nur die Familie und ein paar Freunde.«

Judith blickte hilflos erst ihren Vater und dann Gertie an, die freundlich lächelte und schicksalsergeben die Achseln zuckte.

»Muss das sein?«, flüsterte sie.

»Oh, Judit, Schätzchen, das ist doch eine wunderbare Sache.« Die Augen ihrer Schwester strahlten hinter der Brille mit dem schwarzen Rahmen, die ihr Mondgesicht umschloss wie ein Käfig. Sie rückte sie mit einer Hand gerade und tätschelte Judith mit der anderen die Wange. Ihre Finger waren so weich wie warmes Brot. Als Dora außer Hörweite war, beugte Jack sich vor. »Diese *Bat-Mizwas*... Offen gestanden weiß ich nicht, was das bei einem Mädchen bringen soll. Doch es ist eine ganz neue Sache, und deine Mutter ist nun mal offen für alles Neue. Gott segne sie.«

Auch Rebecca war begeistert von der Idee.

»In meiner Jugend haben die Leute darüber gelacht, dass auch Mädchen volljährig werden«, sagte sie und streichelte Judiths Nacken. »Man wusste nur, dass man heiratsfähig war, wenn man anfing zu bluten.« Judith errötete – Dora hatte sich erst vor einer Woche mit ihr zusammengesetzt, um das peinliche Thema Aufklärung hinter sich zu bringen. »Bar-Mizwas waren nur für Jungen. Ich habe dieses Privileg nie genossen. Gertie und deine Mama auch nicht. Also haben sich die Zeiten zum Besseren geändert, *Mamele*.«

»Ich verstehe nicht, was daran besser sein soll«, flehte Judith. »Was, wenn ich mir die ganzen Verse nicht merken kann oder mich verhaspele?«

Rebecca lächelte. Ihr ausgebleichtes rotes Haar lugte unter ihrem blauen Kopftuch hervor, und ihre dunkelgrünen Augen funkelten lebendig.

»Keine Sorge, mein kleiner Liebling«, erwiderte sie. »Alle Kinder haben Angst vor dem Erwachsenwerden. Sogar die Kinder der Gojim. Aber du hast es besser getroffen als sie, weil du jetzt genau weißt, an welchem Tag du aufhören kannst, Angst zu haben – nämlich dann, wenn du die Thorarolle weglegst und der Rebbe dich als Erwachsene segnet.« Sie beugte sich vor, umfasste Judiths Gesicht so vorsichtig wie einen Schmetterling und drückte es leicht.

»Das ist eine besondere Ehre, meine Judit. Es heißt, dass du in deinem Volk deinen Platz als Frau einnimmst. Also Kopf hoch, Kleines. Sei mutig. Sei ein *Mensch*!«

Als sie es Kath im Wearside-Schwimmbad erzählte, kriegte die den Mund nicht mehr zu. »Das klingt ja verrückt, Judy-Rudy!«, verkündete sie, während sie sich, begleitet von den hallenden Geräuschen und dem Plätschern des Wassers, aufstellten, um auf Mr. Hicks' Pfeifsignal zu warten. »Ich würde mir in die Hose machen. Warum hast du deiner Mum nichts von den dämlichen Testwettkämpfen erzählt? Du bist die Beste im Team, du schaffst es sicher in die Jugendmannschaft.«

Für die Juniorenmannschaft Sunderland North-East im Schwimmen auserkoren worden zu sein war für Judith eine viel größere Ehre als die Gnade Gottes. Bald würden in Wearside die Testwettkämpfe stattfinden, und Judith trainierte bis zur Erschöpfung. Wenn sie spät und mit nassem Haar und geröteten Augen nach Hause kam, wich sie Gerties Fragen aus. Sie musste unbedingt die Zielvorgaben ihres Clubs schaffen. Die Juniorenmannschaft war ihr geheimer Traum, ein Wunsch, der so brannte, dass es sie ängstigte. Nach ihrem letzten Wettkampf hatte Mr. Hicks genickt, als sie keuchend aus dem Wasser kletterte. »Du kriegst das hin«, hatte er gesagt.

Sie drückte Kaths Arm, traurig bei dem Gedanken, dass sie nach diesem Sommer nie wieder im selben Klassenzimmer sitzen würden. Die weiterführende Schule rief, und Jack und Dora waren für Bede's Grammar School entflammt. Kathleens Mutter hatte noch nie von dieser Schule gehört, und außerdem hätten Kaths Chancen, die Aufnahmeprüfung zu schaffen, etwa ebenso hoch gestanden wie die auf einen Flug zum Mond. Doch sie hatten sich geschworen, Freundinnen zu bleiben. Blutsschwestern, hatte Kath gesagt, als sie sich mit Mollys Rasierer in die Fingerkuppe geschnitten und die roten Tröpfchen aneinandergepresst hatten.

»Hört auf zu schwatzen, ihr beide«, rief Mr. Hicks. »Erster Probelauf für Gruppe eins. Auf mein Kommando. Und vergesst nicht, ich will fliegende Fische sehen, keine gestrandeten Wale.«

Judith trat vor. Ihre Zehen bogen sich um die glitschigen Fliesen am Beckenrand, und sie spürte den Sog des Wassers unter ihr. Aus dem Augenwinkel sah sie, wie Kath errötete und jemandem zuwinkte. Sie hatte gerade noch Zeit, eine hohe rote Bademütze und eisblaue Augen auszumachen, bevor die Trillerpfeife sie ins Wasser beorderte.

Sofort verwandelte sich ihre Welt in das Schweigen blauer Blasen und köstliche Kühle, die an ihrer Haut vorbeiglitt. Ein wundervoller Rausch, der jedes einzelne ihrer Gliedmaßen mit dem anderen verband, bis Herz, Beine und Atem denselben Rhythmus fanden. Schneller! Jemand rief, und zwischen den Atemzügen spürte sie die Worte eher, als dass sie sie hörte. *Los, Judith! Drück auf die Tube!* Vor ihr erhob sich die Beckenwand, sie streckte mit aller Macht die Hand danach aus, ihre Finger berührten die Kante, und sie brach an die Oberfläche. Doch als sie mühsam nach Atem rang, sah sie blaue Augen auf sich hinunterfunkeln und stellte fest, dass das große Mädchen bereits die rote Bademütze abnahm. Während Judith noch, rot im Gesicht und keuchend, im Wasser trieb, beugte sich das Mädchen vor. »Tut mir leid, Kleine«, raunte sie, bevor sie ihre schlanke Gestalt aus dem Becken hievte und in Richtung Garderobe verschwand.

»Mach dir nichts draus«, sagte Kath später beim Abtrocknen. »Du bist trotzdem in der ersten Gruppe. Die beiden Besten werden genommen.« Judith blickte zu Boden. Sie hatte damit gerechnet, die Beste in der ersten Gruppe zu werden; sie hatte ihr ganzes Herz daran gehängt.

Kath knuffte sie am Arm. »Schau, Judy, da kommt sie. Sie ist ja so cool, wirklich.«

Ohne Badekappe erkannte Judith sie auf Anhieb. Margaret Smailes – oder Peggy S., wie sie sich nach dem Lied von Buddy nannte. Wegen einer Mandelentzündungsepidemie in der Schule war Peggy vor zwei Wochen Kaths Sitznachbarin geworden; Kath war bereits hingerissen von ihr.

Peggy war einen Kopf größer als der Rest der Klasse und hatte lange, gerade Beine; der Rock, unter dem sie hervorlugten, war kürzer, als die Vorschriften es gestatteten. In der Schule wurde sie stets von einem Kometenschweif kichernder Mädchen verfolgt. Nun hing ihr der weißblonde Pferdeschwanz lang und nass über den Rücken, und an ihren Fingernägeln schimmerte Lack. Judith erkannte eine Goldkette an ihrem Hals.

Peggy zeigte mit dem Finger auf sie. »Na, Kitty K., ist das deine andere Freundin?«

Kathleen grinste. »Richtig, das ist Judy«, erwiderte sie.

Judith trat, verlegen und sich peinlich ihrer Ponyfransen und ihrer braunen Socken bewusst, von einem Fuß auf den anderen.

»Wer ist Kitty K.?«, fragte sie.

Peggy lachte.

»Weißt du das nicht? Kitty Kallen vom *Film*.« Peggy griff Kathleen in den Haarschopf. »Sie ist ja so toll mit ihren wunderschönen braunen Locken. Meine Mutter sagt, sie könnte keine gute Schauspielerin sein, denn sie ist ja nur eine billige Amerikanerin. Doch ich finde, dass das niemanden zu interessieren braucht. Sie ist doch so elegant, oder?« Ihre weiße Bluse stand offen und gab nasse Flecken auf einem knospenden Dekolleté und einen herzförmigen Kettenanhänger frei, der an der nackten Haut klebte. Judith glaubte, den Spitzensaum eines BHs zu erkennen, und ertappte sich dabei, dass sie im Takt mit Kathleen nickte.

»Dann bist du also Judy, oder?« Peggys Sätze strotzten von »Oders«, die wie Schüsse klangen, was es unmöglich machte, ihr zu widersprechen. »Aber Judy ist nicht dein echter Name, oder? Du bist doch eine von den jüdischen Mädchen. Mir kannst du es ruhig verraten.« Ihr Tonfall war zwar warm und freundlich, doch trotzdem spürte Judith einen kalten Windhauch. Noch nie hatte sie jemand, außer Dora, als *jüdisches Mädchen* bezeichnet. Sie warf Kathleen einen Blick zu, die lächelnd erwiderte: »Ist sie, aber sie ist supercool. Meine beste Freundin, stimmt's, Judy?«

»Also gut. Tja, ich glaube, für so ein süßes Mädchen wie Judith fällt uns bestimmt etwas Besseres ein, oder, Kitty K.? Ich finde nicht, dass du wie eine Judy aussiehst. Was hältst du von Jude? Du könntest doch Jude heißen, oder?«

»Das ist ein Jungenname«, entgegnete Judith automatisch.

»Na und? Das ist doch voll cool. Möchtest du denn nicht cool sein, Jude? Du bist ja so ein niedliches Mädchen mit deinem süßen blonden Pony.« Peggy musterte sie mit zur Seite geneigtem Kopf und zeigte beim Lächeln makellose weiße Zähne. Plötzlich besserte sich Judiths Stimmung, und ihre Nervosität verflog wie ein Drachen, der sich in die Lüfte erhebt.

»Okay, einverstanden«, sagte sie.

»Spitze!« Peggy ließ die Hüften kreisen, als tanze sie den Twist in *Crackerjack*, den Kopf zum Himmel erhoben, die Augen geschlossen. »Kitty K. und Jude, das Super-Schwimmteam!« Als sie voller Zuneigung Judiths Arm tätschelte, errötete diese und fing an zu kichern.

In den nächsten Wochen fühlte sich Judith, als habe sie sich verliebt. Peggy war der absolut faszinierendste Mensch, dem sie je begegnet war. Mit zwölf war sie bereits so, wie Judith immer hatte werden wollen, wenn sie erst einmal erwachsen sein würde. Sie wusste, wie man eine Schuluniform so trug, dass die Jungs sich nach einem umdrehten – und auch, wie man genau den richtigen Moment abpasste, um reizend oder gemein zu sein. Sie wusste außerdem noch andere Dinge, von denen die anderen nie zu träumen gewagt hätten. Zum Beispiel »alles über Männer«; sie hatte einen Freund, ein Geheimnis, wie sie ihnen zuraunte, der ein *Mann von Welt* war und ihr wunderschöne Geschenke machte. Zum Beispiel den Kettenanhänger mit dem Diamanten, der eine rote Stelle an ihrem Hals – einen Knutschfleck, wie sie sagte – verdeckte. Ihr einziger Makel waren ihre Nägel – gerötete, abgekaute Nagelbetten, die sie mit Nagellack tarnte.

Im grellen Licht von Peggys Selbstbewusstsein verblasste der Schatten von Judiths Schüchternheit. Peggy brachte ihr bei, sich nicht den Kopf über irgendetwas zu zerbrechen, nicht einmal über die Aufnahmeprüfung für die Oberschule. Sie selbst würde ab dem nächsten Jahr, unabhängig von ihren Prüfungsergebnissen, eine Privatschule besuchen und versprach, ihnen jede Woche einen Brief zu schreiben. »Ich habe Daddy gesagt, dass ich gerne in eine Schule für Debütantinnen in London gehen würde, doch er meinte, er könnte es nicht ertragen, wenn ich so weit weg von ihm wäre«, seufzte sie und betastete ihre Halskette. Als Judy vorschlug, sie könne sie ja besuchen, bog sich Peggy vor Lachen, sodass ihr der Rock die Beine hinaufrutschte.

»Oh, Jude, du bist vielleicht eine Marke! Du willst zu meiner Schule kommen? Und ich hänge einen Zettel an die Tür, damit sie dich auch sicher reinlassen, oder? Ha, ha, ha.« Wieder brüllte sie vor Lachen, und Judith stimmte ein, obwohl sie ein wenig gekränkt war. Peggy mochte solche Scherze. Als Judith gestern am Schwimmbecken ausgerutscht und bäuchlings ins Wasser gefallen war, hatte Peggy angefangen, sie »Jude, die Qualle« zu nennen.

Sie erzählte ihrem Cousin Tony von ihr, als er sie zum Passahfest besuchte. »Sie ist meine beste Freundin«, verkündete Judith. »Sie ist hübsch, und man hat immer Spaß mit ihr.«

»Ist das die, die deine Mutter immer als Schicksengöttin im Trainingslager bezeichnet?«

»Sie haben sie doch nur einmal am Elternabend gesehen. Mummy hat keine Ahnung, wovon sie redet.«

»Und kennst du ihre Familie?«

»Nein.« Judith zögerte. »Sie sind reich, glaube ich. So wie du.«

Tony lachte. »Hör zu, reich sein heißt nicht, dass man automatisch dazugehört. Insbesondere dann nicht, wenn man *Jude* ist. Unsereins wird nicht in den Country-Club aufgenommen. Und an der Uni habe ich auch genug Ärger.«

Du verstehst das nicht, dachte Jude. Keiner verstand sie. Für ihre Familie war sie nichts weiter als ein kleines jüdisches Klößchen, geformt von Mama und Papa, um eines Tages von jüdischen Mündern verschlungen zu werden. Doch für Peggy war sie etwas anderes. Eine eigenständige Persönlichkeit.

In der Woche vor den Testwettkämpfen für die Juniorenmannschaft erlaubte Dora ihr endlich widerstrebend, eine halbe Stunde Hebräischunterricht zu schwänzen. Peggy war aufgeregt, Kath seltsam niedergeschlagen. Peggy hatte sich angewöhnt, Judith zu umarmen und »Ich freue mich ja SO, dass wir nächstes Jahr Teamkolleginnen sind, kleine Jude!« zu jubeln. Sie wusste, dass sie die beiden Ersten in der Mannschaft waren und dass Kath sicher eifersüchtig war, war aber dennoch machtlos gegen die Freude an ihrem eigenen Triumph. Sie stand an der Schwelle von etwas Wunderbarem, das wirklich ihr gehören würde – einer Entwicklung ihres noch nicht herausgebildeten Ich, hin zu einer Vollständigkeit, die sie sich zwar nicht erklären konnte, nach der sie sich aber von ganzem Herzen sehnte.

Die Wettkämpfe fanden an einem Montag statt. Judith rechnete fest damit, dass sich ihre Welt für immer verändern würde. Selbst die drohende *Bat-Mizwa* verlor im Glanz ihrer Aufregung an Schrecken.

Am Freitag versammelte Peggy S. in der Pause alle am Schulzaun und verkündete, sie werde für ihre ganz besonderen Freundinnen eine Wettkampf-Vorfeier veranstalten.

»Ich werde euch nächstes Jahr ja sooo vermissen«, rief sie, das Kinn in die Hand gestützt wie ein Filmstar und mit rosigem Schmollmündchen. »Dad lässt Einladungen für euch alle drucken. Es gibt nur eine Regel – jede muss sich so richtig hollywoodmäßig in Schale werfen. Kitty K., das dürfte für dich ja kein Problem sein, oder?« Kathleen grinste verlegen, als Peggy ihr die wilde schwarze Lockenmähne streichelte. Ihre andere Hand, die nach der von Judith griff, war so glatt wie ein Porzellanteller.

»Und was ist mit dir, meine kleine Jude? Kannst du dich auch als Star verkleiden?«

»Als wen denn?«, fragte Judith nervös. Sie war die Einzige, der Peggy keinen Namen aus der Welt der Musik oder des Films gegeben hatte.

»Herrje, Jude, das ist doch nicht meine Aufgabe. Denk dir etwas aus! Oder? Sei einfach du selbst!« Sie drückte Judith die Hand und drehte sich zu ihrer restlichen Gefolgschaft um, während Judith darüber nachgrübelte, wie sie einfach nur sie selbst sein sollte.

Peggys Vater fuhr in seinem silbernen Jaguar an der Schule vor, um die Einladungen für alle Mädchen abzugeben. Peggy verteilte sie. Auf der von Judith stand »Jude«, mit einer dunklen Girlande aus Ballons und Herzchen darunter.

Auf der Innenseite der Karte hieß es: *Sonntag, zwölf Uhr.* Judiths Hebräischkurs fand, wie ihr siedend heiß einfiel, auch um zwölf statt. Sie hatte große Mühe mit dem Lesen, und der Rebbe hatte gesagt, dass sie zusätzliche Hilfe brauchte. Würde sie Dora überreden können, den Kurs nur dieses eine Mal ausfallen zu lassen?

Als der Unterricht zu Ende war, räumte Peggy, unterstützt von Kathleen, ihr Pult auf. Judith näherte sich ihr zögernd, und Peggy lächelte ihr strahlend entgegen. »Was ist denn los, kleine Jude?«

»Peggy, kann ich auch später zu der Party kommen?«

»Warum, um Himmels willen?«

»Weil sie um dieselbe Zeit stattfindet wie mein Hebräischkurs. Meine Mutter drückte schon bei den Probewettkämpfen ein Auge zu, aber das erlaubt sie mir nie.« Judith hörte, wie hinter ihr gekichert wurde. Peggy warf Kathleen einen Seitenblick zu, und Judith glaubte gesehen zu haben, dass Kath diesen mit einem verstohlenen Lächeln erwiderte.

Nun musterte Peggy sie mit gekünstelt freundlicher Miene.

»Hebräischkurs! Wow, wie aufregend. Wir wollen ja nicht, dass du *das* verpasst, oder? Wenn du lieber dorthin möchtest, stört es mich überhaupt nicht.«

»Nein, nein«, protestierte Judith. »Ich will viel lieber zu deiner Party, aber …« Ihre Stimme erstarb, als Peggy ihre Tasche schulterte und auf die Tür zusteuerte. Auf der Schwelle blieb sie stehen. Ihr Pferdeschwanz wippte noch ein paarmal, bevor sie sich umdrehte und Judith ansah.

»Wenn du kommen willst, dann komm, Jude«, entgegnete sie. »Sei einfach du selbst. Ich hoffe wirklich, dass du das schaffst.«

Judith blickte Peggy nach. Kath stopfte noch immer Bücher in ihre Schultasche. Judith versuchte, Blickkontakt mit ihr aufzunehmen, doch Kath starrte verbissen zu Boden. »Das sind ganz schicke Leute, Judith«, meinte sie plötzlich, straffte die Schultern und griff nach ihrer Tasche. »Vielleicht ist es ja besser, wenn du etwas anderes vorhast.«

Beim Abendessen am Sabbat sprach Judith das Thema an, ob sie für Peggys Party den Hebräischkurs versäumen dürfe.

»Kommt überhaupt nicht in Frage«, verkündete Dora. »Zweimal in einer Woche, schlag es dir aus dem Kopf. Hast du vergessen, dass es nicht mehr lange bis zu deiner Bat-Mizwa ist? Rebbe Geshen sagt, du bist bereits mit deiner Lektüre im

Rückstand. Erst diese Schwimmerei und dann auch noch eine Party! Was ist denn nur in dich gefahren?«

»Ich arbeite nächste Woche alles nach, versprochen«, flehte Judith. »Bitte, Dad.« Doch Jack schüttelte nur den Kopf. »Hör auf deine Mutter, Kleines.«

»Der Himmel weiß, was in dir vorgeht, Judit«, sagte Dora. »Hast du dich etwa in diese Schicksengöttin verguckt? Willst du konvertieren? Es wird in deinem Leben noch viele Partys geben, junges Fräulein. Aber nur eine Bat-Mizwa. Und jetzt Schluss damit.«

Allerdings zog sich der Streit hin bis zum Samstag, als Dora sich verärgert in die *Schul* flüchtete und Judith sich in ihr Zimmer zurückzog. Am Sonntagmorgen spielte sie mit dem Gedanken, einfach zu verschwinden. Doch in einer für sie unüblichen weisen Voraussicht hatte Dora Gertie gebeten, vor Judiths Zimmer Wache zu stehen.

Gertie fühlte sich nicht wohl in ihrer Rolle als Wächterin. Mit ihren großen Brüsten und den runden Hüften konnte sie sich auf dem engen Treppenabsatz kaum umdrehen. Judith saß in ihrem Zimmer und kochte vor Wut, wenn sie nur an Gertie, ihren tadelnden Blick hinter den Brillengläsern und ihre wohlanständigen braunen Strümpfe dachte.

Irgendwann öffnete Gertie Judiths Zimmertür. »Judit, es ist fast Zeit für deinen Kurs«, verkündete sie blinzelnd. »Wollen wir zusammen gehen?« Judith sah sie zwar finster an, wagte aber nicht, sich zu weigern. Sie verachtete sich selbst dafür, als sie sich erhob und ihre Schultasche schulterte. In wenigen Minuten würde Kathleen in ihren besten Sachen an Peggys Tür läuten, während sie, Judith, bei einem schwitzenden Rebbe saß und versuchte, uralte Schriftrollen zu entziffern.

Plötzlich stieß Gertie ein seltsames Geräusch aus, das an

einen erstaunten Aufschrei erinnerte. Ihre Schwester betrachtete etwas auf Judiths Bett, eilte durchs Zimmer und griff dann danach, und zwar mit einer so schnellen Bewegung, wie Judith sie noch nie bei ihr erlebt hatte. Es war Peggys Einladung in ihrer ganzen Prägedruck-Herrlichkeit.

»Gib das her«, rief Judith zornig, doch Gertie achtete nicht auf sie. Als sie sich zu Judith umdrehte, ging ihr Atem stoßweise. Sie hielt die Einladung in der Hand wie eine Pistole.

»Was ist das?«, fragte sie im Flüsterton. »Wer hat dir das geschrieben? Judit, warum hast du uns nichts davon erzählt?«

»Es ist nichts«, erwiderte Judith argwöhnisch. »Nur die Einladung zur Party meiner Freundin. Warum regst du dich so auf?«

»Aber was ist das da?«, beharrte Gertie und zeigte mit dem Finger auf den Namen, der vorne auf der Karte stand.

»Das ist mein Name. Jude. So nennen sie mich in der Schule.« Sie stellte fest, dass Gertie zurückwich. Ungläubiges Entsetzen malte sich auf ihrem Gesicht.

»So willst du genannt werden? Weißt du denn nicht, was dieser Name bedeutet?« Der Schweiß war ihr ausgebrochen; auf ihrer breiten Stirn schimmerten helle Perlen im Lampenlicht. »So haben sie uns genannt. *Jude. Juden.* So hießen wir in den Gettos und Lagern.«

Sie kam auf Judith zu, die einen Schritt rückwärts machte. »Wie kannst du jemandem erlauben, dich so zu nennen?« Sie schwenkte die Einladung vor Judiths verdattertem Gesicht. »Wie kannst du nur?«, wiederholte sie.

Kurz wurde Judith von Scham ergriffen, die jedoch schon im nächsten Moment von einem raschen und grausamen Anfall von Selbstmitleid im Keim erstickt wurde. *Immer findet sie bei mir ein Haar in der Suppe, die frömmelnde Gertie*, dachte sie verächtlich.

»Ich *erlaube* niemandem, mich so zu nennen«, entgegnete sie gespielt gleichmütig. »Ich nenne mich selbst so. Es ist cool.«

Noch ehe sie den Satz zu Ende gesprochen hatte, holte Gertie aus und versetzte ihr eine Ohrfeige, ein Schlag, der brannte wie heißes Brot aus dem Ofen. Erschrocken schrie Judith auf. Gertie presste die Faust vor den Mund. Tränen rannen zwischen ihren Fingern hervor, und sie flüsterte hinter ihrer Hand hervor: »Wie kannst du so etwas sagen, Judit? Du verstehst überhaupt nichts, gar nichts von dem, wer wir sind und was die mit uns gemacht haben.«

Judiths Gesicht schmerzte und prickelte. Sie konnte nicht fassen, dass Gertie sie geschlagen hatte. Die pummeligen Hände ihrer Schwester mit den unlackierten Nägeln hatten so unbeholfen ausgesehen, als sie die elegante weiße Karte hielten. Kurz wurde die Karte vor Judiths geistigem Auge von einem anderen Bild abgelöst – *Esther, Gertrude und Daniel, Wien 1939*. Lodernde Wut auf Gertie und die ewigen Schuldgefühle stiegen ihr heiß in der Kehle auf.

»Nein, *du* verstehst nichts«, schrie sie und spürte, wie sich ihre Wangen röteten. »Ich habe es satt, mir ständig von anderen sagen zu lassen, was ich tun und wie ich sein soll. *Es kotzt mich an*, Jüdin zu sein. Lass mich einfach in Ruhe.«

Noch während sie sprach, spürte sie, wie ihre Beine sie an Gertie vorbeitrugen, die ihren Namen rief. Mit klopfendem Herzen brachten diese Beine sie die Treppe hinunter und dann rasch durch die Vorhalle und zur Haustür hinaus, die sie laut hinter sich zuknallte. Die eiskalte Meeresluft schmeckte nach Glückseligkeit und Schmerz, so wie der erste Atemzug mit nach dem Wettkampf brennender Lunge.

Sie fuhr mit dem Bus zu Peggy. Während er von der Ryhope Road in den wohlhabenderen Teil der Stadt rumpelte, presste

Judith sich die Tasche vor die Brust. Ihr war schwindelig vor Vorfreude, als sie zusah, wie die Reihen strenger Doppelhaushälften an ihr vorbeiglitten und sich die Straße vom Hafen entfernte. *Sie werden sich so freuen, mich zu sehen. Wenn sie hören, was ich mir für einen Ärger eingebrockt habe, werden sie lachen.*

Der Bus stoppte am Stadtrand, wo die Häuser nicht nur nach vorne, sondern auch nach hinten hinaus einen Garten hatten und der Himmel qualmfrei und blau war. Judith stieg aus, blieb auf dem menschenleeren Gehweg stehen und blickte dem dröhnenden Bus nach.

Als sie die Straße entlang zum frei stehenden Haus der Smailes marschierte, fühlte sie sich so hochgewachsen und schlank wie Peggy selbst. Sie zog ihren Rock herunter und strich ihr Haar glatt. Kurz huschte ihr eine Sorge durch den Kopf wie ein Schatten: Sie hatte sich nicht an die Partyregeln gehalten – Hollywood, Fehlanzeige. Doch nachdem sie sich in die Wangen gekniffen und auf die Lippe gebissen hatte, hoffte sie, dass sie damit durchkommen würde, wenn sie sich eine gute Geschichte dazu einfallen ließ.

Als sie vorsichtig die Tür zum Grundstück öffnete, bemerkte sie, dass sich in einem der großen, mit Vorhängen versehenen Fenster etwas bewegte. Im Garten wuchsen Rosen; ihre schweren Köpfe, so rosig wie die von Schulmädchen, hingen herab. Lächelnd hüpfte Judith die Stufen hinauf und streckte die Hand aus, um an die Tür zu klopfen.

Im nächsten Moment ließ etwas sie innehalten. Sie trat zurück und stellte fest, dass jemand am Eingang zur Veranda ein großes gelbes Schild an die Wand gehängt hatte.

Und darauf stand in Großbuchstaben: *JUDE(N) UNERWÜNSCHT.*

Im ersten Moment traute Judith ihren Augen nicht. Die

Worte verschwammen, und die Knie wurden ihr weich, bis sie sich an den Pfosten der Veranda festhalten musste, um nicht zu stürzen. Es schnürte ihr die Brust zu, und ihre Kehle fühlte sich an wie mit Steinen gefüllt.

Als sie ein Klicken hörte, blickte sie auf. Die Eingangstür hatte sich geöffnet, und dort, in der hell erleuchteten Vorhalle, stand Kathleen. Peggy hatte sich hinter ihr aufgebaut. Das blonde Mädchen grinste, eine Hexe mit grellrotem Lippenstift, und legte Kathleen eine Hand auf die Schulter. Kathleen starrte zu Boden. Ihr Gesicht war unter den Sommersprossen feuerrot.

Judith richtete sich kerzengerade auf und fragte sich, ob sie von ihr ein Lächeln oder Tränen erwarteten. Würde alles gut werden, wenn sie nur richtig reagierte? War das ein Test? *Das ist sicher nur ein Scherz*, dachte sie verzweifelt. *Gleich sagen sie, dass ich reinkommen soll.* Allerdings sprach die Hand auf Kathleens Schulter eine grausame und deutliche Sprache. Der hellrosafarbene Nagellack schimmerte auf der dämmrigen Veranda.

Der Griff der Hand wurde fester, und Kathleens Kopf fuhr hoch. Sie sah sie an. In ihrem Gesicht malte sich eine so abgrundtiefe Trauer, dass Judith die Tränen in die Augen stiegen. Es führte nichts an der bestürzenden Erkenntnis vorbei, dass sie im Stich gelassen worden war. *Trotzdem*, sagte sie sich. *Sie wird nicht einfach reingehen. Das tut sie nicht.*

Eine Sekunde lang bewegte sich niemand. Judith holte tief und voller Hoffnung Luft. Dann schloss Kathleen die Tür; ein leises Ächzen polierter Eiche, Judith war ausgesperrt.

Bei Judiths Rückkehr in die Ryhope Road hatte sich die Welt völlig verändert. Als sie die Haustür öffnete, hörte sie zuerst ein

Weinen. Es schien direkt aus ihrem eigenen Herzen zu kommen, und sie glaubte fast, dass sie selbst es war, die da weinte. Zunächst fiel ihr Gertie ein. Doch im nächsten Moment traf sie die Erkenntnis so blitzartig wie eine zustoßende Schlange. Es war Rebecca. *Sie weiß es*, dachte Judith. *Sie weint meinetwegen.*

Plötzlich erschien Gertie in der Wohnzimmertür. Ihr Gesicht war rot und verquollen, und sie griff nach Judiths Hand.

»Oh, Judit, Gott sei Dank. Es gibt schlechte Nachrichten. Dein Onkel Max … Komm, Vater wird es dir sagen.«

Zitternd trat Judith ins Wohnzimmer. Rebecca saß auf dem grünen Sofa, wiegte sich hin und her und schluchzte an der Schulter eines verlegenen Jack. Dora hatte sich auf Rebeccas anderer Seite niedergelassen und umfasste fest ihre Arme.

Als Judith näher kam, öffnete Rebecca die Augen und zog ihre Enkeltochter an sich. Judith sträubte sich automatisch; die Scham haftete ihrer Haut an wie ein übler Geruch.

»Was ist passiert?«, fragte sie mit heiserer rauer Kehle.

Dora antwortete an Rebeccas Stelle. Ihre Stimme war leise, als vertraue sie ihr ein Geheimnis an.

»Onkel Max ist verletzt, Judit. Er saß in einem Bus, der angegriffen wurde. Es wurde auf ihn geschossen.« Judith brauchte einen Moment, um zu verstehen und sich vor Augen zu halten, dass es noch andere Menschen gab, deren Leben auch weiterhin mit ihrem verknüpft blieben. Während sie Gertie verhöhnt hatte und von zu Hause weggelaufen war, hatten Leute, die Juden hassten, ihrer Familie schaden wollen.

Dora betrachtete Jack, der seine Mutter so fest an sich drückte wie noch nie. »Er wird es schaffen, Mama. Max ist ein Kämpfer. Er bekommt die beste medizinische Versorgung.«

Rebecca schüttelte den Kopf. »Oh, mein Junge, mein armer

Junge.« Ihre Stimme war belegt und klang wie aus ihrer Kehle gerissen, als sie eine geöffnete Hand in Richtung Decke streckte. »Hört das denn niemals auf? Erst kommen die Russen, dann die Deutschen, und jetzt wird mein Sohn in einem Bus angeschossen. Wann ist endlich Schluss?«

Nachdem sie Rebecca zu Bett gebracht hatten, klärte Jack Judith leise über den Stand der Dinge auf. Max lag in Tel Aviv im Krankenhaus. Sein Zustand war kritisch. Jack und Alex würden mit der nächsten Maschine nach Israel fliegen.

Judith nahm Jacks Ermahnung, ein braves Mädchen zu sein, schweigend und dankbar entgegen. Als er sie kopfschüttelnd ansah, dachte sie im ersten Moment, er werde ihr nun sagen, wie enttäuscht er von ihr sei. Doch er meinte nur: »Es ist so ein Jammer, Judith. Er ist doch bloß ein Farmer, der das Land aufbaut und die Felder bestellt. Was soll denn falsch daran sein?«

Später schlich sie nach oben in Rebeccas Zimmer. Die Stille im Haus war unheimlich. Dora und Gertie saßen, Tassen mit kaltem Tee vor sich, in der Küche. Jack war im Laden und versuchte das Budget so zu strecken, dass das Geld für ein Flugticket reichte. Rebeccas Tür stand einen Spalt weit offen, und Judith sah, dass sie, auf dünne Kissen gelehnt, im Bett lag. Als sie leise an den Türrahmen klopfte, hob Rebecca leicht den Kopf.

»Komm rein, *Mamele*«, sagte sie. Ihre Stimme klang so zittrig, dass es Judith das Herz zerriss. Sie kniete sich neben das Bett und nahm Rebeccas Hand. »Es tut mir so leid, *Bubbe*«, erwiderte sie. Rebecca nickte und blickte zum Fenster, wo der weiße Sommerhimmel vorbeiwehte. Etwa eine Minute lang saß Judith schweigend da und spürte Rebeccas leisen Puls. Doch nach einer Weile wurde das Gewicht der unausgesprochenen

Worte zu viel für sie, und sie platzte heraus: »Ich habe mich heute mit Gertie gestritten.«

Rebecca wandte den Kopf und sah sie aus müden Augen an. »Oh, ja, sie hat es mir erzählt. Die Sache mit dem Namen.« Judith lief rot an und wartete auf Rebeccas Urteil, doch stattdessen legte die Großmutter seufzend den Kopf zurück in die Kissen.

»Ich werde den Tag nie vergessen, als sie zu uns kam.« Ihr Blick wanderte zum Fenster und in die Ferne. »Ein kleines Mädchen, noch kleiner als du – und so mager, obwohl man das heute nicht mehr vermuten würde. Sie traf mit einem der Rettungszüge ein, einem Kindertransport aus Österreich. Deine Mutter und ich sind zum Bahnhof in der Liverpool Street gegangen, um sie abzuholen. Gertie hatte eine Schwester und umklammerte die Hand des Mädchens so fest, dass ich glaubte, sie würde sie nie wieder loslassen. Die beiden waren einander wie aus dem Gesicht geschnitten, und es brach mir das Herz, sie zu trennen. Doch wir konnten nicht alle beide aufnehmen. Gertie hat den ganzen Heimweg lang geweint, und es hörte wochenlang nicht auf. Da sie kein Wort Englisch sprach, musste ich es auf Jiddisch versuchen. Verrate es deiner Mutter nicht, doch sie hat es Gertie zu verdanken, dass ihr Jiddisch noch so gut ist.« Leise in ihre Hand hüstelnd, hielt sie inne.

»Gertie wollte nicht über ihre Mama, ihren Papa oder die Brüder sprechen, die sie zurückgelassen hatte. Sie wollte auch nicht essen oder schlafen. Sie wollte nur ihre Schwester sehen. Ich fand es nicht richtig, ein Kind vor dem Tod zu retten und dann zuzuschauen, wie es zwar in Sicherheit ist, aber an Kummer stirbt. Also versuchte ich herauszufinden, wo ihre Schwester wohnte, und das war nur wenige Kilometer entfernt. Dora und ich haben Gertie abwechselnd vor dem Freitagsgebet hingebracht. Das hat zwar hin und zurück vier Stunden gedauert, aber wir haben nie einen Freitag ausfallen lassen. Ich hörte zu, wie sie und ihre Schwester sich auf Deutsch und Jiddisch unterhielten, und das tat meinem Herzen gut. Doch das war vor dem Krieg. Ihre Familie wurde in ein Lager gebracht und hat es nicht überlebt. Dann zog die Schwester weg, weil das Haus ausgebombt wurde. Gertie hat sie nie wiedergesehen und konnte ihr nur noch Briefe schreiben.« Tränen liefen Judith übers Gesicht, und sie wagte nicht, sie wegzuwischen. *Esther, Gertrude, Daniel*, dachte sie. Rebecca sprach weiter.

»Du kannst dir gar nicht vorstellen, wie schwer es für die Juden wurde, als der Krieg anfing. Die Nazis hatten hier viele Freunde, die fanden, dass die Deutschen es mit uns richtig machten. Als der Hafen bombardiert wurde, erkannte ich es an den Mienen der Menschen. Sie dachten, wir hätten eine Seuche bei ihnen eingeschleppt. Vielleicht hatten sie ja recht. Der Hass folgt uns, wohin wir auch gehen. Immer träumen wir davon, dass sich die nächste Generation von dem Fluch befreit.« Seufzend drückte sie Judiths Hand.

»Ich habe etwas Schreckliches zu Gertie gesagt.« Die Beichte brachte Erleichterung. »Ihr gefiel mein Spitzname nicht, und das hat mich wütend gemacht. Deshalb habe ich sie angeschrien, ich wolle keine Jüdin mehr sein.«

Rebecca lächelte und tätschelte Judith die Wange. »Du und dein Name!«, meinte sie. »Ich möchte dir mal etwas erzählen. Dein Name hat nämlich eine abenteuerliche Geschichte. Als Nebukadnezar einen bösen General schickte, um die Juden zu vernichten, hat sich die junge Judit in sein Zelt geschlichen. Und weißt du, was sie dann getan hat? Sie hat den General betrunken gemacht und ihn anschließend geköpft. Daraufhin ist seine Armee geflohen. Also hat Judit ihr Volk gerettet. Eine moderne Frau, diese Judit. Deshalb ist der Name doch gar nicht so schlecht, oder?«

Judith zwang sich zu einem Lächeln. Peggy, Kathleen, Gertie und die namenlosen Kinder vom Kindertransport schienen ihr aus einem Nebel der Erschöpfung heraus etwas zuzurufen. Sie wollte sich nur noch hinlegen und sie ausblenden.

»Du bist müde, *Bubbe*«, sagte sie und stand auf. »Warte, ich hole dir eine Tasse Tee.«

Rebecca nickte. »Ich möchte dir zuerst etwas geben, *Mamele*«, erwiderte sie. Einer ihrer blassen Arme zog die knarzende Nachttischschublade auf. Judith sah einen Umschlag, auf dem in Rebeccas geneigter verschnörkelter Handschrift ihr Name stand. »Eigentlich wollte ich ihn für deine Bat-Mizwa aufheben, doch ich bin schon damit fertig. Also sollst du ihn schon jetzt haben. Aber lies ihn erst, wenn der Tag da ist, sonst bringt es Unglück.« Nachdem Judith den Brief vorsichtig entgegengenommen hatte, lehnte ihre Großmutter sich im Bett zurück und schloss die Augen. »Was ist das?«, flüsterte Judith und spürte das Gewicht des Papiers im Kuvert.

»Nichts Besonderes«, erfolgte die Antwort, sogar noch leiser. »Aber versprich mir, ihn zu lesen, wenn es so weit ist.«

»Ich verspreche es«, antwortete Judith, doch diesmal wies nichts darauf hin, dass Rebecca sie gehört hatte. Leise verließ Judith das Zimmer. An der Tür blieb sie noch einmal stehen und betrachtete die ausgemergelte Gestalt im Bett. »Ich liebe dich, *Bubbe*«, hörte sie sich sagen. Doch der Atem ihrer Großmutter ging bereits regelmäßig, und sie war in den verführerischen Schlaf des hohen Alters gesunken.

Judith legte den Umschlag aufs Bett, wo sich noch immer der Abdruck von Peggys Einladung abzeichnete. Nach kurzem Zögern schob sie die Hand unter die Lasche des Umschlags.

Einige mit Rebeccas Handschrift bedeckte Seiten fielen heraus. Sie las die erste Zeile:

Judit, mein liebes Kind,
heute ist Deine Bat-Mizwa, ein ganz besonderer Tag für
Dich, denn Du bist jetzt eine erwachsene Frau. Ich weiß, dass
Du Deine Sache sehr gut machen wirst, damit wir alle stolz
auf Dich sein können.

Alles verschwamm ihr vor den Augen, und sie rieb sie heftig, bis sie schmerzten. Als sie das Zimmer wieder klar sehen konnte, bemerkte sie die Tasche mit ihren Schwimmsachen am Türknauf. Sie griff danach und drückte sie sich an die Brust. Das leuchtend rote Segeltuch roch noch vertraut und muffig nach scharfem Chlor und feuchtem Gummi. An ihrem ersten Tag in Wearside hatte Kath ein gelbes Herz auf die verschlissene Ecke gemalt. Sie konnte die scharfen Kanten des Zeitplans für die morgigen Probewettkämpfe durch den Stoff ertasten.

Scham und Widerwillen ergriffen sie. Sie holte den Zeitplan heraus, zerriss ihn und warf die Fetzen unters Bett. Dann öffnete sie die Schranktür, stopfte die Tasche ganz hinten hinein und häufte Schuhe darauf, bis sie völlig begraben war und Judith so tun konnte, als hätte sie nie existiert. Danach kuschelte sie sich unter die Decke. Rebeccas Brief war zu Boden gefallen. *Damit wir alle stolz auf Dich sein können.* Wie sollte sie das schaffen, solange dort, wo eigentlich Gewissheit hätte sein sollen, nur ein großes Loch in ihr klaffte? Ich bin kein *Mensch, Bubbe,* flüsterte sie ins Kissen. Das bin ich nicht, und ich werde es auch nie sein.

*

Es brach keine hektische Betriebsamkeit aus, es wurden keine Anstrengungen unternommen, seine Mutter zurückzuholen, weder Drohungen noch Anrufe oder Forderungen. Sie war so endgültig und unwiederbringlich verschwunden, als hätte das Meer sie verschluckt.

Trotz seines Zorns, weil sie ihn im Stich gelassen und einfach auf den Müllhaufen der Vergangenheit geworfen hatte, brachte Salim es nicht über sich, sie zu hassen. Stattdessen richtete sich die Kompassnadel der Vorwürfe in seinem Schmerz auf die Juden, das Schicksal im Allgemeinen und vor allem auf seinen Vater. Er stürmte aus seinem Zimmer, fasste Abu Hassan an der Hand, drückte sie vor seine Brust und flehte ihn an, sie zu suchen. »Sie kann noch nicht weit sein«, schluchzte er und spürte, wie sich ihm der Magen zusammenkrampfte. Zu seiner Verlegenheit lief ihm das Wasser das Bein hinunter wie einem verzweifelten Kind. Doch Abu Hassan stand nur da, mit offenem Mund und starr ins Leere blickenden Augen. Ein Geräusch stieg aus seiner Kehle auf, das wie »*Nein, nein*« klang. Dann wandte er sich von seinem Sohn ab, während Salim schrie: »Es ist alles nur deine Schuld! Du hast sie unglücklich gemacht! Es ist ganz allein dein Fehler! Jetzt haben wir gar nichts mehr.« Tareq packte ihn grob am Arm, halb, um ihn festzuhalten, halb, um ihn zu umarmen. Er raunte ihm ins Haar, er dürfe seinem Vater nicht die Schuld geben, denn der liebe ihn trotz allem. »Er kann es dir nur nicht sagen, weil er alt ist und das Leben seine Worte begraben hat.« Doch in diesem Moment spürte Salim nur eine ohnmächtige Wut – so heftig, dass er das Orangenhaus eigenhändig hätte anzünden können, wenn Abu Hassan noch der Besitzer gewesen wäre.

Nachts fühlte sich die Matratze neben ihm ohne Rafan kalt an. Das Zimmer, in dem die drei Brüder früher gelegen und ihre Rückkehr geplant hatten, war leer. Und seine Träume waren erfüllt von seiner Mutter; sie öffnete die Türen fremder Häuser, die er noch nie gesehen hatte und in denen er sie nun wiederfand.

Der Schmerz, der sein Herz zerfraß, legte sich auch im Laufe der Monate nicht. Und der schwerste Schlag war, dass sie Rafan mitgenommen hatte und nicht ihn. Eifersucht und Schmerz krallten sich in ihm fest, sodass er nicht zur Ruhe kam.

Dennoch verbrachte er viele Stunden damit, sich, ein aufgeregtes Flattern in der Kehle, auszumalen, wo sie wohl sein mochte. Vielleicht spazierte sie irgendwo in Europa einen breiten Boulevard entlang oder schlenderte durch die hell erleuchteten Straßen Beiruts. In diesen Momenten bekam die Trauer über ihre Flucht fast etwas Belebendes, durchschnitt seine Verbindung zu Palästina und ließ seine Gedanken hinauf in den Himmel schweben, weit über die beengten Wohnblocks von Nazareth hinaus und hinein ins große Abenteuer.

Rein praktisch betrachtet, bedeutete die Flucht seiner Mutter eine Befreiung für ihn. Bestärkt von Abu Masens Blutgeld und dem Umstand, dass er nun zwei Esser weniger durchfüttern musste, wurde Abu Hassan aufgeschlossener für die Frage, was nun aus seinem verbliebenen Sohn werden sollte.

Nadia und Tareq hatten Salim wirklich lieb und sorgten sich um seine Zukunft. Und da sie befürchteten, dass er in Schwierigkeiten geraten könnte, wenn er in Nazareth blieb, heckten sie einen Plan aus. Eines Abends meinte Tareq zu Abu Hassan, Salim müsse sein Englisch verbessern und einen anständigen Beruf lernen. Was, wenn er zu Hassan nach England ginge? Dann könne er vielleicht sogar Geld nach Hause schicken und seinen Vater unterstützen.

Abu Hassan war sofort einverstanden. Er war viel zu alt,

um sich mit einem halbwüchsigen Jungen herumzuschlagen. Außerdem waren Visa damals leicht zu bekommen, wenn man einen Bürgen vorweisen konnte.

Als Tareq Salim die Nachricht überbrachte, war dieser außer sich vor Freude. Er versprach, fleißig zu lernen, gute Noten zu schreiben, sich von Ärger fernzuhalten und seinem Vater keine Schande zu machen. Salim sehnte sich danach, das staubige und ohnmächtige Dasein eines Arabers hinter sich zu lassen und neu anzufangen. Sein Wille, auch nur einen Moment länger in dem neuen Land Israel zu bleiben, war bis auf den letzten Funken erloschen.

An seinem letzten Abend in Israel sammelte er seine Kleider, Bücher und abgegriffenen Fotos ein. Die Kleider kamen in eine kleine schwarze Tasche. Die Fotos legte er vorsichtig in den Papierkorb, der auf dem Boden stand. Dann griff er ganz hinten in seinen Schrank, nahm den Schuhkarton heraus und hob den Deckel ab.

Das Foto vom Orangenhaus war nach all den Jahren ausgeblichen. Es war das erste Mal seit der Rückkehr aus Tel Aviv, dass er es betrachtete. Was sollte er jetzt noch damit? Er warf es in den Papierkorb und hörte, wie es mit einem traurigen leisen Geräusch unten aufkam. Dann setzte er sich schwer atmend aufs Bett.

Nach einer Weile bückte er sich langsam und fischte es wieder heraus. Die Augen des kleinen Jungen starrten ihm anklagend aus dem Rahmen entgegen. Salim erwiderte: *Ich habe jetzt neue Träume.* Hastig steckte er das Foto in seinen Koffer.

Im Herbst nach seinem siebzehnten Geburtstag, kurz vor Beginn der Orangenernte, stand Salim am Flughafen Lod in Tel Aviv, um in eine El-Al-Maschine nach London zu steigen. Er hatte ein Ticket, nur Hinflug, in der Tasche. Außerdem seinen israelischen Pass, seine Identitätskarte und seine palästinensische Geburtsurkunde. Sein Vater hatte ihm umgerechnet hundert britische Pfund als Startkapital für sein neues Leben mit auf den Weg gegeben. Das war sein ganzes Erbe aus seiner Vergangenheit, alles, was ihm vom Orangenhaus geblieben war.

Tareq und Abu Hassan begleiteten ihn bis zur Passkontrolle. Nadia war nicht in der Lage gewesen mitzukommen, so sehr hatte sie die Trauer überwältigt. Salim hatte gespürt, wie Tränen in ihm aufstiegen, als er sie zum Abschied umarmte, wohl wissend, dass sie so etwas wie einen Sohn verlor.

Tareq beugte sich vor, umarmte den jungen Mann brüsk und drückte ihn fest an sich. »Gott segne dich, Gott segne dich«, wiederholte er mit tränennassen Wangen. »Pass auf dich auf. Du weißt, dass du bei uns immer ein Zuhause haben wirst – immer.«

»Ich weiß«, erwiderte Salim. Er wollte Tareq sagen, wie sehr er ihn liebte und dass er für ihn gleichzeitig Bruder und Vater gewesen war. Doch da sein eigener Vater danebenstand, brachte er es nicht über die Lippen. »Richte Nadia ein Auf Wiedersehen von mir aus«, antwortete er nur. »Ich verspreche, regelmäßig zu essen und viel zu lernen. Es wird mir fehlen, dass sie mich ausschimpft.« Tareq nickte und wandte sich ab, um Abu Hassan die Abschiedsworte zu überlassen.

Die beiden musterten einander zögernd. Im grellen Licht der Abflughalle sah Salim deutlicher als je zuvor, wie alt sein Vater geworden war. Er musste daran denken, dass sie ja Abu Hassans zweite Familie waren, die letzte Etappe eines langen Lebens. Körper und Beine seines Vaters waren schwach geworden, und seine Lippen hatten eine graue Färbung angenommen; Salim wurde von einer Zuneigung ergriffen, die er sich nicht erklären konnte.

Er streckte den Arm aus und legte ihn um Abu Hassans Schulter.

»Auf Wiedersehen, *Baba*«, meinte er leise und suchte nach Worten, die gleichzeitig wahr und gütig waren. »Ich… ich werde dir oft schreiben. Pass auf dich auf.«

Abu Hassan hob einen zittrigen Arm und ließ ihn einen Moment lang auf dem Rücken seines Sohnes ruhen. Dann zog er Salim rasch an seine Brust. Salim spürte, dass das alte Herz seines Vaters gegen seine Rippen klopfte wie der Schnabel eines Spechts. Im nächsten Moment wich Abu Hassan zurück. »*Ma salam*«, sagte er – geh in Frieden. Salim verharrte einen Moment, schulterte seinen Rucksack und steuerte auf das Gate zu.

Der Sprung von einem Leben ins andere vollzog sich viel zu schnell. Schon eine Stunde später saß Salim angeschnallt auf seinem Sitz, während die El-Al-Maschine sich aus den gelben Staubwolken erhob, die die sommerliche Hitze in die Luft emporsteigen ließ.

Noch ehe der Jet die endgültige Flughöhe erreicht hatte, lag Israels schmale Taille schon hinter den Passagieren. Salim sah aus dem Fenster und beobachtete, wie der Streifen Land, um den so viele Menschen gekämpft hatten, unter ihm verschwand. Er war so klein, dass es ihm den Atem verschlug.

Als sie im strahlend blauen Himmel schwebten, fühlte er sich, als würde er in einem Abgrund versinken, der sich in ihm selbst befand und mindestens so gewaltig war wie die Leere vor seinem Fenster – es war ein beängstigendes und gleichzeitig berauschendes Nichts, das darauf wartete, gefüllt zu werden.

Vier Stunden später landeten sie in London. Der trübe, graue Himmel und die ordentlich grünen Rasenflächen schon am Flughafen waren seltsam erfrischend. Salim freute sich schon auf die Unterschiede zwischen der Welt, die er verlassen hatte, und der, in die er bald gehören würde.

Als er in der Schlange stand, um seinen Pass und sein Visum vorzuzeigen, beobachtete er die Gesichter um sich herum – manche dunkelhäutig, manche hell und alle mit demselben feierlichen Ausdruck. Er fragte sich, ob wohl viele dieser Leute, so wie er, ganz von vorne anfingen. Dann warf er einen Blick auf die sich schneller bewegende Schlange der Inhaber britischer Pässe und war fest entschlossen, beim nächsten Mal zu denen zu gehören, die sich dort drüben anstellten.

In der Ankunftshalle wurde er von einem vertrauten Gesicht erwartet. Hassan – noch immer kräftig gebaut, pummelig und vergnügt – stand da und winkte wie ein Wilder. Ein breites Grinsen malte sich auf sein Gesicht. »Mein Gott, Salim!«, rief er und lief auf seinen Bruder zu, um ihn zu umarmen. Er war in einen Schlabberpulli und eine schwarze Lederjacke eingepackt. »Du hast dich überhaupt nicht verändert. Immer noch dieselbe Fresse! Wie ein Filmstar! Wenn ich dich abends mitnehme, habe ich vielleicht mehr Glück bei den Mädchen!«

»Nicht, solange du diesen Pulli anhast, Blödmann«, lachte Salim. Er war wirklich froh, ihn zu sehen, und erleichtert, einen vertrauten Menschen vorzufinden, an den er sich halten konnte. Hassan klopfte ihm auf den Rücken. »Komm, wir fahren nach Hause«, sagte er.

Draußen war die Luft feuchter und schwerer, als Salim es je erlebt hatte. *Wie können Menschen hier leben?* Alles war so verwirrend – der drückende Himmel, der riesige Flughafen, die unzähligen im Dämmerlicht funkelnden Autos, das Dröhnen des Verkehrs und die Dutzende von Straßen, die in alle Richtungen abzweigten. Es dauerte fast eine halbe Stunde, bis sie bei ihrem Auto waren und losfahren konnten.

Auf dem Weg durch die regennassen geschäftigen Straßen hörte Salim nur mit halbem Ohr hin, als Hassan von seiner Autowerkstatt, den aufregenden neuen Projekten, die sie gemeinsam anfangen, und den Mädchen, die sie zusammen aufreißen würden, erzählte. Als Hassan sich nach Salims Plänen erkundigte, betastete dieser das Geld in seiner Tasche und erwiderte, ohne nachzudenken: »Einen Englischkurs machen und mich an der Uni einschreiben.«

»An der Uni? Was willst du denn da? Glaub mir, Salim, diesen ganzen überkandidelten Mist brauchst du nicht. Bei mir in der Werkstatt kannst du genug Geld verdienen.«

Salim antwortete nicht. Er betrachtete die grauen endlosen Betonflächen, die am Autofenster vorbeiglitten, und fragte sich, wie er je diesem Land seine persönliche Note hinzufügen und sich hier heimisch fühlen sollte.

Endlich bogen sie in eine kleine schmutzige Seitenstraße unter einer Eisenbahnbrücke ein. Aus den baufälligen Häusern am Straßenrand und den dunkelhäutigen Passanten auf dem Gehweg schloss Salim, dass es sich um ein armes Stadtviertel handelte, das Ausländern wie ihm vorbehalten war. Hassan hievte Salims Tasche aus dem Kofferraum und schleppte sie zu einer kleinen braunen Tür. Daneben befand sich ein indischer Lebensmittelladen, dessen grüngelbe Neonreklame freudlos im Nieselregen blinkte.

»Da wären wir!«, verkündete Hassan, als sie oben an einer düsteren braunen Treppe angelangt waren. »Kein Palast, aber billig und sehr praktisch. Du wirst sehen.«

Er öffnete die Tür und trat in eine Wohnung, die sogar noch beengter war als die von Tareq und Nadia. Ein Schlafzimmer und eine kleine Küche, die von einem Wohnzimmer mit orangefarbenem Teppich abgingen. Der Teppich hatte ein Spiralmuster. »Fürs Erste musst du auf dem Sofa schlafen«, meinte Hassan. »Aber mit dem Geld, das du dazuverdienen wirst, können wir uns sicher bald etwas Größeres leisten, oder? Magst du ein Bier?«

Salim nickte. Er war müde und bis aufs Mark durchgefroren. Während Hassan in die Küche ging, ließ er sich auf dem braunen Sofa nieder, das unter seinem Gewicht ächzte und wackelte. Als er durch die winzigen Fenster auf die Straße spähte, sah er einen kleinen grünen Park. In der Mitte befand sich ein Kinderspielplatz, ein greller Farbkontrast verglichen mit dem vielen Grau.

Hassan brachte ihm eine Dose Bier. Er öffnete sie. Das Bier schmeckte seltsam süßlich und brannte gleichzeitig scharf in der Kehle. Draußen im Park spielten Kinder. Sie schienen in einer völlig anderen Welt zu leben als er, Salim, in diesem winzigen schmutzigen Zimmer. Während er sein Bier trank, fühlte er sich eigenartig abwesend – so als sei er nicht wirklich hier, sondern nur eine Figur in einem alten Film, traurig, ohne Ton und in den eindringlichen Farben des Verlusts gehalten.

Später schickte Hassan Salim los, um Lebensmittel zu kaufen – »damit du lernst, hier zurechtzukommen«. Er nahm Hassans von Münzen schweres Portemonnaie und machte sich im Nieselregen auf den Weg. Die Straßen waren nahezu menschenleer, und die wenigen Passanten gingen rasch und mit gesenkten Köpfen an ihm vorbei. Ihren Mienen war nichts zu entnehmen, kein Funke des Erkennens – es waren alles Fremde, beschäftigt mit ihren eigenen Angelegenheiten, die einfach durch einander hindurchschauten. Heimweh stieg in seiner Kehle auf und sickerte, zusammen mit der feuchten Kälte, in ihn ein.

Auf dem Schild des Ladens an der Ecke, zu dem Hassan ihn

geschickt hatte, stand *Freddy's*. Der Ladeninhaber blickte auf, als Salim, begleitet von warnendem Glockengebimmel, eintrat. Er hatte einen weißen Bart und trug einen matt orangefarbenen Turban. Salim schlenderte die Gänge entlang, studierte die Markenaufdrucke auf den Verpackungen und griff nach denen, die er aus der Zeit der britischen Besatzung in Palästina wiedererkannte, damals, als Hassan und Masen vom Gefreiten Jonno Zigaretten zugesteckt bekommen hatten. Als sein Einkaufskorb voll war, erschien es ihm seltsam, dass seine Küche hier in England so sehr der in Jaffa ähneln würde wie keine andere in all den letzten Jahren. Er fühlte sich nahe bei seiner Mutter, dem englischen Tee, den sie immer getrunken, und den importierten Keksen, auf die sie solchen Wert gelegt hatte.

An der Kasse nestelte er mit den fremdartigen silbernen und kupfernen Münzen herum und drehte sie verzweifelt hin und her, während die Wartenden hinter ihm ungeduldig wurden. Ein Mann rief ihm etwas zu, doch Salim konnte ihn nicht verstehen. Vielleicht hatte er ja gar nicht Englisch gesprochen. Schließlich schob der Ladeninhaber gereizt Salims Hand weg, zählte Münzen und Scheine ab und winkte den nächsten Kunden heran. Salim griff nach seinen Tüten und ging hinaus.

Der Regen ließ nach, und die zusammengeballten Wolken waren nun nicht mehr eisgrau, sondern schimmerten wie Stahl und Marmor. Ihre Ränder leuchteten. Die Tüten waren schwer – doch es war ein Anfang, nur ein Anfang, sagte er sich. Alles andere würde sich mit der Zeit schon ergeben.

Als er die heller werdende Straße hinuntermarschierte, hörte er wieder die Kinder. Ihre hohen Stimmen übertönten den Verkehrslärm, drangen in Salims Seele ein und schoben seine Sorgen beiseite wie ein kleines Freudenlied.

Bei ihrem Anblick – sie waren fast zum Greifen nahe –

schoss ihm ein Gedanke durch den Kopf: *Vielleicht gibt es hier auch etwas zu ernten.* Eine ganze Weile stand er da und beobachtete sie, während London, ein Meer aus Gesichtern und Autohupen, ihn umwogte. Die ganze Zeit über spielten die Kinder unter selbstvergessenem Lachen Fangen und rannten, erfüllt von Glückseligkeit, im Nieselregen herum.

*

Am Morgen von Judiths *Bat-Mizwa* stand sie, wie benommen und schicksalsergeben, mit ihren Eltern neben dem Rebbe. Die ihr zugeteilten Passagen aus der Thora hatte sie auswendig gelernt. Seit Wochen schon spukten Satzfetzen durch ihre Träume wie Fledermäuse, die über einen dunklen Himmel sausten.

Sie war für ihre Rolle angemessen kostümiert: ein neuer Rock, Schuhe mit Absätzen, eine schicke blaue Bluse und eine Weste aus Wollstoff. Nägel und Haare waren schon am Vortag hergerichtet worden. Sie sah aus wie eine Miniaturausgabe von Dora – oder wie eine Puppe, die Dora sich als Kind ausgesucht hätte. *Es ist alles nur ein Spiel, Verkleiden und Theater,* dachte sie. *Ich werde heute nicht erwachsen. Und morgen bin ich es noch immer nicht.*

Im nächsten Moment öffnete sich überraschend die Tür zum Büro des Rebbe; auf dem Flur erklangen besorgte Stimmen. Judith sah, wie Jack nach Doras Arm griff, eine Geste, die ihr das Blut in den Adern gefrieren ließ, so als wäre ein Stein aus dem Damm gefallen, der ihr Herz umgab, damit eine Flutwelle der Angst ungehindert eindringen konnte.

»Kommen Sie schnell. Sie ist draußen«, sagte ein Mann, der eine Kippa trug. Wie eine Schlafwandlerin trottete Judith hinter ihren Eltern her, als diese zur Eingangstür hasteten. Von draußen hallte ein Klagelaut herein, ein verzerrtes, unerklärliches Geräusch. Als die Tür sich öffnete und Licht hereinströmte, erkannte sie Gerties vor Verzweiflung hochrotes Gesicht.

Die fünfhundert Meter zu ihrem kleinen Haus legten sie im Laufschritt zurück. Jack und Dora vorneweg. Judith hinterher und fest an Gerties Hand.

Schon auf halbem Wege konnten sie den Krankenwagen sehen. Das Blaulicht blinkte, die Sirene schwieg. Die Stille war ein schreckliches Vorzeichen. Als sie in ihren neuen Pumps über den Gehweg hastete, schoss ihr ein Schmerz durchs Bein.

Die Haustür stand weit offen, und sie stolperte ins Haus. Ein Mann stand in der Tür von Rebeccas Zimmer und sprach mit Jack. Doras Wimperntusche war verschmiert, und Judith schnappte die Wörter *Lungenentzündung* und *Herzschwäche* auf. Jack schüttelte den Kopf wie ein Hund, der Wasser in die Ohren bekommen hat, während Dora die Hand vor den Mund schlug.

Judith ging die Treppe hinauf und stellte sich neben ihren Vater. Jacks Gesicht war grau; Tränen sammelten sich in den Einbuchtungen unter seinen Wangenknochen.

»Was ist mit *Bubbe*?«, flüsterte sie.

Als Dora das Wort ergriff, war ihre Stimme ruhig und gütig.

»Deine *Bubbe* verlässt uns, Judit. Wir können nichts dagegen tun. Sie hatte ein wunderschönes Leben. Sie wollen sie ins Krankenhaus bringen, doch dein Vater findet« – sie griff nach Jacks Hand –, »dass sie hier bleiben sollte. Sie hätte das so gewollt.«

Judith nickte. *Sei tapfer. Sei ein Mensch.* »Wie lange noch?«, fragte sie.

»Vielleicht noch ein oder zwei Tage, Kleines«, erwiderte Jack mit heiserer Stimme. Er umfasste seinen lichter werdenden Scheitel und legte die Hand auf die dünne schwarze Kippa, als bereite sie ihm Schmerzen. Judiths steif gesprayte Frisur juckte ihr beim bloßen Anblick. »Länger nicht. Dann wird sie einschlafen und ihren Frieden finden.«

»Darf ich sie sehen?«

Jack warf Dora einen Blick zu. Ihre Mutter nickte. »Es ist richtig, dass du sie siehst, Judit. Du bist schließlich ihr ganz besonderer Liebling.«

Judith trat in das kleine Zimmer, wie sie es schon Hunderte von Malen getan hatte, um Trost zu suchen. Nun würde sie welchen spenden müssen.

Rebecca lag, eine Sauerstoffmaske über dem Gesicht, auf dem Rücken. Ihre Augen waren halb geschlossen, ihre Lippen schlaff. Der Davidstern, der sich leuchtend von ihrer grauen Haut abhob, war der einzige Farbtupfer an ihrem Körper.

Im Thoraunterricht hatte der Rebbe viel über die Würde des Todes gesprochen. Doch hier war nichts von Würde zu bemerken. Ihre Großmutter wirkte wie besiegt, so als hätte man das Leben aus ihr herausgeprügelt. Die Wut, die in Judith aufstieg, ängstigte sie selbst; sie fühlte sich von allen zum Narren gehalten. Schließlich hatten alle beteuert, dass sie heute erwachsen werden und dass danach alles besser sein würde. *Du kennst den Tag, an dem du keine Angst mehr zu haben brauchst*, hatte ihre Großmutter gesagt. *Der Tag, an dem du die Thorarolle weglegst und der Rebbe dich als Erwachsene segnet.* Doch welchen Sinn hatte das alles, wenn Rebecca es nicht mehr sehen würde?

Sie beugte sich vor und nahm Rebeccas reglose Hand. Sie fühlte sich seltsam leer an, so als würde Rebecca von innen heraus von einem Feuer verzehrt, bis nichts mehr übrig sein würde als erhitzte Knochen und eine Haut, knittrig wie Papier. »Ich bin hier, *Bubbe*«, flüsterte sie. »Hab keine Angst. Wir sind alle hier.« Rebecca öffnete die Augen. Ihr hellroter Haarschopf drehte sich zu Judith um, und sie stieß ein leises Geräusch aus, das tief aus ihrer Kehle aufstieg. Der Griff der knochigen Hand wurde fester, und sie umfasste die von Judith, der zarte Druck einer Feder, die auf dem Boden landet. Im nächsten Moment drängte sich ein Arzt dazwischen, schob Judith weg und beugte sich über Rebecca, sodass diese hinter einer Wand aus weißem Kittel verschwand.

Jack fing sie an der Tür ab. »Kleines, wir müssen entscheiden, was jetzt aus der Zeremonie und der Feier wird. Ich finde, wir sollten alles absagen. Deine Mutter denkt das auch. Jeder wird Verständnis haben.« Einen Moment verharrte Judith unschlüssig. Einerseits hätte sie vor Erleichterung jubeln können und am liebsten den Mantel und die neuen Schuhe ausgezogen, um wieder Kind zu sein. Sie ballte die Faust und umfasste die Erinnerung an Rebeccas Berührung mit den Fingern.

»Können wir noch einen Moment warten?«, fragte sie schließlich. »Ich muss für *Bubbe* beten.« Das war eine Lüge. Wenn Gott eine solche Welt geschaffen hatte, eine, die den Menschen so viel wegnahm, dann wollte Judith nichts mit ihm zu tun haben. Doch Jack genügte diese Erklärung. Er strich sich mit der Hand über die Stirn. »Natürlich. Wir haben noch ein wenig Zeit«, erwiderte er.

In ihrem stillen Zimmer griff Judith unter ihr Bett und holte die zerknitterten Seiten hervor, die dort, versteckt neben dem zerrissenen Zeitplan für die Auswahlwettkämpfe, lagen. Rebeccas Handschrift neigte sich über die Seiten wie abgeknickte Zweige. Die Zeilen verschwammen Judith vor den Augen, und sie wischte sich ungeduldig die Tränen weg. *Sei tapfer. Sei ein*

Mensch. Das hatte sie versprochen. Als sie tief Luft holte, spürte sie, wie die Geräusche im Haus zurückwichen. Judith begann zu lesen.

Danach trat sie hinaus auf den Treppenabsatz, wo Dora und Jack leise miteinander sprachen. Gertie stand, die Arme um den Leib geschlungen, daneben.

»Sagt die Bat-Mizwa nicht ab«, verlangte sie. »Ich schaffe das. Ich will es.«

»Bist du sicher?«, wunderte sich Jack. Dora schlug die Hand vor die Brust, wie um ihr Herz zu beruhigen.

»Ich bin sicher«, antwortete Judith mit fester Stimme und ohne eine Spur von Zweifel. Sie hatte den Rücken Rebeccas Zimmer zugewandt; aus der offenen Tür strömte Licht heraus und beleuchtete ihre entschlossenen Gesichtszüge.

Später erinnerte sich Judith an den Tag ihres Erwachsenwerdens nur als einen Wirbelwind aus hastigen Telefonaten, einen Nebel Anteil nehmenden Händeschüttelns beim Empfang und einem dumpfen Gefühl der Trauer, das in ihr wuchs wie ein junger Baum.

Sie konnte sich nicht entsinnen, in dem Meer aus Gesichtern vor ihr eines gesehen zu haben, das ihr vertraut erschienen wäre, obwohl Jack in der ersten Reihe sicher gelächelt hatte, während sich Dora und Gertie neben ihm die Tränen abwischten. Das einzige Bild, das ihr noch klar vor Augen stand, bestand aus Geräuschen, nicht aus etwas Sichtbarem. Es war der Klang ihrer eigenen Stimme, als sie die Thorarolle nahm – ein Gesang, als sei eine andere Stimme in ihr aufgestiegen, die sich der Furcht entwand und sich in die Welt der Erwachsenen erhob.

Judit, mein liebes Kind,

heute ist Deine Bat-Mizwa, ein ganz besonderer Tag für Dich, denn Du bist jetzt eine erwachsene Frau. Ich weiß, dass Du Deine Sache sehr gut machen wirst, damit wir alle stolz auf Dich sein können. Das ganze letzte Jahr habe ich zugesehen, wie Du so hart gearbeitet hast, um Dich darauf vorzubereiten. Manchmal war es fast, als müsste ich ebenfalls die Texte lernen. Bevor Du geboren wurdest, war ich nicht mit Töchtern gesegnet. Also verzeih mir, wenn ich in Dir gleichzeitig mich selbst, meine Tochter und meine Enkelin erkenne. Wenn man alt wird, erinnert man sich nicht mehr so genau an die vielen Zeitpunkte und Menschen in seinem Leben, wohingegen die wahre Natur der Dinge immer deutlicher zutage tritt. Und die Wahrheit ist, dass Du das alles und noch viel mehr für mich bist.

In meiner Kindheit war es Tradition, dass ein Junge als Geschenk zur Bar-Mizwa einen Teil seines Erbes erhielt. Auf diese Weise zeigte ihm seine Familie, dass er kein Kind mehr war, sondern eine Stütze der Gemeinschaft. Ich habe überlegt, was ich Dir geben kann, meine Judit, denn ich habe nur ein kleines Erbe für Dich bewahrt. Es ist nicht viel – lediglich die Geschichte meines Lebens, die auch Teil Deines Lebens ist. Es ist ein bescheidenes Geschenk. Ich hoffe, Du wirst es eines Tages als etwas schätzen, dass Deiner würdig ist.

Weißt Du, dass Rebecca gar nicht mein echter Name ist? In Wirklichkeit heiße ich Rivka, das ist Hebräisch. Mein Papa hat diesen Namen aus der Thora ausgesucht. Rivka war das Mädchen, das Isaak geheiratet hat und das Abrahams Diener Wasser aus dem Brunnen gab. In der Thora steht, dass Abraham eine gute Frau für Isaak suchte, aber kein Mädchen finden konnte, das seinen Ansprüchen genügte. Also schickte er seinen Diener immer weiter und weiter fort, bis der Mann und seine Kamele durchgeschwitzt und müde waren. Als er an einem Brunnen Rast machte, erschien ein Mädchen, sogar noch jünger als Du, und reichte ihm Wasser, um seinen Durst zu stillen. Sie sagte, falls seine Kamele durstig seien, würde sie auch für sie Wasser schöpfen. Sie war so ein guter Mensch, dass sie sogar an die Kamele gedacht hat.

Ich glaube, deshalb hat Gott sie dazu auserwählt, die Mutter aller Juden zu werden. Sie hatte ein gütiges Herz, und das ist es, worauf es bei einer Mutter ankommt. Außerdem musste sie tapfer sein, um ihr Zuhause zu verlassen, eine so weite Reise anzutreten und ihren Platz im Leben zu finden. Also gibt es in unseren Geschichten gewisse Übereinstimmungen. Als ich auf einem Schiff hierherfuhr, weinte ich um meine Mama, meinen Papu und meine Schwester Etka. Doch als ich an Rivka dachte, habe ich mich besser gefühlt.

Als ich in Deinem Alter war, lebte ich in Kischinew, im russischen Kaiserreich. Die Namen haben sich inzwischen geändert, wie es bei Namen eben so ist. Es war eine wunderschöne Stadt – prachtvolle Gebäude im Zentrum und Tannen und Rosen am Stadtrand. Wir sagten immer, die Vögel kämen im Sommer nach Kischinew, weil es so kühl sei, und blieben im Winter wegen der Wärme. Mein Vater hat Futter für sie ausgestreut, damit wir sie singen hören konnten.

Wir lebten auf einer Farm am Stadtrand von Kischinew, die meinem Onkel Simeon gehörte. Alle Juden im Ansiedlungsrayon wohnten in Schtetln. Mein Papa hat mir erzählt, Katharina die Große habe die russischen Juden im Ansiedlungsrayon zusammengetrieben wie Schafe und ihnen befohlen, dort zu bleiben oder zu sterben. Damals war es schwer für Juden, meine Judit. Die Russen wollten unsere kleinen Jungen in die Armee pressen, koste es, was es wolle. Manche Mütter schnitten ihren Söhnen den Zeigefinger ab, damit sie kein Gewehr halten konnten. Dann verabschiedete der neue Zar Gesetze gegen uns – man nannte sie die Maigesetze. Sie verboten Juden, mit Christen zusammenzuleben, Land zu besitzen oder christliche Schulen zu besuchen.

Mein Onkel Simeon gehörte zu denen, die Glück hatten. Seine Farm war so klein, dass sie niemandem auffiel, und befand sich so nahe an Kischinew, dass man nur fünf Minuten zu Fuß dorthin brauchte. Der Bürgermeister hat sich davon täuschen lassen, deshalb waren wir in Sicherheit. Allerdings konnten wir nicht zur Schule gehen, sondern mussten zu Hause lernen, während meine Mama und mein Papa Kleider nähten.

Etka, meine Schwester, war neun Jahre älter und hatte Durchsetzungsvermögen und einen scharfen Verstand. Außerdem hatte ich einen kleinen Bruder, Moshe, der geboren wurde, als ich neun war. Er war ein lustiger kleiner Junge, ständig in Schwierigkeiten wie Dein Onkel Alex, und hat immer gelacht. Wenn er ein Welpe gewesen wäre, hätte er wahrscheinlich nur mit dem Schwanz gewedelt. Ich hatte auch Cousins – Isaac und Chayah waren so alt wie ich, Gurta konnte noch nicht lesen, und Benjamin war das Baby. Wusstest Du, dass ich stets an sie denke, wenn ich Feuer rieche? Der Geruch nach Holzrauch war damals unser ständiger Begleiter, weil immer ein Topf auf dem Herd köchelte. Es ist die größte Tragödie meines Lebens, dass ich sie zurücklassen musste, wo sie von der schrecklichen Flutwelle fortgerissen wurden, die uns alle ergriff.

*Und nun kommt der schrecklichste Teil der Geschichte, mein
Kind. Es geschah im April des dritten Jahres in diesem
Jahrhundert. Ich weiß noch, dass die Christen Ostersonntag
feierten. Ich war elf, so wie Du, und kurz davor, volljährig zu
werden. Es war uns verboten, an christlichen Feiertagen zu
arbeiten. Also blieben wir zu Hause und warteten darauf,
dass der Tag verging.*

*Wir erfuhren es von Onkel Simeon. Er kehrte aus der Stadt-
mitte zurück und berichtete, die Russen strömten aus ihren
Kirchen zusammen und marschierten durch die Straßen.
Angeblich hätten wir einen Jungen in einer Stadt ganz in der
Nähe umgebracht. Jüdische Ärzte hätten versucht, ihn zu
retten, doch er sei dennoch an einer Vergiftung in seinem
Bauch gestorben. Nun beharrten die Russen darauf, wir
hätten ihn getötet, um sein Blut für unsere Matzen zu ver-
wenden. Ich kann Dir gar nicht sagen, wie es mich geekelt
hat, als ich das hörte, Judit. Hielten die uns etwa für Ungeheuer oder für Schweine, die sich von Dreck ernährten?*

*An diesem Tag wollte meine Mutter unseren Freund
Navtorili in seinem Laden in der Stavriskistraße aufsuchen,
weil sie Kerzen für das nächste Sabbatmahl brauchte.
Deshalb wartete sie bis zum Abend, wenn die Christen alle
beim Sonntagsessen sitzen würden, und ging dann in die
Stadt. Moshe nahm sie mit.*

*Nun, wir warteten und warteten. Nach Einbruch der Dun-
kelheit erschien einer von Navtors Söhnen mit einer Nachricht: Es hätten Ausschreitungen stattgefunden, weshalb
meine Mama Angst habe, nach Hause zu kommen. Also ist
sie bei den Navtors geblieben. Seitdem habe ich Tausende
von Malen geträumt, sie sei das Risiko eingegangen und habe
sich trotzdem auf den Weg gemacht. Wie hätte unser Leben*

wohl dann ausgesehen? Doch es ist sinnlos, sich über solche
Dinge den Kopf zu zerbrechen.
Die ganze Nacht verbrachten wir in großer Sorge. Als der
Morgen graute, sahen wir, dass dunkler, schmutziger Rauch
über der Stadt aufstieg. Papa wollte loslaufen und Mama
holen, aber Etka sagte: »Geh nicht, sie kommt sicher bald…«
Es war fast Mittagszeit, als wir die Schreie hörten. Isaac
rannte den Pfad auf unser Haus zu. Er meldete, die Russen
marschierten mit Knüppeln und Messern den Hügel hinauf.
Als ich mir vorstellte, wie eines dieser Messer mich durch-
bohrte, wurde mir ganz kalt.
Papa und mein Onkel scheuchten uns in den Keller und
schlossen von außen ab. Ich konnte durch die Ritzen in den
Bodendielen sehen, wie Männer durch unser Haus trampel-
ten und wie die Verrückten alles verwüsteten. Sie droschen
auf unsere Sachen ein, bis ihre Knüppel zerbrachen, rissen
die Mesusa von der Tür, zerschmetterten unser ganzes
Geschirr und warfen die Nähmaschine auf den Boden. Ich
hörte die Hühner draußen schreien, als sie eines nach dem
anderen töteten.
Bestimmt stand ich im Keller Todesängste aus, doch ich
erinnere mich nur noch an die Scham – daran, wie wir
stanken und dass wir uns versteckten wie die Ratten. Ich
fühlte mich nicht mehr wie ein Mensch. Wir waren Tiere
geworden, also genau das, als was die uns bezeichneten.
Als wir irgendwann herauskamen, dauerte es eine Weile, bis
wir uns nicht mehr wie Ratten verhielten, sondern dachten
wie Menschen. Anfangs griffen wir nur ziellos nach Gegen-
ständen und legten sie wieder weg. Dann fing Papa an,
weinend nach meiner Mama zu rufen. Er konnte das Warten
nicht mehr ertragen und wollte sie suchen. Ich wollte ihn

begleiten, aber er befahl uns, im Haus zu bleiben und uns zu
verstecken. Etka bewachte uns und bezog mit einer Axt
Posten an der zerschmetterten Tür.

Ich glaube, ich wusste in meinem Herzen, dass sie nicht
zurückkommen würde, Judit. Eine Tochter ahnt so etwas. Ich
hörte die Schreie und das Schluchzen aus der Ferne, konnte
aber nicht feststellen, ob es ein Traum war. Etka wusste es
auch. Ich sah, wie ihre Tränen auf die Axt fielen, als sie da
stand. Inzwischen habe ich erfahren, was damals wirklich
geschah: Um elf Uhr morgens kamen sie zu Navtorilis Laden,
brachen die Tür auf und ermordeten fast alle Menschen
im Haus. Mama starb, weil sie Moshe mit ihrem Körper
schützte. Und danach brachten sie ihn doch noch um. Ich
möchte gar nicht wissen, ob Moshe sie angelächelt hat, als sie
den Laden stürmten, oder ob Mama weinte. Ich will mich so
an sie erinnern, wie ich sie jetzt in diesem Moment in
meinem Herzen sehe.

An jenem Tag verloren in unserem schönen Kischinew
fünfzig Menschen das Leben. Wir begruben sie, voller Angst,
dass wir die Nächsten sein würden. Moshe und Mama
wurden in einem Sarg beerdigt. Zwei Tage später nahm Papa
Etka und mich, und wir verließen in einem Eselskarren unser
Zuhause. Die Angst, Judit, die Angst vor den Messern und
Knüppeln trieb uns an wie Peitschenhiebe. Ich saß nur auf
dem Karren und sah, wie meine Cousins immer kleiner
wurden und verschwanden, als hätte es sie nie gegeben.
Papa sagte, wir würden in eine Stadt namens Pinsk fahren,
wo wir Verwandte hätten. Er hätte genauso gut vom Mond
sprechen können. Kannst Du Dir vorstellen, dass ich
Kischinew noch nie verlassen hatte? Nur die paar Kilometer
zum Fluss und wieder zurück. Nun mussten wir etwa

fünfzehnhundert Kilometer zu Fuß zurücklegen, also quer durch das ganze Ansiedlungsrayon. Wir ruhten uns abwechselnd aus und führten den Esel.

Nach einer Weile geht man wie im Traum. Man kann nicht mehr aufhören zu träumen, und die Beine zucken sogar im Schlaf. Manchmal übernachteten wir in Gasthöfen, dann wieder schliefen wir im Karren. Etka drohte dem Himmel mit der Faust und sagte, Gott sei Dank sei das alles im Sommer geschehen. Im Winter hätten wir nicht überlebt. Es waren auch noch andere Juden unterwegs. Einige wollten nach Norden wie wir, andere nach Odessa im Süden. Sie sagten, ihr Ziel sei das Heilige Land, Palästina, wie es damals hieß. Etka bezeichnete sie als Verrückte. Gott hat sein Versprechen gebrochen, meinte sie zu ihnen. Schaut lieber nach vorne als zurück.

Auf diesem Karren wurde ich zur Frau, Judit, doch niemand bemerkte es. Damals gab es für Mädchen keine Bat-Mizwa, nur zusätzliche Müh und Plag. Etka fiel es erst auf, nachdem wir schon in Pinsk waren. Sie schimpfte mich, weil ich es ihr nicht gesagt hatte, umarmte mich und gab mir eine Schale Eintopf. Vor lauter Erleichterung, weil wir nicht mehr marschieren mussten, hatte ich meine Volljährigkeit ganz vergessen. Ich aß den Eintopf und dankte Gott für unsere Rettung.

Fünf lange Jahre lebte ich mit Papa und Etka in Pinsk. Man möchte meinen, dass ich mich irgendwann dort heimisch gefühlt hätte, aber ich hasste diese Stadt. Unsere Verwandten waren längst weggezogen gewesen, und es wimmelte von Juden, die genauso verängstigt und arm waren wie wir. Etka führte Papa den Haushalt, und ich schuftete wie ein Dienstmädchen und kochte und putzte den ganzen Tag. Ich glaube, sie befürchtete, wir würden stehen bleiben wie Aufziehspielzeuge, wenn sie nicht täglich den Schlüssel umdrehte. Vielleicht hatte sie ja recht. Manchmal hörten wir, dass wieder irgendwo ein Pogrom stattgefunden hatte, oder es kam zu einem hässlichen Auftritt in der Stadt. Dann gefror mir das Blut in den Adern wie Pfützen im Winter. Ich glaube, ohne Etka wäre ich immer langsamer geworden und hätte irgendwann endgültig aufgehört, mich zu bewegen.

Dann starb Papa. Etka konnte ihn nicht ewig antreiben, und so versagte eines Tages einfach sein Herz. Morgens ging sie in sein Schlafzimmer, um ihn zu wecken, und in den ersten Sekunden herrschte Stille. Da kehrte sie zurück in die Werkstatt, wo wir schliefen, und sagte: »Papa ist tot. Hol den Rebbe, damit wir uns um die Beerdigung kümmern können.« Danach fing sie an, den gedämpften Teig zu erhitzen, den es bei uns immer zum Frühstück gab. Zu meiner Schande muss ich gestehen, dass ich nicht geweint habe. Ich weinte erst später, als ich mich an seinen Geruch erinnerte und daran, wie er Moshe und mich zum Spaß verfolgt und so getan hatte, als sei er ein wilder Bär aus dem Wald.

Nach Papas Beerdigung packte Etka unsere Sachen und verkündete, wir würden jetzt gehen. Hier gibt es für uns keine Zukunft, sagte sie. Diese Stadt ist für Juden eine Sackgasse, und selbst die reichen Pinsker warten nur darauf, eines Tages arm und tot zu sein. Ich fragte mich, wo um alles in der Welt wir nur hinsollten. Inzwischen war ich kein Kind mehr, sondern eine sechzehnjährige Frau. Andere Mädchen in meinem Alter waren bereits verheiratet und hatten eigene Kinder. Etka war mit ihren fünfundzwanzig schon beinahe alt – man sah es ihrem Gesicht an. Ich war ein hübsches Mädchen und weiß noch, dass ich Etka in meinem jugendlichen Überschwang für eine alte Jungfer hielt. *Erst später, als ich meinen ersten Sohn im Arm hatte, wurde mir klar, dass sie alles, ja sämtliche Hoffnungen für sich selbst aufgegeben hatte, um mich zu beschützen.*

Diesmal hatten wir keinen Karren. Also machten wir uns zu Fuß auf den Weg ins fast dreihundert Kilometer entfernte Minsk. Damals sah ich zum ersten Mal einen Bahnhof. Es wimmelte dort von russischen Damen mit Pelzhüten. Bis jetzt war mir unsere Reise unwirklich erschienen. Doch später wusste ich, dass sie uns in ein völlig neues Leben geführt hatte. Wir kauften eine Fahrkarte nach Libau an der Ostsee. Etka hatte schlimme Geschichten von russischen Soldaten aufgeschnappt, die versuchten, Juden beim Überqueren der deutschen Grenze abzufangen. Deshalb war dieser Weg einfacher, allerdings auch weiter. Der Fahrpreis betrug fünf Rubel, damals eine Menge Geld. Etka bewahrte unsere Barschaft in einer Börse auf, die in ihrer Unterwäsche steckte. Sie sagte, sie wolle den Mann kennenlernen, der es wagen sollte, dort nachzusehen.

Die Fahrt verbrachten wir wie Kühe – stehend und eingezwängt zwischen anderen Kühen. Allerdings war die Fortbewegung auf eisernen Rädern um einiges besser als zu Fuß. Während der ganzen Reise sprach Etka nur ein einziges Mal mit mir, nämlich als sie mir einen Rippenstoß versetzte und verkündete, wir seien jetzt in Litvak – heute heißt es Litauen. Offenbar machte ich ein verdattertes Gesicht, denn sie fügte hinzu: »Weißt du nicht, was das bedeutet, du Dummerchen? Wir sind nicht mehr im Ansiedlungsrayon.« Nicht mehr im Ansiedlungsrayon *klang so aufregend! Allerdings sah die Welt für mich noch genauso aus, nur größer und weiter weg von zu Hause.*

In Kowno stiegen wir um, und einen Tag später erreichten wir Libau. Dort gingen die Juden an Bord von Schiffen, die sie in neue Welten brachten. Die russischen Hafenstädte sind nicht mit Sunderland zu vergleichen. Libau machte mir Angst. Die Stadt war schmutzig und übelriechend. Überall wimmelte es von betrunkenen Männern und unanständigen Frauen. Wir nahmen uns ein Zimmer in einer Pension, wo der Gestank aus den Sickergruben so schlimm war, dass ich würgte, sobald ich das Haus betrat. Unten in der Gaststube wurde laut gesungen, und es war zum Schlafen viel zu heiß. Zwei Tage verbrachte Etka damit, eine jüdische Hilfsorganisation ausfindig zu machen, die uns eine Fahrkarte für eines der dänischen Schiffe nach England oder nach Amerika verkaufen würde. Am zweiten Tag kam sie, den Tränen nahe, zurück und warf zwei Stücke Papier aufs Bett. Dann nahm sie die Menora, die wir den ganzen Weg aus Kischinew mitgebracht hatten, und schleuderte sie zu Boden. »Verdammtes Diebespack!«, brüllte sie. »Soll Gott dieses Drecksnest dem Erdboden gleichmachen wie Sodom, sobald wir auf dem verdammten Schiff sind!« Offenbar hatte irgendein Gauner ihr für diese Karten unser ganzes Geld abgenommen und eine saftige Provision kassiert.

In jener Nacht träumte ich, Etka habe im Schlaf mit mir gesprochen. Als ich aufwachte, stellte ich fest, dass ihre Laken feucht und rot waren. Anscheinend geriet ich völlig außer mir, denn ich weiß noch, dass ich schreiend nach unten lief. Die Inhaberin der Pension rief einen Arzt, der auch rasch erschien. Er sagte, sie habe die Ruhr, ein ziemlich schwerer Fall. Selbst in dieser Situation konnte ich erkennen, dass er nicht viel für Juden übrighatte. Wenn er mir Fragen zu Etka und mir stellte, nannte er uns immer »Leute wie Sie«.

Zwei Nächte blieb ich bei Etka und machte ihren Eimer sauber. Am dritten Tag ihrer Krankheit wachte Etka aus dem Fieberschlaf auf und packte mich so fest an der Hand, dass es wehtat. Sie sagte mir, ich solle mit den Fahrkarten zum Winterhafen gehen. Ich könne ihres verkaufen, meinte sie, dann hätte ich Geld für die Fahrt nach England. So würde ich das Schiff noch erreichen, ehe es ablegte. Natürlich weigerte ich mich. Nicht, weil ich so heldenhaft war, ganz im Gegenteil. Etka war mein Schutzschild. Was sollte ohne sie aus mir werden? Sie umklammerte meine Hand. Ihr Gesicht war gerötet und blickte finster drein, wie ich es schon so oft bei ihr gesehen hatte. »Führ dich nicht auf wie eine Idiotin, Rivka«, schimpfte sie. »Jetzt sei endlich ein Mensch. Mama und Papa würden es dir nie verzeihen, wenn du diese Chance nicht ergreifst. Und ich werde dich als Geist verfolgen, damit du nie wieder einen Moment Frieden hast.«

Nun, schließlich bin ich gegangen, aber ich sage Dir, dass Etka mich trotzdem verfolgt hat. Ich nahm ihr das Versprechen ab, die zweite Karte zu behalten und mit dem nächsten Schiff nachzukommen. Natürlich wussten wir beide, dass Etka in diesem Zimmer sterben würde, aber was sollten wir sagen? Als wir uns verabschiedeten, war sie so ungeduldig wie immer. »Los, beeil dich, Mädchen«, sagte sie. Mit Papas Menora, einem Rubel und ein paar Kleidern machte ich mich auf dem Weg zum Hafen, um mein Schiff zu suchen. Mehr hatte ich nach dieser langen Reise nicht mehr.

Die Schifffahrtsgesellschaft hieß Det Forende Dampskibs-Selskab. Ich habe die Fahrkarte so oft betrachtet, dass ich den Namen nie wieder vergessen werde. Es war riesengroß und stank nach kranken Kühen. Wie eine Schlafwandlerin ging ich an Bord. Ich fühlte überhaupt nichts. Heute heißt es, dass

wir uns so gegen die Dinge abschirmen, die zu empfinden
wir nicht ertragen können. Wenn das so ist, bin ich dankbar
für diese Gabe.

Der Mann, der Etka die Karten verkauft hatte, erstickte
inzwischen sicher am Geld, denn anscheinend drängten sich
alle Juden Europas auf diesem Schiff. Wenn wir Kühe
gewesen wären, hätten wir einander vermutlich schon bis
zur Hälfte der Überfahrt gegenseitig niedergetrampelt. Als
wir in See stachen, war es, als entglitte mir alles – meine
Familie, meine Heimat, mein Interesse an der Zukunft.
Damals war die düsterste Zeit meines Lebens, Judit. Doch
dann geschah etwas, das mir das Leben rettete. Neben mir
an Deck stand ein Junge, der etwa so alt war wie ich. Sein
Bruder war bei ihm. Als sie sahen, dass ich allein war,
kümmerten sie sich um mich. Wir verbrachten vier Tage
Überfahrt zusammen und hörten, wie die anderen sich
übergaben und beteten. Wenn man mit einem Menschen
spricht – wirklich spricht –, und sei es nur für eine Stunde,
erfährt man den Großteil der Wahrheit von ihm. Also stell
Dir vor, dass wir vier ganze Tage und Nächte lang geredet ha-
ben. Am Anfang dieser Reise war ich so allein gewesen,
wie das für einen Menschen nur möglich war. Und als wir
ankamen, war ich dem Mann begegnet, der Dein Großvater
werden würde.

Hätte auf diesem Schiff nur eine Person zufällig zwischen
uns gestanden, wir hätten uns nie kennengelernt, und all die
Dinge, die daraus entstanden, wären nie geschehen. Doch
Gott hat mir diese Begegnung geschenkt, und deshalb kann
ich ihm alles andere beinahe verzeihen.

Als wir anlegten, mussten mir die anderen sagen, wo wir
waren. Der Hafen hieß Hull – natürlich hatte ich noch nie

davon gehört. Dein Großvater hatte Verwandte in Newcastle und sagte, wir könnten zusammen dorthin fahren und heiraten. Er wollte einen Laden für Knöpfe eröffnen, und ich hatte von Papa gut genug Nähen gelernt, um im Geschäft zu helfen. Als wir am Hafen standen, hatte ich so etwas wie einen Wachtraum. Ich sah die Rosen und Tannen von Kischinew unter einem blauen Himmel vor mir und konnte die Blumen riechen, als berührten sie meine schmutzige Haut.

Dein Großvater hatte Verwandte im jüdischen Wohlfahrtsausschuss, und als wir in Newcastle eintrafen, erwarteten sie uns am Bahnhof. Sie waren so froh, ihn zu sehen, und hießen mich gern als seine Verlobte willkommen. Es war der letzte Tag, an dem ich sechzehn war, doch ich brachte es nicht über mich, es jemandem zu erzählen. Es erschien mir sündig, das Leben zu feiern, obwohl Etka, Mama, Papa und Moshe tot waren.

Was soll ich sonst noch erzählen, meine liebe Judit? Ich heiratete Deinen Opa, und wir waren so glücklich miteinander, wie es zwei Menschen nur sein können. Wir eröffneten unseren kleinen Laden in Sunderland, und diese Stadt wurde mein Zuhause. Wir änderten unsere Namen, sprachen englisch, nicht jiddisch, und lehrten unsere Kinder nur die Sitten und Gebräuche ihres Geburtslandes, nicht die des Landes ihrer Abstammung. So streiften wir unser altes Leben ab wie eine Raupe ihre Puppe, denn es nutzte uns nichts mehr.

Dein Onkel Max ist nach Moshe benannt. Dann kamen Dein Papa und Onkel Alex. Einige Jahre lang träumte ich von einer Tochter, um mich an Etka und Mama erinnern zu können. Doch offenbar ruhten sie wirklich in Frieden, und

Gott wollte ihre Seelen nicht stören. Einige verlorene Dinge kann man nicht wiederfinden – das dachte ich wenigstens so lange, bis Du uns geboren wurdest.

Jetzt habe ich Dir aber einen langen Brief geschrieben, meine liebste Judit. Hoffentlich kannst Du mir verzeihen. Aber ich wollte, dass Du verstehst, warum Dein Erwachsenwerden eine solche Freude für mich ist. Du kannst Dein Leben in einer Synagoge und im Kreise Deiner Familie feiern, nicht in einem schmutzigen alten Karren und verfolgt von Geistern. Nun haben die Juden sogar ein eigenes Heimatland und eine Flagge, die zwischen denen der Gojim weht. Vielleicht wird es Deine Generation sein, die dort für Sicherheit sorgt, damit das Leiden für uns alle ein Ende hat.

Das Einzige, was mich bedrückt, ist, dass ich vielleicht nicht mehr dabei sein werde, um zu sehen, wie Du Dein Versprechen wahrmachst. Doch Du darfst nicht traurig sein, mein liebes Mädchen. Deine Reise fängt gerade erst an, während ich am Ziel der meinen angelangt bin. Du gehst mir auf der Straße voran, wohin sie auch immer führen mag. Stell Dir vor, dass ich Deine Hand halte, wenn Du aufbrichst. Ich bete darum, dass Du den Mut haben wirst, Deinen Weg zu finden. Und dass Du auf Deiner Reise genauso glücklich werden wirst, wie ich es auf meiner war.

Deine Dich liebende Großmutter,
Rebecca

2

Heimisch werden

Auch ich wurde von einem grausamen Schicksal vertrieben und gezwungen, mir eine neue Heimat zu suchen. Und durch mein Leid habe ich gelernt, die zu trösten, die ebenso leiden.

Vergil

1967
London

Sein erster Eindruck von ihr war nur ein goldenes Aufblitzen, blondes Haar und eine lange funkelnde Kette, die in einem Stern mündete. Der Stern hatte sechs Zacken, was ihn einen verwirrten Moment lang an zu Hause erinnerte.

Die Menschenmenge im Raum rückte näher; Margaret nahm seinen Arm und schob ihn in eine Ecke, um ihn zu küssen. Ihr Mund schmeckte nach Zigaretten und sauren Zitronen von dem rosafarbenen Cocktail in ihrer Faust.

Sie lehnten am Fenster. Regen scharrte an der Scheibe wie winzige Hände, die versuchten, ein Loch ins Glas zu kratzen. Sein Verstand fühlte sich so leicht an wie ein Ballon. Nadias Telegramm lag noch zusammengerollt auf seinem Schreibtisch, wie seit drei Wochen schon. Hassan hatte erst heute Morgen ein weiteres geschickt. Salim hatte es in den Papierkorb geworfen.

Margaret bewegte sich an seiner Brust und machte sich los. Ihre Augen waren dick mit Kajal umrandet, und sie hatte ihr dichtes schwarzes Haar mit einem violetten Schal zusammengebunden. Ein langes Bein hatte sie um seines geschlungen, sodass ihr der Rock weit den Oberschenkel hinaufrutschte. Alle Männer wollten Margaret, und sie legte sich auch mächtig ins Zeug dafür. Sie rauchte Kette wie ein Filmsternchen, lernte

Gitarre und versuchte, ihren ländlichen Akzent loszuwerden und mehr nach Soho zu klingen. Beim ersten Mal im Bett hatte sich ihr Mund an seinem festgesaugt wie ein verzweifeltes Tier. Nun aber waren ihre Lippen schmollend zusammengekniffen. *Gleich geht's los*, dachte er.

»Was ist dir nur für eine Laus über die Leber gelaufen, Sal?« Ihr Fuß kitzelte seinen, doch ihr Blick war alles andere als freundlich. »Hast du was Falsches geraucht? Da hätte ich ja mit einem Fisch mehr Spaß als mit dir heute Abend.«

»Tut mir leid«, erwiderte er herablassend. Was mochte er überhaupt an Margaret, abgesehen von den offensichtlichen Dingen? Margaret interessierte sich nur für ihn, weil er hochgewachsen, exotisch und – vor allem – älter war. Mit fünfundzwanzig war er für ein hübsches Teenagerpüppchen wie sie ein Mann. »Ich denke noch immer an meinen Vater.« Das brachte Margaret neun von zehn Malen zum Schweigen. Schließlich konnte man schlecht mit einem Mann herumstreiten, der vor knapp zwei Monaten seinen Vater verloren hatte, und das noch mitten in den Semesterabschlussprüfungen.

»Ach, mein Gott, dann hättest du eben zu seiner Beerdigung gehen sollen.«

»Ich konnte nicht«, erwiderte er, gereizt, weil ihn das Lügen anstrengte. »Das habe ich dir doch schon erklärt.«

»Jetzt hast du keine Prüfungen mehr. Also könntest du immer noch hinfliegen, wenn du nicht hierbleiben und rumhängen willst wie ein Schluck Wasser in der Kurve.« Margaret befreite ihre Beine und sah sich in dem stickigen Raum um. Sie hatte einfach erstaunliche Augen, die den Kopf eines Mannes durchbohren und feststellen konnten, ob sich hinter ihm noch etwas Interessanteres verbarg. *Sicher gibt es da etwas Vielversprechenderes als mich*, dachte er. *Geh, hol es dir, na, mach schon.* Margaret kniff Salim mit spitzen Fingern in den Arm, als habe sie seine Gedanken gelesen.

»Ich hole mir einen richtigen Drink«, verkündete sie vorwurfsvoll und stellte den rosafarbenen Punsch aufs Fensterbrett. »Von diesem süßen Mist kriege ich Kopfschmerzen.«

Salim blickte ihr nach, als sie von der Menschenmenge verschluckt wurde wie ein Tiger vom hohen Gras. Dieser Raum war genau nach Margarets Geschmack – dichte Rauchschwaden, langbeinige Gäste, und der Plattenspieler in der Ecke dudelte Musik, die er noch nie gehört hatte. *This is the end, my only friend*, sang der Mann. *Of our elaborate plans, of everything that stands.*

Zwei Wochen vor Weihnachten war das Ende für Abu Hassan gekommen. Ein Schlaganfall hatte ihn in dem Sessel dahingerafft, wo er den ganzen Tag gesessen und Nüsse geknackt hatte. Gerade noch führte er die Hand zum Mund, und schon eine Sekunde später hing sie, leer und schlaff, herab.

Abu Hassans Tod war schon seit vielen Jahren vorauszusehen gewesen. Doch die Tränen, die Salim geweint hatte, hatten nicht dem Mann selbst, sondern dem Vater seiner Träume gegolten. Der Widerwille, zur Beerdigung nach Hause zu fliegen, hatte die Oberhand gewonnen.

Er hatte eine gute Ausrede. Es war das letzte Jahr seines Wirtschaftsstudiums am University College, London. Die Prüfungen standen unmittelbar bevor. Er war der einzige Al-Ismaeli, der je eine Universität besucht hatte, und Nadia und Tareq hatten ihm immer wieder versichert, sein Vater sei sehr stolz. Salim bezweifelte das zwar, war aber froh, Hassan die lästige Rückkehr nach Nazareth überlassen zu können. Die Tradition gebot, dass die Beerdigung innerhalb von vierundzwanzig Stunden stattfinden musste. Da keiner der beiden Söhne rechtzeitig vor Ort sein konnte, um die Leiche ihres Vaters zu versorgen, blieb die Aufgabe an Nadia, der Ältesten, hängen, einen Mann mit der Anteilnahme aus der Welt zu verabschieden, die dieser selbst ihr zu Lebzeiten standhaft schuldig geblieben war.

Salim wartete also in England ab, während Hassan die restlichen Familienpflichten versah – unter anderem auch jene, den Nachlass zu regeln. Als Hassan Salim von dem Testament erzählte, konnte er sich ein Lachen nicht verkneifen. »An der Uni hast du sicher auch Zählen gelernt, oder?«, meinte er. »Und soweit ich im Bilde bin, ergibt nichts geteilt durch zwei immer noch nichts.«

Margaret kehrte nicht zurück. Doch Salim war zufrieden damit, allein dazustehen und fremden Leuten beim Tanzen zuzuschauen. Er wirkte in London nie fehl am Platz. Nein, er schien für diese Stadt wie geschaffen zu sein – mit seiner Attraktivität, der hellen Haut, dem dunklen Haar, der schlanken Figur und dem Lächeln, das die Menschen als unbefangen bezeichneten. *Wenn die nur gewusst hätten.* Salim war erstaunt gewesen, wie bereitwillig sich englische Frauen einem mittellosen Araber an den Hals warfen, der sie zum Lachen, aber auch zum Weinen brachte. Sie malten sich aus, er sei leidenschaftlich, undurchschaubar, charmant und grausam wie Omar Sharif in *Lawrence von Arabien*, und er tat ihnen in allen Punkten gern den Gefallen. Allerdings drangen all diese Frauen, die ihn in die Arme nahmen, nie bis in sein Innerstes vor, weshalb er letztlich lieber für sich blieb.

Nach einer Weile beschloss er, Ausschau nach dem blonden Mädchen zu halten. Er schlenderte durch die Gäste zum Getränkebüfett, konnte sie aber nirgendwo entdecken. Nur Margaret war dort, allerdings mit jemandem ins Gespräch vertieft. Salim machte noch eine Runde durch den Raum und kehrte dann zum Fensterbrett zurück. *So ein Schwachsinn*, dachte er. *Ich sollte nach Hause gehen.*

Er sah den Gastgeber vorbeieilen. Ein hoher grüner Hut war ihm in die Stirn gerutscht. Salim streckte die Hand nach seinem Arm aus. »Hey, Mike.«

»Sal, Alter, was gibt's?«

»Ich suche ein Mädchen.«

»Tun wir das nicht alle? Wo ist Margaret?«

»Die macht sich gerade an jemand anderen ran«, erwiderte Salim. »Die, die ich meine, ist ziemlich klein, hat lange blonde Haare und ist angezogen wie eine Nonne.«

»Jude? Du Spinner, die steht gleich hinter dir.« Salim errötete zum ersten Mal seit Jahren, als ihm klar wurde, dass er ins Fettnäpfchen getreten war. Das Mädchen, das bis jetzt unbemerkt neben ihm gestanden hatte, merkte auf, als sie den eigenen Namen hörte.

»Sorry, Mann«, meinte Mike. »Viel Spaß beim Kennenlernen. Die Party ruft«, fügte er hinzu und tippte sich an die Nase.

Er stellte fest, dass sie sehr zierlich war; vielleicht hatte er sie ja deshalb übersehen. Ihr Scheitel reichte ihm kaum bis ans Kinn. Ihr blondes Haar war zwar lang, doch zu jungenhaften Ponyfransen geschnitten, die ein ernstes Gesicht umrahmten. Sie war so weiß wie ein Vogel, und ihre leicht besorgt dreinblickenden blauen Augen riefen kurz die Erinnerung an Lili Yashuv mit Kopftuch über dem Haar wach.

»Bin ich wirklich angezogen wie eine Nonne?«, fragte sie neugierig. Salim betrachtete noch einmal ihr unscheinbares Kleid. Unwillkürlich hob sie die Hände und strich die Vorderseite glatt, wie um sich vor seinem Urteil zu schützen. Die Geste löste etwas Unerwartetes in ihm aus – das Spiegelbild von Anteilnahme.

»Wie eine niedliche Nonne«, erwiderte er lächelnd. »Eine, die im Begriff ist, gegen ihre Gelübde zu verstoßen.« Grinsend schüttelte sie den Kopf.

»Diese Fete ist nicht wirklich mein Ding«, antwortete sie, sah sich erst im Raum um und schaute dann auf ihre Füße. »Ich bin mit meiner Mitbewohnerin hier. Mike kenne ich aus der Uni – er studiert auch Literatur. Und du?«

»Mein Ding ist die Fete auch nicht«, sagte er, worauf sie ihn zweifelnd musterte.

»Ich glaub dir kein Wort«, entgegnete sie. »Schließlich bist du mit Margaret gekommen.«

»Offenbar sind alle mit Margaret gekommen.« Salim schmunzelte und versuchte, Blickkontakt mit ihr aufzunehmen. Doch sie schaute nur wieder zu Boden. Gereiztheit stieg in ihm auf. *Was muss ich machen, damit dieses Mädchen mich ansieht?* »Ich habe dich überall gesucht, weißt du? Und du hast dich die ganze Zeit hier versteckt.«

»Ich habe mich nicht versteckt«, meinte das Mädchen und bedachte ihn endlich mit einem trotzigen Blick aus blauen Augen. »Vielleicht wusstest du ja nicht genau, was du suchst.«

»Mag sein«, stimmte Salim zu; zum zweiten Mal fiel ihm die Goldkette mit dem sechszackigen Davidstern auf ihrer Brust auf. Er wies darauf. »Und was ist damit?« Sie berührte das Schmuckstück, und er sah, wie ihre Finger die Zacken entlangfuhren, als habe sie das schon unzählige Male getan. Noch Jahre später sollte er sich fragen, ob es dieser Moment gewesen war, der ihn angezogen hatte. Ob er wirklich so eifersüchtig auf ein Schmuckstück gewesen war und sich danach gesehnt hatte, ebenso viel Zuneigung zu erfahren.

»Er gehörte meiner Großmutter«, antwortete sie und zögerte dann. »Ein Davidstern, das ist …«

»Ich weiß, was das ist«, unterbrach er rasch und dachte nicht an Abu Hassan und die Flucht aus Jaffa, sondern an Elia und den Nachmittag, als sie festgestellt hatten, dass sie niemals würden Freunde sein können. Eine Pause entstand; sie wirkte verwirrt. Er spürte, dass er sie beklommen gemacht hatte, doch ihm fiel nichts ein, um die Situation ins Witzige zu ziehen.

»Und woher bist du?«, fragte sie ihn schließlich. Nun war es an ihm zu zögern.

»Aus London.«

»Wirklich?« Lächelnd schüttelte sie den Kopf.

»Wieso nicht?«, erkundigte er sich, besorgt, dass sie ihn bei einer Lüge ertappt haben könnte.

»Es ist nur … nun, du ähnelst einem meiner Onkel.«

»Ach, herrje«, antwortete er lachend. »Hoffentlich sieht der Onkel gut aus.«

»Nein, so habe ich es nicht gemeint.« Inzwischen lachte sie auch. »Du erinnerst mich nur an ihn. Ihr habt beide etwas … Düsteres und Eindringliches.«

»Und wo ist dieser wunderbarste aller Onkel?«

»Er wohnt im Ausland.«

»Gott sei Dank.« Salim streckte die Hand aus. »Ich bin Sal.« Sie nahm sie und schüttelte sie feierlich auf und ab wie ein Kind, das eine Auszeichnung verliehen bekommt.

»Ich bin Jude«, erwiderte sie. »Ich freue mich, dass du mich schließlich doch aufgespürt hast.«

»Ich mich auch«, sagte er in demselben zutiefst aufrichtigen Tonfall wie sie.

Nur zwei Tage später trafen sie sich wieder. Jude war einverstanden gewesen, in Bloomsbury unweit ihres Seminargebäudes einen Kaffee trinken zu gehen. Sie war noch im ersten Studienjahr, und London machte ihr eine Heidenangst. Das Tempo hier war so ganz anders als in Sunderland – eine hektische, gehetzte, von Lärm und Eile erfüllte Welt. Die Menschen hier dachten, dass es im Norden immer grau sei. Doch unter Londons endlosem winterlichem Schneeregenhimmel träumte Jude von dem grellblauen, vom Wind blank gefegten Himmel Sunderlands, wo die Wolken einander wie Möwen über den Hafen jagten.

Als der Mann namens Sal vorgeschlagen hatte, zusammen einen Kaffee zu trinken, hatte Jude nicht gewusst, was sie davon halten sollte. Mit ihren knapp neunzehn Jahren hatte sie noch nie einen Freund gehabt. Da war nur Stuart gewesen, ein Junge, beinahe so schüchtern wie sie selbst, der beim Schwimmtraining mit ihr geredet hatte und einmal sogar so weit gegangen war, sie Hand in Hand nach Hause zu begleiten. Als er es eine Woche später wieder tat, hatte sie sich gefragt, ob er sie wohl küssen würde, doch er hatte sich benommen wie der Inbegriff eines Gentlemans. Schließlich empfand sie die feuchte, schlaffe Hand in ihrer als so ärgerlich, dass sie sich früher aus dem Staub machte, um ihm aus dem Weg zu gehen, jeder Schritt begleitet von einer Mischung aus Gehässigkeit und Erleichterung.

Die Liebe kannte sie aus den Nachrichten, aus den Geschichten über den Vietnamkrieg und die Kiss-ins in Amerika. Allerdings hatte dieses Gefühl für sie nicht mehr Wirklichkeitsbezug als ein Ausflug ins Kino. Selbst jetzt, nach fünf Monaten in London, erschien ihr die Liebe als Trugbild, aufgemalt wie die Blumen, die sie überall auf den Kleidern der Menschen und in ihrem Haar sah – und in den Farbenwirbeln, die durch Chelsea und Soho schwebten. Rings um Judes Studentenheim in Camden Lock gab es keine Blumen. Nur Beton und Stahl, Risse im Gehweg und viele Reihen vom rußigen Regen beschmierte Fenster.

In Judes Welt war es ein Zeichen von Höflichkeit, wenn man zu früh erschien. Also saß sie in einer Ecke des *Virginia's* und holte ein Buch hervor. Draußen fiel ein leichter Spätfebruarregen vom Himmel. Die leise Musik im Café wurde beinahe von der schrillen Mundharmonika vor dem Fenster übertönt. Busse rumpelten vorbei und hoben sich mattrot vom Zigarettenrauch und der beschlagenen Scheibe ab.

Sal, ein Name, der keine Geschichte erzählte. Wer war er, dessen lodernder Blick sie so an Onkel Max erinnerte und der so eine seltsam sanfte Art hatte zu sprechen? Er hatte auf der Party noch stärker fehl am Platz gewirkt als sie.

Vor allem dieser Eindruck war es, der in Jude den Wunsch auslöste, Ja zu ihm zu sagen, nur um zu sehen, wie sich ein echtes Lächeln auf seinem Gesicht ausbreitete und das gekünstelte vertrieb. *Wie lächelt er für Margaret?* Sie schob den Gedanken beiseite und klammerte sich an Rebeccas Kette, um Mut zu schöpfen.

Als sie aufblickte, stand er vor ihr. Sein verlegenes Lächeln sorgte dafür, dass ihr ein Gedanke durch den Kopf schoss – *er hat sich geirrt, eigentlich wollte er gar nicht hierherkommen*. Noch ehe sie etwas sagen konnte, zog er sich einen Stuhl heran und setzte sich.

Im Tageslicht war sein Gesicht heller, als sie es in Erinnerung hatte. Sein Haar wirkte schwarzer, seine Augen waren ernster. Sein Gesicht war regennass, und aus seinem dicken Mantel und dem grünen Schal tropfte Wasser auf den Boden. Es lag ihr auf der Zunge, ihn zu fragen, warum er keinen Schirm mitgenommen hatte, doch sie verkniff es sich. Nur weil »*warum*« so typisch Dora war. »Warum« war ein Wort, das Jude sich schon vor langer Zeit ganz bewusst abgewöhnt hatte – so wie alle anderen Juden auf der Welt.

Eine kurze Pause entstand. »Was liest du da?«, erkundigte er sich schließlich.

Als sie das Buch hochhielt, studierte er den Titel. »*Die Brüder Karamasow*. Dostojewski.« Als seine Miene höflich und nichtssagend blieb, stammelte sie: »Eines meiner Wahlpflichtseminare ist ausländische Literatur. Ich habe mich für die russische und die französische entschieden.«

»Klingt gut«, meinte er, wobei sie einen Hauch von Unsicherheit heraushörte. »Warum ausgerechnet die?«

Sie musste einen Moment überlegen, um die Wahrheit hinter der Standardbegründung zutage zu fördern, die sie ihren Eltern aufgetischt hatte.

»Ich habe einmal in Frankreich Urlaub gemacht«, erklärte sie. »Es war mein erstes Mal im Ausland.« Sie erinnerte sich an die sattgraue Seine, das raue, melodische Lachen der Pariser, den Geruch nach Farbe und die berauschende Leere des Himmels. »So etwas hatte ich noch nie zuvor gesehen. Ich habe mich dort unglaublich lebendig gefühlt. Die Leute dort denken ganz anders als wir, viel freier. Ich wollte ...« Ihr gingen die Worte aus, um die Sehnsucht zu beschreiben, die sie empfunden hatte, und sie biss sich verlegen auf die Lippe. Doch zu ihrem Erstaunen führte er ihren Gedanken zu Ende.

»Du wolltest ein Stück davon mitnehmen, damit du niemals wirklich fortmüsstest.«

»Stimmt genau.« Vor Überraschung darüber, dass er sie verstanden hatte, wurde ihr ganz warm. »Die französischen Autoren sind so kühn wie Stendhal. Nicht so begrenzt wie wir. Sie erfinden Figuren wie Fabricio ... oder Candide, die sich zu anderen Menschen entwickeln, wohin sie auch immer gehen, und Tausende von verschiedenen Leben führen.«

In gespielter Überraschung zog er die Brauen hoch. »Tausende von Leben? Würdest du Tausende von Leben brauchen, um das zu finden, mit dem du glücklich werden kannst?«

»Nein«, erwiderte sie nach ernsthafter Überlegung. »Aber ist der Gedanke nicht interessant, wer man sein könnte, wenn man bereit wäre, alles aufzugeben, was man jetzt hat?«

»Hängt davon ab.«

»Wovon?«

»Ob sich der Handel lohnt. Stell dir mal vor, du gibst alles für eine Sache oder einen Menschen auf und musst dir dann eingestehen, dass es die Mühe nicht wert war.«

Lächelnd zuckte Jude die Achseln. »Ich kenne die Antwort nicht. Deshalb lese ich ja die Bücher. Um zu erfahren, was am Ende geschieht.«

»Aber diese Brüder hier sind keine Franzosen.« Er wies auf das Buch, das sie noch aufgeschlagen in der Hand hielt.

»Sie sind Russen. Meine Großmutter kam ursprünglich aus Russland.« Jude griff nach dem Stern an ihrem Hals und ertastete die von der Gewohnheit glatt geschliffenen Zacken. »Und woher stammt deine Familie?«, wiederholte sie die Frage von ihrer ersten Begegnung.

Er blickte sie an und starrte dann auf die Tischplatte. Seine Miene war traurig, ja beinahe beschämt. »Ich heiße Salim.« Obwohl es beiläufig klingen sollte, hörte es sich an wie eine Beichte. »Salim Al-Ismaeli. Wir sind eine arabische Familie. Leider weder eine russische noch eine französische.« Er sah sie an.

»Schon in Ordnung«, sagte Jude automatisch, doch ihr Herz begann zu rasen. Sie bekam das überwältigende Bedürfnis, ihm Bestätigung zu geben – wofür? »Mein Onkel lebt in Israel«, platzte sie heraus. Nun hatte sie sich verplappert, die Worte waren nicht mehr zurückzunehmen.

»Das habe ich mir gedacht.« Er wies mit dem Kopf auf den goldenen Stern in ihrer Hand. »Ich bin auch von dort. Nur, dass es bei uns damals Palästina hieß.«

Jude saß schweigend da. Sie vergaß fast, dass sie sich selbst am Tisch befand, Teil der Situation war und darauf wartete zu hören, was er als Nächstes sagen würde. Er beugte sich über den Tisch und hatte die Hände ineinander verschränkt. Anfangs dachte sie, er habe womöglich Schmerzen, doch dann blickte er mit einem spöttischen Lächeln auf. »Damit hättest du nicht gerechnet, was?«

»Nein«, antwortete sie. Sie hatte solche Angst, etwas Falsches zu sagen, dass sie keinen Ton herausbrachte. Sie hörte schon, wie Doras Worte aus ihrem Mund kamen. *Die verdammten Araber.* Schließlich breitete er die Hände aus und lehnte sich zurück.

»Du bist ja so ein Dummerchen. Ich hatte damals jüdische Freunde, und hier habe ich auch welche. Es ist durchaus möglich, miteinander auszukommen, weißt du?«

Jude griff zu ihrer Tasse. Der Kaffee war dünn, fad und mit zu viel Milch. Sie stellte die Tasse ab und schob sie weg.

»Ich bin noch nie einem Araber begegnet«, meinte sie. »Ich habe nur gehört, wie Onkel Max über sie geredet hat. Und offen gestanden dachte ich, dass ihr uns hassen müsst.«

»Ich *muss* überhaupt nichts. Du bist ein Mensch, ich bin ein Mensch. Warum sollte ich dich hassen, ohne dich zu kennen?«

»Ich bin es nicht wert, gehasst zu werden«, erwiderte sie. »Ich bin nur ein Mädchen aus Sunderland, das gezwungen wurde, zum Hebräischkurs zu gehen.«

»Offenbar kennst du dich selbst nicht richtig. Du bist klug und ehrlich und hast ein gutes Herz. Außerdem bist du zufälligerweise sehr hübsch. Vielleicht bist du es also wert, gehasst zu werden.«

Jude legte ihr Buch auf den Tisch und wartete darauf, dass sie rot anlief. Rotwerden war das Einzige, was Gertie und sie gemeinsam hatten – ihre blassen Gesichter nahmen beim kleinsten Anlass die Farbe von Roter Bete an. Doch nun war die Wärme in ihren Wangen nur Folge des heftigen Windes; ihr Herzschlag wurde langsamer.

»Bist du dort geboren?«, fragte sie.

»In Jaffa, vor dem Krieg.«

Plötzlich wurde Jude von Trauer ergriffen. »Ich kann mir gar nicht vorstellen, wie das war«, sagte sie leise. »Ich weiß nicht viel darüber.«

Salim zuckte die Achseln. »Ich war noch klein, als wir aus Jaffa weg sind. Sieben vielleicht. Ich erinnere mich nicht mehr an vieles. Danach haben wir eben weitergelebt.«

Jude stellte fest, dass seine Hände sich immer wieder öffneten und schlossen und dass er sich mit den Fingern über die blassen Knöchel rieb, wie ein Kind, das einen Schmutzfleck entfernen will.

»Ist deine Familie mitgekommen?«, erkundigte sie sich.

»Nein.« Er sah sie an. »Meine Mutter hat uns schon vor Jahren verlassen. Sie war wie eine von den Leuten in den Geschichten, von denen du gesprochen hast, und sehnte sich nach einem anderen Leben. Mein Vater war ein alter Mann und nicht sehr klug. Er ist vor ein paar Monaten gestorben.«

Jude nickte. Als sie die Hand über den Tisch schob, hörte er auf herumzuzappeln. Im nächsten Moment wurde ihr klar, was sie getan hatte. Sie zog die Hand weg, als habe sie sich verbrannt, und ballte die Faust. Sein Blick suchte ihren. »Warum hast du das getan?«

»Es tut mir leid.« Sie fühlte sich elend – seinetwegen, weil sie sich blamiert hatte und weil so vielen Leid zugefügt und Unrecht angetan worden war. »Entschuldige.«

Er sah ihr in die Augen, ohne zu lächeln. »Ich wollte nicht wissen, warum du meine Hand genommen hast«, erwiderte er, »sondern warum du wieder losgelassen hast.«

Salim verstand nicht, warum er gegangen war, ohne sich gleich wieder mit ihr zu verabreden. Er war einfach hinausmarschiert, ohne sich noch einmal umzuschauen, und hatte sich den klatschnassen Schal um den Hals gewickelt.

Seine klappernden Schritte auf dem Gehweg sagten ihm, dass er wütend war. Später hinterließ er Margaret eine Nachricht. In dieser Nacht betrank er sich und lauschte, wie sie auf ihrer Gitarre herumzupfte, während sie nackt zwischen seinen Beinen lag.

Das gemeinsame Kaffeetrinken hatte geendet wie bei zwei schuldbewussten Kindern, die beim Küssen ertappt worden waren. Sie hatte ihm von ihrer Großmutter erzählt, die vor den Russen geflohen war, er von der Belagerung Nazareths und dem jüdischen Kommandanten, der sich geweigert hatte, die Stadt zu säubern. Sie waren sich einig, dass Religion keine Rolle spielte und dass sie eine Menge gemeinsam hatten, irgendein Allgemeinplatz zum Thema Frieden, der Salim an die Lieder der Blumenkinder erinnerte.

Doch das alles hatte nichts zu bedeuten, sagte er sich. Wie sollte diese kleine englische Jüdin ihn jemals verstehen? Der Ausruf seines Vaters hallte ihm wieder in den Ohren. *Abadan!* Niemals! Die Hand, die sie auf seine gelegt hatte, war eine Lüge gewesen. Das wusste er, auch wenn sie selbst es nicht tat.

Eine Woche später kaufte er *Die Brüder Karamasow* in einem Laden in der Charing Cross Road und, nach einem kurzen, verlegenen Gespräch mit dem Buchhändler, auch noch *Die Kartause von Parma* von Stendhal. Er verstand keinen der beiden Romane. Bücher waren für ihn Quälerei, solange es darin nicht um Zahlen und Formeln ging. Außerdem hielt Hassan ihm vor, sein Arabisch sei erbärmlich geworden und inzwischen kaum besser als das eines Kindes.

Er gewöhnte sich an, jeden zweiten Tag nach den Vorlesungen an dem Café in King's Cross vorbeizugehen. Manchmal sah er sie drinnen sitzen, eingemummelt wegen der Kälte, durch die sie dorthin gegangen war. Sie blickte nie auf.

Nachts hatte er ihre blauen Augen vor sich, die sich voller Staunen und Verwirrung auf ihn richteten. Mit ihrer Arglosigkeit hatte sie ihn geschält wie eine Orange, sodass er sich schutzlos und reizbar fühlte. Unter dem Vorwand, das Neueste aus ihrem Leben erfahren zu wollen, rief er Nadia an, nur um ihre sanfte mütterliche Stimme am anderen Ende der Leitung knistern zu hören.

Eines Tages erwartete sie ihn vor dem *Virginia's*. Er bemerkte sie schon aus hundert Metern Entfernung. Ihr blondes Haar war von kalten Regentropfen durchsetzt, die in der fahlen Sonne funkelten. Der Verkehr von Bloomsbury wogte – schwarze, rote und silberne Blitze aus Stahl – um sie herum. Ihr Mantel war so groß, dass sie sich darin einzukuscheln schien wie ein Tierkind in sein Nest. Mit einem reumütigen Grinsen blieb er neben ihr stehen. Sie lächelte auch und wischte sich die rote Nase ab.

»Woher hast du es gewusst?«, fragte er.

»Ich habe dich so oft gesehen«, erwiderte sie und blinzelte in die tief stehende Sonne. »Auch wenn du dir noch so schlau vorgekommen bist – sogar die Kellnerin hat bemerkt, dass du immer reinschaust, und hat mich deshalb aufgezogen.«

Lachend hob er die Hände zum Himmel, als die Sorgen vieler Wochen plötzlich von seinen Schultern abfielen und auf dem vereisten Gehweg in tausend Scherben zersprangen. »Ich war nicht sicher, ob du mich wiedersehen möchtest, und wollte nicht enttäuscht werden.« Die Halbwahrheit kam ihm so leicht über die Lippen.

»Ich weiß, es ist kompliziert«, antwortete sie, und ihre blauen Augen schimmerten gläsern im Licht. »Doch ich hatte gehofft, dass es dich nicht stört. Dass wir es versuchen könnten.«

Er fragte sich, ob es das erste Mal war, dass sie einem Mann auf die für sie offenbar typische verschlungene Art und Weise sagte, was sie für ihn empfand. Er erinnerte sich, wie sie den Davidstern mit ihren Händen berührt hatte, und griff nach einer davon.

Es war der Anfang von etwas, das nirgendwo geschrieben stand, dachte Salim später. Nachdem er sie zurück zum Hörsaal begleitet und sie sich voneinander verabschiedet hatten, beugte er sich hinunter, um sie auf die Lippen zu küssen. Als sie ihr Gesicht zu ihm emporreckte, sah er, wie die Sonne ihre weiße Haut durchdrang und den Puls des Lebens darunter zum Vorschein brachte. *Weiß wie ein leeres Blatt Papier, bereit für einen Neuanfang.*

Die erste richtige Verabredung fand im *Finsbury Astoria* statt, wo die Walker Brothers auftreten sollten. Salim trug die Karten schon seit Wochen in der Brieftasche mit sich herum. Eigentlich waren sie als Geschenk für Margaret gedacht, die zwar die

Walker Brothers verabscheute, hingegen Cat Stevens und Jimi Hendrix mochte, die ebenfalls auf dem Programm standen. Margaret hatte ihm erzählt, sie hätte mit Cat Stevens' Schwester in Marylebone in einer WG gewohnt; sie und Hendrix drehten ihre Joints auf dieselbe Methode: zwischen Daumen und Mittelfinger.

Stattdessen Jude einzuladen war ihm als ein ausgesprochen kluger Schachzug erschienen. Im Fieber der Aufregung, nachdem sich ihre Lippen voneinander gelöst hatten, war es so leicht gewesen, den kultivierten Mann zu spielen und sie zu fragen, ob sie mit ihm auf ein Konzert gehen wolle. Doch als seine Wohnungstür hinter ihm ins Schloss fiel und er in die kalte Abendluft hinaustrat, wurde er von einer neuen Sorge ergriffen. Er hatte überstürzt und gedankenlos gehandelt. Sie würde sich unwohl fühlen und ihn sofort durchschauen.

An ein Taxi von seiner winzigen Wohnung im Süden von London bis zu Judes Studentenheim in Camden und anschließend nach Finsbury Park noch weiter im Norden war angesichts seines Budgets nicht zu denken. Aber dass sie zu Fuß ging wie die Frau eines *Fellahin*, kam überhaupt nicht in Frage. Also nahm er die U-Bahn nach Camden Town und bestellte von der Telefonzelle vor dem U-Bahnhof aus ein Taxi. Als er wenige Minuten später vor Judes Studentenwohnheim ausstieg, musste er sein Haar mit den Händen glatt streichen, um seine vor Nervosität feuchten Handflächen zu trocknen.

Die Tür öffnete sich sofort nach dem Anklopfen – und da stand sie und lächelte ihn an. Ihr Haar war zu gelben Büscheln auf dem Kopf zusammengefasst, sie reckte das Gesicht nach oben, und ein langes Kleid umfloss sie in hellgrünen Wellen. In dem dämmrigen schmalen Flur, wo sich die Leute an ihnen vorbeidrängten und sich knallend Wohnheimzimmertüren schlossen, erinnerte sie ihn an eine zarte Blüte voller Hoffnung auf einem schlanken Stängel.

»Hallo«, sagte er und beugte sich vor, um sie rasch zu küssen. »Du bist sehr schön.« Er stellte fest, dass sie errötete, und spürte, wie seine eigenen Wangen zu glühen begannen. Das war ja albern. Am liebsten hätte er sich geohrfeigt. *Du warst schon mit Hunderten von Frauen zusammen, Idiot. Was ist denn los mit dir?*

»Und du siehst auch sehr gut aus«, erwiderte sie und griff nach seiner Hand. »Ein Mann, der etwas hermacht, hätte meine Großmutter gesagt.« Er spürte, wie ihre Finger seine umfassten, nur ein ganz leichtes Drücken, das jedoch die Wolke der Beklommenheit ein paar Zentimeter höher steigen ließ. Die Berührung schien etwas in einer Sprache zu flüstern, die nur für sie beide bestimmt war – *alles wird gut.*

Er hielt ihr die Taxitür auf, und in der nächsten halben Stunde plauderten sie über Belanglosigkeiten, während sie durch den dunkler werdenden Norden von London und den dichten Verkehr nach Finsbury Park fuhren. »Das macht ein Pfund, junger Mann«, verkündete der Taxifahrer, als sie vor dem Astoria in der Seven Sisters Road hielten. Salim reichte ihm das Geld mit einem lässigen Lächeln. Er hatte noch einmal denselben Betrag für die Rückfahrt bei sich. Es war der Rest seines Monatsbudgets, in den nächsten Tagen würde er wohl von trockenem Reis leben müssen.

Er eilte um den Wagen herum, um Jude die Tür aufzuhalten. Beim Aussteigen hob sie den Kopf. »Wow, schau mal.« Sein Blick folgte ihrem. Vor ihnen erhob sich, grau und gewaltig, das Astoria auf einer Insel, um die ein großes Getümmel wogte. Eine im Kreis herumwirbelnde Zentrifuge aus Hupkonzerten und Autoscheinwerfern, die zurück in die Londoner Nacht rasten. Die ziselierte Backsteinfassade des Gebäudes war von Ruß und Staub geschwärzt. Grellrote Plakate hingen an den Säulen. Kurz wanderten seine Gedanken zurück in die Vergangenheit, und er sah das Al-Hambra-Kino in Jaffa vor sich – oder eher dessen Geist, die weißen Mauern und roten Fahnen grau geworden und von Schüssen durchsiebt. Er nahm Judes Hand und blinzelte das Bild weg.

Drinnen trennte sie eine Menschentraube vom Konzertsaal. Er hörte wummernde Trommeln, die menschliches Gebrüll übertönten, und eine jaulende Gitarre, wie er noch nie einer begegnet war. Die Luft war von Zigarettenrauch und dem Geruch von Joints geschwängert, die Menschenmenge ein Gewühl aus nackten Beinen und zerzausten Haaren. Der Mann neben Salim hatte das Hemd ausgezogen. Er hatte ein Friedenszeichen auf dem Rücken eintätowiert, darunter prangte das Motto der Kriegsdienstverweigerer – »*Hell no we won't go*«. Dem Mädchen, das sich an ihn lehnte, fielen dunkle schimmernde Locken über die Schultern.

Jude stand reglos da, während Salim dem Mann an der Tür seine Eintrittskarten vorzeigte. Drinnen hatte die Musik aufgehört und war einem immer lauter werdenden Gekreische gewichen. Die Türen blieben verrammelt. Zwei vierschrötige Männer standen mit verschränkten Armen davor.

»Offenbar gibt es da ein Problem«, sagte Salim verzweifelt und sah Jude an. »Wahrscheinlich ist das hier nicht wirklich deins, was?« Sie wandte den Blick ab, als sei ihr die Frage peinlich.

»Ich hatte einmal eine Freundin, die auf diese Musik stand.« Ihre Hand wanderte zu der unter dem Kleid versteckten Halskette. »Damals in Sunderland. Das erinnert mich immer an sie. Wir haben nach der Schule oft zusammen gespielt oder getanzt. Außerdem haben wir einander Spitznamen gegeben, so als ob wir berühmt wären. Meine Eltern waren von unserer Freundschaft überhaupt nicht angetan.«

»Und was ist passiert?«

Sie zuckte die Achseln. »Wir sind nicht mehr befreundet. Tut mir leid, Sal, aber kannst du mal kurz warten? Ich muss aufs Klo.«

Er blickte ihr nach, als sie sich durch die schwitzenden Massen in Richtung Toiletten schob. Sie wirkte hier so fehl am Platz, dass es ihm ans Herz ging; es war der bittersüße Widerhall einer nicht in Worte zu fassenden Seelenverwandtschaft. *Wir sind nicht mehr befreundet.* Er ertappte sich dabei, dass er an Elia und Masen dachte, ja sogar an Rafan, seinen Bruder, der sich nachts an seine Beine geklammert hatte. *Vielleicht sind sie auch traurig, weil sie mich verloren haben.* Es war eine seltsame Vorstellung, dass noch jemand außer ihm einen Preis bezahlt hatte, während er stets in dem Glauben gewesen war, die Last allein schultern zu müssen.

Als Jude zurückkam, küsste der halb nackte Mann vor ihm gerade seine Freundin; sein Gesicht presste sich feucht gegen ihres. Als er sie näher in die Warteschlange zog, stieß sein ausholender Arm gegen Jude, die sich gerade wieder in die Schlange einreihte; seine Freundin stolperte, und das Pärchen verlor das Gleichgewicht. »Pass doch auf, Mann«, protestierte er, und das Mädchen ging auf Jude und Salim los. Auf ihren Lippen glänzte noch der Speichel, und das Haar unter dem roten Stirnband war zerzaust. »Hey, was soll das?«, rief sie so laut, dass sich ringsherum die Köpfe wandten. »Warum machst du so eine Hektik, blöde Kuh?«

»Tut mir leid«, sagte Jude und senkte errötend den Blick, als sie plötzlich von den Umstehenden gemustert wurde. Salim verstand die Welt nicht mehr. »Du brauchst dich nicht bei denen zu entschuldigen«, protestierte er. »Es war doch ihr Fehler.«

»Ach, echt? Deine Freundin hat uns angerempelt, Mann.«

»Ihr habt hier eine Pornonummer abgezogen; sie hat einfach nur rumgestanden.«

Mit einem Auflachen schleuderte das Mädchen sein Haar zurück. »Hast du den Typen gehört? So ein Arschloch. Pornonummer.« Sie streckte ihnen die Zunge heraus, die so rund und rosig war wie ein lackierter Fingernagel.

»Sei bloß vorsichtig, Baby.« Der halb nackte Mann hatte fettiges Haar, das ihm über die Augen fiel. Die Lippen über dem Kinnbärtchen waren zu einem abfälligen Grinsen verzogen. »Der Paki und seine Betschwester mögen uns nicht.«

Salim spürte Judes warme Schulter an seiner Brust, wo der Zorn über die Beleidigung loderte. »Verzeihung«, entgegnete er betont herablassend, doch das BBC-Englisch fühlte sich auf der Zunge plötzlich unbeholfen an. »Aber so viel Dummheit spottet jeder Beschreibung.«

»Du kannst mich mal. Verpiss dich, Mustafa.«

»Verpiss du dich doch.« Jude war mit hochrotem Gesicht herumgewirbelt, und die Worte quollen ohne Vorwarnung aus ihr hervor wie heißer Dampf aus einem Schnellkochtopf. »Was bildest du dir eigentlich ein, so mit anderen Leuten zu reden? Du spinnst wohl! Du bist nicht cool, du bist ein beschränkter Spießer und hast nichts im Kopf als Vorurteile.« Sie stand zwischen Salim und dem Pärchen. Zum ersten Mal fielen ihm ihre schweren nordenglischen Vokale auf. »Du kannst mich gleich zweimal!«, schrie sie, während der halb nackte Mann einen Schritt zurückwich. Sein höhnisches Grinsen verwandelte sich in ein ungläubiges Lächeln. Im nächsten Moment drehte Jude

sich um und rannte hinaus. Salim folgte ihr und ließ die Menschenmenge hinter sich.

Als ihnen die frische Nachtluft entgegenschlug, drehte sie
sich zu ihm um. Die roten Flecken auf ihren Wangen verblass-
ten wieder. Er stellte fest, dass ihr eine Entschuldigung auf der
Zunge lag. »Nein, sag es nicht«, unterbrach er sie. Als er die
Hand nach ihr ausstreckte, erstarrte sie und schlang die Arme
um ihren Oberkörper, der sich zitternd hob und senkte. »Jude,
du warst toll. Eine echte Kämpferin. Wie eine Löwin.« Als sie
so im weißen Lichtkegel der Straßenlaterne stand, hätte sie
auch ein Ritter sein können, einer der christlichen Könige aus
den Geschichten, die die Frères erzählt und die ihm als Kind
solche Freude gemacht hatten – wie in den Spielen, derentwe-
gen er so oft verspottet worden war. »Jude Löwenherz«, fügte
er, ohne nachzudenken, hinzu. Es war die plötzliche Freude,
etwas Verlorenes wiedergefunden zu haben, eine erwachende
Erinnerung leibhaftig vor sich zu sehen. Er stellte fest, dass ihr
Blick weicher wurde, und hörte ihr Lachen, in das auch er nach
einem kurzen Zögern einfiel, denn dieser Klang befreite sein
Herz.

Sie gingen die Seven Sisters Road hinunter zum Finsbury Park
und ließen den dröhnenden Verkehrslärm im dunkelgrünen
stillen Gras hinter sich. Der Winter hatte den Park kahl werden lassen; Jude sah, wie die nackten Zweige in die Dunkelheit
ragten; die jungen Knospen waren nur schattige Pünktchen
im Geäst. Londons nächtliche Spaziergänger kamen an ihnen
vorbei – manche Arm in Arm, andere mit ihren Hunden, ihre
Gesichter weder jung noch alt, nur unkenntliche Flächen im
Dämmerlicht. Das hier war das Gegenteil von Einsamkeit,
dachte Jude. So als seien sie alle friedliche Planeten, die ihre

Umlaufbahnen zogen und die beruhigende Anziehungskraft der anderen spürten.

Salim hatte den Arm um ihre Schulter gelegt; er war erstaunlich schwer. Er lehnte sich auf sie, als sei sie seine Beschützerin, so wie sie sich auf Rebecca und vielleicht sogar auf Dora gelehnt hatte. Doch obwohl sein Arm sie nach unten drückte, schien daraus Kraft in sie hineinzufließen. Etwas zwischen ihnen war verschwunden, eine tief sitzende menschliche Trennlinie. Sie war nicht mehr einfach nur Jude; ihr Körper wurde von einem Fremden erfüllt, den nur Salim kannte.

Licht strömte durch die Bäume vor ihnen und trug einen dünnen Gesang heran. Jemand hatte mit trockenen Zweigen ein Lagerfeuer angezündet, um das sich einige Leute versammelt hatten. Schatten tanzten über ihre Gesichter. Sie blieben am Rande des Kreises stehen, und nach einer Weile erkannte sie das Lied. An dem Vibrieren in Salims Brust stellte sie fest, dass auch er leise den Text mitsang. *If you would ever leave me, though life would still go on believe me, the world could show nothing to me, so what good would living do me?* Er hielt inne, um sie anzusehen. »Das ist eher deine Musik, richtig?«, fragte er.

»Eines meiner Lieblingslieder«, erwiderte sie. Die alte Jude hätte ihm einen Grund genannt, doch in diesem Moment fühlte sie sich zu erfüllt, um etwas zu erklären. Der Gitarrist stimmte sich mit zwei Neuankömmlingen ab. Es war wunderschön – besser waren die Beach Boys auch nie gewesen –, und das Feuer entführte sie aus London an einen warmen und harmonischen Ort. Salim lehnte sich noch immer an sie, und sie spürte, wie sein Gewicht sie kräftiger machte, als verankerten sich ihre Wurzeln endlich tief im Boden. Der Refrain stieg in ihr auf und erinnerte sie an einen Satz, den Rebecca gern benutzt hatte, ihre Antwort auf alle Geheimnisse des Lebens. Und sie flüsterte ihn im Chor mit all den anderen Stimmen – *God only knows, God only knows* – und umfasste dabei Salims Hand, während der schlafende Wald rings um sie herum atmete.

Im Mai kehrte Hassan aus Nazareth zurück. Der Himmel war klar geworden, langsam strömte wieder Wärme über die Weiten des Atlantiks hinweg nach England – ein schwacher Abklatsch der Hitze, die die Obsthaine am südlichen Mittelmeer erfüllte.

Salim graute vor diesen ersten Anzeichen des Frühsommers, denn sie kündigten die Abschlussprüfungen an – das Ende des Studiums und das Fällen schwerer Entscheidungen, die Männer treffen mussten, wenn sie ihren Lebensunterhalt verdienen wollten.

Allerdings war es leicht für ihn, bei Jude seine Ängste zu vergessen. Sie verbrachten den Frühling damit, unter den blühenden Bäumen am Südufer die marmorgraue Themse entlangzuschlendern, während die Geschichten nur so aus ihnen heraussprudelten. Sie bezeichneten sich noch nicht als Paar und hatten sich auch noch nicht geliebt. Nicht mehr als ein Kuss. Ja, sie waren Unschuldige auf einem Boot, das einen Fluss hinuntertrieb, tauchten die Zehen in ein unbekanntes Gewässer und betrachteten gemeinsam den endlosen Himmel.

Anfangs sprach sie über Paris, Flaubert und Voltaire, während er von der Erntezeit und den Wüstentänzen beim Nabi-Ruben-Fest erzählte. Doch nach einer Weile kamen die anderen Geschichten: die Begebenheit mit Kath und Peggy an der Tür, Elia und Masen auf dem Clock Tower Square, das Zuknallen des Tors in Jaffa und die Messer in der Stube über dem Keller in Kischinew, das leere Zimmer in Nazareth und die Sirenen auf der Straße in der Ryhope Road. Salim hatte noch nie erlebt, dass man einem anderen Menschen auf diese Weise seine Seele öffnen und sich Trauer und Scham vom Herzen reden konnte. Er wusste, dass die Christen von Gott oder ihren Priestern die Absolution erhielten. Einmal hatte Hassan ihn als Mutprobe herausgefordert, sich in einen Beichtstuhl zu schleichen – er war mit rotem Stoff ausgekleidet und roch nach Schweiß und feuchtem Holz. *Sollen die Christen ihren vergebenden Gott behalten.* Jude war menschlich und unvollkommen, doch sie verstand ihn, ohne ihn zu verurteilen. Und das war viel besser als jede Form von göttlicher Gerechtigkeit.

Nach einer Weile raffte sich Salim auf und besuchte seinen Bruder. Hassan war einer der Fußsoldaten der Geschichte geworden und hatte genau das erreicht, was er immer zugesichert hatte – nicht mehr und auch nicht weniger.

Inzwischen war er knapp dreißig und Inhaber einer florierenden Kfz-Werkstatt in einem Vorort der Hauptstadt. Er hatte eine vollbusige Palästinenserin geheiratet, die sofort mit dem Kinderkriegen angefangen hatte. Zwei waren bereits im Kindergarten und sprachen besser Arabisch als Englisch, eines war noch unterwegs. Im Haus roch es nach Piment, Rosenwasser und gesalzenen Nüssen. Sie fasteten im Ramadan, und obwohl Hassan sich weigerte, das Rauchen aufzugeben, sprach er manchmal davon, sich irgendwann in der nahe gelegenen Moschee blicken zu lassen. Ihre Freunde führten ein ähnliches Leben wie sie. Nur Shireen unterschied sich von ihren Freundinnen mit den langen Fingernägeln und blondierten Haaren, die sich ständig im Frisiersalon trafen. Frauen, über die Hassan Salim gegenüber zwar lästerte – dafür aber flirtete er umso heftiger mit ihnen.

Er war froh darüber, dass Hassan ein Treffen in seiner Werkstatt vorschlug. Dort war sein Bruder am besten gelaunt, weshalb die Wahrscheinlichkeit sank, dass er Salim eine Gardinenpredigt halten würde. Nach dem gnadenlos harten Pult im Hörsaal und den dunklen Tintenklecksen an seinen Fingern war der Geruch nach Benzin und Schmieröl ein erholsamer Tapetenwechsel.

»Abu Said!«, rief er Hassan seinen Ehrentitel zu, wobei er den Lärm altersschwacher Gerätschaften übertönen musste. Wie vorauszusehen gewesen war, hatte Hassan seinen ältesten Sohn nach seinem Vater benannt.

»Abu *Muschkila*!«, erwiderte eine laute Stimme, worauf Salim sich ein Grinsen nicht verkneifen konnte. Hassans Methode, ihn damit zu hänseln, dass er mit sechsundzwanzig noch nicht verheiratet war, bestand darin, ihn »Vater der Probleme« zu nennen. Hassan presste seine eigenen Scherze stets bis auf den letzten Tropfen aus – häufig auch noch dann, wenn wirklich beim besten Willen nichts mehr herauszuholen war.

»Komm her, Alter!«, rief Hassan aus seinem Büro, das sich hinter Unmengen von Autos verbarg. Die Wagentüren standen offen, und Motorteile waren scheinbar wahllos auf dem Boden ausgebreitet. Vorsichtig stieg Salim darüber hinweg und wünschte, er hätte das gute Hemd ausgezogen, das er heute Morgen zu der Verabredung mit Jude getragen hatte. Hassan kam ihm aus dem Büro entgegen und klopfte ihm mit ölbeschmierten Händen auf den Rücken. »Was zum Teufel hast du denn letzte Woche getrieben? Ich habe jeden Tag mit dir gerechnet.«

»Für die Prüfungen gelernt«, erwiderte Salim und tat, als betrachtete er den roten VW Käfer, der gerade rechts hinter Hassan zerlegt wurde.

»Du büffelst zu viel. Nicht, dass du mir ein abgehobener

Spinner wirst wie Einstein. Am Schluss endest du noch als Riesenhirn ohne Eier.«

»Wie kommst du denn auf die Idee?« Grinsend knuffte Salim seinen Bruder an der Schulter. »Es ist mein Abschlussjahr. Ich *muss* büffeln. Wenn ich erst ein reicher Wirtschaftsprüfer bin und in Mayfair wohne, schicke ich dir meinen Jaguar zur Reparatur, keine Sorge.«

Hassan lachte brüllend. »Gut, dann warte ich also auf deinen dämlichen Jaguar. Und jetzt trinken wir ein Bier, und ich erzähle dir alles über den Nazareth-Horror.«

Sie holten sich zwei Bierdosen aus dem Bürokühlschrank, und Salim hörte mit halbem Ohr zu, während Hassan sich über alles, angefangen beim Imam in Nazareth bis hin zur Verwandtschaft, beklagte. Der einzige Mensch, der ihm am Herzen lag, war Nadia. *Es ist nicht fair. Wir haben dir nie etwas gegeben und unseren ganzen Mist bei dir abgeladen.* Er fragte sich, was Nadia wohl von Jude halten würde. War es wirklich möglich, dass sie ihr unsympathisch sein könnte? Schließlich waren sie doch zwei sanfte Seelen, nur in unterschiedlichem Gewand.

Gemeinsam mit Hassan Bier zu trinken erinnerte Salim immer an seinen ersten Tag in London auf dem vergammelten braunen Sofa. Seitdem hatte er so hart gearbeitet, um sein Versprechen wahr zu machen. In den ersten Jahren hatte er geschuftet wie ein *Fellah*, tagsüber in Hassans Werkstatt und abends in der Schule, um die Zulassung zur Universität zu erwerben. Sein Gefühl für Zahlen und sein Händchen für den Umgang mit den Einheimischen hatten die Engländern einerseits beeindruckt, sie andererseits jedoch daran erinnert, dass sie immerhin die Herrenrasse waren. Als seinem Antrag auf einen Pass endlich stattgegeben worden war, war

er, berauscht vom Triumph, nach Hause gegangen, das harte
schwarze Büchlein schwer in seiner Tasche wie eine geladene
Pistole.

»Und was läuft bei dir so, *ya Habibi*?« Nazareth begann
Hassan zu langweilen, weshalb er nun Einzelheiten aus Salims
Liebesleben hören wollte. »Triffst du dich immer noch mit die-
ser durchgeknallten Margaret?«

»Nicht mehr.« Salim überlegte, wie er es seinem Bruder beibringen sollte. »Sie hat einen Typen gefunden, den es nicht stört,
dass sie ihm jeden zweiten Tag die Augen auskratzt.« Hassan
lachte.

»Schade, dass ich verheiratet bin«, johlte er. »Ich hätte nichts
gegen ein bisschen Augenauskratzen einzuwenden. Vielleicht
kratzt sie mir ja auch den Arsch, wenn sie nicht zu beschäftigt ist!«

»Nun, von mir aus kannst du sie haben«, erwiderte Salim.
»Ich habe jemanden kennengelernt.«

»Ja? Wen denn?«

»Ja, also …« Salim bekam plötzlich feuchte Handflächen.
»Sie studiert auch an der Uni. Literatur. Und liest russische und
französische Gedichte.«

»*Wallah?* Wirklich?« Hassan kriegte sich nicht mehr ein vor
Lachen. »Mit Klamotten an oder ohne? Bitte sag ohne.«

»Sie ist nicht so eine. Sie ist ein anständiges Mädchen.«

Hassan versetzte Salim einen Rippenstoß. »Oh, mein armer
Bruder ist so verliebt, dass er seinen Schwanz vergisst. Was soll
er jetzt bloß machen?«

»Ich bin nicht verliebt.« Salim stand von Hassans staubigem
Schreibtisch auf. »Es ist nur … da wäre noch etwas. Sie ist eine
Yehuda.«

Hassans Augen weiteten sich. »Wow, Abu *Muschkila*. Du lässt wohl keinen Ärger aus, was? Danke Gott, dass *Baba* tot ist. Der würde dir die Eier abreißen.«

Plötzlich hatte Salim genug von Hassan. »Dein Mundwerk ist so dreckig wie dein Büro. Mach doch endlich mal sauber«, schimpfte er auf Englisch. Hassan schnaubte.

»Oh, Mister Salim«, erwiderte er in derselben Sprache. »Verzeihen Sie, wenn ich Sie beleidigt habe, Sir. Wenn Ihnen meine Werkstatt zu dreckig ist, verpissen Sie sich gütigerweise. Du warst dir auch nicht zu fein dafür, als du sonst nirgendwohin konntest.«

»Okay, tut mir leid.« Wieder empfand Salim die Mischung aus Liebe und Verzweiflung, die sein Verhältnis zu Hassan kennzeichnete. Sie waren zwar vom selben Blut, doch ihre Adern waren die von Fremden – Abu Hassans Dunkelrot gegen das adelige Blau ihrer Mutter. Obwohl sie sich redlich Mühe gaben, scheiterten sie immer wieder an einer Mauer von Verwirrung und Missverständnissen.

»Ich versuche doch nur, dir zu erklären, dass sie anders ist«, fuhr er fort. »Sie ist keine Zionistin, sondern versteht uns. Sie versteht mich.«

Hassan musterte ihn zweifelnd.

»Du suchst immer jemanden, der dich versteht, Salim. Aber du verstehst dich ja selbst nicht mal. Jetzt schüttle nicht den Kopf, sondern hör mir zu. Ich habe keine Probleme mit Juden. Ich hatte sogar ein paar jüdische Freundinnen. Doch bitte – vögle sie, aber verlieb dich nicht in sie. Ganz gleich, was du denkst, sie können einen Araber nicht verstehen. Es liegt nicht in ihrer Natur.«

»Du kennst sie nicht.«

Hassan hievte sich auf die Füße und holte sich noch ein Bier aus dem Kühlschrank.

»Weißt du, was gerade in Palästina passiert? Die Juden wollen auch noch Syrien und den Sinai. Sie haben Soldaten über die Grenze geschickt. Doch Nasser wehrt sich gegen die verdammte Knesset. Er wird das Rote Meer blockieren und den Israelis den Seeweg abschneiden. Keinen Handel mehr für die Juden, verstehst du? Und dann wird die Hölle los sein, bei Gott. Diesmal kriegen *die* eine Abreibung.«

Salim erinnerte sich, wie Hassan nach ihrer Flucht aus Jaffa am Radio geklebt hatte. So lange hatte er von ganzem Herzen an den großen Mythos von der arabischen Befreiung geglaubt. Doch trotz seiner großspurigen Worte in Sachen Palästina hätte er niemals seine gemütliche Werkstatt aufgegeben, um dort zu leben. Salim war der Einzige, der noch von Orangenblüten und vom Meer träumte.

»Das ist alles nur Gerede«, erwiderte er Hassan. »Uns können sie nichts mehr anhaben. Wir leben jetzt hier. Unsere Kinder werden hier aufwachsen, nicht im Sinai.«

»Im Moment«, entgegnete Hassan und klopfte ihm auf die Schulter. »Aber wer weiß. Jedenfalls ist jetzt kein guter Zeitpunkt, um eine Jüdin mit nach Hause zu bringen. Mehr will ich nicht gesagt haben.« Salim nickte, weil es das Einfachste war.

Als sie sich verabschiedeten, meinte Hassan: »Ach, übrigens, ich habe da noch was für dich. Nadia fand, ich sollte es dir nicht geben. Sie hält dich ja noch für eine kleine Heulsuse.«

Er förderte einen zusammengefalteten Umschlag aus der Gesäßtasche zutage. Nach einem Monat Herumgetragenwerden in der Hitze war er ein wenig angeschmuddelt. Salim wusste sofort, was es war. Die Briefmarke stammte aus dem Libanon, grüne Zedern vor rotem Hintergrund.

Die Erinnerungen durchbohrten ihn wie ein Messer. Seine Mutter, wie sie auf dem Balkon in Nazareth stand, mit ihrem

Brief und ihren Geheimnissen. *An diesem Tag bist du für mich gestorben, Mama.* Ich habe dich schon vor Jahren betrauert. Dieser greifbare Beweis, dass sie jetzt in diesem Augenblick irgendwo lebte, war, als sei jemand von den Toten auferstanden.

Untermalt von dem Dröhnen in seinen Ohren, hörte er, wie Hassan weitersprach. »Sie hatten von *Baba*s Tod gehört. Rafan schrieb, er könne auch nicht kommen – beschäftigt, genau wie sein kluger Bruder Salim. Doch er hat eine Telefonnummer mitgeschickt und schreibt, du solltest ihn besuchen. In Beirut gibt es viele Mädchen, weißt du? Die Sonne ist dort wärmer, und die Frauen sind es ebenfalls. Mama lässt auch grüßen. Was immer das noch bringen soll.«

Eine Woche später wurde Jude neunzehn – und Tony brüstete sich, er habe Alex trickreich dazu gebracht, ein Geburtstagsessen für sie zu veranstalten. Die südlichen Golds, wie Alex sie nannte, waren für gewöhnlich mit einer jüdischen Familienfeier pro Saison bedient.

»Ich habe ihm gesagt, dass du in dieser riesigen Welt der Gojim nur in Schwierigkeiten geraten und Schande über die Familie bringen würdest, wenn wir dich nicht an die Kandare nehmen«, verkündete Tony. »Außerdem hat deine Mama, wie du dir sicher vorstellen kannst, angerufen und gejammert, ihr *Shmendrik* von einem Schwager strafe seine kleine *Schatzka* mit Nichtachtung und lasse sie in der Stadt unter die Räder kommen.« Seine Stimme hob sich in gespieltem Entsetzen.

»Dora würde mich nie als ihren Schatz bezeichnen.« Jude grinste.

»Schon recht. Dafür kennt sie dich zu gut.«

Die Aussicht auf das Geburtstagsessen warf den ersten

Schatten auf ihre Beziehung mit Sal. Sie hatten, wenn auch nur kurz, darüber gesprochen, einander mit ihren Familien bekannt zu machen. Allerdings konnte Jude sich nicht vorstellen, in Alex' Anwesen im Regency-Stil hineinzumarschieren und Salim zu präsentieren als ihren… was? Sie wusste ja nicht einmal, als was sie ihn bezeichnen sollte.

»Also ist er nicht dein Freund?«, hatte Ruth Michaels sie an diesem Tag beim jüdischen Verein gefragt. Sal hatte sie auf dem Weg zu seinem Bruder dort abgesetzt, den schlanken Arm um ihre Schulter gelegt, die dunklen Augen so lebhaft funkelnd, dass sie wirkten wie ein üppiger Farbklecks auf einem schmutzig weißen Blatt Papier. Er hatte sie auf der Vortreppe der kleinen Wohnung am Manchester Square, wo sich der jüdische Verein traf, zum Abschied geküsst. Die Wohnung gehörte Ruth, der Vorsitzenden, einer jüdischen Debütantin, die Tony beharrlich *Bec* nannte – wie alle Jüdinnen, die auf der Nordseite des Flusses wohnten. »Ich habe noch nie einen Juden aus Hampstead kennengelernt«, behauptete er, »der mich nicht mit seiner jungfräulichen Tochter Rebecca verkuppeln wollte.«

»Er ist ein Freund«, antwortete sie Ruth und hatte sich dabei insgeheim höhnisch gesagt: *Mein bester Freund – besser, als es einer von euch je sein wird.*

Als Salim von dem Besuch bei Hassan zurückkehrte, zeigten sich nicht vergossene Tränen in dem Ausdruck auf seinem Gesicht. Sie dachte, es müsse an seinem Vater oder an Gesprächen über die Heimat liegen. Oder vielleicht an ihr. »Bist du traurig, weil ich beim Treffen des jüdischen Vereins war?«, erkundigte sie sich, die Brust zugeschnürt von Furcht und Reue. Sie war unter anderem deshalb hingegangen, um festzustellen, wie er darauf reagieren würde. Doch er hatte nicht einmal mit der Wimper gezuckt, sondern sich nur verabschiedet und ihr viel Spaß gewünscht.

Nun sah er sie erstaunt an. »Nein, nein, es liegt nicht an dir«, erwiderte er. »Ich hatte unerwartete Neuigkeiten. Aber… Ist schon gut.«

Dann setzte er sich wieder und nahm ihre Hand in seine, die nach dem Tag kalt und rau war. »Meine Jude«, sagte er und hob ihre Hand an die Augen, als hätte er Schmerzen. »Meine Jude«, wiederholte er. »Es ist mir ganz gleich, wohin du gehst, solange du nur zu mir zurückkommst.«

Wie sollte sie ihm jetzt von der Geburtstagsfeier erzählen, zu der er nicht eingeladen war? Sie wartete bis zum Morgen ihres Geburtstags, also bis zur allerletzten Minute.

Ohne etwas zu ahnen, erschien er mit einem Rosenstrauß und einer kleinen Schatulle im Café. Die Kette darin bestand aus Gold und war mit verschlungenen Buchstaben verziert – wie er sagte, war das ihr Name auf Arabisch. »Judith kann *Gelobt sei Gott* bedeuten«, erklärte er. »Ich habe es nachgeschlagen. Und das hier heißt *Gelobt sei Gott* auf Arabisch, denn das ist das Gefühl, das ich habe, weil ich dich kenne.«

Jude war tief gerührt – so wie er auch, das bemerkte sie an den Fehlern in seinem sonst so makellosen Englisch.

»Sie ist wunderschön«, sagte sie und hielt sich die Kette an den Hals.

»Ich weiß, wie sehr du die Kette deiner Großmutter liebst, aber ich hoffe, dass du auch für diese hier Platz hast.«

»Habe ich«, antwortete sie, überwältigt von Gefühlen.

Und während die Welle noch hoch emporschlug, fügte sie hinzu: »Sal, mein Onkel hat mich heute Abend zu einem Geburtstagsessen eingeladen. Ich kann mich nicht drücken. Es ist nur im Familienkreis.«

Er reagierte überrascht, aber schicksalsergeben. »Und ich zähle nicht zur Familie, richtig?«

»Du verpasst nichts, glaube mir«, meinte sie und griff nach seiner Hand. »Morgen können wir etwas zusammen unternehmen.«

»Schon, aber …« Er zog die Hand weg und lehnte sich zurück. »Wie lange soll das so weitergehen? Machen wir nur unseren Familien etwas vor oder auch uns selbst?«

»Was soll das heißen?«, fragte Jude, obwohl sie ihn sehr wohl verstanden hatte.

»Du erzählst deiner Familie nicht, dass du einen arabischen Freund hast. Und ich erzähle meiner nicht, dass ich eine jüdische Freundin habe. Und wir schlafen nicht miteinander, damit es auch die Wahrheit ist. Wann wird das enden?«

Jude fühlte sich hilflos. Sie hörte, wie Rebecca mit ihr schimpfte. *Sei tapfer. Sei ein Mensch.* Als sie ihn flehend ansah, richtete er sich mit einem ungeduldigen Seufzer auf.

»Okay, okay, du Dummerchen«, sagte er. »Vergessen wir das für heute. Geh auf deine Feier, und genieße deinen Geburtstag. Ich bin sicher, dass du auch ohne mich eine Menge Spaß haben wirst.« Sein Tonfall war zwar lässig, doch sein Lächeln wirkte gekünstelt. Als Jude sich vorbeugte, um ihn zur Beruhigung zu küssen, schloss sie die Augen, um alles auszusperren.

Die Feier war ein Albtraum. Alex hatte nicht daran gedacht, auch Freunde von Jude einzuladen, sodass das Ergebnis eher an eine Wiederholung des Passahfests erinnerte – Silberbesteck, Kerzenleuchter und zu enge Diamantketten um runzlige weiße Hälse.

Es dauerte nur wenige Minuten, die Themen Judes Alter, ihr Studium und die Gesundheit ihres Vaters abzuhaken. Und im

Anschluss daran wurde nur noch hasserfüllt über den bevorstehenden Krieg mit den Arabern gefachsimpelt.

»Was der Eschkol braucht, ist eine Bombe wie Truman damals«, verkündete ein Mann mit vor Empörung zitternden Lippen. »Er schmeichelt sich bei Präsident Johnson und den Vereinten Nationen ein«, fuhr er fort und deutete ein Spucken über die linke Schulter an, »während die Araber Blut und Vernichtung schreien, uns die Seewege abschneiden und über unsere Grenzen schießen … Wenn wir die Bombe hätten, wäre es nie so weit gekommen, glauben Sie mir.«

»Typisch Stanley.« Alex grinste. Sein sommersprossiger Schädel schimmerte durch das schüttere silbergraue Haar. »Immer gleich draufhauen, bis kein Gras mehr wächst.«

»Ach, kommen Sie, Alex.« Stanleys Frau stieß routiniert ins gleiche Horn. »Wissen Sie, es ist immer dieselbe alte Geschichte. 1948 haben sie es nicht geschafft, uns umzubringen, also haben sie es 1956 wieder versucht. Und jetzt mit Nasser wittern sie Morgenluft. Wann wird das jemals aufhören?«

»Ich nehme dieses ganze Geschwätz vom Blutvergießen nicht weiter ernst«, entgegnete Alex, führte eine Gabel mit Hühnerbrust zum Mund und kaute nachdenklich. »Was sollen die arabischen Anführer ihren Bauern denn anderes sagen? Sollen sie doch Blut, Blut rufen – aber deshalb haben sie doch trotzdem keine *Béjzim*, keine Eier in der Hose.« Er zwinkerte Jude zu. »Die haben doch gar nicht die Armeen, um uns zu vernichten. Das ist alles nur Säbelgerassel.«

»Vier arabische Armeen gegen Israel. Und Sie halten das nicht für eine Bedrohung? Ganz zu schweigen von den vielen Arabern, die in Israel leben, der fünften Kolonne. Wenn wir nicht den ersten Schritt machen, werden wir im Inland und im Ausland kämpfen müssen. Solange wir den Sinai, die West

Bank und die dortigen Araber nicht unter Kontrolle haben, gibt es für uns keine Sicherheit.«

Jude rutschte beklommen auf ihrem Platz herum. Die Araber im Inland. Das war Sal. Sie dachte an seine Trauer, an die vielen Dinge, die er ihr erzählt hatte, und das Schweigen, hinter dem sich die Geschichten verbargen, die er nicht über die Lippen brachte. Was wussten diese Leute schon über ihn?

Sie richtete sich auf und holte tief Luft. »Vielleicht könnten wir ja andere Wege finden, um Israel zu schützen«, sagte sie. »Zum Beispiel, die dort lebenden Araber fair behandeln und ihnen wahre Gerechtigkeit zukommen lassen. Das würde möglicherweise etwas nützen. Es könnte dazu beitragen, Frieden mit den übrigen Arabern zu schließen.« Ihre Stimme klang lauter, als sie erwartet hatte.

Die anderen Anwesenden, selbst Tony, starrten sie an. Jemand lachte. Die Frau, deren Namen sie sich nicht merken konnte, zeigte mit der Gabel auf Jude. Gelbe Perlen baumelten an ihren ausgeleierten Ohrläppchen, als seien ihre Ohren im Begriff zu schmelzen und ihr auf die Schultern zu tropfen.

»Sind Sie Kommunistin, junges Fräulein?«, erkundigte sie sich. »Alex, Ihre Nichte ist Kommunistin. Für junge Leute wie Sie dreht sich heutzutage alles um freie Liebe und Frieden, richtig?«

»Ich bin keine Kommunistin«, entgegnete Jude. »Um an die Gerechtigkeit zu glauben, braucht man kein Kommunist zu sein. Nicht alle Araber wollen Israel vernichten. Auch sie haben gelitten und ihre Heimat und ihre Familien verloren.«

»Die Jugend von heute hat ja keine Ahnung«, verkündete Stanley dröhnend. »Mir tun die armen, armen Araber ja wirklich leid, aber sie haben es doch selbst verschuldet. Sie hatten wieder und immer wieder die Möglichkeit, eine friedliche Lösung zu erreichen. Die Hälfte des Landes, ihre eigene Regierung – das hätten sie alles bekommen können. Doch ihre Anführer haben uns unsere Vorschläge jedes Mal vor die Füße geworfen. Wir haben die Wüste in einen Garten verwandelt und ihnen sauberes Wasser, Krankenhäuser, ordentliche Schulen und Straßen geschenkt! Und zum Dank schießen sie auf unschuldige Menschen, behindern unseren Handel und drohen, uns auszurotten und das Werk der Nazis zu vollenden. Und jetzt verraten Sie mir mal, wer hier unfair ist.«

»Sie haben die Friedenstruppen der Vereinten Nationen aus dem Sinai geworfen, weil sie keine Zeugen wollen«, ergänzte seine Frau übergangslos. »Und wenn die Ägypter und ihr Nasser uns vom Roten Meer abschneiden, sind wir eingesperrt wie ein Fisch im Glas.«

»Das Land gehörte sowieso uns«, ließ sich eine andere kultivierte Stimme vom anderen Ende des Raums aufgebracht vernehmen – ein Anwalt, wie Jude sich erinnerte. »Es ist das Land unserer Vorfahren, ein Geschenk Gottes. Eigentlich kann sich ein Mensch, der nicht daran glaubt, nicht ruhigen Gewissens als Jude bezeichnen.«

Jude wurde von einer Wut ergriffen, wie sie sie zuletzt vor Peggys Tür verspürt hatte. Sie wusste tief in ihrem Herzen, dass diese Menschen sich irrten – aus ihren Gesprächen mit Sal und wegen seiner Zweifel, die so viel menschlicher waren als ihre wie Diamanten verhärteten Wahrheiten. Doch sie fand die richtigen Worte nicht, um ihnen ihren Fehler zu erklären.

Als das Gespräch wieder über sie hinwegbrandete, fing sie Tonys Blick vom Ende des Tisches auf. Er lächelte ihr aufmunternd zu, doch sie konnte nur denken: *Du hast nicht einmal den Mund aufgemacht. Du genießt es dazuzugehören. Du bist zwar klug, aber du bist kein Mensch.* Sie schenkte ihm ihr reizendstes Lächeln.

Am Morgen des 5. Juni wurde Jude vom BBC World Service geweckt, und zwar mit dem Beweis, dass Alex' Freunde wenigstens in einer Hinsicht recht gehabt hatten. Die Ägypter wurden noch unsanfter aus dem Schlaf gerissen, denn die Jungen und Mädchen der israelischen Luftwaffe flogen mit ihren Dassault Mirages über die Grenze und warfen ihre Startbahnen zerstörenden Bomben auf die noch schlafenden ägyptischen Flugzeuge ab.

Wenige Stunden später erfuhr Jude, dass Jordanien Israel unter Beschuss genommen hatte und dass israelische Bomben inzwischen auch auf jordanische Flugplätze fielen. Die Araber in der Altstadt von Jerusalem erhoben sich. Israelische Truppen standen an der Grenze zur West Bank bereit. Auf den Straßen wurde Blut vergossen – Araber gegen Juden.

Seit ihrer Geburtstagsfeier hatten sie nur zweimal miteinander gesprochen, beide Male ein hastiger Austausch von Ausflüchten, nichts als ein blasser Abklatsch der Nähe zwischen ihnen, von der sie so selbstverständlich ausgegangen war. Doch Jude blieb in ihrem Zimmer und wartete auf ihn, die Fenster fest geschlossen, um die Welt da draußen auszusperren.

Die Gerüche des Studentenheims wehten unter ihrer Tür durch – der bräunlich schmuddelige Hauch von verbranntem Toast, nassen Kleidern und billigem Bier drang ihr in die Nase. Bis jetzt war er ihr noch nie aufgefallen, doch nun verabscheute sie ihn, diesen kleinlichen alltäglichen Mief.

Sie wartete – darauf, dass Salim zu ihr kam, tobend und wütend wie Stanley und auf die blutrünstigen Juden und ihre tödlichen Waffen schimpfend. Und sie versuchte, sich an die beim Abendessen gefallenen Worte zu erinnern – man habe keine andere Wahl, nachdem man es immer wieder mit Friedensangeboten versucht habe, weshalb die Araber es sich selbst zuzuschreiben hätten.

Er kam weder an diesem Tag noch am nächsten. Nach einer Weile glaubte sie fast, dass sie sich ihre gemeinsame Zeit nur eingebildet hatte. Jeden Abend hallten Schritte und Gelächter auf dem Flur wider. Das Johlen von Menschen, unterwegs in die Kneipen und Kinos. Die Geräusche wurden in ihr zum Schmerz. Sie versuchte, ihn anzurufen, doch das Telefon läutete und läutete, bis sie es aufgab. Zum ersten Mal stieß ihr die Eifersucht säuerlich im Magen auf.

Am vierten Tag der Kämpfe erschien er.

Jude war gerade aus der Uni nach Hause gekommen, schaltete das Radio an und richtete sich darauf ein, wieder einen Tag auszublenden. Sie drehte den Hahn auf, wusch sich mit einer Handvoll lauwarmen Wassers das Gesicht, drückte auf ihre Augen und spürte, wie sich Wassertropfen verschwenderisch auf dem Teppich ausbreiteten. Die monotone Stimme des BBC-Sprechers drang durch ihre nassen Finger. Die israelischen Soldaten standen kurz vor dem Sieg – ihre Panzer rollten durch die Straßen Palästinas in der neu eroberten West Bank und dem Gazastreifen. Die glühend heiße Wüste des ägyptischen Sinai gehörte ihnen, ebenso wie die steinigen Hügel der syrischen Golanhöhen.

Sie hörte die Wörter »proaktive Selbstverteidigung« und dann noch eine weitere Stimme, die die erste überschrie und »zynische Expansionspolitik« rief. Die sonst so gleichmütigen Weltnachrichten verwandelten sich in ein Brüllduell, in dem erlittenes und zugefügtes Unrecht gegeneinander aufgewogen wurden. Wer sollte da noch den Überblick bewahren?

Hinter ihr wurde drängend und heftig an die Tür geklopft. Wasser tropfte auf den Boden, als sie sich mit nassen Händen umdrehte. *Lass es ihn sein, sonst sorge ich dafür, dass das ganze Wasser überläuft und alles wegspült.*

Angetrieben von dieser kühnen Drohung, eilte sie zur Tür und riss sie auf, Radio und rauschendes Wasser übertönt vom Dröhnen in ihren Ohren. Salims Augen waren gerötet; seine Hände waren weiß, so fest umklammerten sie den Türrahmen.

»Ich wollte schon früher kommen«, sagte er, die Stimme heiser, als hätte er seit Tagen nicht gesprochen. »Ist das wirklich möglich? Ist denn die ganze Welt verrückt geworden?«

Ja, war alles, was sie denken konnte, als sie ihn mit nassen Händen an sich zog, die sich unbeholfen um seine kräftigen Arme legten. *Wir sind alle verrückt geworden, die ganze Welt ist verrückt.* Das Rauschen des Wassers wurde zu einem Lied, als sie die Hände nach seinem Gesicht ausstreckte, seinen Kopf zu sich hinunterbeugte und ihn küsste. »Bleib heute Nacht hier«, flüsterte sie. »Das Ganze ist nicht unsere Schuld. Du kannst bei mir bleiben, solange du willst.« Und sie spürte, wie Wärme ihn durchpulste, als er sie rückwärts zum Bett schob.

Sie versprachen einander, es ihren Familien noch am selben Tag zu sagen.

Jude hatte sich mit Tony zum Abendessen in seiner Wohnung im Norden von London verabredet. Salim wollte Hassan am Abend anrufen.

»Warum besuchst du ihn nicht?«, fragte sie, doch er schüttelte lächelnd den Kopf. »Man sollte einem Araber nie in einer Werkstatt, wo die Schraubenschlüssel offen herumliegen, eine schlechte Nachricht überbringen«, meinte er.

Jude war klar, dass sie dem Thema ebenfalls aus dem Weg

ging. Sie wusste nicht, wie sie es ihren Eltern beibringen sollte. Bei der bloßen Vorstellung verwandelte sich ihr Magen in eine zuckende Masse. Aber Tony ... mit Tony war es etwas anderes. Er würde sie sicher verstehen und ihr einen Rat geben, wie sie die Angelegenheit am besten angehen sollte.

Um sich Mut zu machen, hatte sie die Sachen angezogen, die Salim besonders gern mochte – eine enge hellblaue Schlaghose, eine weite Bluse und eine Baskenmütze auf dem Blondschopf. Im Bus nach Camden lehnte sie die Stirn an die Scheibe und beobachtete die Schatten der Menschen, die in der zarten Dämmerung des Frühsommerabends vorbeihuschten, Bewohner einer sorglosen und glücklichen Welt, die für sie unerreichbar war.

Für den Sohn eines wohlhabenden Mannes war Tonys Wohnung, was die Größe anging, verhältnismäßig bescheiden. Allerdings verströmte sie Wohlstand, wohin das Auge auch blickte. Die Bücherregale bestanden aus massiver Eiche, und die alten Ledereinbände der Bücher verkündeten *Erstausgabe*, nicht *Antiquariat*. Wo bei anderen Studenten Poster an den Wänden hingen, prangten bei ihm Gemälde. Ella Fitzgerald ertönte von einem eleganten Plattenspieler in der Ecke.

Beim Essen sprachen sie über die Familie. Tony hatte vor Kurzem eine Stelle in der Kanzlei seines Vaters angetreten. Er zeigte Jude ein Foto von einer jungen Rechtspflegerin, auf die er ein Auge geworfen hatte, eine jüdische Praktikantin aus der Schweiz. Ihr Gesicht auf dem Bild strahlte, und sie schien nur aus weißen Zähnen und einer üppigen braunen Haarmähne zu bestehen.

Jude fühlte sich von Tony ein wenig verraten. Er redete zwar wie ein Rebell, war aber in das von seinem Vater vorausgeplante Leben hineingeglitten wie eine Hand in einen seidenen

Handschuh. *Du bist in die Kanzlei deines Vaters eingetreten, du wirst diese Bec aus der Schweiz heiraten, und dann ziehst du an den Regent's Park und deckst deinen Tisch mit Kristallgläsern. Du wirst in die Schul gehen, eine Kippa tragen und zum Passahfest eine Essenseinladung geben, alles mit einem Funkeln in deinen Augen, das sagen soll, dass du das alles nicht ganz ernst nimmst. Aber du nimmst es ernst. Du bist so. Und du bist schon immer so gewesen.*

Endlich setzten sie sich mit ihren Kaffeetassen auf das weiche Ledersofa, und Jude wusste, dass der Moment gekommen war. Also erzählte sie ihm stockend das, was sie ihm die ganze Zeit hatte sagen wollen.

Es war leichter, als sie gedacht hatte. Immerhin war Salim ein Israeli mit britischer Staatsbürgerschaft, also keiner der gefährlichen Männer aus Onkel Max' Albträumen. Er hatte viele jüdische Freunde, hier und in Israel. Er hatte große Ziele und war einer der Besten in seinem Jahrgang. Er wusste mehr über die Juden als die meisten englischen *Gojim*. Er sprach Hebräisch. Und er liebte sie. Er liebte sie mehr als alles auf der Welt. Und sie liebte ihn.

Tony saß stocksteif in seinem Sessel, bis sie fertig war. Schweigen entstand, und er neigte den Kopf zur Seite und musterte sie, als sehe er sie zum ersten Mal. Jude wartete. Es schnürte ihr die Kehle zu.

»Und was ist mit Jack und Dora?«, fragte er schließlich. »Ich nehme an, du hast es ihnen noch nicht gesagt.« Sie schüttelte den Kopf und betrachtete ihre Hände, worauf er einen leisen Pfiff ausstieß. »Ich glaube nicht, dass die Sache mit dem israelischen Staatsbürger sie beeindrucken wird«, meinte er diplomatisch. »Du weißt doch, dass schon Max für sie so etwas wie ein Wilder ist. Was hat die englische Mittelschicht mit Israel zu tun?« Judith spürte, wie ihr ein wenig Hoffnung unter den Füßen wegrutschte.

»Was schlägst du mir also vor?«, fragte sie, bemüht gelassen. »Irgendetwas muss ich ihnen ja erzählen.«

Tony zuckte die Achseln. »Behaupte einfach, dass er Jude ist.«

»Das geht nicht!« Jude war entsetzt.

»Warum nicht? Er ist Israeli. Er spricht Hebräisch. Er ist Semit. Und wenn man dich so reden hört, ist er sowieso die Wiedergeburt von Moses.«

»Das kann ich nicht, Tony. Sie würden es merken. Und er würde es auch wissen und glauben, dass ich mich seiner schäme.«

»Und tust du das nicht? Du bist hergekommen wie zu deiner eigenen Hinrichtung. Was erwartest du von mir? Meinen Segen? Ich bin kein Rebbe, schon vergessen?« Er lächelte schwach.

»Ich will nur, dass du mir hilfst, es meinen Eltern beizubringen. Mir …« Sie zögerte. »Mir hilfst herauszufinden, was ich tun soll. Ich möchte, dass sie ihn so verstehen, wie ich es tue. Ich weiß, dass es schwierig sein wird.«

»Schwierig?« Tony lehnte sich zurück und stützte das Kinn in die Hand. »Judit, mein Schatz, du hast ja gar keine Ahnung, *wie* schwierig es werden wird. Vergiss Jack und Dora. Du bist es, um die ich mir Sorgen mache, Kleines. Es ist unmöglich, davon bin ich überzeugt. Willst du meinen Rat hören? Warte noch eine Weile, bevor du es jemandem erzählst. Warte einfach ab, bis du dir absolut sicher bist.«

»Warum soll ich warten?« Jude war zornig. Aufgeregt sprang sie auf und ging zum anderen Ende des Sofas. Die funkelnden Lichter des sich verdunkelnden Londons schienen zum

Fenster herein. »Du weißt, dass ich niemals einen Juden heiraten werde, Tony. Niemals. Ich habe es Dad und euch allen zuliebe versucht, doch ich bin keinem einzigen Mann begegnet, der mir sympathisch gewesen wäre, geschweige denn, dass ich mich hätte verlieben können. Jetzt habe ich jemanden gefunden, und der ist zufällig Araber. Ein Jammer für dich und Jack und Dora, aber warum sollte das schlecht für mich sein? Warum sollte das schlechter für mich sein als dein Schweizer Mädchen mit ihrem reichen Vater?«

Sie sah, wie Tony zusammenzuckte. Er stand ebenfalls auf, stellte die Kaffeetasse weg und ging zum Bücherregal – dem kommunistischen Manifest, wie Alex es gerne nannte. Darüber prangte ein gerahmtes Foto des FC Sunderland, eines der Besitztümer, an denen Tony am meisten hing. Am liebsten hätte Jude sich gleichzeitig bei ihm entschuldigt und ihn angebrüllt. *Eigentlich solltest du auf meiner Seite sein. Sag mir, dass alles gut wird. Hilf mir, damit es klappt.*

Er holte Luft. »Ich habe den Hebräischkurs auch gehasst«, sagte er. »Du weißt schon, die salbadernden Rebbes mit ihren fettigen *Kippot*, die ohne Punkt und Komma Vorträge über das Schicksal des jüdischen Volkes halten. Ganze Wochenenden habe ich an dieses Schicksal verschwendet! Obwohl ich lieber Fußball gespielt hätte.« Als er theatralisch erschauderte, konnte Jude sich ein Schmunzeln nicht verkneifen.

»Der Großteil dieses Zeugs klang für mich absolut psycho; wie etwas, für das man in Newcastle vermutlich in der Geschlossenen landen würde. Erinnerst du dich noch an die Entstehungsgeschichte, nicht die mit Moses, sondern die erste?«

Jude war verwirrt. »Abraham?«

»Genau der. Das ist doch der schlimmste Unsinn überhaupt. Wirklich. Stell dir mal vor, erst heiratet der eine achtzigjährige

Frau und macht ihr weis, sie sei zur Urmutter eines ganzen Volkes bestimmt. Die Arme verliert fast den Verstand, denn – Überraschung! – sie wird und wird einfach nicht schwanger. Also hat er Sex mit einem Dienstmädchen namens Hagar, und anschließend nehmen die beiden ihr das Baby weg. Und als die Alte endlich doch ein eigenes Kind kriegt, was macht der liebe Papa dann? Er versucht, es auf einem Berg zu opfern, weil er die Stimme Gottes hört, die es ihm befiehlt. Eine tolle Geschichte! Kein Wunder, dass wir so stolz darauf sind.« Wieder lächelte er, doch diesmal musste Jude sich zum Lachen zwingen. Das alte Schuldgefühl, die Beklommenheit, weil sie das tägliche Brot zurückwies, das alle außer ihr so köstlich fanden, rührte sich wieder in ihrem Magen.

»Das arabische Mädchen, das den ersten Jungen zur Welt gebracht hat, haben sie übrigens rausgeschmissen. Ismael hieß er. Abrahams eigentlicher Erbe. Doch Sarah war eifersüchtig und wollte, dass nur ihr kleiner Isaak der Güte Gottes teilhaftig wird. Und so zogen Hagar und Ismael, wie es heißt, hinaus in die Wüste. Nur ein Mädchen und ein kleiner Junge, ganz allein in der Hitze, vom Papa in den Tod geschickt und weggeworfen wie ein alter Lumpen. Die Rebbes wollen einem weismachen, es sei Gottes Wille, um Platz für das auserwählte Volk zu schaffen. Außerdem habe Ismael ja sein eigenes Volk gegründet, weshalb niemandem ein Schaden entstanden sei, nicht wahr? Aber eines sage ich dir: Es gibt keinen Araber, der nicht ein kleines bisschen von Ismael in sich hat. Und wer könnte es ihm zum Vorwurf machen? Sie waren immer diejenigen, die getreten wurden, erst von Gott, dann von allen anderen. Und deshalb werden sie niemals aufhören zurückzutreten.«

Als er sich umdrehte, stellte er fest, dass ihr Gesicht im kalten Schein des Fensters grau wirkte.

»*Bubele*, ich sehe, dass du ihn wirklich liebst. Und wenn du sagst, dass er dich auch liebt, zweifle ich nicht daran. Aber, glaube mir, er wird dir nie verzeihen.«

»Was verzeihen?«, flüsterte sie.

Er kam zu ihr hinüber und nahm ihre Hand. »Dass du zur Siegermannschaft gehörst, mein Schatz.«

An jenem Abend wartete Salim aufgeregt auf Judes Rückkehr. Er putzte beide Zimmer seiner Wohnung, bereitete stapelweise Sandwiches zu und schaltete den alten Fernseher ein, den er von seinem Nachbarn als Bezahlung dafür bekommen hatte, dass er ihm die Buchhaltung erledigte. Während er sich, begleitet vom Zischen der defekten Zimmerantenne, durch die Sender klickte, krampfte es ihm den Magen zusammen. Im Zimmer hing der muffige Geruch von Wäsche und feuchtem Holz. Machte er sich mehr Sorgen um sie oder um sich selbst? Er wusste, dass sie ihr ziemlich zusetzen würden. Für Frauen war es immer schwieriger als für Männer.

Hassan war der lebende Beweis dafür. Er hatte Salim zwar einen *Majnun* und einen Esel genannt, einen geborenen Querulanten ohne Stolz auf sein Volk und einen Jungen, der seine eigene Vergangenheit vergessen hatte. Doch hinter all diesen empörten Vorwürfen stand die ruhige Gewissheit aller arabischen Männer, dass Frauen entweder gezähmt oder nach Belieben wieder abgeschafft werden konnten, weshalb die Schwierigkeiten, die sie einem Mann womöglich bereiteten, nie von langer Dauer waren.

Als Jude schließlich zurückkam, klang sie zuversichtlich und sagte Salim, Tony würde ihn gern einmal kennenlernen. Doch ihr Gesicht war blass, und sie warf sich in seine Arme, als sei er das einzige Boot auf einem ansonsten menschenleeren Ozean.

»War er verärgert?«, fragte Salim. »Hat er gesagt, er werde mit deinen Eltern reden?« Allerdings schwang etwas anderes in seiner Frage mit: *Hat er dich gegen mich aufgehetzt? Hat er dir zugeredet, es dir anders zu überlegen?*

»Er war nicht sauer«, erwiderte sie und umarmte ihn. »Eher überrascht. Er meinte, es werde schwierig für uns werden. Aber das wussten wir ja.«

»Das wussten wir«, bestätigte er und küsste sie auf die Stirn. Sie war so zart und so tapfer. »Du bist alle Schwierigkeiten wert. Du bist der mutigste Mensch, den ich kenne.«

»Ein *Mensch*.« Sie hatte Tränen in den Augen, als sie lächelnd zu ihm aufsah. »So hätte meine Großmutter es ausgedrückt. Ein *Mensch* müsse mutig sein, um sich würdig zu erweisen. Ich bin sicher, dass sie dich gern gehabt hätte, Sal. Sie hätte all die Äußerlichkeiten durchschaut und dich so gesehen, wie du wirklich bist.«

Er glaubte ihr. Sie hatte Vertrauen zu ihm, mehr als er selbst zu sich hatte, wie ihm inzwischen klar war. Sie hatte ihn gegenüber ihrer Familie verteidigt und war bereit, das Risiko für ihn einzugehen.

In diesem Sommer schuftete er sich ab, um die Abschlussprüfungen mit der Bestnote zu bestehen. Jude saß bis spät in die Nacht mit ihm zusammen und erstellte kleine Karteikarten, anhand derer er sich die Gleichungen und Theorien besser einprägen konnte. Und wenn ihr schließlich der Kopf schläfrig vornübersank, lag er neben ihr, achtete auf ihren Atem und fragte sich, warum sie sich für ihn entschieden hatte. Ihr Haar hatte das weiche Gelb von Kerzenlicht, und ihre Haut fühlte sich an wie ruhiges Wasser. Er hätte alles getan, um sich ihres Vertrauens würdig zu erweisen und der Mann zu sein, den sie mit ihren blauen Augen sah. Sie wusste, dass er zu Höherem bestimmt war und was es bedeutete, von einem anderen, verbotenen Leben zu träumen.

Also gab er sich Mühe, es ihr so leicht wie möglich zu machen. Er trank Tee bei einer teils säuerlich dreinblickenden, teils faszinierten Ruth Michaels vom jüdischen Verein und besuchte sogar die Synagoge. Als er, die Kippa auf dem Kopf, seinen Sitznachbarn zulächelte, hätte jeder geschworen, dass er Jude war. *Sogar ich selbst.* Und in diesem hohen luftigen Raum, erfüllt vom Rascheln von Wollstoffanzügen und dem Geruch teurer Stickereien, hätte er es beinahe geglaubt: Er, Salim Al-Ismaeli, war eigentlich gar kein Araber und nicht für immer dazu verurteilt, auf der Verliererseite zu stehen – sondern gehörte zu den Erwählten, den Herren, die stets siegreich zu sein schienen.

In der Woche nach den Abschlussprüfungen fuhr Salim mit Jude wieder nach Finsbury Park, »zum Tatort«, wie er es nannte. Inzwischen war die Kahlheit seiner Erinnerung dem Sommer gewichen; das Dunkelgrün war nun weich, und in den Bäumen raschelten gedämpft die Blätter. Er breitete ein Picknick aus Käsesandwiches und frühen Erdbeeren aus, während sie eine Flasche Champagner zutage förderte. Als sie ihm das Haar aus der Stirn strich, konnte er das Sonnenlicht in den Tropfen auf ihren Lippen schimmern sehen, und als sie die Lippen auf seine presste, schmeckte er sie, gleichzeitig süß und säuerlich.

Zwei Plastikbecher später sagte sie ihm noch einmal, wie stolz sie auf ihn sei, und sie war so schön in ihrer Aufrichtigkeit. Er beschloss, den Augenblick zu nutzen. Seit Tagen plante er es schon und hatte den ganzen Vormittag auf eine Gelegenheit gewartet, es ihr zu eröffnen.

Trotz ihres Versprechens hatte Jude ihren Eltern noch immer nicht von ihnen erzählt. Für ihre Familie existierte er nicht. Also war ihr Stolz auf ihn nur die halbe Wahrheit, eine Selbsttäuschung – warum sonst die Heimlichtuerei? Erschrecken malte sich auf ihr Gesicht, als er das Wort ergriff und die Worte nur so aus ihm heraussprudelten.

»Wenn du es ihnen sagst, wirst du dich besser fühlen«, beteuerte er. »Sie haben ein Recht darauf, es zu erfahren. Worauf wartest du?«

Er stellte fest, dass ihre blauen Augen zu den Bäumen hinüberhuschten wie aufgeschreckte Vögel. »Ich sage es ihnen auf jeden Fall, aber zum richtigen Zeitpunkt«, stammelte sie, seltsamerweise in rechtfertigendem Ton. »Ich brauche dazu Tonys Hilfe, und der ist den ganzen Sommer in Genf.« Dann kam die Retourkutsche: »Du hast es noch nicht einmal deiner Schwester erzählt. Oder deiner Mutter.«

»Meine Mutter hat mich seit über zehn Jahren nicht gesehen«, entgegnete er. »Es interessiert sie nicht, ob ich lebe oder tot bin. Und bei meiner Schwester ist es fast ebenso lange her. Sie sind nicht mehr Teil meines Lebens.«

»Du hast etwas von einem Brief gesagt, den dein Bruder dir geschickt hat. Aus dem Libanon. Du meintest, sie wolle dich treffen. Sie habe dir geschrieben. Warum besuchst du sie nicht? Dann fühlst *du* dich vielleicht besser.« Ein kindischer Trick und leicht durchschaubar, aber dennoch schwierig abzuwehren.

»Warum sprechen wir über meine Familie und den Libanon? Hier geht es um *deine* Familie in Sunderland, die Leute, die nicht wissen dürfen, dass du mit einem Araber zusammenlebst.«

»Um Gottes willen, Sal.«

»Nein, nicht um Gottes willen. Um unserer selbst willen, Jude. Ist das zwischen uns nichts Besonderes? Etwas, das das Risiko wert ist?«

»Wert, dass man es von allen Dächern ruft?«, erwiderte sie, doch ihre Miene war besorgt.

»Na und? Wovor fürchtest du dich denn?« Sie schüttelte den Kopf und berührte sein Gesicht. *Vor nichts* sollte diese Geste besagen. Allerdings war er tief beunruhigt, als er beobachtete, wie sie die Hand wieder zurückzog und an den beiden an ihrem Hals ineinander verschlungenen Goldketten nestelte.

Schließlich verabredete Salim ein Kaffeetrinken mit Hassan. Es war sein letzter Versuch, an Judes angeborenen Gerechtigkeitssinn zu appellieren und ihre straff gespannten Saiten des Schuldbewusstseins zum Klingen zu bringen.

In Wahrheit hatte er ebenso gezögert, Jude und Hassan einander vorzustellen, wie ihr vor dem lange vor sich her geschobenen Anruf in Sunderland graute. Hassan war Araber mit Leib und Seele und stolz darauf, dass er die englischen Umgangsformen, die Salim sich so begeistert angeeignet hatte, mit Füßen trat. Welchen Eindruck würde er wohl auf ein gut behütetes jüdisches Mädchen machen, für die das Pariser Künstlerviertel der Inbegriff fremdländischer Exotik war?

Sie waren am Sonntagnachmittag bei Hassan zu Hause eingeladen. Hassans Frau hatte ein von Fett strotzendes Festmahl gekocht: mit Fleisch und Reis gefüllte Kohlrouladen, Hühnchen auf einem Bett öliger Kartoffeln, *Manakisch*-Pastetchen mit schwerem englischem Lamm und ein üppiges Dessert namens *Knafeh*: gebutterte hauchdünne Nudeln, die in gezuckertem Frischkäse schwammen.

Sie saßen auf alten braunen Zweisitzer-Sofas, während Hassan rauchte und Salim sein Bier trank. Salim stellte fest, wie Jude die ungewohnte Innenausstattung musterte. Wie die meisten Araber zogen Hassan und Shireen elektrische Beleuchtung dem Tageslicht vor. Die Wohnzimmervorhänge waren halb geschlossen, sodass die billigen Deckenlampen die Sonne überstrahlten. Der Geruch nach Öl und Gewürzen aus der Küche mischte sich mit Zigarettenqualm. Bronzeplaketten und Wandteppiche mit Zitaten aus dem Koran und den *Hadithe,* den Aussprüchen Mohammeds, waren um Blumenarrangements aus Plastik drapiert. *Das ist nicht ihre Welt,* dachte er verzweifelt.

Vielleicht hatte Hassan seine Gedanken gelesen. Jedenfalls wurde er zunehmend gereizt und anstrengend. Zuerst fing er an, Salim dafür zu kritisieren, dass er nach seinem Abschluss nicht in den Nahen Osten zurückgekehrt war. »Du bist undankbar«, höhnte er. »Tareq und Nadia haben dir das Studium finanziert, und du hast nicht einmal fünf Minuten Zeit für sie. Und was ist mit Rafan? Er sagt, du hättest seinen Brief nie beantwortet. Verhält sich so ein Bruder?«

»Gehört es sich für einen Bruder, zehn Jahre lang zu schweigen?«, entgegnete Salim, dem die Zornesröte ins Gesicht stieg. »Ein einziger Brief, und du verlangst von mir, dass ich alles stehen und liegen lasse und in den Libanon fliege? Für so einen Unsinn habe ich keine Zeit.«

Mit einem abfälligen Grinsen zeigte Hassan auf Jude. Salim merkte ihm an, dass er getrunken hatte. »Dieser wichtige Mann hier vergisst es nie, wenn ihn jemand beleidigt hat. Das kannst du mir glauben. Er kann nicht lockerlassen. Du wirst es noch früh genug selber merken. Nicht einmal bei seiner eigenen Familie. Dazu ist er zu stolz. Hoffen wir nur, dass er nicht auch zu stolz für seine englische Familie ist.«

»Lass sie in Ruhe, Hassan«, protestierte Salim auf Arabisch. Ihm war klar, dass es seinem Bruder zu mühsam war, die ganze Zeit Englisch zu sprechen, was ihn noch übellauniger machte.

»Warum?« Hassan beharrte auf Englisch. »Sie kommt in mein Haus. Sie ist eine erwachsene Frau. Also soll sie ruhig die Wahrheit hören.«

»Sal möchte seine Familie ja besuchen«, erwiderte Jude rasch. Doch es stand ihr ins Gesicht geschrieben – *wie können dieser Mann und mein Freund Brüder sein?* »Doch er muss in ein paar Wochen seine neue Stelle antreten. Wenn er erst einmal Urlaub hat, können wir vielleicht zusammen hinfliegen.«

»Ihr wollt zusammen nach Palästina?« Hassans Augen weiteten sich. »*Ya* Salim, was hast du diesem Mädchen denn für Sachen erzählt? Schaut sie keine Nachrichten?«

Salim hatte ein Gefühl, als bewegten sich Steinchen, die eine Gerölllawine ankündigten, unter seinen Füßen. »Hör auf, Hassan.«

»Nein«, protestierte Hassan mit erhobener Stimme. »Offenbar wollt ihr dieses Ding zusammen durchziehen – *Peace and Love!* In England, okay. Doch in Palästina gibt es weder Frieden noch Liebe. Wenn ihr euch dort zusammen blicken lasst, wird man euch nicht mit Blumen bewerfen, sondern mit Steinen. Wie kann Salim eine Jüdin mit nach Hause zu seiner Familie bringen? Tut mir leid, aber ihr spinnt, und zwar alle beide.«

Er sah, dass Jude erbleichte und ihre kaum berührte Tasse mit türkischem Kaffee auf den Glastisch stellte. Ihr sonst so sanfter Mund war zu einer harten, schmalen Linie zusammengepresst.

»Sal und ich gehören beide dorthin«, erwiderte sie, und ihre Stimme zitterte von einer Wut, wie er sie nur selten bei ihr erlebt hatte. »Wir haben Angehörige dort. Nicht alle Menschen werfen Steine, nur die, denen das Kämpfen über alles geht.«

»Ihr gehört dort nicht hin«, entgegnete Hassan barsch. »Die Zionisten glauben, Gott habe ihnen mein Haus geschenkt, doch das steht weder im Koran noch in irgendeinem anderen heiligen Buch, das ich kenne. Salim meint, du seist keine Zionistin, doch was weiß der schon. Ich sage immer, wenn man an einem Juden kratzt, hat man Ben-Gurion vor sich.«

Jude stand auf. Salim merkte ihr an, dass sie den Tränen nahe war, und hasste sich selbst dafür. Auch er sprang auf. »Jude, komm, setz dich.« Er streckte eine Hand nach ihr und die andere nach Hassan aus.

»Ich glaube, wir sollten jetzt nach Hause gehen«, erwiderte sie mit zitternder Stimme. Hassan breitete die Hände aus und meinte, ein wenig zurückhaltender, zu Shireen. »Jemand muss es ihnen sagen, *Ya'ni.*«

Salim hätte ihm eine runterhauen und ihm Beschimpfungen an den Kopf werfen können. Aber es war zu spät. Als er Judes Mantel holte und versuchte, die Situation mit belanglosem Geplauder zu überspielen, wusste er, dass der Schaden entstanden und nicht wiedergutzumachen war.

Die Fahrt von dem Vorort im Südosten von London in den belebten Nordwesten zog sich quälend in die Länge. Am Piccadilly Circus war Judes Geduld zu Ende. Sie sagte Salim, sie werde in ihr Zimmer im Studentenwohnheim fahren und ihn später wiedersehen. Er protestierte nur schwach. Sie mussten beide allein sein.

Wie eine Schlafwandlerin ging sie durch Soho, vorbei an dunklen Gassen mit ihren Sexshops und an jungen Gesichtern, umrahmt von grellbuntem Haar, das über magere Schultern fiel. Sie schob sich durch eine Gruppe dieser Leute, die ihr lachend den Rauch ihrer Zigarettenstummel ins Gesicht pusteten. Fruchtig riechendes Bier schwappte auf ihre Schuhe. Verschiedene Musikstücke hallten, ein wenig dissonant, durch die Abendluft und griffen wie Arme nach ihr, als sie vorbeiging. Es war Spätsommer, und der Himmel, noch leer wie ein Wasserglas, wartete darauf, dass die fahle, von Sternen durchsetzte Dunkelheit hereinbrach.

Noch immer zitterte sie, wenn sie an Hassans herablassenden Tonfall und an den Hass dachte, der sie wie eine Welle überflutet hatte. Der durchdringend bittere Geschmack des türkischen Kaffees lag ihr noch auf der Zunge, so übermächtig, als wollte er ihre schwachen Geschmacksknospen verspotten. Sie erinnerte sich, wie sie Hassan über den schwarzen Inhalt der Tasse hinweg angesehen und dieselbe Farbe in seinen Augen erkannt hatte.

Obwohl sie Salim das Verhalten seines Bruders nicht zum Vorwurf machen konnte, war sie im Moment wütend auf ihn – wütend, weil er Araber war, wütend, weil er ihr überhaupt den Hof gemacht hatte, wütend, weil sie inzwischen so eng mit ihm verbunden war, dass sie sich nicht vorstellen konnte, ihn wieder loszulassen. *Wird unser Leben so aussehen? Ablehnung von allen Seiten, kein Ort, an dem wir uns zu Hause fühlen können?*

In der Warwick Street bog sie ab und passierte die Our Lady of Assumption Chapel, wo eine ihrer polnischen Mitschülerinnen stets zur Messe gegangen war.

Es hatte Judith gewundert zu hören, dass Kirchentüren stets unverschlossen blieben. Zeugen einer Gastfreundschaft, die sie sich in ihrer eigenen Glaubensgemeinschaft nicht vorstellen konnte – einer Welt der offenen Arme, wo niemand ausgeschlossen wurde. Die schwere braune Tür der Kapelle öffnete sich nach innen, als sie sie berührte, und zog Jude über eine schimmernde Schwelle in ein Reich aus Wärme und Kerzenschein.

Drinnen war der Raum von einer beengenden Stille erfüllt. Kerzen flackerten im Dämmerlicht, und rosige Buntglasfenster zeigten Heilige, die die Hände nach in Blau und Gold gewandeten Gestalten ausstreckten. Auf Jude wirkten sie eigenartig steril; ihre gleichmütigen weißen Gesichter blickten hinab auf die Sünder, die unter ihnen in den roten Bankreihen kauerten.

Sie schlüpfte in eine der Reihen und setzte sich auf das abgewetzte Polster. Was würden Jack und Dora sagen, wenn sie sie nun sehen könnten, ihre kostbare Tochter, ihr einziges Fleisch und Blut, wie sie vor einer Muttergottesstatue saß? Dora hegte eine ganz besondere Abneigung gegen die Mutter Christi und beharrte darauf, Jesus sei das Ergebnis dessen, dass die junge Maria schlafwandelnd durch ein römisches Militärlager gestreift und dabei zufällig einem Infanteristen in die Arme gelaufen sei. »Sie war eine berüchtigte Schlafwandlerin«, meinte sie zu Jude, als sie wieder einmal abfällig über den Glauben ihrer Freundin Kath sprach. »Das war allgemein bekannt.«

Allerdings wirkte diese Maria ganz und gar nicht schläfrig; ihre halb geschlossenen Augen und der wehmütig verzogene Mund sahen eher aus, als weiche sie vor etwas zurück. Der Schleier über ihrem Kopf ließ Jude an eine Frau in Trauer und an heimliche Sorgen denken.

Jude spürte, wie die nicht vergossenen Tränen ihr wieder in die Augen treten wollten – die Verrätertränen, die stets dann zu kommen schienen, wenn sie lieber losschreien als weinen wollte. Sie gab es auf zu verhindern, dass sie ihr die Wangen hinunterliefen. *Sag mir, was ich tun soll.*

Sie versuchte, diesen Gedanken an die alterslose Maria mit

ihrem blauen Schleier zu übertragen, deren Hand so weiß und rein war wie die von Rebecca und die Jude liebevoll und tröstend die Hände entgegenstreckte. Um sie herum erfüllten gemurmelte Sorgen und Dankesgebete die Luft. Sie umflossen sie wie Wellen bei Sonnenuntergang den Strand, nachdem die Stürme des Tages vorbei waren.

Sie bat ihn, sich am nächsten Morgen mit ihr im *Virginia's* zu treffen.

Als sie hereinkam, saß er schon da. Seine Miene war bedrückt. Obwohl sie von Anteilnahme ergriffen wurde, nahm sie sich zusammen.

»Wie geht es dir?«, fragte er, als sie sich setzte.

Sie nickte rasch. »Okay«, meinte sie. *Was für eine dämliche Antwort.* Doch er war gedanklich anderswo, sodass es ihm gar nicht auffiel.

»Das mit gestern tut mir leid«, meinte er, einen Hauch von Gereiztheit in der Stimme. »Du weißt, dass es nicht meine Schuld war. Es ist zwecklos, mit Hassan herumzustreiten. Du hättest es auf sich beruhen lassen sollen.«

Sie betastete Rebeccas Kette, um sich Mut zu machen.

»Aber genau das ist es ja, Sal«, wandte sie ein und nahm seine Hand. »Die werden uns keine Ruhe gönnen. Unsere Familien werden niemals akzeptieren, dass wir zusammen sind. Ich dachte, bei deiner wäre es vielleicht anders, aber inzwischen glaube ich das nicht mehr.«

Er biss sich auf die Lippe und breitete die Hände aus.

»Jude, du musst Hassan verstehen. Er ist ein Idiot, ein Bauer. Bitte, bitte, entscheide nichts nur seinetwegen. Wir können alles lösen, wenn es so weit ist.«

»Es liegt nicht nur an Hassan«, entgegnete sie mit Nachdruck. »Sondern an allen. Meine Familie hört das Wort *Araber* und kann nur an wütende Menschen denken, die Juden umbringen. Und deine hält mich für eine Israelin wie alle anderen auch. Mir fällt nur ein Weg ein, um zu beweisen, dass sie sich irren.«

Er musterte sie zweifelnd. »Und der wäre?«

»Wir müssen das tun, was Hassan als unmöglich bezeichnet hat«, erwiderte sie. »Nimm mich mit nach Hause. Nach Israel. Palästina – du weißt schon, was ich meine. Das ist die beste Methode, um zu zeigen, dass wir nicht auf der einen oder der anderen Seite stehen. Wir können meinen Onkel in seinem Kibbuz besuchen und schauen, wie es dort läuft. Und anschließend fahren wir nach Nazareth zu deiner Schwester. Ich möchte Jaffa sehen, wo du aufgewachsen bist.«

»Wir?« In seinem Blick malte sich eine solche Ungläubigkeit, dass ihre Gewissheit ins Wanken geriet. Die halbe Nacht hatte sie wach gelegen, darüber nachgedacht und ihr Leben hin und her gedreht wie ein zerrissenes Bild, bis die Einzelteile wieder zusammenpassten.

»Wir müssen es ihnen beweisen«, flehte sie. »Dass Hassan und meine Onkel falschliegen.« *Das muss er doch einfach begreifen.* »Mein ganzes Leben lang quatschen sie mir schon wegen Israel die Ohren voll. Meine Eltern wollen, dass ich hinfahre, Max – einfach alle. Aber ich wollte nie. Für mich hatte es keine Bedeutung. Bis jetzt. Als du mir von deiner Heimat erzählt hast, haben sich meine Gefühle geändert. Ich will dieses Land mit deinen Augen sehen. Und wenn wir unsere Verwandtschaft *dort* überzeugen können, hat keiner *hier* mehr die Chance, uns zu widersprechen. Dann wäre endgültig Schluss mit diesem Versteckspiel.«

Sie spürte, wie er ihr seine Hand entzog. Der Tisch fühlte

sich unter ihren Fingern plötzlich kalt an. »Wie kannst du nur auf so einen Gedanken kommen, Jude?« Die Worte klangen wie eine Ohrfeige. »Ich wurde aus meinem Zuhause vertrieben und bin nie wieder dort gewesen. Und nun verlangst du von mir, dass ich mit einer Jüdin dorthin zurückkehre? Dass ich bei Zionisten wohne? Bist du von allen guten Geistern verlassen?«

Sie saß da wie erstarrt, und ihre Handflächen wurden schweißnass. »Nicht mit einer Jüdin«, entgegnete sie leise. »Mit mir.«

Er wies auf ihre Halskette. »Das Ding kannst du nicht verstecken. Du versuchst es ja nicht einmal. Hier können wir vielleicht zusammen etwas erreichen. Wenn wir zurückkehren, wären wir nichts weiter als eine Jüdin und ein palästinensischer Verräter.« Er schob seinen Stuhl zurück.

»Das ist dir also wichtig?«, fragte sie. »Was diese Leute, über die du dich sonst immer lustig machst, von dir halten?«

»Sie sind mein Volk«, entgegnete er, und seine schwarzen Augen blitzten. »Du bist es doch, der die Zustimmung deiner Familie und diese Sache mit dem Judentum mehr bedeutet als ich. Du willst mich zum Kibbuz deines Onkels mitnehmen, um denen zu zeigen, dass ich ein zahmer Araber bin. Allmählich denke ich, dass Hassan recht hat. Wir verstehen einander einfach nicht.«

Wie in einem Traum sah sie, dass er aufstand und wegging. Kurz blieb er stehen, denn die Tür befand sich direkt vor ihm, und einen winzigen Moment lang schoss ihr ein Gedanke durch den Kopf: *Er wird zurückkommen.*

Doch dann marschierte er einfach weiter, und als er an ihrem Fenster vorbeikam, hätte sie genauso gut eine Fremde sein können, während sie, reglos wie eine Statue, dasaß, nur ein undeutlicher Umriss hinter einer schmutzigen Scheibe.

Beirut

Er fühlte sich, als erledigten seine Beine an diesem Tag das Denken für ihn, trugen ihn selbsttätig fort von ihr und durch die düsteren, tunnelartigen Straßen von Soho und brachten ihn schließlich, zwei Wochen später, in genau die Situation, die er für sich als endgültig abgehakt erklärt hatte: zum Flughafen und auf eine Reise mit dem Ziel, die Toten wiederauferstehen zu lassen.

Selbst der Brief, den er irgendwann geöffnet hatte, und sein Telefonat mit Rafan waren nur noch undeutliche Erinnerungen. Er hatte gewollt, dass Judes Bild von der Berührung seiner Mutter und der Umarmung eines Bruders überlagert wurde, der sich früher immer an ihn gekuschelt hatte. Als er Rafans fröhliche Zeilen las, malte er sich aus, dass ihn die beiden in einer wärmeren Welt erwarteten.

Rafan überschlug sich fast vor Begeisterung. »Überlass das nur alles mir, großer Bruder.« Seine Stimme klang dunkel und vergnügt durch die knisternde Leitung. »Ich verspreche dir, dass du gar nicht mehr fortwollen wirst.«

Während des fünfstündigen Flugs ließ Salim diese Stimme immer wieder Revue passieren und versuchte, aus seinen verschütteten Erinnerungen an einen Jungen den Mann Gestalt annehmen zu lassen. Das Gesicht, das er zuletzt lächelnd in einer dunklen Garage in Nazareth gesehen hatte. Würden sie einander wiedererkennen? Es war eine beängstigende Vorstellung. Vom Start bis zur Landung auf Beiruts Aéroport International tat er alles, um die Gedanken an früher niederzuringen und Platz für neue zu machen. *Ich werde wieder einen Bruder haben. Und wieder eine Mutter. Das ist alles, was zählt.*

Doch als er den Fremden sah, der ihm in der stickigen Ankunftshalle zuwinkte, fuhr ihm die Enttäuschung scharf wie ein Messer zwischen die Rippen. »Großer Bruder«, sagte der Fremde und kam mit ausgebreiteten Armen auf ihn zu.

Alles an Rafan war so schmerzlich vertraut wie eine Lieblingsmelodie in einer anderen Tonart. Die grünen Augen waren noch immer groß und arglos. Und die Mundwinkel bogen sich noch genauso nach oben, wie Salim es in Erinnerung hatte – ein verführerisch geheimnisvolles Lächeln. Doch das pausbäckige Kindergesicht über dem Hemdkragen war schmaler und schärfer geworden und ähnelte dem seiner Mutter auf erstaunliche Weise. Er hatte dunkle Bartstoppeln am Kinn und trug eine teure Sonnenbrille im hellen Haar.

Er begrüßte Salim mit einem unbefangenen Lachen. »Mein großer Bruder«, sagte er wieder und küsste ihn leicht auf beide Wangen. »Ich hätte nicht gedacht, dass ich das noch erleben würde.« Seine Lippen waren so voll wie die eines Mädchens.

»Rafan.« Salim stellte fest, dass ihm wider Erwarten vor Rührung die Stimme versagte. »Ich fasse es nicht, dass du hier bist.« *Warum hast du so lange gewartet, um mich zu suchen?* Das war die Frage, die er am liebsten gestellt hätte.

»Alles passiert dann, wenn die Zeit reif ist, großer Bruder«, erwiderte Rafan und legte die Hand fest auf Salims Rücken. »Du wirst gleich sehen. Komm, der Wagen wartet.«

Sie fuhren durch Beirut mit seinen weißen Wolkenkratzern und lauschten dem Autoradio in Rafans neuem Mercedes. Der Flughafen verwandelte sich in einen winzigen Flecken in der Ferne und verschwand schließlich im grellen Licht. Draußen erstreckte sich die Schnellstraße unter einem dunkelblauen Himmel. Eine Frau sang ein Lied voller sonderbarer Erinnerungen. *Ich kenne diese Stimme.* Umm Kulthum, die Mutter der

Musik, war schon in der Jugend seiner Mutter eine Legende gewesen. Früher hatte die ganze arabische Welt innegehalten, um ihr zuzuhören. Inzwischen hatten sich die Reihen der Verehrer vermutlich gelichtet.

Die traurige Stimmung des Liedes steckte ihn an, als er die Stirn an die warme Scheibe lehnte.

Mein Herz, frage nicht, wo die Liebe geblieben ist.
Das Luftschloss meiner Träume ist nun eingestürzt.
So schenk mir ein, wir wollen das Glas auf die Trümmer
erheben.
Erzähl du die Geschichte an meiner statt, lass mich einfach
weinen.

Rafan übertönte mit seinem Gerede die Musik und schwärmte begeistert vom warmen Meer, den weißen Stränden von Jounieh und vom Champagner im Saint-Georges-Jachtclub. Salim unterbrach ihn nicht. Deshalb war er ja hier, um den blassen englischen Staub von seinem Körper zu waschen und sich sorglos in arabischen Gewässern treiben zu lassen.

Wenn er nach Westen in Richtung der untergehenden Sonne schaute, funkelte das Mittelmeer verführerisch durch die Scheibe. Vor ihnen breitete sich die elegant geschwungene Stadt aus wie eine Umarmung.

Beirut! *Warme Sonne und noch wärmere Frauen*, hatte Hassan gesagt. Das passte ihm großartig in den Kram.

Rechts von ihnen änderte sich die Umgebung. Rafan war von der Schnellstraße abgebogen. Nun brauste der Mercedes an einer schmuddeligen Ansammlung von niedrigen Wellblechdächern vorbei, die sich erstreckte, so weit Salims Auge reichte. *Die Flüchtlingslager.* Zehntausende von Palästinensern, die dort Unterschlupf gefunden hatten, das hatte er zumindest gelesen. Täglich wurden es mehr, die vor den israelischen Panzern aus der West Bank flohen. Salim malte sich aus, wie sie zum letzten Mal ihre Haustür zumachten und sich fragten, was die Zukunft wohl für sie bereithielt. *Es sollte ja nur vorübergehend sein*, dachte er und erinnerte sich an das zufallende Tor in Jaffa. *Und wie sich herausstellte, ist es für den Rest unseres Lebens so geblieben.*

Seine Stimmung verdüsterte sich, und die Szenerie vor der Windschutzscheibe wurde dunkler, während Umm Kulthum weiter das Dröhnen des Motors übertönte. Vor ihnen erhob sich die Skyline von Beirut.

Rafan achtete nicht auf die Lager. »Änderung im Zeitplan, großer Bruder«, verkündete er. »Zum nach Hause Fahren ist es noch zu früh. Ich weiß nicht, was du gern möchtest, aber ich hätte jetzt Lust auf einen Drink.« Salim fand seinen Akzent seltsam. Er klang beinahe französisch mit dunklen, melodiösen Silben. »Später geht es dann weiter nach Hamra. Doch zuerst zeige ich dir das echte Beirut.«

Hamra war das wohlhabendste Stadtviertel. Hier wohnte altes arabisches Geld. Als Salim gehört hatte, dass Rafan nun dort lebte, war ihm ein »Wie das?« herausgerutscht, bevor ihm eingefallen war, dass er das eigentlich gar nicht so genau wissen wollte. Rafans Grinsen hatte man sogar am Telefon gehört. »Hey, großer Bruder, was soll ich sagen? Mama hat es weit gebracht.«

Auch Beirut hatte es weit gebracht. Die überfüllte Straße in die Stadt ging schließlich in einen breiten weißen Boulevard über, wo die Palmen am Straßenrand hellgrün in der Sonne leuchteten. Rund um den Place des Martyrs, inmitten von kreisenden Bussen, geparkten Limousinen und nagelneuen Motorrädern, bewegten sich die Menschen im Rhythmus des prallen Lebens, unterwegs zu Geschäftsbesprechungen, Schäferstündchen, Kaffeehäusern und Läden. Salims Blicke folgten ihnen. *Sie gingen zum Tanzen, zum Spielen, zum Lieben.*

Jenseits des Stadtzentrums brachte die Corniche die Brüder zum gewaltigen blauen Spielplatz des Mittelmeers. An der Promenade schossen neue Hotels wie Pilze aus dem Boden, und am Strand entstanden Rummelplätze. Draußen auf dem Meer glitten Menschen auf Wasserskiern lautlos wie im Traum hin und her und ließen weiße Gischt in die Luft spritzen. Ein Berg mit grünem Gipfel erhob sich in den Dunst. Hinter der Straße am langen Strand bemerkte Salim Männer und Frauen, die sich gemeinsam ins Meer stürzten. Ihre Körper wirkten in der Hitze warm und geschmeidig. Die Szene erinnerte ihn an Tel Aviv vor so vielen Jahren – die gleichen gebräunten Gliedmaßen, der gleiche leichtfertige Tanz.

Sie hielten vor einem der kleineren Hotels. Salim folgte Rafan hinaus auf die Terrasse, die einen unverstellten Blick auf die Corniche bot. Gemütlich saßen sie unter einem Bild der Jungfrau Maria und nippten an ihren Drinks. Salim konnte das berüchtigte Hotel Saint-Georges an der Spitze der Bucht erkennen, wo es rund und schimmernd in seinen rosig weißen Mauern ruhte.

»Schau dir das an«, meinte Rafan zu ihm. »Wie eine Brust, die danach bettelt, dass man an ihr lutscht.« Salim lachte. Wie konnten der kleine bettnässende Junge und dieser weltgewandte Mann ein und dieselbe Person sein? Die Verwandlung seines Bruders hatte eine seltsam aufmunternde Wirkung auf Salim. Entspannt lehnte er sich zurück. *Die Sonne ist warm, die Frauen noch viel wärmer,* dachte er. Jude war kalt. Hier konnte er er selbst sein.

»Die Franzmänner haben das Ding gebaut, weißt du? Die Christen.« Rafan wies auf das Saint-Georges. »Das sind die, die hier das Moos haben. Die Moslems konnten noch nie gut mit Geld umgehen, solange kein Öl im Spiel war.«

»Aber die Moslems scheinen doch auch ein angenehmes Leben zu führen«, erwiderte Salim und betrachtete das seidene Hemd und die schwere goldene Uhr seines Bruders. »Hassan meinte, das hier sei ein Paradies für Araber.«

»Ein Paradies für Narren«, entgegnete Rafan. »Obwohl man behaupten könnte, dass da kein Unterschied besteht. In Israel unterdrücken die Juden die Araber. Hier unterdrücken die Christen die Moslems, während die Drusen ein bisschen Leben in die Bude bringen. Eines Tages wird es so richtig krachen. Aber bis dahin ...« Er griff nach seinem Glas und hob es. »*Sahteen*«, sagte er. »Auf deine Gesundheit.«

»Die Engländer denken, dass alle Araber entweder Emire oder Bettler sind«, meinte Salim, während ihm der saure Cocktail die Kehle hinunterrann und ihm den Magen wärmte. »Es will ihnen offenbar nicht in den Kopf, dass ich einfach nur Wirtschaft studiert habe.« Obwohl er bei seiner Ankunft ein Bettler gewesen war. Das würde er niemals vergessen.

Rafan lachte. »Ich kann mich auch nur schwer dran gewöhnen. Salim Al-Ismaeli zählt britische Pfund. Aber wahrscheinlich ist das besser als Tareqs Schicksal in Nazareth, wo er die Schekel seiner Herren zählen darf.«

»Und wessen Geld zählst du?« Rafan hatte Salim nie verraten, womit er seinen Lebensunterhalt verdiente. Da er dank ihrer Mutter einen libanesischen Pass hatte, konnte er sich aussuchen, ob er arbeiten oder ein Studium aufnehmen wollte. Allerdings kleidete Rafan sich nicht wie ein Student. Und er benahm sich auch nicht wie ein Geschäftsmann.

Sein Bruder fuhr mit einem ordentlich gepflegten Fingernagel über den Rand seines Glases.

»Es gibt nur eine Währung, die sich zu zählen lohnt, großer Bruder«, erwiderte er, »und ich glaube, die wird nicht von den Banken ausgegeben.« Hinter seinem Kopf ließ jemand auf Wasserskiern eine weiße Gischtwolke in den Himmel aufsteigen. Salim hörte, wie ein leiser Aufschrei – Schreck oder Freude – über das Wasser hallte. Wieder fragte er sich, was er von Rafan erwartete. Eine Entschuldigung? Eine Erklärung? Er betrachtete ihn und versuchte, den Jungen wiederzufinden, der ihn so gebraucht und der sich an Geheimnisse und falsche Hoffnungen geklammert hatte. Den Jungen, auf den die Entscheidung seiner Mutter gefallen war.

»Ist Mama deshalb fort?«, fragte er plötzlich und schob sein Glas weg. »Weil ihr das Geld unseres Vaters nicht gereicht hat? Komm schon, dir hat sie es doch sicher erzählt. Was war der Grund?«

Rafan lehnte sich zurück, verschränkte die Arme hinter dem Kopf und sah seinen Bruder an.

»Weißt du, Salim, Mama sagt immer, man soll die Vergangenheit ruhen lassen. Warum willst du hier auf dieser netten Terrasse mit einem netten Drink sitzen und den ganzen traurigen Mist von früher noch mal durchkauen? Spielt das jetzt wirklich noch eine Rolle?«

»Ich habe ein Recht, es zu erfahren«, entgegnete Salim. Wut stieg in ihm auf. »Ich habe euch acht Jahre lang jeden Tag gesucht, schon vergessen? Und all die Zeit kein einziges Wort. Warum also jetzt? Aus welchem Grund hast du mir geschrieben? Sag nicht, dass *Baba*s Tod der Grund war, denn ich weiß, dass das Schwachsinn ist.«

Rafan drohte ihm mit dem Finger. »Ich kann dir deine Fragen nicht beantworten, Salim. Ich war damals noch ein Kind und kann mich nicht an diese Zeit erinnern, nur an ein stinkendes Bett und schlechte Träume.« Seine Augen waren hinter der gelben Brille nicht zu erkennen, doch die Worte taten trotzdem weh. Hatte sich Salim nach all der Liebe und Fürsorge keinen Platz in Rafans Gedächtnis verdient?

Rafan beugte sich vor und schob Salims Glas wieder vor ihn hin. »Aber ich kann dir erzählen, was ich erfahren habe, nachdem wir hier waren, großer Bruder. Die Araber in Palästina leben wie die Ratten. Tareq und Nadia waren Mäuse, unser Vater war eine Ratte, und wir waren seine kleinen Babyratten, die die Krümel vom Tisch der Israelis aufsammelten. Ist das etwa ein Leben? Ist es nicht besser, ein freier Mann unter Arabern zu sein, als ein *Fellah* auf der Farm eines weißen Herrn?« Er schob die Brille auf die Stirn, sah Salim ruhig an und kniff wegen der hellen Sonne die Augen zusammen.

»Frei?«, wiederholte Salim. »Ich habe die Lager gesehen und hatte den Eindruck, dass da eine ganze Menge Ratten leben.«

Rafan zuckte die Achseln.

»Vom Straßenrand aus sieht man nicht alles, großer Bruder«, erwiderte er. »Das ist wie bei euren englischen Wäldern. Die Wölfe mögen sich verstecken. Doch sie haben trotzdem scharfe Zähne und beherrschen die anderen Tiere.«

»Wölfe, Ratten.« Salim lachte. »Was willst du mir da erzählen? Dass du der PLO beigetreten bist?« Vor Kurzem war in den englischen Nachrichten über die PLO, die Palästinensische Befreiungsorganisation, berichtet worden. Anfangs hatte Salim das für einen weiteren Scherz, wieder einen von spontanem Heldenmut beflügelten Auflehnungsversuch der Araber, gehalten. Doch Nadia hatte ihm geschrieben, die jungen Leute in der besetzten West Bank träten seit dem letzten Krieg massenweise bei und sie sei in Sorge um ihre Zukunft.

Rafan lachte mit weit aufgerissenem Mund. »*Ya* Salim.« Er schüttelte den Kopf. »Das Leben ist viel zu kurz für Politik, alter Junge.« Inzwischen sprach er Englisch, und Salim hatte gehört, wie er sich mit dem Barmann auf Französisch unterhielt. Doch dann wurde sein Tonfall ernst. »Ich kann dir das jetzt nicht alles erklären, großer Bruder. Du musst es dir selbst ansehen. Du sollst wissen, dass ich dich all die Jahre nie vergessen habe, keine einzige Minute lang. Ich wollte immer, dass du herkommst. Ja, um dich zu entschädigen. Ganz gleich, was geschehen ist, wir sind trotzdem eine Familie und vom selben Blut. Also, los, trink aus. Eines Tages fressen uns alle die Hunde.«

Nachdem das erste, das zweite und schließlich das dritte Glas bis hinunter zu den klimpernden Eiswürfeln geleert war, war die Sonne am Horizont untergegangen. Das Meer hatte eine grellrote Farbe angenommen und zerrte am Ufer.

Sie fuhren zum Abendessen nach Hamra. Zwei lächelnde Mädchen, die sich Leila und Dalia nannten, gesellten sich zu ihnen, und Rafan bestellte für alle: Steak vom Grill, saftige rote Tomaten, warmes Brot und würzige Peperoni. Später erschien ein junger Mann im weißen Anzug mit einem eleganten cremefarbenen Wagen, um sie zu einem Club in der Innenstadt zu bringen.

Sie brausten mit offenen Fenstern die Rue de Phénice entlang, dass die Nachtluft heulend ins Auto wehte. Salim spürte, wie eines der Mädchen, Leila oder Dalia, eine warme Hand auf sein Bein legte. Rafans Freundin wollte ins Casino, und die beiden Mädchen johlten »*Crazy Horse! Crazy Horse!*«, während die Lichter an ihnen vorbeisausten.

Salim erinnerte sich noch, dass sie in einen mit rotem Samt ausgestatteten dämmrigen Raum gestürmt waren, wo schimmernde Kronleuchter aus Kristall hingen. Der Boden drehte sich – oder schien in einem Gewirr aus Gelächter und dunklen Schattenmustern zu rotieren. Er wiegte sich im Takt zur Musik und stolperte gegen eine der schwarzen Säulen hinter sich. Rafan sprach in einer Ecke mit einem blonden Mädchen; er hatte den Kopf dicht über ihre Wange gebeugt und griff nach ihrer Hand.

Die Musik wummerte über die Tanzfläche. Leila wollte tanzen und zog ihn in die Menschenmenge. Rafan war verschwunden. Salim lehnte sich in Leilas Arme, schloss die Augen und ließ es zu, dass ihre Körper sich in Enge und Dunkelheit im Gleichtakt bewegten.

Er fühlte sich, als könne er einfach davonschweben – weg von sich selbst, von den Erinnerungen an Jude, von dem Menschen, der er zu werden versucht hatte. Die Musik wechselte, ein härterer Beat als zuvor, und Leila rieb sich an ihm. Nun war er allein auf einem ruhigen Meer, und weiche Hände zogen ihn – oh, so sanft – hinaus ins Nichts.

Er konnte sich nicht erinnern, ins Bett gegangen zu sein. Als er aufwachte, fühlte er sich, als sei sein Kopf mit Nägeln und Stroh gefüllt. Das Licht schien bereits hell durch die geschlossenen Vorhänge.

Als er die Hand in den grauen Raum ausstreckte, stieß er gegen etwas Hartes – eine Wand. Auf der anderen Seite rührte sich jemand. Er sah sich um. Sie trug noch ihr Höschen und sein Hemd. Sie erinnerte ihn an Margaret, wie sie so auf dem Bauch lag. Das dunkle Haar fiel ihr über den Rücken, und ihre Nägel streckten sich blutrot über die Laken.

Von draußen waren gedämpfte Stimmen zu hören. Langsam wuchtete er sich hoch und zuckte zusammen, denn er hatte ganz vergessen, wie weh ein Kater tat. Nachdem er seine Jeans vom Boden aufgesammelt hatte, zog er sie an und rappelte sich auf.

Vom Schlafzimmer aus kam man in ein kleines Wohnzimmer, von dem einige dunkle Türen abgingen. Durch eine Glasscheibe in der Decke strömte die Spätnachmittagssonne herein und ließ Staubflocken in der Luft tanzen.

In der Mitte stand ein Tisch, an dem vier Männer saßen. Der Geruch von Haschisch stieg Salim in die Nase und überdeckte den beißenden Gestank von Zigarettenqualm. Rafan trug dieselben Kleider wie gestern. Seine Augen lagen tief in den Höhlen und wirkten im gedämpften Schein des Oberlichts beinahe schwarz.

»Salim, großer Bruder.« Rafan winkte ihn heran. »Komm und begrüß die Jungs.« Salim kam näher und nickte den anderen Männern am Tisch zu. Sie sahen ganz anders aus als die weltgewandten Freunde von gestern Abend, dunkelhäutiger und grobschlächtiger, und sie lächelten ihm auch nicht zu. Der, der ihm am nächsten saß, blickte auf; an seinem Gürtel beulte sich etwas Schwarzes aus, vielleicht der Griff einer Schusswaffe.

»*Keefak, keefak*«, sagte er höflich zu allen und schüttelte ihnen die Hand. *Wie ist das Leben?* Ihr Akzent erschien ihm vertraut, eine ungebildete Version von dem seines Vaters. Ihre Hände waren schwielig. *In einem früheren Leben sind sie sicher Fellahin gewesen*, dachte Salim. Bauern und Straßenbauarbeiter. Und jetzt sind sie wichtige Männer mit Pistolen.

»Also«, meinte er, setzte sich, nahm den Joint von Rafan entgegen und nahm einen tiefen Zug. »Seid ihr aus Palästina?«

»Das sind wir, *Habibi*«, erwiderte der Mann mit dem ausgebeulten Gürtel. Salim spürte, dass die Anrede – *mein geliebter Freund* – gleichzeitig Willkommen und Warnung war. »Meine Brüder und ich stammen aus Tripolis. Farouk hier kommt aus Karameh in Jordanien.« Salim nickte wortlos. Die jordanische Grenzstadt war eine Hochburg der PLO.

Der massige Mann namens Farouk musterte ihn argwöhnisch. »Ihr Al-Ismaelis seid aus Jaffa, wie ich höre. Gott segne euch alle. Ich habe früher auch dort gelebt, in Manshiyya. Ich habe auf den Feldern gearbeitet und Obst gepflückt, zusammen mit meinem Vater, möge Allah seine Seele segnen.«

»*Ahlan wa sahlan*«, erwiderte Salim automatisch. Die Grußformel bezeichnete den anderen als einen Angehörigen. Vielleicht hatte der Mann ja einmal bei seinem Vater gearbeitet. Die *A'yan* hatten dafür gesorgt, dass die Leute genug zu essen hatten. Doch als die *A'yan* flohen, hatten diese Menschen ihren Lebensunterhalt und ihre geistigen Führer verloren. Inzwischen führten die *A'yan* ein bequemes Leben in Europa, während die *Fellahin* zurückgeblieben waren, um die Juden zu bekämpfen.

»Gott segne dich«, wiederholte der Mann. »Inzwischen haben wir und unsere Brüder in der Fatah einen Stützpunkt in Tripolis. Ich glaube, unsere Brüder in Jordanien werden sich uns bald anschließen, wenn dort der Hammer fällt. Jordanien ist eine verräterische Hure. Hussein ist die Hure der Juden, und wir werden ihn ficken wie einen Hund.« Sein Tonfall war erbittert. Selbst Salim wusste aus den BBC-Nachrichten, dass der gerissene König Hussein die Palästinenser eines Tages wieder vor die Tür setzen würde – und mit Männern wie Farouk würde er anfangen.

»Wie bist du hierhergekommen?«, erkundigte sich Salim zögernd. Er fühlte sich wieder als Fremder, wie in der ersten

Zeit in England, voller Angst, ins Fettnäpfchen zu treten. Er stellte fest, dass Rafan ihn aufmerksam beobachtete.

»Ich bin während der *Nakba* mit meiner Familie in ein Lager in Tripolis geflohen. Die Irgun hat mit ihren Panzern mein Haus in Manshiyya platt gewalzt. Meine Frau ist gestorben, mein Vater ist gestorben, und mein jüngster Sohn ist hier im Lager umgekommen, weil er Blut in den Eingeweiden hatte. Mein ältester Sohn ist Soldat wie ich. Möge Allah ihn beschützen. Das ist meine Geschichte, die gleiche wie bei so vielen.« Er hielt inne und zog heftig an dem Joint.

»Aber du lebst in London, sagt Rafan«, fuhr er fort und hustete, als dichter Qualm ihm aus dem Mund quoll. »Das ist ein guter Ort. Mit Kugeln können wir die Zionisten nicht vertreiben. Wir brauchen gebildete Männer mit großem Verstand. Inzwischen haben wir welche. Arafat. Abbas. Junge Männer, aber klug. Aber wir brauchen auch welche in Europa. Was machst du denn in London?«

Rafan antwortete an seiner statt. »Er plant, ein reicher Mann zu werden, Farouk, oder, großer Bruder? Und ein blondes Mädchen mit dicken Titten zu heiraten.«

Salim achtete nicht auf ihn und wandte sich an Farouk. »Ich habe Wirtschaft studiert. Jetzt muss ich mir meine erste Stelle suchen. Ich bin kein großer Mann wie mein Bruder hier, aber ich habe den Kampf nicht vergessen.« Als er die Hand auf sein Herz legte, spürte er ein hohles Pochen, eine Leere, die sagte: *Du hast es doch vergessen. Weil du es vergessen wolltest.* Salim wollte nichts mit dem Kampf zu tun haben, der niemals zu enden schien und auch niemals zu einer Lösung führen würde.

Die Männer verstummten, als Leila mit wiegenden Hüften aus dem Schlafzimmer kam, Rafan küsste und anfing, türkischen Kaffee zu machen. Die Sonne ging unter, und es wurde dunkel im Raum. Salim bemerkte, dass Rafan und Farouk zusammen im Schlafzimmer verschwanden. Als sie zehn Minuten später zurückkehrten, hatte Farouk eine schwarze zerschrammte Reisetasche bei sich. Kantige Gegenstände, die an Backsteine erinnerten, zeichneten sich durch das Leder ab. Haschisch oder Geld vielleicht? Ein Schauder lief ihm den Rücken hinunter. Wenn der Kampf so ablief, was war dann Rafans Rolle darin? Und was wollte sein so fremd gewordener Bruder von ihm?

Nachdem die Männer fort waren, zogen sie sich an und gingen allein zum Abendessen. Salim hatte kaum Appetit, schob das Essen auf seinem Teller hin und her und versuchte, seine Gedanken in die richtigen Worte zu kleiden. Schließlich versetzte Rafan ihm unter dem Tisch einen Tritt.

»Was hast du erwartet, großer Bruder?«, meinte er. »Einen Studenten, der Flugblätter schwenkt? Die Ritter der Tafelrunde? Du warst zu lang bei den *Inglisi* und hast vergessen, wie es ist, ein Palästinenser zu sein.«

»Ich *bin* Palästinenser«, protestierte Salim zornig. »Wie kommst du dazu, ein Urteil über mich zu fällen? Haschisch und Waffen allein machen einen nicht zum Palästinenser. Ich war der Einzige, der an unserem Haus gehangen hat, der Einzige, der dorthin zurückkehren wollte. Du, Mama, Hassan – ihr konntet ja nicht schnell genug abhauen.«

»Du irrst dich, großer Bruder«, entgegnete Rafan. »Du bist kein Palästinenser mehr. Ihr alle seid es nicht mehr. Du hast deinen britischen Pass und deinen Uniabschluss, schön für dich. Doch ich will diese Dinge nicht, Salim.« Er schob eine Gabel voll Kebab in den Mund. »Hmmm, lecker, probier mal.« Als Salim den Kopf schüttelte, fuhr er fort.

»Was so besonders an dieser Region ist? Hier lebt Palästina weiter. In den Lagern und in Männern wie Farouk. Wir haben Brüder in jedem zweiten Haus von Amman bis nach Tripolis. Die PLO ist bereit, die jordanische Grenze zu überschreiten und den Süden zu stürmen. Die Shia wird mit an Bord kommen. Und die alten Feiglinge dort drüben« – er wies auf die Viertel der christlichen Maroniten im Osten der Stadt – »werden einfach den Kopf einziehen. Bald ist es so weit, du wirst schon sehen.« Als Salim wie erstarrt dasaß, beugte Rafan sich zu ihm hinüber.

»Warum will es nicht rein in dein kluges Köpfchen, dass du mit deinen Leuten zusammenarbeiten musst?«, fragte er. »Was hält dich denn noch in London?«

Jude. Ihr Name lag ihm auf der Zunge, doch er schob ihn beiseite.

»Warum ausgerechnet ich?«, entgegnete er. »Ich bin hier ein Fremder.«

»Weil du mein Bruder bist«, antwortete Rafan, und seine grünen Augen blickten so eindringlich drein, dass Salims Herz einen Satz machte. »Wen habe ich denn noch außer dir? Willst du behaupten, dass du in all den Jahren glücklich warst, die wir voneinander getrennt gewesen sind? Bist du nicht deshalb zu mir gekommen? Um zu deiner Familie zurückzukehren, wo du hingehörst?«

Salim wurde von einem Gefühl ergriffen, das zwischen Zorn und Hoffnung schwankte, einer rasch emporschlagenden Woge, die sich in seiner Brust ausbreitete. *Das ist mein Bruder, meine richtige Familie.* Die Vorstellung, nach Hause zu kommen und vergangenes Unrecht wiedergutzumachen, war so wundervoll. Ein echtes Zuhause, kein Kartenhaus, wie er es mit Jude aufgebaut hatte. »Und was passiert, wenn wir gewinnen?«, fragte er nach einer Weile, wohl wissend, welche Antwort er sich erhoffte. »Was für ein Ergebnis wünschst du dir, Rafan? Willst du mir sagen, dass wir wieder zurückkönnen?«

Rafan legte den Kopf in den Nacken und lachte bellend, sodass er klang wie ein Hund am Strand.

»*Ya* Salim«, keuchte er. »Mama hatte recht. Du bist ein *Fellah* wie Vater. Dieser Haufen aus Ziegelsteinen und Laub lässt dich nicht mehr los.« Er wischte sich die Augen ab und zwang sich zu einem Lächeln. »Nein, großer Bruder, wir werden die Rückkehr wohl nicht mehr erleben. Doch wir werden ihnen für das, was geschehen ist, die Rechnung präsentieren. Und sie werden bezahlen.«

Später am Abend fuhr Rafan sie zur Wohnung ihrer Mutter in Hamra. Sie passierten den Wachmann am Eingang und traten in eine hell erleuchtete, mit Marmor ausgestattete Vorhalle. Ein Aufzug brachte sie in die oberste Etage und öffnete sich in einen langen, dunklen Flur. Gedämpfte Lampen in der Form von schlafenden Frauengesichtern waren an den Wänden angebracht. Salim schnürte der Anblick – so still und eiskalt – die Brust zu.

Als Rafan die Tür öffnete, hörte Salim leise, aber beruhigende Musik – Fairouz, der neue libanesische Superstar, sang ein Lied von Umm Kulthum. Durch die hohen Bogenfenster schimmerte das Nachtleben von Beirut in der Ferne in roten, blauen und grünen Wellen herein. Der Raum wurde von zwei Lampen in gegenüberliegenden Ecken erhellt, identische Pferde mit leuchtenden Bällen zwischen den Hufen. Ein dunkler Perserteppich dämpfte ihre Schritte.

»Mama«, rief Rafan und warf seinen Schlüsselbund auf einen lackierten Tisch. »Mama, komm, Salim ist hier.«

In ein fließendes grünes Kleid gehüllt, trat sie aus ihrem Zimmer und nestelte an einem Ohrring herum. Ihr Haar war zu einem kastanienroten Turm aufgesteckt und über der Stirn geflochten wie eine Krone. Als sie sich näherte, hüllte ihr Parfüm Salim ein wie der Geruch von erhitzter Bronze.

»Hallo, Mama«, sagte er und stellte erstaunt fest, dass sie Tränen in den Augen hatte. So oft hatte er diesen Moment in verschiedenen Abstufungen des Zorns und des Verzeihens in Gedanken durchgespielt. Doch ihre Tränen beschämten ihn und machten ihn wieder zu dem kleinen Jungen, den sie zurückgelassen hatte.

Sie kam auf ihn zu, legte ihm eine weiße Hand auf die Wange und berührte mit den Lippen die andere. Sie war nicht so groß, wie er sie in Erinnerung hatte, und ihr Gesicht, das seines leicht streifte, fühlte sich pudrig an.

»Salim«, sagte sie, wich zurück und betrachtete ihn. Ihre grünen Augen waren so dunkel wie das Meer. »Du bist gewachsen, *Ya'Eni*. Aber das habe ich ja gewusst.«

»Es ist lange her«, erwiderte er mit zitternder Stimme. »Ich habe dich vermisst.«

Sie wich von ihm zurück, ging zu einem Schreibtisch in der Ecke und nahm eine Zigarette aus einer silbernen Schatulle. Rafan gab ihr Feuer. Salim beobachtete, wie sich ihr Hals hob, als sie den Rauch einsog. Er sah, dass sich die Knochen locker unter der Haut bewegten. *Sie ist alt geworden*, dachte er erschrocken. *Oder war sie schon immer so?*

»Manche Dinge sind für junge Menschen zu schwierig zu verstehen«, stellte sie fest und steuerte auf das hell erleuchtete Fenster zu. »Ich weiß, dass es schwer für dich war, doch es war besser so. Inzwischen bist du in England erfolgreich. Ich habe einen Mann, der mich gut versorgt. Alle sind zufrieden.« Sie drückte ihre Zigarette aus. »In der Küche ist Bier, Rafan«, fügte sie hinzu. »Hol deinem Bruder eines.«

Sie ließ sich auf der Sofakante nieder und klopfte neben sich auf das Polster. Salim setzte sich zögernd. »Also, erzähl, *Ya'Eni*«, begann sie mit leicht heiserer Stimme. »Wie ist es denn so in London? Hast du inzwischen einen Abschluss und eine gute Stelle? Ich bin ja so stolz auf dich. Ich wusste, dass du es zu etwas bringen wirst.«

Ruhig saßen sie da, während sie die nächste Zigarette rauchte und einen Punkt oberhalb seines Kopfes fixierte. Er erzählte ihr von London, den Restaurants und Theatern und dem neuen Arbeitsplatz, den er in einem Monat antreten würde. Von allem, bis auf Jude. Er stellte sich vor, wie Jude hier neben ihm saß, ihr blasser Schein aufgesaugt von der Ausstrahlung seiner Mutter.

Nach zehn Minuten läutete das Telefon. »Ich komme«, sprach sie in die Muschel. Rafan holte ihr eine Pelzstola und legte sie ihr über die Schultern. »Wir unterhalten uns morgen weiter, *Ya'Eni*«, meinte sie. Salim fand, dass ihre Augen tot wirkten. Er hatte von einer Entschuldigung geträumt, ihren Armen um seinen Hals und Tränen an seinem Gesicht. Doch als sie ihn zum Abschied küsste und zur Tür ging, stellte er fest, dass er nicht mehr von ihr berührt werden wollte.

Die Nacht schleppte sich dahin. Schlaflos lag Salim auf dem Fußboden im Zimmer seines Bruders. Als es Morgen wurde, weckte er Rafan. »Lass uns rausgehen«, schlug er vor. Die Zimmertür seiner Mutter stand offen. Sie war nicht nach Hause gekommen.

Sie fuhren auf der alten Damascus Road nach Süden und bogen schließlich nach Westen zum Flüchtlingslager Shatila ab. Das Lager war mit zwei Reihen von Barrikaden abgeriegelt. Die erste wurde von der libanesischen Armee bewacht. Salim stellte fest, dass ein älterer Mann in Zivil sie beobachtete, als der Soldat sie zum Anhalten aufforderte. »*Deuxième Bureau*«, murmelte Rafan, nachdem sie Papiere und Pässe vorgezeigt hatten und durchgewinkt worden waren. »Militärischer Geheimdienst. Diese Schweinekerle werden die Ersten sein, die über die Klinge springen.«

Der zweite Kontrollposten war mit Lagerbewohnern bemannt. Ein Mann mit einer schwarz-weiß gemusterten *Kufiya* stoppte ihr Auto. Rafan begrüßte ihn mit Namen und erkundigte sich nach seinem Vater. Salim schüttelte ihm durch das Fenster die Hand.

Sie fuhren in eine Wand aus Lärm und Gestank hinein. Neben ihnen verlief eine offene Kloake unter einem Gewirr von Drähten, die Hütte mit Hütte und Wohnbunker mit Wohnbunker verband. Tropfnasse Wäsche hing in der schmutzigen Luft. Ein alter Mann saß, einen Haufen Schuhe neben sich, auf dem Boden. Eine Wange war ihm in den zahnlosen Mund gesunken, aus einem entzündeten Auge rann Flüssigkeit die andere hinunter.

Kinder rannten johlend vor dem Auto her. Salim spürte, wie sich etwas in ihm regte, als er zusah, wie sie in ihrem jugendlichen Überschwang an ihnen vorbeitollten. In fünfzehn Jahren, nach dem Massaker, das Dutzende kleiner blutiger Leichen zurücklassen sollte, würde er sich an diese Kinder erinnern und sich fragen, ob auch sie niedergemetzelt worden waren.

Abu Ziad, Rafans Freund, spielte Backgammon auf einem Plastikstuhl vor einer Falafelbude. Der Bauch hing ihm über die Knie, die Gebetskette über die Faust. Hinter ihnen wurden Pakete mit dem Logo der Vereinten Nationen in ein Gebäude getragen. An der Tür war ein Aufkleber mit der Aufschrift *Filastinuna* und einer gezeichneten palästinensischen Flagge daneben befestigt.

Sie tranken rasch einen Kaffee, während Abu Ziad über die christlich geführte libanesische Regierung jammerte. Palästinensische Moslems könnten keine Arbeitsgenehmigungen bekommen, während ihre christlichen Brüder und die Reichen die Möglichkeit hätten, mühelos einen Pass zu kaufen. »Für die Beiruter sind wir weniger als Hunde«, schimpfte er. »Doch eines Tages beißen die Hunde zurück. Sie sprachen über die korrupten offiziellen Lageraufseher, die langsamen Mühlen der UNO und die Zukunft der Fatah in Tripolis. Salim wurde nach dem Leben in London und den Chancen gefragt, dass die Briten sich an der Seite der Palästinenser wieder in den Kampf einschalten könnten.

Bevor sie sich verabschiedeten, reichte Rafan Abu Ziad etwas Geld in einem Umschlag. Ein Beitrag, wie er sagte, zu seinem wohltätigen Engagement für die Kinder. Nach einem Dank und einem Segen verschwand der Umschlag in der Tasche des alten Mannes.

Auf dem Weg nach draußen atmete Salim tief die Luft ein, um den Gestank dieses Ortes voll und ganz auf sich wirken zu lassen und ihn mitzunehmen. Sein Leben in London und die Stelle als Steuerberater, die ihn erwartete – was bedeutete das alles, verglichen mit diesem Abgrund menschlichen Elends? Er fühlte sich schmutzig und schuldig, weil er sich bei den oberflächlichen *Inglisi* eingeschmeichelt hatte und stolz auf seinen britischen Pass war. Rafan hatte recht – er war es nicht wert, sich als Palästinenser zu bezeichnen. Er hatte den Preis dafür noch nicht bezahlt.

Er warf einen Blick auf Rafan. Sein Bruder war ungewöhnlich still. Salim stellte fest, dass er den Mund zu einer schmalen Linie zusammengepresst hatte und das Lenkrad mit weißen Fingerknöcheln umkrampfte.

»Weißt du, dass wir zuerst *hier* gewohnt haben, als wir aus Nazareth weg sind?«, fragte er nach einer Weile.

Salim war überrascht. »In einem dieser Häuser?«

»In einem noch schlimmeren.«

Für so ein Dreckloch hat sie uns verlassen? Salim verstand die Welt nicht mehr. Wie hatte Rafan mit nur acht Jahren und seinen Tausenden von Ängsten hier überleben können?

»Aber sie ist doch Libanesin.«

»Ja, ist sie, aber sie hatte keine Papiere. Ein israelischer Pass gilt hier nicht. Sie brauchte jemanden, der sie offiziell ins Land holte und alles für sie regelte. Also haben wir hier gewartet.«

»Und wer hat alles geregelt? Ihre Familie?«

Rafan zuckte die Achseln. »Eine Frau, die davongelaufen ist, hat keine Familie. Irgendjemand. Ein Mann.«

Das in ihrer Hand zerknüllte Telegramm, ein gelber Schmierer in der dunklen Nacht auf Nadias Balkon. Offenbar war ein Name darin verborgen gewesen, ein Name, der es wert gewesen war, sie alle hinter sich zu lassen und allein in einem Flüchtlingslager zu warten, während Salim um sie weinte und nach Norden zu den Hügeln hinüberblickte. *Hoffentlich hat es dich glücklich gemacht, Mama.* Und dennoch hatte sie letzte Nacht einsam gewirkt. Eingesperrt in einen Turm aus Marmor und Glas wie eine gefangene Königin in einem alten Märchen.

»Warum hat sie es getan?« Zu seiner eigenen Überraschung hatte er es laut ausgesprochen. »Es war absolut unsinnig.«

»Das habe ich ihr auch gesagt«, erwiderte Rafan, antwortete damit allerdings auf eine andere Frage. Sein Gesicht hinter der

Sonnenbrille war wie versteinert. »Das weiß nur der liebe Gott. Vielleicht hat sie geglaubt, eine Schuld bezahlen zu müssen.«

Gleich am nächsten Tag, nach einer Nacht in Leilas Wohnung, weckte Rafan ihn, indem er ihn an der Schulter rüttelte. »Gute Nachrichten, großer Bruder«, verkündete er. Sein ungewaschenes Gesicht war mit dunklen Bartstoppeln bedeckt, und seine grünen Augen funkelten wieder, als könne er kein Wässerlein trüben. Der gestrige Tag war mit der Zahnpasta ausgespuckt. »Jetzt geht es los nach Tripolis.«

Salim stützte sich auf die Ellbogen und schüttelte sich, um die Schlaftrunkenheit loszuwerden. »Warum Tripolis?«, fragte er. Aber natürlich kannte er die Antwort schon.

»Farouk möchte, dass du mitkommst. Er will dich mit ein paar Leuten bekannt machen.«

»Brüdern?«

Rafan zuckte die Achseln. »Brüdern, Freunden, interessanten Leuten. Und du kannst dir Tripolis anschauen. Gut, dort ist nicht so viel los wie hier.« Salim sah Leilas dunkles Haar und ihre goldbraunen Beine aufblitzen, als sie an der offenen Tür vorbei zur Küche ging. »Aber es ist eine Reise wert. Insbesondere für dich.«

Als Salim angezogen in die Küche kam, blubberte Leilas türkischer Kaffee schon auf dem Herd. Sie schenkte ihm eine Tasse ein und rieb sich die Augen. »Warst du schon mal in Tripolis?«, fragte er sie, setzte sich an den Tisch und rührte das dickflüssige Gebräu in der angeschlagenen goldfarbenen Tasse um. Sie schüttelte den Kopf. »Ich bin keine *Filastiniya*«, erwiderte sie. »Obwohl wir sie hier in Westbeirut unterstützen, nicht so wie die Christen.« Sie machte eine wegwerfende Handbewegung. »Aber die Leute, mit denen Rafan sich trifft …

die sind etwas anderes. Tripolis ist eine verrückte Stadt für religiöse Spinner.«

Das hier ist eine verrückte Stadt, dachte er, rührte jedoch weiter schweigend in seinem Kaffee. Die Bläschen drehten sich immer weiter im Kreis und platzten wie seine Gedanken – eines stand für die Lager, ein anderes für Rafans blasses, schläfriges Gesicht als Kind, eines für die kalten Augen seiner Mutter, eines für Jude, immer Jude und ihren Glauben an seine Träume.

Als Rafan in die Küche kam, küsste er Leila; er flüsterte ihr etwas ins Ohr. Sie sah Salim an und ging hinaus. Rafan setzte sich neben seinen Bruder und förderte eine Zigarette zutage.

»Du hast mich zu Abu Ziad mitgenommen«, meinte Salim zu seinem Bruder. »Und Farouk habe ich bereits kennengelernt. Also finden sie mich offenbar sympathisch. Oder liegt es daran, dass ich dein Bruder bin?«

»Natürlich finden sie dich sympathisch. Warum auch nicht? Du bist klug und gebildet. Du sprichst Englisch wie ein Engländer. Du hast einen *Inglisi*-Pass. Du könntest große Dinge für sie tun.«

»Für uns«, wandte Salim leise ein. Rafan lächelte. »Für unsere Familie.«

»Also wozu soll diese Fahrt nach Tripolis gut sein? Um mir mein neues Büro zu zeigen?«

Wieder lachte Rafan. »Ja, so ähnlich. Aber zuerst wird nur geredet.« Er beugte sich vor und reichte Salim eine Zigarette. Salim ließ seine Worte auf sich wirken und spürte, wie Hitze in ihm aufstieg. Rafan neigte sein attraktives Gesicht zur Seite wie ein hungriger Vogel und musterte Salim forschend.

»Überleg mal, Salim. Wozu willst du Steuerberater werden? Die *Inglisi* haben dir vielleicht einen Pass gegeben, doch letztlich werden sie auf dich spucken wie auf all die anderen Araber, Inder und Afrikaner, die sie verarscht haben. Du bist zu dunkelhäutig für ihre Clubs.«

Salim schob seinen Kaffee weg. »Du weißt nichts über mein Leben, *kleiner Bruder*.«

»Ich weiß genug, um zu erkennen, dass du dir selbst nicht treu bist. Israel, England, das ist doch alles das Gleiche: Araber schuften für den weißen Boss.«

»Du irrst dich«, entgegnete Salim. Die ganze Nacht hatte er über diese Frage nachgegrübelt – zwei mögliche Wege in die Zukunft. Den einen hatte ihm sein Bruder, der ihm gegenübersaß, gerade vorgezeichnet. Doch in ihm raunte eine Stimme: *Das ist nicht der kleine Junge, den du gekannt hast.* Das Niedliche und Koboldhafte war irgendwo zwischen Nazareth, den Lagern und dem Penthouse seiner Mutter verloren gegangen. Rafan war ein anderer Mensch geworden.

»Ich habe ein Leben in England«, sagte er, »das ich mir selbst aufgebaut habe. Bildung, gesellschaftliche Stellung, eine Zukunft.« *Auch Liebe.* Er dachte an Jude. Sie hatte ihn geliebt und tat es vielleicht immer noch. Eine reine Liebe, die alles gab, ohne eine Gegenleistung zu erwarten. »Du verlangst von mir, dass ich das alles hinwerfe, um dir zu helfen.«

»Du hast behauptet, du hättest mir geholfen, als wir Kinder waren, Salim«, erwiderte Rafan und stand auf. »Und jetzt will ich dir helfen. Hassan ist damit zufrieden, seine Autowerkstatt zu führen und es seiner dicken kleinen Frau zu besorgen. Aber Mama sagte immer, du hättest Ehrgeiz. Wir könnten zusammen so viel erreichen … Es ist nicht nur Rache.« Er tippte mit dem Finger auf den Tisch. »Es liegt ganz bei dir, großer Bruder. All die Jahre haben sie uns getrennt. Jetzt musst du entscheiden, wo du hingehörst – zu denen oder zu mir.«

Er richtete sich auf und sah auf die Uhr. »Ich muss noch ein paar Dinge erledigen«, verkündete er. »Um sechs bin ich zurück. Wenn du zu mir stehst, großer Bruder, fahren wir zusammen los.« Er umrundete den Tisch, und Salim erhob sich, als Rafan ihn fest umarmte. Er hörte, wie die Worte sein Ohr streiften. »Bis später, *Inschallah*.« Im nächsten Moment war sein Bruder in dem dunklen Flur verschwunden, und Salim hörte, wie die Tür ins Schloss fiel.

Nachdem Rafan fort war, wusch Salim sich das Gesicht, zog sich fertig an, verabschiedete sich von Leila und verließ das Haus.

Das schlichte kleine Gebäude versteckte sich in einem Gewirr alter Straßen, die sich vom glitzernden Trubel in Beiruts Stadtmitte wegschlängelten. Als Salim ausschritt, bearbeitete die Sonne seinen Kopf wie ein Hammer. Bis er am Strand war, stand die Sonne schon tief am westlichen Himmel.

Er blickte die Küste entlang nach Norden, wo Meer und Land im Dunst miteinander verschmolzen. Dort drüben wartete die moderne Welt. Er stellte sich vor, wie die Küste weiter bis zur Türkei und nach Griechenland verlief und schließlich die europäische Riviera erreichte. Hinter ihm führte das Meer vorbei an Beirut, Tyros und Israel bis zu den großen Wüsten des nördlichen Afrika. Er befand sich wirklich an der Weggabelung der Welt.

Wohin soll ich mich wenden? Nach Tripolis und zu den Brüdern? Würde dieser Weg eines Tages wieder nach Jaffa führen? Doch Rafan hatte diese Vorstellung verlacht. Sein Bruder hatte weder eine Heimat, noch wollte er eine. Er huschte durch die Straßen Beiruts wie ein Funke, der alles in Brand setzte, was ihm begegnete.

Früher hatte Salim gedacht, dass nur Jaffa Heimat sein konnte. Doch wenn er die Augen schloss, hatte er ein unerwartetes Bild vor sich: blaue Augen, ausgebreitete Arme und ein liebes, offenes Gesicht.

Er presste die Hand auf die Augen und versuchte, das alles zu verstehen. Die hohen Palmen über ihm lehnten sich nach Westen. Die grünen erntereifen Datteln hingen in dicken Büscheln daran, und er wurde von einem Gefühl der Trauer ergriffen. *Ich habe meine Ernte nie eingebracht. Ich habe die Früchte in den Baumkronen hängen gelassen, wo sie vermutlich verfault und zu Boden gefallen sind.*

Es war fünf Uhr. Er hielt ein Taxi an und fuhr nach Hamra. Das Haus, in dem seine Mutter wohnte, wirkte am späten Nachmittag schläfrig. Selbst der Pförtner war an seinem Pult eingenickt.

Als er an der Tür läutete, hatte er ein leichtes Gefühl in der Brust; sein Herz war schwerelos. Sie öffnete im Morgenmantel. Ihr Gesicht war ungeschminkt und wirkte stumpf im klebrigen Abendlicht. Vor Überraschung entstanden Falten auf ihrer Stirn.

Salim küsste sie auf die Wange und trat ein. Sie folgte ihm zögernd und blieb oben an der Treppe stehen, als hoffte sie, dass er gleich wieder gehen würde.

Er drehte sich zu ihr um und holte tief Luft. »Mama, du hast dich nie bei mir entschuldigt. Du hast deinen Sohn zurückgelassen und ihm nie auch nur eine einzige Zeile geschrieben. Dann erscheine ich hier, und du sagst nicht einmal, dass es dir leidtut. Kein Wort. Warum? Bedeute ich dir denn so wenig?«

Ihre Miene verhärtete sich, und sie reckte in der ihm so vertrauten höhnischen Geste das Kinn. Doch inzwischen durchschaute er die Bewegung als das, was sie war – ein schlechtes Gewissen, getarnt als Trotz.

»Ich habe aufgehört, mich zu entschuldigen, selbst dir gegenüber, mein kluger Sohn«, entgegnete sie. »Ich habe schon vor langer Zeit gelernt, dass wir alle in dieser Welt auf uns allein gestellt und einander gleichgültig sind.« Als sie sich vor ihm aufbaute, bemerkte er die schlaffe Haut rings um Mund und Augen. »Dein Vater hat sich nur für seinen Stolz interessiert. Du nur für das Haus. Rafan nur für seine Spielchen. Die Juden nur für ihre Flagge. Und die Palästinenser nur für ihre paar Hektar Staub.« Sie reckte die Arme und ballte die Fäuste. »Soll ich vielleicht die Einzige sein, die sich für ihre Mitmenschen interessiert und sich für sie aufopfert?«

Im Hintergrund hörte er eine Schallplatte – eine Frauenstimme füllte den leeren Raum und hallte in die Missstimmung zwischen den marmornen Wänden hinein. Er nahm die magere Hand seiner Mutter und hielt sie fest, als sie sie ihm entziehen wollte. »Hast du uns je geliebt?«, fragte er. Diesmal waren da keine Tränen.

»Wie hätte ich das nicht tun sollen?«, entgegnete sie. »Doch Menschen wie uns nützt die Liebe nichts. Unser Weg ist vorgezeichnet, und es gibt kein Entrinnen.« Er sah, wie ihre Augen, in denen sich das Alter abzeichnete, ihn zornig betrachteten. Die Gegenwart gab der Vergangenheit die Schuld. »Ich bin meinen Weg gegangen und bitte niemanden um Verzeihung. Und nun gehe du deinen, wie es sein muss. Bitte, *Ya'Eni*. Lauf los, und hör auf, dir Dinge zu wünschen, die nie möglich waren.«

Lauf los. Salim verließ die Wohnung seiner Mutter bei Sonnenuntergang und fuhr mit dem Taxi zurück zu Leila. Er packte seine Sachen in eine Reisetasche und hinterlegte einen Zettel für Rafan. *Es tut mir leid, aber mein Weg ist nicht hier.*

Die Taxifahrt zum Flughafen dauerte zwei Stunden und verschlang den Rest seiner libanesischen Pfund. Die Nacht verbrachte er im Terminal und wartete auf den ersten Flug nach London.

Nach seiner Ankunft in Heathrow im sanften Licht eines späten Sommernachmittags nahm er den schnellsten verfügbaren Zug in die Stadt. Es würde noch lange dauern, bis die herbstliche Kühle begann. Um ihn herum lehnten sich die Menschen nach einem langen Arbeitstag in ihren Sitzen zurück. Er stellte sich vor, dass sie an zu Hause und an einen schönen und geruhsamen Abend mit geliebten Menschen dachten.

Als er vor ihrer Tür stand, war die Sonne im Begriff unterzugehen und tauchte die Abendluft in ein üppiges gelbes Licht. Sein Herz raste, als er anklopfte. Und als sich die Tür schließlich öffnete, dachte er einen Moment, die Beine würden unter ihm nachgeben.

Ihre Arme schlangen sich noch schneller um seinen Hals, als er gedacht hatte, und sie schluchzte an seiner Schulter, während er sie so fest an sich drückte, dass er ihr Herz durch das Hemd schlagen hörte. »Ich hätte alles tun sollen, was du willst«, sagte sie. »Ich hätte mutiger sein und dich mit nach Hause nehmen müssen.«

»Nein«, erwiderte er, umfasste ihr wunderschönes Gesicht und küsste es immer wieder. »Du bist mein Zuhause«, erwiderte er, ebenfalls mit Freudentränen in den Augen. »Sonst gehöre ich nirgendwohin. Nur bei dir finde ich Frieden.«

»Unsere Familien« – sie presste, sich gleichzeitig festklammernd und ihn wegstoßend, die Fäuste an seine Brust – »die Dinge, die du gesagt hast …«

»Ich habe mich geirrt.« Er lehnte die Stirn an ihre, und ihr Geruch erfüllte all seine Sinne – das Salz ihrer Haut, ihr Haar, ihr warmer Atem. »Bitte. Das alles spielt jetzt keine Rolle mehr. Nichts mehr ist wichtig, hast du verstanden? Das, was wir gefunden haben, ist ein Wunder.«

Unbeholfen drückte sie die Lippen an seine, während er es ihr versprach. »Jude, meine Jude. Ich mache dich glücklich, das schwöre ich, mein Liebling. Ganz gleich, was geschieht. Ich bin zu dir nach Hause gekommen.«

3

Zeit der Abrechnung

*Wer Unfrieden sät in seinem eigenen Haus, soll den Wind
ernten, und der Narr soll des Weisen Diener sein.*

Douai-Rheims-Bibel

Frieden ist wichtiger als Land.

Anwar as-Sadat, nach dem Jom-Kippur-Krieg,
vor der israelischen Knesset

1976

»Kann ich ein Eis haben? Du hast es versprochen! Nicht nur ein Hörnchen, ein großes *Dhahab* mit Nüssen.«

Am Ufer segelten die Vögel kreischend in der drückenden Hitze. Die Sonne in Kuwait steuerte grell leuchtend auf den Zenit zu; nicht der Hauch einer Brise erhob sich über dem ölglatten Wasser.

Jude kramte Kleingeld aus der Tasche. *Selbst die Münzen sind heiß.* Einmal hatte sie Marc gesagt, das Auto sei mittags so heiß, dass man Eier darauf braten könne. Als sie eine Stunde später nach draußen gekommen war, hatte sie ihn, eine Eierschale in der Hand, neben der Motorhaube stehen und zuschauen sehen, wie gerinnendes Eiweiß langsam auf den Asphalt tropfte.

»Einen Moment, Schatz«, sagte sie. »Daddy kommt gleich.«

»Daddy mag kein Eis«, verkündete Sophie feierlich und lehnte sich in den kümmerlichen Schatten, den der Rock ihrer Mutter warf. Marc stand breitbeinig vor Jude. Das Sonnenlicht tauchte sein Haar in ein blendendes Weiß. Lodernde blaue Augen blickten zu ihr auf, und seine Lippen waren missbilligend zusammengepresst. »Aber ich will *jetzt* ein Eis«, beharrte er streng. »Bevor Daddy kommt. Der sagt nämlich immer Nein.«

Jude wünschte, Salim möge sich beeilen. Am Morgen hatte er in seinem besten Anzug, mit Krawatte und besorgter Miene das Haus verlassen. Obwohl Jude mit ihm bangte, wünschte sie sich verzweifelt, dass seine Mission scheitern möge. Denn in diesem Fall würden sie endlich nach Hause zurückkehren können.

Sie bückte sich und kniff Marc ins Kinn. Für seine sechs Jahre war er gleichzeitig alt und jung. Sophie, die Ältere der Zwillinge, war das Ebenbild ihrer Mutter, nur mit mediterranem Teint. Sie hatte dunkle Haut und mandelförmige Augen und war ein ruhiges, ordentliches, freundliches und liebenswertes Kind.

Doch Marc – der Himmel wusste, wo sie Marc gefunden hatten, pflegte Salim zu sagen. Salim nahm sich Marcs Dickkopf und seine Blässe zu Herzen, fast als handle es sich dabei um einen persönlichen Affront. Jude verstand seine Zweifel und seine Ablehnung. *Deine arabischen Freunde hier trauen deiner blonden Frau schon jetzt nicht über den Weg.* Und jetzt sehen sie deinen weißen Sohn und fragen sich, wer wohl der Vater ist.

Jude fand Marcs Hautfarbe wunderschön, doch die Gefühle, die in ihm brodelten, bereiteten ihr Sorge. Die Gedanken ihres kleinen Jungen erinnerten an aufgeregt umherflatternde Vögel. Er konnte nicht stillsitzen und schoss mit derselben ungebremsten Geschwindigkeit durch die Gefühlswelt anderer wie die ausgehungerten Möwen über den Persischen Golf hinter ihr.

»Hab Geduld, Schatz«, sagte sie. »Wir sollen hier warten, bis Daddy kommt und uns von seinem Job erzählt, weißt du noch?« Marc senkte den Blick und stieß die Fußspitze in den Boden. Jude hörte, dass Sophie hinter ihr zu jubeln begann. »Daddy!« Mit klopfendem Herzen richtete sie sich auf.

Salim strahlte, kniete sich auf den staubigen Boden und breitete für Sophie die Arme aus. Sie stürzte sich hinein, worauf er sie über seine Schulter warf, sodass sie kichernd mit den Beinen strampelte.

Jude nahm Marcs Hand und lief ihm entgegen. Salim drehte sich zu ihr um und küsste sie lang und fest auf die Handfläche – mehr war im puritanischen Kuwait gesetzlich in der Öffentlichkeit nicht erlaubt. »Alles in Ordnung, mein Liebling«, verkündete er, und ein neues Selbstbewusstsein schwang in seinem Tonfall mit. Im letzten Monat hatte sie schon befürchtet, dass er den Mut verlieren könnte. »Sie waren einverstanden, mir eine Probezeit einzuräumen. Also kann uns mindestens sechs Monate lang nichts passieren. Und wenn alles klappt – steht gerade der neue Geschäftsführer Neue Märkte in der Golfregion vor dir.« Er richtete sich auf und klopfte Sophie auf den Po, dass sie vor Lachen kreischte. »Was sagt ihr dazu, ihr Zwerge?«, rief er den Kindern zu und zauste Marc das Haar.

Und was sage ich dazu? Jude drückte ihm die Hand und lächelte ihn an. »Ich bin ja so stolz auf dich, mein Liebling. Das hast du dir verdient. Hoffentlich tut es denen so richtig leid, was sie mit dir gemacht haben.«

Salims Miene verdüsterte sich ein wenig, doch dann zuckte er die Achseln.

»Wahrscheinlich konnten sie nicht anders. Die Firma muss an ihre Gewinne denken, und diese Abteilung warf nicht so viel ab.« Er wiederholte fast wortwörtlich, was sein amerikanischer Förderer gesagt hatte, als ihm vor einem Monat gekündigt worden war.

Vor drei Jahren hätte Jude es sich nie träumen lassen, dass sie in dieser kargen Wüste leben würden. In England hatten sich ihre Wege gerade zu ebnen begonnen, und die Geburt ihrer wundervollen Zwillinge hatte die Zweifler auf beiden Seiten versöhnlich gestimmt. Marc und Sophie waren die alles in den

Schatten stellenden Beweise dafür, dass sie einen mutigen und bewundernswerten Schritt getan hatten. An den ersten Tagen im Krankenhaus waren Jude und Salim aus dem Staunen nicht mehr herausgekommen, beim Anblick zweier so unterschiedlicher Wesen, die sich aneinanderklammerten und deren ineinander verschlungene Gliedmaßen aus einer allen Widrigkeiten trotzenden Liebe entstanden waren.

Die Zeit davor war kein Zuckerschlecken gewesen. Dora hatte fast einen Herzinfarkt erlitten, als Jude ihr von der Verlobung erzählte. Doch es war Jacks tatsächlicher Herzinfarkt gewesen, der endlich die Tür zu einer widerstrebenden Schicksalsergebenheit geöffnet hatte. Mit finsterer Miene stand Dora die Ziviltrauung im kleinsten Kreis im Standesamt von Chelsea durch, während Tony den Brautvater vertrat und Hassan hölzern neben Salim verharrte, um den Trauzeugen zu mimen.

Zwei Jahre später war Salim, einen seltsamen Ausdruck im Gesicht, nach Hause gekommen. Er setzte sich auf den mit weißen und braunen Spiralen gemusterten Teppich, spielte mit den Zwillingen und kitzelte sie am Bauch, bis sie vor Freude kreischten.

Nachdem die Kleinen im Bett waren, eröffnete er Jude die Nachricht, die sie alle auf eine Reise ins Unbekannte schicken würde. Eine Headhunterfirma hatte sich bei ihm gemeldet und ihn gefragt, ob er sich vorstellen könne, in Kuwait zu arbeiten.

»Wo?«, hatte Judes erste Frage gelautet, als sie endlich die Sprache wiedergefunden hatte. Salim erklärte, Kuwait sei ein kleiner Wüstenstaat an der Küste des Persischen Golfs, zwischen dem Irak und Saudi-Arabien gelegen. »Winzig, aber sehr reich«, fügte er hinzu. »Und er wird mit jedem Tag reicher.« Eine amerikanische Firma wolle den Scheichs in ihren aufstrebenden Industrieparks neue Technologien verkaufen und suche dafür jemanden, der sich in der Region auskenne. »Auch wenn das wieder einmal zeigt, wie viel Ahnung die Amerikaner von Arabern haben«, ergänzte er lachend. »Palästinenser und Kuwaiter sprechen nicht einmal dieselbe Sprache.«

»Was willst du also dort?« Jude stellte fest, dass sie sich an die Tischkante klammerte und einen Kloß im Hals hatte. Eigentlich hatte sie ihren Master nachmachen wollen, wenn die Kinder erst einmal drei Jahre alt waren, und schon alle ihre alten Lehrbücher vom Speicher geholt und zurück ins Regal gestellt. »Was soll *ich* denn dort anfangen?«

Er musterte sie nachdenklich, doch sie bemerkte, dass bereits gespannte Aufregung in seinen Augen loderte und jegliche Vernunft vertrieb. »Du siehst doch aus wie eine ganz normale Engländerin«, meinte er. »In Kuwait leben doppelt so viele Ausländer wie Araber – du würdest überhaupt nicht auffallen. Wir bräuchten nichts zu erklären, mein Liebling.«

»Und was ist mit dir?«, entgegnete sie – später, nachdem das erste Vorstellungsgespräch so gut verlaufen war. An jenem Abend schmiegte sie sich auf dem Sofa in seine Arme und spielte ihre letzte Trumpfkarte aus. »Du hast doch gesagt, du wolltest nie mehr zurück. Du wolltest frei von der ganzen Sache sein und dein eigenes Leben führen.«

Sie wusste noch, wie er ihre Hand genommen und sie geküsst hatte. In seinen Augen standen Tränen, doch seine Stimme überschlug sich vor Aufregung.

»Verstehst du denn nicht?«, erwiderte er. »Genau das ist es ja. Ich habe einen britischen Pass. Ich bin kein armer Palästinenser mehr, den man herumschubsen kann, sondern Brite. Ich komme aus dem Westen. Jetzt *müssen* sie mich einfach respektieren.« Er betrachtete die weiße Decke und lächelte der nicht zu sehenden Zukunft entgegen, die dort vor seinem geistigen Auge entstand. »Nur ein paar Jahre, dann sind wir reich, mein Liebling. Wir werden nie mehr Geldsorgen haben.«

Ein paar Tage später lud Douglas Friend, Geschäftsführer von Odell Enterprises Gulf Division, sie zum Essen ins *Le Gavroche* ein.

Sie erinnerte sich – es war am jüdischen Feiertag *Jom Kippur* 1973 gewesen. Wieder fielen rings um Israel die Bomben. Arabische Streitkräfte marschierten durch die Wüsten auf Jerusalem zu. Sie forderten das ihnen gestohlene Land zurück, und Jude verzweifelte an der Frage, ob sie recht hatten oder nicht.

Salim hatte Jude überredet, das Fastenbrechen in Onkel Alex' Stadtvilla sausen zu lassen und ihn stattdessen zu begleiten. Wie konnte sie sich weigern, wenn die Angehörigen ihrer Völker einander eine halbe Welt entfernt umbrachten? Also übergab sie die Zwillinge einem Babysitter, obwohl sie es während des ganzen Abendessens vor Sehnsucht nach ihnen kaum aushielt. Während sie aßen und Salim redete, betrachtete sie, wie das hellorangefarbene Kerzenlicht durch ihre leeren Champagnergläser strömte und gespenstische Bilder auf die Spiegel hinter ihren Köpfen malte. Später in der Nacht umfasste sie Salims Gesicht mit beiden Händen. »Unter einer Bedingung, Sal«, sagte sie. »Wenn wir gehen, ändern wir nichts daran, wer wir sind. Wir schützen diese Familie. Selbst in einem arabischen Land. Ich möchte, dass die Kinder aufwachsen, ohne etwas verbergen zu müssen.«

Als sie eintrafen, war gerade das Ölembargo verhängt worden, und alle Zeichen wiesen darauf hin, dass Kuwait dadurch noch reicher werden würde. Und nun, drei Jahre später – drei Jahre, verbracht mit Abendeinladungen in Diplomatenkreisen, Wochenenden im Reitclub, billigen Haushaltshilfen und quälender Einsamkeit für Jude –, schienen diese Träume vom Reichtum sich allmählich in Luft aufzulösen.

Derselbe Doug Friend, der Salim das Blaue vom Himmel herunter versprochen hatte, bat ihn nun in sein Büro und teilte ihm mit, dass er nun arbeitslos sei. Seine Abteilung werde geschlossen, Salims Vertrag nicht verlängert. Wie betäubt und völlig vor den Kopf gestoßen kam Salim nach Hause. Jude fühlte sich an den von hinten von einem Kranarm getroffenen Hafenarbeiter erinnert – ein Unfall, den sie einmal beobachtet hatte.

Eine kleine Hoffnung blieb – die Zusage, Salim auf Probe in eine andere Abteilung des Unternehmens zu versetzen. Salims Zukunftsängste waren erdrückend; wenn er jetzt keinen guten Eindruck machte, war alles vorbei.

Nun schritt ihr Mann, Sophie an der einen und Jude an der anderen Hand, leicht aus, als er mit ihnen auf ein Restaurant am Ufer zusteuerte. Hinter ihnen erhoben sich die drei Säulen der neuen Kuwait Towers. Die meerblauen Kuppeln ragten Hunderte von Metern in den Himmel hinein, durchbrochen von langen weißen Nadeln, wie Raketen auf dem Weg ins All.

Marc bestellte sein Eis und stritt sich mit Sophie, ob das *Dhahab* mit Schoko oder mit Erdbeeren leckerer sei.

Salim legte Jude einen Arm um die Schulter. »Ich bin ja so erleichtert«, sagte er leise. »Doch ich weiß, dass du ein wenig traurig bist. Es ist doch nur ein bisschen länger, eine kurze Zeit, damit wir für den Rest unseres Lebens abgesichert sind.« Sie lächelte ihn an und liebte ihn für diesen unbeholfenen Versuch, sie zu beruhigen.

Marc zupfte seine Mutter am Arm. »Mummy, können wir jetzt gehen und die Pflanzen kaufen? Ich habe die ganze Woche gewartet.« Sie brauchte einen Moment, um zu verstehen:

der Garten, Marcs große Leidenschaft. Es hatte mit dem Traum ihrer englischen knitterfaltigen Schuldirektorin angefangen, die sich kühle Sommerrosen unter arabischer Sonne ausgemalt und die Kinder aufgefordert hatte, zu Hause einen Garten nach englischem Vorbild anzulegen. Einen Monat lang hatten sie damit verbracht, Pflanzen und Blumen zu finden, die in der sengenden Hitze gediehen.

Marcs Garten war ein Wunderwerk der Fantasie – Blumen, Steintürme und Spiralen aus Draht, den er aus einem Müllhaufen vor dem Haus gerettet hatte.

Und dann, in der Nacht bevor die ganze Schulklasse die Kreation besichtigen sollte, hatte Salim sie versehentlich zerstört. Er war spät aus dem Büro nach Hause gekommen und darauf getreten, weil er in der Dunkelheit nichts gesehen hatte. Am nächsten Tag hatte sie Marcs leises Weinen gehört und gesehen, wie seine kleinen Hände hektisch versuchten, das Beet in der grellen Morgensonne wieder herzurichten.

Den Preis gewann ein Mädchen, dessen Mutter Geranien in einem Kreis angepflanzt hatte. Marc hatte all seine Enttäuschung in den festen Glauben verwandelt, dass die Lehrerin ihre Meinung schon ändern würde, wenn ihm nur ein noch besserer Garten gelang.

»Lass uns mit den Kindern auf den Freitagsmarkt gehen«, schlug sie Salim vor. »Wir haben es Marc letzte Woche versprochen.«

Salims Miene verfinsterte sich, als er seinen Sohn ansah. »Ist es noch immer wegen dieses Gartens?« Sie hörte eine leichte Gereiztheit aus seinen Worten heraus.

»Er muss bunter werden«, entgegnete Marc, und blaue Augen blickten furchtlos in braune. »Dina hatte viele Farben, deshalb hat sie auch gewonnen.«

Salim zuckte die Achseln. »Meinetwegen. Aber das ist wirklich das letzte Mal, Marc. Ich habe genug von diesem Theater mit dem Garten. Ein Mann weint doch nicht wegen ein paar Blumen.« Beim Sprechen kniff er Marc spielerisch ins Kinn.

Marc zog ruckartig den Kopf weg. *Er ist so nachtragend.* Plötzlich musste Jude an etwas denken, das Hassan über Salim gesagt hatte: *Er kann nicht lockerlassen. Du wirst es schon noch selbst merken.*

Der Freitagsmarkt war der größte in Kuwait. Jude hörte ihn schon, bevor sie ihn sah – ein gewaltiger Geräuschpegel, der aus Tausenden von Kehlen, tierischen und menschlichen, aufstieg. Verkäufer boten Kamele und Bronzekessel feil, Händler riefen, und Bettler klagten. Der Markt selbst breitete sich unter der Mittagssonne aus wie eine nackte Frau, die ihre Eingeweide der Hitze aussetzt. Fliegen umschwirrten sie, als sie durch Reihen von Menschen gingen, die auf dem schmutzigen Boden lagen, eine Armee aus Armlosen, Augenlosen und Beinlosen. Hunderte von Händen streckten sich ihnen entgegen, als sie vorbeikamen. Die Finger bohrten sich in Judes Gewissen, bis sich ihre Schuldgefühle in blutende Wunden verwandelten. Bei jedem Besuch graute ihr mehr vor diesem Anblick. Ihr Mann hingegen achtete überhaupt nicht auf die Bettler. Und Marc und Sophie nahmen sie, wie sie traurig feststellte, auch nicht zur Kenntnis.

Unter einer niedrig gespannten Plane vor ihnen entstieg der Gestank des Tiermarkts den bedrückend engen Käfigen. Sophie griff nach der Hand ihrer Mutter und zog daran, als sie an einer Kiste mit Küken vorbeikamen, die leise piepsend übereinander hinwegstolperten. Jeder kleine Vogel war grellrosa, grün oder blau eingefärbt. Sie hörte das Scharren winziger Krallen an Gitterstäben und das verzweifelte Kreischen der Vögel, die nach dem Himmel riefen.

Sophie berührte die Käfige. »Mum, können wir noch eines mitnehmen?« Jude schüttelte den Kopf. »Tut mir leid, Schatz, aber du weißt doch noch, was wir letztens ausgemacht haben«, sagte sie. Es gab eine Grenze, wie oft ein Kind ein Tier mit nach Hause bringen konnte, nur um es am nächsten Morgen tot vorzufinden.

Marc war voraus zu einem Stand mit Bäumen und Blumentöpfen gelaufen. Er fing an, Gefäße mit bunten, buschähnlichen Blüten beiseitezurücken. Dann wies er auf einen kleinen, schlanken Baum mit süß duftenden weißen Blüten. »Der hier kann in die Mitte«, verkündete er aufgeregt. »Und die anderen kommen dann darum herum.«

»Die anderen sind in Ordnung«, sagte Salim, blieb stehen und bedeutete dem Budenbesitzer, die Töpfe auf eine der Schubkarren zu stellen, mit denen die Ware von den Ständen zu den Autos geschafft wurde. »Aber nicht der Baum. Das ist eine Limette. Die wächst hier nicht, nicht bei dieser Hitze. In einer Woche ist sie eingegangen. Der Mann will dich übers Ohr hauen.« Er lächelte dem Budenbesitzer spöttisch zu, worauf der dunkelhäutige Mann gelbe Zähne bleckte.

Marc schüttelte den Kopf. »Die geht nicht ein. Das lasse ich nicht zu. Ich werde sie jeden Tag gießen.«

Jude sah, dass Salim sich die Stirn abwischte und sich zu dem Jungen herunterbeugte. »Pass auf, Marc. Ich war einmal Farmer und kenne mich mit Zitrusbäumen aus. Deshalb bin ich sicher, dass es nicht klappen wird. Du solltest auf mich hören. – Jetzt wein doch nicht«, fügte er hastig hinzu, als Marc die Tränen über die Wangen liefen. »Nimm dich zusammen«, fügte er hinzu und richtete sich auf. »Was ist los mit dir?«

Jude ging zu den beiden hinüber. Sie musste sich beherrschen, um Marc nicht an sich zu drücken, weil sie wusste, dass das Salim nur noch mehr auf die Palme bringen würde. *Warum lässt du ihn nicht lernen, ein Mann zu sein?*, pflegte er dann zu sagen. *Er ist erst sechs,* lautete stets ihre Antwort. *Er weiß ja noch nicht einmal richtig, wie man ein Kind ist.*

»Was wäre denn so schlimm daran, diesen Baum mitzunehmen?«, fragte sie. »Er wird etwas daraus lernen, selbst wenn er eingeht. Du könntest ihm helfen, den Baum zu pflegen. Vielleicht wäre das ja gut für euch beide«, flüsterte sie Salim zu und kniff ihn leicht in den Arm.

Salim betrachtete die beiden und breitete schließlich resigniert die Hände aus. »Du bist zu nachgiebig«, sagte er. Besorgt und verärgert beobachtete sie, wie er die Hände auf Sophies Kopf legte und ihr weiches dunkles Haar liebkoste, während Marc, die blassen Arme verschränkt, danebenstand.

»Wir wollen nach Hause fahren, wir und alle Pflanzen«, verkündete sie bemüht fröhlich. »Und dann legen wir den schönsten Garten in Kuwait an.« Sie nahm Marcs Hand und griff mit der anderen nach der von Salim.

Im ersten Moment wirkte Salims Miene genauso gequält wie die von Marc. Dann jedoch verdrehte er die Augen, bezahlte den Budenbesitzer und folgte seiner Familie zum kochend heißen Auto.

Sie pflanzten den Baum in der Mitte von Marcs Garten vor der Villa. Nachdem Jude und Sophie längst ins Haus gegangen waren, um das Abendessen zu kochen, sah Salim Marc auf den Stufen vor der gläsernen Haustür sitzen. Der weiße Himmel hatte eine kühle rosaviolette Farbe angenommen, und der kleine Limettenbaum flatterte in der aufkommenden Abendbrise.

Als Salim sich neben ihn setzte, blickte der Junge auf. Marcs Augen waren nach dem Einpflanzen vom Staub gerötet. Rings um sie herum hallte der Ruf des Muezzins durch die Abendluft.

»Gefällt dir dein Baum?«, fragte er seinen Sohn. Marc nickte. Salim spürte, dass dieselbe Erschöpfung sich über sie beide gesenkt hatte wie eine Staubwolke.

»Wusstest du, dass ich als Junge auch einen Baum hatte?« Der blonde Schopf wurde leicht geschüttelt. »Meine Eltern haben ihn bei meiner Geburt gepflanzt. Ich habe ihn gepflegt und jedes Jahr die Früchte gepflückt. Das können wir beide auch tun, wenn du möchtest.«

Marc sah ihn mit plötzlich geweiteten Augen an. »Okay.« Im nächsten Moment rutschte er die Stufen hinunter, bis er das Bein seines Vaters berührte. Salim legte den Arm um ihn, und so saßen sie wortlos da, während die Sonne blutrot über dem menschenleeren Land vor ihnen versank. Er spürte, wie der Wind durch Marcs weißes Haar strich, das so zart war wie der Flaum einer Distel. Die Finger des Jungen umklammerten sein Bein durch den Stoff der Hose. Er hatte etwas Schwaches an sich, das Salim große Angst machte. Welche Chance würde er gegen die Masens dieser Welt haben?

Marc bewegte sich. »Du hast gesagt, dass es hier zu heiß ist, um Sachen anzubauen«, hörte er eine dünne Stimme.

»Das stimmt.« Salims Blick wanderte zu dem Garten, dem feuchten Staub und dem in einem angespannten Neigungswinkel gepflanzten Limettenbaum. »Wir sind hier in der Wüste. Obstbäume wie dieser brauchen Wasser und kühle Luft. Deshalb war ich dagegen, ihn zu kaufen, *Habibi*. Also darfst du auch nicht enttäuscht sein, wenn er eingeht. Du musst lernen, dich den Tatsachen zu stellen.«

Eine Pause entstand, und Salim beobachtete, wie Marc diese Worte auf sich wirken ließ. Schließlich drückte der Junge die Handflächen aneinander. »In England wachsen die Sachen«, verkündete er. »Warum können wir nicht dort wohnen? Dann hätte ich einen ganz tollen Garten.«

»Aber wir wohnen hier, Marc. Das hier ist unser Zuhause.« Salim spürte, wie sich neben seiner Überraschung noch ein kälteres Gefühl in ihm breitmachte. »Du bist auch Araber. Du gehörst hierher, nicht nach England.«

»Ich wünschte, ich wäre dort«, beharrte Marc. Er stand auf, drehte sich um, ging ins Haus und ließ Salim allein in der Dämmerung zurück.

Den Abend verbrachten sie auf einem Fest in der Wüste mit Freunden und Männern, die sich als Familie bezeichneten. In Kuwait gehörte jeder zur *Familie*, palästinensische *A'yan*, die sich um diesen Honigtopf scharten, wo der schwarze Reichtum aus dem Boden quoll, sodass man ihn nur noch einzusammeln brauchte. Wenn sie sich um ihre Esstische versammelten und Festgelage in der Wüste abhielten, sprachen sie über ihre Brüder, die in Beirut und in den Lagern starben. Dann seufzten sie, wischten sich die Hände ab und fuhren mit ihren juwelenbehängten Frauen und wohlgenährten Kindern zurück in ihre Villen.

Das Familienauto stoppte in einem Tal zwischen zwei hohen Dünen, einem Ort, den sie Il-Saraj, der Sattel, nannten. Es war der berühmte Schauplatz von monatlichen Rennen, die sich bei westlichen Ausländern und Kuwaitern gleichermaßen Beliebtheit erfreuten. Salim ging das Herz auf, als er Sophie und Marc mit seiner Super-8-Kamera filmte, ihre Gesichter gerötet vom Jubeln oben auf den Dünen und der Aufregung, wenn Motoren dröhnten und Autos mit quietschenden Reifen den roten Wüstensand aufwirbelten.

An diesem Abend war es ruhig am Sattel. Hohe Zeltwände wehten auf dem Talboden sachte im Wind. Auf der Ladefläche standen, traurig blökend, eine Ziege und ein Schaf mit zusammengebundenen Beinen. »Oh, nein«, rief Sophie entsetzt aus und presste das Gesicht ans Autofenster, während Salim den Wagen stoppte. »Werden sie sie töten?«

»Genau«, gab ihr Bruder zurück. Salim spürte, wie er gegen die Rückenlehne des Sitzes trat. »Erst wird ihnen der Kopf abgehackt, und dann essen wir sie.« Sophie fing an zu schreien. »Nein, das machen wir nicht, du bist so gemein!« Sie brach in Tränen aus.

Salim schüttelte den Kopf und überließ es Jude, die Wogen zu glätten. Als er die Autotür schloss, waren ihre Stimmen nur noch gedämpft zu hören. Er sah einen Beduinen mit einer rot gemusterten *Kufiya* das Schaf auf die Schultern nehmen und es langsam in Richtung Scheiterhaufen und Messer davontragen.

In dem mit roten Bommeln verzierten Zelt hing der schwere Geruch von angebranntem türkischem Kaffee in der Luft. Männer hatten es sich auf Kissen bequem gemacht. Adnan Al-Khadra saß in einer Ecke. Als er Salim bemerkte, winkte er ihn zu sich. Das leise Schlagen von Trommeln und eine klagende Geige erklangen, und ein Beduine erhob seine dünne Stimme zum abendlichen Himmel.

Adnan war der erste Name auf der Liste, die Nadia ihm für ihren Aufenthalt in Kuwait aufgestellt hatte – massenweise Cousins von Cousins, alle irgendwie über drei Ecken mit Abu Hassan und seiner längst verstorbenen ersten Frau verwandt. Er klopfte Salim auf den Rücken, küsste ihn auf beide Wangen und sprach ihn mit Neffe an. Adnan ehrte die Tradition, indem er Abu Hassan als »mein Bruder« bezeichnete, auch wenn seine sonstigen Gewohnheiten eher modern waren. Er ließ sich gern beim Vornamen nennen; sein jüngster Sohn – ein fünfundzwanzigjähriger Wunderknabe – war ebenfalls in leitender Position in Salims neuer Abteilung bei Odell beschäftigt.

Heute Abend knackte er Nüsse mit den Zähnen und trug ein gut geschnittenes Hemd ohne Krawatte und eine helle Leinenhose. Sein zurückgekämmtes silbergraues Haar und die tiefschwarzen Augen ließen Salim an ein großes, windschnittiges amerikanisches Auto denken.

»Also erzähl«, meinte Adnan und spuckte eine Nussschale aus. »Ist bei dir alles in Ordnung? Morgen fängst du an zu arbeiten, richtig?«

»*Inschallah*«, erwiderte Salim. Adnan grinste. »Ganz recht, ganz recht! Traue den Amerikanern erst, wenn du deinen ersten Gehaltsscheck hast. Die haben meinen Omar wegen seines Gehalts durch den Reifen springen lassen wie einen Hund, der um sein Futter betteln muss. Aber jetzt werdet ihr zusammenarbeiten. Das ist sehr gut. Er ist ein junger Mann und noch recht wild, weißt du? Er braucht jemanden mit Erfahrung, der ihm zeigt, wie man das Pferd reitet.«

Salim kannte diesen Spruch schon. In Kuwait City bedeutete *das Pferd reiten*, sich an die Mähne der amerikanischen Bestie zu klammern, während diese durch die arabische Welt pflügte. *Pass auf meinen Jungen auf, er ist einer von uns*, wollte Adnan ihm damit sagen. Denn so modern, dass er glaubte, sein Sohn könne es einzig allein aufgrund seiner eigenen Verdienste zu etwas bringen, war seine Einstellung nun doch nicht.

Salim malte sich aus, wie er Adnan antwortete, er werde die Unterlagen seines Sohnes gern an die Personalabteilung weitergeben. Doch die Seile der Schuld und Verpflichtung waren zu fest gezurrt.

Er nickte Adnan zu. »Ich behalte Omar gerne im Auge«, erwiderte er so höflich wie möglich. »Er scheint recht talentiert zu sein.«

Adnan lachte brüllend auf. »Talentiert! Ja, davon ist er selbst zumindest überzeugt. Und was soll ich als alter Vater sagen? Für eure Generation sind wir so nutzlos wie ein altes Auto, stimmt's? Ich will dir etwas verraten: Als dein Vater und ich jung waren, haben die Menschen einen Mann noch anders eingeschätzt. Als erfolgreicher Mann musste man nicht nur reich sein, sondern auch ... Wie soll ich es ausdrücken?« Er lutschte sich das Salz von den Fingerspitzen und tippte sich mit der Faust an die Brust. »Großzügig. Er hat sein Geld und auch seine Weisheit geteilt, sofern er welche hatte. Und auch, wenn nicht. Dein Vater war kein Genie, das weißt du selbst. Aber er war auf seine Weise großzügig. Er hatte eine offene Hand. Heutzutage dreht sich alles nur noch um Schulnoten, elegante Kleidung und darum, sich den Teller vollzuhäufen. Mein Sohn hält sich für ein Genie, weil ich ihn zum Studieren in die Staaten geschickt habe und weil er von den *Americani* einen Job gekriegt hat. Er denkt, das wäre das ganze Leben. Und was ist mir dir, Salim? Gehörst du zur alten Schule oder zur neuen?« Beim Lächeln zeigte er strahlend weiße Zähne.

Jude trat ins Zelt. Ihr blondes Haar leuchtete prachtvoll im Lampenlicht. Ein Schwall kühler Luft folgte ihr aus der klaren dunklen Nacht. Als sie lächelnd auf Salim zukam, machte sein Herz wie immer einen Satz. Adnan erhob sich, um sie auf die Wange zu küssen. »Die reizende Jude. Du siehst hinreißend aus. Wie geht es dir, meine Liebe?«

»Höllisch heiß in diesem Zelt«, erwiderte Jude mit einem

Lächeln in Salims Richtung. »Warum kommt ihr nicht raus? Die Kinder spielen am Feuer, und die Frauen wollen ohne Publikum nicht tanzen.«

»Worauf warten wir noch?« Salim nahm die Hand seiner Frau und folgte ihr aus dem Zelt. Die Nacht war herabgesaust wie ein Fallbeil, und die Kälte der Wüste drang auf ihn ein. Unter den Körpern des Schafs und der Ziege züngelten die Flammen; das Fett tropfte leise knisternd auf das glühende Holz. Im Zelt hatte der Beduine große ovale Platten mit Reis und dünnen Nudeln, Klößen aus geschrotetem Weizen und gewürztem Lammfleisch, in Joghurt gegarte Kohlblätter und duftende Salate aus Gurken und Petersilie angerichtet.

Salim setzte sich neben Adnan auf einen Teppich im Sand. Ein junger Mann kam aus dem Lichtkegel des Feuers auf sie zugelaufen. Sein Gesicht war von jugendlicher Verlegenheit gerötet, er trug ein enges T-Shirt, und sein Adamsapfel hüpfte auf und nieder. *Der berühmte Omar.* Er beugte sich vor, um Salim die Hand zu schütteln. »Wow, Salim Al-Ismaeli! Richtig? Ich freue mich so, dich wiederzusehen. Ich fasse es nicht, dass wir jetzt zusammenarbeiten werden!« Begeisterung schwang in jeder Silbe mit. Salim verkniff sich die Bemerkung, als er den Handschlag erwiderte. *Du wirst unter mir arbeiten, nicht mit mir zusammen.*

Die Frauen hatten angefangen, ums Feuer zu tanzen. Jude war auch dabei; er sah, wie die Pailletten auf ihrem Rock Funken sprühten; ihre Füße waren nackt, und das Haar, das ihr um die Schultern flog, schimmerte wie dunkles Gold. Das Geheimnis ihrer Herkunft – ihr Geheimnis – sorgte manchmal dafür, dass er sie umso mehr liebte. Es war wie ein Teil von ihr, der anderen vorenthalten blieb, einzig und allein sichtbar für ihn, so wie bei den kuwaitischen Ehefrauen mit ihren langen schwarzen Schleiern, die verführerische Macht des Verborgenen.

Sie gab sich große Mühe, sich anzupassen, nahm Arabischunterricht und versuchte zu tanzen wie eine Araberin. Doch ihre Füße verrieten ihre Wurzeln. Sie war ein Mädchen aus dem Norden, das unter einem blauen Himmel mit Schäfchenwolken zum beschwingten Rhythmus von Seemannsliedern tanzte. Sie hatte keine Spur von geschmeidigem orientalischem Hüftschwung an sich. Vielleicht begehrte er sie ja deshalb so sehr.

Marc und Sophie tanzten mit. Ihre Haut und ihr Haar schimmerten bronzefarben im Feuerschein. Sophie folgte ihrer Mutter, doch Marc wirbelte herum wie die Derwische in Nabi Ruben. Das war das letzte Mal gewesen, dass Salim seine Mutter tanzen gesehen hatte, in einer Nacht wie dieser, in einer anderen Welt.

»So wunderschöne Kinder«, sagte Adnan neben ihm. »Du bist gesegnet, gleich zwei auf einmal zu bekommen.«

»Das weiß ich«, erwiderte Salim leise. Er beobachtete, wie sie im goldenen Schein immer weiter im Kreis herum tanzten. Asche vom Feuer wehte herüber und streifte wie Tränen seine Wange. Es war faszinierend, seine Familie aus der Ferne zu betrachten wie Bilder auf einem Fernsehschirm; ihre strahlende Glückseligkeit löste sich im Nachthimmel auf wie die Funken des Feuers.

»Es war sehr mutig von deiner Frau hierherzukommen«, fuhr Adnan fort. Salim warf ihm einen argwöhnischen Blick zu. »Warum?«

Adnan rutschte herum und betrachtete weiter die tanzenden Kinder. »Für eine Frau aus dem Westen ist es nicht leicht, arabische Kinder großzuziehen. Ich meine, nach arabischer

Sitte. Schau dir nur deine an. Sie können nicht einmal Arabisch mit meinen Enkeln sprechen, und sie kennen den Koran nicht.«

»Moment mal, Adnan«, unterbrach Salim ihn und zwang sich zu einem Lachen. »Willst du etwa behaupten, dass du den Koran kennst? Ich kenne ihn auch nicht. Ich war auf einer katholischen Schule, schon vergessen?«

»Aber du hast ihn gelernt, Salim. Das haben wir alle getan, und wir tun es immer noch. Wen kümmert es, ob man wirklich daran glaubt? Das spielt doch keine Rolle. Es geht um Gemeinsamkeiten, um das, was uns in dieser zerrissenen Welt zusammenschweißt.«

»Meine Kinder kennen ihr Erbe«, erwiderte Salim bemüht ruhig. »Sie wissen, woher sie kommen.«

Lächelnd legte Adnan Salim die Hand auf die Schulter. »Mein Sohn – du könntest mein Sohn sein –, aber eines hast du vergessen: Es sind nicht die Männer, die die Kinder großziehen, sondern die Frauen. Was diese Kinder lernen und was sie mit ihren Herzen aufnehmen, kommt von ihr. Das wollte ich damit sagen. Sie hat sich einer großen Herausforderung gestellt. Hoffentlich kannst du ihr die nötige Anleitung geben. Sonst werden sie genauso arabisch sein wie sie.«

Salim überlegte noch, wie er widersprechen sollte, als plötzlich Platten mit Reis und von Fett triefendem Fleisch vor sie hingestellt wurden. Adnan griff hungrig zu, während die Kinder immer weiter tanzten.

Auf dem Heimweg schliefen die Kinder auf dem Rücksitz des Autos ein. Salim betrachtete sie, die geschlossenen Augen in fahlen Schatten liegend, im grellen Schein der Straßenlaternen, ihre Gesichter voller Rußschmierer. Unbeschreibliche Liebe umfasste sein Herz mit festen Fingern und drückte zu. Jude lehnte mit halb geschlossenen Augen am Fenster.

»Ich möchte, dass die Kinder Arabischunterricht nehmen«, meinte er plötzlich. Die Worte überraschten ihn selbst; sie waren seinen Gedanken zuvorgekommen.

Er sah, wie sie, aus ihrer Schläfrigkeit aufgeschreckt, den Kopf hob.

»Meinetwegen«, erwiderte sie zögernd. »Sie können ja mit zu meinem Kurs kommen, wenn du möchtest. Oder du übernimmst es selbst.«

Die Vorstellung, mit seinen Kindern Arabisch zu sprechen, löste in Salim ein Unbehagen aus, das er nicht erklären konnte.

»Ich helfe dir, es ihnen beizubringen, aber du musst dafür sorgen, dass sie auch lernen«, antwortete er. »Ich habe immer mehr auf meine Mutter gehört als auf meinen Vater. Kein Grund, warum das bei unseren Kindern anders sein sollte.«

»Meinetwegen«, wiederholte Jude. Doch er merkte ihr an, dass sie nicht ganz verstand. »Warum ausgerechnet jetzt? Bis heute hat es dich doch auch nicht besonders interessiert.«

Er suchte nach einer Antwort. Die Straße vor ihm verschwamm zu einem neonfarbenen Band. »Sie werden älter. Wir wissen nicht, wie lange wir noch hier sein werden. Sie sollen erfahren, dass sie Palästinenser sind, bevor es zu spät ist.«

Inzwischen saß Jude aufrecht da und sah ihn verdattert an. »Sie sind nicht nur Palästinenser, Sal«, entgegnete sie, und ihre ruhige Stimme übertönte das Dröhnen des Motors. »Sie kommen aus zwei Kulturen, deiner und meiner.«

Manche Leute haben das Gefühl, nirgendwo hinzugehören. Das war die Warnung seiner Mutter auf dem Balkon in Nazareth gewesen, bevor sie davongelaufen war. Ihr Bild stand vor seinem geistigen Auge, so weiß wie Keramikglasur über einem leeren Loch. *Nicht meine Kinder. Abadan. Niemals.*

»Man kann genauso wenig in zwei Kulturen leben, wie man zwei Herzen haben kann«, entgegnete er. »Sie müssen wissen, wer sie sind.«

Inzwischen war ihr Gesicht gerötet. »So haben wir es nicht abgemacht. Du hast gesagt, sie sollen nie hin- und hergerissen werden.«

»Nicht hin- und hergerissen zu sein heißt, sich für eine Seite zu entscheiden.« Mittlerweile war Salim zornig. »Meine Familie hat schon alles andere verloren. Was geschieht, wenn unsere Kinder ihre Herkunft vergessen?«

Jude legte ihm die Hand auf den Arm. »Wir haben uns versprochen, dass es dazu nicht kommen wird«, sagte sie in drängendem Ton. »Wir haben uns versprochen, nicht deswegen zu streiten.« Er hörte ihr an, dass sie besorgt war, doch etwas Stärkeres als Einfühlungsvermögen hatte von ihm Besitz ergriffen.

»Bitte, kümmere dich um den Arabischunterricht, mir zuliebe.« Er zwang sich zu einem flehenden Ton. »Über den Rest reden wir später.« Einen Moment musterte Jude ihn so erstaunt, als habe sie einen Fremden vor sich. Dann wandte sie sich ab und lehnte die Stirn wieder ans Fenster. Er beharrte nicht weiter. *Sie wird es tun.* Er kannte seine Frau, das liebevolle Mädchen, die Friedensstifterin. Als blaue Lichter durchs Fenster leuchteten, warf er einen Blick in den Rückspiegel, um nach den Kindern zu sehen. Sie wirkten seltsam reglos wie Wasserleichen. Doch dann stellte er zu seiner Überraschung fest, dass Marc die Augen geöffnet hatte und ins Leere starrte, zwei kleine Spiegel, in denen sich die blinkenden Lichter der Straße reflektierten.

Der Vizevorstand mit Zuständigkeitsbereich Strategische Erkundung neuer Märkte bei Odell Enterprises residierte in einem Wolkenkratzer in Kuwait City. Aus den Fenstern der Büros hatte man einen weiten Blick über das stickige Menschengewühl auf den Märkten bis hin zu den windumtosten Gewässern des Golfs und den Bohrinseln in der Ferne. Die Luft in den Räumen war so trocken wie ein von der Wüstensonne ausgebleichter Knochen. Salim hatte das Gefühl, dass sie sich wie Sand in seine Kehle ergoss.

Hier saß er nun, hoch über dem arabischen Getümmel. Doch selbst als er heute Morgen vor Meyers Sekretärin gestanden hatte, hatte er sich gefühlt, als könne ihm dieses Privileg jeden Moment wieder entrissen werden. Ihr schwarzes Haar war sorgfältig rund um die Schultern aufgerollt, ihr Blick war argwöhnisch. Vermutlich stammte sie aus Jordanien oder Palästina, und er hatte gedacht, ihr mit seinem neuen Anzug und seinem selbstbewussten Auftreten ein schwesterliches Lächeln entlocken zu können. Doch sie schürzte nur die roten Lippen, bis sie aussahen wie eine Druckstelle an einem überreifen Apfel. *Hey, Habibi*, dachte er, *bin ich dir nicht weiß genug, um mir deine hübschen Zähnchen zu zeigen?*

»Kann ich Ihnen helfen?«, erkundigte sie sich kühl. Dabei reckte sie den Hals, als wollte sie ihm demonstrieren, dass sie sehr wohl auf ihn herabschauen konnte, obwohl sie nicht die Absicht hatte, sich von ihrem Stuhl zu erheben.

Inzwischen saß er im Büro des stellvertretenden Direktors, und Meyer schaute, auf der Ecke seines Schreibtischs thronend, tatsächlich auf ihn herab.

»Das wäre also der Stand der Dinge, Sal«, sagte er. »Neue Märkte sind immer Glückssache, doch das ist unser Job. Wer nicht wagt, der nicht gewinnt.«

Meyer hatte ein schmales, aristokratisches Gesicht und die breiten Schultern eines Boxers. Seine ersten Worte zu Sal an diesem Morgen hatten wie folgt gelautet: »Hey, Sal, habe ja viel Gutes über Sie gehört, Mann. Nein, bitte vergessen Sie den Mister. John genügt.« Sal hatte sich an Doug Friends Worte erinnert, als dieser ihm letzten Monat gekündigt hatte: »John ist in Ordnung. Er wird Ihnen eine Chance geben, und ehe Sie sich versehen, sind Sie wieder auf dem Weg nach oben.«

Inzwischen sprach Meyer weiter. »Ich weiß, dass Doug Ihnen, was das Projekt in Bagdad angeht, den üblichen Sermon erzählt hat. Doch Sie sollten wissen, dass es sich meiner Ansicht nach um das größte Bauvorhaben überhaupt handelt. Wir müssen den Vertrag unter Dach und Fach bringen, bevor die anderen anrücken.« Als er mit den Fingern Gehbewegungen nachahmte, malte Salim sich Horden weißer Männer mit Aktenkoffern aus, die durch die irakische Wüste marschierten. »Ich beneide Sie wirklich. Bagdad ist Wahnsinn. Eine Stadt, die man gesehen haben muss. Sie haben ein paar wilde Monate vor sich.«

»Ich bin bereit«, erwiderte Salim und wischte sich die Hände an der Hose ab. »Ich weiß, wie man mit den Irakern umgeht. Letztes Jahr war ich in Dougs Team, das ihren Besuch hier betreut hat.«

»Er sagte, Sie hätten das prima hingekriegt.« Meyer nahm zwei Zigaretten aus einer silbernen Schatulle auf dem Tisch und warf Salim eine zu. Als er daran zog, sah er hinter dem Kopf des Amerikaners den grauweißen, schaumigen Mittagsdunst.

»Sie können sich ihre Mannschaft selbst zusammenstellen«, fuhr Meyer fort. »Sie brauchen jemanden, der sich mit der technischen Seite auskennt, und jemanden, der weiß, wie unsere Teams und die Leute vor Ort zusammenarbeiten. Außerdem einen Marketingmann und einen Projektassistenten. Ich kann Ihnen ein paar Namen geben, oder schwebt Ihnen vielleicht schon jemand Bestimmter vor?«

Salim dachte an Omar und sein Versprechen, das er Adnan gegeben hatte. »Vielleicht, aber ich wäre Ihnen trotzdem für ein paar Vorschläge dankbar.«

»Die Sparte Neue Märkte ist ein schwieriges Terrain. Noch vor wenigen Jahren war sie wie eine jungfräuliche Braut. Doch inzwischen ist sie eine teure Hure, bei der die geilen Böcke Schlange stehen. Wir sind nicht die Einzigen, die mit den Al-Sabahs, den Al-Sauds, den Husseins und weiß Gott noch mit wem reden. Also müssen wir schneller und geschickter sein, um unsere Marktanteile zu halten. Hussein ist ein großer Träumer. Er möchte Bagdad zu einem zweiten Kairo machen. Gut, dann helfen wir ihm dabei, es zu bauen. Und wenn wir das richtig hinkriegen, wenn wir das schaffen, könnte aus diesem vorübergehenden Posten etwas nicht ganz so Vorübergehendes werden.«

Salim stand auf und schüttelte die ihm hingehaltene Hand. Hinter Meyers Kopf kreisten kreischende Möwen über dem endlosen Meer. Etwas in Salim stieg mit ihnen empor, und er umfasste fest Meyers Hand. Der Gold-Souk war gleich nebenan. Wenn er früher Schluss machte, konnte er vielleicht ein Paar Ohrringe für Jude finden, passend zu der arabischen Halskette, die sie inzwischen anstelle von der ihrer Großmutter trug.

Als sie zusammen zur Tür gingen, meinte Meyer: »Hey, nur mal so eine Frage. Sal klingt irgendwie italienisch. Aber Sie sind doch hier aus dieser Gegend, oder?«

»Nicht ganz«, erwiderte Salim zögernd. »Ich bin Palästinenser. Aus Israel sozusagen.«

»Aha.« Meyer musterte ihn neugierig. »Und Ihr richtiger Name lautet...«

»Salim.« Im Beruf war er noch kein einziges Mal so genannt worden und hoffte, dass jetzt niemand damit anfangen würde.

»Salim.« Meyer sprach es *Sliem* aus, und zwar in einer so wundervoll lang gezogenen Silbe, dass Salim sich bremsen musste, um ihn nicht unwillkürlich nachzuahmen. »Sliem – wie slim«, wiederholte er lachend. »So sollte ich Sie nennen, weil Sie so beneidenswert dünn sind. Ich wünschte, ich hätte Ihren Stoffwechsel.«

»Dreimal die Woche Squash.« Salim lächelte. »Außerdem kann meine Frau nicht kochen.« Meyer lachte laut und mit der Unbefangenheit eines Mannes, dessen Stimme die wichtigste in Hörweite ist.

»Okay, Slim«, meinte er. »Das ist viel besser als Sal, denn das klingt ja nach Mafioso – wenigstens da, wo ich herkomme.«

Kurz spielte Salim mit dem Gedanken, ihn zu fragen, ob er Jude sei. Meyer hätte bei einem Amerikaner als Name gepasst. Dann hätte Salim sein Geheimnis mit jemandem teilen und ihm anvertrauen können, dass seine Frau Jüdin war. Ihre Familien konnten sich vielleicht miteinander anfreunden... und wer wusste, welche Möglichkeiten das eröffnen würde. Doch noch ehe er sich entscheiden konnte, hastete Meyer schon davon, um sich einen anderen Abteilungsleiter vorzuknöpfen, während Salim dem wogenden Hinterteil der Sekretärin zu seinem neuen Büro folgte.

Meyer hielt Wort und ließ Salim die Namen einiger Projektassistenten, Manager und Techniker zukommen, die er sich ansehen sollte. Die richtige Zusammensetzung des Teams war sehr wichtig. Die Iraker suchten jemanden, der moderne Stahlbauten in ihren Himmel ragen lassen würde; ein Zuschlag bedeutete einen Millionengewinn für Odell und noch mehr, ja so viel mehr für Salim.

Nacht für Nacht saß er über Listen, tagsüber führte er Gespräche mit Bewerbern und ertappte sich manchmal dabei, dass er sich über die Ernsthaftigkeit und beängstigende Professionalität der Amerikaner wunderte. *Wir sollten einfach mit ein paar Kisten gutem Scotch und einigen schönen Frauen hinfahren und ihnen anbieten, ihnen einen Teil der Kosten auf ihre Schweizer Bankkonten rückzuüberweisen*, witzelte er einmal Meyer gegenüber, der ihn nur aus grauen Augen ansah. »Wenn es nötig ist«, erwiderte er.

Das einzige Haar in der Suppe war Omar, der sich auf die Andeutungen seines Vaters berief, und zwar während des Ramadan, als alle anderen im Büro fromm hungernd vor ihren Schreibtischen dahindämmerten.

Salim hatte nicht die geringste Lust dazu, den ganzen Tag auf Essen und Trinken zu verzichten, insbesondere wenn es draußen fünfzig Grad heiß war. »Interessiert es Gott tatsächlich, was man zum Frühstück isst?«, meinte er zu Jude. Und dennoch hatte er ein wenig Mitgefühl mit den geschwächten Fastenden im Büro und tat sein Bestes, um ihnen seinen Nachmittagsimbiss zu verheimlichen.

Ganz im Gegensatz zu Omar, der fest entschlossen war, ein geschmeidiges junges Rennpferd zu sein, kein alter Esel, der einen Karren voller religiöser Verpflichtungen hinter sich herzog. Eines Tages kam er mit zwei großen Pepsis und Hühnchensandwiches aus der Kantine in Salims Büro. »Was soll das?«, fragte Salim und schloss die Tür.

»Entschuldige!« Omar wirkte aufrichtig erstaunt. »Ich

dachte, du hättest vielleicht Hunger. Ich habe dich nicht zum Mittagessen gehen sehen. Alles in Ordnung«, fügte er hinzu und wies mit einer verschwörerischen Kopfbewegung in Richtung Vorzimmer. »Die wissen, dass du nicht fastest. Es braucht dich auch gar nicht zu kümmern. Du bist der Boss hier, richtig?« Er setzte sich an den Schreibtisch und biss in sein Sandwich, dass ihm die Krümel auf den sauberen Kragen seines rosafarbenen Hemds fielen.

Wie sich herausstellte, wollte Omar über das Bagdad-Projekt sprechen. »Es wird sicher eine faszinierende Erfahrung«, verkündete er. »Unser größtes bisheriges Vorhaben auf einem neuen Markt. Hoffentlich kriege ich eines Tages einen Posten wie deinen. Es ist einfach toll. Wie oft, glaubst du, müssen wir hinfahren, bis alles unter Dach und Fach ist? Zweimal? Dreimal? Die Iraker sind harte Hunde. Ich hatte schon früher mit ihnen zu tun.«

Als Salim Omar beim Reden beobachtete, wurde er von einer Mischung aus Erschöpfung und Neid ergriffen. Er klang sogar wie Meyer, eine jüngere Version von ihm, geformt in Jordanien und Amerika, in mit Marmor ausgestatteten Räumen und Privatschulen. Wenn Omar mit Salim über den Kampf und seine Herkunft sprach, fühlte er sich an Marcs und Sophies in Primärfarben gezeichnete Strichmännchen erinnert – Bilder ohne Tiefe, Feuer ohne Hitze.

»Omar, du weißt, dass ich mein Team noch nicht zusammengestellt habe«, erwiderte er. »Ich brauche für jeden Namen das Okay von oben. Ich hätte dich zwar gern dabei, kann dir aber noch nichts versprechen.«

Omar starrte ihn erschrocken an. »Warum nicht? Ich bin hoch qualifiziert. Ich bin der beste Projektassistent in dieser Abteilung. Ich bin sogar Ingenieur und könnte die Techniker unterstützen. Welchen Grund könnte es denn geben, mich nicht an Bord zu holen?«

Am liebsten hätte Salim ihn geschüttelt, um ein wenig Verstand hinter die selbstzufriedene faltenlose Stirn zu pressen. »Hier geht es nicht um deine Qualifikationen. Du bist sehr gut, das weiß ich, doch das gilt auch für viele andere. Ich muss jede Entscheidung begründen, Omar. Ich kann nicht einfach meine Freunde aus dem Hut zaubern. Welchen Eindruck würde das denn machen?«

Omar stellte die Pepsi weg. Zorn zeigte sich in seinen Augen mit den langen Wimpern. »Natürlich musst du das tun, was für das Team das Beste ist, ich verstehe. Aber ich bin hoch qualifiziert«, wiederholte er. »Niemand könnte dir einen Vorwurf daraus machen, dass du einen hoch qualifizierten Araber für dieses Projekt auswählst. Schließlich hat dir auch mal jemand eine Chance gegeben.«

Salim errötete. Er erinnerte sich an all die dunklen Stunden in London, die er vor Sonnenaufgang aufgestanden war, um den Boden von Hassans Werkstatt zu fegen. Bis spät in die Nacht hatte er über den Lehrbüchern gesessen, nachdem er von seiner Schicht als Barmann nach Hause gekommen war. Im fahlen Morgenlicht war er aus Judes warmem Bett geschlüpft und hatte sich ins Büro geschleppt, um sich dort von reichen englischen Söhnchen maßregeln zu lassen, die noch jünger gewesen waren als sein Gegenüber.

»Ich entscheide, wer qualifiziert ist«, entgegnete er kühl. »Mehr gibt es dazu nicht zu sagen, bis ich alle Unterlagen gesichtet habe.« Omars hoffnungsvolles Lächeln verflog, und Enttäuschung malte sich auf sein Gesicht. Zum ersten Mal erkannte Salim echte Bestürzung hinter der aufgesetzten Schmollmiene. *Wenn wir einander nicht helfen, sind wir nichts.*

»Hör zu, ich weiß, dass du wie ein Bruder bist.« Er ertappte sich dabei, dass er das Wort aussprach, so wie Rafan es vor so langer Zeit im Zusammenhang mit Farouk getan hatte. »Ich tue mein Möglichstes. Vertrau mir.«

»Ich vertraue dir«, erwiderte Omar, und damit war das Thema erledigt.

»Warum können sie mich nicht einfach in Ruhe lassen?«, meinte er später zu Jude, als die Kinder schon schliefen, und ließ sich aufs Sofa fallen. »Überall stoße ich auf Erwartungen und Forderungen. Mein Leben gehört nicht mehr mir – ein Stück muss ich Nadia geben, eines Hassan, eines einem entfernten Verwandten und so weiter und so fort. Es ist, als würde man jeden Tag ausgesaugt.«

Salim spürte, wie Jude ihm mit der Hand über den Hals strich und wie ihre kühle Handfläche seine Augen bedeckte. Ihr Geruch stieg ihm in die Nase, ein zarter Hauch von Salz, wie frisches Brot oder Meeresluft.

»Vielleicht ist es nicht so, wie du glaubst, Sal«, hörte er sie sagen. »Einige dieser Leute lieben dich wirklich. Es könnte aber sein, dass sie befürchten, du könntest ihnen entgleiten.«

Salim lachte auf. »Omar liebt mich nicht. Er gehört nicht zu meiner Familie, da kann Adnan noch so viel darüber salbadern, dass wir dasselbe Blut miteinander teilen.« Er schüttelte den Kopf. »Ein Moskito teilt auch mein Blut, aber ich muss ihn deswegen nicht Cousin nennen. Omar wird mich um einiges weniger lieben, wenn ich ihm den Job nicht verschaffe, du wirst schon sehen.«

Nachdem Herbst und Winter mit mühevollen Vorbereitungen verstrichen waren, ging Salim mit seinen Vorschlägen für die

Verhandlungsstrategie und die Zusammensetzung des Projektteams für Bagdad in Meyers Büro.

Der große Besuch in der irakischen Hauptstadt war für den Frühlingsanfang geplant. Das Team würde eine vorläufige Präsentation veranstalten; und wenn alles klappte, würden die Iraker ihnen den Zuschlag geben, sich an dem Ausschreibungsverfahren als technische Zulieferer für das Bauprojekt zu beteiligen. Innerhalb weniger Wochen würde vielleicht ein Vermögen den Besitzer wechseln, damit Aufzüge der Firma Odell während des nächsten Jahrzehnts in sämtlichen von der irakischen Regierung finanzierten Gebäuden zum Einsatz kamen. Ansonsten würde der Pokal – und Salims neuer Job – an einen anderen gehen.

Die Nacht davor hatte er wach gelegen, während Trugbilder des Scheiterns an der Zimmerdecke tanzten. In den fahlen Stunden kurz vor Morgengrauen hatte Masens Gesicht an der dunklen Decke geprangt. Das schwarze Haar lockte sich eng um sein Mondgesicht, und in seinen Augen stand ein bösartiges und schadenfrohes Glitzern. *Salim, du Esel*, sagte seine Stimme, bevor er im Morgenlicht verschwand.

In Meyers klimatisiertem Büro half ihm die Kühle, sich zu konzentrieren. Er begründete seine Entscheidungen, eine nach der anderen, und er wusste, dass sie Hand und Fuß hatten. Es war ein ausgewogenes Team, dem fast alle von Meyer persönlich vorgeschlagenen Leute angehörten. *Fast alle*. Auch darüber hatte er sich das Hirn zermartert. Wenn er zu wenige von der Liste auswählte, würde er als Rebell, als Cowboy gelten. Überging er den Falschen, hatte er den Wink mit dem Zaunpfahl nicht verstanden.

Meyer saß da und hörte höflich zu. Als Salims Vortrag zu Ende war, griff er nach den sorgfältig vorbereiteten Unterlagen und blätterte sie langsam durch. Salim wurden die Handflächen feucht, und er wischte sie, ohne nachzudenken, an der Hose ab.

»Ich glaube, Sie haben den Nagel auf den Kopf getroffen, Slim«, sagte Meyer schließlich. »Es ist von allem etwas dabei. Die Jungs von der Technik sind wirklich beeindruckend. Ich verstehe nicht, warum ich sie bis jetzt nicht auf dem Radarschirm hatte.«

»Sie waren in Dougs Team und haben sich bei dem Projekt in Katar großartig geschlagen«, erwiderte Salim rasch. »Sie haben bei der Schließung den Job verloren, doch ich garantiere Ihnen, dass sie in diesem Team mehr leisten werden als alle anderen. Nicht, dass das Team hier nicht spitze wäre. Aber ich fand, dass wir fähige Leute nicht an die Konkurrenz verlieren sollten.«

Meyer schmunzelte. »Klug und gleichzeitig ein Menschenfreund! Es gefällt mir, wenn beide Seiten nicht zu kurz kommen. Ich bin begeistert.« Salim wurde von Erleichterung ergriffen.

Meyer blätterte weiter. »Ich sehe, dass Sie Eric in Sachen Projektassistenz übergangen haben.«

»Es war sehr knapp. Eric ist ein ausgezeichneter Planer, und ich weiß, dass er schon seit einer Weile hier im Team ist.«

»Richtig.« Meyers Hand schwebte über der Seite, und Salim betete, dass er zum nächsten Absatz kommen würde. Doch die Hand verharrte; ein Ehering aus Platin funkelte über dicken Knöcheln und einem Hauch silbriger Härchen.

»Ich hielt Omar Al-Khadra dennoch für die bessere Wahl«, fuhr Salim schließlich fort, da er die Kluft des Schweigens nicht mehr aushielt. »Er ist ausgebildeter Ingenieur und wäre deshalb ein ausgezeichneter Verbindungsmann zum technischen

Team. Außerdem kennt er sich in Bagdad recht gut aus. Sie selbst haben ihm immer ausgezeichnete Beurteilungen ausgestellt.« Er hielt inne.

Meyer schlug die Seite um. »Natürlich liegt die Entscheidung ganz bei Ihnen«, erwiderte er. »Doch vielleicht gibt es da einige Dinge, die Sie in Erwägung ziehen sollten, wenn ich mir diese Freiheit gestatten darf. Das Projekt ist sehr heikel. Ich bin sicher, dass auch andere arabische Teams sich beworben haben. Alle wollen sich als Einheimische geben – Ortskenntnisse, persönliche Beziehungen und so weiter und so fort.« Er lehnte sich zurück und musterte Salim. Sein schwerer Körper mündete in einem langen Hals und einem grauen, aristokratischen Gesicht.

»Wissen Sie, die Sache ist, dass man mit der Einheimischen-Nummer keinen Hund mehr hinter dem Ofen hervorlockt. Diese Leute wollen uns, weil wir eine internationale, eine *amerikanische* Firma sind, die ihnen ihr Know-how zur Verfügung stellt. Und ihnen die große, weite Welt ins Haus bringt – tut mir leid, wenn ich das sagen muss. Das gefällt ihnen, auch wenn sie es selbst noch nicht wissen. Verstehen Sie, was ich meine?« Salim nickte. »Ein einheimischer Teamleiter ist bereits ziemlich ungewöhnlich, was Ihnen sicher bekannt ist.«

»Ich bin Brite.«

»Ja, gut. Doch die Frage ist, ob es uns langfristig nützt, auch die Kontaktpflege einem Einheimischen anzuvertrauen. Untergräbt das nicht unsere unterschwellige Botschaft? Nichts gegen Omar, überhaupt nichts. Aber verstehen Sie meinen Einwand?«

Es ist ein beschissener, unfairer Einwand. »Selbstverständlich«, antwortete Salim zögernd. »Ich lasse es mir durch den Kopf gehen. Wenn nötig, ändere ich noch etwas.«

»Mehr verlange ich ja nicht.« Meyer beugte sich vor und schüttelte Salim die Hand. »Sie haben das großartig gemacht. Ich freue mich schon auf Ihren nächsten Lagebericht in Sachen Reise.«

Als Salim an diesem Abend nach Hause kam, hörte er die Kinder im Schlafzimmer herumtoben. Im Wohnzimmer lief der Fernseher, was eigentlich sonst nie der Fall war. Jude saß im bläulichen Schein, die Bilder huschten über ihr blasses Gesicht. Als er eintrat, stand sie hastig auf und schaltete den Fernseher ab.

»Was ist los?«, fragte er, als sie ihm entgegenging, um ihn zu küssen. »Nichts«, antwortete sie, doch ihr Blick war schuldbewusst. »Die Zwillinge sind außer Rand und Band. Ich brauchte eine kleine Pause. Es gibt Hühnchen zum Abendessen.« Er sah ihr nach, als sie an ihm vorbei in die orangefarben geflieste Küche schlüpfte. Marc stürmte den Flur entlang und rief aus voller Kehle nach seiner Mutter. Bei Salims Anblick blieb er ruckartig stehen.

»Du bist früh zu Hause«, stellte er fest. »Bist du sauer?«

Salim schüttelte den Kopf. Er hatte heute Abend keine Kraft für Marc. »Was ist denn das für eine Frage, Marc? Was bringt dich denn auf den Gedanken, dass ich sauer sein könnte? Ich bin nicht sauer.«

»Mummy sagt, dass du manchmal sauer bist, wenn du aus dem Büro kommst.«

Inzwischen stand Sophie neben ihm und stieß ihm den Ellbogen in die Brust. »Marc, pst«, flüsterte sie. Salims Erschöpfung wurde von Bitterkeit abgelöst. *Sogar hier, in meinem eigenen Zuhause, werde ich missverstanden.*

Er ließ die Kinder stehen, ging ins Wohnzimmer, wo die

Jalousien geschlossen waren, schaltete den Fernseher ein und setzte sich, um sich die Nachrichten anzuschauen. In der Küche klapperte Jude unnötig laut mit den Töpfen, genau wie ihre Mutter bei dem einen Mal, das er bei ihrer Familie zum Abendessen eingeladen gewesen war. Damals, vor der beklommenen Trauung in London.

Begleitet von Gewehrsalven und Schreien sprang der Fernseher an. Er brauchte einen Moment, bis seine Augen sich daran gewöhnt hatten, doch dann erkannte er den Schauplatz – eine Kleinstadt in Galiläa, nicht weit von Nadias Wohnung entfernt. Die Kamera glitt über eine unruhig wogende Menschenmasse, junge Männer mit dunklen Gesichtern. Sie hatten Knüppel in der Hand und schrien *Ardna! Damna!* Salim fühlte sich, als schnitten ihre Stimmen durch ihn hindurch. *Unser Land! Unser Blut!* Panzer holperten über die unbefestigten Straßen zu den Dörfern im südlichen Galiläa, während Männer in Jeans und mit *Kufiyas* Reihen junger israelischer Soldaten angriffen.

Die Stimme des Kommentators überdeckte die Szenen – eine englische Stimme, erfüllt von arabischen Gefühlen, was Salim seltsam erschien. Die Israelis eroberten neue Teile arabischen Landes rings um Nazareth. Die nächste Einstellung zeigte Yitzhak Rabin, den israelischen Premierminister, der darüber sprach, dass Israel Sicherheit und neue Siedlungen brauche. Ein verschwommenes Video zeigte einen Mann – einen Dichter namens Ziad –, der die Palästinenser aufforderte, sich zu erheben und sich zu wehren. *Ziad* – wie der Mann in Shatila. Sie hatten einen landesweiten Streik ausgerufen und ihn Tag des Landes genannt. *Jom Al-Ard.*

Die nächste Meldung befasste sich mit Spannungen im Iran. Salim schaltete ab. Morgen würde er Omar gegenübertreten und ihm die schlechte Nachricht überbringen müssen. Er fühlte sich schmutzig, so schmutzig wie ein Verräter, und er hatte die ganze Sache satt.

In der Küche saßen Jude, Sophie und Marc schon am Tisch. Sophie machte sich mit beiden Händen über eine Hühnerkeule her, während Marc das Fleisch vom Knochen löste und in einem ordentlichen Kreis auf seinem Teller anordnete. In der Ecke ertönte ein Klappern aus Sophies Vogelkäfig, als sich seine verwundeten Bewohner, gerettet vor Katzen oder Autowindschutzscheiben, ängstlich die Gitterstäbe entlanghangelten.

Jude blickte auf, als er hereinkam. Er kannte diesen gleichzeitig unglücklichen und trotzigen Gesichtsausdruck. Salims Gefühle trieben noch immer in dem bitteren Gebräu der Erinnerungen; sie sah mehr denn je aus wie Lili Yashuv, die hinter ihrem Mann am Tor ihres Hauses stand. Jude und Lili – die beiden Bilder überlagerten sich wie zwei Diapositive und trafen sich in beeindruckender Klarheit in den Linien ihrer langen Nasen, den hohen Stirnen und den blauen Augen.

Er zog sich einen Stuhl heran und nahm den Teller mit Reis von ihr entgegen. Obwohl es ihm den Magen zuschnürte, schaufelte er sich den Reis in den Mund und versuchte, die Wut beiseitezuschieben. *Ich bin Brite*, hatte er Meyer heute Nachmittag angefleht. Peinlich und beschämend wie ein kleiner Junge, während seine wahre Heimat immer mehr beschnitten wurde – von Männern wie Meyer und Frauen wie Jude.

»Ist es heute in der Arbeit gut gelaufen?«, fragte Jude. »War Meyer zufrieden?«

»Mehr oder weniger.« Er warf einen Blick auf Marc, der ihn, über die große sezierte Hühnerkeule hinweg, eindringlich musterte. »Was ist mit dir, Marc? Hattest du heute Arabischunterricht?«

»Das war gestern«, erwiderte Sophie fröhlich. »Mr. Shakir war hier bei uns.«

Salim betrachtete Marc. Wie konnte er so blaue Augen haben? Das Kind, das seinen Namen weitertragen würde, hatte so gar nichts von ihm. Es war ungerecht. So, als hätten sich die Gene von Jude und seiner Mutter verschworen, um ihn daran zu erinnern, dass er keine Macht hatte, nichts, was es wert gewesen wäre, es kommenden Generationen zu vermachen.

»Was habt ihr im Unterricht gelernt?«, fragte er den Jungen. Marcs Blick wanderte wieder zu seinem Teller.

»Wir haben die Namen von allen Tieren gelernt.«

»Wirklich? Also kannst du mir ja sagen, was es heute zum Abendessen gibt.« Mit gerunzelter Stirn untersuchte Marc sein zerlegtes Hühnchen. Als er seinen Vater wieder ansah, lag eine leichte Besorgnis in seinem Blick. »Hab ich vergessen«, meinte er.

»Ich weiß es«, jubelte Sophie, aber Salim unterbrach sie mit einer Handbewegung.

»Ich habe Marc gefragt. Komm schon, Marc. Überleg mal.«

»Ich hab doch schon gesagt, dass ich es vergessen habe.«

»Das genügt mir nicht. Du hast es erst gestern gelernt. Also kannst du es unmöglich schon wieder vergessen haben. Hast du vielleicht nicht richtig aufgepasst?«

Marc sah seine Mutter hilfesuchend an. Aber der Seitenblick steigerte Salims Wut nur noch. Als er mit der Hand auf den Tisch schlug, wandte Marc sich ihm ruckartig wieder zu. Sein ganzer Körper zuckte erschrocken zusammen. »Sal, bitte nicht«, meinte Jude.

»Halt du dich da raus«, entgegnete er zornig. »Die Kinder sollen etwas lernen, und deine Pflicht ist es, ihnen dabei zu helfen. Also, Marc, sag etwas auf Arabisch. Irgendetwas, damit ich merke, dass du es ernst meinst, wie ein kleiner Mann. Mach schon.« Er beugte sich vor und zog Marc den Teller unter den Händen weg, damit nichts mehr zwischen ihm und dem Jungen stand.

Marc fing an zu weinen, auf die gepresste Art, die so typisch für ihn war. Seine Lippe zitterte wie bei einem Mädchen, und Tränen rannen ihm die Nase entlang. Salim bemerkte, dass Judes Gesicht kreidebleich war. »Sal, um Himmels willen, es reicht«, zischte sie mit leiser Stimme. Etwas in ihm streckte sich ihr aus all der Wut und dem Selbstmitleid entgegen, um sie zu trösten und sich bei ihr zu entschuldigen. Doch das Bild der israelischen Panzer rollte darüber hinweg und walzte es platt.

»Wenn du tun würdest, was deine Aufgabe ist, wäre er jetzt nicht so überempfindlich«, hörte er sich selbst sagen. »Aber wahrscheinlich willst du nicht, dass er so wird wie all die durchgedrehten Araber, richtig?«

Er stellte fest, dass Sophie inzwischen auch zu weinen angefangen hatte. Tränen standen in ihren dunklen mandelförmigen Augen. *Woher kommen all diese schrecklichen Worte? Was bist du nur für ein Mensch?* Zornig auf sie alle und erschrocken über sich selbst, stand er vom Tisch auf und ging ins Schlafzimmer. Als er die Tür schloss, spürte er, wie sich beruhigende Stille über ihn legte und über die in ihm tobende Verwirrung.

Am Wochenende lud Meyers Frau sie an den Strand an. Jude wappnete sich mit einem freundlichen Lächeln und allen wichtigen Fakten, die am Anfang einer neuen Freundschaft nötig waren: Mrs. Meyer hieß mit Vornamen Anne; sie war Schriftführerin des internationalen Frauenvereins und hatte drei erwachsene Kinder, die in New York irgendwelchen Berufen nachgingen.

Auf dem glühend heißen Sand von Creek bedachte Anne Meyer, deren gewaltiger Sonnenhut an einen von der flirrenden Luft erschöpften Schmetterling erinnerte, sie mit einem schlaffen Händedruck, beklagte sich über die »entsetzliche Hitze« und wandte sich dann wieder ihren anderen Gästen zu.

Sophie lief los, um sich in das Getümmel der übrigen sandigen kleinen Leiber am Ufer zu stürzen. »Pass auf, Schatz!«, rief Jude ihr nach, doch ihre Tochter winkte nur mit dem Arm, ein braunes, glückseliges Schimmern. Marc legte sich unter den Sonnenschirm und malte Strichmännchen in den Sand. Draußen im Dunst hob sich eine winzige Sandbank weiß vom blauen Wasser ab. *Nicht einmal hundert Meter*, dachte sie. *Früher wäre ich, ohne nachzudenken, hingeschwommen.*

Das Rauschen des Wassers und die Kinder ließen weit entfernte Erinnerungen wiederauferstehen; der Radau im Schwimmbad Wearside, die Testwettkämpfe für die Juniorenmannschaft, die unbefangenen Freundschaften. *Ein anderes Leben, ein anderer Weg, den du nicht eingeschlagen hast.* Von einem plötzlichen Schmerz ergriffen, zog sie die Knie an die Brust und wandte sich zu Salim um.

Er ragte hoch über sie auf und hatte die Super-8-Kamera auf Sophies hüpfende Gestalt gerichtet. Als ihre Blicke sich trafen, kniete er sich hin und legte ihr eine Hand auf die Schulter. Sein Körper war so braun wie der dunkler werdende Sand. Seit dem Streit aus heiterem Himmel verhielt er sich abwechselnd reumütig und trotzig. Der Druck wegen des Geschäftsabschlusses, mehr nicht, sagte sie sich. So eine gewaltige Belastung, es allen anderen zeigen und dieses unsinnige Vorhaben erfolgreich durchziehen zu müssen.

»Alles in Ordnung, mein Liebling?« Die Besorgnis in seinen Augen rührte sie – einer dieser kostbaren Hinweise darauf, dass sie einander noch immer ohne Worte verstanden und jede Seele von den Bedürfnissen der anderen widerhallte.

»Wundervoll.« Sie lächelte ihn an und wies ans Ufer. »Schau dir unsere Sophie an.« Ihre Tochter tollte mit einem anderen namenlosen Mädchen herum und planschte vergnügt im warmen Wasser. »Sie hat vor nichts Angst, was?«

»Genau wie ihre Mutter«, erwiderte Salim und drücke Jude die Schulter. Aus unerklärlichen Gründen stiegen ihr Tränen in die Augen. Neben ihr mischte sich das Geräusch von Marcs Summen mit dem Plätschern der Wellen. Alte Erinnerungen strömten heran – wie der Regen auf ihre Stirn gefallen war, als Salim sie zum ersten Mal geküsst hatte; der Schwall Fruchtwasser und das Gefühl der vollkommenen Leere, als man Marc endlich aus ihrem Körper zog, viele Stunden nachdem Sophie dem Arzt einfach in die Hände geglitten war. Salim war so glücklich über seinen Sohn und seine Tochter gewesen. Sein Gesicht hatte gestrahlt vor Wonne, als er sie aus ihrem Körbchen genommen und ans Licht gehalten hatte.

Selbst ihre Namen waren kostbar, eine in den Boden gerammte Flagge, die ihnen das Recht gab, ihre Entscheidungen selbst zu treffen. Sophie war nach Safiya benannt, der willensstarken jüdischen Frau des Propheten, die eine ganze Nation von Zweiflern bekehrt hatte. Mit Marcs Namen war es schwieriger gewesen. Die Tradition hätte sie zu *Said*, nach Salims Vater, verdonnert. Doch sie waren ihr mit Marc, dem Namen des Großvaters, der Rebecca das Leben gerettet und den Jude nie kennengelernt hatte doch treu geblieben. Sie waren wichtig, die geheimen Wahrheiten, die sich in ihren Kindern verbargen und ihre alten Leben mit dem neuen verbanden, das sie sich zusammen aufbauten.

»Hast du schon mit Anne gesprochen?« Salim beobachtete Meyers Freunde, die unter einem großen Sonnenschirm Pepsis verteilten.

Jude kehrte in die Gegenwart zurück. »Ein bisschen.«

»Ich hoffe sehr, dass ihr euch miteinander anfreundet. Weißt du was? Ich hole dir was zu trinken«, sagte er, stand auf und schlenderte zur Kühlbox hinüber.

Sie betrachtete ihn, wie er, zwei Pepsis in der Hand, am Rand einer lachenden Männergruppe stehen blieb. Ein fröhlich interessierter Ausdruck malte sich auf sein Gesicht und verriet nichts von der Anstrengung, die es ihn kostete, ihnen kein Lächeln schuldig zu bleiben, während sie fortfuhren, ihn zu ignorieren.

Auf der anderen Seite des Strandes hatte es sich eine große arabische Familie auf Matten bequem gemacht. Die auffrischende Brise wehte den Duft von Kardamomtee herüber. Immer wieder wanderte Salims Blick zu ihnen. Sie wusste, was in ihm vorging, die unausgesprochene Frage, die Sehnsucht nach einer Umarmung.

Sie ließ Marc unter dem Sonnenschirm sitzen, gesellte sich zu Salim und nahm ihm die Pepsi aus der Hand. Als er sie aus dunklen Augen ansah, wurde ihr klar, dass ihm die Situation peinlich war. Also rief sie Anne zu, die in einem niedrigen Liegestuhl eine Zeitschrift las. »Hallo, Anne, kann ich Ihnen etwas zu trinken bringen?«

»Nein, danke.« Nur eine magere Hand bewegte sich und wedelte ungeduldig die aufgeheizte Luft weg. Salim versuchte es noch einmal. »Anne, wussten sie, dass Jude und Sie beide Lehrerinnen sind? Jude fängt bald an der Kuwait International School an – bevor wir herkamen, hat sie an ihrem Master in Literatur gearbeitet. Ich habe gehört, dass Sie auch unterrichten.«

Mrs. Meyer räusperte sich – ein Geräusch zwischen Bestätigung und Ende des Gesprächs. Dann lehnte sie den Kopf zurück, als wolle sie schlafen. Salim stand wartend mit seiner Pepsi da, die Körperhaltung angespannt und auf eine Antwort hoffend. Nackter Hass stieg in Jude hoch. *Abgehalfterte Vogelscheuche.* Sie fragte sich, wo Peggy jetzt wohl sein mochte, an welchem Strand sie lag und welche Schulter ihre hellrosafarbenen Nägel umfassten.

Sie machte sich von Salim los, marschierte zum Ufer und betrachtete die Sandbank. Eine einsame Möwe war auf dem leuchtend weißen Sand gelandet, das Sinnbild distanzierter Schönheit. Ihr Zorn richtete sich gegen Salim – diese ständigen Demütigungen waren seine Schuld, der Preis für seine Sucht nach Anerkennung. Seinetwegen hatte sie ihr Land verlassen und die Traditionen, zusammen mit Rebeccas Menora, in eine Kiste gepackt. Und dennoch konnte ihre Liebe allein ihn nicht zufriedenstellen. Die eifersüchtigen Anteile in ihr wollten, dass er alles hinwarf und diesen Leuten ihren Snobismus in die feist grinsenden Gesichter schleuderte. Doch hätte das etwas genützt? Hatte es sie damals glücklich gemacht, vor der Erniedrigung zu fliehen und all ihre Träume vor Peggys Haustür zurückzulassen? *Ich war die Beste in meinem Jahrgang. Ich hätte es in die Mannschaft schaffen müssen.*

Sie trat ins Wasser und spürte, wie es sie umschmeichelte. Die salzige Wärme unterschied sich himmelweit zu dem kühlen grünen Geruch in Wearside. Und dennoch hatte sie Mr. Hicks vor sich, der sie anfeuerte: »Los, Judith! Los, schneller!« Sie wollte auf der Sandbank stehen und sich die anderen aus der Ferne anschauen. Sie wollte wieder ein Mädchen sein und alles noch vor sich haben.

Das Meer war sanft und wurde kühler, als das Ufer steil abfiel. Ihre Arme durchschnitten die ruhigen Wellen. Als sie sich mit den Beinen abstieß, spürte sie das köstlich vertraute Strecken ihres Körpers, den Schmerz lange nicht benutzter Muskeln und das Glücksgefühl von Widerstand und Geschwindigkeit.

Auf halbem Weg wurde sie von der Strömung erfasst.

Anfangs war es nur ein Ziehen an ihren Beinen. Dann sah sie, wie die Sandbank plötzlich nach rechts rutschte.

Und im nächsten Moment packte das Wasser zu. Ungläubig, mit rudernden Armen kämpfte sie weiter dagegen an, während alle Instinkte ihr befahlen, sich mehr Mühe zu geben. Doch bald verwandelten sich ihre Schwimmzüge in ein hilfloses Strampeln, als ihre Kraft ins offene Meer hinausgesaugt wurde.

Ich schaffe es. Doch sie wusste nicht mehr, wo die Sandbank war, und die Sonne brannte auf ihren Kopf hinab. Inzwischen wurde sie schneller vorangetragen und konnte nicht mehr anders, als sich dem Sog geschlagen zu geben.

Schwimm diagonal, sagte sie sich. Der Gedanke erfüllte ihren Verstand. Aber mittlerweile hatten die Wellen sie eingeholt, und auf allen Seiten ragten Wände aus Wasser auf. Wasser drang in ihren Mund und bis hinunter in die Lunge. Sie bekam nicht mehr genug Luft; sie musste an Land. Sie warf sich hinein ins Nichts, und dann ging sie unter, ohne Orientierung, die Arme schwächer und ziellose Kreise beschreibend.

Als sie kurz auftauchte, sah sie die Kinder, die sich wie Schattenrisse in einem Buch am Ufer abzeichneten. Ein Mädchen streckte den Arm aus und lachte oder rief etwas.

Im nächsten Moment schlossen sich andere Arme um sie. Sie hoben ihr den Kopf an, und sie spürte, wie sie sie umfassten. Da war das Ufer, die Rettung war so unglaublich nah. Und als sie sich mit der Hand an der Brust des Mannes abstützte, spürte sie Salims Herz im Gleichtakt mit ihrem schlagen, während er sie beide ans Ufer brachte.

Am Strand ließ sie sich auf die Knie in den Sand fallen. Er folgte ihrem Beispiel und schlang die tropfnassen Arme fest um sie. Da er weinte, waren seine Worte kaum zu verstehen. »Was sollte das? Was hast du dir dabei gedacht?« Auch Marc war da und klammerte sich an ihre Beine, während Sophie sich zwischen ihre ineinander verknoteten Gliedmaßen und die mit Sand und Tränen verschmierten Gesichter zwängte.

Als sie sie berühren wollte, gehorchten ihr die Arme nicht mehr. Doch sie brauchte gar keine Arme, da seine sie ja fest umfassten, viel stärker und beschützender als ihre eigenen. »Es tut mir so leid«, war alles, was sie Salim ins Ohr flüstern konnte; sein Schweiß brannte scharf in ihrem Mund.

»Schon in Ordnung«, stieß er hervor, während sie sich, zu einem Wesen verschmelzend, aneinanderklammerten. »Jetzt sind wir alle hier. Wir sind in Sicherheit.« Die Worte umgaben sie wie das Rauschen der Wellen und übertönten alles andere. *Jetzt sind wir alle hier, wir sind in Sicherheit, wir sind in Sicherheit.*

Eine Woche vor der Reise nach Bagdad änderte sich alles.

Zuerst ging Marcs Baum ein. Nachdem er sich durch den wenige Monate langen etwas kühleren Winter in Kuwait gequält hatte, gab er schließlich auf. Seine hellgrünen Blätter rollten sich zu gelblichen Fetzen zusammen, die hilflos zu Boden rieselten. Salim wollte den Baum ausgraben, doch Marc brach bei diesem Vorschlag in Tränen aus. Also ordnete Sophie Steine rings um den mageren Stamm an, wodurch das Arrangement erst richtig an einen Friedhof erinnerte. Salim war der

Anblick – eine Mischung aus Gedenkstätte und Grab – verhasst, wenn er morgens das Haus verließ.

An dem Tag, als die Tickets nach Bagdad gebucht wurden, kam Eric in Salims Büro. Der Projektassistent von Meyers Gnaden war blasser als gewöhnlich und schlug ratlos die Stirn in Falten.

»Was ist?«, fragte Salim. Eric hatte leuchtend rotes Haar, allergisch tränende Augen und eine Nase, die aussah, als würde sie sich vor lauter Laufen bald auflösen. Wie Meyers Sekretärin zu sagen pflegte, war er Feuer und Wasserschlauch in einer Person.

»Sie kriegen hier gleich einen Anruf rein«, meinte er in unheilverkündendem Ton und wies auf das Telefon auf Salims Schreibtisch. »Ich denke, Sie sollten ihn selbst annehmen.«

Salim griff zum Telefon und drückte auf den rot blinkenden Knopf, der auf einen Anruf in der Warteschleife hinwies. Sofort begann es in der Leitung zu knistern. »Hallo?«, versuchte er, die statischen Geräusche des Ferngesprächs zu übertönen.

»Mr. Al-Ismaeli, *schlonak*?« Eine irakische Begrüßung von Abdel-Rahman, ihrem Vertreter in Bagdad. »Ich wollte Ihnen etwas sagen, das ich heute aufgeschnappt habe; es ist sehr wichtig.« Ein Kreischen in der Leitung. Salim hielt den Hörer weg vom Ohr. Es war die Sirene eines Autos gewesen. Offenbar hielt Abdel-Rahman es für klüger, von einem öffentlichen Telefon aus anzurufen.

»Was ist los?« Er sprach Englisch, damit Eric folgen konnte.

»Ich war im Al-Rashid, um unsere Reservierungen zu bestätigen«, rief Abdel. Das Al-Rashid war eines der luxuriösesten Hotels in Bagdad und befand sich in der Nähe des Präsidentenpalasts. »Ich wollte ein Zimmer schon ein paar Tage früher buchen, um alles vorzubereiten. Aber das Mädchen am Empfang sagte, das ginge nicht. Eine andere Gruppe würde erwartet, irgendwelche Amerikaner aus Bahrein. Ich habe sie dazu gebracht, mir den Namen zu zeigen. Er lautet Curran, *Habibi*. Die Männer von Curran kommen in drei Tagen in den Irak. Also habe ich im Büro des Ministers angerufen. Es stimmt. Diese Schweinekerle, diese *Kahleti*, sind uns zuvorgekommen. Sie werden mit dem Minister verhandeln, ihm ein Bestechungsgeld bezahlen und den Auftrag einsacken. Und wenn Sie hier erscheinen, ist gerade noch Zeit für einen feuchtwarmen Händedruck.«

Salim schwindelte. »Sind Sie sicher?«

»Absolut, *Habibi*. Die haben uns reingelegt. Was wollen Sie jetzt tun?«

Ich habe keine Ahnung. »Ich rufe Sie in zehn Minuten zurück, Aboudy. Geben Sie mir die Nummer, wo ich Sie erreichen kann, und bleiben Sie dort.«

Als er auflegte und Eric anblickte, fragte er sich, was der junge Mann wohl sah. Sicher nur wieder einen gescheiterten arabischen Manager. Die Welt war voll von ihnen.

»Sollen wir es Meyer sagen?«, fragte Eric und schlang die Arme um die Brust.

Gütiger Himmel, nein. »Noch nicht«, erwiderte Salim. »Geben Sie mir fünf Minuten.« Eric nickte und ging langsam hinaus. Salim war allein.

Panik durchlief ihn, gefolgt von Selbstvorwürfen. Sie waren unaufmerksam gewesen und hatten den Zeitpunkt falsch gelegt – und nun würde ein anderer das Rennen machen. Und er, Salim, war der Mann, der sie in diese Katastrophe, in diese Blamage für ihr Unternehmen, geführt hatte.

Er stand auf, trat ans Fenster und blickte hinaus auf die

dunstige Stadt und die große, menschenleere Wüste dahinter. Licht spiegelte sich in den Limousinen, die unter ihm durch die Straßen glitten. Sie erinnerten ihn an silbrige Fische, die über dem klaffenden Maul der Wüste kreisten, nur einen Finger breit entfernt vom Untergang.

Auf dem Regal neben ihm stand ein Foto von Jude und den Kindern. Ihr Haar stach ihm ins Auge, und eine Erinnerung regte sich, der jiddische Ausdruck, den sie so gern benutzte – *sei ein Mensch. Sei mutig.* Sie und Meyer hatten leicht reden. Sie waren als Herren geboren. Da die Regeln für sie maßgeschneidert waren, brauchten sie sich nie einen Umweg einfallen zu lassen.

Und da sah er es so klar und deutlich wie die Mittagssonne, das Schimmern einer verborgenen Straße. Meyer würde es nie verstehen, ganz im Gegensatz zu jedem Araber, bei dem sofort der Groschen fallen würde. Es war der einzige Ausweg.

Er ging über den Flur zu Erics Büro. Sein Herz klopfte bei jedem Schritt. »Hören Sie«, begann er und warf Abdel-Rahmans Telefonnummer auf seinen Schreibtisch. »Ich möchte, dass Sie ihn zurückrufen und für morgen Nacht jedes verfügbare Zimmer im Al-Rashid reservieren. Wir werden uns in Bagdad mit dem Minister treffen. Buchen Sie die Flüge, und trommeln Sie das Team zusammen.«

Eric erbleichte unter seinen Sommersprossen, und ein Schweißtropfen rann ihm von der Nasenspitze.

»Aber das geht doch nicht ... Ich meine, wir sind doch noch längst nicht fertig. Außerdem haben wir gar keinen Termin mit Ramadan. Offenbar haben die kein Interesse an Gesprächen mit uns.«

»Na und?«, entgegnete Salim und fühlte sich zum ersten Mal bei diesem Projekt überlegen. »Hatte Ihre Freundin vor

Ihrem ersten Treffen Interesse? Meine Frau ganz sicher nicht. Bis morgen sorge ich dafür, dass sie interessiert sind.«

Er ließ Eric sitzen und steuerte auf die hinterste Ecke des Großraumbüros zu. Zu seiner Erleichterung war Omar an seinem Schreibtisch.

Seit der junge Mann von Salims Entscheidung erfahren hatte, hatte er kaum ein Wort mit ihm gewechselt. Und als Adnan Salim eine Woche später bei einer Abendeinladung begegnet war, hätte sein Verhalten kühler nicht sein können. Allerdings war der alte Mann höflich geblieben und hatte nur kopfschüttelnd gemeint: »Ein Jammer, dass du und Omar nicht zusammenarbeiten konntet.« Später, als sich das Gespräch um Politik und Reisen gedreht hatte, hatte er Salim am Arm berührt und gesagt: »Wir müssen vor diesen *Americani* auf der Hut sein, oder, Salim? Du glaubst, sie seien deine Freunde, und du verkaufst dich an sie, doch letztlich vergessen sie nie, woher man kommt.«

Omars Augen weiteten sich bei Salims Anblick. »Salim! Was für eine Überraschung. Geht es dir gut?«

»Nicht besonders, um die Wahrheit zu sagen.« Salim ließ sich auf Omars Schreibtischkante nieder. »Als du letztens in Bagdad warst, hast du dich doch mit dieser Sängerin rumgetrieben – wie hieß die noch mal?«

»Hanan.«

»Genau. Du sagtest, sie sei eng mit Ramadan befreundet.« Taha Ramadan war der irakische Industrieminister – der Mann, der ihnen das Blaue vom Himmel herunter versprochen hatte und nun im Begriff war, jemand anderen zu begünstigen.

»Stimmt«, erwiderte Omar mit verdatterter Miene. »Na und?«

»Du musst sie sofort für mich ans Telefon kriegen«, erwiderte Salim. »Es ist mir egal, wie du das machst. Ich brauche Tahas Privatnummer von ihr. Wenn ich nicht noch heute mit ihm spreche, ist das ganze Projekt gestorben.« Er sah, wie Omars Gesicht sich verhärtete.

»Ich verstehe«, höhnte er. »Jetzt kann ich also etwas für dich tun, Salim. Für deine Zukunft.«

Salim schüttelte den Kopf und versuchte, die Verzweiflung zurückzudrängen. »Was geschehen ist, kann ich nicht rückgängig machen«, antwortete er. »Aber wenn das klappt, Omar, gehe ich persönlich mit dir in Meyers Büro und sage ihm, dass du uns gerettet hast.« Er merkte Omar den inneren Kampf zwischen Ehrgeiz, Scham und Widerwillen an, den er selbst so gut kannte. Als Omars Hand in Richtung Telefon zuckte, wusste er, dass der Ehrgeiz gewonnen hatte. Mit einem erleichterten Aufatmen kehrte er an seinen Schreibtisch zurück, um einen panischen Eric zu beruhigen und die verwirrten Techniker in Sicherheit zu wiegen.

Das Telefonat erledigte er nachts, nur zehn Stunden vor dem geplanten Start ihres Flugzeugs. Omars Kontaktperson hatte geliefert, und Salim hatte die Geheimnummer in der Hand. Mit trockener Kehle griff er zum Telefon.

Anfangs lief es nicht sehr gut. »Woher haben Sie diese Nummer?«, erkundigte sich Ramadans zornige Bassstimme.

»Von Ihrer Freundin, Exzellenz«, erwiderte Salim in seinem besten irakischen Dialekt. »Sie möchte wissen, ob Sie sich sonst noch mit jemandem treffen.« *Alles oder nichts.*

Am anderen Ende der Leitung herrschte Schweigen, dann ertönte ein raues Lachen aus dem Bauch heraus. »Diese Amerikaner – alles nehmen sie so ernst«, entgegnete die dunkle Stimme. »Ich fasse es nicht, dass ich zweimal in einer Woche mit Ihnen zu tun habe.«

»Vielleicht sogar früher, als Sie denken, Exzellenz«, antwortete Salim. »Wir werden Sie morgen aufsuchen. Ich kann es kaum erwarten, mit Ihnen am Ufer des Tigris einen *Masguf* zu essen.« Irgendwo hatte er gelesen, dass das irakische Fischgericht Ramadans Lieblingsspeise war – Karpfen aus dem Fluss, entlang der Wirbelsäule geteilt, zu einem Halbkreis aufgeklappt, mit Olivenöl und Tamarinde gewürzt und dann langsam auf einem Holzfeuer gegrillt.

Ramadans Husten klang aus dem Telefon. »*Ya'ni*, schön wäre es, aber ich habe morgen einen vollen Terminkalender. Warum die Eile?«

Salim musste all seinen Mut aufbringen, um weiterzusprechen. »Ganz allein Ihretwegen. Wir können mehr bezahlen als Curran und bieten bessere Bedingungen. Doch wenn die zuerst mit Ihnen sprechen, ist es, als ginge ein Mann zu seiner Hochzeit, wohl wissend, dass ihm ein anderer zuvorgekommen ist. Meine Chefs würden es niemals zulassen. Und Sie müssten sich mit dem niedrigsten Preis zufriedengeben.«

Am anderen Ende der Leitung war nur Ramadans schweres Atmen zu hören.

»Warum sollte es mich interessieren, mit welchen Amerikanern ich Geschäfte mache?«, fragte er nach einer Weile. »Seid ihr nicht alle gleich?«

»Ich bin kein Amerikaner, Exzellenz.« Salim holte noch einmal Luft. »Und wenn Sie mich nicht empfangen, werden Sie nie erfahren, *wie* anders ich bin.« Ramadan schnaubte, doch er widersprach nicht – ein gutes Zeichen.

»Wir könnten es als Freundschaftsbesuch bezeichnen«, fuhr Salim fort. »Wir müssen uns ja nicht im Büro treffen. Ich könnte mir einen besseren und unterhaltsameren Ort einfallen lassen.«

Wieder wurde am anderen Ende der Leitung gehüstelt. »Wenn Sie unbedingt herkommen wollen, meinetwegen. Ich kann Sie nicht aufhalten.« Offenbar legte Ramadan sich seine Worte sorgfältig zurecht. Also folgte Salim seinem Beispiel.

»Wir landen morgen Vormittag um elf. Hoffentlich sehen wir uns am Flughafen, Exzellenz.«

»*Yalla*, es ist spät«, sagte Ramadan. »Gute Nacht, Mr. Al-Ismaeli.« Als er auflegte, hallte das Freizeichen lang und laut in Salims Ohr.

In jener Nacht träumte er vom Orangenhaus.

Es stand hinter ihm am Ende einer langen, hell erleuchteten Straße. Die Sonne am Himmel, so weiß wie Marcs Haar, ließ ihre Strahlen zu Boden fließen, bis sie, Tentakeln gleich, die Luft erfüllten.

Ein Stück voraus trat ein Junge nach einem Fußball. Salim blinzelte ins Licht. Er erkannte Masen. Doch aus unerklärlichen Gründen verwandelte sich Masen plötzlich in Hassan und Rafan, so groß wie Männer. Der Ball flog auf ihn zu, so schnell, dass er ihn nicht fangen konnte. Begleitet vom Gelächter der anderen sauste er an ihm vorbei, doch er konnte sich nicht umdrehen, um ihn zurückzuholen. Hinter ihm raunte das Orangenhaus, und seine Mutter rief nach ihm.

Er blickte über die Köpfe der Knabenmänner hinweg, die wie Schatten von der Straße aufragten, und hielt Ausschau nach dem Meer. Doch es war dunkel und reglos wie eine Glasscheibe.

Todesangst stieg in ihm auf, und er riss sich los und drehte und drehte sich, bis seine Hand Bodenkontakt hatte. Als er aufwachte, hatte er sich in die Decken verheddert und lag weder im Bett noch davor, sondern irgendwo dazwischen.

Am nächsten Morgen berührte das Fahrwerk des Flugzeugs die Landebahn in Bagdad. Die träge im Wind schwankenden Palmen Mesopotamiens winkten sie heran. Als die Räder protestierend kreischten, hätte Salim am liebsten gebetet, wenn es denn noch irgendwelche Götter gegeben hätte, an die man hätte glauben können.

Das Team hatte weder geschlafen noch gegessen, und die Mitglieder konnten einander nicht in die Augen schauen. *Wenn ich sie umsonst hierhergeschleppt habe, werden sie mir das nie verzeihen.*

Irgendwann einmal hatte es eine Zeit der Fairness gegeben, eine Zeit, in der man sich auf andere hatte verlassen können. Salim versuchte, Kraft aus dieser Vorstellung zu schöpfen. Er hatte sich so ins Zeug gelegt und so viel riskiert. Die sich wiegenden Palmen, deren grüne Wedel sie so ahnungslos willkommen hießen – waren sie ein Zeichen? Die Bäume strotzten von beinahe reifen Datteln, kleiner zwar als Orangen, aber deshalb nicht weniger süß. Hatte er seine erste Ernte verloren, um hier mit einer noch besseren belohnt zu werden?

Nachdem sie die Zollkontrolle hinter sich hatten, traten sie in die Ankunftshalle. Frauen und Kinder wimmelten um sie herum, und alte und junge Männer umarmten einander. Kein Würdenträger in Sicht. Salims Herz, das gerade noch so voller Hoffnung gewesen war, krampfte sich zusammen. Es war vorbei.

Doch im nächsten Moment packte Eric ihn am Arm. Die Türen öffneten sich, und herein kamen – herbeigetragen von einer Welle heißer Sommerluft – Ramadan, sein Stellvertreter und eine Delegation, um sie zu begrüßen. Die Iraker waren da. Nun wusste Salim, dass er endlich der Mann war, der er immer hatte sein wollen – der Gewinner des Rennens, der Herr seines Schicksals.

Die Landung in Kuwait, drei Tage später, war sein erster Vorgeschmack auf einen Sieg auf ganzer Linie. Als er aus dem Fenster des Firmenwagens die endlose blaue Fläche des Persischen Golfs betrachtete, fühlte er sich wie erfüllt von diesem Triumphgefühl. Er hatte ein Wunder vollbracht, das wusste er. Und seine vertrauensseligen jungen Untergebenen waren bis auf den letzten Mann in Ehrfurcht erstarrt. Abdel-Rahman, ein knorriger Iraker und nach vielen Jahren Erfahrung in der wetterwendischen irakischen Politik gegerbt wie altes Leder, hatte ihm mit einem verschmitzten Lächeln die Hand geschüttelt und *Mabruk* gesagt – ein arabischer Glückwunsch, der wirklich von Herzen kam. In Salims Aktenkoffer steckte der Vertrag, der noch wenige Tage zuvor für ein anderes Unternehmen bestimmt gewesen war. Meyer würde sich in seinem Ruhm sonnen und den Großteil des Lobs für sich beanspruchen, doch er würde Salim offiziell als Geschäftsführer bestätigen.

Der Aufzug, der ihn zu Meyers Etage brachte, war dasselbe Modell wie viele, die sie in Bagdads aufstrebendem Regierungs- und Geschäftsbezirk installieren würden. Als er leise surrend nach oben fuhr, stützte Salim die Hände gegen die glatten Metallwände. *Ein seltsames kastenförmiges Ding, von dem das Leben eines Menschen abhing.* Er schloss die Augen und spürte, wie der sanfte Sog der Erdanziehungskraft ihn freigab, überwunden von Technologie made by Odell.

Meyer war genauso begeistert, wie Salim es sich vorgestellt und sich auf dem Flug aus Bagdad wiederholt ausgemalt hatte. »Das war ein kühner Schachzug, Slim. Unter tausend Männern würde man wohl keinen finden, der mit so etwas durchkommt.«

»Das Team war großartig«, erwiderte Salim und machte es sich in dem Ledersessel bequem. »Sie haben alle ihren Teil beigetragen, ihren Text gelernt und ihn abgeliefert, ohne auch nur ein Auge zugetan zu haben.«

»Sie sollten alle einen Bonus kriegen, finden Sie nicht?« Meyer ging zu seinem Schreibtisch und notierte sich etwas. Offenbar saß er lieber auf der Schreibtischkante, wenn er mit Salim sprach.

»Ja, natürlich.« Sein Versprechen an Omar fiel ihm ein. Nun konnte er sich endlich von dem hartnäckigen schlechten Gewissen befreien. »Sie sollten wissen, dass ich es ohne Omar Al-Khadra niemals geschafft hätte. Er hat Beziehungen zum engsten Umfeld von Ramadan. Ein Glück für uns, dass er so einen großen Bekanntenkreis hat.«

»Nun, dann sollten wir ihn uns noch mal näher anschauen. Vielleicht einen Posten als Verbindungsmann und Kontrolleur, wenn die Sache in Bagdad erst mal richtig läuft?«

Kurz musste Salim an Masens Hohn, die ständigen abfälligen Bemerkungen seines Vaters und die Arroganz seiner herablassenden englischen Kollegen in der ersten Firma denken. »Die Irakis werden wollen, dass wir auch einen ihrer Leute nehmen«, erwiderte er und bemühte sich, seine Freude zu verbergen. »Das gehört zu unserer inoffiziellen Abmachung mit Ramadan.«

»Sie sind der Boss«, antwortete Meyer. Wieder stand er auf und setzte sich, eine Akte in der Hand, auf den Schreibtisch. »Slim, es ist an der Zeit, dass wir Nägel mit Köpfen machen. Sie haben all unsere Erwartungen übertroffen. Ich bin froh, dass Doug Sie an uns weitergeleitet hat. Also habe ich einen Vertrag aufgesetzt. Sie können ihn sich natürlich gründlich durchlesen, wenn Sie möchten, aber ich würde mich freuen, wenn Sie ihn hier und jetzt unterschreiben.« Er hielt Salim die Akte hin und betrachtete ihn mit gleichmütigen grauen Augen.

Salim nahm sie mit zitternden Händen entgegen. Während er die erste Seite las, steigerte sich sein Herzschlag zu einem Dröhnen in seinen Ohren, das Meyers gelassene Stimme übertönte. »Selbstverständlich gibt es auch noch einen Unterzeichnungsbonus, den Sie sich redlich verdient haben.«

Salims Finger waren eiskalt. Er sah Meyer an und bemühte sich um einen humorvollen Ton. »Hier ist ein Irrtum passiert, John. In diesem Vertrag steht ›stellvertretender Geschäftsführer‹. Eigentlich hatten wir eine volle Geschäftsführerstelle vereinbart.«

Der Amerikaner rutschte auf seinem Schreibtisch herum. Seine Augen waren reglos wie Spiegel. »Ihr Einwand wundert mich, Slim. Wir haben über eine Reihe derzeit zu besetzender Positionen gesprochen, zu denen sowohl die des Geschäftsführers als auch die eines stellvertretenden Geschäftsführers gehörten. Sie kommen für alle beide in Frage und haben Großartiges geleistet, was ich auch gerne anerkennen möchte. Das Angebot ist Teil dieser Anerkennung.«

Salim stand auf, um mit Meyer auf Augenhöhe zu sein. »Ich erinnere mich noch sehr gut an unser Gespräch. Sie sagten, ich wäre nur noch Ihnen rechenschaftspflichtig und Ihre rechte Hand.«

»Was Sie ja auch waren. Nun aber wird Houston uns einen sehr talentierten und erfahrenen Mann schicken, der schon über zehn Jahre bei unserem Unternehmen beschäftigt ist. Er ist ein wirklich netter Mensch, und ich bin sicher, dass Sie viel Freude daran haben werden, mit ihm zusammenzuarbeiten.«

»Aber die Stelle steht mir zu.« Salim spürte, wie sich ein Schmerz in ihm ausbreitete, als hätte ihn ein Pferd in den Magen getreten – eine Atemlosigkeit und Benommenheit, die einem qualvollen Brennen wich. »Ich habe alles getan, um sie mir zu verdienen. Ich hatte Ihre Zusage.«

Inzwischen sah Meyer Salim unverwandt in die Augen; er hätte aus Granit bestehen können, eine Skulptur, geschaffen aus den Andromeda-Felsen. »Es tut mir leid, dass Sie das so gedeutet haben, Slim.« Seine Stimme strömte in Salims Ohren. »Jetzt habe ich ein schlechtes Gewissen, weil es offenbar ein Missverständnis gab und Sie sich falsche Hoffnungen gemacht haben.« Salim beobachtete die schaumgekrönten Wellen auf dem endlosen Meer.

»Wenn es Sie beruhigt, kann ich hinzufügen, dass wir hier noch nie einen Geschäftsführer hatten, der kein Amerikaner war. Ein Fehler vielleicht, aber so läuft es nun einmal. Also ist es trotzdem eine große Chance für Sie. Sie werden ein wundervolles Leben mit Ihrer Familie führen und genauso schnell reich werden. Falls Ihnen das nicht genügt, tja, dann kann ich Ihnen nur alles Gute für Ihre Zukunft wünschen.«

Als Meyer Salim die Hand hinhielt, schüttelte er sie, ohne nachzudenken. Sein Herz klopfte, als die trockene Handfläche in seine glitt.

»Sie sind ein toller Typ, Slim. Sie werden es in jedem Unternehmen weit bringen.« Meyer ließ die Hand sinken und wies zur Tür. »Warum gehen Sie nicht nach Hause, ruhen sich aus und denken noch mal gründlich über alles nach? Sie haben ein paar anstrengende Tage hinter sich.«

Salim musste sich zwingen, sich zu bewegen, anstatt die demütigende Debatte fortzusetzen. *Wenn ich einen Hut dabeihätte, könnte ich ihn ihm ja hinhalten und um Kleingeld betteln.* Wie ein alter Mann schlurfte er aus dem Büro und an der gelangweilten Sekretärin vorbei zu den Aufzugtüren aus Stahl, die sich öffneten, als hätten sie auf ihn gewartet.

Drinnen in der Kabine empfand er eine verwirrende Leichtigkeit. Es dauerte einen Moment, bis ihm klar war, dass sie sich auf dem Weg nach unten befanden, gefangen in einem Griff, der nur umso fester wird, je mehr man sich dagegen sträubt.

Jude hörte, dass Salims Auto früher als an diesem Tag erwartet in die Einfahrt abbog. Sie stand auf. *Die Brüder Karamasow* fielen zu Boden. Ihr Vorstellungsgespräch bei der Kuwait International School sollte am nächsten Vormittag stattfinden. Heute hatte sie schon viele Stunden damit verbracht, in der Lektüre aus Collegetagen zu blättern, ihre alten Bücher herauszuholen und begeistert Regale freizuräumen, um Platz für mehr zu schaffen.

Durch die Glastür sah sie, wie ihr Mann am Tor der Villa vorbeimarschierte. Die Sonne ging über dem Haufen von Autoreifen und Schutt unter, der sich auf der Brachfläche auf der anderen Seite der Staubstraße türmte. Er hatte Jacke und Krawatte ausgezogen und trug einen Karton unter dem Arm.

Neben Marcs geliebtem totem Limettenbaum blieb er stehen und streckte langsam die Hand danach aus. Die winzigen, kahlen Äste ragten wie verkrüppelte Hände in die trockene Luft.

Anfangs verstand sie nicht, warum Salim, den Krimskrams aus seinem Büro neben sich, dort stand. Doch dann griff er zu ihrem Entsetzen zu dem Spaten, der am Tor lehnte, und stieß ihn in den Boden.

Ohne nachzudenken, rannte sie zur Haustür und riss sie auf. »Sal, nicht!«, rief sie von der Veranda aus. Ihre nackten Füße gerieten auf den staubigen Platten ins Rutschen. Ausgedörrter Sand umwirbelte ihn wie eine gelbe Wolke.

Die kleinen Wurzeln des Baums lagen bereits frei. Salim ließ den Spaten fallen, packte den Stamm und zerrte, bis er sich lockerte. Fasern lösten sich aus dem Boden und rissen ein, sodass Erde in das sich auftuende Loch rieselte. Jude spürte einen Stich in der Fußsohle, als sie die Stufen hinunterlief. Sie griff nach Salim und versuchte mit aller Kraft, seinen Arm wegzuziehen. Heißer Staub füllte ihre Lunge und raubte ihr den Atem.

Im nächsten Moment hörte Judith einen Klagelaut hinter sich, ein hohes, schrilles Geräusch. Dann stürmte etwas an ihr vorbei und warf sich auf Salim, sodass sie beide das Gleichgewicht verloren.

Der kleine Junge schlug weinend um sich und wollte den Baum zu fassen kriegen, der Salim aus der Hand fiel. Sein Gesicht war voller Erde. »Nein, nein, das ist meiner!«, schrie er.

Salim packte Marc an den Schultern. »Er ist tot, kapierst du? Er ist tot!«, brüllte er zurück. Jude verstand überhaupt nichts mehr, als sie sah, dass auch Salim die Tränen über die Wangen liefen. Er versuchte, den Jungen zu umarmen, doch der stieß ihn zornig und mit geballten Fäusten weg.

Marc kauerte sich hin, um seinen Baum aufzuheben und einzupflanzen, doch er fiel sofort um. Wieder und wieder mühte er sich ab, und seine Tränen fielen auf die verdorrten Zweige, die abbrachen und ihn kratzten, bis er rote und braune Striemen an den Armen hatte.

Salim richtete sich auf und sah Jude an. Sein Blick war voller Trauer, und es mischte sich noch ein viel kälterer Ausdruck hinein – eine Art Ekel. Dann drehte er sich um und marschierte an Jude und Sophie, die mit weit aufgerissenen braunen Augen an der Tür stand, vorbei ins Haus.

Ihr erster Gedanke galt ihrem Vorstellungsgespräch am nächsten Tag. All ihre sorgfältigen Vorbereitungen waren zunichtegemacht. Der ordentliche kleine Vorgarten hatte sich in einen aufgewühlten Erdhaufen verwandelt. Marc war mit Zweigen und Schmutz bedeckt und tränennass. Als sie sich über ihn beugte und »Lass uns reingehen, Schatz« sagte, warf er ihr einen Blick zu, die blauen Augen vom Weinen verschwollen und voller Hass.

Schließlich gelang es Sophie, den Baum auf den Boden zu legen und eine Decke darüberzubreiten. Ermattet und leer schmiegte Marc sich in Sophies Arme, während Jude seine Verletzungen desinfizierte. Als sie die beiden später zu Bett brachte, kuschelten sie sich aneinander. Marc war bleich und erschöpft, Sophie niedergeschlagen. »Warum ist Daddy so traurig?«, fragte sie ihre Mutter. Marc drehte das Gesicht zur Wand. »Wahrscheinlich ist in der Arbeit etwas Schlimmes passiert, Schatz«, antwortete Jude und versuchte, sich die wachsende Angst nicht anmerken zu lassen.

Als sie eng umschlungen dalagen, hatte Jude das eigenartige Gefühl, dass sie nur einander und gar nicht ihr gehörten. Sie setzte sich zu ihnen, bis ihre Atemzüge gleichmäßig wurden und ihre Mienen sich entspannten. Die blasse und die dunkle Stirn, nur wenige Zentimeter voneinander entfernt, waren ein herzzerreißender Anblick.

Als es dunkel wurde, stand sie zögernd vor der Tür ihres eigenen Schlafzimmers. Diese öffnete sich, als sie nur ganz leicht mit den Fingern dagegentippte, und sie trat widerstrebend ein.

Er saß in einem sauberen T-Shirt und Shorts auf dem Bett. In der Hand hatte er das Foto, das sonst auf dem Kaminsims stand, ein ausgeblichenes Bild, das sein altes Haus und einen kleinen Jungen davor zeigte. Seine Schulterblätter standen hervor, als er sich über die Aufnahme beugte; dem Mann war der

Jugendliche wieder anzusehen. Trotz ihres Zorns hatte sie Mitgefühl mit ihm.

»Du hast die Stelle nicht gekriegt.« Sie setzte sich, nur einen Finger breit entfernt, neben ihn.

Ohne den Kopf zu heben, reichte er ihr das Foto. Sie nahm es ganz automatisch und fuhr mit den Fingern über das reizende, nach oben gewandte Gesicht des Babys, das in seinem Rahmen vergilbte.

»Die anderen hatten recht, als ich ein Junge war.« Seine Stimme klang heiser. »Masen, meine ich, das mit meinem Vater und mir. Er sagte, wir seien dumm, nichts weiter als *Fellahin* mit ein bisschen Geld und Großmannssucht. Ich war so sicher, dass er falschliegt. Doch dann wurde mein Vater von Abu Masen betrogen, und jetzt haben mir die Amerikaner gezeigt, dass ich kein bisschen klüger bin als er.«

»Was ist passiert, Sal?« Er konnte sie nicht ansehen. »Ich dachte, alles sei so prima gelaufen.«

»Ich habe versagt, das ist passiert«, erwiderte er. »Ich habe dich und die Kinder enttäuscht.« Er ließ den Kopf hängen. »Alle eben.«

»Das stimmt nicht.« Sie suchte nach den richtigen Worten. »Es ist uns gar nicht wichtig.«

»Und ob es wichtig ist.« Er hob den Kopf und lachte auf. »So lange habe ich mich abgemüht – für nichts.«

Der Bilderrahmen in ihrer Hand fühlte sich schwer an – eine bleierne Erinnerung drängte Salim zurück in eine Vergangenheit, die sie nicht miteinander teilen konnten.

»Ich bin nicht nichts, oder?« Ihre Finger umkrallten die Glasscheibe. »Deine Kinder sind nicht nichts. Vielleicht gibt es auf der ganzen Welt niemanden wie uns. Sollten wir darauf nicht stolz sein?«

»Stolz?« Sie sah, dass er den dunklen Kopf schüttelte. »Die Zwillinge können sich ja in den Nachrichten anschauen, wie eure Panzer meine Leute platt walzen, und sich überlegen, wem sie die Daumen halten sollen.«

Jude erstarrte. »Das sind nicht *meine* Panzer, Sal. Außerdem sind *wir* jetzt deine Leute. Deine Familie.«

Schweigend saßen sie eine Weile da, und sie fragte sich, ob er ihr überhaupt zugehört hatte. »Du hast doch gemerkt, was letztens am Strand los war«, meinte er schließlich. »Ein Araber mit Größenwahn. Vermutlich werden sie mich nie anders sehen.« Als sie sich an Peggy erinnerte, wie sie über Kathleens Schulter hinweggrinste, bevor sich die Eichentür schloss, krampfte sich ihr der Magen zusammen.

»Lass uns einfach zurück nach England gehen«, flehte sie. »Dort findest du sicher einen guten Job. Herrgott, Salim, du hast es doch nicht nötig, irgendjemandem etwas zu beweisen.«

Er riss ihr das Foto aus der Hand. »Was weißt du schon davon, jemandem etwas beweisen zu müssen? Soll ich mich wie ein begossener Pudel zurück nach England trollen, um wieder für irgendeinen Weißen den Schuhputzer zu spielen? Oder soll ich in Hassans Werkstatt arbeiten? Ohne deine Leute, die Juden, wäre ich heute ein angesehener Mann. Ein vermögender Großgrundbesitzer, kein Bittsteller.« Hasserfüllt schlug er sich selbst mit der flachen Hand auf die Brust.

Mit Wutträren in den Augen sprang sie auf. »Schau mich an, Sal. Bitte, schau mich an. Ich bin es, Jude. Deine Frau. Bin ich der Feind?«

Als er ihr den Kopf zuwandte, erkannte sie die Sehnsucht eines Jungen in seinem Gesicht. Sein Ausdruck war so todtraurig wie der von Marc, als dieser sich an seinen toten Baum geklammert hatte.

»Vielleicht habe ich es einfach satt, ein *Fellah* zu sein, der von allen herumgeschubst wird«, stieß er plötzlich hervor, drehte sich um und legte sich auf die Seite. »Und jetzt lass mich bitte schlafen.«

Jude spürte den Luftzug, als sich die Schlafzimmertür schloss, und den warmen braunen Teppich unter ihren Füßen. Es war leicht, in diesem Haus still zu sein. Jeder Schritt wurde gedämpft, und alle Geräusche gingen im Rauschen der Klimaanlage unter. Doch wenn Salim sich in sein Zimmer zurückzog, schien das Schweigen noch schwerer auf dem Haus zu lasten; es war bedrückend, und es gab kein Entrinnen.

Sie schlüpfte in ihr Ankleidezimmer, schloss leise die Tür und schaltete die kleine Lampe neben dem Spiegel an. Ihre Finger griffen hinter das Bild von den Kuwait Towers, das Sophie im Kindergarten gemalt hatte, und holten einen kleinen Schlüssel hervor. Er passte zur untersten Schublade vor ihren Füßen, zu der, die all ihren Schmuck und ganz hinten eine kleine braune Schatulle enthielt. Sie klapperte, als sie sie ans Licht hob.

Als der Deckel sich öffnete, funkelte Silber. Die Form in ihren Händen war so vertraut: die Menora, die sie stets an Chanukka angezündet hatte, Rebeccas Geschenk, ihr Reisebegleiter auf der langen Flucht aus den Trümmern von Kischinew. Beinahe hätte sie gelacht, als sie an ihren arabischen Ehemann im Nebenzimmer dachte. *Wer hätte geahnt, dass die Flucht hier enden würde?*

Sie schloss die Augen, doch sosehr sie es auch versuchte, sie konnte die Hände ihrer Großmutter nicht sehen. *Bubbe, ich bin so einsam.* Bis jetzt hatte sie das kalte Gefühl in sich nicht beim Namen nennen können. So kalt wie in dem Moment, als sie in

Rebeccas Zimmer gekommen war und gesehen hatte, wie das Leben aus ihr entwich.

Andere Erinnerungen stürmten auf sie ein – zahlreiche Sabbatabende, wenn die Familie Gold ihre einsamen kleinen Kerzenleuchter anzündete und die Freitagabendgebete sang. Als Dora ihr die Sabbatkerzenleuchter zum Abschied hatte schenken wollen, hatte Jude höflich abgelehnt.

Sie dachte daran, wie sie sich von den Kerzen in den dunklen Räumen die Stimmung hatte erhellen lassen, an den üppigen Wachsgeruch und die dünne, zittrige Stimme ihrer Mutter. Es war ein Geräusch, das über die Ozeane und viele Kilometer zu ihr herüberzuwehen schien, eine gewaltige Flutwelle aus Millionen anderer Stimmen, die über die Erde hallten. Wie oft hatte sie an die Schule, an Kath oder an Peggy gedacht und sich gewünscht, an einem anderen Ort zu sein. Oder ein anderer Mensch.

Sie nahm zwei halb geschmolzene Kerzen unten aus der Schachtel und steckte sie in die beiden äußersten Löcher der Menora. *Sie haben mir gesagt, dass man das nicht tut und dass es verboten ist. Aber sie sind weit weg, und ich bin hier allein in der Dunkelheit.* Sie riss ein Streichholz aus der Kiste an, entzündete die Kerzen und sah ihr Gesicht im Spiegel.

Es war das Gesicht einer Fremden; die junge Frau war fort, und die alte Frau in ihr begann schon zu erblühen. Schatten lagen unter ihren Wangenknochen, doch das flackernde Licht brachte ihre Augen zum Lodern, eine innere Flamme, die sie nicht wiedererkannte. Sie beugte sich über die Kerzen, schlug die Hände vors Gesicht und fing an zu singen.

1982

Im zwölften Herbst der Zwillinge war Jude gerade auf dem Heimweg von der Kuwait International School, als sie von den Bomben erfuhr.

»Pst«, unterbrach sie das Geplapper der Kinder auf dem Rücksitz und stellte das Radio lauter. *Waren das Bomben, was ich heute gehört habe?* Es hatte wie Donner geklungen, ein tiefer, dumpfer Ton, und dann hatten die Fenster geklappert. Danach war der Wind aufgefrischt, und sie hatte dunkle Wolken am Himmel gesehen. *Sandsturm,* war ihr erster Gedanke gewesen. Sie hatte schon vor langer Zeit gelernt, diese Wettererscheinung zu fürchten. Dann wurden alle Fenster im Haus zugeklebt und sämtliche Spalten und Ritzen verstopft. Und wenn der Sturm schließlich kam und die tobende Wüste die Abwehrmaßnahmen auf den Prüfstand stellte, fand er mit hinterhältigen Fingern doch immer wieder einen Weg hinein.

Heute aber waren es Bomben gewesen, kein Sand. Sechs Bomben, verkündete der Nachrichtensprecher, hatten die französische und die amerikanische Botschaft, eine Ölraffinerie und noch andere Gebäude getroffen. Wenn die Bomberpiloten nicht so schlecht ausgebildet gewesen wären, wären noch mehr Menschen ums Leben gekommen. Der Krieg zwischen dem Iran und dem Irak hatte schließlich auch Kuwait erreicht, das kleine Land, das so ungeschützt dazwischenlag. Salims Freund

Adnan hatte es mit zwei Riesen verglichen, die sich um einen eingeölten Zwerg stritten.

»Was ist los, Mum?«, fragte Sophie. »Was ist passiert?«

»Nichts, Schatz«, erwiderte Jude. »Sie reden nur über den Krieg.« Sie stellte fest, dass Sophies Blick angesichts der leicht zu durchschauenden Lüge ihrer Mutter argwöhnisch wurde.

Judes Hände umklammerten das Lenkrad. Seit Israel im Sommer in den Libanon einmarschiert war, warf der Krieg seinen Schatten über ihren Alltag. Alles fühlte sich an wie ein Belagerungszustand, angefangen bei Gesprächen beim Abendessen bis hin zur Heimfahrt, vorbei an kuwaitischen Straßensperren, wo einem die misstrauischen Augen der Soldaten folgten.

Seit Jahren schon fuhr sie die Zwillinge von der International School nach Hause, wenn ihr eigener Unterricht vorbei war. Da die Grundschule früher endete, warteten sie am Trampolin auf dem Schulhof auf sie. Dort hatte sie zum ersten Mal erlebt, dass Marc ein sensationell begabter Trampolinspringer war. Seine Beine hatten etwas Unglaubliches an sich, das der Schwerkraft Paroli bot. Er sprang, als könne er den Himmel mit reiner Willenskraft bezwingen, die Arme über den Kopf gestreckt, die Haare gesträubt wie ein weißer Heiligenschein. Inzwischen war er der Star in Kuwaits jährlich stattfindendem Schultheaterfestival, veranstaltet von einigen altehrwürdigen Schulleitern mit Oberschichtakzent und blaublütigem Stammbaum.

»Das ist nicht fair«, hatte sich Sophie vorhin im Auto zum wohl hundertsten Mal beschwert. »Die ganze Zeit lässt er mich rumstehen und warten. Es ist schon langweilig genug, da abhängen zu müssen, und dann darf ich nicht mal selbst springen.«

Im Rückspiegel sah Jude, wie Marc eine Grimasse in Richtung seiner Zwillingsschwester schnitt, worauf Sophie ihm einen Schubs mit ihrem schlanken braunen Arm versetzte. »Lass das, du Klotzkopf.«

»Im Auto wird nicht rumgestritten«, sagte Jude reflexhaft. Die beiden kabbelten sich nur zum Spaß, und sie wusste, dass sie einander noch genauso innig liebten wie damals, als sie eng aneinandergekuschelt geschlafen hatten.

»Okay, Mum, dann streiten wir eben erst zu Hause weiter.« Marc hatte noch eine Knabenstimme – sie klang hoch und schnell und passte sich in seinen schlanken, blassen Körper ein wie in eine Raupenpuppe. Doch es würde nicht mehr lange dauern, bis der Mann in ihm erwachte, und Jude fragte sich manchmal, was dann wohl aus diesem Kokon schlüpfen würde.

»Oh, Daddy ist früher zu Hause«, verkündete Sophie, als sie in die Auffahrt einbogen. Sein weißer Chevrolet parkte vor dem Haus, und die Haustür stand offen.

Judith wurde von Enttäuschung ergriffen. Seit Salim den Posten bei Odell ausgeschlagen hatte, hatte er vier weitere Stellen gehabt, eine berufliche Sackgasse nach der anderen. Sie fragte nie nach dem Grund, obwohl sie in ihrem Herzen die Wahrheit kannte: Er hatte ständig das Gefühl, zu kurz zu kommen, und geriet deshalb mit seinen Vorgesetzten über Kreuz; seine verwundete Seele witterte hinter jeder Ecke den Versuch einer Demütigung.

Seltsamerweise war es mit Judes beruflicher Laufbahn bergauf gegangen, während Salims Welt schrumpfte. Am Ende ihrer dreimonatigen Probezeit hatte der Direktor ihr gesagt, sie habe ein Talent, Geschichten zu erzählen. Im Laufe der letzten sechs Jahre hatten sich die Regale im Haus langsam mit Büchern gefüllt, entweder von Tony aus England geschickt oder auf dem Markt und bei Haushaltsauflösungen ergattert. Das Unterrichten war für sie zur zweiten Heimat geworden. Sie liebte den Geruch der Klassenzimmer und die runden Augen ihrer Schüler, wenn sie ihnen Welten zeigte, die sie nie zu Gesicht bekommen würden; Leben, noch außergewöhnlicher als ihr eigenes.

Salim beteuerte zwar immer, er sei stolz auf sie, doch in letzter Zeit schwang in diesen Worten zunehmend Neid mit. Und wenn Salim schon vor Büroschluss zu Hause war, konnte das nur eines bedeuten: wieder eine Kündigung und wieder einige Wochen bedrücktes Herumsitzen zu Hause, bevor eine neue Stelle ihn zurück in den immer enger werdenden Kreis der Möglichkeiten zog.

Sie stieg aus dem Familienauto. Ihre früher weißen Arme waren unter der gnadenlosen arabischen Sonne sommersprossig geworden. Salim stand in der Tür, und sie versuchte, ihn anzulächeln. *Ich behandle ihn wie ein rohes Ei. Früher wäre ich auf ihn zugelaufen und hätte mich in seine Arme geworfen.* Nun war es Sophie, die diese Rolle übernahm.

Im nächsten Moment erkannte sie eine zweite Gestalt neben ihm – kleiner, aber mit der gleichen schlanken Figur und den hohen Wangenknochen, die bis hinauf zu den mandelförmigen Augen reichten. Der Fremde grinste und fuhr sich mit der Hand über die Bartstoppeln. »Meine Schwester!«, rief er aus und schlenderte lässig die Stufen hinab in den staubigen Vorgarten. »Entschuldige, dass ich einfach uneingeladen hier hereinplatze.«

Sein Akzent klang amerikanisch, auch wenn etwas Nasales, leicht Französisches darin mitschwang. Als er sie erreichte, stellte sie fest, dass seine Augen genauso dunkelgrün und schräg stehend waren wie Salims, aber arglos und kindlich dreinblickten. Sein Lächeln ließ sie bis ins Mark erschaudern.

Ihr Mann stand verlegen hinter ihm wie sein größer gewachsener Schatten. »Mein Liebling, das ist Rafan«, sagte er. »Mein jüngerer Bruder.« Aus seinem stockenden Tonfall schloss sie, dass er nichts mit diesem Überraschungsbesuch zu tun hatte – offenbar war er ebenso erstaunt wie sie.

»Hallo«, erwiderte sie und hielt ihm die Hand hin. »Ich freue mich sehr, dich endlich kennenzulernen.« Er umfasste ihre Hand mit beiden Händen, als träfen sie einander regelmäßig. »Natürlich ist es ein Jammer«, meinte er, »dass wir uns bis jetzt nicht begegnet sind. Aber wir holen alles nach, keine Sorge.« Er winkte den Zwillingen zu, die mit verdatterten Mienen ein Stück abseits standen.

Als sie im Haus waren, sprang Judes Herz auf und nieder wie ein Kaninchen, das über die Wiesen die Flucht ergreift. Salim hatte kaum von seinem Bruder gesprochen. Jude wusste nur, dass er im Libanon lebte, und hatte nicht weiter nachgefragt. Er gehörte zu jener anderen Welt – der Welt, die Salim zurückgelassen hatte, um Judith zu heiraten.

Beim Abendessen verhielten sich die Zwillinge ruhig und höflich und warteten darauf, dass der Fremde das Wort an sie richtete. Salim stocherte in seinem Essen herum. *Er weiß, warum Rafan hier ist, und will es mir nicht sagen.* Irgendein geheimes Gespräch auf dem Weg vom Flughafen hierher hatte offenbar dafür gesorgt, dass sich nun ein schuldbewusster und zorniger Ausdruck auf Salims angespanntem Gesicht zeigte.

Schließlich brach Marc das Schweigen. »Wusstest du, dass Onkel Rafan uns besuchen kommt, Dad?« Marc hatte schon vor vielen Jahren aufgehört, seinen Vater *Daddy* zu nennen. Genau genommen war sie nicht einmal sicher, ob er es überhaupt je getan hatte.

Rafan zeigte mit einer Gabel voller Lamm auf Marc.

»Ich habe deinen Vater überrascht, junger Mann. Das war

sehr ungezogen von mir, aber er ist so ein guter Bruder, dass es ihn nicht stört. Natürlich gehört es sich in England nicht, einfach bei seiner Verwandtschaft auf der Matte zu stehen. Doch in arabischen Familien ist das anders. Bei uns sind die Türen immer offen, wusstest du das?« Marc zog die Augenbrauen hoch. »Insbesondere, wenn ein Bruder oder eine Schwester dringend Hilfe braucht.«

»Brauchst du denn Hilfe«, erkundigte sich Sophie.

»Ein bisschen, meine Schöne. Ihr wisst doch, dass ich in Beirut wohne, richtig?« Die Zwillinge nickten. »Nun, dort leben viele Palästinenser. Sie haben keine Häuser wie das hier, sondern wohnen in Lagern, eng zusammengedrängt und in bitterer Armut und im Schmutz. Das hat euer Vater euch sicher erzählt.«

»Mr. Shakir hat es uns gesagt«, erwiderte Sophie. »Das ist unser Arabischlehrer.« Lachend versetzte Rafan Salim einen Rippenstoß. »Du beschäftigst einen Lehrer, der ihnen deine eigene Sprache beibringt, großer Bruder?«, meinte er auf Arabisch zu Salim. Da Jude viel schneller lernte als ihre Kinder, verstand sie ziemlich viel, was Salim allerdings nicht zu wissen brauchte.

Marc stützte die Ellbogen auf den Tisch und musterte Rafan mit zur Seite geneigtem Kopf. »Und du wohnst in einem von diesen Lagern?«, fragte er. Rafan schüttelte den Kopf. »Nein, ich habe das Glück, dass ich einen libanesischen Pass besitze. Darum musste ich dort nicht hin. Aber viele meiner Freunde schon. In einem Lager namens Shatila haben einige meiner Freunde versucht, ein besseres Leben für die Palästinenser zu erkämpfen.« Seine grünen Augen nahmen Blickkontakt zu Jude auf und hielten ihn. »Sie wollen sich das Land zurückholen, das uns gehört hat, bevor es uns gestohlen wurde.«

»Die Juden waren schon vor Tausenden von Jahren in Israel. Sie waren immer da«, merkte Marc beiläufig an. Plötzlich stieg Angst in Jude auf. »Bedeutet das nicht, dass das Land genauso den Juden gehört wie euch?«

Rafan wandte sich langsam und mit einem raubtierartigen Grinsen zu Marc um. »Nun, so heißt es wenigstens. Die Juden behaupten das. Doch die Juden haben das Land schon vor sehr langer Zeit verlassen. Wenn man etwas Wertvolles einfach auf den Boden wirft, und jemand kommt und kümmert sich darum – sagen wir mal zweitausend Jahre lang –, hat man dann das Recht, einfach zurückzukommen und es wieder an sich zu nehmen?« Marc machte den Mund auf, um zu widersprechen, verkniff es sich aber, als er die Miene seiner Mutter sah.

Salim beugte sich mit ungläubigem Gesichtsausdruck vor. »Woher hast du dieses Gerede, Marc?« Doch Rafan tippte ihm auf die Schulter und fuhr fort.

»Also haben meine Freunde in diesem Lager ihre libanesischen Brüder vor einem Bürgerkrieg beschützt. Allerdings wussten die Israelis, dass die tapfersten Palästinenser in diesem Lager lebten. Und so haben sie beschlossen, sie ein für alle Mal loszuwerden. Deshalb sind die Juden mit ihren Armeen in den Libanon einmarschiert. Sie haben eine Abmachung mit den Christen getroffen.« Er hielt inne, um eine Gabel Lamm zu essen. Die Kinder lauschten gebannt; ihre Gabeln schwebten in der Luft.

»Eines Morgens, vor nur wenigen Tagen, sind die Israelis und die Christen mit ihren Panzern zum Rand des Lagers gefahren, wo die Frauen und Kinder noch schlafend in ihren Betten lagen. Die Israelis haben draußen Wache gestanden, während die Phalange-Milizen mit ihren Gewehren und Messern ins Lager eingedrungen sind.« Rafan nahm sein Messer vom

Teller und fuhr sich damit langsam über die Kehle, die Klinge nur um Haaresbreite von seiner Haut entfernt. Judes Mund war so trocken, dass sie nicht schlucken konnte.

Rafan sprach weiter. »Als sie fertig waren, hatten Tausende ihr Leben verloren, sogar die kleinen Babys und die alten Leute. Man konnte die Schreie in der ganzen Stadt hören.« Er schob eine Gabel Fleisch in den Mund und kaute.

Marcs Wangen waren feuerrot angelaufen. »Das stimmt doch sicher nicht«, protestierte er; seine junge Stimme zitterte verzweifelt. *Das ist meine Schuld*, dachte sie. *Ich habe ihm beide Seiten erklärt und ihm gesagt, er solle niemanden verurteilen. Er will nicht, dass einer von uns als Ungeheuer dasteht.*

»Ja, kleiner Mann, ich kann dir daraus keinen Vorwurf machen. Aber es stimmt wirklich. Und da dachte ich mir, dass mir ganz leicht genau das Gleiche passieren könnte wie meinen Freunden. Also habe ich beschlossen, für eine Weile hierherzukommen, um meinen lieben Bruder zu besuchen und seine englische Familie kennenzulernen.« Wieder ein Lächeln, diesmal in Judes Richtung. Allerdings konnte sie es nicht erwidern. Sie hatte davon gehört, dass Palästinenser im Libanon niedergemetzelt worden waren, es aber lieber verdrängt. Und nun saß der Konflikt hier in ihrer Küche und zeigte mit einem blutigen Finger auf sie, Dora, Max und Rebecca – auf alle Menschen, die sie liebte. Denn wenn es wahr war, waren sie allesamt mit Blut besudelt.

Am Tisch herrschte eine Weile Schweigen, bis Salim das Wort ergriff. »Rafan kann so lange bei uns bleiben, wie er möchte. Er kann das Gästezimmer haben.« Er drehte sich zu Rafan um. »Meine Frau wird alles für dich herrichten.«

Rafan nickte Jude mit augenscheinlicher Dankbarkeit zu, was sie mit einem Lächeln und einem förmlichen »Gern geschehen« beantwortete. Doch innerlich hörte sie Trommeln schlagen, das entfernte Grollen eines heranmarschierenden Feindes.

Am nächsten Morgen nahm sie sich einen freien Tag und fuhr mit Rafan zum nächsten Markt, um Kleider zu kaufen. Er war nur mit einer Reisetasche gekommen und sagte, er brauche Sachen zum Wechseln. Er fügte hinzu, er kenne da jemanden, und bat Jude mit aufgesetzter Höflichkeit, ihn zu begleiten.

Im Auto zermarterte sie sich das Hirn nach einem Gesprächsthema. Die ganze Nacht hatte sie von Kindern geträumt, die sie enge, rot verfärbte Straßen entlang jagten. An diesem Morgen war die Herbsthitze bedrückend, und ihr Gesicht war schweißnass. Die Trauer um die Toten und um die, die noch würden sterben müssen, wenn das Rad der Vergeltung sich weiterdrehte, schnitt ihr bis ins Herz.

»Es tut mir so leid, was geschehen ist«, sagte sie schließlich. »Es will mir nicht in den Kopf, wie jemand so grausam sein kann.«

Mit gespieltem Erstaunen sah er sie an.

»Warum sollte es dir leidtun, meine Schwester? Du hast doch niemanden umgebracht.«

»Du weißt genau, was ich meine«, entgegnete sie.

Langsam breitete sich ein Lächeln auf Rafans Gesicht aus. Heute waren seine grünen Augen hinter einer dunklen Sonnenbrille verborgen, und das T-Shirt klebte ihm am drahtigen Körper.

»Ich weiß genau, was du meinst, liebe Jude.« Er hielt inne und schaute aus dem Fenster, wo die Vorstädte Kuwaits vorbeiglitten und die eigens von Gärtnern gesetzten Zierblumen in der Morgensonne dahinwelkten. »Ich muss zugeben, dass du eine mutige Frau bist.«

Sie war erstaunt. »Mutig? Warum mutig?«

Er nahm die Sonnenbrille ab und sah sie an. Sie spürte, wie sein Blick heiß auf ihrer Haut prickelte.

»Ich bewundere jeden, der bereit ist, auf verlorenem Posten zu kämpfen«, erwiderte er. »Das sieht doch jeder. Selbst deine Kinder sehen es. Dein Marc versucht, dich zu verteidigen. Und du lässt es zu.«

»Was soll das heißen?« Erschrocken nahm sie die Hände vom Lenkrad. »Ich will, dass überhaupt niemand kämpft. Deshalb …« Sie dachte über die richtigen Worte nach. »Sal und ich wussten von Anfang an, dass es schwierig werden würde. Wir möchten doch nur, dass die Kinder glücklich sind und sich nicht unter Druck oder den Zwang gesetzt fühlen, sich für eine Seite zu entscheiden.« Sie erinnerte sich an Marcs Einwand am Esstisch und daran, wie er in aller Unschuld für sie in die Bresche gesprungen war. Sie hatte ihn nicht beeinflussen wollen, doch das, was er aus den Nachrichten erfuhr, die er sich auf Salims Beharren hin allabendlich ansehen musste, hatte ihr große Angst gemacht. Während Sophie sich mit einem Buch in ihr Zimmer zurückzog, saß Marc im flackernden Licht des Bildschirms, sein junger Körper getaucht in die nie enden wollenden Farbspiele des Hasses.

»Du bist eine Träumerin, meine Schwester«, sagte Rafan. »Man kann nicht in beiden Welten leben. Entweder bin ich Palästinenser oder Libanese. Entweder bist du Salims Frau oder Jüdin. Ich habe wirklich nichts gegen Juden, glaube mir. Ich erkläre dir das alles nur zu deinem eigenen Besten. Hier, hier nach links.« Er kurbelte das Fenster herunter und wies auf den Straßenrand.

Sie hielten vor einem Laden, der aussah, als würde dort mit Gold, nicht mit Kleidern gehandelt. Doch Rafan sprang rasch aus dem Wagen. »Nur fünf Minuten, versprochen«, meinte er.

Während Jude wartete, stützte sie den Kopf auf den Arm. Vor dem Auto trieb ein Mann, begleitet von einem lauten Hupkonzert, Ziegen über die belebte Straße.

Sie hatte Salim geheiratet in dem Wissen, dass sie zwei Häuser zu einem machen konnten: jeder Mauerstein ein couragierter Akt. Jude, die sich Doras Empörung stellte. Salim, der der Missbilligung der Araber trotzte. Doch Rafan hatte recht – etwas hatte sich verändert. Im Laufe der Jahre hatte Salim den »Verrat« im Berufsleben in ein schleichendes Gift umgemünzt – in eine Wiederholung all der Male nämlich, die er bereits verraten worden war, und in eine Angst, dass er selbst zum Verräter geworden sein könnte. Die vielen zornigen arabischen Gesichter, all die unglücklichen Nächte, in denen sie vor dem Fernseher beobachteten, wie ihre Völker einander in Stücke rissen. Die Türen ihres Hauses hatten sich ganz langsam der Außenwelt geöffnet und etwas Gefährlichem Einlass gewährt – den Geistern des Verlusts und der Enttäuschung.

Als Rafan mit leeren Händen zum Auto zurückkehrte, war sie überrascht. »Wo sind die Kleider?«

»Kein Problem«, erwiderte er. »Sie werden in den nächsten Tagen geliefert. Ich habe sehr unübliche Maße.« Als er zwinkerte, musste sie wider Willen lächeln.

»Was macht dich so sicher, dass das, was zwischen Salim und mir besteht, nicht möglich ist?«, fragte sie auf der Heimfahrt. »Wünscht sich nicht jeder so etwas – Frieden, Glück, ein Ende der Gewalt?«

Rafan schüttelte den Kopf. »Ihr Engländer seid ja so naiv. Wer will denn Frieden? Ich will dir mal etwas verraten: Das

Ziel des Kämpfens ist, immer weiterzukämpfen. Wenn man erst einmal gewonnen hat, hat man weniger Geld und dafür mehr Verantwortung.« Er lachte. »Und die Juden sind gerade dabei, das auch herauszufinden.«

»Ich glaube dir kein Wort«, entgegnete Jude. »Gestern Abend hast du uns erzählt, du seist mit knapper Not einem Massaker entkommen. Wer kann denn wollen, dass dieses Blutvergießen weitergeht?«

Er setzte die Brille wieder auf. »Der Friede mag süß sein, liebe Jude, aber die Gerechtigkeit ist immer noch süßer. Deshalb bewundere ich dich. Wer sich für den Frieden entscheidet, wählt die Seite der Verlierer.«

Rafans Kleider, einige schwarze Reisetaschen voll, wurden zwei Wochen später von einem Mann mit schmalem Gesicht gebracht, der einen braunen Pick-up fuhr.

Salim half ihm, die Taschen in das nicht benutzte Dienstmädchenzimmer im hinteren Teil der Villa zu tragen. Jude stand an der Haustür und sah zu; ihre Haut prickelte.

Danach kam Rafan, ein zufriedenes Lächeln auf dem Gesicht, in die Küche geschlendert. Er kniff Sophie in die Wange, schenkte sich ein Glas Wasser aus der Filterkanne ein und meinte gähnend, er brauche jetzt ein Nickerchen. »Ein langer Tag, meine Schönen.« Mit diesen Worten verschwand er in seinem dunklen Schlafzimmer.

Salim verkündete, er werde losfahren und einige Dosen Hefe kaufen. Rafan hatte ihn nämlich auf den Gedanken gebracht, im Lagerraum selbst Wein anzusetzen. »Ich fasse es nicht, dass du dir von diesen Beduinen und Hurentreibern vorschreiben lässt, was du trinken sollst«, hatte er gehöhnt.

Während Jude den Wagen aus der Einfahrt winkte, hallte

der Ruf des Muezzins hinter ihnen über die sich verdunkelnde Wüste. Früher hatte sie das Geräusch als fremd und als schmerzhafte Erinnerung an ihre Einsamkeit empfunden. Doch ihr Gehör hatte sich im Laufe der Zeit verändert. Inzwischen erzählten ihr die traurigen Klänge vertraute Geschichten und spiegelten ihre eigenen Verluste wider. Der Wandel von Hass zu Liebe war so sanft vonstattengegangen, dass sie nicht hätte sagen können, wann sie die Grenze überschritten hatte.

Sophie erschien neben ihr. »Heute klingt er, als ob er sauer wäre, oder?« Mit zwölf war ihre Tochter schon fast so groß wie Jude, ein schlanker Schatten in der Abenddämmerung.

»Wer? Dein Vater?« Salim war schon seit dem Vormittag gereizt gewesen. Die Fahrt zum Supermarkt stellte vermutlich nur wieder einmal einen Vorwand dar, um ihnen aus dem Weg zu gehen.

»Die Moschee.« Mit einer Hand fuhr sie sich durch ihr langes Haar, eine Angewohnheit aus Kindertagen.

Jude berührte ihre unruhigen Finger. »Was hast du, Schätzchen?«

Sophie scharrte mit dem Fuß. »Nichts. Nur… Onkel Rafan… Magst du ihn?«

Jude schnürte es die Brust zusammen. »Warum? Hat er etwas zu dir gesagt?«

»Nein. Er ist okay. Er ist nur so komisch. Ich meine nicht komisch, dass man lachen muss…« Sophie spähte nachdenklich hinaus in die Wüste. »Er sieht zwar aus wie Daddy, ist aber ganz anders als er.«

Jude zog ihre Tochter an sich und spürte, wie glatt und straff Sophies Haut war. »Das Gleiche könnte ich über dich und Daddy sagen«, erwiderte sie. Sophie war mit ihrem dunklen Teint das Ebenbild ihres Vaters. Sie hatte sein Aussehen geerbt,

Marc sein unruhiges und erhitztes Gemüt. Wenn Jude ihre Tochter betrachtete, entstanden völlig andere Bilder vor ihrem geistigen Auge – kühle Erde, dunkle Seen und Rebeccas stämmige Tannenbäume.

»Daddy ist unglücklich, seit Onkel Rafan hier ist«, stellte Sophie fest und lehnte sich an die Schulter ihrer Mutter. *So einfühlsam, meine Tochter.* Salims innere Zerrissenheit war heute Morgen sichtbar gewesen wie nie zuvor. Schon an seinen trotzig hochgezogenen Schultern, als er Rafans Taschen auf seinen Rücken wuchtete.

Plötzlich umfasste Sophie ihren Arm. »Hey, heute ist doch Freitag.«

»Möchtest du die Kerzen anzünden?«

»Wenn du willst. Daddy bleibt sicher noch eine Weile weg.«

»Dann hol Marc«, erwiderte Jude, wie immer gleichzeitig von schlechtem Gewissen und Freude ergriffen. »Wir treffen uns drinnen.«

Als Jude die Menora aus der Schublade im Ankleidezimmer nahm, zitterten ihre Finger. Den Kindern zu zeigen, wie man betete und am Sabbat und zum Lichterfest Chanukka die Kerzen anzündete, war als einmalige Angelegenheit geplant gewesen. *Ich muss das Wissen weitergeben*, hatte sie sich gesagt. Doch die zwei hatten Freude daran. Und sie waren ihr zu Herzen gegangen, die geflüsterten Gebete und die heimlichen Lichter, während draußen der Ruf des Muezzins durch die Luft hallte – so viel mehr als die großen öffentlichen Feierlichkeiten in ihrer Kindheit.

Aber an diesem Abend fiel das Beten schwer. Sie erkannte im Licht des aufflammenden Streichholzes, dass die Kinder gedanklich anderswo waren. Marcs Blick wanderte über die Decke, und sie ertappte sich bei dem Wunsch, ihn zu schütteln, bis er in die Gegenwart zurückkehrte. *So ist sein Vater manch-*

mal auch. Aber selbst Sophies Miene war nachdenklich, und sie wirkte geistesabwesend.

Als Jude das Lied beendet hatte und die Hände vom Gesicht nahm, hörte sie Sophie sagen: »Diese Sache mit dem Lager im Libanon … Dort, wo die Juden, wie Onkel Rafan sagt, geholfen haben, so viele Leute umzubringen … Weißt du, es stimmt. Ich habe es in der Schule gehört. Das haben die wirklich gemacht.« Marcs Blick fuhr zu ihr herum, und eiskalte Scham schnitt Jude bis ins Herz.

»Ich weiß.« Es schnürte ihr die Kehle zu. Auch Marc sah sie, nach einer Antwort suchend, an. Doch sie konnte ihm keine geben.

»Kein Wunder, dass er sie hasst«, flüsterte Sophie ihrem Bruder zu. *Dass er uns hasst*, hätte Jude am liebsten ergänzt. Aber sie spürte im Halbdunkel ein Prickeln im Nacken, so als würden sie von feindseligen Augen beobachtet und irgendwo verstecke sich ein unsichtbarer Zeuge, der jedes ihrer Worte auf die Goldwaage legte.

»Was will dein Bruder wirklich hier?«, fragte sie Salim später im Bett.

»Er versteckt sich vor israelischen Attentätern«, erwiderte er, drehte sich um und stellte sich schlafend. Jude lag in der warmen Dunkelheit, lauschte seinen gequälten Atemzügen und versuchte, ihre aufgewühlten Gedanken zu beruhigen.

Am nächsten Morgen fuhr sie Marc zur Probe. Er wartete schon im Auto und hatte den langen blauen Ballettanzug an, den er in nur einem Monat auf der Bühne tragen würde. Auf dem Sitz neben ihm lag ein Paar Flügel. Als sie die Autotür öffnete, grinste er sie keck an. »Los, Mum«, sagte er. »Der Star darf nicht zu spät kommen.«

»Wer sagt hier, dass du ein Star bist, du Frechdachs?«, erwiderte sie und spürte die Liebe ganz tief in ihrem Herzen. Sie beugte sich über den Sitz, um sein Gesicht zu berühren.

»Mr. Trevellian«, antwortete er im Brustton der Überzeugung. »Keiner sei besser als ich, nicht einmal in der Klasse über mir. Er sagt, ich hätte Kraft und Beweglichkeit. Deshalb darf ich den Puck spielen, obwohl die älteren Jungen die Rolle unbedingt wollten.«

»Ich weiß, Schatz. Und ich bin sehr stolz auf dich.«

Im Anschluss an die Baumkatastrophe vor so vielen Jahren hatte sich Marcs Lust am Leben zu einem trüben Dämmerlicht verdüstert. Jude hatte eine Weile befürchtet, dass ihr eigenartiger und empfindsamer Sohn sich gar nicht mehr davon erholen würde.

Die Theatergruppe und der *Sommernachtstraum* hatten ihn gerettet. Es kamen junge Tänzer, ein herumtollender Puck und ein sprechender Esel darin vor. Gebannt schweigend, hatte Marc die ganzen zwei Stunden dagesessen und konnte erst von seinem Platz weggelockt werden, als die Saalbeleuchtung anging. Gleich am nächsten Tag war er zum Lehrer marschiert und hatte gefordert, bei der nächsten Inszenierung mitwirken zu dürfen. Jude hatte einen Anruf erhalten, in dem ihr in höflichen Worten mitgeteilt wurde, Kinder unter zwölf Jahren seien von der Teilnahme ausgeschlossen. Doch nachdem Marc seine tiefe Enttäuschung überwunden und verinnerlicht hatte, dass man manchmal auch auf etwas warten musste, hatte sein Leben endlich wieder einen Sinn bekommen. Sechs Jahre lang hatte er seinen Körper in gnadenlosen Gymnastikstunden am Nachmittag und im Tanzunterricht geschunden, während Sophie den Jungpfadfinderinnen beitrat – alles nur, um eine Chance zu bekommen.

Und dann war der große Tag endlich da. Ein glücklicher Zufall wollte es, dass die Theatervereinigung beschloss, im Oktober 1982, kurz nach Marcs zwölftem Geburtstag, eine Neuinszenierung von *Ein Sommernachtstraum* auf die Bühne zu bringen. Und deshalb würde Marc in diesem Jahr endlich den Puck spielen. *Mein Sohn ist kurz davor, die Erfahrung zu machen, was es heißt, einen Traum wahr werden zu lassen.*

Sie hielten vor der Tanzschule, einem lang gestreckten weißen Gebäude, umgeben von hohen Palmen, die aus einem tiefen Brunnen gewässert wurden. Jude fühlte sich im sanften Schatten dieser Palmen, die grüne und weiße Punkte auf die Welt malten, stets seltsam friedlich. Der Geruch nach Milch und Keksen in den Sälen mit ihren Holzböden erinnerte sie an Bede's Grammar School und ihre ersten bittersüßen Schritte hinaus aus der Kindheit.

In der Vorhalle herrschte ein Gewühl aus Kindern und Eltern. Marc verschwand rasch in der Menge, und Jude hörte, dass jemand ihren Namen rief. Eine hochgewachsene Frau kam auf sie zu. Schweißperlen funkelten auf einem braunen Haardutt, durch den sich graue Strähnen zogen wie Drähte. Von Kindern umringt, balancierte sie zwei Gläser hoch über ihrem Kopf.

»Hallo, Miss Jude. Lust auf eine Limonade? Sie ist kalt wie die Hölle.«

Lächelnd nahm Jude das Glas entgegen. Helen gehörte zu den wenigen Ehefrauen an der amerikanischen Botschaft, die es nicht für unter ihrer Würde hielt, sich mit Menschen ohne Diplomatenpass abzugeben. Ihre Tochter war in Judes Klasse. »Ich konnte sie nie dazu bringen, auch nur eine Zeile zu lesen, und jetzt zitiert sie mir beim Frühstück Dickens«, hatte sie einmal beim Elternabend zu Jude gesagt. »Am liebsten würde ich Sie küssen, aber stellen Sie sich mal den Skandal vor!«

Heute spürte sie, dass Helen sie von oben bis unten argwöhnisch betrachtete, und zuckte unter der Musterung zusammen.

»Also, keine faulen Ausreden, Schätzchen. Was ist los? Männerprobleme oder Finanzen?«

Jude zuckte die Achseln. »Mit mir ist alles in Ordnung. Mit Sal … auch. Nur, dass sein Bruder unangekündigt aus Beirut zu Besuch gekommen ist und jetzt bei uns wohnt. Und ich habe so das Gefühl, dass er jede Menge Ärger am Hals hat.«

»Was für Ärger?«

»Ich weiß nicht genau.« Unter Helens Argusaugen stürmten sämtliche Verdachtsmomente plötzlich auf sie ein. »Ich glaube, er ist da in Beirut irgendwie in den Krieg verwickelt. Er …« Plötzlich hielt sie inne und schluckte den Rest der Worte hinunter. Helens Mann war der dickliche, leutselige Geschäftsträger der Botschaft. »Schau ihn dir nur an«, hatte Salim geflüstert, als sie ihm das erste Mal im Club begegnet waren. »Viel zu alt für diesen Job. Bestimmt CIA.«

Helen trank einen Schluck. »Göttlich«, sagte sie. Jude kostete. Das künstliche Zitronenaroma hinterließ einen seltsam süßlichen Geschmack im Mund. »So ist es nun mal mit den Arabern, Schätzchen«, fuhr Helen fort und wischte sich die Stirn ab. »Familie hier, Familie da. Es gibt kein Entrinnen. Wenn ich mit meiner Familie zusammenleben müsste, würde ich verrückt werden. Gut, noch verrückter, als ich ohnehin schon bin. Ich möchte Ihrem Mann ja nicht zu nahe treten, aber wenn es Ihnen nicht gefällt, müssen Sie ihm sagen, dass es so nicht läuft.«

Wenn es nur so einfach wäre. »Das werde ich.« Jude stellte ihr

Glas auf den Tisch. »Ganz bestimmt. Ich muss nur noch den richtigen Weg finden. Sal fühlt sich seinem Bruder irgendwie verpflichtet. Aber wir kommen bei ihm an erster Stelle. Das weiß ich.«

»Falls Sie Hilfe brauchen, sagen Sie nur Bescheid. Wir sind ziemlich gut darin, lästige Zeitgenossen loszuwerden.«

Plötzlich erschien Marc, atemlos und rot im Gesicht. »Mum!«

»Was ist?«

»Ich habe einen Schuh zu Hause auf dem Bett vergessen.«

»Kannst du nicht barfuß tanzen?«

»Auf gar keinen Fall«, protestierte Marc. »Der Boden ist total uneben – an manchen Stellen bleibt man hängen, und an anderen rutscht man aus. Wir müssen zurück.«

»Ach, herrje«, sagte Jude, halb lachend, halb tadelnd. »Wenn du endlich selbst Auto fahren kannst, gebe ich eine Party. Los, geh zur Probe. Ich hole den Schuh. Mach schon!«

Sie drückte Helens Hand. »Wir unterhalten uns später, Helen. Danke für den Tipp.«

»Gern geschehen, Schätzchen. Nehmen Sie es sich zu Herzen.«

Jude fuhr auf der ungeteerten Straße zurück – zwar nicht so gut für das Auto, aber die kürzere Strecke. Sie ließ den Wagen im Leerlauf am Tor stehen und hastete durch die Küchentür ins Haus und in Marcs Zimmer. Der beigefarbene Ballettschuh lag zusammengerollt auf dem Kopfkissen wie eine tote Maus. Sie steckte ihn in die Gesäßtasche ihrer Hose und wollte gerade wieder gehen, als sie aus dem Wohnzimmer Rafans Stimme hörte. »*Jude*«, sagte er.

Ruckartig blieb sie stehen und hielt den Atem an. *Hat er mich gerufen?* Doch im nächsten Moment antwortete Salim, und sie schlich sich näher heran, um zu lauschen.

»Jude findet das, was in Shatila geschehen ist, genauso schlimm wie ich. Und wie du. Sie würde den Kindern nie etwas anderes beibringen«, verkündete ihr Mann.

»Du bist blind, und sie ist blind«, entgegnete Rafan. »Was weißt du denn überhaupt von Shatila? – Ihr alle beide? Sie haben das Lager abgeriegelt, bis sogar die Kinder tot waren. Hast du eine Vorstellung davon, wie dreitausend Leichen riechen, Salim?« Eine kurze Pause entstand, und Jude malte sich aus, was Salim nun wohl vor seinem geistigen Auge sah – Marc und Sophie, tot auf dem Boden liegend, während ein versteinerter Mann mit einem Davidstern auf dem Gewehr ihnen den Rücken zukehrte und die Welt aussperrte.

»Was verlangst du von mir?«, fragte Salim, nun wieder auf Englisch. »Ich habe jetzt eine Familie. Ich habe Kinder. Ich kann nicht mit in den Libanon kommen, selbst wenn ich es wollte.«

»Das brauchst du auch gar nicht. Man kann überall etwas tun. Selbst hier.« Rafan benutzte das Wort *Mumkin*, was *alles Mögliche* bedeutete. »Woher, glaubst du, haben unsere Brüder ihr Geld?« Sie hörte noch ein Geräusch, ein metallisches Klicken. »Woher hast du das?«, fragte Salim entsetzt.

»Aus deinem Schlafzimmer, großer Bruder. Es gehört ihr. Sie zündet es an, wenn du nicht da bist, um mit den Kindern auf Hebräisch zu beten. Sophie hat sich verplappert.«

Eis kroch ihr die Wirbelsäule entlang, und das Herz schien ihr zu gefrieren. Meine *Menora*? Während sie noch darüber nachgrübelte, wie und wann er sie gefunden hatte, erinnerte sie sich an den letzten Sabbat mit Sophie und Marc und das Gefühl, beobachtet zu werden.

Das Ächzen eines Stuhls sorgte dafür, dass sie sich in Bewegung setzte. Sie machte auf dem weichen Teppich kehrt und schlich, so schnell sie es wagte, in die Küche. Dann rannte sie, von Panik getrieben, durch den Garten zum Auto mit dem laufenden Motor. Sie knallte die Autotür zu, legte den Gang ein und fuhr los, dass eine Staubwolke aufflog, bis sie wohlbehalten die nächste Ecke umrundet hatte. *Ich fliehe wie eine Ratte.* Sie dachte an Rebeccas Brief, die Ratten, die sich im Keller versteckt hatten, voller Furcht vor den Äxten und kaum noch menschlich. Jude trat heftig auf die Bremse und stoppte den Wagen. *Wo ist mein Mut?* Sie lehnte den Kopf ans Lenkrad und weinte.

Am Abend beim Essen brach der Sturm los. *Ich habe nichts falsch gemacht*, hielt sie sich vor Augen. *Ich habe nichts zu verbergen.*

Rafan erschien, gekünstelt freundlich wie immer, zum Abendessen. Sie verabscheute diesen Menschen – seine Arroganz, seinen Zynismus, die Verlogenheit, mit der er andere um den Finger wickelte. Und am allerschlimmsten war die widerwärtige Erkenntnis, dass sie eine Mitschuld an seinem Verhalten trug. Die Juden hatten dazu beigetragen, diese vergiftete Seele zu formen, die nun auf den Schwingen eines Blutbads in ihre Küche geschwebt war.

Salim kam ein wenig später; seine Augen waren dunkel und traurig. Eine Weile aßen sie schweigend, bis Marc sich schließlich an Jude wandte. »Mr. Trevellian hat gesagt, in England gebe es Ballettschulen, an denen ich richtig lernen kann. Darf ich nächstes Jahr auf so eine Schule gehen? Er hat versprochen, mit dir darüber zu reden.«

Jude warf einen Blick auf Salim, der seinerseits den Kopf gehoben hatte und seinen Sohn ansah.

»Also möchtest du in England leben, Marc?«, fragte er leise.

Marc, der die Situation in seiner Aufregung nicht erfasste, nickte eifrig. »Ich will Profitänzer werden.«

Rafan lachte. »Schön für dich, kleiner Mann«, meinte er. »Sprich nur aus, was du willst.«

»Hat deine Mutter dir das eingeredet?«, erkundigte sich Salim. »Ich weiß, dass sie gerne tanzt.« Seine Augen waren zwar feucht, doch auf seinem Gesicht lag ein verspannter Ausdruck, den sie inzwischen alle fürchten gelernt hatten – das Rumpeln eines Vulkans kurz vor dem Ausbruch.

Endlich hatte Marc den Unterton bemerkt, und er schwieg einen Moment. Doch dann erwiderte er kühn: »Nun, warum nicht? Wir können ja nicht für immer hierbleiben.«

Salims Augen weiteten sich. »Wirklich? Redet ihr darüber, wenn ihr eure jüdischen Gebete sprecht? Wie ihr am besten von hier wegkommt? Und auch von eurem Volk und von eurem Vater?«

Jude sah ihn an, ein trotziger Blick aus blauen Augen traf auf tiefschwarze. »Du weißt, dass das nicht stimmt. Wie kommst du überhaupt darauf?«

»Wie ich darauf komme?« Er lief rot an. »Ich habe dich gebeten, den Kindern Arabischunterricht geben zu lassen. Jetzt sind sie zwölf, beinahe erwachsen, und sprechen kaum ein Wort. Du trichterst ihnen Geschichten aus England ein, obwohl das hier ihr Zuhause ist. Und dann bringst du ihnen auch noch jüdische Gebete bei? Meinen Kindern, die meinen Namen tragen?« Seine Stimme erstarb, und trotz ihrer eigenen aufgewühlten Gefühle bemerkte Jude, dass ihr Mann unter der Last des Schmerzes ins Taumeln geriet.

Marc saß mit offenem Mund da. Als Jude antworten wollte, kam Sophie ihr zuvor. »Ich habe sie gebeten, die Kerzen anzuzünden, Daddy«, sagte sie. »Es war doch nur ein Spiel.« Jude staunte über den Mut ihrer Tochter; selbst angesichts von Zorn blieb sie furchtlos wie ein Ozean, der den Sturm in sich aufsaugt.

»Du?« Salim traute seinen Ohren nicht. »Ich glaube dir kein Wort, Sophie. Was soll denn daran ein Spiel sein? Was hast du dir dabei gedacht?«

»Lass sie in Ruhe!«, rief Marc und sprang auf. »So war es nicht. Es geht nicht immer nur um dich und deine Themen.«

»Nein, Marc«, sagte Jude und hielt ihn zurück. »Ich hätte es dir erzählen sollen, Sal. Aber sie haben ein Recht darauf, auch etwas über meine Kultur zu erfahren.«

»Nicht, wenn das bedeutet, dass du sie gegen mich aufhetzt«, gab er, kreidebleich im Gesicht, zurück. »Nicht, wenn sie dadurch mehr Juden als Araber werden. Du hast sie in Ausländer, in Zionisten verwandelt … so wie du eine bist.«

»Warum bist du nur die ganze Zeit so gemein?«, brüllte Marc. »Du bist es doch, der uns gegen dich aufbringt. Wir sind dir eigentlich total egal – bis auf den dämlichen Arabisch-unterricht!«

Jude schnappte nach Luft, als Salim aufsprang und Marc ins Gesicht schlug. Seine Hand hinterließ einen roten Striemen auf der weißen Wange, die bereits ihre kindliche Weichheit verlor und den härteren Menschen dahinter erahnen ließ.

Der Junge fasste sich erschrocken ins Gesicht. Sophie hob auch ihre, als hätte der Schlag sie getroffen. Schweigen entstand, bis Marc zischte: »Ich hasse dich.« Er rannte aus der Küche und knallte die Tür seines Zimmers hinter sich zu.

Salim zeigte mit dem Finger auf Jude. »Und mit der Tanzerei ist jetzt Schluss. Er muss seine Lektion lernen.« Die beiden Brüder gingen hinaus. Sie beobachtete aus dem rückwärtigen Fenster, wie sie Rafans sperrige Taschen aus seinem Zimmer zum Kofferraum des Familienautos schleppten und ohne Erklärung und mit quietschenden Reifen davonfuhren.

Sie beauftragte Sophie mit dem Geschirrspülen und ging zu Marc, der gerade an der Wand Handstand übte. Das Zimmer war noch immer mit Mogli-Motiven tapeziert – dem elternlosen Jungen, der gelernt hatte, zu springen wie ein Affe und zu jagen wie ein Tiger.

Marcs auf dem Kopf stehendes Gesicht war dunkelviolett angelaufen. Sie erkannte fast getrocknete Tränen auf seiner Stirn.

»Ich kann ihm nichts recht machen«, stieß er hervor, während er sich mit zitternden Armen hochstützte. »Er hasst mich, und ich hasse ihn.«

»Das fühlt sich nur so an«, antwortete sie. »Liebe und Hass ähneln sich manchmal sehr.«

Marc warf ihr einen zweifelnden Blick zu, schwang die Beine herum und setzte sich mit gerötetem Gesicht auf.

»Er interessiert sich nicht für mich und redet nur mit mir, wenn er mir sagen will, dass ich irgendwas falsch gemacht habe.«

»Den Vater hat ein sehr hartes Leben hinter sich. Er ist von vielen Menschen enttäuscht worden. Es ist zwar nicht richtig von ihm, sich deshalb so zu verhalten, aber du solltest ihn trotzdem nicht hassen.«

Als sie Marcs wenig überzeugte Miene bemerkte, umfasste sie sein Kinn mit der Hand. »Ihr beide seid euch so ähnlich und seht die Dinge immer nur von eurer Warte aus. Wenn er zurück ist, rede ich mit ihm.« Marcs blaue Augen füllten sich mit Tränen, und die Hilflosigkeit, die sich darin zeigte, tat ihr weh. Er nickte wortlos.

Von seinem Zimmer aus ging sie zum Telefon und rief Tony an. Sie telefonierten nur selten miteinander, da es teuer und die Verbindung schlecht war. Zuletzt hatten sie sich im vergangenen Sommer bei einem Urlaub in England gesehen. Damals hatte seine Frau das dritte Kind erwartet. Tony hatte inzwischen einen Bauch und war Partner in der Kanzlei seines Vaters.

»Das ist ja Irrsinn«, meinte er, nachdem sie ihre Befürchtungen kurz umrissen hatte. »Du musst nach Hause kommen, und zwar sofort. Es hört sich ganz danach an, als wäre dieser Rafan in der PLO oder so. Vergiss die israelischen Sportler in München nicht. Diese Verrückten machen keinen Unterschied zwischen Schuldigen und Unschuldigen.« Tony und seine Frau hatten ihre Hochzeitsreise mit einem Besuch der Olympischen Spiele verbinden wollen. Doch sie waren mit unbenutzten Tickets nach Hause geflogen, während die Bilder der elf niedergemetzelten Sportler weltweit die Fernsehbildschirme füllten.

»Sal wäre nie einverstanden, jetzt Kuwait zu verlassen«, erwiderte sie und umfasste den Telefonhörer. »Immerhin geht es um seinen Bruder, der Dinge durchgemacht hat, die wir uns gar nicht vorstellen können, Tony. Aber wir müssen anfangen, Pläne zu schmieden.«

»Was soll das heißen?« Im Hintergrund konnte sie Tonys Kinder durcheinanderreden hören.

»Ich möchte, dass du dich nach Schulen, guten Schulen für die Zwillinge umhörst«, sagte sie. »Welchen, die sie auch noch mitten im Schuljahr aufnehmen würden. Wenn ich ihn davon überzeugen kann, dass es das Beste für die Kinder ist, überlegt er es sich vielleicht.«

»Ich würde alles für dich tun, *Bubele*, das weißt du ja.« Tony klang ernst. »Allerdings macht es mir Sorgen, dass du heimliche Spielchen treibst. Die Jude, die ich kannte, hätte sich einfach durchgesetzt. Weißt du noch, die *Kneidlach*-Krise?« Sie lachte, obwohl sie am liebsten geweint hätte.

»Gib mir bitte bald Bescheid, Tony«, antwortete sie. Nachdem er aufgelegt hatte, lauschte sie noch eine Weile dem Freizeichen, bis auch sie es schaffte aufzulegen.

Als sie in Rafans Zimmer Licht machte, war es so leer wie ein offenes Grab – nur Kratzer auf dem Boden wiesen darauf hin, wo die Reisetaschen gestanden hatten.

Als Salim und Rafan zurückkehrten, stahl sich bereits das erste Morgenlicht über die Wüste und griff mit rosigen Fingern nach dem Haus. Jude lag auf dem Wohnzimmersofa und hörte die beiden die Stufen zur Haustür hinaufgehen.

»Unsere irakischen Freunde werden das Geld heute Nacht zur syrischen Grenze bringen«, sagte Rafan. »Bis zum Morgen werden unsere dortigen Brüder es haben. Da die Amerikaner uns ständig beobachten, treffen wir uns jedes Mal an einem anderen Ort. Der Scheich kümmert sich um alles.« Ein Schlüssel drehte sich im Schloss.

»Wie oft wirst du das noch tun?«, erkundigte sich Salim auf Arabisch. Sein Bruder antwortete etwas schwer Verständliches. Jude glaubte, ein *ma baraf* – ich weiß nicht – gehört zu haben.

Sie gingen an ihr vorbei. Rafan steuerte auf das Gästezimmer zu. Als sich die Tür schloss, schlich sie aus dem Zimmer. »Salim«, meinte sie leise. Der Name fühlte sich auf ihrer Zunge fremdartig an, und sie bedauerte einen Moment lang, dass sie ihn nie so genannt hatte.

Er kam aus dem Schlafzimmer, ein dunkler Schatten in der offenen Tür.

»Warum bist du wach?« Er wirkte schuldbewusst wie ein Junge, der bei einem Streich ertappt worden war.

»Ich konnte nicht schlafen«, antwortete sie und baute sich vor ihm auf. »Wo warst du? Ich habe mir Sorgen gemacht.«

»Nirgendwo«, entgegnete er. »Sei nicht albern. Es ist alles in Ordnung. Ich habe ihm nur geholfen, etwas zu erledigen.« Doch sein Gesicht war verspannt, und seine Augen so glatt wie Murmeln. Sie hörte seiner Stimme an, dass er log.

»Etwas erledigen.« Wut stieg ihn ihr auf, aber sie schluckte sie hinunter. *So erreiche ich ihn nicht.* »Taschen voller Geld verlassen mitten in der Nacht unser Haus, in dem unsere Kinder schlafen. Was wird damit gekauft, Sal?« Er antwortete nicht. »Du weißt es doch ganz genau. Waffen, um andere Kinder in anderen Häusern zu töten. Willst du das wirklich?«

Er schüttelte den Kopf. »Du verstehst das alles falsch, Jude. Rafan ist in der Politik, mehr steckt nicht dahinter. Wir helfen den Flüchtlingen.« Sein Tonfall war trotzig, doch er fuhr sich in einer erschöpften und schicksalsergebenen Geste mit der Hand über die Augen.

»Du darfst so etwas nicht tun«, sagte sie und nahm all ihren Mut zusammen. »Ich weiß, er ist dein Bruder, und du liebst ihn, aus welchen Gründen auch immer. Aber wenn du diesen Weg weitergehst, verlässt du uns.«

Er schwieg einen Moment. »Ich bin derjenige, der verlassen wurde, Jude. Zuerst habe ich mein Zuhause verloren, dann meine Mutter, und zu guter Letzt ist mir all der Erfolg verweigert worden, der mir versprochen wurde, wenn ich hier gute Arbeit leiste. Meine Verwandten halten mich für einen Verräter. Nun sagt mir mein Sohn, dass er mich hasst, dass meine Familie fortziehen will und dass er lieber ein jüdisches Gebet lernt als einen arabischen Gruß. Warum also interessiert es dich, was ich jetzt tue?«

Sie nahm seine Hand und drückte sie in die Kuhle zwischen

ihren Brüsten, wohin er so oft seinen Kopf geschmiegt und sie geküsst hatte.

»Erinnerst du dich noch an den Tag, an dem du mich gefragt hast, ob ich dich heiraten will?«, fragte sie und spürte, wie ihr Herz unter seiner Handfläche pochte. »Du hast meine Hand gehalten und mir versprochen, am nächsten Tag einen Ring zu kaufen. Dass wir glücklich sein und unseren eigenen Weg finden würden. Du hast jedes dieser Versprechen gehalten. Bis heute.« Sein Gesicht war bleich und eingefallen, und er hatte Tränen in den Augen.

»Ich weiß, was ich versprochen habe.« Seine Stimme klang todtraurig. »Aber es ist zu schwierig geworden. Du kannst ja weiter tun, als gebe es keinen Krieg, wenn dir das so lieber ist. Doch er tobt überall um uns herum. Und sieh, was aus mir geworden ist, während ich die Augen davor verschlossen habe und meinen großen Träumen nachgejagt bin. Ich bin weder ein Engländer noch ein richtiger Araber. Du hast dich auch verändert.« Er sah ihr in die Augen. »Früher hast du mich ohne Worte verstanden. Und schau uns jetzt an.« Er öffnete die Hand und hielt sie ihr – bleich und leer – hin.

Jude legte eine Hand auf Salims Wange. »Ich liebe dich immer noch«, sagte sie, doch die Worte klangen leer und abgenutzt. »Damals waren wir Kinder. Gegen den Rest der Welt, so wie Marc. Was jetzt geschieht … das ist wohl das Erwachsenwerden.«

»Du hast Marc selbst gehört. Er will nicht einmal mehr mein Sohn sein.«

»Er ist ein Kind«, widersprach sie erschöpft. »Er ist wie dein Schatten, und er braucht dich sehr. Bitte schick Rafan weg. Wenn du für etwas kämpfen willst, dann für uns. Das ist ein Kampf, den du gewinnen kannst, Sal.«

Sie spürte seine warme Hand und ihr Herz, das als Antwort darauf schlug. Er schaute zu ihr hinunter und schüttelte den Kopf. »Ich rede mit Marc«, sagte er jedoch. »Der Himmel weiß, dass mein Vater nie mit mir geredet hat.« Als sie Tränen in seinen Augen erkannte, wusste sie, was er dachte: *Warum wiederholt die Geschichte nur immer ihre Leiden, nicht ihre Freuden?*

»Er möchte, dass du dich für die Dinge interessierst, die ihm wichtig sind«, meinte sie. »Sein Theaterstück, sein Tanzen. Es bedeutet ihm viel, dass er für dich mehr ist als nur der Träger deines Namens.«

Er lachte traurig auf, drückte ihre Hand und ließ sie wieder los. »Okay«, sagte er – eine Kapitulation, doch sie wusste nicht, ob der Liebe oder der Erschöpfung geschuldet. »Rafan ... ich kümmere mich um ihn. Geh jetzt zu Bett.« Als sie etwas erwidern wollte, unterbrach er sie. »Geh jetzt bitte, und mach dir keine Sorgen. Ich bin gleich da.« Als er an ihr vorbei auf die Küche zusteuerte, war sein Rücken gebeugt wie bei einem Lasttier. Langsam zog sie sich ins dunkle Schlafzimmer zurück, wo sich die schwachen Strahlen der Morgensonne in dem Foto vom Orangenbaum fingen.

Salim wartete, bis das leise Klicken der Tür das Ende von Judes Nachtwache ankündigte. In der Küche drehte er den Wasserhahn auf und benetzte sein Gesicht mit lauwarmem Wasser. Die Tropfen zwischen seinen Fingern funkelten in der Morgensonne.

Durch das Küchenfenster hatte man einen Blick auf die Gartenmauer, die mit verdorrten Ranken bewachsen war, die von der Villa der Nachbarn zu ihnen herüberwucherten. Das Nachbarhaus selbst wirkte schlafend still und friedlich. Plötzlich hatte er die wahnwitzige Vorstellung, dass er nur nach nebenan zu gehen brauchte, um unter diesem ruhigen Dach froh und unbesorgt den neuen Tag zu beginnen.

Jude schlief, als er hereinschlich, um das Foto vom Orangenhaus vom Kaminsims zu nehmen.

Er hielt es vorsichtig in der Hand, als er ins Kinderzimmer ging. *Sie brauchen jetzt jeder ein eigenes Zimmer*, dachte er und schob die Tür auf. Es wurde Zeit, sie waren beinahe erwachsen. *Wir können es in der Farbe streichen, die ihm am besten gefällt. Wir können es gemeinsam tun.*

Ihre Köpfe lugten unter den Decken hervor. Dunkles und weißblondes Haar fiel über runde Wangen und Münder, die geschürzt waren wie die von Babys. Die Decken bewegten sich mit ihren regelmäßigen Atemzügen – diese beiden Wunderwerke, wider Erwarten Überlebende der grausamen Fluten, die so viele zerrissen hatten.

Die Liebe drängte das Gefühl der Kränkung zurück wie der starke Rücksog nach einer großen Welle. Er setzte sich neben Marcs zusammengekrümmte Gestalt. Unter der Decke wirkte er so winzig und hilflos. Als das Bett quietschte, öffnete der Junge die Augen. Im dunklen Zimmer lagen sie im Schatten und sahen genauso weich und dunkel aus wie Salims eigene.

»Was ist los?«, fragte er, die Stimme gepresst und heiser von Schlaftrunkenheit. Er setzte sich auf und umfasste seine Knie. Salim beobachtete, wie seine Züge sich veränderten und wieder den argwöhnischen Ausdruck annahmen, den er so gut kannte.

»Nichts.« Als Salim so dasaß, fühlte er sich verwirrt und orientierungslos. Er betrachtete das gerötete Gesicht des Jungen, in dem der Stolz des Mannes gegen die Ängstlichkeit des Kindes kämpfte.

»Ich wollte mit dir reden«, begann er rasch, bevor er Gelegenheit hatte, seine Worte zu bereuen. »Und mich … entschuldigen. Wegen der Ohrfeige. Das war falsch.« Marcs Augen weiteten sich, und seine Hände umfassten fester seine Knie. Salim wartete auf eine Antwort. *Hilf mir dabei.*

»Du bist immer böse auf mich.« Die Stimme klang dünn wie bei einem kleinen Jungen und legte sich Salim eng um die Kehle, würgende Finger eines schlechten Gewissens.

»Ich weiß«, antwortete er. Beim Blinzeln spürte er Tränen an den Augenlidern. »Ich mache bestimmt diesen Eindruck. Aber es ist nicht deine Schuld. Ich möchte doch nur, dass du deine Vergangenheit verstehst. Es tut mir weh, wenn ich das Gefühl habe, dass sie dich nicht interessiert.«

»Aber du sprichst nie mit uns über irgendwas«, fuhr Marc, ebenfalls mit tränennassen Augen, fort. »Du erklärst uns nichts, sondern erwartest einfach, dass wir auf deiner Seite stehen, ganz gleich, worum es geht. So etwas ist nicht fair.«

»Ich weiß«, erwiderte Salim. Als er Marc das Foto reichte, bemerkte er, dass sich die Augen seines Sohnes weiteten wie die des Babys auf dem Bild. »Manchmal redest du davon, dass du nach Hause willst. Aber ich möchte dir mein Zuhause zeigen. Das, das uns weggenommen wurde, als ich noch ein Junge war – jünger als du heute. Es war wunderschön dort, siehst du? Gleich dahinter beginnt das Meer, und es war immer warm. Dieser Orangenbaum wurde zu meiner Geburt gepflanzt. Jaffa-Orangen sind die süßesten auf der Welt.« Seine Stimme versagte. »Du bist es, was ich jetzt habe, anstelle meines Zuhauses. Du und Sophie. Und deshalb erwarte ich wahrscheinlich viel von euch. Vielleicht zu viel.«

Fasziniert strich Marc mit den Fingern über das Foto.

»Es ist hübsch dort«, sagte er.

»Das war es.« Unvermittelt stieg Trauer in ihm auf.

»Ich will weder Palästinenser noch Jude sein«, fuhr Marc fort und streckte auf dem Bett die Beine. »Sophie und ich sind nicht so. Wir wollen mit der ganzen Kämpferei nichts zu tun haben. Du fragst uns nie, was wir wollen und wie wir uns unsere Zukunft vorstellen.«

»Gut«, meinte Salim. »Was möchtest du einmal werden?«

Marc hielt inne. In sein Gesicht malte sich eine derart unschuldige Mischung aus Argwohn und Hoffnung, dass Salim beinahe losgelacht hätte.

»Tänzer«, antwortete er schließlich und reckte die Zehen. »Ich bin wirklich sehr gut. Du bist nicht ein einziges Mal bei einer Probe gewesen. Mum kommt nächste Woche zur Elternvorstellung, aber ich wette, du weißt nicht einmal, dass eine stattfindet.«

Doch, aber ich war zu wütend, um mich darum zu kümmern.
»Ich habe deiner Mutter gesagt, dass ich versuchen werde, da zu sein. Wir reden zurzeit nur kaum noch miteinander, das ist alles. Deine Mutter ist nicht sehr gesprächig, und ich bin es vielleicht auch nicht.«

»Kommst du also?«, fragte Marc. »Bis zur Premiere sind es nur noch zwei Wochen, und diese Vorstellung ist dazu da zu sehen, woran wir noch arbeiten müssen.« Sophie bewegte sich im anderen Bett. Salim warf einen Blick auf die Vorhänge, durch die schon das weiße Morgenlicht strömte.

»Ich werde da sein, Ehrenwort«, sagte er. »Wir reden später weiter. Das möchte ich wirklich.«

Er bemerkte, dass ein ganz leichtes Lächeln über Marcs Gesicht huschte, eine kleine warme Welle auf einer weißen Fläche. Dann nickte sein Sohn. »Okay, abgemacht«, sagte er. Salim beugte sich vor und küsste ihn auf die Wange. Sie war so glatt wie Marmor, gehüllt in eine warme Schicht Schlaf.

»Ein Tänzer also?«, meinte er und erhob sich, während Sophie sich aufsetzte und ihre Arme streckte.

»Richtig.« In Marcs Stimme schwang etwas Herausforderndes mit wie bei einer sprungbereiten Katze.

»Was du willst«, antwortete Salim. »Solange du mein Sohn bleibst.«

Die Elternvorstellung war für den Mittwochabend angesetzt – den letzten Schulabend der Woche.

Salim hatte die Einladung auf das Regal im Schlafzimmer neben das Foto vom Orangenhaus gestellt, eine goldene Karte, auf der ein Junge mit Flügeln abgebildet war. *Wie absurd*, dachte Salim, *so typisch Auslandsbriten*. Das Kind, ein geflügelter Geist aus einem Märchen, war zwar nicht Marc, verkörperte ihn aber ausgezeichnet. Seine Augen blickten durch Salim hindurch in eine wundersame Welt dahinter.

Er hatte feierlich versprochen, dabei zu sein, was Marc in eine Hochstimmung versetzte, wie Jude und Salim sie nur selten bei ihm erlebt hatten. Nach der Schule trainierte er in seinem Zimmer wie ein Besessener. Sophie unterstützte ihn nach Kräften, spornte ihn an, redete ihm gut zu und sorgte auf ihrem neuen tragbaren Kassettenrekorder, einem Geschenk von Rafan, für musikalische Begleitung.

An den nächsten vier Abenden langte Marc bei Tisch kräftig zu und erörterte mit Rafan die schwierigen Tanzschritte und dass er der jüngste Schauspieler sei, der je eine so wichtige Rolle übernommen habe. »Eine Hauptrolle«, betonte er, zwischen Gabeln voller mit Zimt gewürztem Lamm, Reis und dünnen Nudeln.

Lachend klopfte Rafan ihm auf den Rücken. »Auf den kannst du dich verlassen, wenn du einmal alt bist«, meinte er zu Jude.

»Er hat die Augen in den Sternen.« Salim stellte fest, dass Jude höflich lächelte, ein förmlicher Ausdruck, der sich während der letzten Wochen in ihr Gesicht gestohlen und Besitz von ihrer Mimik ergriffen hatte.

Am Abend vor Marcs Auftritt war Salim fest entschlossen, mit Rafan zu sprechen und seinem Aufenthalt hier ein Ende zu setzen. Hassan teilte seine Ansicht. Als Salim ihn am Morgen des Opferfests angerufen hatte, um ihm ein frohes *Eid* zu wünschen, hatte er bei der Nachricht, ihr jüngster Bruder sei noch immer nicht abgereist, abfällig die Nase hochgezogen. »*Wallah*, du bist großzügiger, als ich es wäre, Salim«, sagte er ins Telefon. »Ich gebe dir kostenlos einen guten Rat – dieser Junge hat schon immer Ärger gemacht, und das wird in Zukunft auch so bleiben. Deine Frau hat ausnahmsweise mal recht. Schmeiß ihn raus.«

Als Salim den Hörer auflegte, entdeckte er unter dem Apparat eine Selbstklebenotiz. Zwei Wörter stachen ihm ins Auge. *England. Schule.*

Er zog den Zettel hervor und hielt ihn ans Licht. Es war Sophies ordentliche Druckschrift. *Mum*, stand da. *Onkel Tony hat wegen England und der Schulpläne angerufen. Gute Nachrichten. Ruf ihn rasch zurück.* Kalte Finger berührten seinen Nacken.

Er warf einen Blick auf die Küche, wo Jude gerade den Tisch deckte. Ihr blonder Haarschopf blitzte hinter der Tür auf. *England. Schulpläne.* Was für Pläne waren das? Die Angst schnürte ihm die Brust zu.

»Dad!« Marc wollte seine Meinung zu seiner Schrittfolge hören. Er packte Salim am Arm und zog ihn, übersprudelnd vor Aufregung und von innen heraus strahlend, hinaus auf die Terrasse. »Deine Mutter sagt, dass du großartig bist«, meinte Salim lächelnd. »Wozu brauchst du also noch mein Urteil?«

»Mum findet mich immer großartig«, erwiderte Marc und schaltete den Kassettenrekorder ein, während die Sonne allmählich unterging. »Aber du sagst mir die Wahrheit.«

Als Salim zusah, wie sein Sohn in die Nacht hinaussprang, machte auch sein eigenes Herz einen Satz; es war ein orientierungsloser Schwindel, als flöge man ohne Netz. Der Zettel in seiner Tasche war wie ein Stein, der ihn zu Boden zog. *England. Schulpläne. Ruf rasch an.* Niemals. Niemals würde Jude planen, einfach wortlos zu verschwinden. Nie würde sie ihn so verraten. Er versuchte, sich ein beruhigenderes Szenario zurechtzulegen, während Marc vor ihm sprang und Pirouetten drehte. Doch sein Mund war trocken, und er musste seinen Sohn schließlich bitten, eine Pause zu machen.

Er trank gerade selbst gebrautes Bier auf der Terrasse und spülte seine Ängste hinunter, als Rafans Gesicht aus der Dunkelheit erschien. Sein Bruder stellte sich neben ihn und beugte sich über die niedrige Mauer in die Nacht. Die leisen Geräusche der Dunkelheit – das Zirpen der Zikaden und das dünne Surren der Moskitos – raunten kaum hörbar um sie herum. Salim spürte, dass die Stille sich wie ein Draht zwischen ihnen spannte. *Ich kümmere mich um Rafan*, hatte er ihr versprochen. Er öffnete den Mund, doch die Zweifel lasteten schwer auf ihm – wegen Jude, der Liebe und der Treue, jeder davon ein Stein in seiner Brust.

»Ich habe heute eine Nachricht erhalten«, meinte Rafan schließlich. Salim konnte nur die Umrisse seines Profils erkennen, die Hakennase und eine schmale Stirn. »Von den Irakern.« Seine Worte brachten die Nacht zurück – ihr Auto auf einer menschenleeren Wüstenstraße, die ausdruckslosen Mienen der Männer, die Rafans Taschen aus dem Auto hoben, der Schweiß, der Salim auf dem Fahrersitz übers Gesicht rann.

Rafan drehte sich zu ihm um. »Wir müssen morgen wieder zur Grenze fahren. Es ist das letzte Mal.«

Salim wurde von Erschöpfung ergriffen, als sein Bruder hinzufügte: »Diesmal ist es ein Stück weiter; ich schätze, mindestens fünf Autostunden. Also brechen wir besser am frühen Abend auf. Wir können losfahren, wenn du aus dem Büro kommst.«

»Ich habe Marc versprochen, morgen Abend zu seiner Vorstellung zu gehen«, protestierte Salim. Die Luft um ihn herum schien sich zu bewegen und strömte in Sekundenschnelle durch ihn hindurch – die Zukunft verschwamm mit der Vergangenheit.

»Ma'lesch – egal … Er ist ein Kind, du bist ein Mann. Es wird noch mehr solcher Vorstellungen geben. Aber nur diese eine Gelegenheit.«

Salim schlug die Hände vors Gesicht. Er war es leid, solche Entscheidungen treffen zu müssen und immer wieder aufgefordert zu werden zu beweisen, wer er eigentlich sein wollte. »Nimm das Auto, und fahr allein.«

»Das geht nicht. Ich habe keine Aufenthaltsgenehmigung. Wenn mich jemand anhält, bin ich verloren, Bruder. Du bist der Einzige, dem ich vertrauen kann. Außer dir habe ich niemanden.«

Salim drehte der Mauer den Rücken zu, betrachtete seinen Bruder und versuchte, den kleinen Jungen zu sehen, der nachts neben ihm gelegen und im Schlaf geweint hatte. *Das ist nicht derselbe Mensch. Der Junge ist fort, und dieser Mann nutzt dich aus.*

»Scher dich zum Teufel, Rafan«, schleuderte er ihm entgegen, doch die Worte schienen auf ihn zurückzufallen. »Schieb dir deine schwachsinnigen Anspielungen was weiß ich wohin.

Du hast dich für einen Weg entschieden – überlass es mir, meinen zu gehen.«

Rafan schnaubte höhnisch. »Weißt du, was das Problem mit dir ist, Salim? Du bist zwar klug, aber nicht schlau. Du hast geglaubt, dass die weißen Jungs fair mit dir umgehen würden, weil du einen Uniabschluss und einen britischen Pass hast, richtig? Aber sie haben dich über den Tisch gezogen. Du hast gedacht, deine jüdische Frau würde sich von ihrer Herkunft lossagen und arabische Kinder großziehen? Hat sie aber nicht. Du hast gehofft, die Scheiße vergessen zu können, aus der du kommst, indem du einfach abhaust? Das geht leider nicht. Soll ich dir sagen, was ich sehe, wenn ich dich anschaue? Einen Mann, der keine Ahnung hat, wer er ist.«

Salim presste die Hände vor die Augen. Seine Nachricht an Rafan an dem Tag, als er den Libanon verlassen hatte, stand grellweiß lodernd vor ihm. *Es tut mir leid, aber mein Weg ist nicht hier.* Hätte er sich besser, freier, weniger verloren gefühlt, wenn er sie nie geschrieben hätte?

»Ich weiß, wer ich bin«, antwortete er Rafan und gleichzeitig sich selbst. »Ich muss Rücksicht auf meine Familie nehmen.«

»Du machst dir etwas vor, und das ist dir selbst klar, Bruder. Sie ist ein reizendes Mädchen, zugegeben, doch letztlich wird sie ihre eigenen Pläne machen. Das tut dieser Menschenschlag immer. Deshalb kommt er auch immer gut weg, während wir auf der Verliererseite stehen.«

Er spürte Rafans Hand auf der Schulter. *England. Schulpläne. Ruf rasch an.* In ihm brach ein Damm, und der Zorn sprudelte hervor wie eine eiskalte Flut. Ihre Hand nachts auf seiner Brust hatte ihn letztens aufgefordert, sich für sie zu entscheiden, und sie hatte von Liebe gesprochen. Und die ganze

Zeit über hatte Jude Geheimnisse vor ihm gehabt? Vorkehrungen für ein Leben ohne ihn getroffen, in einer Welt, in der für ihn kein Platz war?

»Es ist mein Ernst, Salim«, hörte er die Stimme seines Bruders. »Ich weiß, wer du bist. Du bist mein Bruder. Mein Fleisch und Blut. Und diese Männer, denen wir helfen – die sind auch von unserem Blut. Hör endlich auf, den weißen Ehemann zu spielen, Salim. Sie behaupten, dass sie dich lieben. Dann sollen sie es beweisen. Du willst ein Mann von Bedeutung sein und bekommen, was dir zusteht? Dann ist es Zeit, den Preis dafür zu bezahlen.«

Salim schloss die Augen. Nichts an ihm war wirklich, und er fühlte sich wie ein Geist, der in der Gegenwart umging, während Rafan und Jude, beängstigend unnachgiebig, vor ihm aufragten. Vielleicht hatte Rafan ja recht, und er musste eine Schuld begleichen – für das am Clock Tower Square vergossene Blut, die Mörsergranaten über dem Meer und die Kinder, die in Shatila spielten, während die Panzer heranrollten. Er sah die gewaltige Silhouette der neuen Siedlungen, die ihre Schatten auf Nadias winziges Zuhause warfen. *Unser Land, unser Blut*, die herausgeschriene Parole, die das Geschützfeuer übertönte. Meyer, der Omar, ohne mit der Wimper zu zucken, aussortiert hatte. Und Jude, seine Frau, die die Flammen der Feinde in den Augen ihrer Kinder brennen ließ.

Er berührte den Zettel in seiner Tasche. *England. Schulen. Ruf rasch an.* Wie sehr hatte er sie geliebt, vor all den Jahren und so viele Kilometer entfernt, als ihr Gesicht unter der kalten Sonne Londons zu ihm aufgeblickt hatte. Diese Erinnerung lebte in ihm weiter, ihr Liebreiz, die gespannte Erregung, die davon ausging, einen unbekannten Raum zu betreten und plötzlich zu erkennen, dass man dort zu Hause war. Doch inzwischen war ihr Zuhause von Fremden bevölkert. Die Türen hatten sich geschlossen, und nichts war mehr vertraut.

»Noch ein Mal.« Die Worte waren heraus, bevor er es verhindern konnte, geboren aus Zweifel eher als aus Überzeugung. »Noch ein einziges Mal. Für Jaffa.« Es erfüllte ihn mit einer zerstörerischen Selbstzufriedenheit, Judes Ultimatum gegen sie zu kehren und sie dazu zu zwingen zu zeigen, dass sie es ernst meinte. Liebte sie wirklich ihn oder nur das Bild, das sie von ihm hatte? Es gab nur einen Weg, das herauszufinden.

Doch als Rafan nickte, spürte er sie wieder, diese unerklärliche Lähmung in seinen Träumen. Die Heimat war ganz in der Nähe, doch seine Füße waren wie erstarrt und klebten fest im Staub. *Hier bin ich nun, hilflos an den Boden geheftet wie ein Baumstamm.* Und es gab keine Möglichkeit, sich weiterzubewegen, ohne die Erde aufzureißen.

Am Abend der Vorstellung um sechs setzte Jude Marc ins Auto und kehrte zurück ins Haus, um Sophie zu holen. Das Mädchen saß in seinem Zimmer und schminkte sich sorgfältig die Oberlippe mit rosafarbenem Lippenstift. Jude versetzte ihr eine spielerische Kopfnuss. »Los, Mademoiselle«, sagte sie. »Wir gehen doch nicht zu einer Modenschau.«

»Ich wusste nicht, dass wir es eilig haben«, erwiderte Sophie lässig und verrieb den rosafarbenen Schmierer mit dem Finger. »Dad ist noch gar nicht da.«

»Ich weiß, Schatz.« Jude spürte wieder, wie sich ihr der Magen zusammenkrampfte. *Er darf es nicht verpassen. Er hat es Marc versprochen.*

Seit ihrem heutigen Telefonat mit Tony überschlugen sich ihre Gedanken. Er hatte mitten am Nachmittag angerufen, und zwar mit einer eindeutigen Botschaft – gnadenlos eindeutig, wie sich herausstellte: Es gab drei Schulen unweit ihrer alten Wohnung im Osten von London, die auch noch nach dem offiziellen Anfang des Schuljahrs neue Schüler aufnahmen. Allerdings verlangten alle drei, dass die Bewerber im November eine Aufnahmeprüfung ablegten. In einem knappen Monat also. Ansonsten würden sie ein weiteres Jahr warten müssen.

»Überlege es dir sehr gründlich«, hatte Tony hinzugefügt. »Ich helfe dir, falls du dich entschließen solltest zu kommen. Ich kümmere mich um alles, was du brauchst.«

»Ich weiß einfach nicht, was ich tun soll, Tony«, hatte sie verwirrt geantwortet. »Er hat versprochen, seinen Bruder wegzuschicken. Wie kann ich gehen, wenn er das wirklich macht?«

Am anderen Ende der Leitung entstand eine lange Pause. »Offenbar stehst du gerade an einer Weggabelung, *Bubele*«, sagte Tony nach einer Weile. »Nur du kennst die richtige Richtung. Denk nur immer daran, dass ich für dich da bin, wenn du den ersten Schritt machst.«

Als sie in der Auffahrt das Motorgeräusch eines Autos hörte, wurde sie von Erleichterung ergriffen. »Komm schon«, sagte sie und zog Sophie am Arm. »Daddy ist endlich da. Wir wollen fahren.«

Gefolgt von Sophie lief sie hinaus in die Abenddämmerung. Sie sah Marc, ein Strahlen auf dem Gesicht, aus dem Auto steigen.

Etwas stimmt da nicht. Rafan kam aus dem Gästezimmer auf sie zu. Er hatte eine vollgestopfte schwarze Reisetasche geschultert. Als er an Jude vorbeiging, warf er ihr einen kurzen Seitenblick zu. Das dünne schwarze Leder hatte einen Riss, durch den hellgrüne Banknoten schimmerten. Judes Herz erstarrte.

Salim stand, in Hemdsärmeln und einen verunsicherten

Ausdruck in den Augen, neben dem Auto. »*Yalla*, Salim, lass uns fahren. Den Rest holen wir später«, rief Rafan ihm zu.

Jude schlug sich die Hand vor den Mund. »Das kannst du nicht tun«, sagte sie zu Salim. Sein Kopf fuhr hoch, und er sah ihr geradewegs in die Augen. Zum ersten Mal in ihrer Ehe erkannte sie nichts darin, überhaupt nichts. Im nächsten Moment hörte sie Marcs hohe Stimme, die alles übertönte: »Was ist da los? Wo willst du hin?«

»Tut mir leid«, hörte sie Salim zu ihrem Sohn sagen. »Ich muss etwas sehr Wichtiges erledigen. Ich schaue mir dein Stück ein andermal an.«

»Du hast versprochen, dass du heute Abend kommst. Du hast es versprochen.« Sie hörte die Tränen, bevor sie fielen. Ihr junger Mann, wieder einmal zu einem weinenden Kind zurechtgestutzt. Obwohl ihr das Herz so wehtat, trat sie, ohne nachzudenken, auf Salim zu und griff nach seinem Arm. Sie fühlte sich, als könnten ihre Finger die Haut dieses Fremden abreißen, um den Mann, den sie einst geheiratet hatte, darunter zutage zu fördern.

»Nicht, Salim«, sagte sie. Dabei wurde ihr bewusst, dass dies erst das dritte Mal war, dass sie seinen echten Namen benutzte. Das erste Mal war am Tag ihrer Hochzeit gewesen, als sie ihn zum Mann genommen hatte.

Sie spürte, wie sich etwas in ihm bewegte – der Anflug eines Schuldgefühls. Doch dann machte er sich los und ging zum Tor. Das Letzte, was sie von ihm sah, war sein pechschwarzes Haar, als er um die Ecke bog, begleitet vom fröhlichen Winken von Rafan, der sich anschickte, ihr ihren Mann wegzunehmen.

An diesem Abend flog Marc wie ein Vogel über die Bühne. Seine Schwingen flirrten wie schillernde Regenbogen über seinem geschminkten Gesicht. Seine Augen blickten wild, und sein Körper schien zu leicht für den Boden zu sein. Bei seinem Anblick hatte sie immer wieder das Gefühl, das Herz würde ihr stehen bleiben; jede seiner Bewegungen waren wie eine Schraubzwinge in ihrer Brust, und sie musste das Bedürfnis unterdrücken, nach ihm zu greifen und ihn am Boden festzuhalten.

Nach der Vorstellung blieben sie nicht, nicht einmal, um einen Schluck mit Helen zu trinken oder sich Mr. Trevellians Lobeshymnen anzuhören. Stattdessen fuhren sie wortlos nach Hause – Sophie, die Stirn ans Seitenfenster gelehnt, Marc zusammengesackt in seinem Sitz. Jude wusste, dass sie in einer anderen Welt leben würden, wenn Salim später in der Nacht oder in der nächsten nach Hause kam. Falls er überhaupt je zurückkehren würde.

Als sie in die Auffahrt einbogen, war das Haus leer, und die stille Wüstennacht legte sich darüber. Marc ging wortlos ins Zimmer der Zwillinge und schloss die Tür. Sophie blickte ihm nach und wandte sich dann an ihre Mutter. Im Dämmerlicht sah Jude, dass noch immer verblasste rosafarbene Schmierer an den Lippen ihrer Tochter hafteten.

»Wo sind sie heute Nacht hin?«, fragte Sophie mit fester Stimme. »Dad und Onkel Rafan. Du weißt es doch, oder?«

Als Jude sie, so wunderschön in den letzten Momenten der Kindheit, da stehen sah, fühlte sie sich an ihre *Bat-Mizwa* im selben Alter erinnert. *Der Tag, an dem du aufhören kannst, dich zu fürchten; der Tag, an dem du deinen Platz als Frau in deinem Volk einnehmen wirst.* Rebeccas Tag war auf einem zerbrochenen Karren gekommen. Der von Jude am Sterbebett ihrer Großmutter. Und nun war Sophie an der Reihe, hier in der Wüste, Tausende von Kilometern weit entfernt die Straße entlang.

»Sie bringen Rafans Freunden Geld«, erwiderte Jude. Eine erwachsene Frau hatte die Wahrheit verdient. »Den palästinensischen Kämpfern.« Sophie nickte und schlang die Arme um ihren Leib, wie um sich vor einem kalten Wind zu schützen.

»So kann es nicht weitergehen«, sagte sie und blickte zu Boden. »Das weißt du doch selbst, Mummy.« Mit diesen Worten machte sie kehrt und folgte ihrem Bruder ins Kinderzimmer. Ihr Rock flatterte in der reglosen Luft.

Als die Kinder endlich im Bett waren, legte Jude sich ins Schlafzimmer. Sie fühlte sich, als schwebe sie außerhalb ihres Körpers, hinein in einen Traum, in dem sie über einer breiten Straße inmitten winterlicher Felder verharrte. In alle Richtungen zweigten weitere Straßen davon ab.

Auf einer davon näherte sich ächzend ein Pferdekarren. Der Kopf des Mädchens darin wippte mit jedem Schritt des Pferdes auf und nieder. Jude wurde von der absoluten Gewissheit ergriffen, dass sie ihm folgen musste. Mit klopfendem Herzen rannte sie los – doch dann wurde ihr, panisch wie in einem Albtraum, klar, dass der Wagen bereits vorbeigefahren war. Und sosehr sie auch rannte und rannte, bis ihr die Lunge brannte, sie konnte nicht feststellen, welche der vielen Abzweigungen er genommen hatte.

Kurz vor Morgengrauen wachte sie auf. Sie sprang aus dem Bett und öffnete die Schublade, in der sie Rebeccas Menora versteckt hatte. Rafan hatte sie genommen, um sie Salim zu zeigen. Und sie hatte nie daran gedacht, ihren Mann zu fragen, ob er sie wieder zurückgelegt hatte.

Das alte Versteck war leer. Sie riss Schublade um Schublade auf und zerrte Kleider und alte Kartons heraus wie eine Verrückte.

Endlich fand sie sie unter dem Bett. Sie drückte sie an die

Brust und weinte fast – vor Erleichterung und auch vor Staunen, weil er sie doch aufbewahrt hatte. All die Monate hatte sie im Schlaf unter ihr gelegen und sie lautlos bewacht.

Plötzlich spürte sie, wie ihre Verzweiflung von Entschlossenheit abgelöst wurde. *Sei tapfer. Sei ein Mensch.* Der Signalpfiff war ertönt, und alle Furchtlosen mussten jetzt an den Start.

In Rafans dunklem Zimmer waren nur noch zwei schwarze Taschen übrig. Sie schleppte sie in den Garten und kippte ihren Inhalt in den Sand, während sie mit jeder Zelle ihres Körpers auf das Geräusch zurückkehrender Autoreifen lauschte.

Ziegelsteinförmige Bündel grüner, von Schnur zusammengehaltener Banknoten purzelten heraus, mehr und mehr, als kämen sie aus einer Quelle ohne Boden. Sie sah zu, wie sie alle fielen und schließlich in einem Haufen landeten. Zehntausende von Dollar, aus denen in der warmen Luft ein muffiger Geruch aufstieg.

Wenn du den Frieden wählst, entscheidest du dich für die Verliererseite. Vielleicht stimmte das ja. Doch sie würde Rafan nicht gewinnen lassen.

Sie ging in die Küche und zog den Kanister mit dem Kerosin unter der Spüle hervor. Neben dem Gaskocher lag eine Streichholzschachtel. Die Tür schwang zurück, als sie beides hinaus in den Garten brachte, wo die Geldscheine in der Brise wehten. Ihr Flattern wurde schneller und hilflos, als der Brennstoff sie durchweichte.

Jude trat zurück, zündete das Streichholz an und betrachtete die kleine Flamme. Die Hitze streifte ihre Fingerspitzen.

Hunderte von Malen hatte sie diese Flamme benutzt, um an Geburtstagen das Leben zu feiern und während ihrer heimlichen Sabbatgebete die Kerzen zu entzünden. Nun sollte sie ihr Signal zum Befreiungsschlag sein.

Ihre Finger ließen das Streichholz los. Es trudelte zu Boden, und die Flammen loderten ihr dröhnend entgegen. Gebannt starrte sie hin. Aus den Flammen erklangen Stimmen: *Los, Judith, los! Mach Tempo, Mädchen!*

Sie wandte sich von den alles verschlingenden Flammen ab und hastete ins Kinderzimmer.

»Was ist?«, fragte Sophie, als Jude sie an den Schultern rüttelte und aus den Betten schob. Marc war bereits wach. Sein Gesicht schimmerte im Dämmerlicht.

»Packt eure Sachen«, sagte sie und hievte die Koffer oben vom Schrank. »Wir fahren zum Flughafen. Onkel Tony hat Schulen für euch ausfindig gemacht, und ihr müsst nächsten Monat eine Aufnahmeprüfung ablegen.«

Sophie schlug sich die Hand vor den Mund; ihr Gesicht war bleich. Jude griff nach der Hand ihrer Tochter. »Du hattest recht«, sagte sie und drückte sie fest. »Es ist Zeit, dass wir uns einen Ort suchen, an dem wir alle glücklich werden können.« Sophie nickte unter Tränen. Mit der einen Hand umklammerte sie ihre Bettdecke mit den aufgedruckten springenden Pferden.

»Aber was ist mit Daddy?«, fragte Marc sofort. Sein flehender Tonfall und seine helle Angst ließen sie beinahe in ihrem Entschluss wanken. Sie kniete sich vor ihn und umfasste sein Gesicht mit den Händen.

»Dein Vater muss eine wichtige Entscheidung fällen«, erwiderte sie. »Und bis es so weit ist, müssen wir uns in Sicherheit bringen. Ich erkläre euch alles im Auto. Aber jetzt müssen wir uns beeilen.«

»Und mein Theaterstück?« Hilflos umklammerte er ihre Schultern. »Was ist mit meinem Theaterstück?«

Sie zog ihn in ihre Arme. »Es tut mir so leid, Marc. Manchmal ist das Leben hart, ich weiß. Aber ich verspreche dir, dass es noch andere Dinge gibt, die auf dich warten. Wundervolle, aufregende Dinge. Vertraust du mir?«

Marc nickte. Doch sein ganzer Körper schien zu welken wie der Limettenbaum, den er so liebevoll gepflegt hatte. *Sicher hat er es gewusst*, dachte sie, *als sein Vater heute zum Tor hinausgegangen ist. Er hat gewusst, dass sein großer Moment genauso ist wie Puck selbst – nur ein Traum eben.*

Als alle Taschen gepackt und im Auto waren, war der Morgen angebrochen. Die Stille der Wüste umfing sie, als Jude zum letzten Mal zum Flughafen von Kuwait fuhr.

Die Welt schlief, und irgendwo da draußen war Salim, auf dem Rückweg zu einem leeren Haus. »Wird er uns je verzeihen?«, flüsterte Sophie vom Rücksitz, als hätte sie ihre Gedanken gelesen.

»Das wird er«, erwiderte Jude. *Ich weiß, wer er ist, auch wenn er es selbst vergessen hat.* »Er liebt uns mehr als alles andere. Er muss sich nur daran erinnern, wie sich das anfühlt.«

Während der Fahrt kurbelte sie das Fenster herunter, um den kühlen Wind hereinzulassen. Er rauschte ihr in den Ohren wie die Böen am Wear, als sie ein kleines Mädchen gewesen war. Wie das Jubeln der Zuschauermassen bei den Juniorenwettkämpfen, von denen sie geträumt hatte.

Und dann spürte sie es, irgendwo zwischen einer Erinnerung und einem Wunsch: ihre Zehen am Schwimmbeckenrand, das glitzernde Wasser unter ihr, auf den Startpfiff wartend, sprungbereit.

Der Augenblick spulte sich ab, genau so, wie er hätte stattfinden sollen – das strahlend blaue Wasser, das schwächer werdende Licht, die anfeuernden Rufe und die Aufregung, die ihn ihr hochstieg wie Luftbläschen und sie im Wettkampf vorantrieb. Auf der anderen Seite erwarteten sie Sicherheit und überglückliche Umarmungen, wenn sie unter einem endlosen nördlichen Himmel nach Hause liefen.

Als die Welt verschwamm und die Straße vorbeisauste, sah sie ganz deutlich alle neben sich herrennen – Kath und Peggy, Jack und Dora, Marc und Sophie, sogar Salim und Rafan. Sie stürmten in Richtung Heimat, während die Wolken über sie hinwegrasten und einander in eine unbekannte Zukunft jagten. Darauf folgte Schweigen, eine Leere, die sich langsam mit einer anderen Gegenwart füllte. Jude wurde von Freude und Erleichterung ergriffen. Rebecca war da und ging neben ihr her, und sie verstand plötzlich, dass dort der Ort war, wo sie sich treffen sollten. All die Jahre hatte sie darauf gewartet, dass Jude sie auf dieser langen Straße fand. Und so griff Jude voller Liebe nach der Hand ihrer Großmutter, endlich bereit, sie beide nach Hause zu führen.

4

Heimkehr

Wenn du das Land deiner Geburt erben willst,
Gürte dein Schwert und greife zum Bogen.

Naphtali Herz Imber

Und wir gingen den mondbeschienenen Weg entlang,
die Freude eilte voraus,
Und wir lachten zusammen wie zwei Kinder,
Und wir rannten und jagten unseren Schatten nach,
Und nach der Glückseligkeit kamen wir zu uns und
erwachten.
Wenn wir doch nur nie wach geworden wären.

Ibrahim Nagi, »Die Ruinen«,
gesungen von Umm Kulthum

1987

Jaffa

Als er zurückkehrte, herrschte Stille, und in der Auffahrt glühte ein ersterbendes Feuer. Im Schlafzimmer lagen verstreute Kleider und ein Brief von Jude. Während er ihn in tauben Fingern hielt, sah er, wie Rafan sich von den Überresten des Feuers abwandte. Auf der Veranda lag eine schwarze Tasche, eingeschrumpft wie eine leere Haut. Rafan hob sie auf und schüttelte sie. Seine Unterarme waren von verkohltem Papier geschwärzt.

Sal, du hast dein Versprechen gebrochen, stand in Judes Brief. *Ich tue das, um unsere Familie zu retten. Ich bringe uns nach Hause.*

Wie konntest du so blind sein, Sal? Juden oder Araber, was spielt es für eine Rolle, wer wir sind? Was bildest du dir ein, unsere Kinder in einen Krieg hineinzuziehen, den sie nicht angefangen haben?

Doch das Ende des Briefes war nachsichtiger; es sprach das liebende Herz, das sich einst für ihn geöffnet hatte. *Du bist noch immer mein Ehemann*, schrieb sie. *Ich kenne dich, und ich glaube an dich, den Mann, den ich geheiratet habe. Du gehörst zu uns, Sal, zu Sophie und Marc und mir. Nicht zu deinem Bruder oder zur Vergangenheit. Die Entscheidung liegt bei dir. Bitte komm nach Hause. Es ist nicht zu spät. Komm zu uns nach*

Hause. In der letzten Zeile hieß es, sie werde ihn anrufen, wenn sie in England bei Tony sei.

Er spürte Rafans Hand auf seiner Schulter. Die Stimme seines Bruders klang, als käme sie vom Ende eines langen Tunnels.

»Ich hab es dir doch gesagt, großer Bruder. Sie nehmen sich alles. Haus, Geld, Geschichte, ja sogar deine Kinder. Einfach alles. Es gibt nur eines, was sie uns nicht nehmen können.«

Langsam drehte sich Salim, den Brief fest in der Faust, zu ihm um.

»Und das wäre?«, übertönte er das Rauschen des Blutes in seinen Ohren.

»Unsere Rache.« Mit diesen Worten nahm Rafan ihm Judes Brief aus der Hand.

Später schleppte Rafan ihre Sachen aus dem Haus und warf sie auf die Brachfläche. Salim beobachtete sein Gesicht, das von Anstrengung und Wut gezeichnet war, als er die Sommerkleider auf die alten Autoreifen schleuderte.

»Ich muss hier weg«, verkündete Rafan später im Schatten der Veranda und hielt eine der leeren Taschen hoch. »Noch heute. Sie werden mir nicht glauben, dass ich das Geld verloren habe. Diese Schlampe.« Die Maske der Leutseligkeit war gefallen; sein Gesicht war eine vom Hass verzerrte Fratze. »Ich kann einen Flieger nach Amman nehmen. Auch dort gibt es Brüder. Wir können in Verbindung bleiben, Salim, keine Angst.« Seine Hand schloss sich fest um Salims Handgelenk.

Nachdem Rafan fort und es still im Haus war, nahm Salim das Foto vom Orangenhaus und rollte sich damit auf seinem und Judes Bett zusammen. Im Schlaf träumte er, dass die Orangen reif wurden und dass ein Essen auf dem Tisch ihn erwartete. Er und Hassan sahen genauso aus wie Marc und Sophie, und seine Mutter lachte über Abu Hassans Scherze, als sie zusammen beim Essen saßen. Als er aufwachte, verspürte er eine beinahe unerträgliche Sehnsucht.

Zwei Tage später rief sie ihn an.

»Was hast du erwartet?« Sie klang ruhig und viele Kilometer entfernt. Er hatte mit Reue und Tränen gerechnet, doch ihre Stimme war gelassen und gab ihm keine Möglichkeit einzuhaken.

»Rafan ist fort«, sagte er und hörte, wie sie Luft holte.

»Ich wusste, dass du das Richtige tun würdest.« Nun hörte sie sich wieder lebendiger an.

»Moment«, fuhr sie fort. »Da ist jemand, der mit dir reden will.« Einen Moment war die Leitung tot, dann hörte er schnelle, aufgeregte Atemzüge. »Dad?«

»Marc.« Er hatte Sophie erwartet und fand in seiner Aufgewühltheit nicht die richtigen Worte.

»Bist du sauer auf uns?«, fragte der Junge. Salim spürte, wie es ihm die Kehle zuschnürte. Ja, hätte er am liebsten gesagt. Ja, ja, ja.

»Nein, ich bin nicht sauer.«

»Kommst du nach England?«

»Ich weiß es nicht.«

Marc schwieg. Salim blickte hinaus auf den Garten und die dunkle Stelle, wo Judes Feuer gebrannt hatte. Erst vor drei Tagen hatte Marc dort getanzt. Im Dämmerlicht konnte Salim noch immer seine hin und her springende Gestalt sehen, einen Geist der Freude.

»Wann wirst du es wissen?« Marcs Stimme klang mädchenhaft und drängend und durchbohrte Salim mit Schuldgefühlen.

»Du bist zu jung, um das zu verstehen«, erwiderte er. »Du und Sophie… Vielleicht ist es besser für uns, wenn wir eine Weile getrennt sind.«

»Aber…« Wieder kamen die Tränen. »Du hast doch gesagt, wir würden es schaffen, besser miteinander zu reden.« Die Stimme des Jungen war noch weit davon entfernt, männlich zu klingen. »Und es ist wirklich toll hier. Ich werde in der White Lodge vortanzen, das ist die beste Ballettschule Englands. Wenn ich aufgenommen werde, werde ich eines Tages berühmt.« Salim lachte laut auf. Genauso würde es geschehen – die schönste Zeit ihres Lebens würde sich weit fort von ihm abspielen. Ihm war etwas Wertvolles entrissen worden, bevor er Gelegenheit gehabt hatte, Ansprüche darauf zu erheben.

»Du musst zurückkommen«, sagte Marc. »Mum und Sophie wollen es, und ich auch.«

Salim umklammerte das Telefon. Marc. Rafan. Palästina. Das Orangenhaus. Es war zu viel für den Verstand eines Menschen, um es zu erfassen. Aus dem Nichts stieg eine unsinnige Erinnerung in ihm hoch. Die Debatte mit Jude vor einer schieren Lebenszeit im *Virginia's*: *Wer könntest du werden,* hatte sie gefragt, *wenn du bereit wärst, alles aufzugeben, was du jetzt bist?* Und er hatte geantwortet, dass es unmöglich sei, den Wert der Vergangenheit gegen den Preis der Dinge abzuwägen, die noch kommen würden.

»Wir überlegen uns etwas«, antwortete er dem Jungen schließlich. »Du hast recht, wir sollten zusammen sein.«

Doch die Worte, die ihm am Telefon so wahr erschienen waren, begannen zu schwären. In den folgenden Tagen brachte jeder Morgen einen neuen Ansturm von Wut, so gnadenlos wie die aufgehende Sonne. Die Ungerechtigkeit nagte an ihm. Jude zwang ihn zu einer Entscheidung. Wenn er sich weigerte, ihnen nachzureisen, würde sie behaupten, dass er beschlossen hatte, seine Familie zu verlassen.

»Du kannst nicht von mir verlangen, dass ich in England lebe«, erwiderte er, als sie die Einzelheiten besprachen. »Doch solange die Kinder noch jung sind, werde ich sie so oft wie möglich besuchen.« Sie klang entsetzt. *Was hast du denn erwartet?*, hätte er ihr am liebsten entgegengeschleudert.

Er zog in eine kleine Wohnung in Kuwait City und nahm eine Teilzeitstelle an, um einige Monate im Jahr bei seiner Familie verbringen zu können. Als er zum ersten Mal in Heathrow landete, holten Jude und die Kinder ihn vom Flughafen ab. Sie warfen sich ihm in die Arme, und eine Weile war es so wie in den ersten Jahren ihrer Kindheit, als sie nichts anderes gekannt hatten als Liebe. In jener Nacht lag er neben Jude in ihrem ersten Ehebett, umfangen vom warmen Geruch nach Schweiß und nackter Haut, und betrachtete ihr schlafendes Gesicht.

Doch im dritten Jahr ihrer Trennung war er bereits ins Gästezimmer gezogen. Die Kinder kamen nicht mehr zum Flughafen, und nur Sophie umarmte ihn, wenn er die Wohnung betrat. Marc, in der typischen Grausamkeit der Jugend, ließ ihn einen Vertrag unterschreiben, in dem er versprechen musste, während seines Aufenthalts keinen Streit anzufangen.

Doch gestritten wurde trotz alledem. Ganz gleich, wie oft er nicht anders konnte, als ihr Kälte, Verrat und Lieblosigkeit vorzuwerfen, sie weigerte sich nachzugeben. Sie bereute nichts. Sie hatte das Richtige getan. In diesem Haus hatte jeder einen Sinn im Leben, und Jude hatte ihre Aufgabe als Englischlehrerin gefunden. Nun erzählte sie alte Geschichten in den multikulturell besetzten Klassenzimmern Londons. Juden, Arabern und allen anderen, wie sie gerne sagte. Sophie gehörte zu ihren begeisterten Schülerinnen. Und Marc machte noch immer seine Träume wahr. Bald würde er in die Royal Ballet School aufgenommen werden und sie hinter sich lassen. Das erfüllte Leben seiner Familie warf einen Schatten auf sein Scheitern in seinem eigenen. Und er brütete darüber, bis es sich anfühlte, als seien die Stufen zum Flieger nach Heathrow mit spitzen Nägeln besetzt.

Als Salim eines Tages vom Flughafen kam, war die Wohnung leer. Jude war noch in der Arbeit, und die Zimmer der Zwillinge waren dunkel. Eine Weile stand er da und erinnerte sich an den traurigen Morgen in der Wüste vor vier Jahren – die leeren Zimmer, die geschlossenen Türen.

Er stellte seine Tasche auf den Boden, öffnete die vordere Seitentasche und holte das Foto vom Orangenhaus heraus. Dann nahm er Judes Fotos eines nach dem anderen vom Kaminsims im Wohnzimmer, achtlos angeordnete Schnappschüsse, die ihre Familienpicknicks in Il-Saraj, Marc mit Ballettschuhen und Sophie im Sattel zeigten. Nachdem der Kaminsims leer war, stellte er das Foto vom Orangenhaus ehrfürchtig auf das staubige Holz. Er hatte in Kuwait einen neuen Rahmen dafür gekauft, doch das goldene Schimmern ließ das Foto nur umso gespenstischer wirken, ein schwacher Abglanz in Gelb und Braun.

Als Jude nach einer Stunde mit Marc zurückkam, entschuldigte sie sich für die Verspätung.

»Ich musste mit Marc wegen weiterer Untersuchungen zum Arzt«, erklärte sie. »Sie finden, dass er Hilfe braucht, um sich zu konzentrieren und ruhig zu bleiben. Stimmt's, Schatz?« Marc zuckte mit den mageren Schultern und senkte den Blick. »Die Lehrer sind bescheuert«, entgegnete er. »Tänzer sollen nicht ruhig sein.«

Im nächsten Moment bemerkte Marc den leeren Kaminsims mit dem einzigen Foto darauf. »Was hat das denn hier zu suchen?«, fragte er.

»Das ist unser Haus in Palästina«, erwiderte Salim. Er stellte fest, dass Marcs Miene sich verfinsterte, und machte sich schon auf Widerspruch gefasst. Doch der Junge schaute nur von dem Foto zu seinem Vater. »Ich erinnere mich«, sagte er nur.

Ein Jahr später, an Salims fünfundvierzigstem Geburtstag, verschwand das Foto. Am folgenden Tag sollte er zurück nach Kuwait fliegen. Jude war in der Arbeit, und Sophie, die wegen einer Erkältung zu Hause geblieben war, half ihm vergnügt beim Packen.

Im Durcheinander des Gästezimmers reichte er ihr die Kleider. Die Arme, mit denen sie sie faltete, waren so sandbraun wie die Strände von Jaffa. Salim musste sich vor Augen halten, dass das kleine Mädchen, das er früher in die Luft geworfen hatte, bald – ein Jahr vor ihren Altersgenossen – die Oberschule abschließen würde. Ihre erblühende Intelligenz weckte Ehrfurcht und Angst in ihm; das Kind aus seinen Erinnerungen entglitt ihm unwiederbringlich.

Im Moment hielt sie ihm einen Vortrag. »Hast du diese ständige Hin- und Herfliegerei nicht langsam satt?«, fragte sie und verstaute ein Hemd im Koffer. »Was ist denn aus dem Plan geworden, wieder hierherzuziehen?«

»Dann hättet ihr sicher bald genug von mir«, erwiderte er leichthin, worauf sie ihn zweifelnd ansah.

»Ist das die beste Ausrede, die dir einfällt?«

Er wandte den Blick ab. Es verwirrte ihn, dass sie trotz ihres arabischen Teints im Grunde genommen war wie Jude – genauso dickköpfig und geradlinig. »Das verstehst du nicht, Sophie.«

»Dass du und Mum ein Problem habt? Dass Marc schwierig ist? Ich bin auch in dieser Familie aufgewachsen, schon vergessen?«

»Du erinnerst dich nur an das, was dir gefällt«, rechtfertigte er sich. »Oder an das, was deine Mutter dir erzählt hat. Es ist nicht immer die Wahrheit.«

»Du gibst uns die Schuld daran, dass wir hierher zurück wollten. Das hast du schon immer getan.« Noch während Salim zu einem Protest ansetzte, wusste er, dass sie recht hatte. »Wir wollten einfach nur an einem Ort leben, wo wir zufrieden und glücklich sein konnten. Vor allem du solltest das doch verstehen. Ich meine, nach all den Geschichten von Menschen, die ständig auf der Flucht waren – du, Onkel Rafan, Mums Familie. Vielleicht hatte damals ja niemand eine andere Wahl, aber heute haben wir eine.«

»Das glaubst du«, entgegnete er unwillkürlich. Sie verdrehte die Augen und ging, ein Hemd in der Hand, ins Schlafzimmer. »Dad, hast du das Foto schon eingepackt? Ich kann es nirgendwo sehen«, rief sie durch die offene Tür.

Erschrocken drehte er sich zum Kaminsims um. Judes Fotos standen wieder an ihrem Platz – zurückgestellt nach einem erneuten heftigen Streit. Doch in der Mitte, wo sich normalerweise das Orangenhaus befand, klaffte eine Lücke.

Er wurde von Panik ergriffen. Sicher hatte Jude es weggeworfen. Wie konnte sie nur? Er hatte einen faden Geschmack im Mund, als er den Müll und dann die Schränke in ihrem Zimmer durchwühlte. Sein Foto blieb verschwunden.

Verzweifelt öffnete er die Tür von Marcs Zimmer. Das Bett war ordentlich gemacht, die Wand mit Fotos von Tänzern gepflastert, deren Körper zu sicher schmerzhaften Posen verbogen waren.

Auf dem Nachttisch lagen die Tabletten, die Marc nehmen musste, wenn er wieder in die Zustände geriet, die er als zornige Kopfschmerzen bezeichnete. Jude bestand darauf, seit das Royal Ballet ihn schriftlich verwarnt hatte: Marc hatte versucht, auf dem Parkplatz ein Feuer anzuzünden, und zwar ganz in der Nähe des Autos eines Lehrers, mit dem er auf Kriegsfuß stand.

Neben dem Döschen lag das Foto des Orangenhauses ohne Rahmen. Daneben befand sich ein anderes, eine zweifach vergrößerte Kopie von Salims Original. Nur dass diese, wie Salim entsetzt feststellte, beschmiert worden war. Marc hatte das Foto mit kräftigen Farben übermalt. Jude und Sophie standen, Bücher in den Armen, neben seinem Baum. Marc in Tänzerpose war auch dabei, er trug ein rotes Ballettröckchen und goldene Tanzschuhe. In der Ecke befand sich Salim mit einer Orange in der Hand. Über der Tür und den Köpfen von Jude und Sophie prangte ein Davidstern. Marcs Finger zeigten darauf. Die andere Hand deutete auf seinen Vater.

Als Salim erschrocken nach dem Bild griff, hörte er die Tür klicken. Er drehte sich um und sah Marc mit seinen Ballettsachen in der Tür stehen. Seine Körperhaltung erinnerte an einen fluchtbereiten Vogel.

»Das habe ich dir zum Geburtstag gemacht«, meinte der Junge schließlich. »Das ist doch besser, als die ganze Zeit das alte Foto anzustarren. Du solltest auch ein Bild von uns haben, das du mitnehmen kannst.«

Salim streckte ihm das Foto hin. »Du hast einen Davidstern auf mein Haus gemalt.« Marc kratzte sich an der Stirn und ließ den Kopf hängen. Sein Fuß zeichnete ein Zickzackmuster auf den Boden.

»Ja, schon. Aber es bedeutet etwas anderes.«

»Und was bedeutet es dann?« Salims Erleichterung, weil er

sein kostbares Foto gefunden hatte, ließ nach und wurde von Zorn abgelöst.

»Ich dachte, du würdest es verstehen!«, schleuderte ihm Marc trotzig entgegen. »Das sind wir alle zusammen in dem Haus. Du hast gesagt, es sei unser Haus. Das heißt, auch das von Mum, und der Stern ist für sie.«

»Und was ist mit dir?« Salim sah, wie sich Furcht in den Blick aus Marcs blauen Augen schlich. Er wies auf den Jungen im Ballettröckchen. »Willst du ein Jude sein wie die Jungen in deiner Schule? Hast du dich deshalb in diesen Sachen gemalt? Um mich daran zu erinnern, dass du kein Araber sein kannst? Glaubst du etwa, ich lasse einen Juden etwas erben, das mir gehört?«

»Ich bin kein *Jude*, ich bin nur ein Tänzer.«

»Es gibt keine arabischen Tänzer, Marc.«

»Dann werde ich eben der erste.«

»Nein, wirst du nicht«, entgegnete er. *Es ist besser, dass er es jetzt versteht, ehe es zu spät ist.* »Du bist nicht wie die englischen Jungen in deiner Klasse. Du bist ein Al-Ismaeli, auch wenn du das nicht willst. Du kannst so aussehen wie sie und dich auch so verhalten. Und sie werden dich dulden, solange ich die Studiengebühren bezahle. Aber du wirst niemals dazugehören. Das ist der Grund, warum es keine arabischen Balletttänzer gibt. Die sind nämlich zu schlau, um es überhaupt zu versuchen.« Marc hatte angefangen, sich die Augen abzuwischen.

»Du lügst«, erwiderte der Junge. »Du hast ja keine Ahnung.«

»Du hast einmal zu mir gemeint, dass ich immer die Wahrheit sage«, erwiderte Salim, legte das Foto weg und packte Marc an den Schultern. »Und jetzt sage ich dir, dass es nicht klappen wird.« Es schnürte ihm die Kehle zu, und er schleuderte Marcs Gemälde zu Boden. »Ein weißer Araber im Rock – wahrscheinlich lachen sie nur über dich. Und du wirst jedes Mal scheitern, genau wie ich, wenn du dich weiter als jemand ausgibst, der du nicht bist.«

»Ich weiß, wer ich bin!«, rief Marc.

»Und wer?«, brüllte Salim. »Verrat es mir! Kein Araber, kein Jude, kein Mann, keine Frau. Wer also?«

Es herrschte dröhnendes Schweigen. Marcs Augen waren gerötet, als er ihn ansah. »Ich weiß, wer ich bin«, flüsterte sein Sohn. Dann riss er sich los, stürmte – ein weißer Schatten – hinaus und knallte die Haustür zu, dass es überall widerhallte.

Es war ein Sommernachmittag. Die Schule war zu Ende, die Zwillinge waren zu Hause. Salim saß in Judes Wohnzimmer in einem weichen cremefarbenen Lehnsessel, einen noch nicht unterschriebenen Vertrag in der Hand. Ein amerikanisches Bauunternehmen in Kuwait brauchte für ein Jahr einen Rechnungsprüfer. Der Titel lautete »Assistent der Finanzverwaltung«. Jede Seite schien ihn beim Umblättern zu verhöhnen. *Ich war einmal Geschäftsführer*, hätte er am liebsten geschrien.

Jude hatte den Teppich mit dem braunen Spiralmuster durch einen aprikosenfarbenen ersetzt, und die Wände waren grasgrün. Die Spätnachmittagssonne glitt über die Möbel. Es hätte beinahe ein Obsthain sein können – ein sehr englischer mit frischen Sommerfrüchten, Beeren und Vogelgesang.

Sophie saß am Tisch und schnitt etwas aus einer Zeitung aus. Jude war in der Küche beschäftigt; die Tür stand offen, und als er aufblickte, hörte er das Klicken ihrer Absätze und sah ein Stück Bein. Zum ersten Mal seit vielen Monaten fiel ihm auf, dass sie noch immer eine schöne Frau war.

Im nächsten Moment kam Sophie zu ihm herüber und hielt

ihm etwas hin. »Hier, Dad«, sagte sie. »Ein Artikel aus der *Times*. Über Jaffa.«

Er nahm den Artikel und überflog ihn. Ein Bericht, wie ihn nur die *Times* bringen konnte. Er handelte davon, dass Juden und Araber endlich an einem Strang zogen, um die Altstadt zu retten. Etwa auf halber Höhe des Texts befand sich ein Schwarz-Weiß-Foto, das den Clock Tower zeigte. Einen Moment lang wähnte er sich wieder auf dem Platz und erinnerte sich an dessen Pracht vor der Zeit von Blut, Schutt und Verfall.

Er gab ihr den Zeitungsausschnitt zurück. »Sehr interessant«, sagte er. Als sich die Enttäuschung wie ein Schatten über ihr Gesicht legte, durchfuhr ihn das schlechte Gewissen wie ein Stich. Doch als Jude hereinkam, hatte er plötzlich eine neue Idee.

»Warum fliegst du nicht hin?«, fragte er seine Tochter. »Die Prüfungen hast du hinter dir. Du solltest deine Verwandtschaft besuchen. Tante Nadia und Onkel Tareq werden sich um dich kümmern. Dann kannst du dir selbst ein Bild machen.« Er wies auf den Zeitungsausschnitt, der schlaff in ihrer Hand hing.

Es war nur eine rasche Bewegung, die ihm den Rest gab – die kurze Sekunde, in der Sophie ihren braunen Schopf zur Seite wandte und Jude mit hochgezogenen Augenbrauen ansah.

»Das könnte spannend sein! Darf ich eine Freundin mitnehmen? Ich habe den Mädchen versprochen, diesen Sommer mit ihnen wegzufahren«, erwiderte Sophie gerade zögernd, als Marc hereinkam.

»Marc«, sagte Salim, ohne auf sie zu achten. »Warum fliegst du nicht in diesem Sommer mit Sophie nach Jaffa?« Marc blickte Sophie verdattert an. Salim bemerkte, dass sie ihrem Bruder zuzwinkerte. »Komm schon, Markey, das wird sicher ein Spaß!«, meinte sie.

Marc konnte ihm nicht in die Augen schauen. Seit dem Nachmittag in seinem Zimmer hatten sie kaum ein Wort miteinander gewechselt. Bei seiner nächsten Ankunft hatte Salim Marcs Bild auf dem Bett im Gästezimmer vorgefunden – fein ordentlich in Streifen zerschnitten.

»Ich habe diesen Sommer Vortanztermine in der Schule«, nuschelte der Junge. »Ich kann nichts planen.«

»Wenn die nicht ein oder zwei Wochen auf dich warten wollen, sind sie nicht wirklich an dir interessiert«, entgegnete Salim und spürte die vertraute Verkrampfung im Kiefer. »Oder suchst du nur nach Ausreden?«

Marc lief rot an, während Jude ihm beschwichtigend die Hand auf den Arm legte.

»So funktioniert das nicht!«, zischte er, und Salim konnte die angespannten Drähte fast sehen, die Marcs mageren Körper zusammenhielten. »Hast du überhaupt eine Vorstellung davon, wie hart man malochen muss, um es als Tänzer zu etwas zu bringen? Wenn ich das Vortanzen verpasse, kann ich es vergessen.«

»Du findest deine Geschichte also nicht wichtig?« Als Salim aufstand, fielen die Seiten des Vertrags zu Boden.

»Das habe ich nicht gesagt. Warum drehst du einem jedes Wort im Mund um?«

»Weil du der einzige Grund dafür bist, dass ich jetzt nicht in Jaffa bin, Marc. Erinnerst du dich? Deine Mutter ist mit dir davongelaufen, und du hast mich angefleht zurückzukommen.«

»Das ist ja wohl der Schwachsinn des Jahrhunderts, jetzt auch noch mir die Schuld zu geben!«, brüllte Marc hochrot im Gesicht. »Du hast uns in Kuwait im Stich gelassen! Du hast mir gesagt, dass ich kein richtiger Mann bin! Du hast behauptet, ich wäre ein Versager! Welchen Grund also sollte ich haben, in dein Scheiß-Jaffa zu fahren?« Er trat einen Schritt auf seinen Vater zu, und seine Hände ballten sich zu Fäusten. Salim wurde erstaunt klar, dass dieser Junge ihn wie ein Mann zum Kampf herausforderte.

Irgendwo im Hintergrund hörte er Judes Aufschrei: »Nicht, Marc!« Doch es war Sophie, die sich dazwischenstellte und die Arme hob. »Aufhören, alle beide!«, rief sie. »Bitte. Bitte!«

Salim schob sie beiseite. Einen Moment lang glaubte er wirklich, dass Marc ihn schlagen würde. Doch als die Sekunden vergingen, bemerkte er, dass den Jungen erwartungsgemäß der Mut verließ und dass die Wut in den blauen Augen von Furcht abgelöst wurde. Die Körperhaltung seines Sohnes änderte sich, und er verlagerte nervös das Gewicht von einem Fuß auf den anderen. Salim schwirrte der Kopf. Kein Schlag hätte schmerzhafter sein können als diese Wucht von Kränkung und Enttäuschung.

Er hörte, wie Marc sich räusperte. »Keine Ahnung, warum du ständig auf diesem dämlichen Haus rumreitest«, sagte er herablassend. »Es gehört dir ja nicht einmal mehr.«

Es gehört dir nicht mehr. Plötzlich wurde ihm klar, was für ein Wahnsinn es war. Es war alles vergeblich gewesen. Die Besuche, die Kompromisse. Er hatte seine Familie schon vor Jahren verloren.

Noch am selben Abend zerriss er den Vertrag mit dem amerikanischen Unternehmen. Als Jude hereinkam und ihn beim Packen sah, fragte sie: »Du fliegst doch heute nicht zurück nach Kuwait, oder?«

»Nein, nicht nach Kuwait«, erwiderte er. »Nach Palästina.«

Als er die Haustür öffnete, kam Marc in letzter Minute aus seinem Zimmer gestürmt. Er wirkte aufgewühlt, und sein Gesicht war kreidebleich.

»Wo willst du hin?«, fragte er. Seine Stimme klang rau und keuchend. Jude stand hinten im Raum und ließ hilflos die Arme hängen. Der Davidstern lag, umschlungen von der arabischen Kette, die er ihr kurz nach ihrem Kennenlernen geschenkt hatte, auf ihrer Brust. Sie achtete darauf, sie zu tragen, wenn er da war. Salim schaute an Marc vorbei und deutete auf ihren Hals.

»Du solltest eine von beiden abnehmen«, sagte er und hörte selbst, wie hasserfüllt seine Stimme klang.

Als sie seinen Blick erwiderte, war ihr Gesichtsausdruck ruhig, aber müde. »Sie gehören beide zu mir«, antwortete sie leise. Er schüttelte den Kopf. Marc öffnete den Mund, brachte jedoch keinen Ton heraus. Und dann gab es für ihn nichts mehr zu tun, als die Tür hinter sich zuzumachen.

Seine Heimkehr begann am Ende des langen Sommers in Nazareth.

Er stand auf Nadias Balkon und blickte nach Westen. Von der Straße wehten die Klänge des Abends hinauf. Der Gesang aus der Moschee, die Rufe der Straßenhändler und die Motorengeräusche der Autos vermischten sich mit dem Schnarren und Heulen einer alten Schallplatte. Schattenfinger krochen von der hoch gelegenen jüdischen Siedlung Nazareth Illit über die alte Stadt und die lang gestreckten Abhänge von Galiläa. Früher einmal hatten nur die Hügel und der Himmel über seinen Unterschlupf gewacht. *Pass nur auf, du Äffchen*, hatte Nadia immer gesagt. *Allah hat von dort oben freie Sicht.*

Nun hörte Salim, wie sie ihn hineinrief. Sie mochte es nicht, wenn er allein da draußen saß. *Grübeln* nannte sie das. Aber er grübelte nicht, er schmiedete Pläne.

»Es gibt gleich Essen, *ya* Salim«, flötete sie. »Lass es nicht kalt werden.«

»Eine Minute noch«, erwiderte er. Tareqs Stimme hallte durch die Küche. Er schimpfte auf Hebräisch ins Telefon. Die Grundbuchurkunde für das Orangenhaus lag vor ihm.

Nadias Musik machte ihn traurig. Es war dasselbe Lied, das er damals in Beirut im Auto gehört hatte – in seiner unerfahrenen Jugendzeit, als er beschlossen hatte, der Liebe zu folgen. Doch wie so viele Dinge hatte sich das als Trugschluss entpuppt.

Am Esstisch schaufelte Nadia gewaltige Portionen gewürzten Kohl und Lamm auf ihre Teller. Tareq hielt Salim einen Vortrag über sein Vorhaben, das Hassan als »wahnwitzige Idee« bezeichnet hatte.

»Wie ich dir schon vorhin erklärt habe, Salim« – Tareqs Brille war angelaufen, das früher pechschwarze Haar an den Schläfen weiß – »ist es sehr kompliziert, arabischen Besitz zurückzufordern. Niemand gewinnt diese Prozesse gegen den Staat, und der Behördenkrieg ist der blanke Wahnsinn.« Kopfschüttelnd nahm Tareq die Brille ab und polierte sie mit einem Zipfel seiner Jacke. »Der blanke Wahnsinn.« Er sah Salim aus kleinen Augen und mit einem gütigen Ausdruck im Gesicht an.

»Mir kommt es eigentlich recht einfach vor«, erwiderte Salim. Auf dem Tisch türmten sich die Papiere, auch Unterlagen zu anderen Eigentumsstreitigkeiten, die Tareq einem Verbindungsmann am Magistratsgericht abgeluchst hatte. »Die Juden haben unser Haus einem Mann abgekauft, dem es nicht gehörte. Dass die Grundbuchurkunden gefälscht waren, konnte sogar ein Kind sehen. Sie sind uns etwas schuldig. Es gibt Präzedenzfälle, ich habe darüber gelesen.« Seit er Jude und Marc an der Tür hatte stehen lassen, hatte er kaum etwas anderes getan.

Tareq breitete die Hände aus. »Das würde in jedem anderen Land zutreffen. Doch hier kämpfst du gegen etwas, das politisch so gewollt ist. Die Juden haben diese Gesetze eigens dazu erlassen, sich das Land anzueignen, und zwar so, dass die Araber nie zurückkehren können. Sicherheit nannten sie das. Oder Gottes Versprechen. Und du glaubst, du könntest sie dazu bringen, es sich anders zu überlegen – du, Salim Al-Ismaeli? Auch wenn du einen britischen Pass hast, bist du für die doch nichts weiter als ein Araber.«

Salim schlug mit der Hand auf den Tisch. »Ich scheiß auf die Israelis!«, schrie er. »Damals war Krieg. Alle waren auf der Flucht. Sind die Juden nicht auch geflohen, als die Nazis kamen? Und als die Nazis gestohlen haben, was sie zurücklassen mussten, haben die Juden das gerecht gefunden?«

»Hör zu, Salim«, antwortete Tarcq. »Ich bin kein Fachmann auf diesem Gebiet. Ich bin Familienrechtler. Du brauchst einen Mann, der dir helfen kann. Ich habe da schon ein paar Ideen. Trotzdem glaube ich, dass du deine Erwartungen herunterschrauben musst.«

Salim wusste, dass Tareq und Nadia nicht damit einverstanden waren. Sie waren, genau wie Hassan, zwar bereit, Anteil an seiner misslichen Lage zu nehmen, das Schicksal zu verfluchen und in traurigen Erinnerungen zu schwelgen – doch sie sahen keinen Sinn in einem Kampf, der zum Scheitern verurteilt war.

Rafan hingegen verstand. Er wusste, warum Salim hier war. »Lass dich nicht mit der Tasse Tränen abspeisen, die diese Leute dir verkaufen wollen«, hatte er am Tag seine Abreise aus Kuwait gesagt. »Es gibt in dieser Welt süßere Getränke.«

Salim legte Tareq die Hand auf den Arm. »Ich weiß, dass du wirklich nur mein Bestes willst. Du und Nadia, ihr wart mehr für mich da als meine eigenen Eltern. Aber verlangt nicht von mir, dass ich meine Erwartungen herunterschraube. Ich habe es satt, das Leben eines Bettlers zu führen und mich bei den Männern, die mich bestohlen haben, für Almosen zu bedanken. Für mich ist nichts wichtiger als das.«

Tareq senkte den Blick auf die Papiere und nestelte an den Kanten herum. Salim ahnte die Zurückweisung schon voraus.

»*Nichts* ist ein großes Wort, Salim«, meinte er schließlich. »Insbesondere für einen Mann, der an seine Familie denken muss.«

»Die denken doch auch nicht an mich, und sie brauchen mich nicht«, gab er sofort zurück. »Sie haben mich verlassen.«

»Du weißt, dass das nicht stimmt.«

»Du warst nicht dabei«, entgegnete Salim, und ein von Hass geleiteter Stich fuhr ihm durch den Körper. »Du hast keine Ahnung, wie es abgelaufen ist, also halte mir bitte keine Vorträge.«

Tareq zuckte seufzend die Achseln. »Wenn du meinst. Dann werde ich ein paar Telefonate führen. Bist du wirklich sicher?«

»Ganz sicher.«

Tareq nickte und seufzte noch einmal. Salim blickte ihm nach, als er zum Fernseher hinüberging. Er war noch immer schlank, hielt sich aber gebeugt. Er hatte Tareq stets als großen Mann in Erinnerung gehabt und wusste noch, wie er zu ihm aufgeblickt und auf seine Antworten, sein Lob und seine Ratschläge gewartet hatte. Allerdings konnten Erinnerungen trügerisch sein. Inzwischen ertappte er sich dabei, wie er auf Tareq hinunterschaute wie die hohen jüdischen Siedlungen auf das in Ketten liegende alte Nazareth.

In den Nachrichten wurde ständig von Jungen berichtet, die in den besetzten Straßen von Jerusalems West Bank israelische Panzer mit brennenden Flaschen bewarfen. Sie waren etwa so alt wie Marc, trugen schwarze Stirnbänder und hatten denselben wilden und trotzigen Ausdruck in den Augen.

Salim flüchtete sich auf den Balkon, um den Sonnenuntergang zu betrachten. Und dort draußen, unter dem Himmel Galiläas, der sich über ihm erstreckte, flüsterte er noch einmal die Worte vor sich hin. *Ganz sicher.* In der Abendstille klang es schwach und flehend.

Ihm fiel ein, dass seine Mutter vor all den Jahren an genau diesem Ort vielleicht das Gleiche gesagt und ihren Wunsch in den endlosen Himmel hinausgeschleudert hatte. *Ich trete nur in deine Fußstapfen, Mama. Wärst du stolz auf mich?* Als er versuchte, sich an ihr Gesicht zu erinnern, sah er nur Jude vor sich, die blauen Augen so hart wie Eis. Doch dann, als der Sonnenuntergang von der Dunkelheit verschluckt wurde, verschwamm ihr Bild wie die westlichen Hügel.

Am nächsten Tag fuhr Tareq nach Tel Aviv, um beim Magistratsgericht Einspruch einzulegen.

Dieser Antrag, so erläuterte er, diene dem Zweck, die Verjährungsfrist bei Ansprüchen auf Landbesitz auszuhebeln. »Normalerweise hättest du nur fünfundzwanzig Jahre Zeit, um Klage gegen den Staat zu erheben«, sagte er. »Nach vierzig Jahren wäre es absolut aussichtslos. Doch in diesem Fall wirst du dich vielleicht bei mir bedanken können.«

In dem Jahr, als Salim nach England aufgebrochen war, hatte Tareq Abu Hassan überredet, gegen die Beschlagnahmung seines Hauses Beschwerde einzureichen. »Nur für den Fall, dass es doch noch eine Chance gegeben hätte. Das heißt nicht, dass er die Kraft gehabt hätte, das durchzustehen.«

Kurz darauf war sein Vater erkrankt und hatte mehrere Schlaganfälle erlitten. Nun würde Tareq argumentieren, dass die Jahre, in denen Abu Hassan kaum in der Lage gewesen sei, einen Löffel zu halten, nicht auf die Besitzrechte seines Erben angerechnet werden dürften.

Er sah, wie Nadia in der Küche *Labneh*-Klöße formte – dicke Klumpen aus geronnenem Joghurt, zu handtellergroßen Ovalen gerollt und in einem Glas mit Olivenöl und Salz eingelegt. Der säuerliche Geruch von Buttermilch wehte durch die Küche, während er zusah, wie ihre Hände sich übereinanderlegten und in einem lautlosen Tanz drückten und kneteten.

Er ging zum Telefon und wählte die Nummer von Rafans Freund, dem Mann, der ihm laut seinem Bruder helfen konnte. Rafan war inzwischen in Jordanien. »Ich führe ein ruhiges Leben, großer Bruder«, hatte er gesagt. »Hier gibt es nichts weiter zu tun, als Schafe zu züchten und sie aufzuessen. Wenn wir uns das nächste Mal wiedersehen, bin ich bestimmt dick und rund.« Irgendwie glaubte ihm das Salim nicht so recht.

Neben der Telefonnummer stand der Name *Jamil*. Rafan nannte ihn Jimmy. »Es ist immer ein Vorteil, Jimmy zu kennen. Eigentlich ist er aus Haifa, aber nach dem Krieg nach Tel Aviv gezogen. Er schreibt für sämtliche Blätter, sogar für *Haaretz*, die liberale jüdische Zeitung. Sie sind begeistert von ihm. Er ist ein Mann mit mehreren Gesichtern, wenn du verstehst, was ich meine.« Salim verstand ihn sehr wohl. *Wie merkt man sich, wer man ist, wenn man so viele Masken trägt?*

Jimmys Stimme am anderen Ende der Leitung war ein energischer und gut gelaunter Bass.

»Salim Al-Ismaeli«, verkündete er dröhnend und ließ sich die Worte auf der Zunge zergehen. »Ja, ich kenne Ihren Bruder. Er war ein guter Freund, hat mir so manchen Gefallen getan und mir zu einigen interessanten Storys verholfen. Und jetzt haben Sie vielleicht wieder eine für mich?«

Begleitet von Jimmys aufmunternden Geräuschen erklärte Salim ihm seine Mission.

»*Wallah, Habibi*«, meinte er schließlich. »Das ist starker Tobak. Ich kannte diesen Typen, diesen Abu Masen. Er ist vor einer Weile gestorben, Gott sei seiner Seele gnädig. Oder sollte ich das vielleicht nicht sagen?« Er lachte laut und herzhaft. »Doch sein Sohnemann treibt sich noch irgendwo herum und macht Ärger.«

Salim erinnerte sich an das Mondgesicht und die schwarzen Locken. »Ich möchte ihn nicht sehen«, erwiderte er.

»Klar«, antwortete Jimmy. »Sie haben Wichtigeres zu tun. Rafan hat mich gebeten, Ihnen zu helfen, also krempeln wir am besten gleich die Ärmel hoch. Zuerst sollten wir uns treffen. Warum kommen Sie morgen nicht nach Jaffa? Dann können wir einen Kaffee trinken und alles besprechen.«

Am Nachmittag kehrte Tareq aus Tel Aviv zurück. Vor Anstrengung war er rot im Gesicht, und er wirkte seltsam zufrieden mit sich. Er hatte zwei Anträge eingereicht, einen beim Magistratsgericht, um die Verjährungsfrist in Salims Fall anzufechten, und eine Klage gegen Amidar, den staatlichen Immobilienkonzern, der sich ihr Land unter den Nagel gerissen hatte.

»Es ist besser gelaufen, als ich dachte«, sagte er beim Abendessen zu Salim. »Ich habe sogar eine Überraschung für dich.« Doch er rückte nicht mit der Sprache heraus, sosehr Nadia und Salim ihn auch bedrängten, sondern schüttelte nur den Kopf und schmunzelte hinter seinen Brillengläsern. »Später, später, Ehrenwort.«

Als Salim ihm von Jimmy erzählte – wobei er Rafans Rolle unter den Tisch fallen ließ –, machte Tareq ein zweifelndes Gesicht. Allerdings stimmte er zu, dass die palästinensische Presse ihnen nützlich sein könnte. »Die Araber hier haben noch immer viele Zeitungen und Radiosender. Nicht, dass die Israelis sich dafür interessieren würden, aber *Haaretz* könnte helfen. Sie berichten viel über arabische Angelegenheiten. Und vielleicht habe ich noch etwas in Tel Aviv, was dich weiterbringen könnte. Wart's nur ab.«

Am nächsten Tag fuhren sie in Tareqs Nissan die felsigen Abhänge von Galiläa hinunter zu den gewaltigen Ebenen am Meer. Salim lehnte die Stirn an die Fensterscheibe und schaute geradeaus, wo sich eine glatte Landschaft auftat.

Auto um Auto rollte, schimmernd im blauen Tageslicht, an ihnen vorbei. Vor ihnen schlängelte sich die Straße wie ein silberner Strom durch dunkle Felder. Tankstellen und Industrieanlagen sausten vorüber, Stahl und Glas, wo früher nur Grün gewesen war. *Das Land ist aufgefressen worden*, dachte er. *Aufgefressen von den Juden. Und hier bin ich, um sie anzubetteln, ein Stückchen davon wieder auszuwürgen.*

Als sie Tel Aviv erreichten, funkelten Reihen blendend weißer Apartmenthäuser im Licht; Hunderte von Fenstern starrten wie blinde Augen aufs Meer hinaus. Der Himmel über ihm war so von Wolkenkratzern durchlöchert wie an der Küste der Scheichs am Golf.

Doch es herrschte nicht überall eitel Sonnenschein. Als sie das Geschäftsviertel hinter sich ließen und die älteren Stadtteile erreichten, waren durch die Autoscheiben Anzeichen des Verfalls auszumachen. Jaffa hatte Tel Aviv einst um seine Gebäude im Bauhausstil beneidet. Selbst Bürgermeister Heikal hatte sie gelobt, mit ihren fließenden Kurven und ungewöhnlichen Winkeln, so weiß wie der Schaum auf dem Meer. Nun flatterten schlaffe Markisen von den Geländern der Balkone, und das Salz hatte braune und gelbe Flecken an den Wänden hinterlassen. Der Anblick löste in Salim eine seltsame Wehmut aus.

Sie kamen zu der Kreuzung, wo die Straße von Tel Aviv nach Jaffa führte. Salim stockte der Atem, und er hielt die Luft an, um die plötzlich auf ihn einstürmenden Erinnerungen zurückzudrängen. *Ich bin hier*, sagte er sich. *Zu Hause.*

Die Straße führte weiter, vorbei an Gebäuden, die er nicht erkannte, in einen Bezirk, der offenbar für Touristen angelegt war. Jemand hatte Jaffas zerbröckelte gelbe, vom Geruch nach Wasserpfeifen und Kaffee durchtränkte Backsteine abgetragen und sie mit neuem, ordentlich poliertem Mauerwerk aus Sandstein ersetzt.

Salim kurbelte das Fenster herunter, schaute sich suchend um und bat Tareq, langsamer zu fahren, damit er etwas Vertrautes ausmachen konnte; etwas, an das er seine Hoffnungen heften konnte. Sein Blick glitt durch die fremden Straßen; er beobachtete alte Ehepaare mit Fotoapparaten und Mädchen mit sonnengebräunten Beinen, die auf den Gehwegen umherwimmelten. Die Szene sorgte dafür, dass er sich albern fühlte wie ein Kind, das mit offenen Armen auf eine Umarmung wartet, die niemals kommen wird.

Und dann, endlich, sah er ihn. Den Jaffa Clock Tower, noch immer wunderschön, der nun wie ein Fremdkörper mitten auf einer belebten Straßenkreuzung stand. Erleichterung ergriff ihn, als er die unnachgiebigen Kanten betrachtete. Er war kleiner als in seiner Erinnerung, doch das spielte eigentlich keine Rolle. Hier hatten sie gesessen und sich *Knafeh* aus dem Souk Attarin von den Fingern geleckt; hier hatte er, begleitet vom Stimmengewirr aus der Mahmoudiya-Moschee, Weitwerfen mit Kieselsteinen geübt; hier hatten die Wasserpfeifenraucher nach seinen Knöcheln getreten, wenn Masen ihn herausgefordert hatte, gegen ihre Backgammontische zu rempeln. Und hier hatte er nach dem Anschlag der Irgun Schuttbrocken herausgepflückt, ohne zu ahnen, dass die wahre Katastrophe für sie alle erst noch kommen sollte.

Nun standen blasse dickliche Touristen herum und machten Fotos. Andere saßen in den Cafés und genossen die Herbstsonne.

Sie waren mit Jimmy in einem Café in der Nähe verabredet, das *Beitna* hieß. Jimmy hatte es vorgeschlagen. Er fand es lustig, dass der Name auf Arabisch und Hebräisch *Unser Haus* bedeutete. »Es ist ein jüdisches Lokal, aber keine Sorge«, sagte er. »Ich kenne die Leute dort, sie sind progressiv. Außerdem ist die Inhaberin eine Schönheit.« Er hatte recht. Mädchen mit kurzen Ärmeln und langen Beinen servierten lachenden dunkeläugigen Jungen Kaffee.

Als sie hereinkamen, erhob sich ein Koloss von einem Mann. Er stieß mit dem Bauch die Tasse mit türkischem Kaffee vor sich um, sodass sich die dunkle Flüssigkeit in den überquellenden Aschenbecher ergoss. Dann streckte er bärenartige Arme nach Salim aus und packte ihn mit pummeligen Händen. »Salim Al-Ismaeli«, dröhnte er, während das halbe Café sich nach ihnen umdrehte. »Sie sehen gar nicht aus wie Ihr Bruder.«

Jimmy bestand darauf, Kaffee und Kuchen zu bestellen, bevor sie zum Geschäftlichen kamen. »Diese Europäer haben alle Verdauungsprobleme«, meinte er. »Ihre Gedärme sind genauso verhärtet wie ihr Hirn. Und beim Essen halten sie den Mund geschlossen, als müsste man sich dafür schämen, dass man Hunger hat. Aber ein Araber läuft erst bei Tisch und im Bett richtig zu Hochform auf, richtig?« Tareq rutschte auf seinem

Stuhl herum und räusperte sich. Salim fing den Seitenblick seines Schwagers auf, eine zweifelnde Miene, die wohl *Was ist denn das für ein Prolet?* besagen sollte.

Jimmy machte seiner Behauptung alle Ehre, denn er konnte wirklich gleichzeitig reden und essen. »Ich bin kein Anwalt«, sagte er und wischte sich die Honigkuchenkrümel vom Mund, nachdem Salim ihre Lage kurz umrissen hatte. »Also überlasse ich Ihnen die juristische Seite.« Er nickte Tareq zu, der die Geste schüchtern erwiderte. »Doch ich habe hier ein paar Freunde, eine kleine Organisation, könnte man sagen, die sich sehr für die Eigentumsrechte in dieser Gegend interessiert. Wussten Sie, dass die Behörden noch immer Menschen aus alten arabischen Gebäuden vertreiben? Slums, so nennen sie sie. Es ist ein politisches Problem. Bürgermeister Shlomo ist die treibende Kraft dahinter.« Er schnippte Zigarettenasche in den Aschenbecher.

»Es gibt da einige Menschen, die uns helfen wollen, doch Ihre Geschichte ist … wie soll ich es ausdrücken?« Er lächelte Salim an. »Poetisch. Ich kenne niemanden, der noch Forderungen aus dem Jahr 1948 stellen könnte. Alle haben Angst.«

»Rafan meinte, Sie könnten etwas für mich tun«, erwiderte Salim, bei dem sich allmählich Argwohn meldete. »Was macht Ihre Organisation denn konkret?«

Jimmy lehnte sich zurück und verschränkte die Hände auf seinem gewaltigen Bauch. »Wir bieten moralische Unterstützung«, entgegnete er. Salim sah ihn fassungslos an. *Glaubt er etwa, ich brauche eine Schulter zum Ausweinen?* »Die öffentliche Meinung«, fuhr Jimmy fort. »Wir werben um Unterstützer für unsere Sache. Wir wecken Interesse – bei der Presse, der örtlichen Politik. Wir erschweren es den Gerichten, Sie abzuwimmeln. Das ist unsere Arbeit.«

»Und wie sieht die Gegenleistung aus?«, erkundigte sich Tareq. Sein Kaffee stand unberührt vor ihm.

Jimmy zuckte die Achseln. »Was gut für Sie ist, ist auch gut für uns. Wir sind hier alle Brüder.« Salim erstarrte, als der dieses Wort hörte. Er erinnerte sich an Farouk in Beirut, seine schwarzen Augen und seine Tasche voller Munition. Inzwischen gab es in den besetzten Gebieten eine neue *Najjada*, eine Armee aus Jungen – die *Hamas*, die Eifrigen. Es klang wie der Name eines Jugendclubs. Nur dass dieser Club Jugendliche mit Steinen und Molotowcocktails auf israelische Soldaten hetzte, die Maschinengewehre hatten.

Ganz langsam stellte er die Kaffeetasse ab und betrachtete sein Gegenüber. »Nur um eines klarzustellen, Jamil. Ganz gleich, was Rafan Ihnen erzählt haben mag – ich will nur mein Haus zurück. Ich würde mich über Ihre Unterstützung bei der Pressearbeit freuen, alles, um meine Sache voranzutreiben. Doch mehr nicht.«

Lachend breitete Jimmy die Hände aus.

»Rafan sagte, dass Sie ein kluger Mann sind! Nein, mehr nicht. Wir unterstützen unsere Brüder im Kampf in der West Bank, allerdings auf legale Weise, weil wir jetzt israelische Staatsbürger sind. Wir kämpfen um faire Behandlung und einen Teil der Macht. Ist das nicht gerecht?«

Noch immer nicht überzeugt, lehnte Salim sich zurück. »Und was erwarten Sie von uns?«

»Nur, dass Sie bereit sind und mich auf dem Laufenden halten. Wenn Ihre erste Anhörung vor Gericht stattfindet, schreibe ich ein paar Berichte. Anschließend versuchen wir es vielleicht mit etwas Größerem. Hier gibt es viele Leute, die nur darauf warten, sich für eine gute Sache einzusetzen. Nicht alle meine Freunde sind Araber, wissen Sie? Hey, Osnat!«, brüllte er über die Theke, dass Salim zusammenzuckte. »Dieser Mann will vom Staat sein Haus zurück. Sollen wir ihm helfen, dass er es wiederkriegt?«

Ein jüdisches Mädchen mit kühlen grauen Augen und dunkler Haut blickte auf. Ihr schwarzes T-Shirt war mit Zuckerguss bekleckert, und sie hatte das Haar mit einem Halstuch zurückgebunden. »Klar«, erwiderte sie, ein breites Grinsen auf dem Gesicht. »Warum nicht?«

Als Salim Jimmy nachblickte, der sich watschelnd vom Café entfernte, wurde er von Zweifeln ergriffen. Warum wollte dieser Freund von Rafan ihm unbedingt helfen? Er war nicht sicher, ob er ihm vertrauen konnte. Doch andererseits hatte er es so satt, seine Kämpfe allein auszutragen.

Tareq tippte nervös auf seine Armbanduhr. »Salim, wir müssen zurück nach Tel Aviv. Ich will dir etwas zeigen.«

»Ich möchte noch nicht weg.« Salim schüttelte den Kopf und steckte die Hände in die Taschen. »Ich brauche ein bisschen Zeit für mich allein.«

Wieder sah Tareq auf die Uhr. »Gut, ich mache dir einen Vorschlag. Wir treffen uns in einer halben Stunde wieder hier. In dieser Zeit schaffe ich es hin und zurück und hole dich dann ab. Meine Überraschung ist nämlich transportabel.« Er lächelte leicht.

Während sein Schwager zum Auto ging, schlenderte Salim die Straße entlang – vorbei am Clock Tower und all den seltsamen Gebäuden mit ihrem frischen weißen Geruch. Ohne nachzudenken, schlug er den Weg nach Süden ein, als sei der Geist seiner Kinderzeit lautlos in seine Schuhe geschlüpft.

Die Altstadt war von einer hohen Mauer umgeben, ein Kirchturm lugte über den Rand hervor. Links von ihm wurden die Gebäude schäbiger, und es waren auch keine Touristen mehr zu sehen. Er ging um die Mauer herum nach Westen, auf seine Erinnerung an das Meer zu.

Allmählich erkannte er seine Umgebung wieder. Als er rechts am alten Friedhof vorbeikam, wandte er sich wieder nach Süden. Nun konnte er sie sehen – den Hafen und das Meer. Früher war er mit Masen an der Hafenmauer entlangbalanciert, um auf dem Platz Süßigkeiten zu kaufen. Doch inzwischen war die Mauer von langen Reihen scharfkantiger Stahlcontainer blockiert. Vor ihm, am Ufer, erstreckte sich ein moderner, etwa dreißig Meter breiter Parkplatz, über dem, im Auftrieb der kühlen Luft, die Seevögel schwebten.

Noch ein Stück nach Süden, und er befand sich im alten Al-Ajami – oder zumindest dem Teil der Stadt, der früher einmal Al-Ajami gewesen war. Nach dem Krieg, der Katastrophe, hatten alle Palästinenser sich hier zusammengedrängt, und Salim war auf seltsame Weise ein wenig stolz darauf gewesen, dass er in der letzten arabischen Hochburg Jaffas gelebt hatte. Zumindest bis er erkannt hatte, dass es nur das erste Gefängnis, der Anfang ihrer Niederlage gewesen war.

Inzwischen lehnten sich die Gebäude zerbröckelnd aneinander; Drähte verliefen zwischen ihnen wie die Schnüre von Marionetten, erstarrt in einem kläglichen Tanz. Der Großteil des Geländes in Ufernähe war mit Baggern freigeräumt worden. Braunes Gestrüpp erstreckte sich streifenförmig bergab nach Westen, bis zu den aufgewühlten Wellen.

Im Dunst wirkte das Meer hell und klar – auf dem bewegten Wasser war kein Segel zu sehen. Es gab hier keine Boote mehr. Aus welchem Grund hätten sie auch herkommen sollen? Nie wieder würde der beißend scharfe und gleichzeitig süße Geruch der Erntezeit hier die Luft erfüllen, denn inzwischen wurden Jaffas Orangen mit Lastwagen zum modernen israelischen Hafen Ashdod, sechzig Kilometer im Süden, gebracht.

Die Sonne stand tief am Himmel, sodass ihn ihre blendenden Strahlen direkt in die Augen trafen. Zwei kleine Straßen führten zum Ufer. Er nahm die zweite bis zu einer Wegkreuzung. Jemand hatte sie geteert. Obwohl sie sich seltsam unter seinen Füßen anfühlte, wusste er, dass es der richtige Weg war. *Da ist es.* Das Tor war noch da. Schwarz und massiv. Dahinter erhob sich das helle Haus zwei Stockwerke hoch. Die Bougainvillea war höher als je zuvor und ergoss sich in berauschend roten Kaskaden von den Seiten der Villa.

Der Anblick traf ihn mit einer Wucht, die ihm den Atem verschlug, es war ein gnadenloser Zusammenstoß von Vergangenheit und Gegenwart. Farben stürmten auf seine Sinne ein und überwältigten ihn. Die Blüten, der blaue Himmel, der gleißend weiße Stein. Sie alle brannten sich durch das verblassende Bild, das er so lange in seinem Gedächtnis gehegt und gepflegt hatte, und löschten es aus wie die Mittagssonne einen Schatten.

Er ging zum Tor, legte die Handfläche an das kalte Eisen und malte sich aus, er könne einen Herzschlag spüren. Das war der Punkt, an dem seine Träume immer geendet hatten. Danach ging es nicht mehr weiter.

Zögernd drückte er auf die Klingel. Drinnen begann ein kleiner Hund zu bellen – ein hohes, hektisches Gekläffe. Aus der Gegensprechanlage hallte eine hebräisch sprechende Stimme. Als er den Mund öffnete, um zu antworten, brachte er keinen Ton heraus. Nach einer Weile schwang das Tor klappernd auf.

Sie war jung, vielleicht so alt wie Jude. Ihr braunes Haar war zu einem Dutt zusammengefasst. Sie trug eine Hose, ein Hemd mit aufgekrempelten Ärmeln und einen Gummihandschuh an einer Hand. Durch die Ritze im Tor lächelte sie ihn an. Hinter ihr raschelten die Bäume. Ihre Kronen bogen sich unter leuchtend orangefarbenen, erntereifen Bällen. Die Abendsonne strömte durchs Geäst und malte dunkle und hellgrüne Streifen in den Garten.

Als er hörte, dass sie ihn noch einmal fragte, was er hier wolle, antwortete er auf Englisch.

»Mein Name ist Salim«, sagte er. »Salim Al-Ismaeli.«

»Ja?«, wiederholte sie. Ihr Englisch war stockend und mit einem starken Akzent behaftet, ihre Miene zweifelnd. »Wie kann ich Ihnen helfen?«

Er streckte die Hand nach den weißen, von Ästen verdeckten Mauern hinter ihr aus. Überrascht wich sie zurück, und er spürte, wie die Worte aus ihm heraussprudelten, ohne dass er es wollte.

»Das ist mein Haus. *War* mein Haus – früher.« Er stellte fest, dass sie verwirrt das Gesicht verzog. Dann weiteten sich ihre Augen vor Erstaunen. Er schüttelte den Kopf, um sie nicht zu ängstigen. »Alles ist in Ordnung.« Die Kehle war ihm wie zugeschnürt. »Ich wollte es nur noch einmal sehen.«

Sie schlug die Hände vor den Mund. Die englischen Worte, die dahinter hervorkamen, hatten eine schwere europäische Satzmelodie wie bei Judes Mutter.

»Oh, Gott«, sagte sie. »Wann? Wann haben Sie hier gelebt?«

»Vor dem Krieg«, erwiderte er. Als ihm Tränen in die Augen stiegen, schlug auch er die Hände vors Gesicht.

»Oh, Gott«, wiederholte sie, und er spürte, wie sie fest seine Schulter umfasste.

Sofort richtete er sich auf. *Was machen wir jetzt?* Die Hand im Gummihandschuh ruhte auf ihrer Brust. *Sie klingt nicht wie eine Israelin.* »Seit wann sind Sie hier?«, fragte er.

»Noch nicht so lange«, antwortete sie. »Wir kommen aus

Ungarn. Meine Eltern sind nach dem Krieg hierhergezogen, und ich wollte in ihrer Nähe sein.« Bei dem Wort *Krieg* wurde ihm klar, dass sie einen anderen meinte als er. *Ihr Krieg mit Deutschland.* Für ihre beiden Völker würde es immer nur jeweils einen Krieg geben.

Inzwischen hielt sie ihm die Tür auf. Anteilnahme sprach aus ihrem Gesicht. »Möchten Sie hereinkommen? Ich kann Ihnen das Haus zeigen. Oder soll ich Tee kochen?«

Die Vorstellung hineinzugehen stieß ihn auf einmal ab. Er schüttelte den Kopf. »Nein, vielen Dank«, erwiderte er. »Ich ... ich muss los.« Wenn er den Prozess gewann, würde sie diejenige sein, die ausziehen musste. Eigentlich fühlte sich das nicht an wie ein Sieg.

Sie lächelte traurig und hob die Hand, um ihm zum Abschied zuzuwinken. Als er sich zum Gehen wandte, hörte er, wie sich das Tor schloss.

Plötzlich drehte er sich noch einmal um. »Noch etwas! Bitte. Könnte ich ...« Er wies auf den Orangenbaum hinter ihr. Einer davon war seiner, doch er konnte sich nicht mehr erinnern, welcher es war. »Darf ich eine Orange pflücken? Das haben wir damals als Jungen gemacht. Eine ... eine Tradition.«

»Ich hole Ihnen eine«, erwiderte sie, ohne das Tor ganz zu öffnen. Er sah, wie sie zum nächstgelegenen Baum ging, ihre hochgewachsene, schlanke Gestalt in die Krone streckte und zog, bis die Äste wackelten. Als sie zurückkam, lag eine Orange, prall und rund, in ihrer Handfläche.

Sie reichte sie durch den Spalt im Tor, und er nahm sie entgegen. Dann standen sie wortlos eine Weile da, bis sie schließlich nickte. »Nun, auf Wiedersehen«, sagte sie. Das Tor schloss sich. Salim verharrte wie angewurzelt. Die Orange in seiner

Hand wog so schwer wie all die Sorgen, die er von diesem Ort mitgenommen hatte. Er roch ihre scharfe Süße und senkte den Kopf.

Er hatte sich noch immer nicht von der Stelle gerührt, als er hinter sich ein Auto hörte. Er drehte sich um, wischte sich die Augen ab und sah, dass Tareqs Nissan gestoppt hatte. Sein Schwager sprang aus dem Wagen.

»Hab ich's mir doch gedacht, dass wir dich hier finden würden«, sagte Tareq, eilte auf ihn zu und fasste ihn am Arm. »Ist alles in Ordnung? Du hast doch nicht irgendwelche Dummheiten gemacht?«

Salim berührte Tareqs Hand, um ihn zu beruhigen. Undeutlich nahm er eine andere Person wahr, die an der offenen Autotür stand. »Komm, wir sollten losfahren«, meinte Tareq. »Wir haben eine Menge zu besprechen. Außerdem habe ich deine Überraschung hier. Hast du ihn schon gesehen?« Er wies in Richtung Auto.

Endlich sah Salim den Fremden an. Er war hochgewachsen und blass. Sein Haar wurde allmählich schütter, doch seine Augen waren dunkel wie die eines Falken. Als Salim ihn anblickte, lächelte er, und es fiel ihm wie Schuppen von den Augen. Auch er war ein erwachsener Mann geworden, der nun vortrat und Salim an der Schulter fasste. *Elia.*

»Salim, wie geht es dir?«, fragte er auf Arabisch. »Ich habe meinen Ohren nicht getraut, als Tareq sagte, dass du herkommst.«

Als Salims Hand Elias Arm berührte und ihn festhielt, spürte er, dass er tatsächlich kein Trugbild vor sich hatte. Von dem Durcheinander aus Freude und Trauer wurde ihm flau; ihm war, als seien all diese Erinnerungen bereits dem Tode geweiht gewesen.

»Elia.« Er versuchte es noch einmal, brachte aber nur den Namen heraus. »Elia.«

»Salim.« Auch Elia lächelte, und seine Augen waren feucht. »Weißt du, dass ich inzwischen Anwalt bin? Ein weiter Weg aus einer Schneiderei. Ich bin auf Immobilienrecht spezialisiert und werde dir helfen, wenn ich kann.« Er umfasste Salims andere Schulter, um sie beide zu stützen. »Ich verspreche dir, mein Freund, alles zu tun, damit du Gerechtigkeit erfährst.«

Die erste Anhörung im Fall Al-Ismaeli war für die erste Novemberwoche angesetzt. Die Morgen in Nazareth waren bereits grau und kühl. Doch Salim wusste, dass der Himmel unten am Meer makellos winterblau sein würde.

Er zog Hemd, Krawatte und einen leichten Wollblazer an. Der Spiegel im Gästezimmer war blind und zerkratzt. Als er einen Moment davor verharrte, fragte er sich, ob das Gesicht, das ihm da entgegenblickte, tatsächlich sein eigenes war.

Noch kein alter Mann. Seine Wangen waren schmaler, als er gedacht hatte, und von einem Hauch Bartstoppeln bedeckt. Zum ersten Mal bemerkte er graue Strähnen an seinen Schläfen. Er berührte sie, gleichzeitig verwirrt und ehrfürchtig.

Elia hatte versprochen, sich bei Gericht mit ihnen zu treffen. Er war inzwischen auch Familienvater. Seine Frau war Sozialarbeiterin und unterstützte arme Familien, während er selbst versuchte, der eisernen Faust Israels Stücke arabischen Landes zu entreißen. Es war eine Sisyphusarbeit; laut Elia hatten die Israelis Jahre damit verbracht, Gesetze zu verabschieden, die einzig und allein das Ziel hatten zu verhindern, dass Fälle wie Salims überhaupt vor Gericht kamen. »Es reicht ihnen nicht, dass sie das Land jetzt haben. Sie wollen es so aussehen lassen, als hätte es dir niemals gehört.«

Dennoch gab es einen kleinen Hoffnungsschimmer. »Der Name deines Vaters ist im ottomanischen Landregister verzeichnet. Dieses Register beweist, dass das Haus mit gefälschten Grundbuchunterlagen verkauft wurde. Und das bedeutet, wie haben eine Grundlage, um den Staat wegen eines Verfahrensfehlers auf einen Schadensersatz für den verlorenen Besitz zu verklagen.«

Doch wie er Salim immer wieder vor Augen hielt, konnte er nicht zaubern. »Ich erkläre dir mal den Unterschied zwischen Arabern und Israelis«, meinte er. »Die Araber wollen ein Urteil nach klaren, eindeutigen, gesetzlichen Regeln – Regeln, die wir als Kinder gelernt haben. Es gibt Falsch und Richtig, und auf ein Verbrechen folgt Strafe, so wie die Nacht auf den Tag folgt. Doch in Israel gilt eine andere Art von Gesetz. Hier geht es um Paragrafen, Absätze und Unterabsätze, mit vielen Auslegungsmöglichkeiten und einer Grundeinstellung, die von vornherein gegen dich gerichtet ist. Diese Art von Recht hat nichts mit Gott zu tun. Und auch nicht mit Gerechtigkeit.«

Salim haderte vor allem mit den Worten *Schadensersatz für den verlorenen Besitz. – Was bedeutet das jetzt noch für mich?* Er hatte so viel mehr verloren als nur Geld oder Land. Manchmal malte er sich aus, dass er die Tür seines alten Zimmers öffnete und von allem erwartet wurde, was gewesen sein könnte. Von einem anderen, vor Selbstbewusstsein strotzenden Ich. Einer lachenden Ehefrau und Kindern. Seiner Mutter mit ausgebreiteten Armen.

Das Gerichtsgebäude von Tel Aviv war ein grauer, aus Quadraten und Rechtecken zusammengesetzter Klotz, der genau die richtige Mischung aus bürokratischer Selbstgewissheit und Unnahbarkeit ausstrahlte. Der Hof vor dem Magistratsgericht war mit Metallskulpturen dekoriert, die nichts Erkennbares darstellten – ein kleiner Vorgeschmack auf die kafkaeske Verwirrung, die den Besucher drinnen erwartete.

»Das ist aber seltsam«, sagte Tareq, als er und Salim auf den Eingang des Gebäudes zusteuerten.

Er wies auf eine kleine, aber sehr lebhafte Ansammlung von Menschen, die von drei Sicherheitsleuten vom Eingang abgedrängt wurde. Salim konnte zwei Transparente auf Hebräisch und Arabisch erkennen. Auf einem stand: *Gerechtigkeit für die Al-Ismaelis!* Auf dem anderen: *Gerechtigkeit für Jaffa!*

Jimmy. Sie hatten am Vortag miteinander geredet. »Keine Angst, meine Leute werden da sein«, hatte er versprochen. Salim drängte sich durch die Menschen, die ihn anfeuerten und ihm auf den Rücken klopften. Obwohl er gerne ein paar Worte mit ihnen gewechselt hätte, zog Tareq ihn weiter. Gerade wollte er protestieren, als er Elia auf sie zukommen sah.

»Hast du die vielen Leute am Tor gesehen?«, fragte Salim, dessen Freude über das Menschenaufgebot seinem Selbstbewusstsein Auftrieb verlieh.

Elia zog die Augenbrauen hoch. »Das ist zwar ein feiner Zug von ihnen, aber wenn sie keine Anwälte sind … Jedenfalls hoffe ich, dass der Richter den anderen Eingang nimmt. Die Aufstände in der West Bank haben arabische Proteste in ein schlechtes Licht gerückt.«

»Das ist doch kein Aufstand«, wandte Salim ein und drehte sich zu den über die Mauer lugenden Transparenten um. »Nichts als Öffentlichkeitsarbeit. Wo liegt das Problem?« Elia zuckte nur wegwerfend die Achseln.

Der Gerichtssaal war ein niedriger, schlecht beleuchteter Raum. Der Richter kam ohne großes Aufhebens herein. Er war mager und hatte herabhängende Augen und ein schlaffes Kinn.

Seine schwarze Robe umschlotterte ein weißes Hemd und eine bleistiftdünne schwarze Krawatte.

Bei den jüngeren Männern, die ihm gegenüberstanden, handelte es sich um Vertreter des Unternehmens Amidar Housing. »Sie verwalten die Liegenschaften in Staatsbesitz«, flüsterte Elia. »Bürokraten im Geschäftsanzug.« Salim musterte sie. *Als ich mein Haus verloren habe, waren diese Männer noch kleine Jungen, die kaum lesen und schreiben konnten.* Er empfand die Situation deshalb als umso absurder. Die Kinder des Krieges waren erwachsen geworden und bekämpften einander nun wegen Dingen, an die sie sich selbst kaum erinnern konnten.

Die Anhörung fand auf Hebräisch statt und dauerte kaum fünfzehn Minuten. Elia erläuterte die Gründe, weshalb die ursprünglich von Salims Vater vorgetragenen Forderungen nicht verjährt seien. Amidars Anwälte entgegneten, die Forderungen seien genauso abgelaufen wie alte Milch, die zu lange in der Sonne gestanden habe.

Der Richter saß gebeugt in seiner schwarzen Robe da. Er ergriff nur ein einziges Mal das Wort, und zwar, um Elia eine Frage zu stellen und auf Salim zu deuten. Selbst als er Salims Namen aussprach, blieb sein Blick auf die Anwälte gerichtet. Vielleicht hörte er ja die Rufe draußen vor dem Gerichtsgebäude. *Gerechtigkeit für Jaffa!*

Unvermittelt und so schnell, wie er gekommen war, stand der Richter auf und ging hinaus. Salim wurde klar, dass die Anhörung zu Ende war – aber wie konnte das sein? Es war ja noch gar nichts entschieden worden. Er hatte nicht einmal Gelegenheit erhalten, sich zur Sache zu äußern!

»Keine Angst«, meinte Elia lächelnd, als er Salims Miene bemerkte. »Eigentlich ist es gut gelaufen. Es war nur eine vorläufige Anhörung. Ich kenne diesen Richter. Er wird schnell entscheiden, ob wir weitermachen können oder nicht. Es wird eine zweite Anhörung geben, in ein paar Wochen, vielleicht auch schon früher.«

Geduld. Das war das Wort, das Salim jeden Morgen beim Aufwachen vor sich hin murmelte. Allerdings war es leichter gesagt als getan.

»Danke«, meinte er zu Elia, schluckte seinen verletzten Stolz hinunter und griff nach der Hand seines Freundes. »Du hast uns so geholfen. Ich weiß nicht, warum du dir diese Mühe machst, aber ich danke dir trotzdem.«

Elia begann, seine Unterlagen im Aktenkoffer zu verstauen. »Meine Mutter, Gott schenke ihrer Seele Frieden, hat ständig über deine Mutter gesprochen«, erwiderte er. »Sie kam oft in den Laden, und dann haben sie sich unterhalten – es ging um nichts Besonderes, Frauensachen.« Ein Schmunzeln huschte über seine Lippen. »Wir hielten sie für die schönste Frau, die wir je gesehen hatten.«

»Das war sie«, antwortete Salim. »Doch das ist nicht so geblieben.«

»Mag sein«, meinte Elia und richtete sich auf. »Nichts ist von Dauer. Aber damals habt ihr dafür gesorgt, dass wir uns nicht so einsam gefühlt haben. Die Juden in Tel Aviv haben meinen Vater behandelt wie ein Stück Dreck. Unsere Nachbarn in Jaffa haben uns nicht über den Weg getraut. Doch deine Mutter und du – ihr wart unsere Freunde. Das vergessen wir euch nie.« Er legte Salim die Hand auf die Schulter. »Bis bald.« Salim sah zu, wie er die schmalen Schultern straffte und das Gerichtsgebäude verließ.

Am nächsten Tag rief Jimmy an. »Wie fandest du die Demo vor dem Gerichtsgebäude?«, fragte er.

»Super.« Salim lachte. »Wer waren diese Leute?«

Das brüllende Lachen am anderen Ende der Leitung ging in einen bellenden Husten über. »Ich habe es dir doch gesagt«, keuchte er. »Unsere Organisation hat viele Freunde – Araber, Juden, Buddhisten!« Wieder ein Husten. »Und jetzt machen wir ein paar Interviews für die Presse. Außerdem wäre es gut, wenn du bei einigen Versammlungen sprichst. Nur vor wenigen Leuten, die uns unterstützen.«

»Und wann wäre das?«, fragte Salim. Gespräche mit Jimmy erinnerten ihn an den Kinderreim, den die Zwillinge beim Seilspringen gesungen hatte. *Ich und du. Müllers Kuh. Müllers Esel, der bist du.* Denn er wurde den Verdacht nicht los, dass er hier als Lasttier herhalten sollte.

»Ich melde mich bei dir«, erwiderte Jimmy. »Und schau dir morgen die Nachrichten an. Vielleicht ist ja etwas für dich dabei.«

Wie sich herausstellte, konnte sich Salim diese Mühe sparen, denn Tareq überbrachte ihm die Neuigkeiten persönlich, indem er am nächsten Nachmittag lautstark an seine Zimmertür klopfte. Salim schreckte aus einem Traum von Jude hoch; sie war jung gewesen, mit ihrem Davidstern um den Hals und blondem Haar, das in der Sonne golden schimmerte.

»Hey, Salim.« Tareq klang ziemlich erbost.

»Was ist?«, rief Salim. Die Tür öffnete sich, und sein Schwager stand auf der Schwelle. Er schürzte missbilligend die Lippen.

»Es geht um deinen Freund, diesen Jimmy.«

»Was hat er denn angestellt?«

Tareqs Nasenlöcher blähten sich, und er rang die Hände. »Elia hat gerade angerufen. Es hat am Haus einen Zwischenfall gegeben.«

Salim war noch nicht ganz wach und verstand kein Wort. »Was für ein Haus? Wovon redest du?«

»Welches Haus werde ich wohl meinen?« Tareq machte ein Gesicht, als hätte er Salim am liebsten geschüttelt. »Eine Protestkundgebung hat dort stattgefunden. Sie hat am alten Clock Tower angefangen. Irgendeine Gruppe hat Reden zum Thema Landrechte in Jaffa gehalten. Und dann sind diese Leute zum Haus deines Vaters gezogen und haben die Mauern mit *Gerechtigkeit für Jaffa* und ähnlichem Unsinn vollgeschmiert. Die Polizei ist gekommen und hat einige von ihnen festgenommen.«

»Das gibt's doch nicht.« Salim betrachtete seine Hände, um seine klammheimliche Freude zu verbergen.

Tareq drohte mit dem Finger. »So etwas bringt uns nicht weiter. Vergiss nicht, was Elia gesagt hat. Wenn die Leute protestierende Araber sehen, denken sie nicht an Demonstranten, sondern an Terroristen.«

»Jimmy ist Rafans Freund«, erwiderte Salim. »Ich rede mit Rafan und sorge dafür, dass er nicht über die Stränge schlägt.«

Am Abend sah er sich die Demonstrationen im Fernsehen an. Das Orangenhaus war kaum wiederzuerkennen. Die Mauern waren mit roter Farbe beschmiert, und ein Meer aus jungen, euphorischen Gesichtern blockierte das Tor. Eine Frau gestikulierte in die Kamera. Sie sprach Hebräisch und trug eine palästinensische *Kufiya* um den Hals und einen Davidstern an der Bluse. Haut und Haar waren dunkel wie das von Sophie. Der Anblick versetzte ihm einen so schmerzhaften Stich, dass er die Hand über den Mund schlagen und die Augen schließen musste.

Als das Telefon läutete, kam Nadia hereingehastet, um abzuheben. Inzwischen hatte sich der Nachrichtensprecher den Aufständen zugewandt, die man nun die *Intifada* nannte. In der Knesset wurden neue Notstandsgesetze verabschiedet. Im nächsten Moment erschien ihm etwas seltsam und ungewohnt an Nadias Stimme hinter ihm, bis es ihm endlich klar wurde: Sie sprach englisch.

Langsam drehte er sich um, und Nadia sah ihn an. »Ja, ich gebe ihn dir jetzt«, sagte sie und reichte Salim zögernd den Hörer.

Ihr Tonfall war stockend. Salim merkte auf. »Ich hoffe, ich störe dich nicht«, meinte sie.

»Schon in Ordnung«, erwiderte er. Sie hielt inne, ein Atemholen, das er nur zu gut kannte. Seit seiner Abreise nach Israel hatten sie nicht mehr miteinander gesprochen.

»Ich habe gehört, dass dein Prozess gut läuft«, begann sie. »Hassan erzählt, du hättest die erste Anhörung schon hinter dir.«

»Ich wusste gar nicht, dass du noch mit Hassan redest.«

»Ich rede mit allen, Sal.«

Er schloss die Augen. *Warum ruft sie mich an? Haben wir einander überhaupt noch etwas zu sagen?*

Wieder eine Pause. »Weißt du überhaupt, warum ich anrufe?«, fuhr sie fort. »Hast du meine Nachricht nicht gekriegt?« Er warf einen Blick auf Nadia, die sich in der Küche zu schaffen machte. Vor ein paar Tagen hatte ein Zettel auf seinem Bett gelegen mit einer Notiz, dass Jude angerufen habe. Doch er hatte den Mut nicht aufgebracht zurückzurufen.

»Es war viel los«, antwortete er. »Tut mir leid. Was gibt es denn?«

»Ach, Herrgott, Sal!« Die Tränen in ihrer Stimme überraschten ihn. Was war nur geschehen?

»Es geht um Marc«, sprach sie weiter. »Er ist aus der Royal Ballet School geflogen, weil er sich mit einem anderen Studenten geprügelt hat.«

Trotz seines Schrecks konnte Salim sich ein Auflachen nicht verkneifen. »Marc hat sich geprügelt? Das hätte ich ihm gar nicht zugetraut.«

Judes Tonfall war kalt. »Er hat dem Jungen so das Gesicht zerkratzt, dass es geblutet hat, Sal. Offen gestanden glaube ich, dass es etwas mit dir zu tun hatte. Es war ein jüdischer Junge, und laut Marc hat er eine abfällige Bemerkung über die Palästinenser gemacht. Als ich ihn vom Krankenhaus abholte, hat er herumgebrüllt, du hättest gesagt, die Araber würden für immer Witzfiguren bleiben, und er wolle sich nicht länger auslachen lassen. Seitdem... Ich weiß nicht.« Er hörte ihr die Anspannung an. »Ich mache mir Sorgen um ihn. Er behauptet zwar, dass er seine Medikamente nimmt, doch ich glaube ihm nicht. Und gestern hat ihn die Polizei nach Hause gebracht, weil er die vergammelte alte Hütte am Ende der Straße angezündet hat. Sie sagten, er habe einen Molotowcocktail geworfen.«

»Wow.« Beinahe hätte Salim wieder gelacht. »Die Bruchbude gehörte schon seit Langem abgebrannt. Gut gemacht.«

»Was ist denn los mit dir?« Inzwischen schrie sie beinahe. »Das ist nicht komisch. Der Rausschmiss bedeutet das Ende seines Traums. Eines Traums, den er schon sein ganzes Leben lang hatte. Mein Gott, Sal, erinnerst du dich denn nicht mehr, wie es war, Träume zu haben?«

»Ich hatte im Laufe der Jahre so viele«, entgegnete Salim. Ein heißer Wind fachte die Glut seines Schmerzes und Hasses noch weiter an. »Bei Marc ist es das erste Mal. Glaube mir, er wird darüber hinwegkommen.«

»So wie du über deine Verluste?« Ihr Sarkasmus war kränkend. Er erinnerte sich an die Tränen in Marcs Augen, an jenem Tag in seinem Zimmer. Damals hatte er nichts empfunden, doch nun regte sich allmählich Anteilnahme für seinen Sohn.

»Ich finde es schade für Marc«, erwiderte er. »Aber was verlangst du von mir, Jude? Ich kann nichts für ihn tun.«

»Du bist sein Vater«, entgegnete sie. »Seine Zukunft hängt in der Luft, und er braucht jetzt seine Eltern. Er weiß nicht mehr aus noch ein, Sal, und er schämt sich. Heute meint er, dass er herumreisen will, und morgen fragt er, ob du zurück nach Hause kommst. Er wünscht sich, dass du wieder hier bist, auch wenn er es nicht schafft, es dir ins Gesicht zu sagen. Solltest du dich nicht darüber freuen?«

Das sollte ich. Er wäre so einfach gewesen, Ja zu sagen, in den nächsten Flieger zu springen und sie zu überraschen. Doch dann hörte er den Nachrichtensprecher hinter sich und dachte an die rot beschmierten Mauern des Orangenhauses. *Gerechtigkeit für Jaffa!* Er hatte sich entschieden, er hatte ein Ziel. Und das würde er nicht aufgeben – nicht für Marc oder für sonst jemanden.

»Wenn du mit Hassan gesprochen hast, weißt du, dass ich jetzt hier nicht wegkann«, erwiderte er. Seine Worte klangen abweisender, als er sie gemeint hatte. »Wir stecken hier mitten in einem Verfahren. Wenn ich gehe, war alles umsonst. Ich muss bleiben. Verstehst du denn nicht? Du musst es Marc erklären.«

Sie schwieg, und er stellte sie sich vor – die großen blauen Augen und ihr Gesicht, noch immer so glatt wie Wasser in einem Glas. Dann meldete sich wieder ihre schwere und schicksalsergebene Stimme.

»Ich bin nicht sicher, ob ich es ihm erklären kann, da ich

es selbst nicht verstehe. Dein Sohn braucht dich. Was könnte wichtiger sein als das?«

»Ich tue es für ihn«, versuchte er sich gegen Schuldgefühle und Enttäuschung anzustemmen. »Für seine Zukunft und unser Erbe. Das sollte ihm wichtig sein. Er sollte wissen, was das bedeutet.«

»Schon gut, Sal«, meinte sie. »Bleib nur und kämpfe.« Ihr Atem ging ruhig. »Hoffentlich bringt es dir Freude. Du weißt ja, wo du uns findest. Tschüss.« Ein Klicken ertönte, und dann verkündete das Freizeichen, dass der Moment vorüber war.

Als er langsam den Hörer sinken ließ, sah er Nadia in der Küchentür stehen. Sie hatte die Hände vor der ausladenden Brust verschränkt, und ein tadelnder Ausdruck lag in ihren Augen. »Ich begreife dich nicht«, sagte sie mit leiser, trauriger Stimme. »Was machst du eigentlich hier?«

»Was soll das heißen?« Sofort fühlte er sich in die Enge gedrängt. »Wie kannst ausgerechnet du so etwas fragen?«

»Das heißt, dass du nicht hättest herkommen sollen«, antwortete sie. »Das weißt du selbst, tief in deinem Herzen. Der Bruder, den ich kannte, hätte seine Familie nicht alleingelassen. Ihm wäre es das Wichtigste gewesen, sie unter allen Umständen zu beschützen.« Ihre Augen waren gerötet, und ihre Hände zitterten, als mache ihr ihr eigener Mut plötzlich Angst.

»Wie kannst du um sie weinen?«, rief er aus, nicht bereit, von seiner Wut abzurücken. »Du kennst sie doch gar nicht. Du warst nicht bei unserer Hochzeit und hast in all den Jahren unserer Ehe kaum ein Wort mit ihr gewechselt. Du warst nie mit ihr einverstanden. Warum also weinst du jetzt um sie? Ist das nicht ein bisschen spät?«

»Ich weine nicht um sie.« Nadia hob den Kopf. Ihr Gesicht

war müde und gezeichnet von jahrelanger Nachsicht gegenüber anderen Menschen, die ihr nie gelohnt worden war. »Was
für ein Mann bist du bloß, auch nur einen Gedanken daran zu
verschwenden, was andere Leute von der Frau halten, für die
du dich entschieden hast? Ich weine um dich! Oh, mein kleiner
Bruder.« Er sah, dass ihr die Tränen die Wangen hinunterliefen. »Du hattest so viel, so viele schöne Dinge. Und jetzt schau
dich an. Alles hast du weggeworfen.«

Vor vielen Jahren, als kleiner Junge, war Salim einmal mit dem
Fischerboot mitgenommen worden, um zu lernen, wie man
mit Netzen den Fang einholte. Schon vor dem Morgengrauen
waren sie aufgebrochen, als Meer und Himmel noch dieselbe
Farbe hatten und die Welt erst Atem schöpfen musste. Über
eine Stunde lang hatten sie die leeren Leinen geborgen, während der hölzerne Rumpf hin und her schwankte. Salim hatte
sich ans Dollbord geklammert, um seinen rebellierenden Magen zu beruhigen, bis die unendliche Stille ihn in einen flauen
Schlaf gewiegt hatte. Und dann, plötzlich, waren Rufe ertönt.
Ein Netz voll wild in den ersten Sonnenstrahlen zuckenden Sil-
bers hatte sich in den Bootsrumpf ergossen. Der Boden zu seinen Füßen geriet schlagartig in Bewegung. Überall Fische, die
sprangen, flogen und wie Hunderte von kleinen Messern die
Luft durchschnitten. Und im nächsten Moment kamen aus der
Luft die lautlosen Räuber, Möwen, die sich aufs Deck stürzten,
um sich einen Leckerbissen zu schnappen, und laut kreischten,
wenn die Fischer sie mit Knüppeln vertrieben.

Als Elia ihn anrief, um ihn wegen seines Gerichtsverfahrens
auf den neuesten Stand zu bringen, wurde er wieder von demselben Gefühl ergriffen – die Aufregung und Furcht vor dem
Getümmel, das über ihn hinwegbrandete. Sie überdeckten die

schwelenden Schuldgefühle wegen Judes Anruf und die Angst um Marc, die er nicht in Worte fassen konnte.

»Der Richter wird beide Parteien noch einmal anhören«, verkündete Elia. »Er hat versprochen, dass es diesmal zu einer Entscheidung kommen wird.« Der Verhandlungstermin war auf den 12. Dezember, also in zwei Wochen, angesetzt; dann würde das Spiel entweder beginnen oder zu Ende sein.

Auch Jimmy war mit Vorbereitungen beschäftigt. Seine Organisation lief auf Hochtouren, wie er Salim begeistert mitteilte. »Du bist der geborene Redner, ein Naturtalent«, meinte er und biss in ein gewaltiges Pitabrot, gefüllt mit Falafel und Gewürzgurken. Rote Harissasoße troff ihm aus den Mundwinkeln auf den Kragen. »Wo hattest du dich denn versteckt, *Habibi*? Wenn wir jetzt nur Stadtratswahlen hätten. Dann würde ich dich für eine der Parteien kandidieren lassen. Aber *ma'alisch*, egal. Wenigstens haben wir dich jetzt hier, und der, den wir in zwei Jahren aufstellen, muss eben vorher ein paar Stunden nehmen, *sahh*?« Als Jimmy sich das Doppelkinn abwischte, malte Salim sich aus, wie er in diesem gewaltigen Schlund verschwand. Der Gigant von Jaffa. *Er wird mich auffressen und auf einem Sitz im Stadtrat wieder ausscheißen.*

Jimmy hatte einen Plan für Demonstrationen ausgearbeitet, die bis zur letzten Anhörung reichen sollten. »Gerade genug, aber nicht zu viel«, verkündete er in seinem leutseligen Bass. »Die jungen Leute strotzen vor Tatendrang, Gott segne sie. Ich habe sie in Jaffa gelassen, wo sie Zelte bemalen, um sie oben auf ihre Autos zu binden und damit herumzufahren. Warum Zelte?, habe ich sie gefragt. Und weißt du, was sie geantwortet haben? Das ist ein Symbol der Heimatlosigkeit. Nachdem sie eine Weile damit herumgefahren sind, damit alle sie sehen können, machen sie sie wieder los und veranstalten das, was die Amerikaner ein Sit-in nennen. Sie wollen ihr Lager vor deinem Haus aufschlagen! Werbung und Protestpropaganda! Das war die Idee der jüdischen Kids. Genau das ist unser Problem, Salim. Wir können nicht weiter denken als einen Stein oder eine Bombe. Die Juden haben ausgeklügeltere Methoden – deshalb haben sie ja letztlich gewonnen.«

Jimmy hielt Wort. Die Bewegung in Jaffa wurde größer. Jeden Tag wurde Salim in einem von Jimmys Autos hinkutschiert, um seinen Unterstützern seine Geschichte zu erzählen, und wunderte sich, wie aufmerksam diese jungen Juden und Araber ihm lauschten. Für ihn sahen sie alle gleich aus, so wie die Engländer es stets von Ausländern behaupteten – ein Gewirr aus gebräunten Gesichtern, schlaksigen Gliedmaßen und *Kufiyas*, von Männern und Frauen gleichermaßen leger umgeschlungen. Die Frauen waren mit Jeans und weiten Oberteilen uniformiert, die Männer trugen ihr Haar entweder lässig lang oder raspelkurz. Alle waren jung, wobei die Juden die jüngsten und die ältesten Teilnehmer stellten. Die Altersgruppe dazwischen – die jungen Männer ab achtzehn – waren zum Wehrdienst eingezogen worden und wurden in die grünen Uniformen der israelischen Streitkräfte gesteckt, um in den besetzten Gebieten auf fremde Araber zu schießen.

Salim sah die Zelte eines Abends im Fernsehen. Auf den Dächern einer langen Autokolonne schwankten sie einsturzgefährdet durch die Straßen von Jaffa und Tel Aviv. Lautsprecher plärrten, und er sah seinen eigenen Namen auf Arabisch und Hebräisch auf jedem dritten Zelt. Rasch schaltete der Sender auf ein Interview mit Shlomo Lahat um, der seit mehr als fünfzehn Jahren Bürgermeister von Tel Aviv war. *Rowdytum*, donnerte er, das blonde Haar über der Stirn zu einer empörten Tolle gebauscht, die weißen Augenbrauen bebend. Dann versicherte er dem interviewenden Journalisten, es seien für Jaffa große Dinge geplant; außerdem werde man viel Geld in die Slums von Al-Ajami investieren. Seine Augenlider zitterten angesichts der Andeutung, israelische Gerichte hätten kein Interesse an der Gerechtigkeit. »Es sind die Leute, die Unruhe in Jaffa stiften, die kein Interesse an der Gerechtigkeit haben«, entgegnete er.

Das große Finale war für den Sonntag geplant, den Tag vor der endgültigen Entscheidung des Gerichts. Salim sollte vor dem Orangenhaus eine Pressekonferenz geben. »Vertrau mir, *Habibi*«, sagte Jimmy. »Es ist genau der richtige Zeitpunkt.«

Am Samstagmorgen rief Rafan an. Als Nadia Salim das Telefon reichte, rümpfte sie abfällig die Nase.

»Es freut mich, dass Jimmy seine Sache so gut macht, großer Bruder«, ertönte seine Stimme, begleitet von Knistern. »Sogar hier auf der Farm kriegen wir etwas von der Welt mit.«

»Jimmy war mir eine große Hilfe. Danke, dass du uns miteinander bekannt gemacht hast.«

»Du brauchst dich nicht zu bedanken, großer Bruder. Du hilfst mir, ich helfe dir. Eine Hand wäscht die andere.«

Genau das hatte Salim befürchtet. »Tut mir leid, dass es dir in Jordanien nicht besser gefällt«, suchte er nach einem Weg, Rafan abzuwimmeln. »Ein Jammer, dass du nicht herkommen kannst.«

»Vielleicht kannst du bald aufhören, mich zu vermissen.« Salim konnte sein Grinsen durch viele Hundert Kilometer Telefonleitung hören. »Es ist ein wichtiger Tag für meinen großen Bruder. Wie könnte ich mir den entgehen lassen?«

Salim musste wieder an die Vögel denken, die sich mit ausgestreckten Klauen und spitzen Schnäbeln vom Himmel stürzten. Im Moment hatte ihm Rafans Rückkehr gerade noch gefehlt. Aber vielleicht war er in Gedanken schon die ganze Zeit über hier gewesen – in Form von Jimmy, seinen Mitstreitern und ihren geheimen Plänen.

»Ich würde es nicht riskieren, über die Grenze zu kommen«, wandte er panisch ein. »Du sagtest doch, dass die Israelis nach dir suchen. Warum willst du dich in Gefahr begeben?«

»Für dich!« Rafan lachte. »Für dich tu ich doch alles, großer Bruder. Du hast den ersten Schritt gemacht, indem du die Sache in Jaffa ins Rollen gebracht hast. Ich sage dir, da steckt noch eine Menge Potenzial drin. Also keine Sorge. Jimmy ist nicht der einzige Palästinenser, der mehr als ein Gesicht hat. *Inschallah*, so Gott will, sehen wir uns morgen.«

Am Abend bevor Jimmy ihn abholen und zu der letzten Protestkundgebung fahren sollte, schaute sich Salim auf Tareqs altem Projektor seine Familie an.

Er hatte alle Filme erst von Kuwait nach England und dann hierher mitgebracht. Jedes Band war ordentlich beschriftet: *Am Creek. Al-Saraj. Geburtstag der Zwillinge. Marcs Garten.* Er sah zu, wie sie durch die Jahre flackerten, größer wurden und sich veränderten, ein lautloses Lachen im Gesicht. Fältchen entstanden um Judes Augen. Sophies Haar wurde länger. Marcs hagerer Körper streckte sich und wurde kräftiger. Und dann, mit einem Knopfdruck, spulte er die Zeit zurück und versetzte sie wieder in die unschuldige Kindheit. Jude lächelte, die Wangen voller Sommersprossen, am Strand zu ihm hinauf. Sophie tanzte ums Feuer. Marc rannte auf sie zu, seine Arme gingen unter im goldenen Licht.

Wieder und wieder spielte er die Filme ab, auf der Suche nach einer verlorenen, in ihren Gesichtern versteckten Wahrheit. *Wann hat sich alles auf den Kopf gestellt?* Damals hatte er nur von Orangen und dem warmen Meer geträumt. Doch die Orangen waren fort, und das Meer hatte man einbetoniert. Nun wollte er von Judes goldenem Haar träumen, von Sophies Augen und von Marc, wie er durch die Luft sprang. Doch seine Nächte schwiegen, und wenn er aufwachte, hinterließen sie keine Spuren.

Nach Sonnenuntergang erschien Jimmy, um Salim abzuholen. *Gerechtigkeit für Jaffa* lautete die Überschrift des Flugblatts, das für die Veranstaltung des heutigen Abends warb.

Salim saß da, beobachtete, wie Felder und Tankstellen vorbeiglitten, und wunderte sich über sein mulmiges Gefühl. Er kam sich vor wie ein Mann, der am Steuer eingeschlafen war und beim Aufwachen feststellte, dass er die Kontrolle über den Wagen verloren hatte.

Jimmy räusperte sich. »Salim, ich habe heute Abend eine Überraschung für dich.« Seine gewaltigen Pranken umfassten das Lenkrad. »Einen alten Freund, der uns vielleicht nützlich sein kann, möglicherweise bei den nächsten Wahlen.«

Salims Argwohn war sofort geweckt. »Von wem redest du?«

»Masen. Der junge Al-Khalili.«

Salim sträubten sich die Härchen auf den Armen, und sein Magen krampfte sich zusammen wie nach einem Schlag mit einer eisernen Faust. *Das muss doch ein Scherz sein.*

»Was bringt dich auf den Gedanken, dass ich Masen sehen möchte?« Als er die Stimme erhob, drehte Jimmy sich zu ihm um. Seinen Augen zwischen den Fettwülsten war nichts zu entnehmen. »Sie waren es, die uns betrogen haben.«

»Moment mal, *Habibi*.« Jimmys Stimme hatte einen eiskalten Unterton. »Wir wollen nicht vergessen, wer die wahren

Betrüger sind. Die Juden haben dieses Durcheinander angerichtet. Die anderen haben nur getan, was nötig war, um zu
überleben. Ich habe mit Masen gesprochen – die Sache von
damals tut ihm leid. Da sein Vater, Gott sei seiner Seele gnädig, nun tot ist, hat er nicht mehr viel Geld. Wie sich herausge-
stellt hat, sind die Al-Khalilis keine sehr guten Geschäftsleute.
Doch er gehört zu den Alteingesessenen von Jaffa, und wenn
wir ihn ein bisschen auf Vordermann bringen, eignet er sich
ausgezeichnet.«

»Eignet sich wofür?«

»Für uns. Für Jaffa. Für die Wahlen. Wir brauchen einen alteingesessenen Bürger Jaffas an deiner Seite. Einen Mann, der
die Öffentlichkeit hinter sich sammeln kann. Du und Masen
seid doch Freunde aus Kindertagen«, beharrte Jimmy. »Die
Leute brauchen ihn nur neben dir zu sehen. Schließlich« – als
er Salim gütig ansah, erinnerten seine Augen an Teiche aus
schwarzem Eis – »habe ich dir in dieser Sache einen Gefallen
erwiesen. Deinem Bruder zuliebe. Wir sollten alle einen Vorteil davon haben, oder?«

Inzwischen hatten sie den Saal am Stadtrand von Tel Aviv
erreicht. Hier war das alte Viertel Manshiyya gewesen, bevor
die Panzer es platt gewalzt hatten. An der niedrigen Tür schüt-
telten ihm namenlose junge Leute die Hand.

Er erkannte ihn auf halbem Wege in der Reihe der Gesichter.
Als Salim stehen blieb, blinzelte Masen langsam und trat von
einem Fuß auf den anderen.

Die dichten schwarzen Locken waren noch dieselben, doch
die dicken Fettwülste hingen leer und schlaff an Bauch und
Wangen herab. Die vollen, dicken roten Lippen wirkten wund
und zerbissen. Seine Kleider erinnerten Salim nicht an den eleganten Abu Masen, sondern an seinen eigenen Vater in seinen

schäbigen, mit dem Schweiß der Ungewissheit getränkten Anzügen.

»Salim Al-Ismaeli«, sagte Masen, räusperte sich und hielt Salim in einer unverkennbar verlegenen Geste die Hand hin. Es dauerte einen Moment, bis Salim, von Jimmy mit Argusaugen beobachtet, es über sich brachte, sie zu schütteln. Masens Handfläche war feucht und schwammig.

»Wer hätte das gedacht, nach so langer Zeit? Ich habe gehört, du bist in London ein großer Mann geworden.«

»Kein *Fellah* mehr«, hörte Salim sich selbst erwidern.

Masen lachte zwar, doch sein Blick war ängstlich und huschte nervös zu Jimmy hinüber. »*Ya* Salim, ich kann es kaum glauben, dass du dich noch daran erinnerst.«

Salim starrte ihn weiter an. »Ich erinnere mich noch an alles«, antwortete er, und die Worte stiegen aus der Tiefe seines Herzens auf. »Auch an den Tag in Tel Aviv.« Es bereitete ihm Genugtuung, dass Masen trotzig errötete.

»Du weißt ja nicht mehr, wie es hier wirklich zuging.« Sein Tonfall hatte etwas Kriecherisches und Verschlagenes. »Nachdem die Juden kamen, waren wir Gefangene in Jaffa und haben wie Schafe hinter Stacheldraht gelebt. Während du eine hübsche Wohnung in Nazareth hattest, mussten wir in Löcher scheißen, weil wir so viele waren, dass die Kanalisation nicht mehr mitkam. Wir hatten keine andere Wahl, als ihre Befehle zu befolgen.« Er sah Salim an. »Die Israelis haben versucht, uns gegeneinander aufzuhetzen.« Jimmy nickte zustimmend und feierlich. »Und deshalb müssen wir jetzt zusammenhalten.«

»Gut, genug, es ist Zeit«, meinte Jimmy. »Euer Wiedersehen könnt ihr später weiterfeiern. Sie warten.«

Nach Salims Ansprache forderte Jimmy Masen auf, seine eigene Geschichte zu erzählen. Als Masen, gespannt beobachtet vom jugendlichen Publikum, ihm die Hand hinhielt, griff Salim danach, widerwillig und begleitet von lautem Jubel. Ein Lächeln stand auf Masens schweißnassem Gesicht. Salim spürte, wie ihre Hände auseinanderglitten und eine glitschige nasse Spur hinterließen. Er erinnerte sich an das Puppenspiel, das die Frères den Jungen jeden Samstagmorgen vorgeführt hatten. Er hatte neben Masen und Hassan gesessen und über das starre Grinsen und die ruckartigen Bewegungen der Marionetten gelacht. Einen Moment lang stellte er sich vor, er säße unten beim Publikum und beobachtete sich selbst mit spöttischem Blick.

Es war fast Mitternacht, als Jimmy vor dem Mietshaus in Nazareth hielt. Sie hatten den ganzen Rückweg lang geschwiegen. Sooft Salim auch die Hände aneinanderrieb, er wurde Masens Schweiß einfach nicht los.

»Was ist, Salim?«, fragte Jimmy. »Du bist fast zu Hause. Jeder Journalist in Tel Aviv hat sich morgen für die Pressekonferenz angesagt. Und übermorgen entscheidet das Gericht. Dann fängt die Arbeit erst richtig an. Was könnte noch schiefgehen? Es läuft doch alles nach Plan.«

Was konnte noch schiefgehen? »Mein ganzes Leben lang habe ich mir gewünscht, dass Masen für das büßt, was er getan hat«, erwiderte Salim zögernd. »Und dennoch habe ich ihm heute Abend die Hand geschüttelt. Was sagt das über mich aus?«

»Dass du ein kluger Mann bist«, antwortete Jimmy. »Hör zu, mein Freund. Hier siehst du keine Stolperdrähte und Kontrollposten wie in der West Bank, doch wir befinden uns trotzdem in einem Belagerungszustand. Wir können es uns nicht leisten, einander wegen Dingen aus der Vergangenheit zu beharken. Du hast dich richtig verhalten, *Habibi*. Und morgen wirst du es erkennen.«

Der lange Aufstieg die Treppe hinauf war von einem Raunen erfüllt, das aus der Dunkelheit auf ihn eindrang, um ihm etwas – wichtige Dinge – mitzuteilen. Doch die Botschaften blieben immer ganz knapp außer Hörweite.

Als er die Tür zu Nadias Wohnung aufschloss, erhob sich rasch eine Gestalt aus dem Lehnsessel gegenüber der Tür und drehte sich zu ihm um. Wie erstarrt blieb Salim auf der Schwelle stehen. Mager und angespannt ragte Marc vor ihm auf.

Salim war wie vor den Kopf gestoßen. Der Fernseher lief noch, und es war, als sei Marc dem Bildschirm entstiegen, ein lebendiger Erinnerungsfetzen, zurückgekehrt, um ihn zu verfolgen.

Sein Sohn wirkte fast wie ein Skelett. Die Jeans hing ihm an den Hüften, und ein schwarzes T-Shirt umschlotterte Schultern so schmal wie ein Drahtbügel. Seine Arme waren straff und muskulös; er reckte den Kopf an einem langen Hals nach oben. Eine Tänzerpose.

»Überrascht?«, fragte der Junge. Er war seltsam reglos, bis auf seine langen, blassen Finger, die sich immer wieder öffneten und schlossen.

Salim machte einen Schritt auf ihn zu. »Marc«, sagte er, hielt aber ruckartig inne, als Marc entgegnete: »Nicht. Deshalb bin ich nicht hier.«

Salim versuchte, den Anblick des Fremden vor ihm zu verdauen. Die langen Gliedmaßen und die wild dreinblickenden Augen gehörten einem jungen Mann, den er nie kennengelernt hatte. Von dem Kind, das er noch vor wenigen Monaten gewesen war, waren nur Spuren geblieben. Der Anblick ließ ihn zusammenzucken: die abgekauten Lippen, die zerbrechlichen Handgelenke und das weiche weißblonde Haar.

»Warum bist du dann hier?«, erkundigte er sich, und ihm graute vor der Antwort. »Weiß deine Mutter davon?«

»Die wird es schon noch merken«, erwiderte Marc. »Ich musste ihr nämlich ein bisschen Geld stibitzen.« Er lachte rau auf. »Jetzt kann ich ohnehin tun und lassen, was ich will. Wahrscheinlich hat sie dir erzählt, was passiert ist. Ich habe versagt. Also hattest du doch recht. Zufrieden?«

Salim suchte nach den richtigen Worten. »So habe ich es nicht gemeint.«

»Ich habe es für dich getan, weißt du?«, fuhr Marc fort; sein Schatten hob sich vom Licht aus dem Treppenhaus ab. »Ich dachte, er wäre mein Freund, doch dann meinte er, Araber seien Hunde, und das mit einem solchen Gesichtsausdruck, dass ich wusste, er spricht über mich. Also habe ich mich gewehrt, wie du es mir gesagt hast. Und jetzt stecke ich in der Scheiße. Die nehmen mich nie wieder auf.«

Salim spürte, dass, wie so oft, Gereiztheit in ihm hochstieg. »Daraus kannst du mir keinen Vorwurf machen, Marc. Das war deine Entscheidung. Vielleicht war es sogar die richtige, wenn dich jemand beleidigt hat. Es gibt doch auch noch andere Ballettschulen, oder?«

Wieder lachte Marc, aber etwas hatte sich in seinen Augen verändert – ein Wechsel von einem Gefühl zum anderen, von Zorn zu Trauer womöglich? Bei diesen Lichtverhältnissen war das nicht festzustellen.

»Als es passiert ist, war Mum sicher, dass du zurückkommen würdest. Sie glaubt nämlich immer noch, dass du dich für uns interessierst. Da macht sie sich etwas vor. Das habe ich ihr auch gesagt. Wir sind dir total egal, das war schon immer so. Ich würde nur gerne wissen, warum.«

»Ich habe keine Ahnung, wovon du redest.«

»Na los, jetzt kannst du es ja zugeben. Du warst nie wirklich glücklich mit uns. Lag es an den Arabischstunden? Oder daran, dass du es nicht länger als fünf Minuten in einem Job ausgehalten hast? Oder warst du einfach zu wütend auf die ganze Welt, um uns zu lieben? Der arme alte Dad und sein armes altes Haus, das die bösen Juden ihm weggenommen haben.« Marcs Stimme war heiser.

»Du bist verrückt«, antwortete Salim, halb besorgt, halb zornig. »Marc, dir geht es nicht gut. Du solltest nach Hause fliegen. Hier wirst du nicht finden, was du suchst.«

Als Marc den Kopf hob, schien das Licht aus Nadias Tür seinen Hals zu umfließen. Er hatte die Augen geschlossen, doch seine Finger zuckten noch immer.

»Nein, ich weiß. Du hast recht. Aber ich wollte dich sehen. Um dir etwas zu sagen.« Seine Worte überschlugen sich so, dass sie regelrecht aus ihm herauszuströmen schienen. »Nach dem Rauswurf habe ich gründlich über alles nachgedacht – darüber, warum ich nie glücklich war. Ich kann mich nicht erinnern, mich jemals glücklich gefühlt zu haben – außer beim Tanzen. Dann war es, als könnte nichts mich einfangen. Aber inzwischen kenne ich den Grund. Soll ich ihn dir erklären? Interessiert es dich?« Salim hörte, wie ihm die Stimme stockte.

»Nur zu«, sagte er. »Wenn es dir so viel bedeutet.« Im dämmrigen Zimmer waren die blauen Augen seines Sohnes dunkler als seine eigenen; so schwarz wie ein Abgrund.

»Der Grund warst du«, erwiderte Marc, und eine hohle Stelle in Salim schmerzte vor Anteilnahme. »Du wolltest nie, dass wir eine glückliche Familie werden. Du wolltest einfach immer nur weg. Ich habe mich bemüht, etwas daran zu ändern. Doch das hat dir nicht gereicht. Natürlich hattest du recht, Dad. Ich war nicht annähernd genug.«

Kurz herrschte Schweigen zwischen ihnen. Dann hob der Junge einen gewaltigen Rucksack vom Boden auf und schulterte ihn. Der Schatten des Gepäckstücks verschwamm an der Wand mit seinem eigenen, eine optische Täuschung, die riesenhaft und bedrohlich wirkte.

»Ich habe gehört, dass du morgen eine Pressekonferenz gibst«, sagte er. »Vor dem berühmten Haus.«

»Stimmt«, antwortete Salim. »Ich würde dich ja gerne bitten zu kommen, aber wahrscheinlich willst du nicht.«

Marc zuckte die Achseln. »Vielleicht schau ich mir diese Bude wirklich einmal an. Wie nennst du sie immer? Dein Vermächtnis. Das passt doch wunderbar. Schließlich war das Haus immer viel mehr dein Kind, als ich es je gewesen bin.«

Irgendwo in einem hintersten Winkel einer Erinnerung hörte Salim eine Stimme schreien, die Worte, die er seinem eigenen Vater hier in dieser Wohnung entgegengeschleudert hatte. *Es ist deine Schuld. Du hast uns unglücklich gemacht. Alles ist nur dein Fehler.* Sie hallten ihm noch in den Ohren, als Marc sich, im gleichen Rausch der Tollkühnheit gefangen, an ihm vorbeidrängte.

Instinktiv griff er nach dem Arm seines Sohnes, ein plötzliches übermächtiges Bedürfnis, alles andere abzuschütteln und Marc davon zu überzeugen, dass er nur ihn liebte und dass sie einen neuen Anfang finden konnten. Marcs Gesicht war halb von ihm abgewandt und lag im Schatten, und er hielt für einen Sekundenbruchteil inne. Doch der Moment war zu kurz; Salims Kopf war noch so vollgestopft von Pressekonferenzen und Plänen, dass die nötigen Worte tief darunter begraben waren und den Weg nicht an die Oberfläche fanden.

Marc riss seinen Arm los und marschierte zur Tür. Salim sah nur seine Hand, die eine Tasche umklammerte, als er im dunklen Treppenhaus verschwand. »Tschüss, Dad«, hörte er noch. Und dann war Marc verschwunden wie ein Traum nach dem Aufwachen.

Strahlend wie eine Rose brach der letzte Tag in Jaffa an. Um die Mittagszeit war das Orangenhaus in das gleißende Licht eines leuchtenden Winterhimmels gehüllt.

Salim stand am Ende der Straße. Er fühlte sich, als schaue er durch einen Rahmen – so als existiere das Haus nur auf einem Bild und losgelöst vom Trubel der Welt.

Ranken wuchsen über die geschlossene Gartenmauer und schwankten leise in der kühlen Dezemberbrise hin und her. Die Bogenfenster der oberen Etage waren aufs Meer hinaus gerichtet wie große Augen. Ihr Blick glitt über die Dächer des schmutzigen neuen Jaffa und durch das weiche Licht am Hafen bis hinüber in die prächtige Altstadt.

Rings um das Haus herrschte Chaos. Die von Jimmys Aktivisten bemalten Zelte erhoben sich aus dem Gebüsch wie unreife Melonen. Das Tor wurde von zwei Polizisten bewacht. Weitere Uniformierte standen neben den Streifenwagen, die die Straße blockierten. Ihre Blaulichter blinkten lautlos.

Eine Menschenmenge hatte sich versammelt, um das Spektakel zu verfolgen. Die meisten Leute hielten Abstand und verharrten, einander untergehakt und tuschelnd, hinter der Absperrung aus Polizeiautos. Die kühneren unter ihnen traten lachend in die Arena aus Zelten, zeigten auf die Transparente und fotografierten.

Über den Ruinen des verfallenen Al-Ajami läuteten die Kirchenglocken den christlichen Sabbat ein. Zu seinem Erstaunen sah Salim, dass in einem oberen Fenster des Hauses ein Licht brannte. Eine Menora. Da fiel es ihm wieder ein. Es war

Dezember. Der letzte Tag von *Chanukka*. Die Kerzen waren angezündet worden, um den Tag zu feiern, an dem die Juden sich erhoben und den Tempel zurückerobert hatten. Ironie der Geschichte.

»Sie ist ausgezogen.« Das war Jimmy, der plötzlich hinter ihm stand. Er hatte ein angebissenes Stück belegten Fladenbrots in der Hand.

»Wer ist ausgezogen?«

»Sie.« Jimmy zeigte mit dem von Käse triefenden *Manakisch* auf das Licht im Fenster. »Die Frau, die hier wohnt, und ihr Kind. Nur für heute. Wahrscheinlich wollte sie ihr Gesicht nicht in der Zeitung sehen. Ich kann ihr keinen Vorwurf draus machen.«

Salim erinnerte sich an ihr verdattertes Lächeln und ihre Hand auf seiner Schulter. Er wurde von Bedauern ergriffen. Wieder eine Seele, die den Schmerz des Verlusts ertragen musste.

»Zerbrich dir jetzt nicht den Kopf darüber, *Habibi*. Wir haben viel zu tun. Wir unterhalten uns später weiter. *Yalla*. Ich hole jetzt Masen. Ihr beiden Jungs seht zusammen so gut aus. Ich möchte, dass er mit im Bild ist.«

Menschenmenge und Lärmpegel wuchsen gleichzeitig. Salim ging zum Podium. Einer von Jimmys Aktivisten drapierte gerade sorgfältig die palästinensische Flagge darum. Als Salim ihn beobachtete, dachte er daran, dass diese Flagge tatsächlich von einem britischen Diplomaten namens Sykes entworfen worden war, und zwar in den Tagen des arabischen Aufstands gegen die Türken. Tareq bezeichnete sie als Scherz, als weiteren Trick des britischen Empires, um den Arabern weiszumachen, sie seien ein unabhängiges Volk.

Masen war es gewesen, der ihm gezeigt hatte, wie man ein

auf dem Markt gekauftes Huhn erwürgte. »Die sind dumm«, sagte er, als der Vogel, einen Strick um den Hals, herumzappelte. »Sie rennen immer weiter und weiter, ohne zu merken, wie der Knoten enger wird.« Salim rieb sich die Kehle und spürte den Druck einer unsichtbaren Henkersschlinge. Vielleicht zogen ja Rafan oder Jimmy am anderen Ende. Oder, noch schlimmer, er hatte es selbst getan. *Ich bin noch dümmer als das Huhn*, dachte er. *Ich habe es vierzig Jahre lang nicht bemerkt.* Plötzlich erschien ihm die ganze Vorstellung so hohl wie das mit einer Flagge drapierte Podium selbst. *Und dafür habe ich meinen Sohn zurückgewiesen?*

Er sah, wie Elia sich durch die Anwesenden drängte. Die Miene seines Freundes war finster, als er über Salims Schulter hinweg ins grelle Licht spähte.

»Was für ein Menschenauflauf«, stellte er kopfschüttelnd fest. »Hoffentlich nützt es dir etwas, Salim. Doch – wie ich schon sagte – ich halte das nicht für den richtigen Weg.«

»Ich weiß«, erwiderte Salim und wurde von einer Trauer ergriffen, die seine Stimme belegt klingen ließ. »Es ist weit genug gegangen – zu weit.« Elia musterte ihn besorgt. »Was ist los? Du siehst zum Fürchten aus. Ist etwas passiert?«

Die Worte lagen ihm auf der Zunge. *Mein Sohn war bei mir, und ich habe ihn im Stich gelassen.* Doch welchen Sinn hatte es, das Elia zu erzählen? Wenn alles vorbei war, morgen nach der Entscheidung des Gerichts, würde er alles wiedergutmachen.

Er betrachtete das Haus und das Licht im Fenster und wünschte sich einen Moment lang, er könnte an Gott glauben, an etwas Heiligeres als an einen Haufen Steine, das ihn zur Verantwortung ziehen konnte.

Elia kniff ihn in den Arm und wies mit dem Kopf auf Jimmy, der mit Masen auf sie zukam. Tareq folgte ihnen mit bedrückter Miene. Als Masen Elia bemerkte, sah Salim, wie sein erstaunter Gesichtsausdruck von widerwilligem Erkennen abgelöst wurde.

»Ach, herrje, Elia«, sagte er. »Noch immer auf der Seite der Araber?«

Elia wandte sich ab und schützte unwillkürlich seinen Körper, als seien sie noch kleine Jungen. »Wir stehen jetzt auf derselben Seite, Masen. Es geht hier nicht um Politik, sondern um Salim.«

Masen schnaubte. »Ja, wir sind auf derselben Seite«, entgegnete er und straffte die Schultern. »Ein Herr und seine Hunde.«

»Jungs, Jungs«, sagte Jimmy und stellte sich zwischen sie. »Gebt mir einen Moment, ich muss mit dem Star der Show reden.« Sein Kinn wabbelte, als er mit dem Kopf in eine Ecke wies und Salim an den Rand der Menschenmenge zog.

»Eine Nachricht aus Jerusalem ist für dich eingetroffen«, raunte er. »Dein Bruder braucht dich.« Er hielt ihm ein in der Mitte gefaltetes Stück Papier hin. Salim blieb nichts anderes übrig, als es zu nehmen, sosehr er sich auch innerlich dagegen sträubte. Es war halb aufgeklappt wie eine Tür, und Salim wusste, wohin diese Tür führte. *Niemand zwingt mich hindurchzugehen.*

»Er hat es wohlbehalten über die Grenze geschafft, doch dann sind sie verraten worden. Heute Morgen fand eine Razzia in dem sicheren Haus in der West Bank statt. Alle wurden verhaftet.«

Salim berührte seine Kehle und spürte wieder das Ziehen des Stricks. Früher hatte Rafan ihm die Arme um den Hals geschlungen, die Liebe eines verängstigten kleinen Bruders. Und er trauerte um Rafan, um Marc, um sich selbst und um all die kleinen Jungen, die dieses unersättliche Land verschlungen hatte.

Jimmy versetzte Salim einen Klaps auf die Wange, eine kleine Warnung. »Hey, wach auf. Die Sache ist ernst. Das könnte Mossad bedeuten. Vielleicht steht sogar das Leben deines Bruders auf dem Spiel.« Er beugte sich zu Salim vor. »Er hat ihnen erzählt, dass er zu dir will, nur ein Familienbesuch. Er reist mit britischen Papieren. Wenn das hier vorbei ist, fahren wir zum Bahnhof. Du musst seine Geschichte bestätigen.«

Langsam entfaltete Salim den Zettel. Die Nachricht war auf Englisch: *Großer Bruder – vergiss nicht, ich helfe dir, und du hilfst mir. Komm so schnell du kannst. Ich warte hier auf dich. Rafan.*

Salim drehte sich nach Westen zu der Menschenmenge und zum Meer um. Es war nur eine Sekunde, doch er glaubte, Marcs Gesicht am Rand des Getümmels gesehen zu haben, blass und hell wie der Tag. Als er vollständig herumwirbelte, war das Gesicht verschwunden – falls es überhaupt je da gewesen war.

Er wandte sich wieder an Jimmy. »Wenn das hier vorbei ist, muss ich meinen Sohn suchen«, erwiderte er, drückte dem Mann den Zettel wieder in die schwabbelige Hand und marschierte zurück zum Podium.

Tareq, Elia und Masen standen daneben und stritten noch immer. Einige Leute hatten sich um sie geschart und grinsten, während die drei einander anschrien. Masen verhöhnte Elia. »Wenn du unbedingt ein Araber sein willst, geh und frag deine Mama. Vielleicht ist es der weißen *Yehuda* ja zu langweilig geworden, einen Schneider zu ficken. Womöglich hat sie ja für einen Kerl in Manshiyya die Beine breitgemacht.«

Jimmy packte Salim keuchend an der Schulter. »Das soll wohl ein Scherz sein?«

Ohne auf ihn zu achten, baute Salim sich vor Masen auf. Er erkannte die Wut in dessen Augen, tief eingebrannt nach Jahren der Enttäuschung.

»Pass auf, was du zu diesen Leuten sagst, Masen«, meinte er. »Sie sind meine Familie.« Er spürte, dass Tareq und Elia schwer atmend dicht neben seiner rechten Schulter standen. Masen wich überrascht zurück.

»Deine Familie?« Jimmy legte den Arm um Masens Schulter. »Deine Familie sitzt in einer Gefängniszelle, Salim, und wartet darauf, dass du diese dämliche Rede zu Ende hältst. Also, *yalla*, los geht's. Ihr alle beide. Es wird Zeit für die Fotos.«

»Hör nicht auf ihn, Salim«, sagte Tareq leise. »Manche Hunde bellen immer dasselbe.«

Masens Augen mit den schweren Lidern huschten hilflos zwischen Salim und Jimmy hin und her. Doch im nächsten Moment schien er sich wieder gefasst zu haben, denn er beugte sich vor, sodass sein Atem warm Salims Wangen streifte. Der Anflug eines Lächelns, das Salim so lange verfolgt hatte, das höhnische Grinsen eines Jungen, breitete sich auf seinen Lippen aus. »Besser ein Hund als ein Esel«, verkündete er und zwinkerte Salim zu. Salim hörte, wie Jimmy, der hinter Masen stand, vor Lachen prustete.

Salim umfasste Masens Kopf mit beiden Händen und zog sein Gesicht dicht zu sich heran. Es war beinahe eine Umarmung, und er bemerkte Masens Verwirrung, als ihre Blicke sich für eine lange Sekunde trafen. Im Hintergrund sah er, wie Jimmys Gesicht mit dem seines Vaters verschmolz; dann mit Rafans, mit der Irgun und ihren blutigen Bomben und den gesichtslosen Männern, denen er gestattet hatte, sein Leben für ihn zu regeln.

»Aber nicht mehr dein Esel«, flüsterte Salim. Und dann stieß er Masen nach hinten, mit derselben plötzlichen Erleichterung, die er vor so vielen Jahren verspürt hatte, als ihr Fußball vor seinen Augen hoch über die Brachfläche geflogen war.

Im nächsten Moment kam der Zusammenprall. Masen verlor das Gleichgewicht und stolperte in Jimmy hinein. Der dicke Mann wälzte sich im Staub; etwas Rotes tropfte aus seiner Nase. Jemand schrie. Kameras blitzten. Jimmy packte jemanden am Ärmel, um sich hochzuhieven, und hinterließ dabei einen blutigen Abdruck. Als er sich wieder aufgerappelt hatte, bedachte er Salim mit einem tadelnden Blick.

»Jetzt hast du dein Foto«, sagte Salim zu ihm. Er wandte sich ab, nahm das Mikrofon aus einer ausgestreckten Hand und trat aufs Podium.

Sein erster Gedanke war, sich nach seinem Sohn umzusehen. Doch von Marc fehlte jede Spur. Offenbar war es eine optische Täuschung gewesen, eine Fata Morgana, geboren aus Wünschen. Er spürte das Orangenhaus hinter sich aufragen. Selbst das Licht war wie in seinen Träumen, eine gleißende Helligkeit, die in den Augen schmerzte. Rufende Stimmen brandeten aus der Ferne über eine gewaltige und erwartungsvolle Stille hinweg.

Er spürte diese Stille – wie ein Brunnen, in den er sich hineinfallen lassen könnte. *Ich weiß, was sie von mir hören wollen.* Er hätte ihnen dieselbe alte Geschichte erzählen können, nämlich, dass der Frieden nie kommen würde, solange nicht alle Häuser zurückgegeben seien und jeder wieder an seinem eigenen Tisch säße. Doch das war nur eine Seite der Wahrheit.

Die andere Wahrheit war längst nicht so leicht auszudrücken und viel schwerer zu ertragen. Wenn Marc nur da gewesen wäre, hätte er die richtigen Worte gefunden. Sein erstes Zuhause hatte er verloren, und er war machtlos dagegen gewesen. Allerdings war dieser Verlust nicht so schmerzlich und grausam wie die Tatsache, dass er sich ein neues Zuhause aufgebaut hatte, nur um dieses eigenhändig zu zerstören.

Er setzte zum Sprechen an. Doch plötzlich war da ein anderes Geräusch, das sich um ihn herum erhob und alle Wörter übertönte.

In diesem Moment der Verwirrung konnte er die Quelle nicht ausmachen. Es begann als Ruf von jemandem im Publikum oder auch nur von einem Vogel, der über ihnen schwebte, gefolgt von einem flirrenden Brausen aus Hitze und Licht.

Dann konnte er es hören, ein zorniges Dröhnen, während das Menschenmeer schreiend hin- und herwogte. Als er sich umdrehte, sah er die Flammen wie Blätterranken über die Mauer quellen; Rauch legte sich wie eine lautlose Hand über die Fenster.

Dann kam ein dunkleres Geräusch, ein Strom aus Wind und aufgeladenem Knistern, und dazu ein markerschütterndes Kreischen, das ihm Schweigen in die Ohren und Staub in die Augen blies. Sein Verstand fühlte sich leicht an wie ein Vogel, als seine Beine nachgaben und das Podium in sich zusammenbrach. Langsam stürzte er ins Leere, und als er die Hand ausstreckte, tat sich ächzend die Erde von Jaffa unter ihm auf, um ihn zu empfangen.

Das Meer

Man fand Marcs Leiche dort, wo einmal die Küchentür gewesen war.

Laut Polizeibericht war er die rückwärtige Mauer des Anwesens hinauf- und durch die Bäume wieder hinuntergeklettert und in die Küche eingebrochen. Dann hatte er sein Arsenal an Molotowcocktails, einen nach dem anderen, in die unteren Räume geworfen. Die letzten drei waren neben ihm und dem eingeschalteten Gasherd in Flammen aufgegangen.

Niemand war sicher, ob er den eigenen Tod mit eingeplant hatte. Die Zeitungen bezeichneten es als Selbstmordattentat, doch Salim wollte das nicht glauben. Marc hatte einen Rückflug nach London gebucht, und zwar in einer Maschine, die noch am selben Abend starten sollte. Dann sah er den Brief an Sophie, der vor der Pressekonferenz abgeschickt worden war. Er begann mit den Worten *Ich erwarte nicht, dass du mir verzeihst* und endete mit *Vergiss nicht, dass ich dich immer lieben werde*. Unten auf die Seite hatte Marc eine kleine Figur gezeichnet. Sie sprang vorwärts in die Luft, die Arme ausgebreitet zu einer überschwänglichen Begrüßung.

Es dauerte viele Monate, bis sich die Gemüter nach Marcs furiosem Rachakt wieder beruhigt hatten. Der Täter wurde den Händen der Presse überantwortet, die sich in widersprüchlichen Theorien erging: der tragische Held, der Vergeltung für den Verlust seines Erbes geübt, oder der Möchtegern-Terrorist, der den falschen Moment abgepasst und sich deshalb nur selbst in die Luft gesprengt hatte. Es wurde großes Aufhebens um seine psychische Störung und den Einfluss seines Onkels gemacht, der schon lange auf der Fahndungsliste des Mossad stand und nun endlich hinter Schloss und Riegel saß.

Und dann war da natürlich noch die Frage von Haftungsansprüchen, Ausgleichszahlungen und Schadensersatz. Die seit vierzig Jahren anhängige Klage von Said Al-Ismaeli und Söhnen wurde vom Gericht abgeschmettert. Die Hausbesitzerin weinte im Fernsehen, als die Bulldozer kamen, um den Schutt wegzuschaffen. »Gott steh uns bei«, schluchzte sie. »Wir hätten in diesem Haus sein können.« Als Salim sie sah, betete er zum ersten Mal in seinem Erwachsenenleben: Marc möge gewusst haben, dass das Haus leer war, als er darin den Tod entfesselte.

Er sah Jude einmal in diesem Jahr, und zwar auf der anderen Seite des Gerichtssaals bei der Feststellung der Todesursache. Als der Richter auf Tod durch Unfall erkannte, hob sie den bis dahin gesenkten Kopf. Unermesslicher Schmerz stand in ihren blauen Augen. Und als sich der ganze Gerichtssaal erhob, beobachtete er, wie Nadia sie festhielt und daran hinderte, zu ihm hinüberzugehen. Allerdings las er die Worte in ihren Augen, sodass er sie gar nicht zu hören brauchte; sie hätte sie genauso gut in die Luft einbrennen können. *Du. Du hast ihn getötet. Du hast unseren Jungen auf dem Gewissen.*

Und dann, endlich, kehrte Ruhe ein. Die Zeitungen fanden neue Themen, Zahlungen wurden geleistet. Das Grundstück, auf dem früher das Orangenhaus gestanden hatte, wurde freigeräumt und der Natur überlassen. Unter dem Himmel, in dem die Möwen kreisten, begannen langsam grüne Schösslinge und junge Bäume zu wachsen. Bis die Behörden beschlossen haben würden, was sie nun mit dem Land anfangen wollten, würden diese Bäume bereits die ersten Früchte tragen.

Auf den Tag genau ein Jahr nach Marcs Tod stand Salim auf einem Pfad, der vom Meer aus bergauf führte. Die Sonne schwebte hoch am Himmel, und es wehte ein kalter, frischer Westwind. Um ihn herum raschelten trockene Grashalme, und gefiederte weiße Pollen schwebten durch die schimmernde Luft. Sie würden ganz in der Nähe einen Landeplatz finden und beim ersten Hauch des Frühlings wieder auskeimen.

Im weichen Dunst beobachtete er die kleine Menschengruppe, die sich auf dem höchsten Punkt der Landschaft versammelt hatte. Sie scharten sich um einen jungen Baum, schlank und grün und mit frisch aufgegrabener Erde rings um den Stamm.

Sie sind alle gekommen. Er sah Sophie, die Jude überragte, mit ihrem dunklen Haarschopf. Neben ihr stand ein ebenso junger und schlanker Mann. Er legte ihr den Arm um die Taille und zog sie liebevoll an sich. Die blasse Gertie war da und auch Onkel Max und Tony, mit einem feierlichen dunklen Anzug bekleidet, neben seiner Frau und seinen Kindern. Dora, mager und gebeugt, stützte sich auf den Arm ihres Schwagers Alex. Ihr anderer Arm umfasste Nadia, die der alten Frau die Hand tätschelte. Tareq und Elia standen neben Jude. Selbst Hassan war da, seine Frau und seine Kinder drängten sich um ihn, während drei kleine Enkelkinder hinter ihm im Staub umhertollten.

Jude hielt den golden schimmernden Kopf hoch erhoben. Sie kniete sich auf den Boden und nahm mit einer Hand etwas von Jaffas Erde auf. Mit der anderen Hand griff sie in die Tasche und holte ein verschnürtes Stoffbündel heraus.

Er beobachtete, wie sie dunkle, krümelige englische Erde aus dem Kopftuch in die hellere, wärmere in ihrer Handfläche goss. Der Staub flog in funkelnden Flöckchen auf, als sie die miteinander vermischten Erden am Fuße des Baumes verstreute.

Er stand da und lauschte, wie der Wind über das Gestrüpp wehte und sich in den Büschen fing. Das süße Lied ohne Worte, das er ihm vorsang, hatte er schon immer geliebt.

Sophie ging zu ihrer Mutter hinüber. Sie hielt einen Krug in den Händen, so einen wie die, in denen Nadia immer Joghurt anrührte. Wasser, klar wie der Himmel, strömte heraus und versickerte im harten Boden. Der Baum trank es wie ein Kind an der Brust; das Leben verfärbte die Erde dunkel.

Die Zeremonie war vorbei, und die Anwesenden zerstreuten sich. Sophie nahm Judes Arm, und sie blickten beide in Salims Richtung. Jude küsste ihre Tochter, und diese ließ die Hand sinken. Dann kam Jude den Hügel hinunter. Sie knöpfte ihren dunkelblauen Mantel auf.

Das Licht fing sich in den Ketten um ihren Hals. Sie trug sein Geschenk, verschlungen mit Rebeccas Davidstern. *Mein anderes Geschenk an sie liegt unter der Erde.* Marc war eins mit dem Land geworden.

Endlich standen sie einander auf dem Pfad gegenüber. Der Wind umwehte sie und fing sich in ihren Kleidern. Und da sah er sie, die dritte Kette aus Weißgold – ein Kind mit Schmetterlingsflügeln, das in den Himmel hineinsprang.

Jude versuchte, den Fremden vor sich mit den Sinnen zu erfassen; das, was von dem Jungen, den sie wegen seiner Zartheit und seines unbefangenen Einfühlungsvermögens geliebt hatte, übrig geblieben war. Ihr Mann war gebeugt, leblos, eine graue Gestalt, niedergedrückt von Gram. Einen Teil von ihr machte das traurig, auch wenn ein anderer Teil deshalb jubilierte.

»Weißt du noch, dass wir einmal darüber gesprochen haben, zusammen hierherzukommen?«, zwang sie sich, das Schweigen zu brechen.

Er nickte. »Und ich habe dir gesagt, dass es unmöglich ist.«

»Und trotzdem sind wir jetzt hier.« Ihr Blick wanderte zum aufgewühlten Meer hinüber. »Wahrscheinlich kann man einfach nicht vorhersagen, wie sich die Dinge entwickeln werden.«

Hinter ihr steuerten die anderen auf ihre Autos zu. Sophie stand, die Hand ihres Liebsten in ihrer, am Abhang. Marcs Baum blieb allein zurück, ein zerbrechliches Stück Leben, dessen grüne Äste im Sonnenschein schwankten. Dahinter, in der Ferne, ragten die beiden Städte, die alte und die neue, in den Himmel.

»Ich kann es dir nicht zum Vorwurf machen, dass du mich hasst«, meinte er. Krallen gruben sich von innen in seine Kehle. »Du hattest recht. Ich habe ihn umgebracht.«

Ihre Augen blieben trocken. »Ich habe dich gehasst, Sal, und ich würde dich weiter bis zu meinem letzten Atemzug hassen, wenn ich Marc damit wieder zurückholen könnte. Doch das hätte er nicht gewollt.« Ihre Hand berührte die Grube an ihrem Hals, wo reglos das Figürchen des springenden Jungen lag. »Du kanntest ihn ja. Er hätte sich gewünscht, dass wir uns verabschieden.«

»Ich weiß.« Seine Stimme war leise. Er griff in die Jackentasche und holte ein kleines Rechteck heraus, gewickelt in weiße Seide, die Farbe der Unschuld.

»Was ist das?«, fragte sie argwöhnisch.

»Ich wollte es begraben«, erwiderte er. »An seiner letzten Ruhestätte. Doch dann dachte ich, er will vielleicht nicht, dass ich komme. Ich habe ihn im Stich gelassen.« Endlich flossen die Tränen, die ersten, die er vergossen hatte. Sie brannten ihm auf dem Gesicht. »Er hatte mich um Hilfe gebeten, und ich habe ihn missverstanden. Ich habe meine Chance verpasst.«

Sie wickelte die Seide ab und hielt das Foto vom Orangenhaus hoch. Die Augen des kleinen Jungen blickten sie beide rührend arglos aus dem goldenen Rahmen an. Der Baum wirkte empfindlich, so wie der, der nun im leichten Wind über Marcs Asche rauschte.

Sie lachte bei diesem Anblick auf, und auch ihr kamen die Tränen. »Wow, Sal«, sagte sie. »Nach all den Jahren schaffst du es immer noch, mich zu überraschen.« Sie drückte das Foto an ihre Brust. In ihrer verbitterten Trauer war es ihr einziger Trost gewesen, dass das Orangenhaus ebenfalls verbrannt war – dass auch das Haus den stechenden Schmerz der Flammen hatte erdulden müssen. *Für immer fort, wie mein Kind.* Doch das Baby in ihrer Hand sah sie unverwandt an und versetzte sie viele Jahre ihres Lebens zurück in ihre eigene Kindheit. Dieses Gesicht war Marc, war Salim, war sie selbst in Rebeccas Armen. Etwas in ihr wurde freigesetzt, eine alte Last, und sie spürte, wie sie sich erhob und in den Himmel hinein davonflog.

Salim sah ihre Tränen auf den Rahmen fallen. *Meine Jude. Es tut mir so leid. Ich habe deine Tränen nicht verdient.*

»Nimm es«, sagte er. »Es gehört jetzt dir. Dir und Sophie. Ihr seid das Einzige, an das ich mich noch erinnern will.«

Ihre Hand fuhr die Konturen des Kindes nach. Salim warf durch ihre Finger einen letzten Blick auf das Orangenhaus, bevor sie das Bild wortlos einsteckte.

»Nadia hat mir heute etwas Seltsames erzählt«, meinte sie, nachdem sie sich wieder gefasst hatte. »Sie sagt, die Moslems glaubten, dass es Ismael und nicht Isaak gewesen sei, den Abraham beinahe geopfert hätte. Ismael sei der wahre Erbe.«

»Das haben wir in der Schule gelernt«, erwiderte er. »Etwa um *Eid* herum. Ich habe nie richtig aufgepasst.«

»Was für ein seltsames Gesprächsthema«, antwortete sie. »Wessen Sohn man opfern soll.« Er sah, wie die weiße Wintersonne durch ihre Finger strömte.

»Ich habe dich einmal so geliebt«, fuhr sie fort. Das hatte sie zwar nicht geplant, aber die Worte flossen aus ihr heraus wie Wasser. »Es war eine Liebe unter den schlechtesten Voraussetzungen, aber sie war wundervoll, oder? Wir waren so mutig. Daraus sind unsere Kinder entstanden. Auch Marc.«

»Ja.« Er schaute ins Licht und malte sich die Zwillinge aus, als sie noch klein gewesen waren, so wunderschön, und sein Staunen, während er sie in den Armen gehalten hatte.

»Und als Nadia mir diese Geschichte erzählt hat, dachte

ich, dass all die alten hasserfüllten Erinnerungen, die wir nicht vergessen können, der wahre Feind sind. Ist es nicht so?« Sie blickte aufs Meer hinaus. »Und deshalb will ich nicht mehr wütend sein, Sal, ganz gleich, was du getan hast und wer auch schuld daran sein mag.«

Er hörte Sophies Stimme vom Hügel aus rufen; Automotoren rumpelten. Jude blickte auf, schickte sich aber nicht zum Gehen an. Salim spürte, wie eine Welle der Hoffnung in ihm hochstieg, im Gleichtakt mit dem Schlagen der Wellen.

»Und … was jetzt?«, fragte er. »Wie soll es mit uns weitergehen?«

Als sie die Augen schloss, wurde ihm mulmig zumute, doch er wagte nicht, den Blick abzuwenden. Er ahnte, dass sich eine Wende für sie beide näherte, sehr rasch, ja mit beängstigender Geschwindigkeit. *Ich habe so viel versäumt, weil ich immer zurückgeschaut habe. Und ich habe sie verloren, weil ich nicht in der Lage war, meinen eigenen Weg zu finden.*

Und dann, zu seiner großen Überraschung, sah sie ihm in die Augen. Ihre waren noch so offen wie an dem Tag ihrer ersten Begegnung – mit dem Davidstern um den Hals.

»Du hast immer vom Meer bei deinem Haus geredet«, sagte sie, und ihm fiel es wieder ein. *Die Tage, an denen wir, wie Marc und Sophie, nebeneinander in einem Boot auf einem englischen Fluss gelegen und einander von zu Hause erzählt haben.* »Warum zeigst du es mir nicht, wenn wir schon einmal hier sind?«

Er lachte. »Es ist kalt. Wir haben Winter, falls du das noch nicht bemerkt haben solltest.«

Sie biss sich auf die Lippe, und ein leichtes Lächeln huschte über ihr Gesicht. »Dann schwimmst du, und ich winke.«

Ihre Finger waren noch voller Erde. Er wollte danach greifen, doch die Scham hinderte ihn ebenso daran wie sie die Trauer. Irgendwo im Süden begann der Muezzin, zum Mittagsgebet zu rufen. *Vielleicht sind keine Straßen mehr übrig, die man ausprobieren könnte.* Seufzend wollte sie sich abwenden.

»Also, dann komm, Judith Rebecca Al-Ismaeli«, sagte er. »Ein Spaziergang mit deinem Ehemann. Bevor sie einen Suchtrupp losschicken.« Als sie den Kopf hob, sah sie Marcs Lächeln auf seinem Gesicht.

Sie ging voraus in Richtung Strand. »*Yalla*, du Trödler, kommst du?«, hörte er sie rufen. Sie war ein kleiner Leuchtturm in einer Einöde; ein Junge jagte einem Fußball nach, der hoch in die blaue Luft hineinflog und vom Wind weitergetragen wurde – wohin auch immer.

Er antwortete – *Ich komme* – und folgte ihr, weg vom Land und seinen Früchten. Er lief durch die schwebenden Pollenwolken auf sie zu und sah, wie die Welt hinter ihnen verschwand. Als er sie erreicht hatte, lächelte sie ihm einladend zu, und er erkannte, wie sich die lange vergessene Straße vor ihnen erstreckte. Sie machten sich auf den Weg durch den leeren Raum, eine einzige Silhouette, verschwimmend im Licht. Und an der Felskante wurden sie von dem verschlungenen Pfad empfangen, der sie hinunter zum Meer führte.

Glossar

Bemerkung: Arabische Wörter sind teilweise in ihrer umgangsprachlichen Form im palästinensischen Dialekt wiedergegeben.

Abadan (arabisch) – Niemals

Ahlan (arabisch) – Hallo

Ahlan wa sahlan (arabisch) – Herzlich willkommen

Alhamdulillah (arabisch) – Gott sei Dank

Ardna (arabisch) – unser Land

A'yan (arabisch) »Bedeutende Persönlichkeiten« – hier ironisch für die Großgrundbesitzer in Palästina verwendet

Aya (arabisch) – ach!

Baba (arabisch) – Vater.

Bar-Mizwa/Bat Mizwa (hebräisch) – Religiöse Mündigkeit im Judentum. Sie wird Jungen im Alter von dreizehn, Mädchen im Alter von zwölf Jahren bei einer großen Familienfeier zugesprochen.

Béjzim (hebräisch) – Eier (in der Bedeutung von Hoden); derbe Bezeichnung für Courage.

Bubbe (jiddisch) – Oma, Großmutter.

Bubele (jiddisch) – Liebling, mein Liebes.

Bukra (arabisch) – morgen

Challah (hebräisch) – Jüdisches Festtagsgebäck: ein weicher, leicht gesüßter Hefezopf, der ohne Milch, aber mit vielen Eiern gebacken wird.

Chanukka (hebräisch) – Lichterfest. Ein achttägiges jüdisches Fest, das jährlich im November/Dezember zum Gedenken an die Wiedereinweihung des zweiten Tempels in Jerusalem gefeiert wird.

Damna (arabisch) – unser Blut

Dhahab (arabisch) – süße Nachspeise

Dunum, auch *Dunam* (arabisch) – Flächenmaß, ca. 1000 qm. Zur Zeit des Osmanischen Reichs wurde darunter die Fläche verstanden, die ein Mann an einem Tag pflügen konnte.

Effendi (türkisch) – Herr, höfliche Form der Anrede und Bezeichnung für einen geachteten Mann.

Eid (arabisch) – Feiertag, Fest. Das Opferfest (*Eid al-Adha*) ist das höchste Fest im islamischen Jahreskreis, an dem traditionell das Fleisch eines geschlachteten (geopferten) Tieres an ärmere Verwandte und andere Bedürftige verteilt wird. Mit dem Fest des Fastenbrechens (*Eid al-Fitr*) wird das Ende des Fastenmonats Ramadan gefeiert.

Fellah, pl. Fellahin (arabisch) – Bauer

Felucca – Feluke, ein kleines, ein- oder zweimastiges Segelschiff, das im Mittelmeerraum als Handelsschiff eingesetzt wurde. In Ägypten sind Felukenfahrten auf dem Nil bis heute eine Touristenattraktion.

Filastini, fem. Filastiniya (arabisch) – Palästinenser, Palästinenserin.

Filastinuna (arabisch) – »Unser Palästina«: Name einer Organisation, die sich in Beirut der Flüchtlingshilfe widmete.

Goj, pl. Gójim (hebräisch) – Nichtjude

Habibi (arabisch) – »Liebling«, vertrauliche Anrede auch unter Freunden.

Hadithe (arabisch) – Die gesammelten Aussprüche und überlieferten Berichte über die Taten Mohammeds; neben dem Koran die wichtigste Quelle für die religiösen Vorschriften des Islam.

Hora – Jüdischer Volkstanz, ein Kreistanz im Dreiachteltakt. Die Tradition des Hora-Reigens entwickelte sich auf dem Balkan und kam über Rumänien nach Israel.

Inglisi (arabisch) – Engländer.

Inschallah (arabisch) – So Gott will. Der Ausspruch wird häufig als Einschränkung im Sinne von »vielleicht« oder »hoffentlich« hinzugefügt, wenn Aussagen über zukünftige Ereignisse gemacht werden.

Irgun (hebräisch) – Nationale Militärorganisation, eine von 1931 bis 1948 bestehende zionistische Untergrundorganisation in Palästina vor der israelischen Staatsgründung.

Jischúw (hebräisch) – Die jüdische Bevölkerung in Palästina vor der Gründung des Staates Israel.

Kadi (arabisch) – Richter in islamischen Ländern, steht an der Spitze der Gerichtsbarkeit nach der Scharia.

Kahleti (arabisch) – Bastard

Knafeh (arabisch) – Berühmte paläsitinensische Süßspeise

aus Nablus. Feine Teigfäden, Mandeln oder Walnüsse und Zuckersirup sind darin mit einem besonderen, süßen Käse kombiniert.

Kneidlach (jiddisch) – Knödel, die am Passahfest serviert werden.

Kufiya (arabisch) – »Palästinensertuch«, quadratisches, diagonal zusammengelegtes Kopftuch aus weißer, rot oder schwarz gemusterter Baumwolle.

Kugel (jiddisch) – Traditionelles Gericht der jüdischen Küche, das warm oder kalt gegessen werden kann. Von der Zubereitung her ähnelt der Kugel einem Auflauf, kann als herzhafte Beilage oder süße Nachspeise serviert werden.

Labneh (arabisch) – Frischkäseähnlicher Rahmjoghurt aus Kuh-, Schaf- oder Ziegenmilch.

Ma baraf (arabisch) – Ich weiß nicht

Ma'lesch (arabisch) – Mach dir keine Sorgen

Mabruk (arabisch) – Herzlichen Glückwunsch

Majnun (arabisch) – verrückt

Mamele (jiddisch) – Kosename für ein kleines Mädchen (wortwörtlich »kleine Mutter«).

Manakisch (arabisch) – Fladenbrot mit Gewürzpaste aus Thymian und Sesam

Ma salam (arabisch) – auf Wiedersehen

Masguf (arabisch) – Traditionelles irakisches Fischgericht mit Fisch aus dem Tigris.

Menora (hebräisch) – Siebenarmiger kultischer Leuchter der jüdischen Liturgie.

Mensch, pl. Menschn (jiddisch) – Person mit Anstand, Ehre und Opferbereitschaft.

Meschugóim (hebräisch) – Verrückte

Mesusa (hebräisch) – Kapsel mit einer kleinen Schriftrolle, traditionell am Türpfosten eines jüdischen Hauses angebracht, auf
die zwei Abschnitte aus dem 5. Buch Mose geschrieben sind.

Mizwa (hebräisch) – Gebot im Judentum.

Mumkin (arabisch) – alles Mögliche

Muschkila (arabisch) – Ärger / Probleme

Naches (jiddisch) – Familienstolz.

Najjada (arabisch) – palästinensische paramilitärische Jugend-
organisation, die 1948 Jaffa verteidigte.

Nakba (arabisch) – »Katastrophe«, im Arabischen übliche Bezeichnung für die Flucht und Vertreibung von etwa 700.000
arabischen Palästinensern aus dem früheren britischen
Mandatsgebiet Palästina.

Pishaker (jiddisch) – »kleiner Pisser«, kindische bzw. nervige
Person

Sabbat (hebräisch) – Ruhetag der Woche im Judentum; arbeits-
freier, geheiligter Wochentag von Freitagabend bis Samstag-
abend.

sahh (arabisch) – richtig, korrekt

Sahteen (arabisch) – Zum Wohl, guten Appetit

Schatzka (jiddisch) – Kleiner Schatz (Kosename)

Schlonak (arabisch) – Wie geht es?

Schmatter (jiddisch) – Stofffetzen

Schmock (jiddisch) – Idiot. Wird im Jiddischen auch gebraucht
zur Bezeichnung eines allgemein unangenehmen Mannes
der gehobenen Gesellschaft.

Schoah (hebräsich) – Katastrophe, Untergang. Beim jüdischen
Volk übliche Bezeichnung für den Holocaust, die Massen-

vernichtung der Juden unter der nationalsozialistischen Herrschaft.

Schofar (hebräisch) – Widderhorn als Hornblasinstrument, das in der jüdischen Tradition zur Ankündigung des Sabbats geblasen wird.

Schtetl (jiddisch) – »Städtchen«; bezeichnet überwiegend von Juden bewohnte Ansiedlungen, in denen das Leben sich an jüdischen Gebräuchen ausrichtete.

Schtupn (jiddisch) – derbe Bezeichnung für Geschlechtsverkehr, etwa »vögeln«.

Schul (jiddisch) – Synagoge.

Shmendrik (jiddisch) – Dumme, anstrengende Person.

Umm (arabisch) – Bestandteil weiblicher arabischer Namen mit der Bedeutung »Mutter von«. Das männliche Gegenstück ist Abu – »Vater von«.

Wallah (arabisch) – Bei Gott! Schwurformel, um die Glaubhaftigkeit einer Aussage zu unterstreichen oder ein Versprechen zu bekräftigen.

Ya (arabisch) – Rufpartikel, die den Vokativ anzeigt. In der Regel nicht übersetzt

Ya'Eni (arabisch) – Mein Augapfel (Kosename)

Yalla (arabisch) – Los!, Auf geht's!

Ya'ni (arabisch) – Füllwort mit der Bedeutung »also, nämlich, das heißt«

Yehuda – Hebräischer Name; wird auch allgemein verwendet als Bezeichnung für einen Juden.

Yahudi, pl. Yahud (arabisch) – Jude

Yehudi, pl. Yehudim (hebräisch) – Jude

Danksagung

Ich bin so vielen Menschen Dank schuldig.

Zuerst, in tiefster Dankbarkeit und Liebe, denen, die mir ihren Segen und auch sonst alles gegeben haben – meiner Familie, Rowan, Leila und insbesondere meiner wunderschönen Mutter. Ihr Leben erzählt eine spannendere Geschichte als jeder Roman und hat mich – und dieses Buch – inspiriert.

Dank auch an die, die schon vorangegangen sind – Ethel, Nouhad, Sayed, Max, Trudy, Gerald, Anne –, und die, die uns noch auf unseren Wegen begleiten – Abla, Blanche, Mahmoud, meine Cousins und die unterwegs geborene Generation –, die die kostbaren Geschichten beider Sippen in eine neue Welt hineintragen.

Ich danke meinem Agenten Gordon Wise für sein Vertrauen, Juliet bei Oneworld, die alle Hebel in Bewegung gesetzt hat, und meinen Lektorinnen Ros, Eléonore und Jenny, die eine lange schlummernde Geschichte zum Leben erweckt haben.

Dank an Paolo Hewitt, den Don von Nordlondon, für die Vermittlung eines äußerst wichtigen Kontakts, und an Jenny Fairfax, die mir diese Tür geöffnet hat.

Außerdem Dank an Adam LeBor für seine großzügige Unterstützung einer Fremden und das wundervolle Buch *Jaffa, City of Oranges*.

Auch an William Goodland, der einen ersten Blick ins Manuskript geworfen hat.

Und an Stephen Vizinczey für seine Freundschaft, dafür, dass ich eine Zeile aus *An Innocent Millionaire* stibitzen durfte, und für alle Worte, die er sonst geschrieben hat – und die mich noch immer genauso faszinieren wie Millionen von Lesern vor mir.

Und zu guter Letzt danke ich vor allem meinem Mann, der mir, während er die Welt rettete, den Raum gegeben und die Liebe geschenkt hat, damit ich mich auf diese lange Reise machen konnte. Vielen Dank, mein Liebling. Du weißt, wie viel es mir bedeutet. Natürlich danke ich auch meiner Tochter, die letztlich der Anlass war. Delilah, meine Liebe, das hier ist deine Geschichte.